O CÓDIGO
DA VINCI

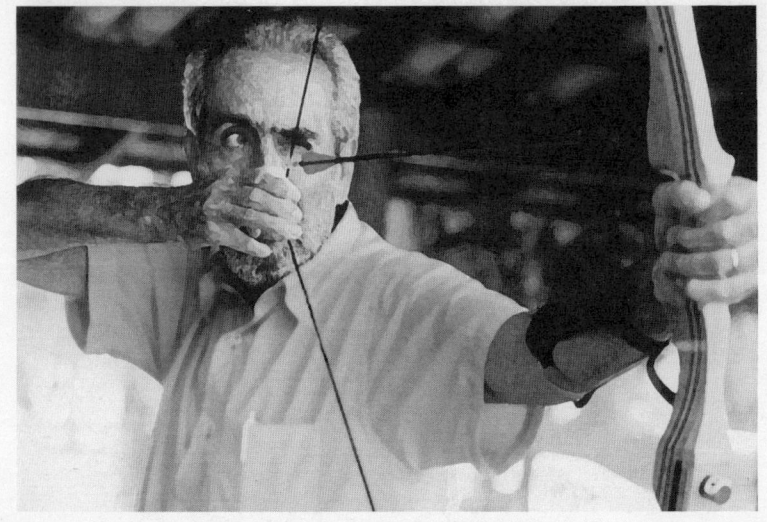

O Arqueiro

GERALDO JORDÃO PEREIRA (1938-2008) começou sua carreira aos 17 anos, quando foi trabalhar com seu pai, o célebre editor José Olympio, publicando obras marcantes como *O menino do dedo verde*, de Maurice Druon, e *Minha vida*, de Charles Chaplin.

Em 1976, fundou a Editora Salamandra com o propósito de formar uma nova geração de leitores e acabou criando um dos catálogos infantis mais premiados do Brasil. Em 1992, fugindo de sua linha editorial, lançou *Muitas vidas, muitos mestres*, de Brian Weiss, livro que deu origem à Editora Sextante.

Fã de histórias de suspense, Geraldo descobriu *O Código Da Vinci* antes mesmo de ele ser lançado nos Estados Unidos. A aposta em ficção, que não era o foco da Sextante, foi certeira: o título se transformou em um dos maiores fenômenos editoriais de todos os tempos.

Mas não foi só aos livros que se dedicou. Com seu desejo de ajudar o próximo, Geraldo desenvolveu diversos projetos sociais que se tornaram sua grande paixão.

Com a missão de publicar histórias empolgantes, tornar os livros cada vez mais acessíveis e despertar o amor pela leitura, a Editora Arqueiro é uma homenagem a esta figura extraordinária, capaz de enxergar mais além, mirar nas coisas verdadeiramente importantes e não perder o idealismo e a esperança diante dos desafios e contratempos da vida.

DAN BROWN

O CÓDIGO DA VINCI

Título original: *The Da Vinci Code*
Copyright © 2003 por Dan Brown
Copyright da tradução © 2006 por Editora Arqueiro Ltda.
Todos os direitos reservados. Nenhuma parte deste livro
pode ser utilizada ou reproduzida sob quaisquer meios existentes
sem autorização por escrito dos editores.

Este livro é uma obra de ficção. Os personagens e os diálogos foram criados
a partir da imaginação do autor e não são baseados em fatos reais. Qualquer
semelhança com acontecimentos ou pessoas, vivas ou mortas, é mera coincidência.

tradução: Celina Cavalcante Falck-Cook

preparo de originais: Maria Luiza Newlands da Silveira e Virginie Leite

revisão: Clara Diament, José Tedin Pinto, Luíza Côrtes,
Luis Américo Costa e Sérgio Bellinello Soares

projeto gráfico: Ana Paula Daudt Brandão

diagramação: Abreu's System

capa: Raul Fernandes

adaptação de capa: Natali Nabekura

imagem de lombada: Grant Faint

impressão e acabamento: Lis Gráfica e Editora Ltda.

CIP-BRASIL. CATALOGAÇÃO NA PUBLICAÇÃO
SINDICATO NACIONAL DOS EDITORES DE LIVROS, RJ

B897c
    Brown, Dan, 1964-
        O Código Da Vinci / Dan Brown; tradução Celina Cavalcante Falck-Cook. – [3. ed.]. – São Paulo: Arqueiro, 2021.
        560 p. ; 20 cm.

        Tradução de: The Da Vinci Code
        ISBN 978-65-5565-104-1

        1. Leonardo, da Vinci, 1452-1519 - Ficção. 2. Ficção Americana. I. Falck-Cook, Celina Cavalcante. II. Título.

21-68934   CDD: 813
                                                                  CDU: 82-3(73)

Meri Gleice Rodrigues de Souza – Bibliotecária – CRB-7/6439

Todos os direitos reservados, no Brasil, por
Editora Arqueiro Ltda.
Rua Artur de Azevedo, 1.767 – Conj. 177 – Pinheiros
05404-014 – São Paulo – SP
Tel.: (11) 2894-4987
E-mail: atendimento@editoraarqueiro.com.br
www.editoraarqueiro.com.br

Para Blythe... Outra vez.
Mais do que nunca.

FATOS

O Priorado de Sião – sociedade secreta europeia fundada em 1099 – existe de fato. Em 1975, a Biblioteca Nacional de Paris descobriu pergaminhos conhecidos como *Os Dossiês Secretos*, que identificavam inúmeros membros do Priorado de Sião, inclusive Sir Isaac Newton, Botticelli, Victor Hugo e Leonardo da Vinci.

A prelazia do Vaticano, conhecida como Opus Dei, é uma organização católica profundamente conservadora, que vem sendo objeto de controvérsias recentes, devido a relatos de lavagem cerebral, coerção e uma prática perigosa conhecida como "mortificação corporal". O Opus Dei acabou de completar a construção de uma Sede Nacional em Nova York, ao custo de aproximadamente 47 milhões de dólares.

Todas as descrições de obras de arte, arquitetura, documentos e rituais secretos neste romance correspondem rigorosamente à realidade.

Prólogo

Museu do Louvre, Paris
22:46

O renomado curador Jacques Saunière percorreu cambaleante a arcada abobadada da Grande Galeria do museu. Lançou-se de encontro à pintura mais próxima que enxergou, um Caravaggio. Agarrando a moldura dourada, o homem de 76 anos puxou a obra-prima para si até despencar para trás, arrancando o quadro da parede e caindo de qualquer jeito por baixo da tela.
 Como havia previsto, um portão de ferro desceu, com grande estrondo, ali perto, lacrando a entrada do conjunto de salas do gabinete. O assoalho de parquê tremeu. Bem distante, um alarme começou a soar.
 O curador ficou ali deitado um instante, arquejante, avaliando a situação. *Ainda estou vivo.* Rastejando, saiu de baixo do quadro e esquadrinhou o ambiente cavernoso, procurando onde se esconder.
 Uma gélida voz soou, assustadoramente próxima.
 – Não se mexa.
 De quatro, o diretor paralisou-se, virando a cabeça devagar.
 A apenas cinco metros, diante do portão lacrado, a silhueta monstruosa de seu agressor espreitava-o por entre as barras de ferro. Era espadaúdo e alto, pele branca como a de um fantasma e cabelos também brancos e ralos. As íris eram rosadas, com pupilas vermelho-escuras. O albino sacou uma pistola do casaco e, passando o cano entre as barras, apontou-a diretamente para o diretor.

– Não devia ter fugido. – O sotaque dele era indefinível. – Agora me diga onde está.

– Eu já lhe disse – gaguejou o diretor, ajoelhado e indefeso no chão da galeria. – Não faço a menor ideia do que está falando!

– Mentira sua. – O homem estava perfeitamente imóvel, a não ser pelo brilho de seus olhos fantasmagóricos, cravados em Saunière. – Você e sua fraternidade possuem uma coisa que não lhes pertence.

O curador sentiu uma torrente de adrenalina na circulação. *Como era possível que ele soubesse disso?*

– Esta noite ela voltará para as mãos dos guardiães corretos. Diga-me onde está escondida, que pouparei sua vida. – O homem ergueu a arma até a altura da cabeça do curador.

– É um segredo pelo qual o senhor morreria?

Saunière não conseguia respirar.

O homem inclinou a cabeça, fazendo mira.

Saunière levantou as mãos.

– Espere – disse, devagar. – Vou lhe contar o que precisa saber. – O curador pronunciou as palavras seguintes com imenso cuidado. Havia ensaiado várias vezes a mentira que contou... rezando a cada vez para jamais ser obrigado a utilizá-la.

Quando o curador terminou de falar, o atacante sorriu, pretensioso.

– Sim. Foi exatamente isso o que os outros me disseram.

Saunière encolheu-se. *Os outros?*

– Eu também os encontrei – disse o gigante, sarcástico. – Todos os três. Confirmaram o que acabou de me dizer.

Não pode ser! A verdadeira identidade do curador, assim como as de seus três guardiães, era quase tão sagrada quanto o segredo antiquíssimo que eles protegiam. Saunière agora percebia que seus guardiães, seguindo à risca os procedimentos, haviam contado a mesma mentira antes de morrerem. Fazia parte do protocolo.

O atacante tornou a mirar.

– Quando o senhor tiver morrido, eu serei o único a saber a verdade.

A verdade. Em um instante, o curador percebeu o verdadeiro horror da situação. *Se eu morrer, a verdade se perderá para sempre.* Instintivamente, procurou se proteger, desajeitado.

A arma explodiu, o diretor sentiu um calor escaldante quando a bala se alojou em seu estômago. Caiu para a frente... lutando contra a dor. Vagarosamente rolou de barriga para cima e lançou um olhar vidrado ao seu atacante, do outro lado das barras.

O homem agora estava mirando direto a cabeça de Saunière.

Saunière fechou os olhos, os pensamentos transformados em uma rodopiante tempestade de medo e arrependimento.

O estalido de uma arma sem munição ecoou pelo corredor.

Os olhos do diretor se abriram.

O homem olhou de relance para a arma, parecendo quase achar graça. Pegou mais um pente, mas depois reconsiderou, olhando com um sorriso calmo para o sofrimento de Saunière.

– Já cumpri meu dever aqui.

O diretor olhou para baixo e viu o buraco de bala na camisa de linho branco, rodeado por um pequeno círculo de sangue alguns centímetros abaixo do esterno. *Meu estômago.* Quase cruelmente, a bala havia deixado de lhe atravessar o coração. Por ser veterano da Guerra da Argélia, o diretor havia presenciado mortes horrivelmente lentas antes. Durante 15 minutos, ele sobreviveria, enquanto os ácidos do estômago lhe penetravam a cavidade peitoral, envenenando-o lentamente por dentro.

– A dor é boa, monsieur – disse o homem.

Depois se foi.

Sozinho, Jacques Saunière voltou outra vez o olhar para o portão de ferro. Estava preso, e as portas não se reabririam em menos de 20 minutos. Quando alguém conseguisse alcançá-lo, ele já estaria morto. Mesmo assim, o medo que agora o assaltava era muito maior do que o da sua morte.

Preciso passar o segredo adiante.

Oscilando, pôs-se de pé e lembrou-se dos três membros assassinados da fraternidade. Pensou nas gerações que vieram antes deles... na missão que havia sido confiada a todos.

Uma cadeia ininterrupta de conhecimento.

De repente, agora, apesar de todas as precauções... apesar de todos os dispositivos à prova de falhas... Jacques Saunière era o único elo que restava, o único guardião de um dos mais poderosos segredos jamais guardados.

Tremendo, obrigou-se a ficar de pé.

Preciso encontrar uma maneira...

Estava preso dentro da Grande Galeria, e só havia uma pessoa no mundo a quem ele podia passar o bastão. Saunière ergueu o olhar para as paredes de sua opulenta cela. As mais famosas telas do mundo pareciam sorrir para ele, como velhas amigas.

Gemendo de dor, concentrou todas as suas faculdades e todas as suas forças. A fenomenal tarefa que tinha diante de si, sabia, iria exigir todos os segundos de vida que lhe restavam.

CAPÍTULO 1

Robert Langdon acordou devagar.

Um telefone tocava na escuridão – uma campainha metálica, desconhecida. Ele tateou, procurando o abajur da mesinha de cabeceira, e o acendeu. Semicerrando os olhos para enxergar o que o cercava, viu um quarto luxuoso, estilo renascentista, com mobília estilo Luís XVI, afrescos nas paredes e uma cama colossal de quatro pilares de mogno.

Onde é que eu estou, afinal?

O roupão de *jacquard* pendurado na coluna da cama tinha o monograma: HOTEL RITZ PARIS.

Lentamente, a névoa começou a dissipar-se.

Langdon atendeu o telefone.

– Alô?

– Monsieur Langdon? – disse uma voz de homem. – Espero não o ter acordado.

Meio zonzo, Langdon consultou o relógio ao lado da cama. Era meia-noite e trinta e dois. Ele havia dormido apenas uma hora e sentia-se morto.

– Aqui é da recepção, senhor. Desculpe a intromissão, mas o senhor tem uma visita. Ele insiste que é urgente.

Langdon ainda estava se sentindo tonto. *Um visitante?* Os olhos agora focalizavam um folheto amassado na mesinha de cabeceira.

THE AMERICAN UNIVERSITY OF PARIS
orgulhosamente apresenta
UMA NOITE COM ROBERT LANGDON
PROFESSOR DE SIMBOLOGIA RELIGIOSA
DA UNIVERSIDADE DE HARVARD

Langdon gemeu. A palestra daquela noite – uma exibição de slides sobre simbolismo pagão oculto nas pedras da Catedral de Chartres – provavelmente havia deixado arrepiados alguns conservadores presentes na plateia. Muito provavelmente, algum religioso erudito devia tê-lo seguido até o hotel para procurar briga.

– Mil perdões – disse Langdon –, mas estou muito cansado e...

– Mas, monsieur – insistiu o recepcionista, baixando a voz até ela se transformar num sussurro urgente. – Sua visita é um homem importante.

Langdon não duvidava. Seus livros sobre pinturas e simbologia religiosa tinham-no tornado, sem querer, uma celebridade no mundo da arte, e no ano passado a visibilidade dele havia aumentado cem por cento, depois de seu envolvimento com um incidente amplamente divulgado no Vaticano. Desde então, a torrente de historiadores célebres e aficionados da arte que batiam à sua porta parecia não ter fim.

– Faça-me uma gentileza – disse Langdon, procurando ser o mais educado que podia –, será que pode anotar o nome e o telefone dessa pessoa e lhe dizer que vou tentar ligar para ela antes de sair de Paris, na terça? Obrigado. – Desligou antes que o recepcionista pudesse protestar.

Sentado, agora, Langdon franziu o cenho para o seu *Manual de Relações com os Hóspedes*, ao lado da cama, em cuja capa se lia: DURMA COMO UMA CRIANÇA NA CIDADE-LUZ, RELAXE NO RITZ. Virou-se e olhou cansado para o espelho de corpo inteiro do outro lado do quarto. O homem que retribuiu seu olhar era um estranho – descabelado e exausto.

Você está precisando tirar umas férias, Robert.

O ano passado havia sido uma barra-pesada para ele, mas não lhe agradou ver a prova disso ali no espelho. Seus olhos azuis, geralmente aguçados, pareciam embaçados e fundos naquela noite. Uma barba escura por fazer lhe envolvia toda a mandíbula forte e o queixo com covinha. Em torno das têmporas, fios grisalhos de cabelo avançavam, penetrando na sua cabeleira negra espessa. Embora suas colegas insistissem que o grisalho só acentuava seu charme intelectual, Langdon não se deixava enganar.

Se ao menos a Boston Magazine *pudesse me ver agora...*

No mês anterior, para grande constrangimento de Langdon, o periódico *Boston Magazine* o havia incluído entre uma das dez pessoas mais estimulantes da cidade – honra dúbia que o tornou objeto de infindável gozação por parte de seus colegas de Harvard. Esta noite, a cinco mil quilômetros de casa, aquele elogio havia ressurgido, perseguindo-o na palestra que ministrara.

– Senhoras e senhores – anunciou a apresentadora para uma casa cheia no Pavillon Dauphine da American University de Paris –, nosso convidado desta noite dispensa apresentações. É autor de inúmeros livros: *A Simbologia das Seitas Secretas, A Arte dos Illuminati, A Linguagem Perdida dos Ideogramas,* e quando digo que ele escreveu a bíblia da *Iconologia Religiosa* estou querendo dizer literalmente isso. Muitos de vocês usam livros dele em sala de aula.

Os estudantes da plateia concordaram entusiasticamente.

– Eu havia planejado apresentá-lo esta noite com a ajuda de seu impressionante currículo. Porém... – Ela lançou um olhar brincalhão para Langdon, que se encontrava sentado no palco. – Um dos espectadores presentes acabou de me dar uma apresentação bem mais... como diremos... *estimulante.*

E aí ela ergueu um exemplar da *Boston Magazine.*

Langdon se encolheu. *Onde ela teria conseguido aquilo?*

A apresentadora começou a ler trechos do artigo, e Langdon sentiu-se afundar cada vez mais na cadeira. Trinta segundos depois, todos já estavam sorrindo, e a mulher não mostrava sinais de desistir. – "E a recusa do Sr. Langdon de falar em público sobre seu papel incomum no conclave do Vaticano no ano passado certamente lhe atribui pontos no nosso 'estimulômetro'." – Aí a apresentadora pediu ajuda da plateia. – Querem ouvir mais?

E a plateia aplaudiu.

Pelo amor de Deus, alguém cale a boca dessa mulher, desejou Langdon, enquanto ela mergulhava outra vez no artigo.

– "Embora o professor Langdon talvez não seja considerado bonitão como alguns de nossos premiados mais jovens, este acadêmico de 40 e poucos anos tem mais do que apenas o fascínio exercido pelo seu intelecto. Para realçar sua presença já cativante, é dono de uma voz anormalmente grossa de barítono, que suas alunas descrevem como 'chocolate para os ouvidos'."

Todo o salão irrompeu em gargalhadas.

Langdon deu um sorriso forçado. Sabia o que vinha depois: uma comparação idiota tipo "Harrison Ford num terno da Harris Tweed Shop" – e porque, naquela noite, havia imaginado que seria finalmente seguro outra vez usar seu terno de tweed da Harris e blusa de gola rolê da Burberry, resolveu tomar uma atitude.

– Obrigado, Monique – disse Langdon, erguendo-se inesperadamente e tratando de expulsá-la discretamente da tribuna. – A *Boston Magazine* claramente tem talento para a ficção. – Virou-se para a plateia com um suspiro envergonhado. – E, se eu descobrir quem de vocês trouxe essa revista, mando o consulado deportar a pessoa.

Todos caíram na risada.

– Bem, como todos sabem, estou aqui hoje para falar sobre o poder dos símbolos...

♦ ♦ ♦

O toque do telefone do hotel voltou a romper o silêncio.

Incrédulo, ele atendeu, com um resmungo.

– Alô?

Como já esperava, era o recepcionista.

– Sr. Langdon, torno a lhe pedir mil desculpas. Estou ligando para lhe informar que seu visitante está a caminho do seu quarto. Achei melhor alertá-lo.

Langdon agora estava bem acordado.

– Você deixou alguém subir até o meu quarto?

– Perdoe-me, monsieur, mas um homem desses... não sei quem é que poderia detê-lo.

– Mas quem *é exatamente* esse cara?

O recepcionista, porém, havia desligado.

Quase imediatamente, um punho pesado bateu à porta de Langdon.

Incerto, Langdon saiu da cama, sentindo os pés mergulharem fundo no tapete floral estilo *savonnerie*. Vestiu o roupão do hotel e foi até a porta.

– Quem é?

– Sr. Langdon? Preciso falar com o senhor. – O inglês do homem tinha sotaque – um latido cortante e autoritário. – Meu nome é Jérôme Collet, tenente da Diretoria Central da Polícia Judiciária.

Langdon fez uma pausa. Polícia Judiciária? A DCPJ, na França, era mais ou menos o mesmo que o FBI, nos Estados Unidos.

Deixando a correntinha na porta, Langdon abriu-a alguns centímetros. O rosto que o olhava era magro e pálido. O homem era excepcionalmente esguio, vestido com um uniforme azul de aspecto oficial.

– Posso entrar? – indagou o agente.

Langdon hesitou, sentindo incerteza enquanto os olhos amarelados do homem o estudavam.

– O que é que está havendo, afinal?

– Meu capitão necessita de sua habilidade em um assunto particular.

– Agora? – objetou Langdon. – Já passa de meia-noite.

– Estou correto ao afirmar que o senhor tinha um encontro marcado com o diretor do Louvre esta noite?

Langdon sentiu um súbito desconforto. Ele e o reverenciado curador do Louvre, Jacques Saunière, tinham marcado um encontro para tomar um drinque depois da palestra de Langdon naquela noite, mas Saunière não comparecera.

– Sim. Como sabia?

– Encontramos seu nome na agenda dele.

– Não aconteceu nada de mais, aconteceu?

O agente soltou um suspiro pesaroso e passou-lhe uma foto polaroide pela abertura estreita da porta.

Quando Langdon viu a foto, seu corpo inteiro se contraiu.

– Essa foto foi tirada há menos de uma hora. Dentro do Louvre.

Enquanto olhava aquela imagem bizarra, Langdon sentiu que a repugnância e o choque iniciais cediam lugar a um súbito acesso de fúria.

– Mas quem é que faria uma coisa dessas?

– Tínhamos esperanças de que o senhor pudesse nos ajudar a responder essa mesma pergunta, considerando-se seu conhecimento de simbologia e seus planos de encontrar-se com ele.

Langdon ficou olhando a foto, estarrecido, o horror agora mesclado com medo. A imagem era repulsiva e profundamente estranha, trazendo-lhe uma sensação esquisita de déjà-vu. Pouco mais de um ano antes, Langdon havia recebido uma foto de um cadáver e um pedido de ajuda semelhante. Vinte e quatro horas depois, quase tinha perdido a vida dentro da Cidade do Vaticano. Essa foto era totalmente diferente, e, mesmo assim, alguma coisa naquela história toda parecia-lhe inquietantemente familiar.

O agente consultou seu relógio.

– Meu capitão está esperando, senhor.

Langdon mal o escutou. Seus olhos ainda estavam pregados à foto.

– Este símbolo aqui, e a forma como o corpo dele está, tão estranhamente...

– Posicionado? – indagou o agente.

Langdon concordou, sentindo um arrepio ao olhar para o homem.

– Não dá para imaginar quem faria isso com uma pessoa.

A expressão do policial se tornou austera.

– O senhor não está entendendo, Sr. Langdon. O que está vendo nessa foto... – fez uma pausa. – Foi monsieur Saunière quem fez isso consigo mesmo.

CAPÍTULO 2

A um quilômetro e meio de distância, o gigantesco albino chamado Silas atravessava mancando os portões da frente da luxuosa residência de arenito castanho-avermelhado na Rue La Bruyère. A cinta de cilício eriçada de espinhos que usava em torno da coxa lacerava-lhe a carne, mas mesmo assim a sua alma cantava de satisfação pelo serviço prestado ao Senhor.

A dor é boa.

Seus olhos vermelhos esquadrinharam o vestíbulo quando ele entrou na mansão. Vazio. Subiu as escadas silenciosamente, evitando acordar qualquer de seus companheiros de convívio. A porta de seu quarto estava aberta; trancas eram proibidas ali. Ele entrou, fechando a porta atrás de si.

O quarto era espartano – assoalho de madeira de lei, uma cômoda de pinho; a um canto, um catre que servia de cama. Era visitante ali naquela semana e, mesmo assim, durante muitos anos, tinha recebido a bênção de morar em um santuário semelhante na cidade de Nova York.

O Senhor me deu abrigo e um sentido à minha vida.

Naquela noite, por fim, Silas sentia que tinha começado a pagar sua dívida. Correndo até a cômoda, encontrou o telefone celular escondido na gaveta de baixo e fez uma ligação.

– Sim? – atendeu uma voz de homem.

– Mestre, já voltei.

– Fale – ordenou a voz, parecendo satisfeita ao falar com ele.

– Todos os quatro se foram. Os três guardiães... e o Grão--Mestre também.

Fez-se uma pausa momentânea, como se para uma prece.

– Então presumo que obteve as informações, não?

– Todos os quatro disseram a mesma coisa. Independentemente.

– E acreditou neles?

– A concordância foi tamanha que não pode ser coincidência.

Um suspiro trêmulo de emoção.

– Excelente. Temia que a reputação da fraternidade de manter seus segredos prevalecesse.

– A iminência da morte é uma forte motivação.

– Então, meu discípulo, diga-me o que preciso saber.

Silas sabia que as informações que tinha arrancado das vítimas eram chocantes.

– Mestre, todos os quatro confirmaram a existência da *clef de voûte*... a legendária pedra-chave.

Ouviu uma inspiração rápida do outro lado da linha, sobre o bocal do telefone, sentindo a empolgação do Mestre.

– A *pedra-chave*. Exatamente como desconfiávamos.

De acordo com a tradição, a fraternidade havia criado um mapa de pedra, uma *clef de voûte* – ou *pedra-chave* –, um tablete esculpido que revela o local onde se poderia encontrar a última morada do maior segredo da fraternidade... uma informação tão poderosa que sua proteção foi o motivo para a própria existência da fraternidade.

– Quando possuirmos a pedra-chave – disse o Mestre –, restará apenas um passo.

– Estamos mais próximos do que pensa. A pedra-chave está aqui em Paris.

– Paris? Inacreditável. É quase fácil demais.

Silas lhe passou os eventos anteriores da noite... como todas as quatro vítimas, momentos antes da morte, haviam desesperadamente tentado evitar que suas vidas pagãs lhes fossem tiradas revelando-lhe seu segredo. Todas contaram a Silas exatamente a mesma coisa – que a pedra-chave se encontrava engenhosamente escondida em um local exato dentro de uma das antigas igrejas de Paris – a Igreja de Saint-Sulpice.

– Dentro de um templo do Senhor! – exclamou o Mestre. – Como gostam de zombar de nós!

– Como já fazem há séculos.

O Mestre calou-se, como que deixando o triunfo do momento assentar dentro de si. Finalmente, falou.

– Você prestou um grande serviço a Deus. Já esperamos há séculos por isso. Precisa recuperar a pedra para mim. Imediatamente. Esta noite. Entende o que está em jogo?

Silas sabia que algo de valor incalculável estava em jogo, e, mesmo assim, o que o Mestre agora estava lhe pedindo parecia impossível.

– Mas a igreja é uma verdadeira fortaleza. Principalmente à noite. Como entrarei?

Com o tom confiante de um homem de enorme influência, o Mestre explicou o que devia ser feito.

❖ ❖ ❖

Quando Silas desligou, já estava com a pele arrepiada de expectativa.

Uma hora, disse a si mesmo, grato porque o Mestre lhe dera tempo para realizar a penitência necessária antes de entrar em uma casa de Deus. *Preciso expiar os pecados de hoje, purificar minha alma.* Os pecados cometidos naquele dia haviam tido um objetivo santo. Há séculos se cometiam atos de guerra contra os inimigos de Deus. O perdão era garantido.

Mesmo assim, Silas sabia que a absolvição exigia sacrifício.

Puxando as cortinas, tirou toda a roupa e se ajoelhou no meio do quarto. Olhando para baixo, examinou a cinta de cilício espinhosa afivelada em torno de sua coxa. Todos os seguidores sinceros do *Caminho* usavam aquele instrumento – uma tira de couro, coberta de espinhos de metal aguçados que penetravam na carne como lembrança perpétua do sofrimento de Cristo. A dor causada pelo instrumento também ajudava a controlar os desejos da carne.

Embora naquele dia Silas já houvesse usado seu cilício

mais tempo que as duas horas necessárias, sabia que não era um dia como os outros. Agarrando a fivela, ele puxou a tira, apertando o cilício mais um buraco e gemendo quando os espinhos enterraram-se mais fundo na sua carne. Soltando o ar vagarosamente, saboreou o ritual purificador de sua dor.

A dor é boa, murmurou Silas, repetindo o mantra sagrado do padre Josemaría Escrivá – o Mestre de todos os Mestres. Embora Escrivá tivesse morrido em 1975, sua sabedoria sobrevivia, suas palavras ainda eram sussurradas por milhares de fiéis servos em torno do planeta, ao se ajoelharem no chão e realizarem o ritual sagrado conhecido como "mortificação corporal".

Silas voltou depois a atenção para uma corda pesada cheia de nós que se encontrava cuidadosamente enrolada no chão diante de si. *A Disciplina.* Sobre os nós, uma camada de sangue seco. Ávido pelos efeitos purificadores de sua própria angústia, Silas tinha murmurado uma prece rápida. Depois, apanhando uma ponta da corda, fechou os olhos e golpeou-se com força no ombro, sentindo os nós baterem violentamente nas suas costas. Tornou a açoitar o ombro outra vez, dilacerando a própria carne. Açoitou-se de novo, depois mais uma vez.

Castigo corpus meum.

Finalmente, sentiu o sangue começar a escorrer.

CAPÍTULO 3

O ar fresco e revigorante de abril penetrava pela janela aberta do Citroën ZX, enquanto ele deslizava rumo ao sul, passando pela Ópera e cruzando a Place Vendôme. No assento do passageiro, Robert Langdon sentia a cidade passar rapida-

mente enquanto tentava ordenar os pensamentos. A ducha rápida e a barba feita às pressas o deixaram razoavelmente apresentável, mas pouco haviam feito no sentido de aliviar sua ansiedade. A imagem apavorante do cadáver do curador não lhe saía da cabeça.
Jacques Saunière morreu.
Langdon não podia deixar de sentir um pesar imenso pela morte do curador. Apesar de Saunière ter fama de ser muito recluso, o reconhecimento do público por sua dedicação às artes tornava-o um homem fácil de se reverenciar. Seus livros sobre os códigos secretos ocultos nas pinturas de Poussin e Teniers estavam entre os textos didáticos prediletos de Langdon. Ele aguardava com muita expectativa o encontro da noite anterior e ficou muito decepcionado quando o curador não compareceu.
Mais uma vez, a imagem do corpo do diretor passou-lhe pela mente, fugaz. *Jacques Saunière fez isso consigo mesmo?* Langdon virou-se e olhou pela janela, tentando afastar a imagem da cabeça.
Lá fora, a cidade só estava parando agora – os camelôs empurrando carrinhos de amêndoas açucaradas, garçons carregando sacos de lixo para o meio-fio, um casal de namorados noturnos se abraçando para se aquecer em uma brisa perfumada pelas flores de jasmim. O Citroën atravessava aquele caos com autoridade, sua sirene de dois tons dissonantes dividindo o trânsito como uma faca.
– O capitão gostou de saber que o senhor ainda estava em Paris esta noite – disse o agente, falando pela primeira vez desde que haviam saído do hotel. – Uma feliz coincidência.
Langdon estava se sentindo qualquer coisa, menos feliz, e coincidência era um conceito em que ele não confiava. Por ter passado a vida explorando a interconexão oculta entre emblemas e ideologias aparentemente díspares, Langdon via o mundo como uma teia de histórias e eventos profundamente entrelaçados. *As conexões podem ser invisíveis*, costu-

mava ensinar ele em suas aulas de Simbologia em Harvard, *mas estão sempre presentes, enterradas logo abaixo da superfície.*

– Presumo que a American University de Paris lhe tenha informado que eu estava naquele hotel, estou certo? – disse Langdon.

O motorista sacudiu a cabeça.

– Foi a Interpol.

Interpol?, repetiu Langdon, em sua mente. *Mas é claro.* Ele havia esquecido que a solicitação aparentemente inócua de todos os hotéis da Europa para que o hóspede mostrasse o passaporte ao entrar era mais do que mera formalidade – era lei. Todas as noites, em toda a Europa, os agentes da Interpol eram capazes de localizar exatamente quem estava hospedado onde. É provável que tivessem encontrado Langdon no Ritz em menos de cinco segundos.

Enquanto o Citroën acelerava rumo ao sul através da cidade, surgiu o perfil iluminado da Torre Eiffel, apontando para o céu à distância, à direita. Ao vê-la, Langdon lembrou-se de Vittoria e da promessa brincalhona feita um ano antes de, a cada seis meses, eles se encontrarem em um ponto romântico diferente do globo. A Torre Eiffel, segundo Langdon desconfiava, devia estar na lista dela. Infelizmente, ele tinha beijado Vittoria pela última vez em um aeroporto barulhento em Roma havia mais de um ano.

– Você já subiu nela? – indagou o policial, encarando-o.

Langdon ergueu os olhos, certo de ter interpretado mal o que ouvira.

– Como disse?

– Ela é linda, não? – O policial indicou o para-brisa, na direção da Torre Eiffel. – Já esteve lá em cima?

Langdon revirou os olhos.

– Não, nunca subi na torre.

– É o símbolo da França. Para mim, é perfeita.

Langdon concordou, indiferente. Os simbologistas costumavam comentar que a França, um país famoso pelo seu machismo, sua mania de conquistar mulheres e seus líderes minúsculos e inseguros como Napoleão e Pepino, o Breve, não podia ter escolhido um símbolo nacional mais adequado do que um falo de 300 metros de altura.

Quando os dois chegaram ao cruzamento da Rue de Rivoli, o sinal estava vermelho, mas o Citroën não parou. O policial atravessou o cruzamento com o pé embaixo e entrou rapidamente em uma parte sombreada pelas árvores da Rue Castiglione, que servia como entrada norte do famoso Jardim das Tuileries – a versão parisiense do Central Park. A maior parte dos turistas costumava achar que o lugar se chamava Tuileries por causa dos milhares de tulipas que floresciam ali, mas, na verdade, era uma referência literal a algo bem menos romântico. Aquele parque fora antes um enorme buraco poluído resultante de uma escavação, do qual os empreiteiros de Paris retiravam argila para fabricar as famosas telhas vermelhas da cidade – ou *tuiles*.

Quando entraram no parque deserto, o policial enfiou o braço debaixo do painel e desligou a sirene barulhenta. Langdon soltou o ar, saboreando o silêncio súbito. Fora do carro, o brilho ralo e pálido dos faróis de halogênio roçava o caminho de cascalho pisoteado do parque, o chiado áspero dos pneus entoando um ritmo hipnótico. Foi nesse jardim que Claude Monet fez suas experiências com formas e cores e literalmente inspirou o nascimento do movimento impressionista. Esta noite, porém, o lugar parecia carregado de maus presságios.

O Citroën agora descrevera uma curva brusca à esquerda, dirigindo-se para oeste, pelo bulevar central do parque. Circundando um lago redondo, o motorista atravessou uma avenida deserta e entrou em um amplo quadrilátero depois dela. Langdon podia agora ver o final do Jardim das Tuileries, assinalado por um arco de pedra gigantesco.

O Arco do Carrossel.

Apesar dos rituais orgiásticos que antigamente aconteciam

no Arco do Carrossel, os aficionados da arte reverenciavam aquele lugar por um motivo totalmente distinto. Da esplanada no final do Jardim das Tuileries podiam-se ver quatro dos melhores museus de arte do mundo... um em cada ponto cardeal.

Da janela da direita, para o sul, do outro lado do Sena, e do Cais Voltaire, Langdon enxergou a fachada dramaticamente iluminada da velha estação ferroviária – agora o estimado Museu d'Orsay. Olhando de relance para a sua esquerda, podia divisar o alto do ultramoderno Centro Pompidou, que abrigava o Museu de Arte Moderna. Atrás dele, a oeste, Langdon sabia que o antigo obelisco de Ramsés se erguia acima das árvores, assinalando o Museu du Jeu de Paume.

Mas era bem ali à sua frente, a leste, do outro lado do arco, que Langdon agora via o monolítico palácio renascentista que havia se tornado o mais famoso museu de arte do mundo.

O Museu do Louvre.

Langdon sentiu uma pontada familiar de deslumbramento quando seus olhos fizeram uma fútil tentativa de absorver totalmente o imenso edifício de uma só vez. Em frente a uma esplanada inacreditavelmente ampla, a fachada imponente do Louvre erguia-se como uma cidadela contra o céu parisiense. Com o formato de uma imensa ferradura, o Louvre era o edifício mais comprido da Europa, estendendo-se além do comprimento de três torres Eiffel colocadas uma em cima da outra. Nem mesmo a esplanada de milhares de metros quadrados entre as alas do museu chegava perto da imponência das dimensões da fachada. Langdon certa vez percorrera todo o perímetro do Louvre, uma caminhada inacreditável de quase cinco quilômetros.

Apesar de se calcular que um visitante levaria cinco semanas para apreciar adequadamente as 65.300 obras de arte desse edifício, a maioria dos turistas escolhia um passeio ao qual Langdon se referia como "Louvre *light*" – uma passagem rápida pelo museu para ver os três mais famosos objetos: a *Mona Lisa*, a *Vênus de Milo* e a *Vitória Alada*. Art Buchwald tinha uma vez se gabado de ter visto as três obras-primas em cinco minutos e cinquenta e seis segundos.

O motorista pegou um walkie-talkie e falou num francês extremamente rápido.

– Monsieur Langdon chegou. Dois minutos.

Uma confirmação indecifrável se fez ouvir do outro lado da linha, em meio à estática.

O policial guardou o aparelho, voltando-se para Langdon.

– Vai se encontrar com o capitão na entrada principal.

O motorista ignorou as placas que proibiam circulação de automóveis na esplanada, acelerou o motor e subiu o meio-fio com o Citroën. Dali dava para se ver a entrada principal do museu, erguendo-se ousada à distância, circundada por sete piscinas triangulares das quais jorravam sete chafarizes iluminados.

A Pirâmide.

A nova entrada do Louvre havia se tornado quase tão famosa quanto o museu em si. A controvertida pirâmide de vidro neomoderna projetada pelo arquiteto americano nascido na China I. M. Pei ainda evocava a zombaria dos tradicionalistas, segundo os quais ela agredia a dignidade do pátio renascentista. Goethe havia descrito a arquitetura como música solidificada, e os críticos de Pei descreveram aquela pirâmide como o atrito produzido pelas unhas contra uma lousa. Os admiradores progressistas, no entanto, saudaram a pirâmide transparente de Pei, com 22 metros de altura, como sinergia deslumbrante entre estrutura antiga e método moderno – um vínculo simbólico entre o antigo e o novo – conduzindo o Louvre para o novo milênio.

– Gosta da nossa pirâmide? – perguntou o policial.

Langdon franziu o cenho. Os franceses, ao que parecia, adoravam perguntar isso aos americanos. Era uma pergunta capciosa, é claro. Admitir que gostava da pirâmide faria da pessoa um americano sem gosto estético, e demonstrar repulsa por ela seria um insulto para o francês.

– Mitterrand era ousado – respondeu Langdon, evasivo. Dizia-se que o falecido presidente francês que havia mandado construir a pirâmide sofria de um "complexo de faraó". O único responsável por encher Paris de obeliscos, arte e artefatos egípcios, François Mitterrand tinha uma afinidade tão obsessiva pela cultura egípcia que os franceses ainda hoje se referem a ele como a Esfinge.

– Qual o nome do capitão? – indagou Langdon, mudando de assunto.

– Bezu Fache – informou o motorista, aproximando-se da portaria da pirâmide. – Nós o chamamos de *Le Taureau*.

Langdon olhou-o de relance, imaginando se todo francês teria um misterioso apelido zoológico.

– Vocês o chamam de *O Touro?*

O homem ergueu as sobrancelhas.

– Seu francês é melhor do que admite, Sr. Langdon.

Meu francês é uma droga, pensou Langdon, *mas minha iconografia zodiacal é boa demais. Taurus era sempre Touro*. A astrologia possuía uma simbologia constante em todo o mundo.

O policial parou o carro e indicou uma porta enorme entre dois chafarizes na lateral da pirâmide.

– Ali é que fica a porta. Boa sorte, monsieur.

– Você não vem?

– Tenho ordens de deixá-lo aqui. Preciso tratar de outras coisas.

Langdon suspirou profundamente e saiu da viatura. *Vocês é que comandam o espetáculo, mesmo.*

O policial acelerou o motor e partiu ventando.

Enquanto estava ali de pé, sozinho, vendo as lanternas traseiras do carro de polícia se afastarem, percebeu que podia facilmente mudar de ideia, sair do pátio, pegar um táxi e voltar para sua cama. Porém, teve o pressentimento de que aquela não seria uma boa ideia.

Ao se dirigir para a névoa formada pelos chafarizes, Langdon teve a sensação incômoda de que estava atravessando um limiar imaginário e entrando em um outro mundo. O clima onírico daquela noite estava voltando a se impor ao seu redor. Vinte minutos antes ele estava dormindo no seu quarto de hotel. Agora se encontrava diante de uma pirâmide transparente, construída pela Esfinge, esperando um policial que chamavam de Touro.

Devo ter ido parar em alguma pintura de Salvador Dalí, pensou.

Langdon avançou para a portaria – uma enorme porta giratória. O saguão atrás dela estava fracamente iluminado e deserto.

Será que devo bater?

Langdon ficou imaginando se algum dos reverenciados egiptólogos de Harvard havia algum dia batido à porta da frente de alguma pirâmide e esperado alguém atender. Ergueu a mão para bater no vidro, mas da escuridão, vinda lá de baixo, surgiu uma figura, subindo a passos largos a escadaria em caracol. O homem era troncudo e escuro, quase um exemplar de Neandertal, vestido com um terno escuro de peito duplo muito esticado sobre os ombros largos. Ele avançou com uma autoridade inconfundível, sobre pernas curtas, grossas e potentes. Estava falando ao celular, mas desligou ao chegar. Fez sinal a Langdon para que entrasse.

– Meu nome é Bezu Fache – apresentou-se, quando Langdon passou pela porta giratória. – Capitão da Diretoria Central da Polícia Judiciária. – Seu tom combinava com ele: um ribombar gutural... parecendo prenúncio de tempestade.

Langdon estendeu a mão para apertar a do policial.

– Robert Langdon.

A enorme palma da mão de Fache envolveu a de Langdon com uma força esmagadora.

– Vi a foto – disse Langdon. – Seu subordinado disse que *o próprio* Jacques Saunière fez aquilo consigo mesmo...

– Sr. Langdon – os olhos cor de ébano de Fache fitaram os dele, insistentemente. – O que viu na foto foi só o início do que Saunière fez.

CAPÍTULO 4

O capitão Bezu Fache tinha a postura de um boi furioso, com os ombros largos retesados e o queixo apertado com toda a força contra o peito. Seus cabelos negros estavam penteados para trás e assentados com óleo, acentuando um bico de viúva semelhante a uma seta que dividia a testa saliente e o precedia como a proa de um couraçado. Enquanto avançava, seus olhos escuros pareciam calcinar a terra diante de si, irradiando uma claridade abrasadora que prenunciava sua reputação de severidade inflexível em todos os assuntos.

Langdon seguiu o capitão rumo ao subsolo, pela famosa escadaria de mármore, entrando no átrio subterrâneo sob a pirâmide de vidro. Enquanto desciam, passaram entre duas sentinelas da Polícia Judiciária armadas com metralhadoras. A mensagem era clara: ninguém entra nem sai esta noite sem a bênção do capitão Fache.

Descendo abaixo do solo, Langdon lutava contra uma agitação interior cada vez maior. A presença de Fache era tudo, menos acolhedora, e o Louvre em si tinha uma atmosfera quase sepulcral àquela hora. A escadaria, como o corredor de um cinema escuro, era iluminada apenas por luzes muito discretas, embutidas em cada degrau. Langdon ouvia seus passos ecoarem no vidro acima de si. Quando olhou para o alto, viu as nesgas de névoa fracamente iluminadas dos chafarizes desaparecerem do outro lado do teto transparente.

– O senhor aprova? – indagou Fache, indicando o teto com o queixo largo.

Langdon suspirou, cansado demais para aquele tipo de papo furado.

– Sim, sua pirâmide é magnífica.

Fache resmungou.

– Uma cicatriz na face de Paris.

Ponto. Langdon sentiu que o anfitrião era um homem difícil de se agradar. Imaginou se Fache teria alguma ideia de que essa pirâmide, a pedido explícito de Mitterrand, havia sido construída com exatamente 666 vidraças – um pedido esquisito que sempre fora tópico de debates acalorados entre aficionados da conspiração que alegavam ser este, 666, o número de Satã.

Langdon decidiu que era melhor não tocar naquele assunto.

À medida que iam avançando mais no saguão subterrâneo, o imenso espaço vagarosamente emergia das sombras. Dezessete metros abaixo do nível do solo, o novo saguão de seis mil e quinhentos metros quadrados do Louvre se estendia como uma gruta interminável. Construído em mármore de uma cor ocre acolhedora para ser compatível com a pedra cor de mel da fachada do palácio acima dele, o salão subterrâneo costumava estar vibrante, banhado pela luz solar e repleto de turistas. Esta noite, porém, estava estéril e tenebroso, dando a todo o espaço uma atmosfera fria e críptica.

– E os seguranças normais do museu? – indagou Langdon.

– Em quarentena – respondeu Fache, em francês, com um tom como se Langdon estivesse questionando a integridade da equipe de Fache. – Obviamente, entrou alguém aqui esta noite que não devia ter entrado. Todos os seguranças noturnos do Louvre estão na Ala Sully sendo interrogados. Meus próprios comandados assumiram a segurança do museu.

Langdon fez que entendia, apertando o passo para acompanhar Fache.

– Até que ponto conhecia Jacques Saunière? – perguntou o capitão.

– Na verdade, não o conhecia. Jamais nos vimos pessoalmente.

Fache fez cara de surpreso.

– Iam se conhecer esta noite?

– Sim. Planejamos nos encontrar na recepção da American University depois da minha palestra, mas ele não compareceu ao encontro.

Fache fez algumas anotações em uma caderneta. Enquanto caminhavam, Langdon teve um vislumbre da pirâmide menos conhecida do Louvre – *A Pirâmide Invertida* –, uma imensa claraboia que pendia do teto como uma estalactite em uma parte contígua do mezanino. Fache conduziu Langdon por um lance curto de escadas, subindo até a boca de um túnel em arco, sobre o qual se lia: DENON. A Ala Denon era a mais famosa das três partes do Louvre.

– Quem marcou o encontro desta noite? – perguntou Fache, de repente. – Você ou ele?

A pergunta lhe pareceu estranha.

– Foi o Sr. Saunière – respondeu Langdon, quando entraram no túnel. – A secretária dele me enviou uma mensagem por e-mail há algumas semanas. Disse que o curador soubera que eu ia dar uma palestra em Paris este mês, e queria debater alguma coisa comigo enquanto eu estivesse aqui.

– Debater o quê?

– Não sei. Arte, imagino. Tínhamos interesses em comum.

Fache, pela expressão, não acreditou muito.

– Não faz ideia alguma do assunto que iriam discutir no encontro?

Langdon não fazia. Ficou curioso na época do contato, mas não se sentiu à vontade para exigir mais detalhes. O venerado Jacques Saunière tinha uma tendência famosa para a discrição e concedia pouquíssimas entrevistas. Langdon contentou-se em ter a oportunidade de conhecê-lo.

– Sr. Langdon, pode ao menos me dar *um palpite qualquer* sobre o que nossa vítima de assassinato podia estar querendo debater com o senhor na noite em que foi morta? Talvez nos seja útil.

A sutileza da pergunta deixou Langdon desconfiado.

– Francamente, não posso imaginar. Não perguntei. Senti-me honrado simplesmente por ele ter entrado em contato comigo. Sou admirador da obra do Sr. Saunière. Uso muito seus textos em sala.

Fache anotou esse fato na caderneta.

Os dois agora já estavam na metade do túnel de entrada da Ala Denon, e Langdon podia ver o par de escadas rolantes na extremidade dele, ambas imóveis.

– Então, tinha interesses em comum com ele? – indagou Fache.

– Tinha. Aliás, passei uma boa parte do ano passado escrevendo o rascunho de um livro que trata da área de especialização predileta do Sr. Saunière. Estava ansioso para ver o que podia arrancar dele.

Fache olhou-o de relance.

– Como disse?

Aparentemente ele não entendera a força de expressão.

– Estava ansioso para saber se ia poder descobrir o que ele pensava sobre o assunto.

– Entendi. E qual é esse assunto?

Langdon hesitou, sem saber exatamente como se expressar.

– Essencialmente, o manuscrito fala da iconografia da adoração à deusa – o conceito de santidade feminina e a arte e os símbolos associados a ela.

Fache passou uma das mãos rechonchudas pelos cabelos.

– Então Saunière era perito nisso?

– O maior estudioso do assunto.

– Entendi.

Langdon logo viu que Fache não estava entendendo nada. Jacques Saunière era considerado o maior iconógrafo da deusa no planeta. Não só alimentava uma paixão pessoal por relíquias que se relacionavam a fertilidade, cultos à deusa,

Wicca e o sagrado feminino, como durante seu mandato de vinte anos como curador havia ajudado o Louvre a reunir o maior acervo de arte da deusa no mundo – machados duplos tipo *labrys* do santuário grego mais antigo das sacerdotisas em Delfos, varinhas de ouro em forma de caduceu, centenas de *ankhs* Tjet que lembravam pequenos anjos em pé, chocalhos egípcios chamados sistros usados no antigo Egito para afastar espíritos maléficos e uma quantidade impressionante de estátuas que representavam a deusa Ísis amamentando o filho Hórus.

– Quem sabe Jacques Saunière não soube do seu livro... – sugeriu Fache – e marcou o encontro para oferecer-lhe ajuda?

Langdon sacudiu a cabeça.

– Ninguém ainda sabe do meu livro. Está em rascunho, e não o mostrei a ninguém, a não ser ao meu editor.

Fache emudeceu.

Langdon não acrescentou o motivo pelo qual ainda não havia mostrado o original a ninguém. O rascunho de 300 páginas – provisoriamente intitulado *Símbolos do Sagrado Feminino Perdido* – propunha algumas interpretações nada convencionais da iconografia religiosa estabelecida, que certamente gerariam controvérsia.

Agora, ao aproximar-se das escadas rolantes paradas, Langdon parou, percebendo que Fache não estava mais ao seu lado. Virando-se, viu-o a vários metros, diante de um elevador de serviço.

– Vamos pegar o elevador – disse Fache, quando as portas se abriram. – Como tenho certeza de que sabe, a galeria fica longe demais para se ir a pé.

Embora Langdon soubesse que o elevador encurtaria a longa subida de dois andares até a Ala Denon, continuou parado.

– Alguma coisa errada? – Fache segurava a porta, mostrando impaciência.

Langdon soltou o ar, dando um olhar esperançoso à escada rolante ao ar livre. *Nada errado*, mentiu para si mesmo, forçando-se a voltar ao elevador. Quando menino, Langdon havia caído em um poço de elevador abandonado e quase morrido tentando manter-se à tona da água acumulada no fundo, naquele espaço exíguo, durante horas, antes de ser salvo. Desde esse dia, passou a sofrer de claustrofobia crônica – elevadores, metrô, quadras de *squash*. *O elevador é uma máquina perfeitamente segura*, dizia continuamente a si mesmo. *É uma caixinha minúscula de metal que pende de um cabo em um poço fechado!* Prendendo a respiração, ele entrou no elevador, sentindo as familiares alfinetadas da adrenalina enquanto a porta se fechava.

Dois andares. Dez segundos.

– O senhor e o Sr. Saunière – disse Fache, quando o elevador começou a subir – jamais conversaram? Nunca se corresponderam? Jamais enviaram nada pelo correio um para o outro?

Mais uma pergunta esquisita. Langdon sacudiu a cabeça.

– Não. Nunca.

Fache inclinou a cabeça, como fazendo uma anotação mental daquilo. Sem nada dizer, fixou o olhar direto nas portas cromadas à sua frente.

Enquanto subiam, Langdon tentava concentrar-se em outra coisa além das quatro paredes ao seu redor. No reflexo da porta lustrosa do elevador, viu o prendedor da gravata do capitão – um crucifixo de prata com 13 peças engastadas de ônix negro. Langdon achou aquilo vagamente surpreendente. O símbolo era conhecido como *crux gemmata* – uma cruz com 13 gemas –, o ideograma cristão que representava Cristo e os 12 apóstolos. Por algum motivo, Langdon não esperava que um capitão da polícia francesa declarasse sua religião de forma tão aberta. Mas, também, estavam na França; o cristianismo ali era não apenas uma religião, mas um patrimônio hereditário.

– É uma *crux gemmata* – disse Fache, de repente.

Assustado, Langdon olhou para cima rapidamente e pegou Fache fitando seu reflexo nas portas cromadas.

O elevador parou, com um tranco, e as portas se abriram.

Langdon tratou de sair, ansioso para entrar no espaço amplo que lhe permitiam os famosos pés-direitos altos das galerias do Louvre. O mundo no qual ele pisou, porém, não estava nem perto do que ele esperava.

Surpreso, Langdon parou subitamente.

Fache olhou para ele.

– Nunca viu o Louvre depois do horário de visitas, Sr. Langdon?

Certamente não, pensou Langdon, tentando se orientar.

Em geral muito bem-iluminadas, as galerias do Louvre achavam-se surpreendentemente escuras naquela noite. Em vez da simples luz branca costumeira, vinda do teto, um brilho avermelhado e tênue parecia emanar de baixo para cima, vindo dos rodapés – manchas intermitentes de luzes vermelhas que se projetavam sobre os pisos de lajota.

Enquanto Langdon espiava o corredor sombrio, percebeu que devia ter previsto essa cena. Quase todas as galerias principais utilizavam luzes de serviço vermelhas à noite – estrategicamente colocadas, num nível baixo, embutidas na parede, o que possibilitava à equipe de limpeza passar pelos corredores e ao mesmo tempo mantinha as pinturas em relativa escuridão, para reduzir os efeitos prejudiciais da exposição excessiva à luz. Essa noite o museu parecia quase opressivo. Longas sombras invadiam todos os cantos, e os tetos, em geral altos e abobadados, pareciam um vazio baixo e negro.

– Por aqui – disse Fache, dobrando de repente à direita e passando por uma série de galerias interligadas.

Langdon seguiu-o, a visão se acostumando vagarosamente às trevas. Tudo em volta, pinturas a óleo enormes, começou a materializar-se como fotos se revelando diante dele em um enorme quarto escuro... os olhos das figuras pintadas seguiam-no à medida que ele atravessava as salas. Ele era capaz de sentir o gosto acre familiar de ar de museu – uma essência árida e desionizada que trazia um tênue toque de carbono – produto de desumidificadores industriais com filtros de carvão que funcionavam 24 horas por dia para combater o corrosivo dióxido de carbono emitido pelos visitantes.

Situadas no alto das paredes, as câmeras de segurança visíveis enviavam uma mensagem clara para os visitantes: *Estamos de olho em vocês. Não toquem em nada.*

– Alguma delas é de verdade? – indagou Langdon, indicando as câmeras.

Fache sacudiu a cabeça.

– Claro que não.

Langdon não se surpreendeu. A vigilância com câmeras em um museu daquele porte era proibitiva em termos de custo e ineficaz. Com quilômetros e quilômetros de galerias para vigiar, o Louvre exigiria várias centenas de técnicos simplesmente para monitorar os filmes. A maioria dos museus hoje em dia usa "segurança por retenção". *Nada mais de manter os ladrões longe. O negócio é não os deixar sair.* A retenção era ativada depois do expediente, e, caso um intruso removesse uma obra de arte, saídas compartimentadas se lacrariam em torno da galeria, de modo a prender o ladrão antes de a polícia chegar.

O som de vozes ecoou pelo corredor de mármore à frente. O barulho parecia vir de um cômodo amplo e recuado mais adiante à direita. Uma luz brilhante se projetava dele para o corredor.

– O gabinete do curador – informou o capitão.

Quando ele e Fache se aproximaram do gabinete, Langdon espiou por um corredorzinho curto o interior do escritório luxuoso de Saunière – madeira em tom dourado, pinturas de velhos mestres renascentistas e uma imensa escrivaninha antiga sobre a qual se via um modelo de 60 centímetros de altura de um cavaleiro de armadura completa. Alguns policiais perambulavam pela sala, falando ao telefone e tomando notas. Um deles estava sentado à mesa de Saunière, digitando alguma coisa em um laptop. Aparentemente o gabinete do diretor havia se transformado em centro de operações improvisado da DCPJ durante aquela noite.

– *Messieurs* – disse Fache, e os homens se viraram. – Não nos interrompam por motivo algum. Entendido? – ordenou.

Todos dentro do gabinete confirmaram que haviam entendido.

Langdon já tinha visto avisos de NE PAS DÉRANGER nas portas de hotel o suficiente para entender a ordem do capitão. Fache e Langdon não deviam ser interrompidos em nenhuma circunstância.

Deixando o grupo de policiais para trás, Fache levou Langdon mais além, no corredor mal-iluminado. Trinta metros adiante, apareceu o portão da parte mais popular do Louvre – a Grande Galeria –, um corredor aparentemente interminável, que abrigava as obras de arte italianas mais valiosas do museu. Langdon já havia entendido que *era ali* que o corpo de Saunière devia estar. O famoso assoalho de parquê da Grande Galeria aparecia inconfundível na foto polaroide.

Assim que se aproximaram, Langdon viu que a entrada se encontrava bloqueada por uma imensa grade de aço que parecia com as que eram usadas em castelos medievais para evitar a entrada de exércitos de saqueadores.

– Segurança por retenção – disse Fache, quando se aproximaram da grade.

Até mesmo no escuro, a barreira parecia capaz de deter um tanque. Ao chegar perto dela, Langdon espiou através das barras as fracamente iluminadas câmaras da Grande Galeria.

– Primeiro o senhor, Sr. Langdon – disse Fache.

Langdon virou-se.

Primeiro eu, aonde?

Fache indicou o rodapé da grade.

Langdon olhou para baixo. Na escuridão, não notou nada.

A barreira estava elevada cerca de 60 centímetros, o que deixava uma folga apertada embaixo dela.

– Esta área ainda é proibida para a segurança do Louvre – disse Fache. – Minha equipe da Polícia Técnica e Científica acabou de concluir a investigação. – Indicou a abertura. – Por favor, abaixe-se e passe por aí.

Langdon ficou olhando o espaço a seus pés, que mal dava para alguém passar rastejando, e depois para a pesada grade de metal. *Ele só pode estar brincando, não?* A barreira parecia uma guilhotina, só esperando para esmagar os intrusos.

Fache resmungou alguma coisa em francês e consultou o relógio. Depois se deitou de barriga para baixo e arrastou o corpo robusto, passando sob a grade. Do outro lado, ficou de pé e olhou para Langdon através das barras.

Langdon soltou um profundo suspiro. Apoiando as palmas abertas sobre o piso de parquê, deitou-se de barriga para baixo e se arrastou para dentro. Enquanto deslizava sob a grade, a parte de trás da gola do terno Harris prendeu-se na parte inferior da grade, fazendo a sua nuca bater contra o ferro.

Vá com calma, Robert, pensou, desvencilhando-se e finalmente conseguindo passar. Quando ficou de pé, Langdon estava começando a desconfiar de que aquela ia ser uma noite bem longa.

CAPÍTULO 5

Murray Hill Place – a nova Sede Nacional e centro de conferências do Opus Dei – fica no número 243 da Lexington Avenue, em Nova York. Tendo custado a bagatela de 47 milhões de dólares, a torre de 12.300 metros quadrados é revestida de tijolos vermelhos e calcário de Indiana. Projetada por May &

Pinska, contém mais de 100 quartos de dormir, seis salas de jantar, bibliotecas, salas de estar, salas de reuniões e escritórios. O segundo, oitavo e décimo sexto andares têm capelas, ornamentadas com obras de carpintaria artística e mármore. O décimo sétimo andar é completamente residencial. Os homens entram no edifício pelas portas principais da Lexington Avenue. As mulheres o fazem por uma rua transversal, e são "acústica e visualmente separadas" dos homens enquanto estiverem no edifício.

À noitinha, no santuário de seu apartamento de cobertura, o bispo Manuel Aringarosa havia preparado uma malinha de viagem e se vestido com uma batina preta tradicional. Normalmente ele teria amarrado uma cinta roxa em torno da cintura, mas esta noite ele viajaria entre o povo e preferia não chamar a atenção para seu alto cargo. Apenas aqueles que fossem muito argutos notariam seu anel episcopal de ouro de 14 quilates, com ametista roxa, grandes brilhantes e aplicação feita à mão de uma mitra e um báculo episcopal. Pendurando a bolsa de viagem no ombro, fez uma prece silenciosa e saiu do apartamento, descendo até a portaria, onde o motorista aguardava para levá-lo ao aeroporto.

Agora, sentado a bordo de um avião comercial, a caminho de Roma, Aringarosa espiava o escuro oceano Atlântico pela janela. O sol já havia se posto, mas Aringarosa sabia que sua estrela pessoal estava em ascensão. *Esta noite venceremos a batalha*, pensou, espantado por alguns meses atrás ter se sentido impotente contra as mãos que ameaçavam destruir seu império.

Como diretor-geral do Opus Dei, o bispo Aringarosa tinha passado a última década de sua vida espalhando a mensagem da "Obra de Deus" – literalmente, Opus Dei. A congregação, fundada em 1928 pelo padre espanhol Josemaría Escrivá, promovia o retorno aos valores conservadores católicos e incentivava seus membros a fazer sacrifícios imensos em suas vidas em nome da Obra de Deus.

A filosofia tradicionalista do Opus Dei havia a princípio se enraizado na Espanha, antes do regime de Franco, mas, com a publicação, em 1934, do livro de Josemaría Escrivá, *O caminho* – 999 pontos de meditação para ajudar o devoto a realizar a Obra de Deus em sua vida –, sua mensagem explodiu no mundo inteiro. Agora, depois de mais de quatro milhões de exemplares vendidos do *Caminho*, traduzido em 42 línguas, o Opus Dei era uma força global. Suas mansões residenciais, seus centros de ensino e até universidades se encontravam em quase todas as principais metrópoles do planeta. O Opus Dei era a organização católica de crescimento mais rápido e financeiramente seguro em todo o mundo. Infelizmente, segundo Aringarosa havia aprendido, em uma era de ceticismo religioso, cultos e televangelistas, a riqueza e o poder cada vez maiores do Opus Dei despertavam desconfiança.

– Muitos chamam o Opus Dei de culto de lavagem cerebral – costumavam abordar os repórteres. – Os outros a consideram uma sociedade secreta cristã ultraconservadora. Qual dessas duas definições é a mais correta?

– Nem uma nem outra – respondia o bispo, pacientemente. – Somos da Igreja Católica. Somos uma congregação de católicos que resolveu seguir prioritariamente a doutrina católica tão rigorosamente quanto possamos em nossa vida diária.

– A Obra de Deus precisa necessariamente incluir votos de castidade, pagamento de dízimo, compensação dos pecados pela autoflagelação e o uso do cilício?

– Apenas uma parcela dos membros do Opus Dei se encaixa nessa sua descrição – respondia Aringarosa. – Há muitos níveis de envolvimento. Milhares dos componentes do Opus Dei são casados, pais e mães de família, e praticam a Obra de Deus em suas comunidades. Outros escolhem vidas de ascetismo, vivendo enclausurados em nossas sedes residenciais. As opções são individuais, mas todos no

Opus Dei possuem a meta de melhorar o mundo através da realização da Obra de Deus. Certamente é um objetivo admirável.

Mas o raciocínio lógico raramente funcionava. Os meios de comunicação gravitavam na direção do escândalo, e o Opus Dei, como a maioria das grandes organizações, tinha entre seus membros algumas ovelhas perdidas que prejudicavam todo o grupo com seu procedimento.

Dois meses antes, em uma universidade do Centro-Oeste americano, um grupo do Opus Dei fora surpreendido drogando novos devotos com mescalina, para tentar induzir um estado eufórico que os neófitos entenderiam como experiência religiosa. Um outro estudante universitário tinha usado seu cilício com pontas de ferro com maior frequência do que as duas horas por dia que a organização recomendava e contraíra uma infecção quase fatal. Em Boston, há relativamente pouco tempo, um jovem banqueiro de investimentos desiludido havia doado as economias de uma vida inteira para o Opus Dei antes de tentar o suicídio.

Ovelhas desgarradas, pensava Aringarosa, o coração condoído por essas pessoas.

Naturalmente, a gota d'água foi o julgamento amplamente divulgado do espião do FBI Robert Hanssen, que, além de ser membro da alta hierarquia do Opus Dei, tinha se revelado um depravado. Em seu julgamento foram apresentadas provas de que ele instalara câmeras no seu quarto para os amigos assistirem-no transando com a mulher. "Isso não pode ser considerado um passatempo de católico fervoroso", observara o juiz.

Tristemente, todos esses acontecimentos haviam ajudado a criar o novo grupo de vigilância conhecido como Opus Dei Awareness Network – ODAN (Rede de Vigilância do Opus Dei). O popular site da organização – www.odan.org – relatava histórias aterrorizantes de ex-membros da congregação que alertavam as pessoas contra o perigo de entrarem nela.

Os meios de comunicação agora se referiam ao Opus Dei como "A Máfia de Deus" e "O Culto de Cristo".

Tememos o que não entendemos, pensou Aringarosa, imaginando se esses críticos teriam alguma ideia de quantas vidas o Opus Dei havia enriquecido. O grupo contava com totais aprovação e bênção do Vaticano. *O Opus Dei é uma prelazia pessoal do próprio Papa.*

Ultimamente, porém, o Opus Dei havia se descoberto ameaçado por uma força infinitamente mais poderosa do que a mídia... um inimigo inesperado do qual Aringarosa não poderia se esconder. Há cinco meses, o caleidoscópio do poder fora sacudido, e Aringarosa ainda estava se recuperando do golpe.

– Eles não sabem a guerra que começaram – sussurrou Aringarosa para si mesmo, olhando pela janela do avião para a superfície escura do oceano, lá embaixo. Por um instante, voltando à realidade, fitou o reflexo de seu rosto estranho, escuro e alongado, dominado por um nariz achatado e torto, quebrado por um punho na Espanha quando era um missionário ainda jovem. Aquele defeito físico mal se notava agora. Aringarosa vivia no mundo da alma, não no da carne.

Quando o jato passou sobre a costa de Portugal, o celular na batina de Aringarosa, regulado no modo silencioso, começou a vibrar insistentemente. Apesar de as normas das companhias aéreas proibirem o uso de celulares durante os voos, Aringarosa atendeu, pois era uma ligação que não podia deixar de atender. Apenas um homem neste mundo tinha aquele número, o homem que tinha enviado o celular a Aringarosa pelo correio.

Empolgado, o bispo atendeu, baixinho.

– Sim?

– Silas já localizou a pedra-chave – disse o interlocutor no outro lado da linha. – Está em Paris. Dentro da Igreja de Saint-Sulpice.

O bispo Aringarosa sorriu.

– Então estamos quase chegando lá.

– Podemos obtê-la imediatamente. Mas precisamos de sua influência.

Quando Aringarosa desligou o telefone, seu coração batia acelerado. Voltou a contemplar o vazio da noite, sentindo-se pequeno diante da enormidade da iniciativa que havia tomado.

◆ ◆ ◆

A 800 quilômetros de distância, o albino chamado Silas se encontrava parado ao lado de uma pequena bacia com água e limpando o sangue das costas, observando os redemoinhos vermelhos girarem na água. *Aspergi-me com um ramo de hissopo e ficarei puro*, rezou, citando um versículo dos Salmos. *Lavai-me, e me tornarei mais branco que a neve.*

Silas sentia uma expectativa incrível, que não experimentava desde sua vida antes do Opus Dei. Isto o surpreendia e, ao mesmo tempo, o eletrizava. Durante a década anterior, ele estivera seguindo o *Caminho*, purificando-se de seus pecados... reconstruindo sua vida... apagando a violência em seu passado. Esta noite, porém, tudo havia subitamente retornado. O ódio que tanto procurara abafar havia sido invocado. Agora estava assustado por ver como o passado voltara depressa. E com ele, naturalmente, voltaram suas habilidades, enferrujadas, mas ainda úteis.

A mensagem de Jesus é de paz... de não violência... de amor. Essa era a mensagem que Silas havia recebido desde o início, e a mensagem que guardara no seu coração. E, no entanto, *essa* era também a mensagem que os inimigos de Cristo agora ameaçavam destruir. *Aqueles que ameaçarem Deus com a força pagarão com a força. Inalterável e inflexível.*

Durante dois milênios, soldados cristãos haviam defendido sua fé contra os que tentavam erradicá-la. Naquela noite, Silas fora convocado para a batalha.

Secando as feridas, vestiu a túnica que ia até os tornozelos. Era simples, com um capuz, feita de lã escura, acentuando a brancura da sua pele e cabelos. Atando o cordão em torno da cintura, ergueu o capuz acima da cabeça e permitiu que os olhos vermelhos admirassem seu reflexo no espelho. *Chegou a hora de agir.*

CAPÍTULO 6

Depois de se espremer para passar debaixo do portão da segurança, Robert Langdon agora se encontrava logo depois da entrada da Grande Galeria. Olhava fixamente a boca de um longo e profundo desfiladeiro. De cada lado da galeria, austeras paredes erguiam-se a nove metros de altura, evaporando-se na escuridão lá em cima. O brilho avermelhado da iluminação de serviço projetava-se em direção ao alto, lançando um brilho sobrenatural de braseiro sobre uma coleção impressionante de Da Vincis, Ticianos e Caravaggios pendentes de cabos vindos do teto. Viam-se naturezas-mortas, cenas religiosas e paisagens ao lado de retratos de nobres e políticos.

Embora a Grande Galeria abrigasse a mais famosa coleção de arte italiana do Louvre, muitos visitantes achavam que a mais famosa atração que a galeria oferecia era na verdade seu piso de parquê. Disposto em um padrão geométrico deslumbrante, formado de tacos de carvalho diagonais, o piso produzia uma ilusão de ótica passageira – uma rede multidimensional que dava aos visitantes a sensação de estarem flutuando ao longo da galeria sobre uma superfície que mudava a cada passo.

Quando o olhar de Langdon começou a distinguir o mosaico, os olhos pararam de súbito em um objeto inesperado que estava caído no chão, apenas a alguns metros à sua esquerda, cercado pela fita de demarcação do local do crime, colocada pela polícia. Ele girou na direção de Fache.

– Essa tela aí no chão... é um Caravaggio?

Fache confirmou, sem nem mesmo olhar.

A pintura, segundo Langdon calculou, valia mais de dois milhões de dólares, e mesmo assim estava ali caída no chão como um cartaz velho.

– Mas por que esse quadro está aí no chão, assim?

Fache lançou-lhe um olhar furioso, claramente indiferente.

– Isso aqui é o local de um crime, Sr. Langdon. Deixamos tudo como estava. Foi o curador quem arrancou essa tela da parede. Assim ele ativou o sistema de segurança.

Langdon tornou a olhar o portão, tentando imaginar o que teria acontecido.

– O curador sofreu um atentado em seu gabinete, fugiu para a Grande Galeria e ativou o portão de segurança arrancando esse quadro da parede. O portão caiu imediatamente, lacrando a galeria e impedindo o acesso de outras pessoas a ela. Essa é a única porta para entrar ou sair dessa galeria.

Langdon se sentiu confuso.

– Então o curador conseguiu prender o atacante dentro da Galeria?

Fache sacudiu a cabeça.

– O portão de segurança *separou* os dois e ajudou Saunière a manter o seu atacante à distância. O assassino ficou preso do lado de fora, no corredor, e atirou em Saunière pelas grades do portão. – Fache apontou para uma etiqueta cor de laranja que pendia de uma das barras do portão sob a qual eles acabavam de passar. – A perícia encontrou resíduo de pólvora de uma pistola. Ele atirou entre as barras. Saunière morreu aqui, sozinho.

Langdon lembrou-se da foto do corpo de Saunière. *Disseram que ele fez aquilo consigo mesmo.* Langdon olhou para o enorme corredor diante deles. – Então onde está o corpo dele?

Fache ajeitou o prendedor de gravata cruciforme e começou a andar.

– Como provavelmente sabe, a Grande Galeria é muito comprida.

O comprimento exato, se Langdon se recordava corretamente, era de cerca de 450 metros. Igualmente impressionante era a largura do corredor, onde facilmente caberia um par de trens de passageiros, lado a lado. Ocasionalmente viam-se no centro do corredor estátuas ou urnas de porcelana colossais, que serviam de elegantes divisores, mantendo o fluxo dos visitantes se movimentando por uma parede em um sentido, e na outra no sentido oposto.

Fache agora estava mudo, percorrendo o lado direito do corredor com rapidez, o olhar fixo à sua frente. Langdon se sentiu quase desrespeitoso por passar correndo assim por tantas obras de arte sem parar nem para dar uma olhadela.

Até parece que ia conseguir enxergar alguma coisa com essa luz, pensou.

A iluminação vermelha atenuada infelizmente o fazia lembrar-se de sua última experiência com luzes embutidas nos Arquivos Secretos do Vaticano. Esse era o segundo paralelo desconfortável que ele traçava naquela noite com a vez em que quase morrera em Roma. Viu de novo Vittoria, de relance. Ela já não aparecia em seus sonhos havia meses. Langdon não podia acreditar que tudo aquilo que havia acontecido em Roma tinha sido apenas há um ano: décadas pareciam haver transcorrido desde então. *Uma outra vida.* A última correspondência de Vittoria chegara em dezembro – um cartão-postal dizendo que ela ia para o mar de Java continuar as pesquisas em física do emaranhamento... algum estudo sobre o uso de satélites para acompanhar as migrações das arraias-jamantas. Langdon jamais havia alimentado ilusões de que uma mulher como Vittoria Vetra pudesse ser feliz vivendo com ele em um campus de universidade, mas o caso deles em Roma havia desencadeado em Langdon um anseio que ele jamais imaginara que pudesse sentir. A preferência que ele sempre tivera pela vida de solteiro e as liberdades simples que ela permitia haviam sofrido um abalo considerável... substituídas por um vazio inesperado que parecia haver crescido durante o ano passado.

Eles continuaram andando rapidamente, embora Langdon não visse cadáver algum.

– Jacques Saunière conseguiu andar *tanto assim?*

– O Sr. Saunière levou uma bala no estômago. Morreu muito devagar. Levou talvez uns 15 a 20 minutos. Obviamente era um homem de grande persistência.

Langdon virou-se, pasmo.

– A segurança levou *15* minutos para chegar aqui?

– É claro que não. A segurança do Louvre reagiu imediatamente ao alarme e encontrou a Grande Galeria lacrada. Pelo portão, puderam ouvir alguém andando na outra ponta do corredor, mas não dava para verem quem era. Gritaram, mas não obtiveram resposta. Presumindo que fosse algum criminoso, seguiram o protocolo e ligaram para a Polícia Judiciária. Assumimos nossas posições em 15 minutos. Quando chegamos, levantamos a barreira o suficiente para passarmos por baixo dela, e enviei uma dúzia de agentes armados aqui para dentro. Eles passaram o pente-fino na galeria inteira para encurralar o intruso.

– E aí?

– E aí que não encontraram ninguém aqui dentro, a não ser... – apontou para um ponto mais adiante, no corredor. – Ele.

Langdon ergueu o olhar e seguiu o dedo estendido de Fache. A princípio achou que Fache estava apontando para uma estátua imensa de mármore no meio do corredor. Enquanto continuavam, porém, Langdon começou a ver o que havia depois da estátua. Trinta metros corredor abaixo, um único refletor sobre um suporte portátil iluminava o chão, gerando uma ilha impiedosa de luz branca na escura galeria vermelha. No meio da mancha luminosa, como um inseto sob o microscópio, o cadáver do diretor do Louvre jazia nu sobre o piso de parquê.

– O senhor viu a foto – disse Fache. – Então, essa cena não deveria surpreendê-lo.

Langdon sentiu um arrepio profundo à medida que se aproximavam do corpo. Diante dele estava uma das imagens mais estranhas que já vira.

◆ ◆ ◆

O cadáver pálido de Jacques Saunière jazia sobre o assoalho de parquê exatamente como na foto. Quando Langdon se aproximou do corpo e olhou para ele com os olhos semicerrados à luz forte, lembrou-se, para seu assombro, de que Saunière havia passado os últimos minutos de sua vida compondo aquela pose estranha.

Saunière parecia bastante saudável para um homem de sua idade... E toda a sua musculatura estava à mostra. Ele tinha tirado absolutamente toda a roupa, colocado as peças todas dobradas no chão e se deitado de barriga para cima no centro do amplo corredor, perfeitamente alinhado com o eixo longitudinal do aposento. Seus braços e pernas estavam bem abertos, como os de uma criança fazendo um anjo na neve... ou talvez, mais apropriadamente, como um homem sendo puxado e esquartejado por alguma força invisível.

Logo abaixo do esterno de Saunière, uma mancha ensanguentada marcava o ponto onde a bala lhe perfurara a carne. A ferida havia sangrado surpreendentemente pouco, deixando apenas uma pequena poça de sangue enegrecido.

O indicador de Saunière estava também ensanguentado, aparentemente mergulhado no ferimento para criar o aspecto mais perturbador daquela cena de morte macabra: usando seu próprio sangue como tinta, e empregando seu próprio abdome nu como tela, Saunière havia desenhado um único símbolo em sua carne – cinco linhas retas que se interceptavam para formar uma estrela de cinco pontas.

O pentagrama.

A estrela sangrenta, centralizada no umbigo de Saunière, dava ao cadáver uma aura distintamente demoníaca. A foto que Langdon havia visto já era bem arrepiante, mas, vendo a cena ao vivo e em cores, assim, Langdon sentiu profundo mal-estar.

Ele fez isso consigo mesmo.

– Sr. Langdon? – os olhos escuros de Fache voltaram a fitar o simbologista.

– É um pentagrama – explicou Langdon, a voz soando oca naquele imenso espaço. – Um dos símbolos mais antigos da Terra. Usado mais de quatro mil anos antes de Cristo.

– E o que significa?

Langdon sempre hesitava quando lhe faziam essa pergunta. Dizer o que "significava" um símbolo era como dizer como uma canção deveria fazê-los se sentir – era diferente para cada um. Um capuz branco da Ku Klux Klan conjurava imagens de ódio e racismo nos Estados Unidos, mas aquela mesma peça de indumentária trazia um significado de fé religiosa na Espanha.

– Os símbolos têm significados diferentes em lugares diferentes – explicou Langdon. – Antes de mais nada, o pentagrama é um símbolo religioso pagão.

Fache concordou.

– Adoração do demônio.

– Não – corrigiu Langdon, imediatamente percebendo que devia ter escolhido palavras mais claras.

Hoje em dia o termo *pagão* se tornou quase sinônimo de adoração ao demônio – um erro grosseiro. As raízes dessa palavra remontam ao latim *paganus*, que significa "habitante do campo". Os "pagãos" eram literalmente pessoas do meio rural que não haviam recebido ensinamentos cristãos e que se apegavam às velhas religiões da natureza. De fato, tão grande era o medo que os cristãos sentiam daqueles que viviam nos vilarejos rurais que a palavra antes inócua para indicar "morador da vila" – *vilão* – passou a significar "malfeitor".

– O pentagrama – esclareceu Langdon – é um símbolo pré-cristão relacionado com a adoração à Natureza. Os antigos viam seu mundo dividido em duas metades: a masculina e a feminina. Seus deuses e deusas agiam no sentido de manter um equilíbrio de poderes. *Yin* e *yang*. Quando masculino e feminino estavam equilibrados, havia harmonia no mundo. Quando se desequilibravam, estabelecia-se o caos. – Langdon indicou o estômago de Saunière. – Esse pentagrama representa o lado *feminino* de todas as coisas – um conceito religioso que os historiadores chamam de "o sagrado feminino" ou "a divina deusa". Saunière, principalmente, sabia muito bem disso.

– Saunière desenhou um símbolo da *deusa* no estômago?

Langdon precisava admitir que aquilo parecia estranho.

– Em sua interpretação mais específica, o pentagrama simboliza Vênus – a deusa do amor sexual e da beleza.

Fache examinou o homem nu e soltou um grunhido.

– Cada religião se baseava na ordem natural divina. A deusa Vênus e o planeta Vênus eram uma só coisa. A deusa tinha um lugar no céu noturno e era conhecida por muitos nomes: Vênus, Estrela Oriental, Ishtar, Astarte – todos poderosos conceitos femininos vinculados à Natureza e à Mãe Terra.

Fache parecia ainda mais transtornado agora, como se de alguma forma preferisse a ideia da adoração ao demônio.

Langdon resolveu não lhe falar da propriedade mais espantosa do pentagrama – a origem *gráfica* de seus vínculos com Vênus. Quando jovem estudante de astronomia, Langdon ficara espantado de saber que o planeta Vênus descrevia um pentagrama *perfeito* através do plano eclíptico do céu a cada oito anos. Tão assombrados ficaram os astrônomos ao observarem esse fenômeno que Vênus e seu pentagrama passaram a ser considerados símbolos da perfeição, da beleza e das qualidades cíclicas do amor sexual. Como tributo à magia de Vênus, os gregos empregaram seu ciclo de oito anos para organizar seus Jogos Olímpicos. Hoje em dia, poucas pessoas percebem que o intervalo de quatro anos entre as Olimpíadas modernas ainda corresponde à metade dos ciclos de Vênus. Ainda menos pessoas sabem que a estrela de cinco pontas quase havia se tornado o símbolo oficial das Olimpíadas, mas foi modificado na última hora – suas cinco pontas substituídas por cinco anéis que se interceptavam, para melhor refletir o espírito de inclusão e harmonia dos jogos.

– Sr. Langdon – disse Fache, abruptamente. – É óbvio que o pentagrama *deve também* se relacionar com o demônio. Seus filmes de horror americanos mostram isso com grande clareza.

Langdon franziu o cenho. *Muito obrigado, Hollywood.* A estrela de cinco pontas agora era praticamente um clichê nos filmes de assassinos seriais adeptos dos rituais satânicos, desenhada na parede de algum satanista juntamente com outros tipos de simbologia atribuídos ao demônio. Langdon sempre ficava frustrado ao ver o símbolo nesse contexto. As verdadeiras origens do pentagrama na realidade eram bastante divinas.

– Eu lhe garanto – disse Langdon –, apesar do que viu no cinema, que a interpretação demoníaca é historicamente inadequada. O significado feminino original é correto, mas o simbolismo do pentagrama foi distorcido com o passar dos milênios. Nesse caso, por meio de derramamento de sangue.

– Não sei se estou entendendo bem.

Langdon espiou de relance o crucifixo de Fache, sem saber como expressar o que ia dizer em seguida.

– A Igreja, senhor. Os símbolos são muito flexíveis, mas o pentagrama foi alterado pela Igreja Católica Romana primitiva. Como parte da campanha do Vaticano para erradicar as religiões pagãs e converter as massas ao cristianismo, a Igreja lançou uma campanha de desmoralização dos deuses e deusas pagãos, definindo seus símbolos divinos como símbolos do mal.

– Prossiga.

– Isso é muito comum em épocas de conturbações – continuou Langdon. – Um poder emergente se apodera dos símbolos existentes e os degrada com o passar do tempo para tentar eliminar-lhes o significado. Na batalha entre os símbolos pagãos e os símbolos cristãos, os pagãos foram derrotados; o tridente de Possêidon se tornou o tridente do demônio, o chapéu pontudo do mago se transformou no símbolo das bruxas e o pentagrama de Vênus se tornou símbolo demoníaco. – Langdon fez uma pausa. – Infelizmente, o poderio militar norte-americano também perverteu o pentagrama – agora é nosso símbolo de guerra mais proeminente. Nós o pintamos em nossos caças e o penduramos nos ombros de todos os nossos generais. – *E um abraço para a deusa do amor e da beleza...*

– Interessante – disse Fache, indicando o corpo de braços e pernas estendidos. – E a posição do corpo? O que achou dela?

Langdon deu de ombros.

– Simplesmente reforça a referência ao pentagrama e ao sagrado feminino.

Fache fechou a cara.

– Como disse?

– Replicação. Repetir um símbolo é a forma mais simples de reforçar-lhe o significado. Jacques Saunière se posicionou na forma de uma estrela de cinco pontas. – *Se um pentagrama é bom, dois é muito melhor.*

Os olhos de Fache seguiram as cinco pontas dos braços, das pernas e da cabeça de Saunière enquanto voltava a passar a mão pelo cabelo oleoso. – Análise interessante. – Fez uma pausa antes de prosseguir. – E a *nudez?* – Pronunciou a palavra com um resmungo, parecendo sentir repulsa pela visão de um corpo masculino já de certa idade. – Por que ele tirou as roupas?

Boa pergunta, essa, pensou Langdon. Estava se perguntando a mesma coisa desde que vira a foto polaroide. A melhor explicação que achou é que uma forma humana desnuda endossava ainda mais a ideia de Vênus – a deusa da sexualidade humana. Embora a cultura moderna tivesse eliminado grande parte da associação de Vênus com a união física masculino/feminino, um olho etimológico perspicaz ainda poderia encontrar um vestígio do significado original de Vênus na palavra "venéreo". Contudo, Langdon decidiu não enveredar por esse caminho.

– Sr. Fache, obviamente não posso lhe dizer por que o Sr. Saunière desenhou esse símbolo em si mesmo, nem por que se posicionou dessa forma, mas posso lhe dizer que um homem como Jacques Saunière consideraria o pentagrama um símbolo da divindade feminina. A correlação entre esse símbolo e o sagrado feminino é amplamente conhecida entre historiadores da arte e simbologistas.

– Perfeitamente. E o uso de seu próprio sangue como tinta?

– É óbvio que não tinha mais nada com que escrever.

Fache ficou calado um instante.

– Para lhe dizer a verdade, acho que ele usou sangue para a polícia poder seguir certos procedimentos quanto à análise do legista.

– Como assim?

– Olhe a mão esquerda dele.

Os olhos de Langdon seguiram todo o braço pálido do diretor até a sua mão esquerda, mas nada viram. Inseguro, circundou o corpo e agachou-se, notando aí com surpresa que o diretor estava segurando um marcador com ponta de feltro.

– Saunière tinha isso na mão quando o encontramos – disse Fache, deixando Langdon e afastando-se vários metros até uma mesa portátil coberta de ferramentas de investigação, cabos e aparelhos eletrônicos de vários tipos. – Como já lhe disse – continuou ele, procurando na mesa –, não tocamos em nada. Conhece esse tipo de caneta?

Langdon se ajoelhou mais longe para ver o rótulo.

STYLO DE LUMIÈRE NOIRE.

Ergueu os olhos, surpreso.

A caneta de luz negra, ou caneta de marca-d'água, era um marcador especializado de ponteira de feltro, projetado para museus, restauradores e investigadores de falsificações, e servia para colocar marcas invisíveis nas obras. Utilizava uma tinta fluorescente não corrosiva à base de álcool, visível apenas sob luz negra. Hoje em dia, as equipes de manutenção dos museus costumam levar esses marcadores em suas rondas diurnas para colocar "marcas de conferência" invisíveis nas molduras de quadros que precisavam de restauração.

Quando Langdon ficou de pé, Fache foi até o refletor e apagou-o. A galeria mergulhou em uma súbita escuridão.

Momentaneamente cego, Langdon sentiu uma incerteza crescente. A silhueta de Fache surgiu, de uma cor roxa brilhante. Ele se aproximou trazendo uma fonte luminosa portátil, que o envolvia em um halo violáceo.

– Como pode notar – disse Fache, os olhos luminescentes ao brilho violeta –, a polícia usa iluminação com luz negra para dar busca em cenas de crime procurando sangue e outros indícios para o legista. Portanto, pode imaginar nossa surpresa... – Abruptamente, apontou a luz para o cadáver.

Langdon olhou para baixo e pulou para trás, assustado.

O coração batia acelerado enquanto ele assimilava a visão bizarra que brilhava diante dele no assoalho de parquê. Escritas em caligrafia luminescente, as últimas palavras do diretor brilhavam, roxas, ao lado de seu cadáver. Enquanto

Langdon lia o texto fracamente luminoso, sentiu a névoa que havia cercado toda aquela noite espessar-se ainda mais.

Langdon leu a mensagem outra vez e olhou para Fache.

– Mas que diabo significa isso?

Os olhos de Fache estavam de um branco brilhante.

– Essa, monsieur, é exatamente a pergunta que o senhor veio aqui responder.

◆ ◆ ◆

Não muito longe, dentro do gabinete de Saunière, o tenente Collet havia voltado ao Louvre e estava debruçado sobre uma mesa de áudio montada na enorme escrivaninha do curador. Com exceção do estranho boneco robótico em forma de cavaleiro medieval, que parecia olhá-lo fixamente da quina da mesa de Saunière, Collet sentia-se à vontade. Regulou seus fones de ouvido AKG e verificou os níveis de entrada de sinal no sistema de gravação em disco rígido. Todos os sistemas estavam funcionando perfeitamente. Os microfones não apresentavam sequer uma falha, e o áudio era claro como cristal.

O momento da verdade, refletiu ele, em francês.

Sorrindo, fechou os olhos e se ajeitou para apreciar o resto da conversa que agora estava sendo gravada dentro da Grande Galeria.

CAPÍTULO 7

A modesta residência dentro da Igreja de Saint-Sulpice situava-se no segundo andar, à esquerda do balcão do coro. Uma suíte de dois quartos com piso de pedra e mobiliário frugal havia sido a moradia da irmã Sandrine Bieil durante mais de uma década. O convento vizinho era sua residência formal, caso alguém perguntasse, mas ela preferia o silêncio da igreja, e tinha se instalado de maneira bastante confortável no segundo andar, onde havia cama, telefone e aquecedor de comida.

Como sacristã, a irmã Sandrine era responsável pela supervisão de todos os aspectos não religiosos das operações da igreja – manutenção geral, contratação de equipes de apoio e guias, fechamento da igreja depois do horário de funcionamento e pedido de suprimentos, como vinho e hóstias para a eucaristia.

Naquela noite, dormindo na sua pequena cama, ela acordou com a campainha estridente do telefone. Cansada, ergueu o fone.

– Irmã Sandrine. Igreja de Saint-Sulpice.

– Alô, irmã – disse o homem em francês.

A irmã Sandrine sentou-se na cama. *Que horas são?* Embora reconhecesse a voz do patrão, em quinze anos ela jamais fora acordada por ele. O abade era um homem profundamente piedoso, que ia para a cama imediatamente depois da missa.

– Desculpe se a acordei, irmã – disse o abade, sua voz também soando sonolenta e nervosa. – Preciso lhe pedir um favor. Acabei de receber uma ligação de um bispo americano influente. Talvez o conheça. Manuel Aringarosa.

– O diretor do Opus Dei? *Claro que o conheço. Quem é que não o conhece na Igreja?* – A prelazia conservadora de Aringarosa havia se tornado poderosa nos últimos anos. A ascensão dela à graça recebera grande impulso em 1982 quando o Papa João Paulo II, inesperadamente, os elevara a "prelazia pessoal do Papa", sancionando oficialmente todas as suas práticas. Estranhamente, essa promoção do Opus Dei ocorreu no mesmo ano em que a opulenta organização supostamente transferira quase um bilhão de dólares para o Instituto de Obras Religiosas (IOR) do Vaticano – comumente conhecido como Banco do Vaticano –, livrando-o de uma falência constrangedora. Em uma segunda manobra que deixou todo mundo de queixo caído, o Papa "agilizou" a beatificação do fundador do Opus Dei, reduzindo para apenas vinte anos um período de espera de um século para a canonização. A irmã Sandrine não podia deixar de pensar que a boa fama do Opus Dei em Roma era suspeita, mas não se podia contestar as determinações da Santa Sé.

– O bispo Aringarosa me ligou para pedir um favor – disse-lhe o abade, a voz nervosa. – Um de seus subordinados, que está em Paris, esta noite...

Enquanto ouvia o estranho pedido do abade, a irmã Sandrine sentiu-se extremamente confusa.

– Perdão, disse que esse rapaz do Opus Dei que está de visita não pode esperar até amanhã?

– Infelizmente não. O avião dele sai muito cedo. Ele sempre sonhou ver a Igreja de Saint-Sulpice.

– Mas a igreja é muito mais interessante durante o dia. Os raios de sol penetram pelo óculo, as sombras graduadas no gnômon, *é isso* que faz de Saint-Sulpice uma igreja especial.

– Irmã, eu concordo, e mesmo assim consideraria um favor pessoal se o deixasse entrar esta noite. Ele pode chegar aí... digamos, mais ou menos à uma hora? Em aproximadamente 20 minutos.

A irmã Sandrine franziu o cenho.

– É claro. Seria um grande prazer.

O abade agradeceu e desligou.

Intrigada, a irmã Sandrine ainda continuou um momento na sua cama quente, tentando espantar as teias de aranha do sono. Seu corpo de 60 anos não acordava tão rapidamente quanto antes, embora o telefonema daquela noite tivesse certamente lhe despertado os sentidos. O Opus Dei sempre a deixava inquieta. Além da adesão da prelazia ao ritual arcaico da mortificação corporal, a visão que tinham das mulheres era no mínimo medieval. Ela ficara chocada ao saber que as mulheres que pertenciam à organização eram obrigadas a limpar a residência dos homens sem remuneração, enquanto estes estavam na missa; dormiam em assoalhos duros, enquanto os homens tinham esteiras; e eram obrigadas a aguentar exigências redobradas de mortificação corporal... tudo como penitência extra pelo pecado original. Parece que aquela mordida de Eva na maçã para obter conhecimento era uma dívida que as mulheres estavam condenadas a pagar por toda a eternidade. Tristemente, enquanto a maioria da Igreja Católica estava gradativamente se voltando para a direção certa, respeitando os direitos femininos, o Opus Dei ameaçava reverter esse progresso. Mesmo assim, a irmã Sandrine precisava cumprir suas ordens.

Colocando os pés no chão, levantou-se devagar, sentindo o frio da pedra nas solas dos pés descalços. Enquanto o arrepio lhe subia pela carne, sentiu uma apreensão inesperada.

Intuição feminina?

Seguidora de Deus, a irmã Sandrine havia aprendido a encontrar paz nas vozes interiores de sua própria alma. Esta noite, porém, essas vozes estavam tão mudas quanto a igreja vazia ao seu redor.

CAPÍTULO 8

Langdon não conseguia tirar os olhos daquelas palavras roxas e fosforescentes escritas sobre os tacos do assoalho. A comunicação final de Jacques Saunière parecia a mensagem de despedida mais improvável que Langdon pudesse imaginar.

Eis o que dizia:

> 13-3-2-21-1-1-8-5
> *O, Draconian devil!*
> *Oh, lame saint!*

Embora Langdon não fizesse a mínima ideia do que aquilo significava, entendia perfeitamente por que Fache desconfiara de que o pentagrama tinha algo a ver com adoração do demônio.

Ó, demônio draconiano!

Saunière tinha deixado uma referência literal ao demônio. Tão bizarra quanto essa referência era a série de números.

– Em parte, ela parece um criptograma numérico.

– É – disse Fache. – Nossos criptógrafos já estão tentando decifrá-lo. Acreditamos que esses números podem ser a chave para descobrir quem o matou. Talvez uma central telefônica ou algum tipo de número de documento de identidade. Os números têm algum tipo de significado simbólico para você?

Langdon tornou a olhar para os dígitos, sentindo que levaria horas para extrair deles algum significado simbólico. *Se é que Saunière tivera essa intenção.* Para Langdon, os números pareciam totalmente aleatórios. Estava acostumado a progressões simbólicas que faziam algum sentido, mas tudo ali – o pentagrama, o texto, os números – parecia um grande disparate.

– Você antes havia insinuado – disse Fache – que tudo que Saunière fez aqui foi para deixar algum tipo de mensagem... adoração da deusa ou alguma coisa assim, não? Como é que essa mensagem se encaixa nisso?

Langdon sabia que a pergunta era retórica. Esse comunicado bizarro obviamente não tinha nada a ver com a ideia que Langdon fazia de adoração à deusa, de jeito nenhum.

Ó, demônio draconiano? Oh, santa falsa?

Fache disse:

– Para mim, esse texto parece uma espécie de acusação. Não concorda?

Langdon tentou imaginar os minutos finais do curador, encurralado e só na Grande Galeria, sabendo que agonizava. Parecia lógico.

– Faz sentido supor que seja uma acusação contra o assassino dele, imagino.

– Minha tarefa, é claro, é identificar essa pessoa. Permita-me fazer-lhe uma pergunta, Sr. Langdon. A seu ver, além dos números, o que é mais estranho nessa mensagem?

Mais estranho? Um homem agonizante se entrincheira na galeria, desenha um pentagrama no seu próprio corpo e escreve no assoalho uma acusação misteriosa. Por acaso haveria algo que *não fosse* estranho em todo esse incidente?

– A palavra "draconiano"? – arriscou ele, mencionando a primeira coisa que lhe veio à cabeça. Langdon estava quase certo de que uma referência a Drácon – o impiedoso político do século VII a.C. – era um pensamento improvável para alguém que ia morrer. – Parece-me bastante estranho ele escolher as palavras "demônio draconiano".

– *Draconiano?* – A voz de Fache soou com um toque de impaciência. – Acho que o vocabulário escolhido por Saunière está longe de ser a questão fundamental nisso tudo.

Langdon não sabia o que Fache tinha em mente, mas estava começando a desconfiar de que Drácon e Fache teriam se dado bem juntos.

– Saunière era francês – disse Fache, em tom de quem constata um fato irrefutável. – Morava em Paris. E mesmo assim resolveu escrever essa mensagem...

– Em inglês – completou Langdon, percebendo o que o capitão queria dizer.

Fache concordou.

– *Précisément.* Alguma ideia do motivo disso?

Langdon sabia que Saunière falava um inglês impecável, e mesmo assim a razão pela qual havia resolvido escrever suas palavras finais em inglês lhe escapava. Deu de ombros.

Fache indicou outra vez o pentagrama sobre o abdome de Saunière.

– Nada a ver com adoração do demônio? Ainda tem certeza?

Langdon não tinha certeza de mais nada.

– A simbologia e o texto não parecem combinar um com o outro. Desculpe não poder ajudar mais.

– Talvez isso o ajude a esclarecer as coisas. – Fache recuou do ponto onde se achava o cadáver e ergueu a luz negra de novo, aumentando o ângulo de incidência do facho. – E agora?

Para assombro de Langdon, um círculo rudimentar brilhava em torno do corpo do curador. Saunière aparentemente havia se deitado e girado a caneta em torno de si em vários arcos longos, essencialmente se inscrevendo no interior de um círculo.

Na mesma hora o significado se tornou cristalino.

– *O Homem Vitruviano* – disse Langdon, boquiaberto. Saunière havia criado uma réplica em tamanho natural do mais famoso croqui de Leonardo da Vinci.

Considerado o desenho anatomicamente mais correto de sua época, *O Homem Vitruviano*, de Da Vinci, havia se tornado um ícone da cultura moderna, aparecendo em cartazes, mousepads e camisetas em todo o mundo. O famosíssimo esboço consistia em um círculo perfeito no qual um homem nu se encontrava inscrito... seus braços e pernas estendidos, totalmente abertos, sem roupa.

Da Vinci. Langdon sentiu um arrepio de assombro. Não se podia negar a clareza das intenções de Saunière. Em seus últimos momentos de vida, o curador havia tirado as roupas e se colocado de forma a se tornar a imagem nítida do desenho de Leonardo da Vinci.

O círculo era o elemento crítico que faltava. Símbolo feminino de proteção, o círculo em torno do homem nu completava a mensagem que Da Vinci pretendera passar – a harmonia entre feminino e masculino. A questão agora, porém, era por que Saunière imitaria um desenho famoso.

– Sr. Langdon – disse Fache –, certamente um homem como o senhor sabe que Leonardo da Vinci tinha uma tendência para as "artes das trevas".

Langdon ficou surpreso por Fache demonstrar esse conhecimento sobre Da Vinci, e certamente isso explicava perfeitamente a desconfiança do capitão quanto à adoração do demônio. Da Vinci sempre havia sido um tema espinhoso para os historiadores, principalmente na tradição católica. Apesar da genialidade desse visionário, ele era homossexual assumido e adorador da ordem divina da Natureza, ambas características que o colocavam em um estado perpétuo de pecado. Além disso, as lúgubres excentricidades do artista projetavam uma aura visivelmente demoníaca: Da Vinci exumava cadáveres para estudar a anatomia humana; escrevia diários misteriosos em uma caligrafia invertida ilegível; achava que possuía o poder alquímico de transformar chumbo em ouro e até de enganar Deus, criando um elixir para adiar a morte; e entre suas invenções se achavam armas de guerra e de tortura horripilantes, jamais imaginadas antes.

A incompreensão gera a desconfiança, refletiu Langdon.

Até mesmo a produção de estupendas obras de arte cristã de Da Vinci apenas aumentava a reputação do artista de ser um hipócrita do ponto de vista espiritual. Aceitando centenas de encomendas lucrativas do Vaticano, Da Vinci pintava temas cristãos não como expressão de suas próprias crenças, mas como atividade comercial – uma forma de sustentar seu estilo de vida luxuoso. Infelizmente, Da Vinci era um gozador que gostava de se divertir mordiscando discretamente a mão que o alimentava. Em muitas de suas pinturas de Cristo incluiu simbolismos ocultos que estavam longe de ser cristãos – tributos a suas próprias crenças e demonstrações sutis de seu desprezo pela Igreja. Langdon até mesmo havia ministrado uma palestra, na National Gallery de Londres, chamada "A Vida Secreta de Leonardo: Simbolismo Pagão na Arte Cristã".

– Entendo suas preocupações – disse Langdon, então. – Mas Da Vinci jamais praticou magia negra, de nenhum tipo. Era um homem excepcionalmente espiritualizado, embora em conflito constante com a Igreja. – Enquanto Langdon dizia isso, um pensamento estranho passou-lhe pela cabeça. Tornou a olhar de relance para a mensagem escrita no assoalho. *Ó, demônio draconiano! Oh, santa falsa!*

– O que foi? – indagou Fache.

Langdon pesou as palavras com todo o cuidado.

– Acabou de me ocorrer a ideia de que Saunière tinha em comum com Da Vinci grande parte de sua filosofia espiritual, inclusive uma preocupação com o fato de a Igreja haver eliminado o sagrado feminino da religião moderna. Talvez, ao reproduzir um desenho famoso de Da Vinci, Saunière estivesse apenas manifestando algumas frustrações comuns dos dois com a demonização da deusa por parte da Igreja.

O olhar de Fache se tornou ainda mais severo.

– Acha que Saunière está chamando a Igreja de santa falsa e de demônio draconiano?

Langdon precisava admitir que parecia improvável, e mesmo assim o pentagrama parecia endossar essa ideia até certo ponto.

– Só estou dizendo que o Sr. Saunière dedicou sua vida a estudar a história da deusa, e nada contribuiu mais para eliminar essa história do que a Igreja Católica. Parece razoável supor que Saunière tenha resolvido manifestar sua decepção em sua despedida deste mundo.

– Decepção? – exasperou-se Fache, mostrando-se irritado. – Essa mensagem exprime mais revolta do que decepção, não acha?

Langdon já estava chegando ao limite da sua paciência.

– Capitão, o senhor me perguntou o que eu achava que Saunière estaria tentando dizer, e estou lhe dizendo o que acho.

– Que é uma acusação formal contra a Igreja? – A mandíbula de Fache contraiu-se enquanto ele falava entre os dentes cerrados. – Sr. Langdon, eu já vi muita gente morta nesse meu ofício, e uma coisa posso lhe garantir. Quando um cara é assassinado, não há como ele concentrar seus derradeiros pensamentos para escrever uma acusação espiritual enigmática que ninguém vai entender. Acho que ele só pensa em uma coisa. – O sussurro áspero de Fache cortou o ar. – *La vengeance*. Acho que Saunière escreveu essa mensagem para nos dizer quem o matou.

Langdon ficou só olhando para o capitão.

– Só que isso não faz sentido algum.

– Não?

– Não! – retorquiu ele, cansado e frustrado. – Disse-me que Saunière foi atacado no gabinete dele por alguém que aparentemente havia convidado a entrar.

– Foi.

– Então parece-me lógico concluir que o curador *conhecia* o assassino.

Fache concordou.

– Prossiga.

– Então, se Saunière *sabia* quem o matou, que tipo de acusação é essa? – apontou para o chão. – Códigos numéricos? Santas falsas? Demônios draconianos? Pentagramas traçados na barriga? É tudo enigmático demais.

Fache franziu o cenho, como se jamais tivesse pensado nisso.

– Tem razão.

– Considerando-se as circunstâncias – disse Langdon –, presumo que, se Saunière queria lhe dizer quem o matou, teria escrito o *nome* de alguém.

Enquanto Langdon pronunciava essas palavras, um sorriso presunçoso surgiu nos lábios de Fache pela primeira vez naquela noite.

– *Précisément* – disse Fache. – *Précisément*.

◆ ◆ ◆

Estou testemunhando o trabalho de um mestre, refletia o tenente Collet enquanto ajustava o som e escutava a voz de Fache passando pelos fones de ouvido. O oficial superior sabia que eram momentos como aqueles que haviam elevado o capitão ao ápice da hierarquia da força policial francesa.

Fache faz o que ninguém mais se atreve a fazer.

A delicada arte de conversar fiado com o suspeito para fazê-lo cair em contradição, ou *cajoler*, era uma habilidade perdida na polícia moderna e que exigia um equilíbrio excepcional sob pressão. Poucos homens possuíam o sangue-frio necessário para esse tipo de operação, mas Fache parecia ter nascido para isso. Seu autocontrole e sua paciência chegavam a ser quase robóticos.

A única emoção de Fache naquela noite parecia ser de intensa resolução, como se aquela prisão fosse de alguma forma pessoal para ele. O relatório de Fache aos seus agentes uma hora antes havia sido incomumente sucinto e firme. *Eu sei quem matou Jacques Saunière*, dissera Fache. *Vocês sabem o que fazer. Nada de erros esta noite.*

E, até ali, ninguém cometera nenhum erro.

Collet não sabia ainda quais as provas que haviam confirmado para Fache que seu suspeito era culpado, mas achava melhor não questionar os instintos do chefe. A intuição de Fache parecia quase sobrenatural às vezes. *Deus sussurra no ouvido dele*, um agente insistira em dizer, depois de uma demonstração particularmente impressionante do sexto sentido do capitão. Collet precisava admitir, se havia Deus, Bezu Fache devia estar entre seus eleitos. Ele assistia à missa e se confessava com uma regularidade escrupulosa – muito mais do que apenas nos domingos e dias santos, como outros funcionários faziam para ficar bem aos olhos do público. Quando o Papa visitara Paris alguns anos antes, Fache mexera todos os pauzinhos possíveis para conseguir a honra de uma audiência. Uma foto sua com o Papa agora se encontrava pendurada na parede do seu gabinete. *O guarda papal*, como a chamavam os policiais pelas costas do chefe.

Collet achava irônico que uma das posturas públicas

populares nos últimos anos fosse sua reação franca sobre o escândalo da pedofilia na Igreja Católica. *Esses padres deviam ser enforcados duas vezes!*, Fache havia declarado. *Uma vez pelos seus crimes contra as crianças. E uma por mancharem o nome da Igreja Católica!* Collet tinha a estranha impressão de que era essa última coisa que mais enfurecia Fache.

Voltando-se agora para seu laptop, Collet passou a cumprir a outra metade de suas responsabilidades naquela noite – o GPS. A imagem na tela revelou uma planta baixa detalhada da Ala Denon, um esquema estrutural puxado do Gabinete da Segurança do Louvre. Acompanhando com o olhar o labirinto das galerias e corredores, Collet achou o que estava procurando.

Bem no fundo do coração da Grande Galeria piscava um ínfimo pontinho vermelho.

O sinal.

Fache estava mantendo sua presa na rédea curta naquela noite. Sábia decisão. Robert Langdon estava demonstrando um incrível sangue-frio.

CAPÍTULO 9

Para garantir que sua conversa com o Sr. Langdon não seria interrompida, Bezu Fache havia desligado o celular. Infelizmente, era um desses modelos caros que também funcionava como intercomunicador, o que, ao contrário das ordens dadas, estava agora sendo empregado por um dos seus subordinados para entrar em contato com ele.

– Capitão? – disse Collet. O telefone emitiu um ruído de estática, como um walkie-talkie.

Fache sentiu os dentes cerrarem-se de ódio. Não conseguia imaginar nada que fosse importante o suficiente para Collet interromper sua sindicância disfarçada – especialmente naquele momento crítico.

Lançou a Langdon um olhar tranquilo de desculpas.

– Um momento, por favor. – Tirou o telefone do suporte no cinto e apertou o botão de transmissão de rádio. – *Oui?*

– Capitão, chegou aqui alguém do Departamento de Criptografia – disse o policial.

A raiva de Fache passou na mesma hora. Um criptógrafo? Apesar de haver chegado na pior hora possível, era provavelmente uma boa notícia. Fache, depois de encontrar o texto criptografado no chão, tinha transferido para o computador as fotos do local inteiro do crime, enviando-as para o Departamento de Criptografia, na esperança de que alguém pudesse lhe dizer que diabo Saunière estava tentando comunicar. Se havia chegado um criptógrafo, provavelmente essa pessoa havia decifrado a mensagem de Saunière.

– Estou ocupado no momento – disse Fache, deixando claro em seu tom de voz que o subordinado havia ultrapassado um limite. – Peça ao criptógrafo que aguarde no posto de comando. Falo com ele quando tiver terminado aqui.

– *Com ela* – corrigiu a voz. – É a agente Neveu.

Fache estava ficando mais irritado com aquela ligação a cada momento que passava. Sophie Neveu era um dos maiores equívocos da Polícia Judiciária. Uma jovem decifradora parisiense que havia estudado criptografia na Inglaterra, no Royal Holloway College, Sophie Neveu havia sido impingida a Fache dois anos antes, devido a uma iniciativa do ministério para incorporar mais mulheres na força policial. Aquela incursão atual do ministério no modismo do politicamente correto, na opinião de Fache, estava enfraquecendo o departamento. Não apenas faltava às mulheres a força física necessária para as missões policiais, como também sua mera presença representava uma distração perigosa para os homens que estavam no campo. Conforme Fache temia, Sophie Neveu estava se mostrando uma distração bem maior que a maioria.

Aos 32 anos, demonstrava uma tenacidade que chegava às raias da obstinação. Sua ávida defesa da nova metodologia criptográfica inglesa exasperava continuamente os criptógrafos franceses veteranos, seus superiores. E o que mais aborrecia Fache era a verdade universal incontestável de que, em uma repartição cheia de homens de meia-idade, uma jovem atraente sempre desviava o olhar dos agentes do serviço que se esperava que eles fizessem.

A voz do homem disse pelo rádio:

– A agente Neveu insiste em falar com o senhor imediatamente, capitão. Tentei impedi-la, mas ela já está a caminho da galeria.

Fache recuou, descrente.

– Não é possível! Eu já deixei bem claro...

◆◆◆

Por um momento, Robert Langdon pensou que Bezu Fache estava sofrendo algum derrame. O capitão estava no meio de uma frase quando a mandíbula parou de se mover, os olhos se esbugalharam. O olhar vidrado e febril pareceu fixar-se em um ponto acima do ombro de Langdon. Antes de Langdon poder se virar para ver o que era, uma voz feminina soou atrás dele.

– Com licença, senhores – disse.

Langdon virou-se, vendo uma jovem se aproximar. Percorria o corredor na direção deles com passadas longas e fluidas... uma certeza perturbadora no andar. Vestida com simplicidade, com um suéter irlandês cor de creme até o joelho sobre calças colantes de malha preta, era atraente e parecia ter mais ou menos 30 anos. Os cabelos espessos de um ruivo escuro caíam soltos até os ombros, emoldurando seu rosto corado. Ao contrário daquelas loiras pálidas e magricelas que enfeitavam as paredes dos dormitórios de Harvard, parecendo ter saído todas da mesma fôrma, essa mulher tinha um ar saudável, com uma beleza que dispensava adornos e uma autenticidade que irradiava uma segurança notável.

Para surpresa de Langdon, a mulher veio diretamente até ele e estendeu a mão, educadamente.

– Monsieur Langdon, sou a agente Neveu, do Departamento de Criptologia da Polícia Judiciária. – Pronunciava as palavras de um jeito exuberante, devido ao sotaque anglo-francês. – É um prazer conhecê-lo.

Langdon tomou a palma da mão macia dela e sentiu-se momentaneamente preso ao intenso e demorado olhar da moça. Os olhos dela eram verde-oliva – incisivos e límpidos.

Fache inspirou, contendo o ódio e claramente se preparando para passar uma reprimenda.

– Capitão – disse ela, virando-se depressa e falando antes dele. – Por favor, me perdoe essa interrupção, mas...

– O momento é totalmente inadequado! – Fache a interrompeu, em francês, exasperado.

– Tentei ligar para o senhor – continuou Sophie em inglês, como por cortesia para com Langdon. – Mas seu celular estava desligado.

– Eu tinha um motivo para desligá-lo – sibilou Fache. – Estou conversando com o Sr. Langdon.

– Já decifrei o código numérico – disse ela, sem rodeios.

Langdon sentiu uma súbita empolgação. *Ela decifrou o código?*

Fache deu a impressão de não saber como reagir.

– Antes que eu explique – disse Sophie –, tenho um recado urgente para o Sr. Langdon.

A fisionomia de Fache manifestou preocupação cada vez maior.

– Para o Sr. Langdon?

Ela confirmou com a cabeça, virando-se para o professor.

– Precisa entrar em contato com a Embaixada dos Estados Unidos, Sr. Langdon. Eles têm um recado para o senhor, que alguém mandou de lá.

Langdon reagiu com surpresa, sua empolgação com o código dando lugar a um súbito arrepio de preocupação. *Um recado dos Estados Unidos?* Ele tentou imaginar quem poderia querer lhe enviar tal recado. Só alguns de seus colegas sabiam que ele estava em Paris.

A mandíbula larga de Fache havia se contraído diante das novidades.

– A embaixada americana? – repetiu ele, parecendo desconfiado. – Como eles iam conseguir encontrar o Sr. Langdon *aqui*?

Sophie deu de ombros.

– Parece que ligaram para o hotel do Sr. Langdon e o recepcionista disse que ele tinha sido levado por um agente da Polícia Judiciária.

Fache pareceu preocupado.

– E a embaixada entrou em contato com a Criptografia da Polícia Judiciária?

– Não, senhor – disse Sophie, com a voz firme. – Quando liguei para a central telefônica para tentar falar com o senhor, eles já estavam com o recado para o Sr. Langdon e me pediram que o transmitisse se conseguisse chegar até o senhor.

O cenho de Fache franziu-se, manifestando confusão. Ele abriu a boca, mas Sophie já havia se virado outra vez para Langdon.

– Sr. Langdon – declarou ela, tirando um pedacinho de papel do bolso –, esse é o número do serviço de recados da embaixada. Eles pediram que ligasse assim que fosse possível. – Ela lhe entregou o papel com um olhar significativo. – Enquanto explico o código ao capitão Fache, precisa dar esse telefonema.

Langdon examinou o papel. Tinha um número e um ramal de Paris.

– Obrigado – disse, preocupado. – Onde posso encontrar um telefone?

Sophie começou a tirar um celular do bolso do suéter, mas

Fache impediu-a com um gesto. Agora, parecia o Vesúvio prestes a entrar em erupção. Sem tirar os olhos de Sophie, tirou o seu próprio celular do bolso e o ofereceu a Langdon.

– Essa linha é protegida, Sr. Langdon. Pode usá-la sem medo.

Aquela manifestação de raiva de Fache diante da moça deixou Langdon intrigado. Sentindo-se pouco à vontade, aceitou o celular do capitão. Fache imediatamente se afastou vários passos, pisando duro, e, puxando Sophie consigo, começou a passar-lhe uma descompostura em voz baixa. Detestando cada vez mais aquele policial, Langdon virou-se para não ver aquele espetáculo deprimente e ligou o celular. Olhando o papelzinho que Sophie lhe entregara, discou o número.

O telefone começou a tocar.

Uma... duas... três vezes...

Finalmente a ligação se completou.

Langdon esperava ouvir a telefonista da embaixada, mas em vez disso entrou uma secretária eletrônica. Estranhamente, a voz da fita era familiar. Era a de Sophie Neveu.

– Bom dia, você ligou para a casa de Sophie Neveu – disse a voz feminina, em francês. – No momento estou ausente, mas se quiser deixar um recado...

Confuso, Langdon virou-se para Sophie.

– Desculpe, Srta. Neveu, mas acho que me deu...

– Não, o número é esse mesmo – replicou Sophie depressa, como prevendo a confusão de Langdon. – A embaixada tem um sistema de atendimento automatizado. Precisa discar um código de acesso para baixar suas mensagens.

Langdon ficou parado, sem saber o que fazer.

– Mas...

– É o código de três dígitos que está aí nesse papel que lhe dei.

Langdon abriu a boca para explicar o erro bizarro, mas Sophie lhe lançou um olhar ameaçador para calá-lo, que durou apenas um instante. Seus olhos verdes lhe enviaram uma mensagem clara como água.

Não faça perguntas. Só me obedeça.
Desnorteado, Langdon digitou o ramal que estava escrito no papel: 454.

A mensagem da secretária eletrônica de Sophie imediatamente se interrompeu, e Langdon ouviu uma voz eletrônica anunciar em francês: "Você tem *uma* mensagem nova." Aparentemente, esse 454 era o código de acesso de Sophie para verificar suas mensagens quando não estava em casa.

Eu vou ouvir as mensagens dessa mulher?

Langdon ouviu a fita voltar. Finalmente ela parou, e a secretária começou a tocá-la. Langdon escutou enquanto a mensagem era reproduzida. Novamente a voz na linha era a de Sophie.

– Sr. Langdon – começou a mensagem, num sussurro temeroso. – Procure não manifestar qualquer reação a essa mensagem. Só escute calmamente. O senhor está correndo perigo agora. Siga minhas instruções com a máxima precisão.

CAPÍTULO 10

Silas encontrava-se ao volante do Audi preto que o Mestre havia lhe arranjado, contemplando a grande Igreja de Saint-Sulpice. Iluminados de baixo por fileiras de refletores, os dois campanários da igreja erguiam-se como robustas sentinelas acima da longa estrutura do edifício. Em cada flanco, uma fileira sombreada de escoras esguias destacava-se como as costelas de um belo e gigantesco animal.

Os pagãos usaram uma casa de Deus para esconder sua pedra-chave. Novamente a fraternidade havia confirmado sua lendária reputação para a ilusão e o engodo. Silas não via a hora de encontrar aquela pedra-chave e dá-la ao Mestre, para poderem recuperar o que a fraternidade há muito tempo roubara dos fiéis.

Isso vai tornar o Opus Dei extremamente poderoso.

Estacionando o Audi na deserta Place de Saint-Sulpice, Silas soltou o ar, dizendo a si mesmo que clareasse a mente para a tarefa a cumprir. Suas costas amplas ainda doíam da mortificação corporal que havia suportado antes, naquele mesmo dia, e ainda assim a dor nada significava diante da angústia de sua vida antes de ser salvo pelo Opus Dei.

Mesmo assim, as lembranças ainda o perseguiam, perturbando-o.

Liberte-se de seu ódio, ordenou Silas a si mesmo. *Perdoe aqueles que o ofenderam.*

Erguendo os olhos para as torres de pedra de Saint-Sulpice, Silas lutou para não se deixar levar por aquele sentimento conhecido... aquela força que costumava lhe arrastar a mente para o passado, trancafiando-o uma vez mais na prisão que fora seu mundo quando jovem. As lembranças do purgatório vinham como sempre como uma tempestade para seus sentidos... O mau cheiro de repolho podre, da morte, da urina e das fezes humanas. Os gritos de desespero contra os ventos uivantes dos Pireneus e os soluços abafados de homens esquecidos.

Andorra, pensou ele, sentindo os músculos se retesarem.

Por incrível que pareça, foi naquele principado estéril e esquecido, entre a Espanha e a França, tremendo na sua cela de pedra, querendo apenas morrer, que Silas havia sido salvo.

Naquele instante, ele não percebera isso.

A luz veio muito depois do trovão.

Seu nome não era Silas naquela época, embora não se lembrasse do nome que os pais haviam lhe dado. Fugira de casa quando tinha 7 anos. Seu pai, um alcoólatra, portuário robusto, enraivecido pela chegada de um filho albino, espancava a mulher todo dia, culpando-a pela constrangedora aparência do filho. Quando o menino tentava defendê-la, levava uma sova violenta.

Certa noite houve uma luta terrível, e a mãe não se levantou mais. O menino ficou ali olhando a mãe morta e sentiu uma culpa insuportável por ter deixado aquilo acontecer.

Isso foi culpa minha!

Como se alguma espécie de demônio estivesse lhe controlando o corpo, o menino foi até a cozinha e apanhou um facão de carne. Hipnoticamente, dirigiu-se ao quarto onde o pai estava deitado na cama, em estupor alcoólico. Sem dizer uma palavra, o menino esfaqueou o pai pelas costas. Ele berrou de dor e tentou se virar, mas o filho tornou a esfaqueá-lo, sem parar, até o apartamento ficar em silêncio.

O menino fugiu de casa, mas descobriu que as ruas de Marselha eram igualmente hostis. Sua aparência estranha fez dele um pária entre os outros meninos de rua que haviam fugido de casa, e foi obrigado a morar sozinho no porão de uma fábrica caindo aos pedaços, comendo frutas roubadas e peixe cru do cais. Suas únicas companhias eram revistas esfrangalhadas que encontrava no lixo, com as quais aprendeu a ler sozinho. Com o passar do tempo, foi ficando mais forte. Quando fez 12 anos, uma mendiga, do dobro de sua idade, zombou dele na rua e tentou roubar sua comida. A moça levou uma sova a ponto de quase morrer. Quando a polícia tirou o garoto de cima dela, deram-lhe um ultimato – ou saía de Marselha ou ia para o centro de internamento do juizado de menores.

O menino se mudou para Toulon, litoral abaixo. Com o passar do tempo, os olhares de piedade na rua transformaram-se em olhares de medo. O menino tornara-se um vigoroso rapaz. Ouvia as pessoas comentando aos cochichos ao passarem por ele: *Um fantasma*, diziam, os olhos arregalados de medo diante de sua pele branca. *Um fantasma com olhos de demônio!*

Ele se sentia mesmo um fantasma... transparente... flutuando de porto em porto.

As pessoas pareciam olhar direto através dele.

Aos 18 anos, em uma cidade portuária, enquanto tentava roubar uma caixa de presunto de um cargueiro, foi pego em flagrante por dois marinheiros. Os dois marujos, que começaram a bater nele, recendiam a cerveja, como seu pai. As lembranças do medo e do ódio afloraram como um monstro vindo das profundezas. O rapaz quebrou o pescoço do primeiro marinheiro com as mãos, e apenas a chegada da polícia salvou o segundo de um destino semelhante.

Dois meses depois, imobilizado com algemas e grilhões, chegou a uma prisão em Andorra.

Você é branco como um fantasma, zombaram dele os detentos quando os guardas o trouxeram para a cela, nu e com frio. *Mira el espectro! Talvez o fantasma atravesse direto essas paredes!*

Enquanto doze anos se passavam, sua carne e sua alma foram minguando, até ele ter certeza de que havia mesmo se tornado transparente.

Eu sou um fantasma.
Sou insignificante.
Yo soy un espectro... pálido como un fantasma... caminando este mundo a solas.

Certa noite o fantasma despertou com os gritos de outros presidiários. Não sabia que força invisível estava sacudindo o chão no qual ele dormia nem que mão poderosa estava fazendo tremer a argamassa que mantinha unidas as pedras das paredes, mas, quando se pôs de pé, num salto, um matacão enorme caiu no exato ponto onde estava dormindo antes. Ao olhar para cima para ver de onde tinha vindo a pedra, enxergou um buraco na parede que tremia e, além dele, algo que já não via fazia mais de dez anos. A Lua.

Mesmo enquanto a terra ainda tremia, o fantasma escalou com esforço um túnel estreito, foi cambaleante até um ponto de onde se descortinava uma vista ilimitada e rolou por uma encosta estéril abaixo até ir parar no seio da floresta. Correu a noite inteira, sempre para baixo, delirante de fome e exaustão.

Já quase perdendo a consciência, viu-se ao nascer do sol em uma clareira, onde trilhos de trem cortavam a floresta.

Seguindo os trilhos, prosseguiu, como se tudo fosse um sonho. Vendo um vagão de carga vazio, entrou nele, rastejando, em busca de abrigo e de descanso. Quando acordou, o trem já estava andando. *Por quanto tempo? Até onde?* A dor nas suas entranhas estava cada vez mais forte. *Será que estou morrendo?* Tornou a adormecer. Dessa vez, acordou com alguém berrando, dando-lhe socos e pontapés e jogando-o fora do vagão de carga. Ensanguentado, vagou pelas cercanias de uma pequena aldeia em vão, procurando comida. Finalmente, com o corpo fraco demais para dar mais um passo, deitou-se ao lado da estrada e desmaiou.

A luz veio devagar, e o fantasma ficou se perguntando há quanto tempo já estava morto. *Um dia? Três dias?* Não importava. Sua cama era macia como uma nuvem, e o ar em torno dele tinha o aroma adocicado de velas. Jesus estava ali, olhando firmemente para ele. *Eu estou aqui*, disse Jesus. *A pedra foi removida do sepulcro, e você ressuscitou.*

Dormiu e voltou a despertar. Uma névoa lhe envolvia os pensamentos. Jamais acreditara no paraíso, e, mesmo assim, Jesus o protegia. Aparecia comida ao lado de seu leito, e o fantasma a comia, quase capaz de sentir a carne se materializando nos seus ossos. Dormia de novo. Quando acordava, Jesus ainda estava sorrindo lá em cima, a dizer: *Você está salvo, meu filho. Abençoados aqueles que seguirem meu caminho.*

E tornava a dormir.

Foi um grito de angústia que assustou o fantasma, despertando-o de seu sono. Seu corpo saltou da cama, cambaleou por um corredor na direção dos sons de gritos. Entrou em uma cozinha e viu um homem enorme espancando um outro menor. Sem saber por que, o fantasma agarrou o homenzarrão e o jogou para trás contra uma parede. O homem fugiu, deixando o fantasma diante do corpo de um rapaz de batina preta. O padre estava com o nariz quebrado. Erguendo o rapaz ensanguentado, o fantasma levou-o até um sofá.

— Obrigado, meu amigo — disse o padre num francês ruim. — O dinheiro do ofertório é tentador para os ladrões. Você fala francês enquanto dorme. Também fala espanhol?

O fantasma sacudiu a cabeça.

— Qual é o seu nome? — continuou, naquele francês ruim.

O fantasma não conseguia se lembrar do nome que seus pais lhe haviam dado. Só ouvia os insultos que lhe dirigiam os carcereiros.

O padre sorriu.

— *No hay problema*. Meu nome é Manuel Aringarosa. Sou missionário de Madri. Fui enviado para cá para construir uma igreja para a Obra de Deus.

— Onde estou? — a voz dele soou oca.

— Em Oviedo. No Norte da Espanha.

— Como cheguei aqui?

— Alguém o deixou na soleira da minha porta. Você estava doente. Já está aqui há muitos dias.

O fantasma olhou com atenção para o jovem que estava cuidando dele. Anos haviam se passado desde que alguém o tratara com bondade.

— Obrigado, padre.

O padre tocou seu próprio lábio ensanguentado.

— Eu é que lhe agradeço, meu amigo.

Quando o fantasma despertou pela manhã, seu mundo parecia mais nítido. Ergueu os olhos para o crucifixo na parede acima de sua cama. Embora Jesus tivesse deixado de falar, o fantasma sentiu uma aura reconfortante em sua presença. Sentando-se na cama, surpreendeu-se ao achar um recorte de jornal na mesinha de cabeceira. A matéria era em francês, de uma semana antes. Quando leu a história, ficou cheio de medo. Falava de um terremoto nas montanhas que havia destruído um presídio e libertado vários criminosos perigosos.

Seu coração disparou. *Os padres sabem quem eu sou!* Sentia uma emoção que não experimentava havia muito tempo.

Vergonha. Medo. Tudo acompanhado pelo temor de ser capturado. Pulou da cama. *Para onde corro?*

– O livro dos Atos dos Apóstolos – disse uma voz vinda da porta.

O fantasma virou-se, aterrorizado.

O jovem padre estava sorrindo ao entrar. O nariz estava coberto por um curativo malfeito, e ele estendia uma Bíblia para o albino.

– Encontrei uma em francês para você. O capítulo está marcado.

Hesitante, o fantasma pegou a Bíblia e olhou o capítulo que o padre havia marcado.

Capítulo 16 dos Atos dos Apóstolos.

Os versículos falavam de um prisioneiro chamado Silas, que jazia nu e espancado na sua cela, entoando cânticos de louvor a Deus. Quando o fantasma chegou ao versículo 26, ficou boquiaberto de choque.

"... De repente houve um terremoto tão violento que sacudiu os alicerces da prisão. Todas as portas se abriram e as correntes de todos se soltaram."

Seus olhos imediatamente buscaram o padre.

O padre dirigiu-lhe um sorriso acolhedor.

– De agora em diante, meu amigo, se não tiver outro nome, eu o chamarei de Silas.

O fantasma concordou, inexpressivo. *Silas.* Ele afinal se encarnara. *Meu nome é Silas.*

– Já é hora do café da manhã – disse o padre. – Vai precisar recobrar suas forças, se for me ajudar a construir essa igreja.

◆ ◆ ◆

Seis mil metros acima do Mediterrâneo, o voo da Alitalia 1618 sacudia-se devido a uma turbulência, fazendo os passageiros remexerem-se nervosamente. O bispo Aringarosa mal notava. Seus pensamentos estavam no futuro do Opus

Dei. Ávido por saber como estavam progredindo os planos em Paris, desejava poder ligar para Silas. Mas não podia. O Mestre havia providenciado isso.

– É para sua própria segurança – explicara-lhe o Mestre, falando em inglês com um sotaque francês. – Conheço comunicações eletrônicas o suficiente para saber como podem ser interceptadas. Os resultados poderiam ser desastrosos para você.

Aringarosa sabia que ele estava certo. O Mestre parecia um homem excepcionalmente cuidadoso. Não revelara sua identidade a Aringarosa, mas mesmo assim havia se mostrado um homem que valia a pena obedecer. Afinal, de alguma maneira tinha obtido informações muito secretas. Os nomes dos quatro membros mais graduados da fraternidade! Esse tinha sido um dos golpes que convencera o bispo de que o Mestre era mesmo capaz de entregar o impressionante tesouro que alegava poder encontrar.

– Reverendíssimo Bispo – dissera-lhe o Mestre –, eu já providenciei tudo. Para que meu plano dê certo, deve permitir que Silas trabalhe *apenas para mim* durante vários dias. Vocês dois não podem se comunicar. Eu me comunicarei com ele através de canais seguros.

– Vai tratá-lo com respeito?

– Um homem de fé merece o melhor.

– Excelente. Então entendo. Silas e eu não nos falaremos até tudo terminar.

– Faço isso para proteger sua identidade, a identidade de Silas e meu investimento.

– Seu investimento?

– Se o Reverendíssimo Bispo acabar preso por causa de sua ansiedade de manter-se informado do andamento das coisas, não vai poder pagar meus honorários.

O bispo sorriu.

– Bem observado. Nossos desejos estão de acordo. Boa sorte.

Vinte milhões de euros, pensou o bispo, o olhar perdido em algum ponto fora do avião. *Uma verdadeira ninharia por uma coisa tão poderosa.*

Sentiu então uma confiança renovada de que o Mestre e Silas não falhariam. O dinheiro e a fé eram motivações poderosas.

CAPÍTULO 11

– Uma brincadeirinha numérica? – disse Bezu Fache, lívido, enquanto fuzilava Sophie Neveu com os olhos, incrédulo. – Sua avaliação profissional do código de Saunière é de que se trata de algum tipo de brincadeira com números?

Fache não conseguia entender a audácia daquela mulher. Não só tinha acabado de interrompê-lo sem permissão como também estava tentando convencê-lo de que Saunière, em seus momentos finais de vida, estivera inspirado o suficiente para deixar uma piada numérica.

– Esse código – explicou Sophie – é simplista a ponto de ser absurdo. Jacques Saunière devia saber que nós logo perceberíamos isso. – Tirou um papelzinho do bolso do suéter e entregou-o a Fache. – Eis a decodificação.

Fache olhou o cartão.

1-1-2-3-5-8-13-21

– Foi só isso o que fez? – indignou-se ele. – Só colocou os números em ordem crescente?

Sophie teve até o atrevimento de dar um sorriso de satisfação.

– Exatamente.

O tom de Fache diminuiu para um ronco gutural.

– Agente Neveu, eu não faço ideia de onde está querendo chegar, mas sugiro que chegue rápido. – Lançou um olhar nervoso a Langdon, que estava ali por perto, com o telefone colado ao ouvido, aparentemente ainda ouvindo a mensagem telefônica da embaixada americana. Pela palidez no rosto de Langdon, Fache viu que a notícia era ruim.

– Capitão – disse Sophie, o tom perigosamente desafiador –, acontece que a sequência de números que tem na mão é uma das mais famosas progressões matemáticas da história.

Fache nem mesmo sabia que existia uma progressão matemática que pudesse ser classificada como famosa, e certamente não gostou da tranquilidade com que Sophie afirmou aquilo.

– Essa é a sequência de Fibonacci – declarou ela, indicando o papel na mão de Fache. – Uma progressão na qual cada termo é obtido somando-se os dois termos precedentes.

Fache estudou os números. Cada termo era mesmo a soma dos dois anteriores, e mesmo assim Fache não conseguia entender qual a importância de tudo aquilo para a morte de Saunière.

– O matemático Leonardo Fibonacci criou essa sucessão de números no século XIII. Obviamente não deve ser coincidência o fato de todos os números que Saunière escreveu no chão pertencerem a essa famosa sequência.

Fache ficou olhando a jovem, espantado, durante algum tempo.

– Muito bem, se não é coincidência, será que poderia me dizer *por que* Jacques Saunière resolveu fazer isso? O que quis dizer? O que isso *significa*?

Ela deu de ombros.

– Absolutamente nada. Aí é que está. É uma piada criptográfica bem simplista. Como pegar as palavras de um poema famoso e embaralhá-las ao acaso para ver se alguém reconhece o que todas elas têm em comum.

Fache deu um passo ameaçador para a frente, parando a apenas alguns centímetros do rosto de Sophie.

– Espero que você me dê uma explicação mais satisfatória do que *essa*.

As feições delicadas de Sophie ficaram surpreendentemente duras quando ela se inclinou, aproximando-se do capitão também.

– Capitão, considerando-se o que está em jogo esta noite, achei que talvez gostasse de saber que Jacques Saunière podia estar tentando lhe pregar alguma peça. Aparentemente, não gostou. Vou informar ao diretor da Criptografia que o senhor não precisa mais dos nossos serviços.

Dizendo isso, ela girou nos calcanhares e saiu pisando duro por onde havia entrado.

Zonzo, Fache a viu desaparecer na escuridão. *Será que enlouqueceu?* Sophie Neveu havia acabado de redefinir o suicídio profissional.

Fache virou-se para Langdon, que ainda estava ao telefone, com um ar ainda mais preocupado do que antes, ouvindo sua mensagem telefônica da embaixada. A Embaixada dos Estados Unidos. Bezu Fache desprezava muitas coisas... Mas poucas o faziam sentir mais raiva do que a embaixada americana.

Fache e o embaixador se enfrentavam regularmente para tratar de assuntos comuns aos dois governos – e seu campo de batalha mais frequente era o cumprimento da lei por parte dos visitantes americanos. Quase diariamente a Polícia Judiciária prendia estudantes americanos de intercâmbio portando drogas, turistas americanos que roubavam mercadorias das lojas ou depredavam propriedades. Legalmente, a embaixada americana podia intervir e extraditar cidadãos culpados, mandando-os de volta aos Estados Unidos, onde recebiam pouco mais que uma reprimenda.

E era o que a embaixada invariavelmente fazia.

A *emasculação da Polícia Judiciária*, era como Fache chamava esse fenômeno. O periódico *Paris-Match* havia publicado recentemente uma tira de quadrinhos que mostrava Fache como um cão policial tentando morder um criminoso americano mas incapaz de alcançá-lo, porque estava acorrentado à Embaixada dos Estados Unidos.

Mas não esta noite, disse Fache consigo mesmo. *Há coisas demais em jogo.*

Quando Robert Langdon desligou o telefone, parecia estar se sentindo mal.

– Está tudo bem? – indagou Fache.

Langdon sacudiu a cabeça de leve.

Más notícias de sua terra natal, percebeu Fache, notando que Langdon estava suando ligeiramente enquanto recebia seu celular de volta.

– Um acidente – gaguejou Langdon, olhando para Fache com uma expressão estranha. – Um amigo... – hesitou. – Vou precisar pegar o primeiro voo para casa amanhã de manhã bem cedo.

Fache não teve dúvida de que o choque no rosto de Langdon era genuíno, e mesmo assim sentiu que havia nele outra emoção também, como se um pavor distante subitamente fervilhasse nos olhos do americano.

– Sinto muito por isso – disse Fache, fitando Langdon de perto. – Gostaria de se sentar? – E indicou um dos bancos da galeria usados para se apreciarem os quadros.

Langdon concordou, distraído, e deu alguns passos até o banco. Parou, parecendo mais confuso a cada momento.

– Aliás, eu acho que preciso é ir ao banheiro.

Fache não gostou daquela demora.

– O banheiro. Claro. Vamos fazer uma pausa por alguns minutos. – Indicou um ponto no fundo do longo corredor, na direção de onde tinham vindo. – Os banheiros ficam lá atrás, na direção do gabinete do curador.

Langdon hesitou, apontando na outra direção, para o final do corredor da Grande Galeria.

– Acho que há um banheiro mais próximo ali no fim.

Fache viu que Langdon estava certo. Eles haviam percorrido dois terços do corredor, e a Grande Galeria terminava em dois banheiros, não tendo outra saída.

– Quer que o acompanhe?

Langdon sacudiu a cabeça, já se dirigindo para o outro extremo da galeria.

– Não é preciso. Acho que gostaria de ficar só por alguns minutos.

Fache não estava gostando da ideia de Langdon percorrer sozinho o resto do corredor, mas consolou-se com o fato de a Grande Galeria só ter uma saída, na extremidade oposta – o portão pelo qual haviam entrado. Embora as normas francesas de prevenção de incêndio exigissem várias escadas de emergência para um espaço grande como aquele, essas escadas haviam sido automaticamente bloqueadas quando Saunière acionara o sistema de segurança. Sem dúvida o sistema havia sido reinicializado, destravando as portas que davam para as escadas de emergência, mas não fazia diferença – as portas externas, se abertas, dispararaiam alarmes de incêndio e estariam sendo guardadas por fora por agentes da Polícia Judiciária. Não havia como Langdon sair sem o conhecimento de Fache.

– Preciso voltar ao gabinete do Sr. Saunière um momento – disse Fache. – Por favor, venha falar comigo diretamente, Sr. Langdon. Ainda não terminamos nossa conversa.

Langdon acenou, sem nada dizer, ao desaparecer nas trevas.

Virando-se, Fache marchou zangado na direção oposta. Chegando ao portão, deslizou por baixo dele, saiu da Grande Galeria, percorrendo o corredor, e entrou impetuosamente no centro de operações, no gabinete de Saunière.

– Quem permitiu a entrada de Sophie Neveu neste museu? – berrou Fache.

Collet foi o primeiro a responder:

– Ela disse aos guardas lá fora que tinha decifrado o código.

Fache olhou em torno.

– Ela já foi?

– Não estava com o senhor?

– Ela foi embora. – Fache espiou o corredor escuro. Aparentemente, Sophie não quisera parar e bater papo com os colegas antes de sair.

Por um momento, Fache pensou em enviar uma mensagem de rádio aos guardas no mezanino e dizer para deterem Sophie e a arrastarem de volta para cima antes que ela pudesse sair do museu. Depois pensou melhor. Aquilo era apenas o seu orgulho ferido... querendo ter a última palavra. Já houvera interrupções demais naquela noite.

Mais tarde eu cuido da agente Neveu, disse consigo mesmo, já ansioso para demiti-la.

Tirando Sophie da cabeça, Fache fitou demoradamente a miniatura de cavaleiro que se encontrava na escrivaninha de Saunière. Depois voltou-se para Collet.

– Está vendo o cara aí na tela?

Collet confirmou com um breve meneio da cabeça e girou o laptop para Fache. O pontinho vermelho era claramente visível na planta do museu, piscando metodicamente em uma sala onde se lia TOILETTES PUBLIQUES.

– Bom – disse Fache, acendendo um cigarro e voltando ao corredor a largas passadas. – Preciso dar um telefonema. Trate de ficar de olho em Langdon e vigie bem para ver se ele não vai a outro lugar que não seja o banheiro.

CAPÍTULO 12

Atordoado, Robert Langdon caminhou, trôpego, na direção do final da Grande Galeria. A mensagem telefônica de Sophie repetia-se sem parar na sua cabeça. No fim do corredor, placas luminosas com a sinalização internacional dos bonequinhos esquemáticos indicativos dos banheiros o haviam orientado para uma série de divisórias dispostas como um labirinto onde se encontravam em exibição desenhos italianos, ocultando os sanitários.

Encontrando o banheiro masculino, Langdon entrou e acendeu as luzes.

O banheiro estava deserto.

Foi até a pia e borrifou água fria no rosto, procurando ficar mais alerta. As ofuscantes luzes fluorescentes refletiam-se nos azulejos brancos, e a sala cheirava a amônia. Enquanto enxugava o rosto e as mãos, a porta do banheiro abriu-se, rangendo, atrás dele. Ele girou nos calcanhares.

Sophie Neveu entrou, os olhos verdes faiscando de medo.

– Graças a Deus, o senhor veio. Não temos muito tempo.

Langdon continuou parado junto às pias, olhando, atônito, para a criptógrafa Sophie Neveu, da DCPJ. Apenas alguns minutos antes, Langdon ouvira sua mensagem telefônica, pensando que a recém-chegada devia ter um parafuso a menos. E no entanto, quanto mais escutava, mais sentia que Sophie Neveu estava falando sério. *Procure não manifestar qualquer reação a essa mensagem. Só escute calmamente. O senhor está correndo perigo agora. Siga minhas instruções com a máxima precisão.* Langdon havia decidido fazer exatamente o que Sophie lhe aconselhara. Dissera a Fache que a mensagem telefônica era sobre um amigo que sofrera um acidente nos Estados Unidos. Então pedira para usar o banheiro no final da Grande Galeria.

Sophie estava diante dele agora, sem recuperar o fôlego depois de correr até o banheiro. Sob as luzes fluorescentes, Langdon surpreendeu-se ao notar que o vigor dela irradiava-se de feições inesperadamente meigas. Apenas o olhar era decidido, e o contraste evocava imagens de um retrato de Renoir, de várias camadas... Velado, porém distinto, com uma ousadia que de alguma forma retinha seu manto de mistério.

– Desejava alertá-lo, Sr. Langdon... – começou Sophie, ainda recuperando o fôlego – de que está sob observação velada. – Enquanto falava, seu inglês com sotaque ecoava nos azulejos, dando-lhe à voz uma ressonância oca.

– Mas... por quê? – indagou Langdon. Sophie já havia lhe dado uma explicação ao telefone, porém ele queria ouvi-la dos próprios lábios da moça.

– Porque – disse ela, aproximando-se –, para Fache, o suspeito número um do assassinato é o *senhor*.

Langdon estava preparado para ouvir aquilo, mas mesmo assim pareceu-lhe completamente ridículo. De acordo com Sophie, Langdon havia sido chamado para ir ao Louvre naquela noite não como simbologista, mas como suspeito, e naquele momento era alvo de um dos métodos prediletos de investigação da DCPJ – *surveillance cachée*, ou "jogar verde para colher maduro" –, um tipo de interrogatório no qual a polícia calmamente convidava um suspeito a ir até o local do crime e o entrevistava na esperança de que ele metesse os pés pelas mãos e se incriminasse sem querer.

– Olhe no bolso esquerdo do seu paletó – disse Sophie. – Vai encontrar a prova de que o estão vigiando.

Langdon sentiu a apreensão aumentar ainda mais. *Olhar no meu bolso?* Aquilo lhe pareceu algum truque barato de mágica.

– Vamos, olhe!

Intrigado, Langdon enfiou a mão no bolso esquerdo do paletó de tweed – um que jamais usava. Apalpando o forro, nada sentiu. *Mas o que esperava, afinal?* Começou a se perguntar se Sophie não seria simplesmente doida. Então seus dedos roçaram alguma coisa inesperada. Minúscula e dura. Prendendo o pequeníssimo objeto entre os dedos, Langdon retirou-o do bolso e ficou examinando-o, pasmo. Era um disco metálico no formato de um botão, mais ou menos do tamanho de uma bateria de relógio. Ele jamais tinha visto coisa igual.

– Mas o que é isso...?

– Um GPS – explicou Sophie. – Transmite continuamente sua localização para um satélite de posicionamento global que a DCPJ pode monitorar. Usamos isso para seguir as pessoas. A precisão é de 60 centímetros, em qualquer ponto do planeta. Eles lhe puseram uma coleira eletrônica. O agente que o pegou no hotel meteu isso no seu bolso antes de sair do quarto.

Langdon recordou-se do quarto do hotel... sua ducha rápida, o momento em que se vestia, o agente da DCPJ educadamente segurando o paletó de tweed antes de saírem do quarto. *Está frio lá fora, Sr. Langdon*, dissera ele. *A primavera em Paris não é igual à de suas canções.* Langdon lhe agradecera e vestira o paletó.

O olhar verde-oliva de Sophie era incisivo.

– Eu não lhe contei sobre esse localizador antes porque não queria que revirasse o bolso na frente de Fache. Ele não pode saber que o encontrou.

Langdon não fazia a menor ideia de como responder.

– Eles o seguiram com o GPS porque acharam que tentaria fugir. – Fez uma pausa. – Aliás, já esperavam que fugisse; porque assim suas suspeitas se confirmariam.

– Por que fugiria? – indagou Langdon. – Eu sou inocente!

– Fache acha que não.

Zangado, Langdon dirigiu-se à lata de lixo para jogar fora o localizador.

– Não! – Sophie agarrou seu braço, impedindo-o. – Deixe-o no seu bolso. Se o jogar fora, o sinal vai parar de se deslocar, e eles vão saber que encontrou o localizador. O único motivo pelo qual Fache está deixando o senhor em paz é porque pode segui-lo para todos os lugares aonde for. Se notar que descobriu o que ele está tramando... – Sophie não terminou de expressar seu pensamento. Em vez disso, arrancou o disco metálico da mão de Langdon e o meteu no bolso do paletó dele. – O localizador fica com o senhor. Pelo menos por enquanto.

Langdon se sentiu perdido.

– Mas de onde foi que Fache tirou essa ideia de que fui eu que matei Jacques Saunière?

– Ele tem motivos bem convincentes para desconfiar do senhor. – A fisionomia de Sophie estava bem séria. – Há uma prova contra o senhor que não viu ainda. Fache a escondeu bem escondida.

Langdon só ficou parado, olhando para ela.

– Lembra-se das três linhas que Saunière escreveu no assoalho?

Langdon confirmou, calado. Os números e as palavras estavam gravados na sua memória.

A voz de Sophie ficou extremamente baixa.

– Infelizmente, o que viu não era a mensagem inteira. Havia uma *quarta* linha que Fache fotografou e depois apagou antes de o senhor chegar.

Embora Langdon soubesse que a tinta solúvel de uma caneta invisível poderia ser facilmente apagada, jamais poderia imaginar por que Fache apagaria uma prova.

– A última linha da mensagem – disse Sophie – era algo que Fache não queria que visse. – Ela fez uma pausa. – Pelo menos, não até ele terminar seu interrogatório.

Sophie tirou do bolso do suéter uma folha de papel impresso, onde havia uma foto, e começou a desdobrá-la.

– Fache enviou para o Departamento de Criptologia imagens do local do crime no início da noite, na esperança de que pudéssemos descobrir o que Saunière quis dizer com aquela mensagem. – Entregou a folha a Langdon.

Desnorteado, Langdon olhou a imagem. A foto tirada bem de perto revelava a mensagem fosforescente no parquê. A última linha atingiu Langdon como um soco na boca do estômago.

13-3-2-21-1-1-8-5
O, Draconian devil!
Oh, lame saint!
P.S. Find Robert Langdon

CAPÍTULO 13

Durante vários segundos, Langdon ficou parado, olhando a foto do P.S. de Saunière, na maior fascinação. *P.S. Encontre Robert Langdon.* Sentiu-se como se o chão se abrisse debaixo dos seus pés. *Saunière deixou um pós-escrito citando meu nome?* Aquilo não fazia o menor sentido.

– Agora está entendendo – disse Sophie, os olhos suplicantes – por que Fache mandou trazê-lo aqui esta noite e por que o senhor é seu suspeito número um?

A única coisa que Langdon compreendia naquele momento era por que Fache parecera tão presunçoso quando ele, Langdon, insinuou que Saunière teria revelado o nome de seu assassino.

Encontre Robert Langdon.

– Por que Saunière teria escrito isso? – quis saber Langdon, a confusão agora cedendo lugar à raiva. – Por que eu mataria Jacques Saunière?

– Fache ainda precisa de um motivo, mas andou gravando toda a conversa que tiveram esta noite, na esperança de que o senhor lhe desse um.

Langdon ficou boquiaberto, mas mudo.

– Ele traz um microfone minúsculo na roupa – explicou Sophie. – O microfone está ligado a um transmissor no bolso dele, que envia o sinal para o posto de comando.

– Isso é impossível – gaguejou Langdon. – Eu tenho um álibi. Fui direto para o meu hotel depois da minha palestra. Pode perguntar ao recepcionista.

– Fache já perguntou. O relatório dele diz que o senhor pegou a chave do quarto na portaria mais ou menos às dez e meia. Infelizmente, o assassinato foi quase às onze. O senhor podia muito bem ter saído sem que ninguém o visse.

– Mas isso é coisa de louco. Fache não tem provas de uma coisa dessas.

Os olhos de Sophie arregalaram-se, como se dissessem: *Não tem provas?*

– Sr. Langdon, seu nome está escrito no chão ao lado do corpo, e a agenda do Sr. Saunière diz que esteve com ele mais ou menos na hora do assassinato. – Ela interrompeu. – Fache tem provas mais do que suficientes para levá-lo preso para interrogatório.

Langdon de repente sentiu que precisava de um advogado.

– Não fui eu quem fez isso.

Sophie suspirou.

– Isso aqui não é seriado de tevê americano, Sr. Langdon. Na França, as leis protegem a polícia, não os criminosos. Infelizmente, neste caso, também temos que pensar na imprensa. Jacques Saunière era um homem muito famoso e querido em Paris, e sua morte vai estar nas manchetes do noticiário amanhã pela manhã. Fache vai receber pressão imediata para fazer algum pronunciamento, e isso vai cair bem melhor se ele já tiver um suspeito sob custódia. Seja ou não culpado, certamente será detido pela DCPJ até eles conseguirem apurar o que realmente ocorreu.

Langdon sentiu-se como um animal enjaulado.

– Por que está me dizendo tudo isso?

– Porque acho que é inocente, Sr. Langdon. – Sophie desviou os olhos um instante e depois tornou a olhá-lo nos olhos. – E também porque é parcialmente culpa minha o senhor estar encrencado assim.

– Como disse? *Sua* culpa, Saunière ter armado essa cilada para cima de mim?

– Saunière não estava tentando incriminá-lo. Foi um engano. Essa mensagem no assoalho era para mim.

Langdon precisou de um minuto para entender.

– Como é que é?

– A mensagem não era para a polícia. Era para *mim*. Acho que ele foi obrigado a fazer tudo muito rápido e não se lembrou de como a polícia podia interpretar a coisa. – Ela fez uma pausa. – O código numérico não tem significado algum. Saunière o escreveu para ter certeza de que a investigação incluiria criptógrafos, garantindo assim que eu soubesse o mais rapidamente possível o que havia acontecido com ele.

Langdon sentia que estava cada vez mais perdido. Se Sophie Neveu havia perdido o juízo ou não, ele não sabia mais, mas pelo menos agora entendia por que ela estava tentando ajudá-lo. *P.S. Encontre Robert Langdon*. Ela obviamente acreditava que o curador havia lhe deixado uma mensagem cifrada mandando-a procurar Robert Langdon.

– Mas por que acha que a mensagem era para a senhorita?

– *O Homem Vitruviano* – disse ela, sem rodeios. – Esse esboço específico sempre foi a minha obra predileta de Da Vinci. Esta noite ele a usou para chamar minha atenção.

– Espere aí. Está dizendo que o diretor sabia que essa era sua obra de arte predileta?

Ela confirmou.

– Desculpe. Estou me atrapalhando um pouco na explicação. Jacques Saunière e eu...

A voz de Sophie embargou-se, e Langdon captou nela um súbito pesar, um passado sofrido, latente, sob a superfície. Sophie e Jacques Saunière aparentemente haviam tido algum tipo de relacionamento especial. Langdon olhou atentamente a bela mulher diante de si sabendo que, na França, os homens idosos costumavam ter amantes jovens. Mesmo assim, de alguma forma, Sophie Neveu não parecia se encaixar nesse perfil.

– Nós nos afastamos um do outro há dez anos – disse Sophie, a voz transformada em sussurro. – Desde essa época, mal nos falamos. Esta noite, quando a Criptologia recebeu o telefonema dizendo que ele havia sido assassinado, e eu vi as imagens de seu corpo e as palavras traçadas no chão, entendi que ele estava tentando me transmitir uma mensagem.

– Por causa do *Homem Vitruviano*?

– É. E das letras *P.S.*

– Pós-escrito?

Ela sacudiu a cabeça.

– P.S. são minhas iniciais.

– Mas seu nome é Sophie Neveu.

Ela desviou o olhar.

– P.S. é o apelido que ele me deu quando eu morava com ele. – Ela corou. – Significa *Princesa Sophie*.

Langdon não soube o que responder.

– É bobinho, eu sei – disse ela. – Mas já foi há tantos anos. Quando eu era ainda uma garotinha.

– Você o conheceu ainda *criança*?

– Muito bem – disse ela, os olhos agora cheios de lágrimas, devido à emoção. – Jacques Saunière era meu avô.

CAPÍTULO 14

– Onde está Langdon? – inquiriu Fache, soltando uma última baforada de fumaça do cigarro que acabara de fumar, enquanto voltava para a central de comando.

– Ainda no banheiro, senhor. – O tenente Collet já esperava aquela pergunta.

O capitão olhou o sinal do GPS acima do ombro de Collet. Fache estava lutando contra a vontade de ir lá ver o que Langdon estava fazendo. O ideal era deixar o sujeito de uma investigação fazer o que bem entendesse, levando o tempo que quisesse, o que lhe daria uma falsa impressão de segurança. Langdon precisava voltar por sua própria vontade. Mesmo assim, já haviam se passado quase dez minutos.

Tempo demais.

– Alguma chance de Langdon ter percebido o que estamos fazendo? – indagou Fache ao tenente.

Collet sacudiu a cabeça.

– Ainda estamos vendo pequenos movimentos dentro do banheiro, de modo que o GPS ainda está com ele. Talvez esteja se sentindo mal, não? Se tivesse encontrado o localizador, teria removido o dispositivo e tentado fugir.

Fache consultou o relógio.

– Ótimo.

Mas Fache ainda parecia preocupado. Durante toda aquela noite, Collet percebera uma intensidade atípica no seu capitão. Em geral de cabeça fria e controlado sob pressão, esta noite Fache parecia emocionalmente envolvido em sua missão, como se fosse uma questão pessoal para ele.

Não é de admirar, pensou Collet. *Fache precisava desesperadamente dessa prisão*. Recentemente, o ministério e a imprensa haviam passado a criticar mais abertamente as táticas agressivas de Fache, seus confrontos com as poderosas embaixadas estrangeiras e seu inchado orçamento para investimento em novas tecnologias. Esta noite, a prisão de um americano com o uso de técnicas avançadas e profissionalismo impecável ajudaria muito a silenciar seus críticos e garantiria estabilidade no emprego durante mais alguns anos até ele poder ir descansar com uma aposentadoria polpuda no bolso. *Deus sabe o quanto ele precisa dessa aposentadoria*, pensou Collet. O zelo de Fache pela tecnologia o havia comprometido tanto profissional quanto pessoalmente. Corriam boatos de que havia investido todas as suas economias no boom tecnológico alguns anos antes e perdido até as calças. *E Fache é um homem que só usa calças muito caras.*

Esta noite ainda havia muito tempo. A estranha interrupção de Sophie Neveu, embora infeliz, fora apenas um leve contratempo. Ela já se fora, e Fache ainda tinha cartas na manga. Precisava ainda informar a Langdon que seu nome havia sido escrito no assoalho pela vítima. *P.S. Encontre Robert Langdon*. A reação do americano àquela prova seria decisiva.

– Capitão? – chamou um dos agentes da DCPJ do gabinete. – Acho melhor atender a este telefonema. – O agente lhe estendeu um telefone, com cara de preocupado.

– Quem é? – perguntou Fache.

O agente franziu o cenho.

– O diretor do Departamento de Criptologia.

– E daí?

– É sobre Sophie Neveu, senhor. Alguma coisa não está se encaixando muito bem.

CAPÍTULO 15

Já era hora.

Silas sentiu-se forte ao sair do Audi negro, a brisa noturna a ondular sua túnica folgada. *Os ventos da mudança estão soprando.* Ele sabia que a tarefa que tinha a cumprir iria exigir mais do que força, e deixou a arma no carro. A pistola Heckler & Koch USP 40 de 13 munições lhe fora entregue pelo Mestre.

Uma arma de morte não tem lugar na casa de Deus.

O adro da imensa igreja encontrava-se deserto àquela hora, e as únicas almas visíveis no lado mais distante da Place de Saint-Sulpice eram uma dupla de prostitutas adolescentes exibindo-se aos turistas que circulavam àquela hora já adiantada da noite. Seus corpos atraentes fizeram surgir um desejo familiar nos genitais de Silas. Sua coxa contraiu-se instintivamente, fazendo o cilício farpado lacerar-lhe dolorosamente a pele.

A lascívia evaporou-se como por encanto. Já fazia dez anos que Silas renunciara a todos os prazeres da carne, até mesmo administrados por si mesmo. Era o *Caminho*. Ele sabia que havia se sacrificado muito para seguir o Opus Dei, mas havia recebido muito mais em troca. Um voto de celibato e a renúncia à posse de todo e qualquer bem material não eram grandes sacrifícios. Considerando-se a pobreza de onde viera e toda a violência sexual que havia suportado na cadeia, o celibato era uma mudança bem-vinda.

Agora, depois de voltar à França pela primeira vez desde que fora preso e enviado à prisão em Andorra, Silas podia sentir que seu país natal o testava, arrancando violentas lembranças de sua alma redimida. *Você renasceu*, recordava-se ele. Seu serviço a Deus naquele dia havia exigido o pecado do homicídio, e era um sacrifício que Silas sabia que teria de guardar em segredo no coração por toda a eternidade.

A medida de sua fé é a medida do sofrimento que você pode tolerar, dissera-lhe o Mestre. Silas estava acostumado à dor e sentia-se ávido para provar que era fiel ao Mestre, aquele que lhe havia garantido que estava agindo segundo a vontade de um poder superior.

– *Hago la obra de Dios* – sussurrou Silas, em espanhol, a língua materna do fundador do Opus Dei, encaminhando-se agora para a entrada da igreja.

Parando à sombra da imensa porta de entrada, inspirou profundamente. Foi apenas aí que pôde verdadeiramente perceber o que estava para fazer e o que o aguardava ali dentro.

A pedra-chave. Ela nos levará à nossa meta final.

Ergueu o punho branco e fantasmagórico, dando três pancadas na porta.

Momentos depois, as trancas do gigantesco portal de madeira começaram a se abrir.

CAPÍTULO 16

Sophie perguntou-se quanto tempo Fache levaria para perceber que ela não havia saído do museu. Vendo que Langdon estava claramente transtornado, Sophie perguntou-se se teria tomado a decisão certa, fazendo-o encontrar-se com ela ali no banheiro masculino.

O que mais eu poderia fazer?

Imaginou o corpo do avô, nu, esparramado sobre o assoalho. Houve uma época em que ele havia significado tudo para ela, mas, naquela noite, Sophie surpreendeu-se por não sentir quase nenhuma tristeza pela morte do homem. Jacques Saunière era um estranho para ela agora. A relação entre ambos havia se evaporado em um único instante em uma noite de março, quando ela tinha 22 anos. *Dez anos atrás.* Sophie havia voltado da universidade na Inglaterra alguns dias antes e, sem querer, testemunhou seu avô fazendo algo que obviamente ele não desejaria que ela tivesse visto. Era uma cena na qual ela mal podia acreditar, até hoje...

Se não tivesse visto com meus próprios olhos...

Envergonhada e desorientada demais para suportar as tentativas angustiadas do avô para se explicar, Sophie mudou-se imediatamente, indo morar sozinha, usando dinheiro que havia economizado para comprar um apartamento pequeno com alguns colegas. Jurou nunca mais falar com ninguém sobre o que vira. O avô tentou desesperadamente entrar em contato com ela, enviando cartões e cartas, suplicando que Sophie fosse encontrá-lo, para que ele pudesse se explicar. *Explicar, como?* Sophie jamais respondeu, exceto uma vez – para proibi-lo de ligar para ela ou de tentar encontrá-la em público. Temia que sua explicação fosse mais aterrorizante do que o incidente em si.

Contra todas as expectativas, Saunière não havia jamais desistido de tentar entrar em contato com ela, e Sophie agora possuía uma década de cartas fechadas em uma gaveta da cômoda. Para mérito do avô, ele jamais telefonou, respeitando-lhe a proibição.

Até aquela tarde.

– Sophie? – a voz dele havia lhe parecido assustadoramente idosa na secretária eletrônica. – Eu respeitei seus desejos durante tanto tempo... e sinto-me mal em telefonar-lhe, mas preciso falar com você. Aconteceu uma coisa terrível.

De pé na cozinha de seu apartamento de Paris, Sophie sentiu um calafrio ao ouvi-lo outra vez, depois de todos aqueles anos. A voz mansa trouxe de volta toda uma onda de recordações infantis.

– Sophie, por favor, me escute. – Falava em inglês, como sempre fazia quando ela era criança. *Na escola, pratique o francês. Em casa, pratique o inglês.* – Não pode ficar assim zangada comigo para sempre. Não leu as cartas que lhe enviei esses anos todos? Não entendeu ainda? – Fez uma pausa. – Precisamos conversar imediatamente. Por favor, conceda esse desejo a seu avô. Ligue para mim no Louvre. Agora mesmo. Ambos podemos estar correndo perigo.

Sophie olhou fixo para a secretária. *Perigo?* Do que ele estaria falando?

– Princesa... – A voz do avô ficou embargada por uma emoção que Sophie não foi capaz de identificar. – Sei que andei escondendo coisas de você e sei que isso me custou seu amor. Mas foi para sua própria segurança. Agora precisa saber a verdade. Por favor, preciso lhe contar a verdade sobre sua família.

As batidas do coração de Sophie subitamente tornaram-se audíveis. *Minha família?* Os pais de Sophie haviam morrido quando ela tinha apenas 4 anos. O carro caiu de uma ponte em um rio caudaloso. A avó e o irmão mais novo também estavam no carro, de modo que toda a família de Sophie fora eliminada de uma hora para outra. Ela tinha uma caixa de recortes de jornal para confirmar isso.

As palavras do avô fizeram surgir uma onda inesperada de esperança em seu corpo. *Minha família!* Naquele instante fugaz, Sophie viu imagens do sonho que a despertava inúmeras vezes quando criança: *Minha família está viva! Estão voltando para casa!* Mas, como em seu sonho, as figuras se evaporaram até desaparecerem.

Sua família morreu, Sophie. Não vai voltar para casa.

– Sophie... – o avô continuou, na gravação da secretária. – Já estou esperando há anos para lhe dizer isso. Esperando o momento certo, mas agora o tempo se esgotou. Ligue para meu número do Louvre. Assim que receber essa mensagem, telefone para mim. Eu vou esperar aqui a noite inteira. Temo que ambos estejamos correndo perigo. Há tanta coisa que preciso lhe contar.

E assim terminou a mensagem.

No silêncio que se fez depois, Sophie ficou tremendo pelo que lhe pareceram vários minutos. Enquanto refletia sobre a mensagem do avô, apenas uma possibilidade fazia sentido, e aí ela entendeu a verdadeira intenção dele.

Era uma cilada.

Obviamente, seu avô queria desesperadamente vê-la. Estava disposto a tentar qualquer coisa. O nojo que sentia por ele aumentou ainda mais. Sophie se perguntou se ele não teria adoecido irremediavelmente e decidido tentar usar qualquer artifício para conseguir que ela fosse visitá-lo pela última vez. Se fosse isso, ele tinha acertado em cheio.

Minha família.

Agora, de pé na escuridão do banheiro masculino do Louvre, Sophie podia escutar os ecos da mensagem telefônica daquela tarde. *Sophie, ambos podemos estar correndo perigo. Ligue para mim.*

Ela não havia telefonado para o avô. Nem tinha planejado telefonar. Agora, porém, seu ceticismo havia sido profundamente abalado. Seu avô jazia morto, assassinado dentro do próprio museu em que trabalhava. E havia escrito um código no assoalho.

Um código *para ela*. Disso, tinha absoluta certeza.

Apesar de não entender o significado da mensagem, Sophie era capaz de apostar que sua natureza críptica era mais uma prova de que as palavras se destinavam a ela. A paixão dela pela criptografia e seu pendor para essa ciência eram o resultado de ter sido criada por Jacques Saunière – ele mesmo um fanático por códigos, jogos de palavras e charadas. *Quantos domingos passamos resolvendo criptogramas e palavras cruzadas no jornal?*

Aos 12 anos, Sophie já era capaz de terminar as palavras cruzadas do *Le Monde* sozinha, sem nenhuma ajuda, e o avô a ensinou a resolver palavras cruzadas em inglês, enigmas matemáticos e criptogramas por substituição. Sophie devorava tudo. Por fim, acabou transformando a paixão em profissão, tornando-se criptógrafa da Polícia Judiciária.

Esta noite, a criptógrafa em Sophie foi obrigada a respeitar a eficiência com a qual seu avô havia usado um código simples para aproximar duas pessoas completamente estranhas uma para a outra: Sophie Neveu e Robert Langdon.

Sua dúvida era: *por quê?*

Infelizmente, pelo olhar transtornado de Langdon, Sophie viu que o americano não entendia, assim como ela, por que o avô os havia aproximado.

Ela voltou a insistir.

– O senhor e meu avô haviam planejado se encontrar hoje. Por quê?

Langdon fez uma cara de quem estava totalmente perplexo.

– A secretária dele marcou a reunião e não deu nenhum motivo específico, e eu não perguntei. Presumi que ele tinha ouvido dizer que eu ia apresentar uma palestra sobre a iconografia pagã nas catedrais francesas, gostou do tema e achou que seria interessante chamar-me para tomar um drinque depois da palestra.

Sophie não se conformou. Não era um motivo convincente. O avô sabia mais sobre iconografia pagã do que qualquer pessoa do planeta. Além disso, era um homem excepcionalmente fechado, não era dado a bater papo com qualquer professor americano que aparecesse, a menos que houvesse um motivo importante para uma conversa assim.

Sophie inspirou profundamente e tentou ir mais fundo.

– Meu avô me ligou esta tarde e disse que ele e eu estávamos correndo grande perigo. Isso significa alguma coisa para o senhor?

Os olhos azuis de Langdon turvaram-se de preocupação.

– Não, mas considerando-se o que acabou de acontecer...

Sophie concordou. Considerando-se os acontecimentos daquela noite, ela seria uma tola se não estivesse com medo. Sentindo-se esgotada, foi até a janelinha de vidro espelhado na extremidade oposta do banheiro e espiou o exterior em silêncio, através da tela sensora de alarme incrustada no vidro. Estavam num andar bem alto – pelo menos a 12 metros do chão.

Suspirando, ergueu os olhos e contemplou a paisagem deslumbrante de Paris. À sua esquerda, na margem oposta do Sena, a Torre Eiffel iluminada. Diretamente em frente, o Arco do Triunfo. E à direita, bem acima da encosta íngreme de Montmartre, a graciosa cúpula em estilo arabesco da Sacré-Coeur, suas pedras polidas brancas tão brilhantes como um santuário resplandecente.

No extremo oeste da Ala Denon, a rodovia norte-sul da Place du Carrousel corria quase rente ao edifício, e apenas uma calçada estreita a separava da parede externa do Louvre. Lá embaixo, a caravana de costume, composta da fila de caminhões de entrega noturna, esperava os sinais de trânsito mudarem, os faróis parecendo piscar zombeteiros para Sophie.

– Não sei o que dizer – disse Langdon, aproximando-se, atrás dela. – Seu avô, sem dúvida, estava tentando nos dizer alguma coisa. Desculpe não ter ajudado tanto quanto desejaria.

Sophie virou-se, dando as costas à janela, sentindo um arrependimento sincero na voz grossa de Langdon. Mesmo com toda a encrenca ao seu redor, era óbvio que ele queria ajudá-la. *O professor que existe nele*, pensou ela, pois havia lido a ficha da DCPJ sobre o suspeito. Ali estava um acadêmico que claramente detestava não entender as coisas.

Temos isso em comum, refletiu ela.

Como decodificadora, Sophie vivia extraindo significado de coisas aparentemente sem sentido. Naquela noite, só conseguia imaginar que Robert Langdon, soubesse ou não, possuía informações das quais ela precisava demais. *Princesa Sophie, encontre Robert Langdon.* Como poderia ser mais clara a mensagem de seu avô? Sophie precisava de mais tempo com Langdon. Tempo para pensar. Tempo para resolverem aquele mistério juntos. Infelizmente, o tempo estava se esgotando.

Olhando para Langdon, Sophie jogou na mesa a única carta na qual conseguiu pensar.

– Bezu Fache vai prendê-lo para averiguações a qualquer momento. Posso tirá-lo deste museu. Mas precisamos agir agora.

Os olhos de Langdon arregalaram-se.

– Quer que *eu fuja*?

– É a melhor coisa que poderia fazer. Se deixar Fache prendê-lo agora, vai passar semanas em um presídio francês enquanto a DCPJ e a embaixada americana decidem quais os tribunais que vão julgar seu caso. Mas, se conseguirmos tirá-lo daqui e levá-lo até sua embaixada, seu governo irá proteger seus direitos enquanto provamos que o senhor não teve nada a ver com esse assassinato.

Langdon pareceu não estar nem vagamente convencido.

– Nem pensar! Fache mandou homens armados montarem guarda em todas as saídas! Mesmo se escaparmos sem levarmos um tiro, fugir só vai me incriminar ainda mais. Vai precisar dizer a Fache que a mensagem no chão era para a senhorita e que meu nome não figura nela como uma acusação.

– Eu *vou* fazer isso – disse Sophie, às pressas –, mas só depois que estiver em segurança na embaixada americana. Fica só a um quilômetro e meio daqui, e meu carro está estacionado bem aí na frente do museu. Tentar despistar

Fache aqui dentro é muito arriscado. Não consegue entender? Fache resolveu que esta noite vai provar de qualquer jeito que você é culpado. O único motivo pelo qual estava adiando sua prisão foi fazer essa sondagem, na esperança de que o senhor fizesse algo que o comprometesse ainda mais aos olhos dele.

– Exato. Como *fugir*, por exemplo.

De repente, o celular no bolso do suéter de Sophie começou a tocar. *É provável que seja Fache.* Meteu a mão no suéter e desligou o telefone.

– Sr. Langdon – disse, apressada –, preciso lhe fazer uma última pergunta. *E todo o seu futuro pode depender da resposta.* As palavras no chão obviamente não são prova de sua culpa, e mesmo assim Fache disse à nossa equipe que ele *tem certeza* de que o senhor é o culpado. Pode imaginar algum outro motivo pelo qual ele esteja convencido de que é o culpado?

Langdon ficou calado durante vários segundos.

– Absolutamente nenhum.

Sophie suspirou. *Isso significa que Fache está mentindo.* Sophie não podia nem começar a imaginar por que, mas nada disso importava naquele momento. Ainda era certo que Bezu Fache estava disposto a prender Robert Langdon naquela mesma noite, a qualquer custo. Precisava que ele a ajudasse, e foi esse dilema que deixou a Sophie apenas uma conclusão lógica.

Preciso levar Langdon à embaixada americana.

Virando-se para a janela, Sophie espreitou através da tela de alarme incrustada no vidro espelhado, vendo a calçada estreita 12 metros abaixo de si. Um salto daquela altura quebraria as duas pernas de Langdon. No mínimo.

No entanto, Sophie tomou sua decisão.

Robert Langdon estava prestes a escapar do Louvre, quisesse ou não.

CAPÍTULO 17

– Como assim, ela não responde? – Fache pareceu incrédulo.
– Está ligando para o celular dela, não está? Sei que ela está com o celular.

Collet estivera tentando entrar em contato com Sophie durante vários minutos.

– Talvez a bateria tenha acabado. Ou ela tenha desligado o aparelho.

Fache parecia meio aflito desde que falara com o diretor da Criptologia ao telefone. Depois de desligar, tinha marchado até Collet e exigido que ele entrasse em contato com a agente Neveu pelo celular. Agora Collet dizia que não estava conseguindo, e Fache andava de um lado para outro, feito um leão enjaulado.

– Por que a Criptografia ligou? – arriscou Collet.

Fache virou-se.

– Para nos dizer que não encontraram referência alguma a demônios draconianos e a santas falsas e vis.

– Só isso?

– Não, também porque acabaram de identificar a sequência numérica como sequência de Fibonacci, mas desconfiam de que ela não tem significado algum.

Collet ficou confuso.

– Mas já mandaram a agente Neveu antes para nos dizer isso.

Fache sacudiu a cabeça.

– Não a mandaram aqui.

– Como é?

– De acordo com o diretor, segundo minhas ordens, ele chamou a equipe inteira para que vissem as imagens que lhe enviei. Quando a agente Neveu chegou, ela deu uma olhada nas fotos de Saunière e no código e saiu da central sem dizer uma palavra. O diretor disse que não questionou o comportamento dela porque ela se mostrou compreensivelmente chocada diante das fotos.

– Chocada? Ela nunca viu uma foto de cadáver?

Fache ficou calado um momento.

– Eu mesmo não sabia, e acho que nem o diretor sabia até que um colega o avisou, mas ao que parece Sophie é neta de Jacques Saunière.

Collet emudeceu.

– O diretor disse que ela jamais mencionou Saunière, nem uma vez sequer, e ele presumiu que provavelmente ela não queria tratamento preferencial por ter um avô famoso.

Não admira que ela tivesse ficado transtornada pelas fotos. Collet mal podia conceber a infeliz coincidência que era uma jovem decifrar um código escrito por um parente morto. Mesmo assim, o comportamento dela não fazia sentido.

– Mas ela reconheceu os números como uma sequência de Fibonacci, porque veio aqui e nos disse isso. Não entendo por que sairia da central sem falar com ninguém de sua descoberta.

Collet só podia imaginar uma explicação para aquela situação maluca toda: Saunière escrevera um código numérico no chão na esperança de que Fache envolvesse criptógrafos na investigação e, portanto, sua própria neta. Quanto ao resto da mensagem, estaria Saunière tentando se comunicar de alguma forma com a neta? E, se estava, o que aquela mensagem lhe dizia? E como Langdon entrava na história?

Antes de Collet poder ponderar mais, o silêncio do museu deserto foi quebrado por um alarme. A campainha soou como se viesse da Grande Galeria.

– Alarme! – berrou um dos agentes, observando a câmera do centro de segurança do Louvre. – Grande Galeria! Sanitário masculino!

Fache virou-se para Collet.

– Onde está Langdon?

– Ainda no banheiro! – Collet apontou para o pontinho

vermelho que piscava no mapa do seu laptop. – Deve ter quebrado a janela. – Collet sabia que Langdon não podia ir muito longe. Embora as leis de prevenção de incêndios de Paris exigissem que janelas acima de 12 metros em edifícios públicos fossem de vidro quebrável, sair por uma janela do segundo andar do Louvre sem a ajuda de um gancho e uma escada seria suicídio. Além do mais, do lado oeste da Ala Denon não havia árvores nem gramado para amortecer uma queda. Diretamente abaixo da janela do banheiro, a Place du Carrousel, uma pista dupla, passava a apenas um ou dois metros de distância da parede externa.

– Meu Deus – exclamou Collet, observando a tela. – Langdon está indo para o parapeito da janela!

Mas Fache já estava em ação. Sacando o revólver Manurhin MR-93 do coldre do ombro, o capitão saiu correndo do gabinete.

Collet ficou olhando a tela, espantado, enquanto o pontinho intermitente se aproximava do peitoril da janela e fazia uma coisa totalmente inesperada. *Saiu* do perímetro do edifício.

O que está havendo?, perguntou-se. *Será que Langdon está andando em cima de alguma marquise ou...*

– Jesus! – Collet deu um pulo quando o pontinho disparou para bem mais longe da parede. O sinal pareceu tremer um pouco e depois parou de repente, mais ou menos a três metros de distância do edifício.

Mexendo a esmo nos controles, Collet abriu um mapa das ruas de Paris e recalibrou o GPS. Ampliando a imagem, agora podia ver a exata localização do sinal.

Não estava mais se movendo.

Estava parado no meio da Place du Carrousel.

Langdon havia pulado.

CAPÍTULO 18

Fache disparou pela Grande Galeria numa carreira desabalada, enquanto o rádio de Collet berrava acima do som distante do alarme.

– Ele pulou! – gritava Collet. – Estou vendo o sinal lá na Place du Carrousel! Diante da janela do banheiro! E não está mais se movendo! Meu Deus, acho que Langdon acabou de cometer suicídio!

Fache ouviu as palavras, mas não faziam sentido. Continuou correndo. O corredor parecia interminável. Quando passou ao lado do corpo de Saunière, mirou as divisórias no fim da Ala Denon. O alarme estava ficando mais alto agora.

– Espere! – a voz de Collet soou outra vez pelo rádio. – Ele está se movendo! Meu Deus, ele está vivo. Langdon está se movendo!

Fache continuou correndo, a cada passo amaldiçoando o comprimento excessivo do corredor.

– Está se deslocando mais rápido! – Collet ainda estava berrando no rádio. – Está correndo pela Carrousel. Espere... está aumentando a velocidade. Está se deslocando rápido demais!

Ao chegar às divisórias, Fache saiu ziguezagueando, percorrendo o labirinto formado por elas, viu a porta do banheiro e correu para ela.

O walkie-talkie mal se podia ouvir agora, devido ao alarido do alarme.

– Ele deve estar num carro! Acho que está num carro! Não dá para...

As palavras de Collet foram completamente abafadas pelo alarme quando Fache finalmente entrou no banheiro, com o revólver em punho. Estremecendo com o som da campainha estridente, Fache esquadrinhou a área.

As cabines estavam vazias. O banheiro, deserto. Os olhos de Fache deslocaram-se imediatamente para a janela quebrada do outro lado do cômodo. Correu até ela e debruçou-se, olhando para fora. Langdon não estava em parte alguma. Fache não podia imaginar que alguém fosse arriscar-se a tentar fugir daquele jeito. Certamente, jogando-se daquela altura, ele havia sofrido fraturas graves.

O alarme finalmente parou de soar, e a voz de Collet se tornou audível outra vez pelo walkie-talkie.

– ... deslocando-se para o sul... mais rápido... atravessando o Sena pela Pont du Carrousel!

Fache virou-se para a esquerda. O único veículo que viu na Pont du Carrousel foi um imenso caminhão de entregas Trailor, de caçamba dupla, movendo-se para o sul, afastando-se do Louvre. A caçamba aberta do caminhão estava coberta com um encerado de vinil, fazendo lembrar vagamente uma rede gigantesca. Fache sentiu um arrepio de apreensão. Aquele caminhão, momentos antes, provavelmente devia estar parado em um sinal vermelho diretamente abaixo da janela do banheiro.

Um risco insano, disse Fache consigo mesmo. Langdon não tinha como saber o que o caminhão levava debaixo daquela lona. E se o caminhão estivesse transportando aço? Ou cimento? Ou até lixo? Um salto de 12 metros? Era loucura.

– O pontinho está virando! – gritou Collet. – Está virando à direita na Pont des Saints-Pères!

O caminhão Trailor havia atravessado a ponte e reduzira a marcha, dobrando à direita para passar na Pont des Saints-Pères. *É isso mesmo*, pensou Fache. Espantado, viu o caminhão desaparecer, depois de dobrar a esquina. Collet já estava enviando mensagens aos agentes que se encontravam do lado de fora, dizendo-lhes que saíssem do perímetro do Louvre e perseguissem o caminhão, o tempo inteiro transmitindo a posição do veículo como se fosse algum estranho tipo de narrativa esportiva.

Pronto, acabou, pensou Fache. Os homens iriam cercar o caminhão em poucos minutos. Langdon não iria a parte alguma.

Guardando o revólver, Fache saiu do banheiro e comunicou-se com Collet.

– Mande trazer minha viatura. Quero estar presente quando o prenderem.

Enquanto Fache voltava correndo pela Grande Galeria, imaginava se Langdon teria sobrevivido à queda.

Mas isso não era tão importante.

Langdon fugiu. Culpado, como pensei.

◆ ◆ ◆

A apenas 15 metros do banheiro, Langdon e Sophie estavam parados na escuridão da Grande Galeria, as costas contra umas das grandes divisórias que escondiam os sanitários, impedindo-os de serem vistos da galeria. Mal haviam tido tempo de se esconder antes de Fache passar voando por eles, o revólver em punho, e desaparecer no banheiro.

Os últimos 60 segundos haviam sido um borrão difuso.

Langdon estava parado dentro do banheiro masculino, recusando-se a fugir de um crime que não cometera, quando Sophie espiou pela janela de vidro espelhado e examinou a tela de alarme incrustada nela. Então, olhou para a rua lá embaixo, como se medisse a altura.

– Com um pouco de mira, o senhor podia escapar daqui – disse ela.

– *Mira?* – Inquieto, ele espiou pela janela do banheiro.

Rua acima, um imenso caminhão de 18 rodas e caçamba dupla estava vindo na direção do semáforo diretamente abaixo da janela. Estendida sobre o compartimento de carga do imenso veículo havia uma lona de vinil azul, cobrindo a carga do caminhão e formando uma espécie de rede. Langdon esperava que Sophie não estivesse pensando o que parecia estar pensando.

– Sophie, não tem como eu pular...

– Tire o localizador do bolso.

Intrigado, Langdon apalpou o forro do bolso até achar o minúsculo disco metálico. Sophie tirou-o da mão dele e foi imediatamente até a pia. Apanhou um sabonete, colocou sobre ele o localizador e empurrou o disco para baixo com o polegar. Quando o disco se enterrou na superfície macia, ela fechou o buraco com os dedos, firmemente enclausurando o localizador no sabonete.

Entregando o sabonete a Langdon, Sophie pegou uma lata de lixo pesada e cilíndrica que se encontrava sob as pias. Antes de Langdon poder protestar, Sophie correu até a janela, segurando a lata diante de si como se fosse um aríete, e estilhaçou o vidro.

Alarmes começaram imediatamente a soar tão alto, a ponto de quase arrebentar os tímpanos.

– Dê-me o sabonete! – berrou Sophie, mal se fazendo ouvir contra o alarido dos alarmes.

Langdon meteu o sabonete na mão dela.

Segurando-o, ela espiou pela janela estilhaçada o caminhão enorme, que passava devagar. O alvo era bem grande – uma lona imensa e estacionária – e estava a menos de três metros da lateral do prédio. Quando o sinal estava quase mudando para verde, Sophie inspirou profundamente e lançou o sabonete para fora, noite adentro.

O sabonete despencou na direção do caminhão, aterrissou na beirada da lona e deslizou para dentro do compartimento de carga exatamente quando o sinal mudou.

– Parabéns – disse Sophie, arrastando Langdon até a porta. – O senhor acabou de fugir do Louvre.

Correram para fora do banheiro e esgueiraram-se para um canto escuro, justamente na hora em que Fache passou.

Agora que o alarme de incêndio havia parado de soar, Langdon podia ouvir os sons das sirenes da DCPJ afastando-se do Louvre. *Um êxodo policial.* Fache havia batido em retirada também, deixando a Grande Galeria deserta.

– Há uma escada de emergência mais ou menos a uns 50

metros daqui, lá atrás, na Grande Galeria – disse Sophie.
– Agora que os policiais estão se afastando do perímetro, podemos sair do museu.

Langdon decidiu não dizer mais nada o resto da noite. Sophie Neveu era claramente bem mais esperta do que ele.

CAPÍTULO 19

A Igreja de Saint-Sulpice, segundo se diz, tem uma história mais extravagante do que a de qualquer outro edifício de Paris. Construída sobre as ruínas de um templo antigo erigido em honra da deusa egípcia Ísis, a igreja possui características arquitetônicas semelhantes às de Notre-Dame, com apenas uma diferença de centímetros. O santuário foi o local dos batizados do marquês de Sade e de Baudelaire, bem como do casamento de Victor Hugo. Consta em vários documentos a história do seminário anexo, por sinal nada ortodoxo, já tendo sido local de reuniões clandestinas de inúmeras sociedades secretas.

Essa noite, a profunda nave de Saint-Sulpice estava silenciosa como um túmulo, e o único sinal de vida era o fraco aroma do incenso da última missa, naquela noite. Silas sentiu uma inquietação no comportamento da irmã Sandrine enquanto ela o levava para o interior do santuário. Não se surpreendeu com isso. Silas estava acostumado a ver as pessoas se sentirem desconfortáveis em sua presença.

– O senhor é americano – disse ela.

– Nasci na França – explicou ele. – Descobri minha vocação na Espanha e agora estudo nos Estados Unidos.

A irmã Sandrine fez que compreendia. Era uma mulher de pequena estatura, com olhos serenos.

– E *jamais* esteve em Saint-Sulpice?

– Compreendo que só isso já é um pecado.

– Ela é mais bonita de dia.

– Tenho certeza que sim. Mas lhe agradeço por me proporcionar a oportunidade esta noite.

– Foi o abade que me pediu. O senhor deve ter amigos poderosos.

A senhora não faz ideia, pensou Silas.

Enquanto seguia a irmã Sandrine pelo corredor central, Silas ficou surpreso com a austeridade do santuário. Ao contrário de Notre-Dame, com seus afrescos coloridos, decoração folheada a ouro no altar-mor e madeiras de tons cálidos, Saint-Sulpice era severa e gélida, transmitindo uma sensação de esterilidade quase total que fazia lembrar as catedrais ascéticas da Espanha. A ausência de ornamentos tornava o interior da igreja muito maior, e, quando Silas contemplou o distante teto canelado da catedral, imaginou estar sob o casco de um imenso navio emborcado.

Uma imagem bastante adequada, pensou. A canoa da fraternidade estava prestes a virar para sempre. Ansioso por finalizar seu trabalho, Silas desejou que a irmã Sandrine saísse de perto dele. Era uma mulher baixinha de que Silas podia se livrar com facilidade, mas tinha jurado jamais usar a força, a não ser que fosse absolutamente necessário. *É uma freira, e não é culpa dela a fraternidade ter escolhido a sua igreja para esconder a pedra-chave. Não deve ser punida pelos pecados dos outros.*

– Sinto-me envergonhado, irmã, por estar acordada por minha causa.

– Mas não tem de que se desculpar. Está em Paris por pouco tempo. Não devia perder a oportunidade de conhecer Saint-Sulpice. Seus interesses na igreja são mais arquitetônicos ou históricos?

– Na verdade, irmã, meus interesses são espirituais.

Ela soltou uma risada agradável.

– Isso nem é preciso dizer. Simplesmente estava imaginando o que lhe mostrar primeiro.

Silas sentiu seus olhos voltarem-se para o altar.

– É desnecessário servir-me de guia; já foi gentil demais comigo. Posso visitar a igreja sozinho.

– Não há problema – disse ela. – Afinal, já estou acordada mesmo.

Silas parou de andar. Haviam atingido o primeiro banco agora, e o altar estava a apenas 15 metros de distância. Ele virou o corpo musculoso totalmente de frente para a mulherzinha e sentiu-a encolher-se ao fitar seus olhos avermelhados.

– Se me perdoa, irmã, não estou acostumado a simplesmente ir entrando numa casa de Deus e fazer uma visita turística. Será que poderia me ajoelhar aqui e orar antes?

A irmã Sandrine hesitou.

– Mas é claro. Aguardarei que termine no fundo da igreja.

Silas pousou a mão delicada, porém pesada, no ombro dela e olhou para baixo.

– Irmã, sinto-me culpado por tê-la acordado. Pedir que continue acordada, ainda por cima, é demais. Por favor, volte para sua cama. Posso visitar o santuário e depois sair sozinho.

Ela pareceu indecisa.

– Tem certeza de que não vai sentir-se abandonado?

– De jeito nenhum. A oração é uma alegria solitária.

– Como desejar.

Silas tirou a mão do ombro dela.

– Durma bem, irmã. Que a paz do Senhor esteja com a senhora.

– E também com você, meu filho. – A irmã Sandrine dirigiu-se às escadas. – Por favor, verifique se as portas estão bem fechadas quando sair.

– Pode deixar. – Silas ficou olhando-a subir até desaparecer. Então, virou-se e ajoelhou-se no primeiro banco, sentindo o cilício penetrar-lhe na pele da perna.

Querido Deus, eu vos ofereço este trabalho que vou fazer...

❖ ❖ ❖

Agachada na escuridão do balcão do coro bem acima do altar, a irmã Sandrine espiava calada através da balaustrada o monge ajoelhado lá embaixo, sozinho. O súbito temor em sua alma tornava difícil ficar parada. Por um instante fugaz, ela imaginou que esse visitante misterioso poderia muito bem ser o inimigo contra o qual havia sido prevenida e pensou se seria esta noite que cumpriria as ordens recebidas há tantos anos, reservadas para uma ocasião assim. Resolveu ficar ali, protegida pelas trevas, vigiando cada movimento dele.

CAPÍTULO 20

Emergindo das sombras, Langdon e Sophie sorrateiramente se deslocaram pelo corredor deserto da Grande Galeria até a escadaria da saída de emergência.

Enquanto andava, Langdon tinha a impressão de que estava tentando montar um quebra-cabeça no escuro. O mais novo aspecto desse mistério era profundamente perturbador. *O capitão da Polícia Judiciária está tentando armar uma cilada contra mim para me prender por assassinato.*

– Você não acha – sussurrou – que pode ter sido Fache quem escreveu a mensagem no chão?

Sophie nem se virou.

– Impossível.

Langdon não tinha tanta certeza assim.

– Ele parece bem empenhado em me fazer parecer culpado. Talvez tenha pensado que escrevendo meu nome no chão facilitaria o lado dele, não acha?

– A sequência de Fibonacci? O P.S.? Todo esse negócio de

Da Vinci e simbolismo da deusa? *Só podia* ser coisa do meu avô.

Langdon sabia que ela estava certa. O simbolismo das pistas combinava-se perfeitamente – o pentagrama, *O Homem Vitruviano*, Da Vinci, a deusa e até a sequência de Fibonacci. *Um conjunto simbólico coerente*, como os iconógrafos costumavam chamar esse tipo de coisa. Tudo inextricavelmente amarrado.

– E o telefonema dele para mim esta tarde – acrescentou Sophie. – Disse que precisava me contar uma coisa. Tenho certeza de que a mensagem dele no Louvre foi seu último esforço para tentar me dizer algo importante, algo que achou que o senhor pudesse me ajudar a entender.

Langdon franziu o cenho. *Ó, demônio draconiano! Oh, santa falsa!* Desejou poder entender aquela mensagem, tanto para o bem de Sophie quanto para o seu próprio. As coisas haviam definitivamente piorado desde que ele pusera os olhos naquelas palavras em código. O pulo virtual da janela do banheiro não ia melhorar a popularidade de Langdon diante de Fache. De alguma forma, duvidava que o capitão da polícia francesa visse alguma graça em perseguir e prender um sabonete.

– Estamos quase alcançando a saída – disse Sophie.

– Acha que há uma possibilidade de os *números* da mensagem de seu avô serem a chave para compreender as frases? – Langdon certa vez havia trabalhado em uma série de manuscritos baconianos que continham criptogramas epigráficos nos quais certas linhas de código constituíam pistas para o modo como as outras deviam ser decifradas.

– Andei pensando nesses números a noite inteira. Somas, quocientes, produtos. Não consegui entender nada. Matematicamente, eles estão organizados de maneira aleatória. Baboseira criptográfica.

– E mesmo assim são todos parte da sequência de Fibonacci. O que não pode ser mera coincidência.

– Não é. Usar os números de Fibonacci foi a forma de meu avô me sinalizar outra coisa – como escrever a mensagem em inglês, ou se posicionar como minha obra de arte preferida, ou desenhar um pentagrama em si mesmo. Tudo isso foi para me chamar a atenção.

– O pentagrama significa alguma coisa para você?

– Sim. Não tive chance de lhe dizer, mas o pentagrama era um símbolo especial entre mim e meu avô na minha infância e adolescência. Costumávamos jogar cartas de tarô por diversão, e a minha primeira carta era sempre a do pentagrama, do naipe de ouros. Tenho certeza de que ele dispunha as cartas do baralho para que ficasse dessa forma, mas esse negócio do pentagrama sempre foi nossa brincadeira especial.

Langdon sentiu um arrepio. Eles jogavam tarô? O jogo de cartas medieval italiano era tão repleto de simbolismo herético oculto que Langdon havia dedicado um capítulo inteiro de seu novo livro ao tarô. Os 22 Arcanos Maiores tinham nomes como *A Papisa*, *A Imperatriz* e *A Estrela*. Originalmente, o tarô havia sido criado como uma forma discreta de transmitir ideologias proibidas pela Igreja. Agora, as características místicas do tarô estavam sendo transmitidas pelos modernos adivinhos.

O naipe do tarô que representa a divindade feminina é ouros, associado ao pentagrama, pensou Langdon, entendendo que, se por um lado Saunière mexia na ordem das cartas do baralho da neta para se divertir, por outro o pentagrama havia sido uma brincadeira secreta proposital.

Chegaram às escadas de emergência, e Sophie cuidadosamente abriu a porta. Nenhum alarme soou. Apenas as portas para o exterior tinham alarmes. Sophie levou Langdon por um lance estreito de escadas em zigue-zague até o térreo, correndo mais rapidamente à medida que avançavam.

– Seu avô – disse Langdon, correndo atrás dela –, quando lhe falou do pentagrama, mencionou adoração à deusa ou algum rancor contra a Igreja Católica?

Sophie sacudiu a cabeça.

– Eu estava mais interessada na matemática da figura – a Divina Proporção, também conhecida como Proporção Áurea, PHI, sequências de Fibonacci, esse tipo de coisa.

Langdon ficou surpreso.

– Seu avô lhe falou do número PHI?

– Claro. A Divina Proporção. – Ela demonstrou acanhamento na expressão. – Aliás, eu costumava brincar de ser meio divina... sabe, por causa das letras do meu nome.

Langdon pensou naquilo um instante, depois soltou um gemido, ao entender:

S-o-PHI-e.

Ainda descendo, Langdon voltou a se concentrar no PHI. Estava começando a perceber que as pistas de Saunière eram ainda mais coerentes do que ele a princípio havia imaginado.

Da Vinci... números de Fibonacci... o pentagrama.

Incrivelmente, todas essas coisas estavam interligadas por um único conceito, tão fundamental para a História da Arte que Langdon costumava passar diversas aulas explicando o tema.

PHI.

Sentiu-se subitamente voltar no tempo, na época de Harvard, diante de sua turma de Simbolismo na Arte, escrevendo seu número predileto na lousa.

1,618

Langdon virou-se para o mar de rostos ávidos dos estudantes.

– Quem sabe me dizer que número é este?

Um rapaz alto ao fundo, bacharel em Matemática, ergueu a mão.

– É o número PHI – disse ele, pronunciando "fi".

– Muito bem, Stettner – disse Langdon. – Apresento-lhe o PHI.

– Não confundam com Pi, hein – acrescentou Stettner, sorrindo, encabulado. – Como nós, os matemáticos, costumamos dizer: a diferença entre o PHI e o Pi é muito mais que só o H!

Langdon riu, mas ninguém mais pareceu entender o gracejo.

Stettner se encolheu de volta na carteira.

– Este número PHI – continuou Langdon –, um vírgula seis um oito, é muito importante para a arte. Quem pode me dizer por quê?

Stettner tentou redimir-se.

– Porque é bonitinho?

Todos riram.

– Na verdade – disse Langdon –, Stettner acertou de novo. O PHI é geralmente considerado o número mais belo do universo.

As risadas pararam abruptamente, e Stettner exultou outra vez.

Enquanto Langdon punha os slides no projetor, explicava que o número PHI vinha da série de Fibonacci – uma progressão famosa não só porque a soma dos termos adjacentes equivalia ao termo seguinte, mas porque os quocientes dos termos adjacentes possuíam a estarrecedora propriedade de irem se aproximando gradativamente do número 1,618, o PHI!

Apesar das origens matemáticas aparentemente místicas do PHI, Langdon explicou, o aspecto realmente surpreendente do PHI foi seu papel como componente básico na Natureza. Plantas, animais e até seres humanos – todos possuíam propriedades dimensionais que se encaixavam com uma exatidão espantosa à razão de PHI para um.

– A onipresença do PHI na Natureza – disse Langdon, apagando as luzes – claramente está além da coincidência, e assim os antigos presumiram que o número PHI deve ter sido predeterminado pelo Criador do universo. Os primeiros cientistas solenemente anunciaram que o número um vírgula seis um oito era a *Divina Proporção*.

– Espere só um pouquinho aí – disse uma moça na primeira fila. – Sou bióloga e jamais vi essa tal Divina Proporção na Natureza.

– Ah, não? – disse Langdon, com um sorriso irônico. – Já estudou alguma vez a relação entre o número de fêmeas e machos em uma colmeia?

– Claro. As fêmeas sempre são mais numerosas que os machos.

– Exato. E sabia que se dividir o número de fêmeas pelo número de machos, em qualquer colmeia do mundo, vai sempre obter o mesmo número?

– Vou?

– Vai. PHI.

A moça ficou boquiaberta.

– ESTÁ DE BRINCADEIRA!

– Não estou, não! – retrucou Langdon, sorrindo enquanto projetava um slide de uma concha em formato de espiral. – Reconhecem isso?

– É um náutilo – disse a bióloga. – Um molusco cefalópode que bombeia gás para dentro da sua concha repleta de câmaras para poder regular a profundidade de flutuação.

– Isso mesmo. E consegue adivinhar qual a razão de cada diâmetro da espiral para o seguinte?

A moça pareceu insegura enquanto olhava os arcos concêntricos da espiral do náutilo.

Langdon confirmou com a cabeça.

– PHI. A Divina Proporção. Um vírgula seis um oito para um.

A moça fez cara de perplexa.

Langdon avançou para o slide seguinte – uma ampliação de um miolo de flor de girassol. – As sementes de girassol crescem em espirais opostas. Conseguem adivinhar qual a razão do diâmetro de cada rotação para o seguinte?

- PHI? – disseram todos.

– Na mosca – disse Langdon, começando a passar os slides mais depressa agora. As pétalas de uma pinha dispostas em espiral, a disposição das folhas nas hastes das plantas, a segmentação dos insetos – tudo mostrando uma obediência assombrosa à Divina Proporção.

– Que coisa mais incrível! – gritou alguém.

– É – disse outro –, mas o que isto tem a ver com arte?

– Aí é que está! – disse Langdon. – Ainda bem que perguntou. – Então mostrou outro slide. Um pergaminho amarelado onde se via o famoso homem nu de Leonardo da Vinci – *O Homem Vitruviano* –, assim chamado por causa de Marcus Vitruvius, o brilhante arquiteto romano que entoou louvores à Divina Proporção em seu texto *De Architectura*.

– Ninguém entendeu melhor que Da Vinci a divina estrutura do corpo humano. Da Vinci até exumava cadáveres para medir as proporções exatas da estrutura dos ossos humanos. Foi o primeiro a demonstrar que o corpo humano é literalmente feito de componentes cujas razões proporcionais *sempre* equivalem a PHI.

Todos na turma lhe lançaram um olhar desconfiado.

– Não estão acreditando em mim? – desafiou-os Langdon. – Da próxima vez em que forem para o chuveiro, levem uma fita métrica.

Uma dupla de jogadores de futebol soltou umas risadinhas maliciosas.

– Não só vocês, *fortões inseguros* – brincou Langdon. – *Todos*, mesmo. Os caras e as garotas. Meçam a distância que vai do alto da cabeça até o chão, depois dividam o resultado pela distância do umbigo até o chão. Adivinhem só o número que vão obter.

– Não é o PHI, é? – retrucaram os atletas, incrédulos.

– É o PHI, sim – respondeu Langdon. – Um vírgula seis um oito. Querem mais um exemplo? Meçam a distância de um ombro até a ponta dos dedos, depois dividam-na pela distância entre o cotovelo e a ponta dos dedos. PHI outra vez. Mais um? Dos quadris até o chão, dividido pelo joelho até o chão. PHI de novo. Dos nós dos dedos. Dos artelhos. Divisões da coluna vertebral. PHI. PHI. PHI. Meus amigos, cada um de vocês é um tributo ambulante à Divina Proporção.

Mesmo no escuro, Langdon percebia o assombro deles. Sentiu um calorzinho familiar por dentro. Era por isso que gostava de ser professor.

– Meus amigos, como podem ver, há uma ordem por trás do que parece ser o caos do mundo. Quando os antigos descobriram o PHI, estavam certos de que haviam esbarrado na pedra fundamental que Deus usou para fazer o mundo, e adoraram a Natureza por causa disso. E pode-se entender por quê. A mão de Deus é evidente na Natureza, e até hoje existem religiões pagãs que reverenciam a Mãe Terra. Muitos de nós celebramos a Natureza como os pagãos faziam e nem mesmo sabemos. O início da primavera celebrado no hemisfério norte é um exemplo perfeito, a comemoração do momento em que a terra volta à vida para produzir seus frutos. A misteriosa magia inerente à Divina Proporção estava escrita desde o início dos tempos. O homem está apenas jogando conforme as regras da Natureza, e, como a arte do homem é uma tentativa de imitar a beleza gerada pelas mãos do Criador, preparem-se para ver uma infinidade de casos da Divina Proporção nas aulas de arte neste semestre.

Durante a meia hora seguinte, Langdon mostrou-lhes slides de obras de arte de Michelangelo, Albrecht Dürer, Da Vinci e muitos outros, demonstrando a fidelidade intencional e rigorosa de cada artista à Divina Proporção na composição de suas obras. Langdon demonstrou a existência do PHI nas dimensões arquitetônicas do Partenon grego, nas pirâmides do Egito e até no edifício da ONU em Nova York. O PHI aparece na estrutura orgânica das sonatas de Mozart, na *Quinta Sinfonia* de Beethoven, bem como em obras de Bartók, Debussy, Schubert. O número PHI, segundo Langdon revelou-lhes, foi até utilizado por Stradivarius na construção de seus famosos violinos, para calcular a colocação exata das fendas conhecidas como os "ouvidos" do instrumento.

– Para encerrar – disse Langdon, indo até a lousa –, voltamos aos *símbolos*. – Desenhou cinco linhas que se interceptavam, formando uma estrela de cinco pontas. – Este símbolo aqui é uma das imagens mais poderosas que vocês verão neste semestre. Formalmente conhecido como "pentagrama" – ou "pentáculo", como os antigos o chamavam –, este símbolo é considerado ao mesmo tempo mágico e divino por muitas culturas. Alguém pode me dizer por quê?

Stettner, o matemático, ergueu a mão.

– Porque, ao se desenhar um pentagrama, as linhas automaticamente se dividem em segmentos que seguem a Divina Proporção.

Langdon confirmou a resposta, orgulhoso.

– Muito bom, rapaz. A razão dos segmentos de reta de um pentagrama sempre equivale a PHI, tornando esse símbolo a expressão *por excelência* da Divina Proporção. Por isso, a estrela de cinco pontas sempre foi o símbolo da beleza e da perfeição associadas à deusa e ao sagrado feminino.

As moças da turma ficaram radiantes.

– Uma pequena observação, turma. Só tocamos rapidamente em Leonardo da Vinci hoje, mas vamos falar muito mais dele neste semestre. Da Vinci era comprovadamente um devoto da religião da deusa. Amanhã, vou mostrar a vocês seu afresco *A Última Ceia*, que é um dos tributos mais incríveis ao sagrado feminino que jamais verão.

– Está de brincadeira, não, professor? – indagou alguém. – Pensei que *A Última Ceia* fosse uma cena da vida de Cristo!

Langdon piscou para ele.

– Há símbolos ocultos em lugares que você jamais imaginaria.

◆ ◆ ◆

– Vamos – murmurou Sophie. – O que é que há? Estamos quase chegando. Anda!

Langdon olhou de relance para o alto, sentindo-se voltar de algum lugar muito distante. Viu que estava parado nas escadas, paralisado pela revelação súbita.

O, Draconian devil! Oh, lame saint!

Sophie estava olhando para ele.

Não pode ser tão fácil assim, pensou Langdon.

Mas sabia que decerto era.

Ali nas entranhas do Louvre... com imagens do PHI e de Da Vinci rodopiando na cabeça, Robert Langdon súbita e inexplicavelmente decifrou o código de Saunière.

– Ó, demônio draconiano! – disse ele. – Oh, santa falsa e vil! É um código facílimo!

❖ ❖ ❖

Sophie estava parada nas escadas abaixo dele, olhando para cima, atordoada. *Um código?* Ela ficara refletindo sobre aquelas palavras a noite inteira e não tinha conseguido enxergar um código nelas. Muito menos um código fácil.

– Você mesma disse – a voz de Langdon reverberou de empolgação. – Os números de Fibonacci só têm significado na ordem adequada. Do contrário, não passam de baboseira matemática.

Sophie não fazia ideia de sobre o que ele estaria falando. Os números de Fibonacci? Ela tinha certeza de que não passavam de uma forma de o Departamento de Criptografia se envolver naquela noite. *Será que têm algum outro objetivo?* Ela meteu a mão no bolso e tirou o papel com as palavras de Saunière, estudando a mensagem do avô outra vez:

>13-3-2-21-1-1-8-5
>*O, Draconian devil!*
>*Oh, lame saint!*

E os números?

– A série de Fibonacci toda embaralhada é uma pista – disse Langdon, pegando a folha. – Os números mostram como decifrar o restante da mensagem. Ele escreveu a série fora de ordem para indicar que devemos aplicar o mesmo conceito ao texto. *O, Draconian devil! Oh, lame saint!* Essas palavras nada significam. São simplesmente *letras* escritas fora de ordem.

Sophie só precisou de alguns instantes para processar e compreender o que Langdon estava dizendo, e aí tudo lhe pareceu ridiculamente simples.

– Está achando que essa mensagem é... *um anagrama*? – Olhou-o, espantada. – Como os criptogramas dos jornais?

Robert Langdon viu o ceticismo na expressão de Sophie e compreendeu a reação dela. Poucas pessoas percebiam que os anagramas, apesar de serem um passatempo moderno trivial, tinham uma história bastante rica de simbolismo sagrado.

Os ensinamentos místicos da Cabala baseavam-se quase totalmente em anagramas – a modificação da ordem das letras nas palavras hebraicas para obter novos significados. Os reis franceses, durante toda a Renascença, estavam tão convencidos de que os anagramas encerravam poderes mágicos que indicavam anagramatistas reais para ajudá-los a tomar melhores decisões, analisando as palavras de documentos importantes. Os romanos até se referiam ao estudo dos anagramas como *ars magna* – "a grande arte".

Langdon olhou para Sophie, agora com firmeza.

– O significado que seu avô queria transmitir estava na nossa frente o tempo todo, e ele nos deixou pistas mais do que suficientes para enxergá-lo.

Sem dizer mais nada, Langdon tirou do bolso uma caneta e modificou a ordem das letras em cada linha.

O, Draconian devil!
Oh, lame saint!

era um anagrama perfeito de

Leonardo da Vinci!
The Mona Lisa!

CAPÍTULO 21

A Mona Lisa.

Por um instante, de pé na escadaria de saída, Sophie se esqueceu de que estavam fugindo do Louvre.

O susto que levou diante da solução do anagrama só se comparava à sua vergonha por não haver decifrado ela própria a mensagem. A perícia de Sophie para executar criptoanálise complexa impedira que enxergasse simples jogos de palavras, e mesmo assim ela sabia que não podia ter deixado de vê-los. Afinal, não tinha começado a resolver anagramas ontem – principalmente em inglês.

Na infância, o avô usava anagramas para afiar sua ortografia em inglês. Uma vez havia escrito a palavra "planetas" em inglês e dito a Sophie que era possível encontrar 92 outras palavras com as mesmas letras. Sophie passou três dias com um dicionário de inglês-francês até descobrir todas elas.

– Não consigo entender – disse Langdon, olhos fixos no papel – como seu avô criou um anagrama tão complexo nos minutos antes de morrer.

Sophie sabia como, e perceber isso a fez sentir-se ainda pior. *Eu devia ter descoberto!* Agora se lembrava de que o avô – aficionado pelos jogos de palavras e amante da arte – entretinha-se quando jovem criando seus próprios anagramas de obras de arte famosas.

– Meu avô provavelmente criou esse anagrama da *Mona Lisa* muito tempo atrás – disse Sophie, olhando para Lang-

don. – *E esta noite foi obrigado a usá-lo como código improvisado.*
A voz do avô viera do além com uma precisão arrepiante.
Leonardo da Vinci! A Mona Lisa!
Por que as últimas palavras do avô dirigidas a ela faziam referência a essa famosa tela Sophie não fazia a menor ideia, mas só podia pensar em uma possibilidade. Uma possibilidade perturbadora.
Não foram essas as últimas palavras dele...
Será que não deveria ir visitar a *Mona Lisa*? Será que o avô teria deixado alguma mensagem no quadro para ela? A ideia parecia-lhe perfeitamente plausível. Afinal, a famosa pintura se encontrava na Salle des États – uma câmara para observação particular com acesso exclusivo pela Grande Galeria. Aliás, como Sophie entendia agora, as portas que davam para a câmara situavam-se a apenas 20 metros do ponto onde o avô fora encontrado morto.
Ele poderia perfeitamente ter ido até onde estava a Mona Lisa *antes de morrer.*
Sophie percorreu com o olhar a escadaria de emergência e sentiu-se dividida. Sabia que devia levar Langdon para fora do museu imediatamente, mas sua intuição lhe dizia que fizesse o contrário. Enquanto Sophie se lembrava de sua primeira visita à Ala Denon, quando criança, entendeu que, se o avô pretendia contar algum segredo a ela, poucos lugares no mundo seriam um ponto de encontro mais perfeito do que a *Mona Lisa* de Da Vinci.

◆ ◆ ◆

– Fica só um pouco mais adiante – murmurou o avô, apertando a mãozinha da pequena Sophie, enquanto a levava através do museu, depois do horário de funcionamento.
Sophie tinha 6 anos. Sentiu-se pequena e insignificante ao olhar fascinada os tetos imensos lá em cima e o assoalho sob seus pés. O museu vazio a amedrontava, embora não qui-

sesse deixar transparecer isso para o avô. Levantou o queixo, determinada, e soltou a mão dele.

– Lá na frente fica a Salle des États – informou-lhe o avô quando se aproximaram da mais famosa sala do Louvre. Apesar da animação evidente do avô, Sophie sentiu vontade de voltar para casa. Já vira reproduções da *Mona Lisa* em livros e não gostara dela. Não conseguia entender o porquê de tanto estardalhaço sobre a pintura.

– Mas que chatice – resmungou Sophie em francês.

– Fale em inglês – corrigiu o avô. – Francês na escola. Inglês em casa.

– O Louvre não é minha casa! – retrucou ela, desafiadora, em francês ainda.

Ele riu para ela, cansado.

– Tem razão. Então vamos falar inglês só para nos divertir.

Sophie amarrou a cara e continuou andando. Quando entraram na Salle des États, os olhos dela esquadrinharam o aposento minúsculo e pousaram no local de honra – o centro da parede direita, onde um único retrato encontrava-se por trás de uma parede protetora de vidro de segurança. O avô parou à porta e indicou a pintura.

– Vai, Sophie. Pouca gente tem a oportunidade de visitá-la a sós.

Engolindo sua apreensão, Sophie atravessou a sala bem devagar. Depois de tanto ouvir falar sobre a *Mona Lisa*, era como se ela estivesse se aproximando de uma rainha. Chegando em frente ao vidro protetor, Sophie prendeu a respiração e olhou para cima, absorvendo tudo de uma só vez.

Sophie não sabia bem o que devia sentir, mas certamente não era o que estava sentindo. Nenhuma onda de assombro. Nenhum instante de fascínio. O famoso rosto parecia com o dos livros. Ela ficou ali de pé, em silêncio, durante o que lhe pareceu uma eternidade, esperando alguma coisa acontecer.

– E aí, o que acha? – indagou o avô, baixinho, chegando perto dela e colocando-se às suas costas. – Linda, não?

– É muito pequena.

Saunière sorriu.

– Você é pequena e é linda.

Não sou linda, pensou ela. Sophie odiava seu cabelo ruivo, as sardas na pele e o fato de que era maior do que todos os meninos de sua sala. Olhou de novo para a *Mona Lisa* e sacudiu a cabeça.

– Ela é ainda mais feia que nos livros. O rosto dela é... borrado – disse em francês, ao não encontrar o equivalente em inglês. O avô lhe ensinou a palavra em inglês, e ela a repetiu, sabendo que a conversa só continuaria depois que ela repetisse essa palavra, nova em seu vocabulário.

– Esse é o que chamam de estilo "esfumaçado" de pintura, o *sfumato* – ensinou-lhe ele –, e é muito difícil de se fazer. Leonardo da Vinci era o melhor nisso.

Sophie, mesmo assim, não gostou da pintura.

– Parece que sabe de alguma coisa... que nem as crianças lá da escola quando estão guardando segredo.

O avô deu uma gargalhada.

– E também é famosa por isso. As pessoas gostam de tentar adivinhar por que ela está sorrindo.

– E o *senhor*, sabe por quê?

– Talvez – piscou o avô. – Algum dia vou lhe contar tudo que sei sobre isso.

Sophie bateu o pé.

– Já lhe disse que não gosto de segredos!

– Princesa – disse ele, sorrindo. – A vida é cheia de segredos. Não se pode aprender todos de uma só vez.

❖ ❖ ❖

– Vou voltar – declarou Sophie, a voz ecoando na escadaria.

– Vai até a *Mona Lisa*? – replicou Langdon. – *Agora?*

Sophie refletiu sobre o risco.

– Não sou suspeita de assassinato. Vou arriscar. Preciso entender o que meu avô estava tentando me dizer.

– E a embaixada?

Sophie sentiu-se culpada por transformar Langdon em fugitivo e depois abandoná-lo, mas não via outro jeito. Apontou para uma porta de metal escada abaixo.

– Passe por aquela porta e vá seguindo as placas luminosas que mostram a saída. Meu avô costumava me levar lá embaixo. As placas levam a um torniquete de segurança. É unidirecional, abre apenas para fora. – Entregou-lhe as chaves do carro. – O meu carro é o SmartCar vermelho no estacionamento dos funcionários. Bem em frente a esta parede. Você conhece o caminho da embaixada?

Langdon assentiu com um gesto de cabeça, os olhos na chave em suas mãos.

– Olhe aqui – disse Sophie, a voz mais apaziguadora. – Acho que o meu avô pode ter me deixado uma mensagem na *Mona Lisa*: algum tipo de pista sobre quem o matou. Ou sobre o motivo pelo qual estou em perigo. *Ou sobre o que aconteceu com a minha família*. Preciso ir até lá e ver.

– Mas, se ele estivesse apenas querendo lhe dizer que você estava em perigo, por que simplesmente não escreveu isso no chão, lá mesmo onde morreu? Por que esse jogo de palavras complicado?

– Seja lá qual for o aviso que meu avô queria me dar, acho que não queria que ninguém mais soubesse. Nem mesmo a polícia. – Sem dúvida, o avô havia feito de tudo para enviar uma transmissão confidencial diretamente a ela. Havia escrito a mensagem em código, incluído suas iniciais secretas e dito a ela para encontrar Robert Langdon – uma ordem sábia, considerando-se que o simbologista americano havia decifrado seu código. – Por incrível que pareça – disse Sophie –, acho que ele deseja que eu chegue à *Mona Lisa* antes de qualquer outra pessoa.

– Eu vou também.

– Não! Não sabemos quanto tempo a Grande Galeria vai ficar vazia, o senhor precisa ir embora.

Langdon pareceu hesitar, como se sua própria curiosidade acadêmica estivesse ameaçando superar o seu bom senso e arrastá-lo de volta às mãos de Fache.

– Vá embora, Sr. Langdon. Agora. – Sophie lhe dirigiu um sorriso de gratidão. – Encontro com o senhor na embaixada.

Langdon pareceu não ter gostado.

– Eu vou me encontrar com você lá com *uma* condição – respondeu.

Ela ficou olhando para ele, surpresa.

– E qual é?

– Que você pare de me chamar de *Sr*. Langdon.

Sophie detectou um ligeiro início de sorriso oblíquo espalhando-se pelo rosto de Langdon e sentiu-se sorrir em retribuição.

– Boa sorte, Robert.

◆ ◆ ◆

Quando Langdon chegou ao fim da escadaria, o cheiro inconfundível de óleo de linhaça e pó de gesso invadiu-lhe as narinas. Adiante, via-se uma placa luminosa onde se lia SORTIE/EXIT e uma seta apontando para um corredor comprido mais abaixo.

Langdon entrou no corredor.

À direita, abria-se um sombrio estúdio de restauração de dentro do qual o espiava um exército de estátuas, em vários estágios de recuperação. Para a esquerda, Langdon viu um conjunto de estúdios que lembravam as salas de aulas de arte em Harvard – fileiras de cavaletes, pinturas, paletas, ferramentas para emoldurar –, uma linha de montagem de obras de arte.

Enquanto percorria o corredor, Langdon perguntava a si

mesmo se em algum momento poderia acordar assustado em sua cama, em Cambridge. A noite inteira havia lhe parecido um sonho bizarro. *Estou para escapar do Louvre... um fugitivo.*

A inteligente mensagem anagramática de Saunière ainda estava em sua cabeça, e Langdon imaginava o que Sophie iria encontrar na *Mona Lisa*... Se é que encontraria alguma coisa. Ela estava certa de que o avô queria que ela visse o quadro uma vez mais. Por mais plausível que fosse tal interpretação, Langdon não conseguia livrar-se do perturbador paradoxo que o perseguia.

P.S. Encontre Robert Langdon.

Saunière havia escrito o nome de Langdon, ordenando que Sophie o achasse. Mas por quê? Só para Langdon ajudá-la a decifrar um anagrama?

Parecia-lhe bem improvável.

Afinal, Saunière não tinha motivos para achar que Langdon fosse alguém com talento especial para decifrar anagramas. *Nós nunca nos encontramos pessoalmente*. O mais importante era Sophie ter declarado logo de cara que ela poderia ter decifrado o anagrama sozinha. Sophie é que havia reconhecido a sequência de Fibonacci e, sem dúvida, se tivesse um pouco mais de tempo, teria decifrado a mensagem sem a ajuda de Langdon.

Sophie devia ter decifrado aquele anagrama sozinha. Langdon de repente sentiu uma certeza ainda maior disso, e mesmo assim essa conclusão indicava um lapso óbvio na lógica das ações de Saunière.

Por que eu?, Langdon se perguntou, percorrendo o corredor de saída. *Por que Saunière ao morrer expressou o desejo de que sua neta me encontrasse? O que é que Saunière pensa que eu sei?*

Com um solavanco inesperado, Langdon parou de repente. Com os olhos arregalados, meteu a mão no bolso e puxou a folha impressa. Olhou com atenção a última linha da mensagem de Saunière.

P.S. Encontre Robert Langdon.
E depois concentrou-se em duas letras.
P.S.

Naquele instante, Langdon viu o intrigante coquetel de símbolos de Saunière ficar claro como água. Como uma trovoada, toda uma carreira de simbologia e história despencou ao seu redor. Tudo que Jacques Saunière havia feito naquela noite de repente fez pleno sentido.

Os pensamentos de Langdon voavam enquanto ele tentava avaliar as implicações do significado de tudo aquilo. Girando nos calcanhares, olhou decidido na direção de onde tinha vindo.

Será que ainda dá tempo?
Sabia que não importava.
Sem hesitar, Langdon saiu correndo de volta para as escadas.

CAPÍTULO 22

Ajoelhando-se no genuflexório do primeiro banco, Silas fingiu rezar enquanto estudava a planta do santuário. Saint-Sulpice, como a maioria das igrejas, havia sido construída no formato de uma gigantesca cruz romana. Sua longa parte central – a nave – levava direto ao altar-mor, onde era transversalmente cortada por uma parte mais curta, conhecida como transepto. A interseção da nave e do transepto ocorria diretamente abaixo da cúpula principal e era considerada o coração da igreja... seu ponto mais sagrado e mais místico.

Esta noite, não, pensou Silas. *Saint-Sulpice esconde seus segredos em outro lugar.*

Virando a cabeça para a direita, olhou fixamente para o transepto sul, na direção da área aberta de piso entre o fim dos bancos, até o objeto que suas vítimas haviam descrito.

Ali estava ele.

Engastada no piso de granito cinzento, uma tira fina e polida de latão cintilava na pedra... uma linha dourada que atravessava, inclinada, o piso da igreja. A linha apresentava marcas graduadas, como uma régua. Era um gnômon, segundo disseram a Silas, um instrumento astronômico pagão, semelhante a um relógio de sol. Turistas, cientistas, historiadores e pagãos de todo o mundo vinham a Saint-Sulpice contemplar essa famosa linha.

A Linha Rosa.

Vagarosamente, Silas acompanhou com o olhar a trajetória da tira de latão, atravessando o piso da sua direita até a esquerda, inclinando-se à sua frente, num ângulo estranho, inteiramente discordante da simetria da igreja. Cortando o próprio altar-mor, a linha parecia a Silas uma ferida aberta por faca em um rosto bonito. A tira cortava a grade do altar-mor pela metade e depois atravessava toda a largura da igreja, finalmente atingindo o canto do transepto norte, onde chegava à base de uma estrutura um tanto inesperada.

Um colossal obelisco egípcio.

Ali, a cintilante Linha Rosa descrevia uma curva vertical de 90 graus e continuava subindo diretamente pela própria face do obelisco, ascendendo dez metros e cinco centímetros até a pontinha do ápice piramidal, onde finalmente terminava.

A Linha Rosa, pensou Silas. *A fraternidade escondeu a pedra-chave na Linha Rosa.*

Antes, naquela mesma noite, quando Silas disse ao Mestre que a pedra-chave do Priorado estava escondida dentro de Saint-Sulpice, o Mestre pareceu desconfiado. Mas, quando Silas acrescentou que todos os irmãos haviam lhe dado um local preciso, relacionado a uma certa linha de bronze que passa pelo interior da igreja, o Mestre ficou boquiaberto diante da revelação. – Você está falando da Linha Rosa!

O Mestre inteirou rapidamente Silas daquele famoso detalhe arquitetônico estranhíssimo de Saint-Sulpice – uma tira de latão que segmentava o santuário, atravessando-o como um perfeito eixo norte-sul. Era uma espécie de relógio de sol antigo, um vestígio do templo pagão que antes se situava naquele mesmo lugar. Os raios solares, atravessando o óculo da parede sul, deslocavam-se mais um pouco pela linha a cada dia, indicando a passagem do tempo, de solstício a solstício.

A faixa norte-sul era conhecida na Antiguidade como Linha Rosa. Durante séculos, o símbolo da Rosa havia sido associado a mapas e à orientação das pessoas na direção correta. A rosa dos ventos da bússola – desenhada em quase todos os mapas – indicava norte, leste, sul e oeste. Originalmente utilizada independentemente da bússola, marcava a direção dos 32 ventos, soprando das direções dos oito ventos principais, oito ventos secundários ou pontos colaterais e 16 ventos complementares ou pontos subcolaterais. Quando diagramados dentro de um círculo, esses 32 pontos da bússola lembram perfeitamente uma rosa tradicional de 32 pétalas. Até hoje, o instrumento de navegação fundamental ainda era a rosa dos ventos da bússola, sua direção norte ainda indicada por uma seta... ou, mais comumente, por uma flor-de-lis.

Em um globo, uma Linha Rosa – também chamada meridiano ou longitude – seria qualquer linha imaginária traçada do polo norte até o polo sul. Naturalmente, havia um número infinito de Linhas Rosas, porque todo ponto no globo podia ter uma longitude traçada através dele, conectando os polos norte e sul. A questão, para os primeiros navegadores, era *qual* dessas linhas seria considerada a Linha Rosa de partida – a longitude zero –, a linha a partir da qual todas as outras longitudes da Terra seriam determinadas.

Hoje em dia, essa linha é o meridiano de Greenwich, na Inglaterra.

Mas nem sempre foi assim.

Muito antes de Greenwich ter sido instituído como

meridiano inicial, a longitude zero do mundo inteiro passava através de Paris e através da Igreja de Saint-Sulpice. O marcador de latão na igreja era um memorial ao primeiro meridiano do mundo, e, embora Greenwich tivesse tirado de Paris essa honra em 1888, a Linha Rosa original era visível ainda hoje.

– E, então, a lenda é verdade – dissera o Mestre a Silas. – Diziam que a pedra-chave do Priorado se encontrava "sob o signo da Rosa".

Agora, ainda de joelhos no banco da igreja, Silas olhou de relance o interior do edifício e prestou atenção para ter certeza de que não havia mesmo ninguém por ali. Por um momento, pensou ter ouvido farfalhar de vestes no balcão do coro. Virou-se e olhou fixamente o local durante vários segundos. Nada.

Estou sozinho.

Em seguida, de pé, de frente para o altar, fez três genuflexões. Depois, virou-se para a esquerda e seguiu a linha de bronze na direção norte, rumo ao obelisco.

♦ ♦ ♦

Naquele momento, no Aeroporto Internacional Leonardo da Vinci, em Roma, o impacto dos pneus do avião batendo contra o asfalto assustou o bispo Aringarosa, acordando-o de seu cochilo.

Apaguei, pensou ele, impressionado por estar relaxado o suficiente para dormir.

"Bem-vindos a Roma", anunciou o piloto pelo sistema de alto-falantes.

Sentando-se ereto, Aringarosa ajeitou a batina negra e permitiu-se dar um raro sorriso. Essa era uma viagem que ele estava fazendo com gosto. *Andei na defensiva durante muito tempo.* Esta noite, porém, as regras haviam mudado. Apenas cinco meses antes, Aringarosa temia pelo futuro da

Fé. Agora, como que pela vontade de Deus, a solução havia se apresentado.

Intervenção divina.

Se tudo saísse como o planejado em Paris, Aringarosa logo teria consigo algo que o tornaria o homem mais poderoso da cristandade.

CAPÍTULO 23

Sophie chegou sem fôlego diante das grandes portas de madeira da Salle des États – a sala que abrigava a *Mona Lisa*. Antes de entrar, olhou demoradamente, com relutância, corredor abaixo, uns 20 metros ou mais, para o ponto onde o corpo do avô ainda jazia sob o refletor.

O remorso que a acometeu foi intenso e súbito, uma tristeza profunda, misturada com culpa. O homem a havia procurado tantas vezes durante os últimos dez anos, e mesmo assim Sophie permanecera irredutível – deixando suas cartas e pacotes fechados na última gaveta da cômoda e negando seus esforços para vê-la. *Ele mentiu para mim! Guardou segredos aterrorizantes! O que eu deveria ter feito?* E assim ela o mantivera longe. Completamente.

Agora, o avô estava morto e falava com ela do túmulo.

A *Mona Lisa*.

Estendeu os braços na direção das grandes portas e as empurrou. A entrada escancarou-se. Sophie ficou parada no limiar um momento, examinando a enorme câmara retangular diante de si. Estava banhada também em uma luz avermelhada. A Salle des États era uma dessas raras salas sem saída nos museus – e a única a que se tinha acesso a partir do meio da Grande Galeria. Essa porta, o único ponto de entrada da sala, ficava em frente a um quadro gigantesco de Botticelli de quatro metros e meio, na parede oposta. Sob ele, centralizado no piso de parquê, um imenso divã octogonal para os apreciadores da arte servia de ponto de repouso bem-vindo aos milhares de visitantes, para que descansassem as pernas enquanto admiravam a obra mais valiosa do Louvre.

Mesmo antes de entrar, porém, Sophie soube que ia precisar de uma certa coisa. *Uma luz negra.* Espiou, corredor abaixo, o avô sob as luzes à distância, cercado por equipamentos eletrônicos. Se ele tivesse escrito alguma coisa ali, certamente teria usado marcador de tinta invisível.

Inspirando profundamente, Sophie apressou-se e foi até a cena do crime, muito bem-iluminada. Incapaz de olhar o avô, concentrou-se unicamente nas ferramentas da polícia técnica. Ao encontrar uma pequena caneta projetora de luz ultravioleta, meteu-a no bolso do suéter e voltou pelo corredor na direção das portas abertas da Salle des États.

Sophie dobrou a esquina e passou pela porta. A entrada dela, porém, coincidiu com um som inesperado de passos abafados correndo na sua direção, vindos de dentro da câmara. *Tem alguém aqui!* Uma figura espectral emergiu de repente daquela bruma avermelhada. Sophie deu um pulo para trás.

– Aí está você! – o sussurro rouco de Langdon cortou o ar quando sua silhueta aproximou-se e parou diante dela.

O alívio dela foi apenas momentâneo.

– Robert, eu disse para você sair daqui! Se Fache...

– Aonde você foi?

– Precisava de uma luz negra – sussurrou ela, erguendo a canetinha. – Se meu avô tiver deixado alguma mensagem...

– Sophie, escute. – Langdon prendeu a respiração enquanto os olhos azuis a fitavam firmemente. – As letras P.S. significam mais alguma coisa para você? Qualquer outra coisa?

Com medo de que suas vozes ecoassem pelo corredor, Sophie puxou-o para dentro da Salle des États e fechou a enorme porta dupla com todo o cuidado, para não fazer ruído, ficando os dois encerrados na câmara.

– Já lhe disse que são as iniciais de Princesa Sophie.

– Eu sei, mas já as viu em algum outro lugar antes? O seu avô usava P.S. de alguma outra forma? Como monograma, ou talvez nos seus papéis de cartas ou algum pertence pessoal?

A pergunta a deixou assustada. *Como Robert Langdon poderia saber disso?* Sophie havia mesmo visto as iniciais P.S. uma vez antes, em uma espécie de monograma. Foi no dia de seu nono aniversário. Estava secretamente revirando a casa à procura de presentes escondidos. Mesmo então não conseguia suportar que escondessem alguma coisa dela. *O que o vovô comprou para mim este ano?* Espiou atrás de guarda-louças e gavetas. *Será que comprou a boneca que eu queria? Onde a esconderia?*

Sem encontrar nada na casa inteira, Sophie reuniu toda a sua coragem e penetrou no quarto do avô. Era proibido para ela, mas o avô estava no andar de baixo, dormindo no sofá.

Só vou dar uma olhadinha!

Pé ante pé, atravessou o assoalho de madeira que rangia até o armário do avô e espiou nas prateleiras atrás das roupas. Nada. Depois olhou debaixo da cama. Nada também. Indo até a escrivaninha dele, abriu as gavetas e, uma a uma, começou a tatear cuidadosamente dentro delas. *Tem que haver alguma coisa para mim aqui!* Quando chegou à última gaveta, ainda não havia encontrado nem vestígio de boneca. Arrasada, abriu a última gaveta e afastou algumas roupas pretas que jamais o vira usar. Estava para fechar a gaveta, quando vislumbrou o brilho do ouro no fundo dela. Parecia uma corrente de relógio de bolso, mas ela sabia que ele não tinha relógio de bolso. O coração dela acelerou quando percebeu o que devia ser.

Um colar!

Sophie tirou a corrente cuidadosamente da gaveta. Para

sua surpresa, na ponta estava uma chave de ouro cintilante. Pesada e reluzente. Fascinada, ela a segurou bem alto. Não se parecia com nenhuma chave que já vira antes. A maioria das chaves era achatada, com dentes irregulares na ponta, mas aquela tinha uma haste triangular com buraquinhos em toda a superfície. Sua enorme cabeça de ouro tinha o formato de uma cruz, mas não uma cruz normal. Era uma cruz de braços todos iguais, como um sinal de adição. Incrustado no miolo da cruz, um símbolo estranho – duas letras entrelaçadas com uma espécie de desenho floral.

– P.S. – sussurrou ela, franzindo o cenho ao ler as letras. *O que poderia ser isso?*

– Sophie? – chamou o avô, da porta.

Assustada, ela voltou-se, deixando a chave cair no chão com enorme estardalhaço. Voltou a olhar a chave, espantada, com medo de encarar o avô.

– Eu... estava procurando meu presente de aniversário – disse ela, cabisbaixa, sabendo que havia traído a confiança dele.

Durante o que lhe pareceu uma eternidade, o avô ficou parado ali na porta, sem nada dizer. Por fim, deixou escapar um suspiro longo e preocupado.

– Pegue a chave, Sophie.

Sophie apanhou a chave.

O avô entrou no quarto.

– Sophie, você precisa aprender a respeitar a privacidade de outras pessoas. – Gentilmente, ajoelhou-se e tirou a chave dela. – Essa chave é muito especial. Se você a perdesse...

A voz tranquila do avô fez Sophie se sentir ainda pior.

– Perdoe-me, vovô, me perdoe, por favor. – Fez uma pausa. – Pensei que era um colar para o meu aniversário.

Ele ficou fitando-a durante vários segundos.

– Vou repetir isso, Sophie, porque é muito importante. Precisa aprender a respeitar a privacidade dos outros.

– Sim, vovô.

– Vamos conversar sobre isso outra hora. Neste momento, é preciso tirar as ervas daninhas do jardim.

Sophie correu para fora para fazer suas tarefas.

Na manhã seguinte, Sophie não recebeu nenhum presente de aniversário do avô. Não esperava mesmo nenhum, não depois do que tinha feito. Mas ele nem mesmo lhe desejou feliz aniversário, o dia inteiro. Triste, ela foi para a cama a custo naquela noite. Quando se deitou, porém, encontrou um bilhete em um cartão sobre o seu travesseiro. No cartão lia-se apenas uma charada. Até mesmo antes de resolvê-la já estava sorrindo. *Eu sei o que é isso!* O avô tinha feito aquilo na manhã de Natal anterior.

Uma caça ao tesouro!

Sôfrega, ela se esforçou por decifrar a charada, até conseguir. A solução indicou-lhe outra parte da casa, onde ela achou novo cartão e nova charada. Também resolveu essa, correndo para o cartão seguinte. Loucamente, percorreu a casa inteira, para a frente e para trás, de pista em pista, até por fim encontrar uma que a levava direto de volta a seu próprio quarto. Sophie disparou escadas acima, entrou correndo no quarto e parou de repente. Ali, no meio do aposento, estava uma bicicleta vermelha reluzente, com uma fita atada ao guidom. Sophie deu gritinhos de alegria.

– Sei que pediu uma boneca – disse o avô, sorrindo, em um canto. – Mas achei que talvez gostasse ainda mais disso.

No dia seguinte, o avô a ensinou a andar na bicicleta, correndo ao seu lado pela calçada. Quando Sophie guiou a bicicleta sobre a grama fofa e perdeu o equilíbrio, ambos caíram no gramado, rolando e dando risadas.

– Vovô – disse Sophie, abraçando-o. – Estou muito arrependida mesmo por ter ido mexer na sua chave.

– Eu sei, querida. Está perdoada. Não consigo mesmo ficar zangado com você. Os avôs e as netas sempre se perdoam.

Sophie sabia que não devia perguntar, mas não conseguiu resistir.

– O que ela abre? Nunca vi uma chave igual àquela. Era muito bonita.

O avô ficou calado durante um longo momento, e Sophie percebeu que ele não sabia bem como responder. *O vovô nunca mente.*

– É a chave de uma caixa – finalmente disse. – Onde guardo muitos segredos.

Sophie fez bico.

– Detesto segredos!

– Eu sei, mas esses são segredos importantes, e algum dia você vai aprender a valorizá-los tanto quanto eu.

– Eu vi letras e uma flor na chave.

– É, trata-se da minha flor predileta. Chama-se flor-de-lis. Temos essas flores no jardim. Essas brancas. Em inglês, são chamadas de lírios.

– Eu sei quais são! Também são as *minhas* prediletas!

– Então vamos fazer um trato. – As sobrancelhas do avô se ergueram como sempre faziam quando ele estava para lhe propor algum desafio. – Se conseguir manter minha chave em segredo, e *jamais* falar nela de novo, nem comigo nem com ninguém, um dia eu a darei a você.

Sophie mal pôde acreditar no que ouvia.

– Vai *dar* mesmo?

– Juro. Quando chegar a hora, a chave será sua. Seu nome está escrito nela.

Sophie ficou mal-humorada.

– Não está, não. Dizia P.S. Meu nome não é P.S.!

O avô baixou o tom de voz e olhou em torno como para se assegurar de que ninguém ouvia.

– Está bem, Sophie, se *precisa mesmo* saber, P.S. é um código. São suas iniciais secretas.

Os olhos dela se arregalaram.

– Eu tenho iniciais secretas?

– Claro. As netas *sempre* têm iniciais secretas que só os avôs conhecem.

– P.S.?

Ele lhe fez cócegas.

– *Princesa Sophie.*

Ela deu uma porção de risadinhas.

– Não sou princesa coisa nenhuma!

Ele piscou.

– Pois para mim é.

Daquele dia em diante, jamais tornaram a falar da chave. E ela se tornou sua Princesa Sophie.

❖ ❖ ❖

Dentro da Salle des États, Sophie, de pé, calada, aguentava a dura pontada do pesar.

– As iniciais – sussurrou Langdon, olhando-a de um modo estranho. – Já as viu antes?

Sophie captou a voz do avô murmurando nos corredores do museu. *Jamais fale sobre esta chave, Sophie. Nem comigo nem com ninguém.* Ela sabia que tinha ficado em falta com ele por não o perdoar e refletiu se poderia trair essa confiança de novo. *P.S. Encontre Robert Langdon.* O avô queria que Langdon a ajudasse. Sophie então confirmou.

– Sim, já vi as iniciais P.S. uma vez. Quando era bem pequena.

– Onde?

Sophie hesitou.

– Em um objeto muito importante para ele.

Langdon fitou-a com firmeza.

– Sophie, isso é extremamente importante. Será que dá para me dizer se as iniciais estavam acompanhadas de um símbolo? Uma flor-de-lis?

Sophie sentiu-se recuar de tanto assombro.

– Mas... como é que poderia saber disso?

Langdon soprou, esvaziando o ar dos pulmões, e baixou a voz.

– Tenho quase certeza de que seu avô era membro de uma sociedade secreta. Uma fraternidade muito antiga.

Sophie sentiu um nó no estômago. Também tinha certeza disso. Durante dez anos havia tentado esquecer o incidente que confirmava aquele fato aterrador. Testemunhara uma coisa inconcebível. *Imperdoável*.

– A flor-de-lis – disse Langdon –, combinada com as iniciais P.S., constitui o símbolo oficial da sociedade. O brasão da fraternidade. O logotipo deles.

– Como sabe disso? – Sophie estava rezando para que Langdon não lhe dissesse que ele também fazia parte da tal fraternidade.

– Já escrevi sobre esse grupo – disse ele, a voz trêmula. – Pesquisar os símbolos de sociedades secretas é minha especialidade. Eles se denominam o *Priorado de Sião*. A base deles é aqui na França mesmo, e atraem membros poderosos de toda a Europa. Aliás, são uma das mais antigas sociedades secretas que restaram em toda a Terra.

Sophie jamais ouvira falar deles.

Langdon agora falava em rajadas rápidas de palavras.

– O Priorado tem como seus membros alguns dos indivíduos mais ilustres de toda a história: homens como Botticelli, Sir Isaac Newton, Victor Hugo. – Fez uma pausa, a voz agora transbordando de entusiasmo acadêmico. – E Leonardo da Vinci.

Sophie olhou-o surpresa.

– Da Vinci era membro de uma sociedade secreta?

– Da Vinci foi presidente do Priorado de 1510 a 1519, como Grão-Mestre da ordem, o que talvez explique a paixão de seu avô pela obra desse pintor. Os dois homens têm em comum um laço fraterno histórico. E tudo combina perfeitamente com sua fascinação pela iconologia da deusa, o paganismo, as deidades femininas e o desprezo pela Igreja. O Priorado tem uma história bem-documentada de reverência ao sagrado feminino.

– Está me dizendo que esse grupo reverencia uma deusa pagã?

– Mais precisamente, trata-se *do culto* de adoração à deusa pagã *por excelência*. Mas o mais importante é que são conhecidos como os guardiães de um segredo milenar. Um segredo que os tornou incomensuravelmente poderosos.

Apesar da total convicção nos olhos de Langdon, a reação de Sophie foi de total descrença. *Um culto pagão secreto? Que já foi presidido por Leonardo da Vinci?* Tudo aquilo lhe parecia um tremendo absurdo. E mesmo assim, mesmo enquanto ela duvidava do que Langdon lhe dizia, voltou mentalmente no tempo dez anos atrás – à noite em que tinha surpreendido o avô sem querer e presenciado o que ainda não conseguia aceitar. *Será que aquilo podia explicar...?*

– Mantêm-se sob sigilo rigoroso as identidades dos membros do Priorado que ainda se encontram vivos – disse Langdon –, mas o P.S. e a flor-de-lis que viu quando criança são uma prova. Só pode ter a ver com o Priorado.

Sophie agora entendia que Langdon sabia muito mais sobre o avô do que ela antes havia imaginado. Esse americano com certeza tinha um milhão de coisas para contar a ela, mas aquele não era o lugar adequado para isso.

– Não posso deixá-los prenderem você, Robert. Precisamos ter uma conversa muito séria sobre mil coisas. Precisa ir embora!

◆ ◆ ◆

Langdon mal ouvia o que ela falava. Não pretendia ir a parte alguma. Estava perdido em outro lugar agora. Um lugar onde os segredos antigos afloravam. Um lugar onde histórias esquecidas emergiam das sombras.

Vagarosamente, como se estivesse embaixo d'água, Langdon virou a cabeça e contemplou a *Mona Lisa* através da bruma avermelhada.

A flor-de-lis... A flor de Lisa... A Mona Lisa.
Estava tudo entrelaçado, uma sinfonia silenciosa ecoando os mais profundos segredos do Priorado de Sião e de Leonardo da Vinci.

◆ ◆ ◆

A alguns quilômetros dali, na margem do rio além de Les Invalides, o motorista confuso de um caminhão de caçamba dupla encontrava-se sob a mira de armas, observando o capitão da Polícia Judiciária soltar um rugido gutural de ódio e atirar um sabonete nas águas caudalosas do Sena.

CAPÍTULO 24

Silas olhou pensativo para o alto do obelisco de Saint-Sulpice, calculando a altura daquele impressionante monumento de mármore. Seus tendões vibraram de euforia. Olhou em torno uma vez mais para se certificar de que estava sozinho na igreja. Então, ajoelhou-se junto à base da estrutura, não por reverência, mas por necessidade.
A pedra-chave está escondida sob a Linha Rosa.
Na base do obelisco de Saint-Sulpice.
Todos os irmãos haviam dito o mesmo.
De joelhos, Silas passou as mãos pelo piso de pedra. Não viu rachaduras nem marcas para indicar uma lajota móvel, então começou a bater na pedra levemente com os nós dos dedos. Seguindo a linha de latão para mais perto do obelisco, bateu em cada lajota adjacente a ela. Finalmente, uma ressoou de forma diferente.
Há um ponto oco sob o piso!
Silas sorriu. Suas vítimas haviam dito a verdade.

De pé, ele procurou pelo santuário alguma coisa que lhe permitisse quebrar o piso de pedra.

❖ ❖ ❖

Bem acima de Silas, no balcão do coro, a irmã Sandrine sufocou um grito. Seus piores temores haviam acabado de se confirmar. Esse visitante não era quem parecia ser. O misterioso monge do Opus Dei tinha vindo a Saint-Sulpice para cumprir uma missão.
Uma missão secreta.
Você não é o único que tem segredos, pensou ela.
A irmã Sandrine Bieil era mais do que a zeladora daquela igreja. Era uma sentinela. E, esta noite, um antiquíssimo alarme fora acionado. A chegada daquele estranho à base do obelisco era um sinal da fraternidade.
Um pedido tácito de socorro.

CAPÍTULO 25

A Embaixada dos Estados Unidos em Paris é um conjunto compacto de edifícios na Avenue Gabriel, logo ao norte dos Champs-Élysées. O conjunto de 12 mil metros quadrados é considerado território norte-americano, o que significa que todos os que se encontram dentro de seus limites estão sujeitos às mesmas leis e proteções que teriam se estivessem nos Estados Unidos.

A telefonista do turno da noite da embaixada estava lendo a revista *Time*, edição internacional, quando a campainha do telefone a interrompeu.

– Embaixada americana – atendeu ela.

– Boa noite. – O interlocutor falava um inglês com sotaque francês. – Preciso de ajuda. – Apesar do tom educado, o homem expressou-se de forma lacônica e autoritária. – Disseram-me que recebeu uma mensagem telefônica para mim no seu sistema automatizado. Meu nome é Langdon. Infelizmente, esqueci meu código de acesso de três dígitos. Se puder me ajudar, agradeceria imensamente.

A telefonista fez uma pausa, confusa.

– Desculpe, senhor, sua mensagem deve ser extremamente antiga. Esse sistema foi suspenso dois anos atrás por motivo de segurança. Além disso, todos os códigos de acesso têm cinco dígitos. Quem foi que lhe disse que tínhamos uma mensagem para o senhor?

– Vocês *não têm* sistema automatizado?

– Não, senhor. Qualquer mensagem seria anotada à mão pelo nosso departamento de serviço ao cliente. Qual disse mesmo que era o seu nome?

Mas o homem já havia desligado.

❖ ❖ ❖

Bezu Fache andava pasmo de um lado para o outro às margens do Sena. Estava certo de ter visto Langdon discar um número local, digitar um código de três números e depois escutar uma gravação. *Mas, se Langdon não telefonou para a embaixada, para quem telefonou, então, droga?*

Nesse momento, ao fitar desorientado o telefone celular, Fache se deu conta de que as respostas estavam na palma de sua mão. *Langdon usou o meu telefone para fazer aquela ligação.*

Digitando as teclas necessárias do menu do telefone, Fache acessou a lista de números discados recentemente e encontrou o número para o qual Langdon havia telefonado.

Uma central telefônica de Paris, seguida pelo código de três dígitos 454.

Tornando a discar o número, Fache aguardou a linha começar a chamar.

Finalmente, uma voz feminina atendeu.

– *Bom dia, você ligou para a casa de Sophie Neveu* – anunciou a gravação. – *No momento não posso atender, mas...*

O sangue de Fache já fervia quando ele digitou os números: 4...5...4.

CAPÍTULO 26

Apesar de sua monumental reputação, a *Mona Lisa* media apenas 77 por 53 cm – menor até do que os cartazes dela vendidos na loja de presentes do Louvre. Encontrava-se pendurada na parede noroeste da Salle des États atrás de um painel de vidro de segurança de duas polegadas de espessura. Pintada em um painel de madeira de choupo, seu ar etéreo e vago era atribuído à maestria de Da Vinci na técnica do *sfumato*, ou esfumaçado, na qual as formas parecem evaporar-se, mesclando-se umas com as outras.

Desde que passara a ser exibida no Louvre, a *Mona Lisa*, ou *La Joconde*, como a chamavam na França, já havia sido roubada duas vezes, a mais recente em 1911, quando desapareceu da "sala impenetrável" do Louvre – o Salão Quadrado. Os parisienses choraram nas ruas e publicaram artigos nos jornais suplicando aos ladrões que devolvessem a pintura. Dois anos depois, a *Mona Lisa* apareceu escondida no fundo falso de um baú em um quarto de hotel francês.

Langdon, agora deixando claro para Sophie que não pretendia fugir, acompanhou-a ao atravessar a Salle des États. A *Mona Lisa* ainda estava 20 metros adiante quando Sophie acendeu a luz negra, e a meia-lua luminosa emitida pela caneta varreu o assoalho diante deles. Ela balançou o facho luminoso para a frente e para trás pelo chão inteiro, como se fosse um detetor de minas, procurando algum resquício de tinta fosforescente.

Caminhando atrás da moça, Langdon já sentia as pontadas de expectativa que acompanhavam seus encontros cara a cara com grandes obras de arte. Procurou enxergar algo atrás do casulo de luz arroxeada que emanava da luz negra na mão de Sophie. À esquerda surgiu o divã octogonal da sala, parecendo uma ilha negra no mar aberto do parquê.

Langdon agora podia começar a ver o painel de vidro escuro na parede. Atrás dele, confinada em sua própria cabine particular, pendia da parede a mais famosa pintura do mundo.

O status da *Mona Lisa* como a mais famosa obra de arte do mundo, segundo Langdon sabia, nada tinha a ver com seu sorriso enigmático. Nem se devia às misteriosas interpretações feitas por muitos historiadores da arte e fãs da conspiração. Simplesmente, a *Mona Lisa* era famosa porque Leonardo da Vinci considerava-a sua mais perfeita obra. Levava consigo a pintura sempre que viajasse, e, se alguém lhe perguntasse o motivo, respondia que achava difícil separar-se de sua mais sublime expressão de beleza feminina.

Mesmo assim, muitos historiadores da arte desconfiavam de que a reverência de Da Vinci pela *Mona Lisa* nada tinha a ver com sua maestria artística. Na verdade, a pintura era um retrato bastante comum, executado segundo a técnica do *sfumato*. A veneração de Da Vinci por essa obra, segundo muitos afirmavam, devia-se a algo bem mais profundo: uma mensagem oculta nas camadas de pintura. A *Mona Lisa* era, de fato, uma das mais bem-estudadas piadas secretas do mundo. A colagem bastante divulgada de trocadilhos e alusões brincalhonas existentes no quadro havia sido revelada na maioria dos livros de história da arte, e mesmo assim, incrivelmente, o público em geral ainda considerava seu sorriso um grande mistério.

Não há mistério algum, pensou Langdon, avançando e observando enquanto o vago contorno da pintura começou a tomar forma. *Não há mistério absolutamente algum.*

Recentemente, Langdon havia revelado o segredo da *Mona*

Lisa a um grupo bem inesperado – 12 detentos da Penitenciária do Distrito de Essex. O seminário penitenciário de Langdon fazia parte de um programa de assistência comunitária de Harvard que procurava levar cultura ao sistema penitenciário – *Cultura para os Condenados*, como os colegas de Langdon costumavam chamá-lo.

De pé, acionando um projetor de teto em uma biblioteca escura de penitenciária, Langdon havia falado do segredo da *Mona Lisa* aos prisioneiros que compareceram, homens que achou surpreendentemente interessados – rústicos, porém inteligentes.

– Vocês podem notar – disse-lhes Langdon, andando até a imagem projetada da *Mona Lisa* na parede da biblioteca – que o fundo atrás do rosto dela é desigual. – Langdon mostrou a discrepância gritante. – A linha do horizonte que Da Vinci pintou à esquerda se encontra num nível visivelmente mais baixo que a da direita.

– Ih, foi burrada dele? – perguntou um detento.

Langdon não pôde deixar de rir.

– Não. Da Vinci não errava com essa frequência. Na verdade, esse é um truquezinho que ele gostava de usar. Pintando o fundo mais baixo à esquerda, Da Vinci fez a *Mona Lisa* parecer muito maior vista da esquerda que da direita. Uma piadinha secreta de Da Vinci. Historicamente, os conceitos de masculino e feminino estão ligados aos lados – o esquerdo é feminino, o direito é masculino. Como Da Vinci era um grande fã dos princípios femininos, fez a *Mona Lisa* parecer maior quando *vista da esquerda* que da direita.

– Ouvi dizer que ele era bicha – disse um baixinho com cavanhaque.

Langdon estremeceu.

– Não é exatamente a palavra usada pelos historiadores, mas ele era homossexual, sim.

– Era por isso que ele transava mais o lado feminino, essa coisa toda?

– Da Vinci buscava muito o *equilíbrio* entre o masculino e o feminino. Achava que a alma humana não podia ser iluminada a menos que os elementos masculinos e femininos estivessem presentes nela.

– Como mulheres machonas?

O gracejo gerou fortes gargalhadas. Langdon pensou em dar uma explicação complementar sobre a palavra *hermafrodita* e seus vínculos com Hermes e Afrodite, mas alguma coisa lhe disse que aquela turma não ia entender nada.

– Diz aí, mestre Langford – chamou um homem musculoso. – É verdade que a *Mona Lisa* é o retrato do Da Vinci mesmo, só que travestido? Já ouvi falar isso.

– É bem possível – disse Langdon. – Da Vinci era brincalhão, e a análise da *Mona Lisa* e dos seus autorretratos por computador confirmou alguns pontos de congruência surpreendentes entre os rostos dele e dela. Seja lá qual fosse a intenção de Da Vinci – continuou Langdon –, sua *Mona Lisa* não é homem, nem mulher. Traz uma mensagem sutil de androginia. É uma fusão de ambos.

– Tem certeza de que isso aí não é só baboseira acadêmica e que na verdade a tal da *Mona Lisa* era mesmo uma baranga das brabas?

Dessa vez Langdon riu.

– Pode ser que você esteja certo. Só que Da Vinci deixou uma tremenda pista de que a pintura devia ser interpretada como andrógina. Será que alguém já ouviu falar de um deus chamado Amon?

– Epa, eu já! – disse o grandalhão. – Um tal deus da fertilidade masculina!

Langdon ficou pasmo.

– É que isso está escrito em tudo que é caixa de camisinha Amon. – O musculoso sorriu de orelha a orelha. – Não é um cara com cabeça de carneiro com chifres na frente, que dizem que é o deus egípcio da fertilidade?

Langdon não conhecia a tal camisinha, mas gostou de

ouvir falar que os fabricantes estavam passando a mensagem correta.

– Muito bem. Amon é mesmo representado como um homem com cabeça de carneiro, e sua promiscuidade e chifres curvos *(horns)* estão ligados à gíria americana *"horny"*, que significa excitado.

– Não me diga!

– Digo, sim – respondeu Langdon. – E sabe qual era a companheira de Amon? A *deusa* egípcia da fertilidade?

A pergunta recebeu vários minutos de silêncio como resposta.

– Era Ísis – disse-lhes Langdon, apanhando uma caneta para escrever no quadro. – Então temos o deus Amon – e escreveu o nome no quadro – e a deusa Ísis, cujo pictograma antigo era L'ISA.

Langdon terminou de escrever e afastou-se do projetor, recuando.

AMON L'ISA

– Sacaram? – perguntou à turma.

– *Mona Lisa*... Cacete! – disse alguém, boquiaberto.

Langdon confirmou.

– Pessoal, não só o rosto da *Mona Lisa* parece andrógino como o nome dela é um anagrama da união divina do masculino com o feminino. E *esse*, meus amigos, é o segredinho de Da Vinci, o motivo do sorriso zombeteiro da *Mona Lisa*.

◆ ◆ ◆

– Meu avô esteve aqui – disse Sophie, ajoelhando-se de repente a três metros da *Mona Lisa*. Apontou a luz negra para um ponto do piso de parquê.

A princípio Langdon não viu nada. Ao ajoelhar-se ao lado dela, entretanto, viu uma gotícula de líquido seco fosforescente. *Tinta?* De repente, lembrou-se de que as luzes negras serviam para detectar, antes de mais nada, o *sangue*. Seus sentidos aguçaram-se. Sophie estava certa. Jacques Saunière havia mesmo ido até a *Mona Lisa* antes de morrer.

– Ele não teria vindo até aqui sem um motivo – murmurou Sophie, erguendo-se. – Sei que deixou alguma mensagem para mim neste lugar. – Vencendo rapidamente a largas passadas os últimos metros até a *Mona Lisa*, ela iluminou o chão diretamente em frente à pintura. Iluminou todo o chão com a caneta de luz negra, passando-a várias vezes sobre ele para a frente e para trás, em todos os sentidos.

– Não há nada aqui!

Nesse momento, Langdon viu um ligeiro reflexo roxo cintilar no vidro protetor diante da *Mona Lisa*. Estendendo o braço, pegou o pulso de Sophie e, devagar, ergueu o facho de luz para a pintura em si.

Ambos ficaram paralisados.

No vidro, seis palavras brilharam, roxas, escritas diretamente sobre o rosto da *Mona Lisa*.

CAPÍTULO 27

Sentado à escrivaninha de Saunière, o tenente Collet apertou o telefone contra a orelha, incrédulo. Será que ouvi bem o que o Fache disse? Um sabonete? Mas como é que Langdon pode ter descoberto o GPS?

– Sophie Neveu – respondeu Fache. – Foi ela que contou a ele.

– O quê? Mas por quê?

– Uma pergunta muito boa, mas eu ouvi uma gravação que confirma que foi ela que deu a dica para ele.

Collet ficou mudo. O que Neveu estaria aprontando?

Fache tinha provas de que Sophie havia interferido em uma diligência velada da DCPJ? Sophie Neveu não só ia ser demitida como também iria para a prisão. – Mas, capitão... então onde está Langdon agora?

– Algum alarme de incêndio disparou por aí?

– Não, senhor.

– E ninguém passou embaixo do portão da Grande Galeria?

– Não. Há um segurança do Louvre lá no portão. Exatamente como solicitou.

– Muito bem, então Langdon deve estar dentro da Grande Galeria.

– Dentro? Fazendo o quê?

– O segurança do Louvre está armado?

– Sim, senhor. É um segurança já antigo.

– Então, mande-o para lá – ordenou Fache. – Vou levar algum tempo para chegar aí com meus homens e não quero que Langdon fuja por alguma saída de emergência. – Fache fez uma pausa. – E é melhor dizer ao guarda que a agente Neveu provavelmente está com ele.

– Achei que ela tivesse saído.

– Você a viu saindo?

– Não, senhor, mas...

– Acontece que nenhuma outra pessoa do perímetro a viu sair também. Só a viram entrar.

Collet estava pasmo com a audácia de Sophie Neveu. *Ela ainda está no edifício?*

– Resolva esse problema para mim – ordenou Fache. – Quero Langdon e Neveu presos e sob a mira de uma arma quando eu chegar.

Quando o caminhão partiu, o capitão Fache reuniu seus homens. Robert Langdon havia se revelado um homem bastante ardiloso naquela noite, e agora, com a ajuda da agente Neveu, podia ser bem mais difícil prendê-lo do que se esperava.

Fache resolveu não arriscar.

Para se garantir, mandou metade dos homens de volta ao perímetro do Louvre. A outra metade, enviou para o único lugar de Paris onde Robert Langdon poderia encontrar um refúgio seguro.

CAPÍTULO 28

Dentro da Salle des États, Langdon olhava espantado as seis palavras que brilhavam no vidro de segurança. O texto parecia flutuar no ar, lançando sombras irregulares sobre o misterioso sorriso da *Mona Lisa*.

– O Priorado – sussurrou Langdon. – Isso prova que o seu avô era um dos seus membros.

Sophie olhou para ele, confusa.

– Você entendeu isso aí?

– Não pode ser outra coisa – disse Langdon, confirmando, enquanto seus pensamentos davam voltas e mais voltas. – É uma proclamação de um dos princípios fundamentais do Priorado.

Sophie fez cara de intrigada à luz do reflexo da mensagem que havia sido escrita no rosto da *Mona Lisa*.

SO DARK THE CON OF MAN
Tão sombria a traição dos homens

– Sophie – disse Langdon –, a tradição do Priorado de perpetuar o louvor à deusa baseia-se no princípio de que os poderosos dos primórdios da Igreja Católica "traíram" o mundo, propagando mentiras que desvalorizavam o feminino, fazendo a balança pender para o lado masculino.

Sophie permaneceu calada, olhos presos às palavras.

– O Priorado acredita que Constantino e seus sucessores do sexo masculino conseguiram converter o mundo do paganismo matriarcal para o cristianismo patriarcal através de uma campanha de demonização do sagrado feminino, eliminando a deusa da religião moderna para sempre.

A expressão de Sophie permaneceu duvidosa.

– Meu avô fez com que eu viesse a este lugar para encontrar esta frase. Ele devia estar querendo me dizer mais do que isso.

Langdon entendeu aonde ela queria chegar. Mais um anagrama. Se existia ali um significado oculto ou não, Langdon não conseguia dizer de imediato. Sua mente ainda estava ofuscada pela ousada clareza da mensagem de Saunière.

Tão sombria a traição dos homens, pensou. *Sombria mesmo.*

Ninguém podia negar o enorme bem que a Igreja moderna fazia ao mundo perturbado de hoje, e mesmo assim a Igreja tinha uma história maculada e violenta. Sua cruzada brutal para "reeducar" os adeptos de religiões pagãs e adoradoras de deidades femininas durou três séculos, empregando métodos ao mesmo tempo inventivos e hediondos.

A Inquisição católica publicou o livro que se pode considerar o mais sangrento da história da humanidade. O *Malleus Maleficarum* – ou o *Martelo das Feiticeiras* – doutrinava o mundo contra os "perigos das mulheres de pensamento liberal" e instruía o clero sobre a forma de localizar, torturar e destruir essas mulheres. As pessoas consideradas "bruxas" pela Igreja incluíam todas as professoras, sacerdotisas, ciganas, místicas, amantes da natureza, coletoras de ervas e qualquer mulher "que fosse suspeita de sintonizar-se com o mundo natural". As parteiras também eram perseguidas e mortas por sua prática herética do uso do conhecimento médico para evitar as dores do parto – um sofrimento, segundo a Igreja, que era a punição justa por Eva ter dividido o Fruto da Árvore do Conhecimento, gerando assim a ideia do Pecado Original. Durante trezentos anos de caça às bruxas, a Igreja queimou na fogueira a quantidade impressionante de *cinco milhões* de mulheres.

A propaganda e o massacre haviam funcionado.

O mundo de hoje é a prova viva disso.

As mulheres, antes veneradas como parte essencial da iluminação espiritual, foram banidas dos templos do mundo. Não há rabinos ortodoxos, padres católicos, nem clérigos islâmicos do sexo feminino. O antes sagrado ato do *Hieros Gamos* – a união sexual natural entre homem e mulher através da qual cada um se tornava espiritualmente íntegro – foi reinterpretado como algo vergonhoso. Homens santos que antes exigiam união sexual com suas companheiras para comungar com Deus agora temiam seus instintos sexuais como se fossem obra do demônio colaborando com sua cúmplice favorita... a mulher.

Nem mesmo a associação da mulher com o lado esquerdo pôde escapar à difamação da Igreja. Na França e na Itália, as palavras que correspondiam a "esquerdo" – *gauche* e *sinistra* – passaram a ter significados altamente pejorativos, ao passo que as palavras designativas do lado direito passavam a ideia de justiça, destreza e correção. Até hoje, o pensamento radical é considerado de esquerda e qualquer coisa que seja má é classificada de sinistra.

A época da deusa terminou. O pêndulo havia mudado. A Mãe Terra tornou-se um mundo de seres masculinos, e os deuses da destruição e da guerra dividiram os despojos. O ego masculino passou dois milênios espalhando terror sem ser detido pela sua contrapartida feminina. O Priorado de Sião achava que essa obliteração do sagrado feminino na vida moderna havia causado o que a tribo hopi americana chamava de *koyanisquatsi* – a "vida desequilibrada", uma situação marcada por guerras movidas a testosterona, uma infinidade de sociedades misóginas e um desrespeito crescente à Mãe Terra.

– Robert! – chamou Sophie, o sussurro trazendo-o bruscamente de volta. – Vem alguém aí!

Ele ouviu passos no corredor.

– Vamos por aqui! – Sophie apagou a luz negra e pareceu evaporar diante dos olhos de Langdon.

Por um instante, ele se sentiu totalmente cego. *Aqui, onde?* Quando conseguiu voltar a enxergar um pouco, viu a silhueta de Sophie correndo para o centro da sala e abaixando-se para se esconder atrás do sofá octogonal. Ele estava prestes a correr atrás dela, quando uma voz trovejante o fez parar na mesma hora.

– Pare aí mesmo! – berrou um homem da entrada.

O segurança do Louvre avançou, entrando na Salle des États, a pistola em punho, mirando o peito de Langdon.

Ele ergueu instintivamente os braços para o teto.

– Deite-se no chão! – ordenou o segurança.

Langdon estava de cara no chão em questão de segundos. O guarda aproximou-se depressa e afastou as pernas dele uma da outra com um pontapé, deixando-o de braços e pernas abertos.

– Má ideia, monsieur Langdon – disse ele, cutucando as costas de Langdon com a pistola, com toda a força. – Ideia muito ruim, essa sua.

De cara para baixo no piso de parquê com os braços e pernas estendidos para os lados, Langdon achou pouca graça na ironia de sua posição. *O Homem Vitruviano*, pensou. *De bruços*.

CAPÍTULO 29

Dentro da Igreja de Saint-Sulpice, Silas trouxe o pesado candelabro de vela votiva do altar até o obelisco. A haste daria um bom aríete. Olhando com atenção o painel de mármore cinzento que cobria a aparente cavidade sob o chão, viu que não poderia partir o piso sem produzir um barulho considerável.

Ferro contra mármore. Ecoaria pelo teto abobadado.

Será que a freira iria escutar? Ela devia estar dormindo. Mesmo assim, Silas preferiu não arriscar. Procurando um pano para envolver a ponta da haste de ferro, nada viu a não ser a toalha do altar, que se recusava a profanar. *Meu hábito*, pensou. Sabendo que estava só na igreja imensa, Silas desamarrou o cordão da cintura e despiu-se. Ao tirar a roupa, sentiu picadas quando as fibras de lã aderiram às feridas recentes em suas costas.

Agora nu, a não ser pela roupa de baixo, Silas enrolou o hábito na ponta da haste do candelabro, cobrindo-a. Então, mirando o centro da laje de pedra, golpeou-a com toda a força. Um som surdo, abafado. A pedra não se quebrou. Voltou a golpeá-la. Mais um baque surdo, dessa vez acompanhado por uma rachadura. No terceiro golpe, a cobertura enfim se estilhaçou e farpas de pedra caíram em uma câmara oculta sob o chão.

Um compartimento secreto!

Afastando depressa os cacos restantes da abertura, Silas espiou o interior. Seu sangue latejou nas veias quando se ajoelhou diante do buraco. Erguendo o braço nu e branco, tateou o interior.

A princípio, nada encontrou. O piso do compartimento era de pedra lisa e nua. Então, tateando mais fundo, enfiando o braço sob a Linha Rosa, tocou alguma coisa! Uma placa de pedra grossa. Dobrando os dedos ao redor da borda, agarrou-a e delicadamente a ergueu, retirando-a. Quando ficou de pé e examinou seu achado, viu que estava segurando uma laje de pedra rústica com palavras nela gravadas. Sentiu-se naquele instante como se fosse um Moisés moderno.

Enquanto Silas lia as palavras gravadas na placa, surpreendeu-se. Esperava que a pedra-chave fosse um mapa, ou uma série complexa de instruções, talvez até codificadas. Trazia, entretanto, a mais simples das inscrições.

Jó, 38:11.

Um versículo da Bíblia? Silas ficou espantado com a simplicidade demoníaca daquele estratagema. O lugar secreto daquilo que procuravam estava revelado num versículo da Bíblia? A fraternidade não se detinha diante de nada para zombar dos justos!

Jó, capítulo 38, versículo 11.

Embora Silas não se recordasse do teor exato do versículo 11, sabia que o Livro de Jó contava a história de um homem cuja fé em Deus sobrevivera a várias provas. *Apropriado*, pensou, quase incapaz de conter seu entusiasmo.

Olhando para trás, contemplou a reluzente Linha Rosa e não pôde deixar de sorrir. Ali, em cima do altar-mor, sobre um suporte dourado, encontrava-se uma enorme Bíblia encadernada em couro.

❖ ❖ ❖

Lá no balcão, a irmã Sandrine tremia. Momentos antes estava prestes a sair correndo e executar as ordens que recebera, quando o homem subitamente tirou o hábito. Ao ver aquela pele branca como alabastro, foi possuída por um espanto mesclado com terror. As costas largas e alvas estavam repletas de vergões ainda ensanguentados. Mesmo de onde estava podia ver que as feridas ainda eram recentes.

Esse homem foi impiedosamente açoitado!

Também viu o cilício ensanguentado em torno da coxa, a ferida sob ele a pingar sangue. *Que tipo de Deus iria querer um castigo corporal desses?* Os rituais do Opus Dei, irmã Sandrine sabia, eram coisas que ela jamais entenderia. Mas aquilo estava longe de ser sua preocupação no momento. *O Opus Dei está procurando a pedra-chave*. Como tinham conhecimento de sua existência, a irmã não imaginava, embora soubesse que não tinha tempo para pensar nisso.

O monge ensanguentado estava vestindo outra vez o hábito, com toda a tranquilidade, e, agarrado à sua descoberta, caminhou até o altar, na direção da Bíblia.

Num silêncio ofegante, a irmã Sandrine deixou o balcão e correu até sua cela. De joelhos, estendeu o braço, procurando debaixo da cama de madeira, e removeu o envelope lacrado que havia escondido ali três anos antes.

Abrindo-o, encontrou os números de Paris.

Começou a discar, trêmula.

❖ ❖ ❖

Lá embaixo, Silas deitou a placa de pedra no altar e voltou as mãos ávidas para a Bíblia de capa de couro. Seus longos dedos brancos suavam enquanto ele virava as páginas. Ao procurar no Velho Testamento, encontrou o Livro de Jó. Localizou o capítulo 38. À medida que ia correndo o dedo pela coluna de texto abaixo, imaginava que palavras iria ler.

Elas é que me guiarão!

Encontrando o versículo 11, Silas o leu. Tinha apenas nove palavras. Confuso, tornou a lê-lo, sentindo que algo estava terrivelmente errado. O versículo dizia apenas:

TU CHEGARÁS ATÉ ESTE PONTO E DAQUI NÃO PASSARÁS.

CAPÍTULO 30

O segurança Claude Grouard fervia de raiva do homem prostrado no chão diante da *Mona Lisa*. *Esse maldito matou Jacques Saunière!* Saunière era como um pai querido para Grouard e seus seguranças.

Só queria poder apertar o gatilho e meter uma bala nas costas de Langdon. Como guarda veterano, era um dos poucos que realmente andavam armados de revólver carregado. Mas lembrou que matar Langdon na verdade seria um ato de caridade, comparado ao destino cruel que ele teria nas mãos de Bezu Fache e do sistema penitenciário francês.

Grouard tirou o intercomunicador do cinto e tentou pedir reforços. Mas só ouviu estática. A segurança eletrônica era tão forte naquela câmara que sempre embaralhava as comunicações entre guardas. *Preciso ir até a porta.* Ainda apontando a arma para Langdon, Grouard começou a recuar devagar até a entrada. No terceiro passo, viu algo que o fez parar de repente.

Que diabo é isso!?

Uma miragem inexplicável materializava-se perto do centro da sala. Uma silhueta. Haveria mais alguém na sala? Uma mulher atravessava a escuridão, caminhando com decisão para a parede oposta à esquerda. Diante dela, um feixe de luz violáceo varria o chão, para um lado e para outro, como se ela estivesse buscando alguma coisa com uma lanterna colorida.

– Quem é? – interpelou ele, em francês, sentindo a adrenalina subir pela segunda vez nos últimos 30 segundos. De repente, não sabia mais para quem apontar a arma nem para onde ir.

– PTC – disse a mulher na maior calma, ainda varrendo o chão com a luz.

Polícia Técnica e Científica. Grouard agora estava suando. *Pensei que todos os agentes já tivessem saído!* Agora reconhecia a luz roxa, era ultravioleta, usada pelos peritos, e mesmo assim não conseguia entender por que a DCPJ estaria procurando indícios por ali.

– Seu nome – exigiu ele, o instinto lhe dizendo que alguma coisa estava errada. – Responda!

– Sou eu – disse, em tom tranquilo. – Sophie Neveu.

Em algum ponto, nos recessos distantes da mente de Grouard, o nome estava registrado. *Sophie Neveu?* Esse era o nome da neta de Saunière, não era? Costumava ir ali quando pequena, mas isso foi há muitos anos. *Não era possível que fosse ela!* E, mesmo que fosse Sophie, não havia motivo para confiança. Grouard tinha ouvido boatos do rompimento doloroso entre Saunière e a neta.

– Você me conhece – disse a mulher. – E Robert Langdon não matou meu avô. Creia em mim.

O guarda não estava nem um pouco inclinado a acreditar. *Preciso de reforços!* Tentando outra vez o walkie-talkie, só conseguiu estática. A entrada ainda estava a 20 metros atrás dele, e Grouard começou a recuar devagar, resolvendo apontar a arma para o homem estendido no chão. Enquanto recuava, enxergou a mulher do outro lado da sala erguendo a luz ultravioleta e examinando um quadro imenso que se encontrava pendurado na parede oposta à *Mona Lisa*, na Salle des États.

Grouard ficou boquiaberto, percebendo qual era a pintura. *O que ela está fazendo, meu Deus?*

❖ ❖ ❖

Do lado oposto, Sophie Neveu sentiu o suor frio brotar na sua testa. Langdon ainda estava estendido no chão. *Aguenta firme, Robert. Estou quase lá.* Sabendo que o guarda jamais atiraria em nenhum dos dois, Sophie agora voltava a atenção para o que precisava fazer, varrendo a área inteira em torno de uma obra-prima em particular – outro Da Vinci. Mas a luz ultravioleta não revelou nada fora do normal. Nem no chão, nem nas paredes, nem mesmo na própria tela.

Tem de haver alguma coisa aqui!

Sophie tinha certeza absoluta de que havia interpretado corretamente as intenções do avô.

O que mais ele poderia querer dizer?

A obra-prima que ela agora estava examinando era uma tela de um metro e cinquenta de altura. A bizarra cena que Da Vinci havia pintado incluía uma Virgem Maria em uma pose estranha, sentada com o Menino Jesus ao colo, São

João Batista e o anjo Uriel, à beira de um penhasco pavoroso. Quando Sophie era bem pequena, nenhuma visita à *Mona Lisa* estava completa sem que o avô a arrastasse para o outro lado da sala para ver aquele quadro.

Vovô, estou aqui! Mas não consigo ver nada!

Atrás de si, Sophie ouviu o guarda tentando pedir ajuda pelo rádio outra vez.

Pense!

Visualizou a mensagem escrita no vidro protetor da *Mona Lisa*. *So dark the con of man*. A pintura diante dela não tinha vidro protetor sobre o qual fosse possível escrever uma mensagem, e Sophie sabia que o avô jamais estragaria uma obra de arte escrevendo na própria pintura. Então, procurou refletir mais um pouco. Pelo menos, não escreveria na frente. O olhar dela subiu pelos longos cabos que, pendendo do teto, sustentavam a pintura.

Seria possível? Agarrando o lado esquerdo da moldura de madeira entalhada, puxou-a para si. A pintura era grande, e a parte de trás cedeu um pouco quando ela a afastou da parede. Sophie enfiou a cabeça e os ombros atrás do quadro e ergueu a luz negra para inspecionar o verso da tela.

Só levou alguns segundos para perceber que tivera a ideia errada. A parte de trás da tela era clara e não trazia nenhuma mensagem. Não havia texto roxo nenhum ali, apenas a superfície marrom e sarapintada de uma tela antiga e...

Espere aí.

Os olhos de Sophie fixaram-se no brilho de metal junto à beirada inferior da armação de madeira. O objeto era pequeno, parcialmente socado na fenda onde a tela encontrava a moldura. Uma corrente de ouro reluzente pendia dele.

Para assombro total de Sophie, a corrente estava presa a uma chave de ouro conhecida. A cabeça grande e lavrada era em formato de cruz e continha um selo gravado em relevo que ela não via desde os 9 anos de idade. Uma flor-de-lis com as iniciais P.S. Naquele momento, Sophie sentiu o fantasma do avô sussurrando-lhe no ouvido. *Quando chegar a hora, a chave será sua.* Sentiu um aperto na garganta ao perceber que o avô, mesmo ao morrer, tinha cumprido a promessa. *Essa chave abre uma caixa*, disse a voz dele, *onde guardo muitos segredos.*

Sophie agora entendia todo o objetivo do jogo de palavras daquela noite: encontrar a chave. O avô a trazia consigo quando foi alvejado. Por não querer que caísse nas mãos da polícia, a escondera atrás daquela pintura. E idealizou uma caça ao tesouro engenhosa para garantir que apenas Sophie a encontrasse.

– Preciso de reforços! – berrou a voz do guarda.

Sophie apanhou a chave atrás da pintura e meteu-a no fundo do bolso, junto com a caneta de ultravioleta. Espiando de trás da pintura, enxergou o guarda ainda tentando desesperadamente comunicar-se com alguém pelo rádio. Estava recuando até a porta, o revólver apontado para Langdon.

– Reforços! – berrou outra vez no rádio.

Estática.

Ele não consegue se comunicar com os outros – percebeu Sophie, lembrando-se de que os turistas costumavam ficar frustrados ali quando tentavam ligar para casa pelo celular para se gabar de estarem diante da *Mona Lisa*. A vigilância extra instalada nas paredes tornava praticamente impossível comunicar-se por rádio ou telefone sem fio, a não ser que a pessoa saísse e fosse para o corredor. O guarda estava recuando depressa para a saída agora, e Sophie sabia que precisava agir imediatamente.

Olhando o imenso quadro atrás do qual estava em parte escondida, Sophie entendeu que Leonardo da Vinci, pela segunda vez naquela noite, iria ajudá-la.

◆ ◆ ◆

Mais alguns metros, disse Grouard consigo mesmo, mantendo a arma em riste.

– Pare, senão destruo a tela! – a voz da mulher ecoou pela sala.

Grouard olhou para Sophie e parou.

– Meu Deus, não!

Através da bruma avermelhada, viu que a mulher havia erguido a enorme pintura, retirando-a dos cabos de sustentação e apoiando-a no chão diante de si. Com um metro e cinquenta, a tela quase escondia o corpo da moça. O primeiro pensamento de Grouard foi se perguntar por que os fios da pintura não haviam disparado os alarmes, mas é claro que os sensores das obras de arte ainda não haviam voltado a ser acionados naquela noite. *O que ela está fazendo?*

Quando viu, o sangue dele esfriou.

A tela começou a inchar no meio, os contornos frágeis da Virgem Maria, do Menino Jesus e São João começando a distorcer-se.

– Não! – gritou Grouard, horrorizado, enquanto via a tela de preço incalculável esticar-se. A mulher estava empurrando o centro da tela para fora com o joelho, de trás para a frente.

– NÃO!

Grouard girou nos calcanhares e apontou a arma para ela, mas logo entendeu que a ameaça não iria adiantar. Apesar de a tela ser só de lona, era praticamente impenetrável – uma armadura de seis milhões de dólares.

Não dá para atirar num quadro de Leonardo da Vinci!

– Abaixe a arma e jogue fora esse rádio – disse a mulher, com calma –, senão faço um buraco nessa tela com o joelho. Acho que sabe como o meu avô ficaria zangado com isso.

Grouard sentiu-se zonzo.

– Por favor... não... Essa é *A Madona das Rochas!* – Deixou cair o revólver e o rádio, erguendo as mãos acima da cabeça.

– Obrigada – disse a moça. – Agora faça exatamente o que eu lhe mandar e tudo vai acabar bem.

❖ ❖ ❖

Momentos depois, o pulso de Langdon ainda latejava enquanto ele corria ao lado de Sophie pela escada de emergência para o térreo. Nenhum dos dois dissera sequer uma palavra desde que haviam deixado o trêmulo segurança do Louvre deitado no chão da Salle des États. O revólver do guarda agora estava nas mãos crispadas de Langdon e ele não via a hora de se livrar dele. A arma lhe pareceu pesada e perigosamente estranha.

Descendo os degraus dois a dois, Langdon perguntava a si mesmo se Sophie tinha alguma ideia do valor do quadro que quase arruinara. Sua escolha em matéria de arte parecia estranhamente ligada à aventura daquela noite. O Da Vinci que ela havia escolhido, assim como a *Mona Lisa*, era notório entre os historiadores da arte pela enorme quantidade de simbolismo pagão oculto na tela.

– Escolheu um refém valioso – disse ele, enquanto corriam.

– *A Madona das Rochas* – respondeu ela. – Não fui eu que escolhi, foi meu avô. Ele me deixou um presentinho atrás da tela.

Langdon lançou-lhe um olhar assustado.

– O quê? Como soube qual era o quadro? Por que *A Madona das Rochas*?

– *So dark the con of man / Madonna of the rocks* – disse ela, com um sorriso rápido porém triunfal. – Deixei de ver os dois anagramas anteriores, Robert. Não ia perder o terceiro.

CAPÍTULO 31

– Estão mortos! – a irmã Sandrine gaguejou ao telefone na sua cela em Saint-Sulpice. Estava deixando uma mensagem em uma secretária eletrônica.

– Por favor, atenda! Estão todos mortos!

As primeiras três ligações tinham produzido resultados aterrorizantes – uma viúva histérica, um detetive fazendo serão no local de um crime e um sacerdote melancólico que consolava a família do falecido. Todos os três contatos estavam mortos. E agora, enquanto ela discava para o quarto e último número – o número para o qual não devia telefonar a não ser que os outros três não pudessem ser localizados –, uma secretária eletrônica a atendia. A mensagem gravada não dava nome algum, simplesmente pedia que a pessoa deixasse um recado.

– O painel de pedra do chão foi quebrado! – disse em tom suplicante. – Os outros três estão mortos!

A irmã Sandrine não conhecia as identidades dos quatro homens que protegia, mas os números de telefone particulares escondidos sob sua cama só podiam ser utilizados com uma condição.

Se aquele painel do chão um dia for quebrado, dissera-lhe o mensageiro anônimo, *significa que o escalão superior sofreu um golpe fatal. Um de nós foi ameaçado de morte e obrigado a contar uma mentira desesperada. Telefone para esses números. Avise os outros. Não nos falte nessa hora.*

Era um alarme silencioso. Infalível na sua simplicidade. O plano a deixara surpresa quando o ouviu pela primeira vez. Se a identidade de um irmão da fraternidade fosse descoberta, ele podia contar uma mentira que desencadearia um mecanismo de alerta para os outros. Esta noite, porém, parecia que mais de um havia sido descoberto.

– Por favor, atenda – sussurrou ela, em pânico. – Onde você está?

– Desligue – ordenou uma voz grossa da porta.

Virando-se, aterrorizada, viu o monge monstruoso. Ele estava segurando o pesado candelabro de ferro. Trêmula, recolocou o telefone no gancho.

– Eles morreram – disse o monge. – Os quatro. E me fizeram de bobo. Diga onde está a pedra-chave.

– Não sei! – disse a irmã Sandrine, sinceramente. – Esse segredo está nas mãos de outras pessoas. *Outras pessoas que estão mortas!*

O homem avançou, os punhos brancos segurando firmemente a haste de ferro.

– A senhora, uma irmã da Igreja, servindo a *eles*?

– Jesus só nos passou uma mensagem verdadeira – disse a irmã Sandrine. – E não consigo enxergar essa mensagem no Opus Dei.

Uma súbita explosão de ira irrompeu nos olhos do monge. Ele atacou, golpeando com o candelabro como se fosse uma clava. Quando a irmã Sandrine caiu, sua última sensação foi um pressentimento arrasador.

Todos os quatro estão mortos.

A preciosa verdade está perdida para sempre.

CAPÍTULO 32

O alarme de segurança na extremidade oeste da Ala Denon fez os pombos do Jardim das Tuileries se espalharem enquanto Langdon e Sophie fugiam pela saída de emergência, sumindo na noite parisiense. Enquanto atravessavam correndo o largo diante do Louvre até o carro de Sophie, Langdon ouviu à distância as sirenes da polícia.

– Lá está – gritou Sophie, apontando para um carrinho vermelho de frente achatada estacionado no largo.

Ela está brincando, não? O veículo era o menor carro que Langdon já havia visto.

– É um SmartCar – disse ela. – Faz uns 100 quilômetros por litro.

Langdon mal havia se sentado no banco do passageiro quando Sophie deu partida no carrinho e subiu um meio-fio, passando sobre uma divisória de cascalho. Ele se agarrou ao painel quando o carro atravessou uma calçada e voltou a cair no pequeno trevo rodoviário do Carrousel du Louvre.

Por um instante, Sophie ponderou se deveria encurtar o caminho atravessando o trevo, ou seja, seguindo em frente, atravessando a cerca viva do perímetro e tirando uma reta pelo meio do amplo círculo de grama do miolo.

– Não! – berrou Langdon, sabendo que as cercas vivas em torno do Carrousel du Louvre serviam para ocultar o perigoso abismo do centro – a Pirâmide Invertida –, a claraboia em formato de pirâmide virada de cabeça para baixo que ele havia visto antes dentro do museu. Era grande o suficiente para engolir o SmartCar de uma só vez. Felizmente, Sophie resolveu pegar uma rota mais convencional, dando um golpe de direção para a direita, contornando até sair, dobrar bruscamente à esquerda e entrar na pista que ia para o norte, acelerando rumo à Rue de Rivoli.

As sirenes de dois tons da polícia soaram mais alto atrás deles, e Langdon podia ver as luzes agora pelo retrovisor. O motor do SmartCar zuniu protestando quando Sophie o acelerou para afastar-se do Louvre. Cinquenta metros adiante, o sinal da Rivoli ficou vermelho. Sophie xingou baixinho e continuou avançando na direção dele. Langdon sentiu os músculos se contraírem.

– Sophie?

Ela apenas piscou os faróis ao atingirem o cruzamento e lançou um olhar rápido para ambos os lados antes de pisar fundo no acelerador de novo e descrever uma curva fechada à esquerda, no cruzamento deserto, pegando a Rivoli. Acelerando na direção oeste durante uns 500 metros, Sophie caiu para a direita, contornando um trevo pequeno. Logo estavam disparando pelo outro lado e entrando na ampla avenida dos Champs-Élysées.

Assim que se recompuseram, Langdon virou-se, esticando o pescoço para olhar pelo retrovisor na direção do Louvre.

A polícia não parecia estar atrás deles. O mar de luzes azuis estava se reunindo no museu.

O coração dele afinal foi desacelerando e ele se voltou para ela.

– Isso foi interessante.

Sophie não pareceu ouvi-lo. Os olhos estavam fixos apenas à sua frente, na longa pista dos Champs-Élysées, o trecho de três quilômetros de lojas de luxo que se costumava chamar de Quinta Avenida de Paris. A embaixada ficava a apenas um quilômetro e meio dali, e Langdon acomodou-se melhor no assento.

So dark the con of man.

O raciocínio rápido de Sophie o deixara impressionado.

Madonna of the Rocks.

Sophie dissera que o avô havia deixado alguma coisa para ela atrás da tela. *Uma última mensagem?* Langdon não podia deixar de se maravilhar com a escolha de Saunière como esconderijo. *A Madona das Rochas* era mais um elo que se encaixava na cadeia de simbolismo daquela noite. Saunière, pelo visto, estava reforçando cada vez mais a admiração que sentia pelo lado obscuro e zombeteiro de Leonardo da Vinci.

A encomenda original para que Da Vinci pintasse *A Madona das Rochas* viera de uma organização conhecida como a Confraria da Imaculada Conceição, que precisava de uma tela para ser a peça central de um tríptico em um altar da Igreja de São Francisco, em Milão. As freiras deram dimensões específicas a Leonardo e o tema desejado para a pintura – Virgem Maria, São João Batista ainda bebê, Uriel e o Menino Jesus, abrigados em uma caverna. Embora Da Vinci fizesse o que lhe mandaram, o grupo reagiu com horror quando ele entregou a pintura. Havia enchido o quadro de detalhes perturbadores.

A tela mostrava a Virgem Maria de túnica azul, sentada com o braço em torno de um bebê, presumivelmente o Menino Jesus. Diante dela se encontrava sentado Uriel, também com um menininho, presumivelmente o pequeno João Batista. O estranho, porém, era que, em vez da cena que costumeiramente se vê, de Jesus abençoando João Batista, era João que estava abençoando Jesus... E Jesus mostrava-se submisso à sua autoridade! O mais preocupante, porém, era que Maria estava com uma das mãos sobre a cabeça do pequeno João e em um gesto decididamente ameaçador – os dedos pareciam garras de águia agarrando uma cabeça invisível. Por fim, a imagem mais amedrontadora e clara: logo abaixo dos dedos curvos de Maria, Uriel fazia com a mão o gesto de quem corta uma cabeça – como se cortasse o pescoço da cabeça invisível que a mão de Maria, em forma de garra, segurava.

Os alunos de Langdon sempre gostavam de saber que Da Vinci acabou convencendo a confraria a ficar com uma segunda pintura, versão "açucarada" da *Madona das Rochas*, em que todos se encontravam em posições mais ortodoxas. A segunda versão se encontrava agora na Galeria Nacional de Londres, com o título de *A Virgem das Rochas*, embora Langdon preferisse o original mais intrigante do Louvre.

Enquanto Sophie acelerava o carro pelos Champs-Élysées, Langdon falou:

– A pintura. O que estava atrás dela?

Os olhos dela não saíram da estrada.

– Vou lhe mostrar quando estivermos a salvo, dentro da embaixada.

– Vai me mostrar? – Langdon surpreendeu-se. – Ele lhe deixou um objeto físico?

Sophie confirmou com um gesto rápido da cabeça.

– Com uma flor-de-lis gravada nele e as iniciais P.S.

Langdon mal podia acreditar no que estava ouvindo.

◆ ◆ ◆

Vamos conseguir, pensou Sophie, ao girar o volante do Smart-Car para a direita, dobrando rente ao luxuoso Hotel de

Crillon para o bairro diplomático arborizado de Paris. Podia respirar normalmente outra vez.

Mesmo dirigindo, a mente de Sophie continuava fixa na chave em seu bolso, a lembrança de vê-la há tantos anos, a cabeça de ouro no formato de uma cruz de braços iguais, o eixo triangular, as depressões, o selo de flor gravado em relevo nela e as letras P.S.

Embora nunca mais tivesse pensado na chave, seu trabalho na comunidade de informações lhe havia ensinado muito sobre segurança, e as características peculiares da chave não pareciam mais tão misteriosas. *Uma matriz variante trabalhada a laser. Impossível de duplicar.* Em vez de dentes que moviam tranquetas, a série complexa de buracos abertos a laser naquela chave era examinada por um sensor óptico. Caso o sensor determinasse que as marcas hexagonais estavam corretamente espaçadas, organizadas e dispostas em torno da chave, a fechadura se abriria.

Sophie não conseguia sequer imaginar o que aquela chave abriria, mas achava que Robert poderia lhe dizer. Afinal, ele havia descrito o selo gravado em relevo na chave sem nem mesmo vê-la. O formato de cruz sugeria que a chave pertencia a alguma espécie de organização cristã, mas Sophie não conhecia igrejas que usassem chaves de matriz variável trabalhadas a laser.

Além disso, meu avô não era cristão...

Sophie havia testemunhado uma prova disso dez anos antes. Ironicamente, tinha sido outra *chave* – uma outra bem mais normal – que lhe havia revelado sua verdadeira natureza.

A tarde estava quente quando ela aterrissou no Aeroporto Charles de Gaulle e pegou um táxi para casa. *Vovô vai ficar surpreso por me ver,* pensava. Voltando da faculdade na Inglaterra para as férias de primavera alguns dias mais cedo, Sophie mal podia esperar para falar com ele e lhe contar tudo sobre os métodos de codificação que estava estudando.

Quando chegou à residência deles em Paris, porém, o avô

estava ausente. Decepcionada, sabia que não estava esperando por ela e provavelmente se encontrava no Louvre, trabalhando. *Mas é tarde de sábado*, lembrou. *Ele raramente trabalha nos finais de semana. Nos finais de semana, ele em geral...*

Sorrindo, Sophie correu para a garagem. Com certeza, o carro dele não devia estar lá. Jacques Saunière não gostava de dirigir na cidade e tinha um carro para ir apenas a um lugar – seu castelo de férias na Normandia, ao norte de Paris. Sophie, depois de meses na congestionada Londres, estava ansiosa para sentir os aromas da natureza e começar logo as férias. Ainda era princípio da noite, e ela resolveu partir imediatamente e surpreendê-lo. Pediu emprestado o carro de um amigo e foi para o norte, subindo as estradas sinuosas dos montes banhados de luar perto de Creully. Chegou pouco depois das dez da noite, dobrando na longa estrada de acesso à mansão, rumo ao refúgio do avô. A estrada de acesso tinha mais de um quilômetro e meio, e só na metade do caminho ela conseguia começar a enxergar a casa através das árvores – um gigantesco e antigo castelo de pedra aninhado na floresta na encosta de uma montanha.

Sophie já esperava encontrar o avô dormindo àquela hora e ficou animada ao ver o castelo todo iluminado. Mas sua alegria transformou-se em surpresa, porém, quando viu os carros estacionados ao longo do caminho de acesso – Mercedes, BMWs, Audis e um Rolls-Royce.

Sophie ficou parada ali, olhando um momento, depois desatou a rir. *Meu avô, o famoso recluso!* Jacques Saunière, ao que parecia, era bem menos reservado do que gostava de aparentar. Claramente estava dando uma festa enquanto Sophie estava na escola, e, pelos carros ali estacionados, alguns dos membros mais influentes da sociedade parisiense haviam comparecido.

Ansiosa por surpreendê-lo, correu para a porta da frente. Quando a alcançou, porém, encontrou-a trancada. Bateu. Ninguém veio atender. Intrigada, contornou o castelo e tentou a dos fundos. Também estava trancada. Ninguém atendeu.

Confusa, ficou parada um momento, prestando atenção para ver se ouvia algum som. Só ouviu o ar gelado da Normandia produzindo um gemido baixo ao redemoinhar pelo vale.

Nada de música.

Nada de vozes.

Nada.

No silêncio da floresta, Sophie correu para a lateral da casa e subiu em uma pilha de lenha, apertando o rosto contra a janela da sala de estar. O que viu lá dentro não fez sentido algum para ela.

– Não há ninguém aqui!

Todo o térreo estava deserto.

– Mas aonde foi toda essa gente?

O coração acelerado, Sophie correu para o abrigo da lenha e pegou a chave sobressalente que o avô mantinha escondida ali sob a caixa de cavacos. Correu para a porta da frente e abriu-a. Quando entrou no vestíbulo deserto, luzinhas vermelhas começaram a piscar no painel de controle do sistema de segurança – um alerta de que a pessoa que havia entrado tinha dez segundos para digitar o código adequado antes de os alarmes serem acionados.

Ele ligou o alarme durante uma festa?

Sophie digitou rapidamente o código e desativou o sistema.

Entrando, viu que não havia ninguém em casa. Nem no segundo andar. Quando voltou a descer para o térreo, ficou um momento parada no silêncio, perguntando-se o que poderia estar acontecendo.

Foi aí que Sophie ouviu algo.

Vozes abafadas. E pareciam vir de baixo dela. Sophie não podia imaginar o que podia ser. Agachando-se, encostou o ouvido no chão e escutou. Sim, o som definitivamente vinha lá de baixo. As vozes pareciam estar cantando ou... entoando cânticos? Ficou assustada. Quase mais sinistro do que o som em si era saber que essa casa nem mesmo tinha porão.

Pelo menos, eu nunca o vi.

Virando-se agora e esquadrinhando a sala de estar, os olhos de Sophie pararam num objeto que parecia destoar da casa inteira – a antiguidade preferida do avô, uma vasta tapeçaria Aubusson. Costumava ficar pendurada na parede leste, ao lado da lareira, mas naquela noite havia sido afastada para o lado, no seu trilho de bronze, expondo a parede atrás de si.

◆ ◆ ◆

Há uma câmara secreta atrás dessa tapeçaria!
Tateando a beirada dos painéis, Sophie encontrou uma depressão onde se podia inserir um dedo. Estava discretamente escavada. *Uma porta deslizante.* O coração quase saindo pela boca, colocou o dedo na fenda e puxou o painel. Com uma precisão silenciosa, a pesada parede deslizou para o lado. Da escuridão adiante, as vozes ecoavam, vindas lá de baixo.

Sophie passou pela porta e viu-se em uma escadaria rústica que descia em espiral para o porão. Ela ia àquela casa desde criança e não fazia ideia de que aquela escadaria sequer existia!

Enquanto ia descendo, o ar ia ficando cada vez mais frio. As vozes, mais nítidas. Agora ouvia homens e mulheres. Sua linha de visão era limitada pela espiral da escadaria, mas o último degrau estava visível. Além dele, pôde enxergar um pequeno trecho do piso do porão – pedra, iluminada pelo brilho alaranjado do fogo.

Contendo a respiração, Sophie desceu mais alguns degraus e agachou-se para espiar. Levou vários segundos para assimilar o que estava vendo.

A sala era uma gruta – uma câmara rústica que parecia ter sido escavada no granito da encosta da montanha. A única luz vinha de tochas nas paredes. À luz das chamas, umas trinta pessoas encontravam-se de pé em círculo no centro da sala.

Estou sonhando, disse Sophie a si mesma. *Um sonho. O que mais poderia ser isso?*

Todos estavam usando máscaras. As mulheres, vestidas de gaze branca e sapatos dourados. Suas máscaras eram brancas, e nas mãos traziam orbes dourados. Os homens usavam longas túnicas negras, e suas máscaras eram negras. Pareciam peças de um tabuleiro de xadrez gigante. Todos no círculo se balançavam para a frente e para trás e entoavam cânticos a alguma coisa no chão diante de si... alguma coisa que Sophie não podia ver.

Os cânticos ficaram fortes de novo. Aceleraram-se. Agora ressoavam como trovões. Mais depressa. Os participantes deram um passo adiante e se ajoelharam. Naquele instante, Sophie pôde finalmente ver o que todos estavam vendo. Mesmo ao recuar, horrorizada, sentiu a imagem gravando-se em sua memória como ferro em brasa, eternamente. Dominada pela náusea, Sophie gritou, agarrando-se nas paredes de pedra, enquanto subia cambaleante as escadas até o térreo. Fechando a porta deslizante, fugiu da casa deserta e dirigiu chorando, chocada, até Paris.

Naquela noite, com a vida despedaçada pela desilusão e pela traição, fez as malas e saiu de casa. Na mesa da sala de visitas deixou um bilhete.

ESTIVE LÁ. NÃO ME PROCURE MAIS.

Ao lado do bilhete deixou a velha chave sobressalente que havia tirado do paiol de lenha do castelo.

◆ ◆ ◆

– Sophie! – a voz de Langdon intrometeu-se. – Pare! *Pare!*
Emergindo do mundo de suas lembranças, Sophie pisou no freio, derrapando ao parar.
– Quê? O que aconteceu?

Langdon apontou para a longa rua diante deles.

Quando olhou para a frente, seu sangue esfriou. Cem metros adiante, o cruzamento estava bloqueado por algumas viaturas da DCPJ, estacionadas a esmo, seu objetivo óbvio. *Fecharam a Avenue Gabriel!*

Langdon deu um suspiro melancólico.

– Acho que vai ser impossível chegar à embaixada esta noite, concorda?

Rua abaixo, os dois agentes da DCPJ de pé ao lado de seus carros agora olhavam na direção de Sophie e Langdon, pelo visto curiosos devido aos faróis que haviam parado tão abruptamente pouco antes de chegarem até eles.

Tudo bem, Sophie, faça a volta bem devagar.

Dando ré no SmartCar, ela retornou, voltando para a direção de onde tinha vindo. Enquanto se afastava, ouviu o som de pneus cantando atrás deles. As sirenes começaram a soar.

Praguejando, Sophie pisou fundo no acelerador.

CAPÍTULO 33

O SmartCar de Sophie atravessou em disparada o bairro diplomático, ziguezagueando ao passar por embaixadas e consulados e finalmente saindo de uma rua transversal e descrevendo uma curva à direita para entrar na monumental avenida dos Champs-Élysées.

Langdon, agarrado com toda a força ao assento, a ponto de as juntas dos dedos ficarem brancas, virava-se para trás a toda hora, procurando algum sinal de viaturas policiais que os estivessem seguindo. De repente, desejou não ter resolvido fugir. *Mas você não resolveu*, recordou-se. Sophie havia tomado a decisão por ele quando jogou o GPS pela janela do banheiro. Enquanto se afastavam da embaixada a toda a velocidade, serpenteando através do tráfego ralo da Champs-Élysées, Langdon sentiu suas opções diminuírem. Embora Sophie parecesse ter despistado a polícia, pelo menos por enquanto, Langdon duvidava que a sorte deles fosse durar muito tempo.

Ao volante, Sophie estava procurando algo no bolso do suéter. Tirou um pequeno objeto metálico e mostrou-o a Langdon.

– Robert, é melhor dar uma olhada nisso. É o que o meu avô deixou atrás da *Madona das Rochas*.

Sentindo um arrepio de expectativa, Langdon pegou o objeto e examinou-o. Era pesado e tinha a forma de um crucifixo. Sua primeira sensação foi a de estar segurando uma pequena estaca funerária – versão em miniatura de um crucifixo destinado a ser fincado junto a uma sepultura. Mas aí notou que a haste que saía do crucifixo era prismática e triangular. Também estava marcada com centenas de minúsculos hexágonos que pareciam ter sido abertos com grande precisão e espalhados aleatoriamente.

– É uma chave trabalhada a laser – disse-lhe Sophie. – Esses hexágonos podem ser lidos por um sensor óptico.

Uma chave? Langdon jamais vira nada parecido com aquilo.

– Olhe o outro lado – disse ela, mudando de pista e passando por um cruzamento.

Quando Langdon virou a chave, seu queixo caiu. Ali, gravada com requinte no centro da chave, estava uma flor-de-lis estilizada, com as iniciais P.S.!

– Sophie – disse ele. – Esse é o selo de que lhe falei! O distintivo oficial do Priorado de Sião.

Ela confirmou.

– Como lhe contei, vi essa chave muito tempo atrás. Meu avô me pediu para nunca mais falar dela.

Os olhos de Langdon ainda estavam fixos na chave gravada em relevo. O acabamento de alta tecnologia e o simbolismo milenar transmitiam a ideia de uma misteriosa fusão dos mundos antigo e moderno.

– Meu avô disse que a chave abria uma caixa onde ele guardava muitos segredos.

Langdon sentiu um calafrio só de imaginar que tipo de segredos um homem como Jacques Saunière poderia guardar. O que uma fraternidade antiga estaria fazendo com uma chave futurista, Langdon não tinha ideia. O Priorado existia com o único objetivo de proteger um segredo. Um segredo de um poder indescritível. *Teria essa chave algo a ver com isso?* O pensamento era avassalador.

– Sabe o que ela abre?

Sophie pareceu decepcionada.

– Esperava que *você* soubesse.

Langdon permaneceu em silêncio enquanto girava a chave cruciforme na mão, examinando-a.

– Parece cristã – insistiu Sophie.

Langdon não tinha tanta certeza assim. A cabeça daquela chave não era a cruz cristã tradicional com um braço mais longo que o outro, mas uma cruz quadrada – com quatro braços de igual comprimento – que precedia a cristandade em cerca de 1.500 anos. Esse tipo de cruz não trazia nenhuma das conotações cristãs de crucificação associadas à cruz latina, de braço mais longo, idealizada pelos romanos como instrumento de tortura. Langdon sempre se surpreendia com o fato de que poucos cristãos, ao fitarem um crucifixo, entendiam sua história de símbolo de violência refletida no seu próprio nome: "cruz" e "crucifixo" vinham do latim *cruciare*, "torturar".

– Sophie – disse ele –, só posso lhe dizer que essas cruzes de braços iguais são consideradas *pacíficas*. Suas configurações quadradas as tornam inadequadas para uso na crucificação, e seus elementos vertical e horizontal equilibrados passam a ideia de união natural de masculino e feminino, tornando-as simbolicamente coerentes com a filosofia do Priorado.

Ela lhe lançou um olhar cansado.

– Você não faz ideia, faz?

Langdon franziu a testa.

– Nem de longe.

– Muito bem, então vamos precisar sair daqui – Sophie consultou o retrovisor. – Precisamos ir a algum lugar seguro para descobrir o que essa chave abre.

Langdon pensou saudoso no seu quarto confortável de hotel no Ritz. Evidentemente, não era uma boa ideia ir para lá.

– E os meus anfitriões na American University of Paris?

– Óbvio demais. Fache vai falar com eles.

– Você deve conhecer alguém. Você mora aqui.

– Fache vai levantar minhas mensagens telefônicas e meus e-mails, vai falar com os meus colegas. Meus contatos estão comprometidos, e encontrar um hotel também não adianta, porque todos pedem identificação.

Langdon voltou a se perguntar se talvez não tivesse sido melhor ter se arriscado a ser preso por Fache no Louvre.

– Vamos ligar para a embaixada. Posso explicar a situação e pedir que mandem alguém nos encontrar em algum lugar.

– Encontrar-nos? – Sophie virou-se e olhou para ele como se ele tivesse perdido o juízo. – Robert, você enlouqueceu. Sua embaixada não tem jurisdição, a não ser no próprio terreno deles. Mandar alguém nos pegar seria considerado auxílio a foragidos da justiça francesa. Não é possível. Entrar na sua embaixada e pedir asilo temporário é uma coisa, mas pedir a eles que ajam contra a polícia francesa aqui fora? – Ela sacudiu a cabeça. – Ligue para sua embaixada agora, e eles vão dizer para você se entregar a Fache de modo a evitar que a coisa fique mais feia. Então, vão prometer usar os canais diplomáticos para conseguir um julgamento justo. – Ela olhou vagamente a fileira de lojas elegantes dos Champs--Élysées. – Você tem algum dinheiro?

Langdon verificou a carteira.

– Cem dólares. Alguns euros. Por quê?

– Cartões de crédito?

– Claro.

Quando Sophie acelerou, Langdon sentiu que ela estava formulando um plano. Logo à frente, no fim dos Champs-Élysées, ficava o Arco do Triunfo – o tributo napoleônico de 50 metros de altura a seu próprio poderio militar –, circundado pela maior rotatória de Paris, uma monstruosidade de nove pistas.

Os olhos de Sophie estavam pregados no retrovisor de novo, quando ela e Langdon se aproximaram da rotatória.

– Por enquanto, conseguimos despistá-los – disse –, mas vão nos achar em menos de cinco minutos se continuarmos neste carro.

Então roubamos outro, pensou Langdon, *agora que somos marginais mesmo*.

– O que pretende fazer?

Sophie acelerou o SmartCar, entrando na rotatória.

– Confie em mim.

Langdon não respondeu. A confiança não o levara muito longe naquela noite. Puxando a manga do paletó, consultou o relógio – um relógio de pulso antigo, de colecionador, do Mickey Mouse, presente de seus pais no seu décimo aniversário. Embora seu mostrador infantil costumasse causar olhares intrigados, Langdon jamais comprara nenhum outro relógio; os desenhos da Disney haviam sido sua primeira incursão na magia da forma e da cor, e Mickey agora servia como lembrete diário a Langdon para permanecer jovem por dentro. No momento, porém, os braços de Mickey se encontravam abertos num ângulo esquisito, indicando uma hora igualmente estranha.

2:51 da madrugada.

– Relógio interessante – disse Sophie, espiando de relance o pulso dele e contornando com o SmartCar a imensa rotatória no sentido anti-horário.

– É uma longa história – disse ele, abaixando a manga.

– Imagino que seja. – Deu a ele um sorriso breve e saiu do

trevo, dirigindo-se para o norte, longe do centro da cidade. Depois de passar por dois sinais verdes imediatamente antes de fecharem, atingiu o terceiro cruzamento e dobrou bruscamente no Boulevard Malesherbes. Deixaram as ruas opulentas e arborizadas do bairro diplomático e mergulharam em uma parte mais escura e industrial da cidade. Sophie dobrou à esquerda, rapidamente, e, um instante depois, Langdon percebeu onde estavam.

A Gare de Saint-Lazare.

Diante deles, o terminal ferroviário com telhado de vidro lembrava a estranha combinação de um hangar de avião com uma estufa. As estações de trem europeias nunca fechavam. Até mesmo àquela hora, meia dúzia de táxis aguardava passageiros diante da entrada principal. Vendedores ambulantes empurravam carrinhos de sanduíches e água mineral, enquanto jovens com mochilas nas costas surgiam da estação, esfregando os olhos, olhando em volta como se tentassem lembrar em qual cidade estavam. Rua acima, lá longe, uma dupla de policiais encontrava-se junto ao meio-fio dando informações a alguns turistas perdidos.

Sophie levou o SmartCar até o final da fila de táxis e o deixou em uma área onde o estacionamento era proibido, apesar de ser permitido do outro lado da rua. Antes de Langdon poder indagar o que estava acontecendo, ela já estava fora do carro. Correu para a janela do táxi em frente a eles e começou a falar com o motorista.

Quando Langdon saiu do SmartCar, viu Sophie dar ao taxista um maço de notas de dinheiro. O taxista aceitou e depois, para espanto de Langdon, saiu voando sem eles dois.

– O que está havendo? – indagou Langdon, chegando perto de Sophie no meio-fio quando o táxi desapareceu.

Sophie já estava indo para a entrada da estação ferroviária.

– Vamos, precisamos comprar duas passagens para o próximo trem que sair de Paris.

Langdon correu para acompanhá-la. O que havia começado como uma corrida de um quilômetro e meio até a embaixada agora se tornara uma fuga desabalada da cidade. Langdon estava gostando cada vez menos da ideia.

CAPÍTULO 34

O motorista que pegou o bispo Aringarosa no Aeroporto Internacional Leonardo da Vinci chegou em um Fiat sedã pequeno e sem graça. Aringarosa lembrava-se de uma época em que todos os veículos do Vaticano eram enormes e luxuosos, com brasões nas grades dos radiadores e bandeiras ostentando o sinete da Santa Sé. *Esse tempo passou.* Os carros do Vaticano eram agora menos luxuosos e quase sempre sem identificação. O Vaticano alegava que era para cortar as despesas e melhor servir às dioceses, mas Aringarosa desconfiava de que se tratava mais de uma medida de segurança. O mundo estava virado de pernas para o ar e, em muitas partes da Europa, divulgar o amor por Jesus Cristo era o mesmo que pintar um alvo no teto do carro.

Puxando as dobras de tecido da batina negra, Aringarosa sentou-se no banco de trás e acomodou-se para a longa jornada até Castel Gandolfo. Seria a mesma viagem que fizera cinco meses antes.

A viagem do ano passado a Roma, suspirou. *A noite mais longa da minha vida.*

Cinco meses antes, o Vaticano lhe telefonara para pedir sua presença imediata em Roma. Não lhe deram nenhuma explicação. *Suas passagens estão no aeroporto.* A Santa Sé esforçava-se ao máximo por manter um véu de mistério até mesmo para os membros mais graduados do clero.

O misterioso chamado, segundo Aringarosa suspeitava, era provavelmente para o Papa e outros funcionários do

Vaticano poderem aproveitar e tirar umas fotos com ele, pegando carona no mais recente sucesso público do Opus Dei – a conclusão de sua sede mundial na cidade de Nova York. A *Architectural Digest* havia classificado o prédio do Opus Dei de "farol luminoso do catolicismo, integrado de forma sublime na paisagem moderna", e ultimamente o Vaticano parecia ser atraído por qualquer coisa que incluísse a palavra "moderno".

Aringarosa não teve opção senão aceitar o convite, embora com relutância. Oponente da atual administração papal e membro da ala mais conservadora do clero, Aringarosa vira com profunda preocupação o novo Papa desempenhar seus deveres durante o primeiro ano de mandato. Liberal sem precedentes, Sua Santidade havia sido eleito em um dos conclaves mais controvertidos e incomuns da história do Vaticano. Agora, em vez de se mostrar mais modesto depois de sua inesperada ascensão ao poder, o Santo Padre não perdera tempo, tratando logo de dar uma demonstração da força associada ao mais alto cargo da cristandade. Aproveitando uma onda perturbadora de apoio liberal do Colégio dos Cardeais, o Papa agora declarava que sua missão era o "rejuvenescimento da doutrina do Vaticano e a atualização do catolicismo de acordo com a mentalidade do terceiro milênio".

A explicação, Aringarosa temia, era o fato de o homem ser arrogante a ponto de achar que podia reescrever as leis divinas e reconquistar os corações daqueles que acreditavam que as exigências do catolicismo haviam se tornado inconvenientes demais em um mundo moderno.

Aringarosa andara lançando mão de toda a sua força política – substancial, considerando-se as proporções da confraria do Opus Dei e seus recursos financeiros – para persuadir o Papa e seus conselheiros de que amenizar as leis da Igreja não era apenas infidelidade e covardia, mas também um suicídio político. Recordou-lhes que uma suavização anterior das leis da Igreja – o fiasco do Concílio

Vaticano II – havia deixado um legado devastador: hoje em dia, as igrejas esvaziavam-se mais depressa do que nunca, as doações esgotavam-se e nem mesmo havia padres católicos suficientes para presidir as comunidades.

As pessoas precisam que a Igreja lhes dê estrutura e orientação, insistia Aringarosa, *não que lhes passe a mão na cabeça e aceite tudo o que fazem!*

Naquela noite, meses antes, quando o Fiat saiu do aeroporto, Aringarosa se surpreendeu ao ver que não estava indo para a Cidade do Vaticano, mas para leste, subindo uma estrada sinuosa de montanha.

– Para onde vamos? – perguntou ao motorista.

– Para os montes Albanos – disse o homem. – Sua reunião vai ser em Castel Gandolfo.

A residência de verão do Papa? Aringarosa jamais estivera lá, nem jamais desejara ir até lá. Além de ser a mansão onde o Papa passava as férias de verão, a cidadela do século XVI abrigava a Specula Vaticana – o Observatório do Vaticano –, um dos mais avançados observatórios astronômicos da Europa. Aringarosa jamais se conformara com a necessidade histórica do Vaticano de bulir com a ciência. Qual era a filosofia por trás da fusão de ciência e fé? A ciência sem preconceitos jamais poderia ser exercida por um homem que possuísse fé em Deus. Nem a fé tinha qualquer necessidade de confirmação física de suas crenças.

No entanto, lá está, pensou ele, quando Castel Gandolfo surgiu contra o céu estrelado de novembro. Da estrada de acesso, Gandolfo lembrava um imenso monstro de pedra refletindo se devia suicidar-se. Pendurado à beira de um penhasco, o castelo debruçava-se sobre o berço da civilização italiana – o vale onde os clãs Curiazi e Orazi lutaram muito antes da fundação de Roma.

Mesmo visto assim, como uma silhueta, Gandolfo era impressionante – exemplo vigoroso de arquitetura defensiva, em camadas, com a mesma imponência do magnífico cenário montanhoso. Infelizmente, Aringarosa via agora, o Vaticano havia estragado o edifício ao construir no telhado duas imensas cúpulas de alumínio para abrigar os telescópios, de forma que o castelo, antes de aparência digna, parecia agora com um guerreiro orgulhoso ostentando dois chapeuzinhos de papel.

Quando Aringarosa saiu do carro, um jovem padre jesuíta correu ao seu encontro para recebê-lo.

– Venha, Reverendíssimo Bispo. Sou o padre Mangano. Astrônomo da casa.

Tanto melhor para você. Aringarosa respondeu à saudação com um resmungo e seguiu o rapaz, entrando no saguão do castelo – um espaço amplo cuja decoração era uma mistura insossa de arte renascentista e imagens astronômicas. Seguindo seu guia pela escadaria de mármore travertino, Aringarosa viu placas de centros de convenções, salas de aulas de ciências e serviços de informações turísticas. Ficou assombrado ao constatar que o Vaticano distanciava-se cada vez mais do ideal de oferecer diretrizes coerentes e rigorosas de crescimento espiritual, e ainda assim, de alguma forma, encontrava tempo para dar aulas de Astrofísica aos turistas.

– Diga-me – pediu Aringarosa ao seu jovem padre –, quando foi que o rabo começou a abanar o cachorro?

O padre lhe lançou um olhar intrigado.

– Perdão, como disse, Reverendíssimo?

Aringarosa fez com a mão um gesto de deixar para lá, decidindo não enveredar por esse caminho outra vez naquela noite. *O Vaticano perdeu o juízo.* Como um pai preguiçoso que acha mais fácil concordar com os caprichos de uma criança mimada do que ser firme e ensiná-la a praticar virtudes, a Igreja simplesmente ficava amaciando as coisas, tentando reinventar-se para se adaptar a uma cultura que perdera o rumo.

O corredor do andar superior era amplo, ricamente mobiliado, e levava apenas a uma direção – um imenso conjunto de portas de carvalho com uma placa de bronze.

BIBLIOTECA ASTRONÔMICA

Aringarosa já ouvira falar daquele lugar – a Biblioteca de Astronomia do Vaticano, que diziam conter mais de 25 mil volumes, inclusive obras raras de Copérnico, Galileu, Kepler, Newton e Secchi. Supostamente, era ali também que os altos funcionários do Papa realizavam reuniões particulares... reuniões estas que preferiam não realizar dentro dos muros da Cidade do Vaticano.

Aproximando-se da porta, o bispo Aringarosa jamais teria imaginado a notícia chocante que estava para receber ali dentro nem a mortal sequência de fatos que ela desencadearia. Só uma hora depois, quando saiu completamente zonzo da reunião, é que percebeu as suas devastadoras implicações. *Daqui a apenas seis meses!*, pensara. *Deus nos ajude!*

◆ ◆ ◆

Sentado outra vez no Fiat, o bispo Aringarosa percebia que os seus punhos estavam cerrados só de pensar naquela primeira reunião. Abriu os dedos e forçou uma inspiração lenta, relaxando os músculos.

Tudo vai dar certo, disse a si mesmo enquanto o carro subia cada vez mais a montanha. Mesmo assim, desejou que seu celular tocasse. *Por que o Mestre não me telefonou? A esta altura, Silas já deve ter conseguido encontrar a pedra-chave.*

Tentando acalmar-se, o bispo meditou sobre a ametista roxa em seu anel. Sentiu na pedra o relevo das figuras da mitra e do báculo episcopais e a textura dos diamantes lapidados, e recordou-se de que esse anel era o símbolo de um poder bem menor do que o que ele iria obter em breve.

CAPÍTULO 35

O interior da Gare Saint-Lazare era igual ao de qualquer outra estação ferroviária europeia, uma caverna escancarada com uma parte ao ar livre, outra fechada, frequentada pelos suspeitos de sempre – pessoas desabrigadas segurando cartazes de papelão, grupos de universitários de olhos vermelhos dormindo com a cabeça apoiada em mochilas ou escutando música em seus fones de ouvido e aglomerados de carregadores de bagagem de uniforme azul fumando seus cigarros.

Sophie ergueu os olhos para o enorme quadro que continha a tabela dos horários de saída dos trens. As tabuletas giratórias pretas e brancas moveram-se, ruflando ao passarem, mostrando novas informações. Quando terminou a atualização, Langdon consultou a tabela para ver quais os trens disponíveis. A primeira partida anunciada era:

```
LILLE – TREM EXPRESSO – 3:06
```

– Pena que não sai antes – disse Sophie. – Mas vai ter de ser esse de Lille mesmo.

Antes? Langdon consultou o relógio. Eram duas e cinquenta e nove da manhã. O trem sairia em sete minutos e eles nem tinham comprado as passagens ainda.

Sophie conduziu Langdon até o guichê e recomendou:

– Anda, compra aí duas passagens com o seu cartão.

– Pensei que a polícia pudesse descobrir onde estão as pessoas acompanhando as transações com os cartões de crédito – observou.

– É exatamente esta a ideia.

Langdon resolveu parar de tentar acompanhar o raciocínio de Sophie Neveu. Com seu Visa, comprou duas passagens em poltronas no trem de Lille e entregou-as a Sophie.

Sophie o levou para a plataforma, onde uma campainha familiar soou acima deles e um alto-falante anunciou a última chamada para Lille. Dezesseis trilhos estendiam-se diante deles. À distância, à direita, na plataforma 3, o trem que ia para Lille resfolegava e chiava, preparando-se para partir, mas Sophie já estava puxando Langdon pelo braço para a direção exatamente oposta. Passaram correndo por um saguão lateral, por um bar que ficava aberto a noite inteira e finalmente por uma porta que dava para uma rua tranquila do lado oeste da estação.

Um único táxi se encontrava parado diante da porta.

Ao ver Sophie, o motorista piscou os faróis.

Sophie sentou-se depressa no banco de trás. Langdon entrou a seguir.

Quando o táxi se afastou da estação, Sophie tirou seus bilhetes recém-comprados e rasgou-os.

Langdon suspirou. *Setenta dólares bem-empregados*.

Foi apenas quando o táxi passou a emitir seu ruído constante e monótono, seguindo para o norte pela Rue de Clichy, que Langdon teve a sensação de que haviam conseguido safar-se. Pela janela do seu lado, o direito, divisou Montmartre e a bela cúpula da Sacré-Coeur. A imagem era interrompida pelo piscar de luzes da polícia passando por eles na direção oposta.

Langdon e Sophie abaixaram-se, enquanto as sirenes iam ficando mais baixas.

Sophie só havia dito ao taxista para sair da cidade e, vendo seu rosto contraído e determinado, Langdon percebeu que ela estava tentando arquitetar o que fariam em seguida.

Langdon examinou outra vez a chave cruciforme, segurando-a perto da janela e aproximando-a dos olhos, na tentativa de encontrar marcas que pudessem indicar onde fora feita. Sob o brilho intermitente dos postes de iluminação que passavam, porém, não viu nada a não ser o sinete do Priorado.

– Não faz sentido – disse, afinal.

– Que parte?

– Esse negócio de seu avô ter esse trabalho todo para lhe entregar uma chave que você não consegue descobrir para que serve.

– Concordo plenamente.

– Tem certeza de que ele não escreveu nada no verso da pintura?

– Examinei o lugar todo. Só havia isso. Essa chave aí, metida entre a moldura e a tela. Vi o sinete do Priorado, botei a chave no bolso e depois nós fugimos.

Langdon franziu o cenho, examinando a ponta cega do eixo triangular. Nada. Apertando os olhos, aproximou deles a chave e examinou a beirada do metal. Também nada ali.

– Acho que limparam esta chave recentemente.

– Por quê?

– Cheira a álcool.

Ela se virou.

– Como disse?

– Tem um cheiro característico, parece que foi polida com algum limpador. – Langdon segurou a chave perto do nariz e cheirou-a. – É mais forte do outro lado. – Virou o objeto. – Alguma coisa à base de álcool, sim, como se houvesse sido polida com um polidor ou... – Langdon parou.

– Que foi?

Ele inclinou a chave sob a luz para vê-la melhor e olhou a superfície lisa do braço mais largo da cruz. Parecia reluzir em certos pontos... como se estivesse molhada.

– Você olhou bem a parte de trás dessa chave antes de colocá-la no bolso?

– Quê? Não olhei bem, não. Estava fazendo tudo às pressas.

Langdon voltou-se para ela.

– Ainda está com a caneta de luz negra?

Sophie enfiou a mão no bolso e tirou dele a caneta de ultravioleta. Langdon pegou-a e ligou-a, dirigindo o facho de luz para as costas da chave.

A chave ficou instantaneamente fosforescente. Havia algo escrito ali. Uma mensagem rabiscada às pressas, porém legível.

– Ora, ora – disse Langdon, sorrindo. – Acho que agora sabemos o que era o tal cheiro de álcool.

◆ ◆ ◆

Sophie ficou olhando espantada para as letras roxas nas costas da chave.

Rue Haxo, 24

Um endereço! Meu avô escreveu um endereço!
– Onde fica isso? – indagou Langdon.
Sophie não tinha a menor ideia. Inclinou-se para a frente e perguntou ao motorista em francês, alvoroçada:
– Conhece a Rue Haxo?
O motorista pensou um momento, depois confirmou que sim. Disse a Sophie que ficava perto do estádio de tênis, nos subúrbios a oeste de Paris. Ela pediu que os levasse imediatamente para lá.
– O caminho mais rápido é pelo Bois de Boulogne – disse-lhe o motorista em francês. – Pode ser?
Sophie fechou a cara. Podia imaginar caminhos menos escandalosos, mas naquela noite não podia ser exigente.
– *Oui*. – *Assim podemos chocar um pouco o turista americano.*
Sophie voltou a olhar a chave e imaginou o que poderiam encontrar na Rue Haxo, 24. *Uma igreja? Algum tipo de sede do Priorado?*
Sua cabeça tornou a encher-se de imagens do ritual secreto que havia testemunhado na gruta do porão dez anos antes e ela deu um profundo suspiro.
– Robert, tenho um milhão de coisas para lhe contar. – Ela fez uma pausa, olhando-o com firmeza enquanto o táxi

corria para oeste. – Mas primeiro preciso que me conte tudo que sabe sobre esse Priorado de Sião.

CAPÍTULO 36

Do lado de fora da Salle des États, Bezu Fache estava quase soltando fumaça pelas orelhas enquanto o vigilante do Louvre, Grouard, explicava como Sophie e Langdon o haviam desarmado. *Por que é que ele simplesmente não atirou na bendita pintura?*

– Capitão? – o tenente Collet vinha apressado na direção deles, do posto de comando. – Capitão, acabei de saber que localizaram o carro de Sophie Neveu.

– Ela conseguiu chegar à embaixada?

– Não. Foi para a estação de trem. Compraram duas passagens. O trem acabou de partir.

Fache dispensou o vigilante Grouard com um gesto e levou Collet para um aposento próximo, falando com ele em voz baixa.

– Para onde seguiram?

– Lille.

– Na certa foi para nos despistar – soltando o ar dos pulmões e formulando um plano. – Muito bem, alerte a próxima estação, mandem parar o trem e passem pente-fino nele, só por via das dúvidas. Deixe o carro dela onde está e mande uns homens à paisana ficarem de guarda caso eles tentem voltar para buscá-lo. Mande outros agentes revistarem as ruas em torno da estação, caso eles tenham fugido a pé. Algum ônibus saindo da estação?

– Não a esta hora, senhor. Só a fila do táxi.

– Excelente. Interrogue os motoristas. Procure saber se viram alguma coisa. Depois fale com o encarregado da companhia e descreva os dois. Vou ligar para a Interpol.

Collet fez cara de surpreso.

– Vai divulgar os nomes e as fotos deles?

Fache não gostava de pensar nas inconveniências que podia ter que enfrentar, mas não via outro jeito.

Feche bem o cerco, e rápido.

A primeira hora era fundamental. Os fugitivos agiam de modo previsível na primeira hora após a fuga. Sempre precisavam das mesmas coisas. *Transporte. Hospedagem. Dinheiro. A Santíssima Trindade.* A Interpol tinha o poder de fazer esses três recursos desaparecerem num piscar de olhos. Enviando fotos de Langdon e Sophie por fax para os aeroportos e estações, hotéis e bancos de Paris, a Interpol não lhes deixaria opções – nenhum modo de sair da cidade, nenhum lugar para se esconderem e nenhum jeito de sacar dinheiro sem serem reconhecidos. Em geral, os fugitivos entravam em pânico na rua e faziam alguma bobagem. Roubavam um carro. Assaltavam alguma loja. Usavam um cartão bancário num momento de desespero. Qualquer que fosse o erro que cometessem, rapidamente revelariam seu paradeiro às autoridades locais.

– Só Langdon, certo? – disse Collet. – Não vai queimar Sophie Neveu. Ela é nossa agente.

– É claro que eu vou queimá-la! – retrucou Fache. – Qual a vantagem de divulgar só a foto de Langdon se ela está salvando o cara o tempo todo? Pretendo mandar levantar a ficha completa de Sophie Neveu, amigos, família, contatos pessoais, qualquer pessoa da qual ela possa tentar obter ajuda. Eu não sei o que ela pensa que está fazendo por aí, mas vai lhe custar muito mais caro do que só perder o emprego!

– Quer que eu fique atendendo os telefones ou que vá para as ruas?

– Para as ruas. Vá até a estação ferroviária e coordene a equipe de busca. Você é que dá as cartas, mas não tome iniciativa nenhuma sem falar comigo.

– Sim, senhor. – Collet saiu correndo.

Ali, de pé naquele aposento, Fache sentiu que estava tenso. Diante da janela, a pirâmide de vidro brilhava, seu reflexo ondulando nas piscinas varridas pelo vento. *Os dois escaparam por entre meus dedos.* Procurou acalmar-se.

Até mesmo um agente treinado para trabalhar nas ruas teria sorte se conseguisse suportar a pressão que a Interpol estava para exercer.

Uma criptóloga e um professor universitário?

Eles não iam aguentar nem até a manhã seguinte.

CAPÍTULO 37

O parque, com seu denso bosque conhecido como Bois de Boulogne, tinha muitos nomes, mas os entendidos de Paris chamavam-no de "Jardim das Delícias". O epíteto, apesar de parecer lisonjeiro, referia-se justamente ao contrário. Qualquer pessoa que tivesse visto a sinistra pintura de Bosch com o mesmo nome teria entendido a ironia: a pintura, como o bosque, era sombria e cheia de perversões, um purgatório repleto de tarados e fetichistas de todos os tipos. À noite, à beira dos caminhos sinuosos da floresta, viam-se corpos chamativos à venda, delícias terrenas para satisfazer os profundos desejos mais inconfessáveis de qualquer um – do sexo masculino, do feminino e de tudo o mais que houvesse entre os dois extremos.

Enquanto Langdon tentava pôr em ordem os pensamentos para poder falar sobre o Priorado de Sião, o táxi deles passou pelo portão de madeira do parque e começou a seguir na direção oeste, sobre o caminho de pedregulhos. Langdon não conseguia concentrar-se bem por causa dos residentes noturnos do parque, que já vinham emergindo aqui e ali das sombras e exibindo a mercadoria à luz dos faróis. Mais adiante, duas adolescentes com os seios à mostra lançaram olhares ardentes para o interior do táxi. Além delas, um homem negro, coberto de óleo, com uma tanguinha sumária, virou-se e contraiu os glúteos. Ao seu lado, uma loura fenomenal ergueu a minissaia e revelou que não era mulher coisa nenhuma.

Santo Deus! Langdon desviou o olhar de volta para o interior do carro e inspirou profundamente.

– Fale-me do Priorado de Sião – pediu Sophie.

Langdon concordou, incapaz de imaginar pano de fundo mais impróprio para a lenda que estava para contar. Refletiu por onde começaria. A história da fraternidade estendia-se por mais de um milênio... uma crônica espantosa, composta de segredos, chantagens, traições e até torturas brutais cometidas por um papa indignado.

– O Priorado de Sião – começou – foi fundado em Jerusalém em 1099 por um rei francês chamado Godofredo de Bouillon, imediatamente depois que ele conquistou a cidade.

Sophie assentiu com a cabeça, os olhos cravados nele.

– O rei Godofredo supostamente detinha um poderoso segredo – um segredo guardado por sua família desde os tempos de Cristo. Temendo que esse segredo se perdesse depois de sua morte, fundou uma fraternidade secreta – o Priorado de Sião – e encarregou-a de proteger seu segredo transmitindo-o de geração para geração. Durante os anos passados em Jerusalém, o Priorado tomou conhecimento da existência de um maço de documentos escondidos sob as ruínas do Templo de Herodes, que havia sido construído sobre as ruínas do Templo de Salomão. Tais documentos, segundo acreditavam, corroboravam o importante segredo de Godofredo e causariam um abalo tão grande que a Igreja faria tudo para pôr as mãos neles.

Sophie fez cara de dúvida.

– O Priorado jurou que, por mais tempo que levasse, esses documentos precisariam ser retirados dos escombros sob o templo e protegidos para sempre, de forma que a verdade jamais morresse. Para recuperar os documentos que estavam sob as ruínas, o Priorado criou uma ramificação militar – um grupo de nove cavaleiros chamado Ordem dos Pobres Cavaleiros de Cristo e do Templo de Salomão. – Langdon fez uma pausa. – Mais conhecida como os Cavaleiros Templários.

Sophie lançou-lhe um olhar surpreso de quem reconhece algo.

Langdon dera aulas sobre os Templários o suficiente para saber que quase todo mundo já ouvira falar neles, pelo menos de passagem. Para os acadêmicos, a história dos Templários constituía um mundo precário em que os fatos, a sabedoria popular e os equívocos haviam se misturado tanto que era quase impossível extrair dali uma verdade pura. Hoje em dia, Langdon hesitava até em mencionar os Templários quando dava aulas, porque isso invariavelmente levava a uma polêmica acirrada sobre teorias conspiratórias as mais diversas.

Sophie parecia preocupada.

– Está me dizendo que a Ordem dos Cavaleiros Templários foi fundada pelo Priorado de Sião para recuperar um acervo de documentos secretos? Pensei que tivessem como objetivo proteger a Terra Santa.

– Um equívoco comum. A ideia de proteger peregrinos era apenas um *disfarce* que encobria a verdadeira missão dos Templários. Seu verdadeiro objetivo na Terra Santa era recuperar os documentos, retirando-os de sob as ruínas do templo.

– E os Templários encontraram os tais documentos?

Langdon deu um leve sorriso.

– Ninguém sabe, com certeza, mas todos os acadêmicos concordam que os Templários realmente descobriram *alguma coisa* naquelas ruínas... Uma coisa que os fez ricos e poderosos além do que se possa imaginar.

Langdon então apresentou a Sophie o resumo acadêmico padrão da história dos Cavaleiros Templários, explicando que estiveram na Terra Santa durante a Segunda Cruzada e disseram ao rei Balduíno II que sua missão era proteger os peregrinos cristãos nas estradas. Sem salário e tendo feito votos de pobreza, os Templários precisavam de abrigo e pediram permissão ao rei para residir nas estrebarias, nas ruínas do templo. O rei Balduíno deu-lhes autorização, e eles instalaram seu modesto alojamento dentro do santuário arrasado.

Aquela escolha estranha, segundo explicou Langdon, não tinha nada de aleatória. Os Templários acreditavam que os documentos que o Priorado queria estavam enterrados bem fundo sob as ruínas – embaixo do Santíssimo, uma câmara sagrada onde se acreditava que residia o próprio Deus. Literalmente, o verdadeiro centro da fé judaica. Durante quase uma década os nove cavaleiros moraram naquelas ruínas, escavando em segredo absoluto, através da rocha maciça.

Sophie olhou para ele.

– E descobriram algo?

– Sem a menor dúvida – disse Langdon, explicando que levaram nove anos para encontrar o que estavam procurando. Tiraram o tesouro do templo e viajaram para a Europa, onde sua influência pareceu solidificar-se da noite para o dia.

Ninguém sabe se os Templários chantagearam o Vaticano ou se simplesmente a Igreja tentou comprar o silêncio deles, mas o Papa Inocêncio II imediatamente publicou uma bula papal inédita que concedia aos Templários privilégios ilimitados e os declarava "isentos da jurisdição episcopal" – um exército autônomo independente de toda e qualquer interferência de reis e prelados, tanto religiosa quanto política.

Com essa carta branca do Papa, os Templários expandiram-se com uma rapidez vertiginosa, tanto em número quanto em força política, reunindo vastas propriedades em mais de dez países. Começaram a conceder crédito a nobres falidos e a cobrar juros sobre esse dinheiro, criando assim o sistema bancário moderno e ampliando ainda mais sua riqueza e influência.

Por volta do início do século XIV, a sanção do Vaticano já havia ajudado os Templários a angariar tamanho poder que o Papa Clemente V decidiu tomar uma providência para acabar com aquilo. Trabalhando em conjunto com o rei Filipe IV da França, o Papa planejou uma estratégia para esmagar os Templários e tomar posse de seus tesouros, assumindo assim o controle sobre os segredos que eles possuíam para manipular o Vaticano. Em uma manobra militar digna da CIA, o Papa Clemente enviou ordens secretas lacradas para serem abertas simultaneamente por seus soldados em toda a Europa na sexta-feira, 13 de outubro de 1307.

Ao nascer do sol do dia 13 os documentos foram abertos e revelou-se seu teor aterrorizante. A carta de Clemente afirmava que Deus viera a ele em uma visão e o alertara de que os Templários eram hereges culpados de adoração ao demônio, homossexualidade, desrespeito à cruz, sodomia e outros comportamentos blasfemos. O Papa Clemente recebera de Deus a ordem de purificar a Terra reunindo todos os Templários e torturando-os até confessarem seus crimes contra Deus. A operação maquiavélica de Clemente funcionou com precisão infalível. Naquele dia, inúmeros Templários foram presos, torturados impiedosamente e queimados em fogueiras como hereges. A cultura moderna ainda conserva vestígios dessa tragédia. Até hoje, sexta-feira 13 é considerado o dia do azar.

Sophie parecia confusa.

– Os Templários foram extintos? Pensei que existissem fraternidades de Templários até hoje!

– Existem, sob outros nomes, os mais diversos. Apesar das falsas acusações de Clemente e de todos os esforços para erradicá-los, os Templários tinham aliados poderosos e alguns conseguiram escapar dos expurgos do Vaticano. O poderoso tesouro que haviam encontrado por acaso e que aparentemente fora sua fonte de poder era o verdadeiro objetivo de Clemente, mas lhe escapou por entre os dedos. Os documentos já haviam sido muito tempo antes confiados aos obscuros arquitetos dos Templários, o Priorado de Sião, cujo véu de sigilo os mantivera imunes ao ataque do Vaticano. À medida que o Vaticano fechava o cerco, o Priorado tratava de retirar os documentos de uma preceptoria de Paris, à noite, levando-os às escondidas para navios templários em La Rochelle.

– E para onde foram os documentos?

Langdon deu de ombros.

– Só o Priorado de Sião tem a resposta desse mistério. Pelo fato de serem até hoje fonte de constante investigação e especulação, acredita-se que os documentos tenham sido transferidos de um lugar para outro e escondidos diversas vezes. Segundo as especulações atuais, estão em algum ponto do Reino Unido.

Sophie mostrou-se apreensiva.

– Durante mil anos – prosseguiu Langdon – lendas sobre esse segredo foram transmitidas de geração em geração. Todo o conjunto de documentos, seu poder e o segredo que revelam passaram a ser conhecidos por um só nome: Sangreal. Centenas de livros foram escritos sobre ele, e poucos mistérios vêm causando tanto interesse entre os historiadores quanto o Sangreal.

– Sangreal? O nome tem alguma coisa a ver com a palavra francesa *sang* ou a espanhola *sangre*? Ou seja, "sangue"?

Langdon assentiu. Sangue era o fundamento do Sangreal, porém não da forma como Sophie provavelmente estava imaginando.

– A lenda é complexa, mas o mais importante é lembrar que o Priorado detém as provas, e tudo indica que esteja esperando o momento histórico certo para revelar a verdade.

– Que verdade? Qual o segredo que poderia ser assim tão impactante?

Langdon suspirou fundo e lançou um olhar para os representantes do submundo de Paris que o espreitavam das sombras.

– Sophie, a palavra *Sangreal* é muito antiga. Evoluiu com o passar dos anos até se transformar em outro termo... Um termo mais moderno. – Ele fez uma pausa. – Quando lhe disser seu nome moderno, vai perceber que já sabe muito sobre ele. Aliás, quase todo mundo já ouviu falar da história do Sangreal.

Sophie fez cara de cética.

– Eu nunca ouvi.

– Claro que já ouviu – sorriu Langdon. – Só que, em vez de Sangreal, você o conhece como "Santo Graal".

CAPÍTULO 38

Sophie olhou para Langdon, ao seu lado, no banco de trás do táxi. *Ele só pode estar brincando.*

– O Santo Graal?

Langdon confirmou, uma expressão grave no rosto.

– Santo Graal é o significado literal de Sangreal. A expressão vem do francês *Sangraal*, que evoluiu para *Sangreal* e acabou sendo dividida em duas palavras, *San Greal*.

Santo Graal. Sophie estava surpresa por não ter entendido os vínculos linguísticos logo de cara. Mesmo assim, aquela revelação de Langdon continuava sem sentido para ela.

– Pensei que o Santo Graal fosse um *cálice*. E aí vem você e diz que o Sangreal é um conjunto de documentos que revela algum segredo misterioso.

– Sim, mas os documentos do Sangreal são apenas metade do tesouro do Santo Graal. Estão enterrados junto com o Graal em si... e revelam seu verdadeiro significado. Deram tanto poder aos Templários porque eles revelavam a verdadeira natureza do Graal.

A verdadeira natureza do Graal? Sophie agora estava ainda

mais perdida. O Santo Graal, segundo pensava, era o cálice em que Jesus bebera vinho na Última Ceia e com o qual José de Arimateia depois recolheu Seu sangue no momento da crucificação.

– O Santo Graal é o Cálice de Cristo – disse ela. – Coisa mais simples não há. O que mais pode ser?

– Sophie – sussurrou Langdon, inclinando-se para ela. – De acordo com o Priorado de Sião, o Santo Graal não é cálice coisa nenhuma. Seus membros afirmam que a lenda do Graal – a de que se trata de um *cálice* – na verdade é uma alegoria muito engenhosa. Ou seja, a história do Graal usa o *cálice* como metáfora para uma outra coisa, muito mais poderosa. – Fez nova pausa. – Uma coisa que se encaixa perfeitamente em tudo que seu avô vem tentando nos dizer esta noite, inclusive suas referências simbólicas ao sagrado feminino.

Ainda insegura, Sophie percebeu no sorriso paciente de Langdon que ele compreendia sua confusão, e mesmo assim continuava olhando-a com intensidade.

– Mas, se o Santo Graal não é um cálice – indagou ela –, o que ele é?

Langdon previa que essa pergunta seria a próxima, mas mesmo assim não sabia bem como lhe responder. Se não situasse a explicação no contexto histórico certo, Sophie ficaria perplexa, atordoada – a expressão exata que Langdon vira no rosto de seu editor alguns meses antes, depois de lhe entregar um rascunho do documento no qual estava trabalhando.

– Seu livro está querendo defender *esta* tese? – exclamara o editor, embasbacado, deixando de lado a taça de vinho e o almoço e encarando Langdon. – Não pode estar falando sério.

– Passei um ano pesquisando isso, como não estou falando sério?

O proeminente editor nova-iorquino Jonas Faukman

cofiou nervosamente o cavanhaque. Já havia escutado muitas loucuras em sua notável carreira, mas essa aparentemente deixara o homem estupefato.

– Robert – disse afinal –, não me entenda mal. Adoro seu trabalho, e já estamos trabalhando juntos faz tempo. Mas, se eu concordar em publicar um livro com uma ideia dessas, vou ter que aturar piquetes na frente da minha editora durante meses seguidos. Além do mais, pense na sua imagem. Você é historiador de Harvard, meu querido, não um autor de literatura de consumo procurando um tema polêmico para faturar uma grana. Onde é que você achou provas convincentes para apoiar essa teoria?

Com um sorriso tranquilo, Langdon tirou do bolso do paletó de tweed uma folha de papel e entregou-a a Faukman. A página continha uma bibliografia de mais de 50 títulos – livros de historiadores famosos, alguns contemporâneos, outros de séculos atrás –, muitos deles obras acadêmicas consagradas. Todos os títulos referiam-se à mesma tese de Langdon. Conforme lia a lista, Faukman dava a impressão de ter acabado de descobrir que a Terra na realidade era plana.

– Eu *conheço* alguns desses autores. Eles... são historiadores sérios!

Langdon sorriu, condescendente.

– Como pode ver, Jonas, a teoria não é só *minha*. Já está por aí há um bom tempo. Eu apenas me baseei nela. Nenhum livro jamais explorou a lenda do Santo Graal de um ângulo simbológico. As provas iconográficas que encontrei para sustentar minha tese são terrivelmente convincentes.

Faukman mantinha os olhos pregados na lista.

– Meu Deus, um desses livros aqui foi escrito por Sir John Teabing – um historiador da Coroa britânica.

– Teabing passou a maior parte da vida estudando o Santo Graal. Eu o conheço pessoalmente. Aliás, ele inspirou grande parte do meu livro. E acredita de fato nisso, Jonas, como todos os outros que estão na lista.

– Está me dizendo que todos esses historiadores acreditam mesmo que... – Faukman engoliu em seco, incapaz de pronunciar as palavras. Langdon voltou a sorrir.

– O Santo Graal é talvez o tesouro mais procurado da história da humanidade. Inspirou lendas, guerras e buscas a vida inteira. Faz sentido ser apenas um cálice? Se fosse, outras relíquias também iriam gerar interesse semelhante ou maior – a Coroa de Espinhos, a Verdadeira Cruz da Crucificação, a Inscrição que Pilatos pregou nela – e no entanto isso não aconteceu. Em toda a história, o Santo Graal vem sendo a relíquia mais especial. Agora você sabe por quê.

Faukman ainda estava balançando a cabeça.

– Com todos esses livros sobre o assunto, por que não se divulgou mais essa teoria?

– Os livros todos não podem competir com séculos de história já estabelecida, principalmente quando essa história é endossada pelo livro mais vendido de todos os tempos.

Faukman arregalou os olhos.

– Não me diga que *Harry Potter* também fala do Santo Graal!

– Eu estava me referindo à Bíblia.

Faukman ficou encabulado.

– Eu sabia.

❖❖❖

– Largue isso aí! – berrou Sophie dentro do táxi.

Langdon sobressaltou-se quando Sophie, inclinando-se, gritou com o motorista. Langdon viu que o motorista segurava o microfone do rádio e estava falando nele.

Sophie virou-se em seguida e meteu a mão no bolso do paletó de tweed de Langdon. Antes de ele perceber o que acontecia, a moça já havia agarrado sua pistola, girado o corpo e encostado a arma na nuca do motorista. Este deixou cair o rádio de imediato, erguendo a mão livre acima da cabeça.

– Sophie! – exclamou Langdon, meio sufocado. – Mas o que é que...

– Pare o carro! – ordenou Sophie ao motorista.

Trêmulo, o homem obedeceu, parando o veículo e puxando o freio de mão.

E Robert Langdon ouviu a voz metálica no rádio do táxi, vinda do painel, alertando:

– ... que se chama agente Sophie Neveu... – chiou o rádio, devido à estática. – ... e um americano, Robert Langdon...

Os músculos de Langdon se contraíram. *Eles já nos encontraram?*

– Saia do carro! – ordenou Sophie ao motorista.

O motorista, ainda tremendo, manteve os braços acima da cabeça enquanto saía do táxi e dava alguns passos para trás.

Sophie abaixou o vidro da janela e apontou a arma para fora, mirando o taxista apavorado.

– Robert – disse, em voz baixa. – Pegue o volante. Você dirige.

Quem era Langdon para discutir com uma mulher com uma pistola? Saiu do banco de trás e foi sentar-se diante do volante. O motorista estava berrando toda espécie de impropérios, os braços ainda erguidos acima da cabeça.

– Robert – disse Sophie, do banco de trás –, imagino que já tenha apreciado bastante nossa floresta mágica, não?

Ele concordou. *Demais.*

– Excelente. Então vamos sair daqui.

Langdon olhou para os controles do carro e hesitou. *Porcaria.* Procurou a alavanca do câmbio e a embreagem.

– Sophie? Talvez seja melhor você...

– Anda logo! – exclamou ela.

Lá fora, várias prostitutas aproximavam-se para ver o que estava acontecendo. Uma mulher começou a fazer uma ligação pelo celular. Langdon apertou a embreagem e moveu a alavanca para o que esperava que fosse a primeira marcha. Apertou de leve o acelerador, testando o carro.

Depois, soltou a embreagem. Os pneus cantaram quando o carro pulou para a frente, rabeando loucamente e fazendo o grupo reunido perto deles sair correndo para se proteger. A mulher com o celular jogou-se no meio do mato, escapando por um triz de ser atropelada.

– Vai mais devagar! – disse Sophie, quando o carro partiu acelerado rua abaixo. – O que está fazendo?

– Tentei avisar – gritou Langdon, berrando para ser ouvido acima da barulheira das engrenagens. – Meu carro é hidramático!

CAPÍTULO 39

Embora o quarto espartano no edifício de pedra castanha da Rue La Bruyère já houvesse testemunhado um bocado de sofrimento, Silas duvidava que alguma coisa pudesse equiparar-se à angústia que agora o torturava. *Fui enganado. Tudo está perdido.*

Silas fora vítima de um engodo. Os irmãos da fraternidade tinham mentido, preferindo a morte a revelar seu verdadeiro segredo. Silas não teve forças para telefonar para o Mestre. Não só havia matado as únicas quatro pessoas que sabiam onde a pedra-chave estava escondida como tinha assassinado uma freira dentro da Igreja de Saint-Sulpice. *Ela estava trabalhando contra Deus! Ela zombou da obra do Opus Dei!*

Um crime de impulso, a morte da mulher complicava infinitamente as coisas. O bispo Aringarosa havia telefonado para conseguir que Silas entrasse em Saint-Sulpice; o que pensaria o abade quando descobrisse o corpo da freira? Embora Silas a tivesse recolocado na cama, a ferida na cabeça era óbvia. Silas havia tentado recolocar as lajotas quebradas no piso, mas o estrago era óbvio demais também. Logo veriam que alguém estivera ali.

Silas planejava esconder-se dentro do Opus Dei quando sua missão estivesse encerrada. *O bispo Aringarosa vai me proteger*. Silas não podia imaginar uma existência mais feliz que uma vida de meditação e prece abrigado pelas paredes da sede do Opus Dei em Nova York. Jamais poria os pés fora dali outra vez. Tudo de que precisava estava naquele santuário. *Ninguém vai sentir minha falta*. Infelizmente, Silas sabia, um homem proeminente como o bispo Aringarosa não podia desaparecer com tanta facilidade.

Coloquei o bispo em perigo. Olhando fixamente para o chão, Silas pensou em tirar sua própria vida. Afinal, tinha sido Aringarosa quem dera vida a Silas... naquela pequena residência paroquial espanhola, educando-o, dando-lhe uma razão de viver.

– Meu amigo – dissera-lhe Aringarosa –, você nasceu albino. Não deixe os outros zombarem de você por isso. Não vê que essa característica o faz especial? Sabia que até Noé foi albino?

– Noé, o da Arca? – Silas jamais tinha ouvido falar disso antes.

Aringarosa sorriu.

– O Noé da Arca. Albino. Como você, ele tinha a pele tão alva como a de um anjo. Pense bem. Noé salvou toda a vida do planeta. Você está destinado a grandes coisas, Silas. O Senhor libertou-o por um motivo. Você tem uma vocação. O Senhor precisa de sua ajuda para realizar Sua obra.

Com o passar do tempo, Silas aprendeu a ver-se de modo diferente. *Sou puro. Branco. Belo. Como um anjo*.

Naquele momento, porém, em seu quarto, na residência, era a voz decepcionada de seu pai que sussurrava em seu ouvido, vinda do passado.

Você é um desastre. Um fantasma.

Ajoelhado no assoalho de madeira, Silas orou suplicando perdão. Depois, tirando a túnica, estendeu o braço outra vez para pegar a corda da Disciplina.

CAPÍTULO 40

Atrapalhando-se todo para passar as marchas, Langdon conseguiu manobrar o táxi roubado até o fim do Bois de Boulogne, parando apenas duas vezes. Infelizmente, o humor inerente à situação era neutralizado pela voz do despachante da firma, que chamava sem parar o táxi deles pelo rádio.

– Viatura 563. Qual sua localização? Responda! – dizia.

Quando Langdon alcançou a saída do parque, engoliu o machismo e pisou fundo no freio.

– É melhor você dirigir.

Sophie pareceu aliviada quando mudou de lugar e se sentou ao volante. Dentro de segundos, o carro sob controle, seguiram na direção oeste ao longo da Allée de Longchamp, deixando para trás o Jardim das Delícias.

– Onde fica essa Rue Haxo? – indagou Langdon, vendo Sophie fazer o ponteiro do velocímetro subir a mais de 100 por hora.

Os olhos de Sophie estavam pregados na estrada.

– O motorista disse que fica ao lado do complexo de tênis de Roland Garros. Conheço a região.

Langdon tirou a pesada chave do bolso, avaliando-a na palma da mão. Era um objeto de enorme importância. Possivelmente a chave de sua própria liberdade.

Anteriormente, enquanto contava a Sophie sobre os Templários, Langdon percebera que essa chave, além de ter o sinete do Priorado gravado, possuía um vínculo mais sutil com o Priorado de Sião. O crucifixo de braços iguais simbolizava o equilíbrio e a harmonia, mas também era o símbolo dos Cavaleiros Templários. Eram bem conhecidas as imagens dos Templários usando túnicas brancas com o brasão da cruz vermelha de braços iguais. As extremidades dos braços das cruzes templárias eram ligeiramente mais largas, mas, mesmo assim, os braços eram do mesmo tamanho.

Uma cruz quadrada. Exatamente como a desta chave.

Langdon sentiu a imaginação decolar enquanto tecia fantasias sobre o que poderiam encontrar. *O Santo Graal.* Quase riu alto de tão absurdo que era tudo aquilo. Acreditava-se que o Graal estivesse em algum ponto da Inglaterra, enterrado em alguma câmara secreta sob uma das muitas igrejas dos Templários, onde estivera desde pelo menos 1500.

A era do Grande Mestre Da Vinci.

O Priorado, para manter em segurança os poderosos documentos, havia sido obrigado a mudá-los de lugar várias vezes nos primeiros séculos. Os historiadores suspeitavam agora de até seis diferentes transferências do Graal desde sua chegada à Europa, vindo de Jerusalém. A última aparição do Graal havia sido em 1447, quando numerosas testemunhas descreveram um incêndio que quase devorara os documentos, transportados então para um lugar seguro em quatro enormes arcas, que exigiram seis homens cada uma para serem carregadas. Depois disso, ninguém mais alegou ter visto o Graal outra vez. Só restaram boatos ocasionais de que estava escondido na Grã-Bretanha, terra do rei Artur e dos cavaleiros da Távola Redonda.

Onde quer que estivesse, permaneciam dois fatos importantes:

Leonardo sabia o local do esconderijo.
E ele provavelmente não havia mudado até hoje.

Por esse motivo, os entusiastas do Graal ainda estudavam exaustivamente as obras de Da Vinci e seus diários, na esperança de desvendar uma pista oculta quanto à presente localização do Graal. Alguns diziam que o fundo montanhoso da *Madona das Rochas* combinava com a topografia de uma série de montes repletos de cavernas na Escócia. Outros insistiam que o posicionamento estranho dos apóstolos na *Última Ceia* corresponderia a alguma espécie de código. Outros ainda alegavam que exames de raios X da *Mona Lisa* revelaram que ela havia sido originalmente pintada usando um cordão com um pendente de lápis-lazúli que representava a deusa Ísis – um detalhe que Da Vinci teria resolvido suprimir depois. Langdon jamais vira qualquer vestígio desse pendente, nem podia imaginar como ele poderia revelar o Santo Graal, e, mesmo assim, os entusiastas do Graal ainda debatiam o fato *ad nauseam* em fóruns na internet.

Todo mundo adora uma conspiração.

E as conspirações continuavam. Mais recentemente fora a descoberta revolucionária de que o famoso quadro *Adoração dos Magos,* de Da Vinci, escondia um segredo sombrio sob suas camadas de tinta. O estudioso de arte italiana Maurizio Seracini havia desvendado esse mistério desconcertante, que o *New York Times Magazine* publicou em destaque sob o título "Leonardo Encobre a Verdade".

Seracini havia revelado, sem sombra de dúvida, que, embora o esboço verde-acinzentado da *Adoração* fosse realmente obra de Leonardo, a pintura em si não era de sua autoria. A verdade é que, depois da morte do Mestre, algum pintor anônimo havia preenchido com tinta o esboço de Leonardo como se fosse uma dessas imagens para colorir divididas por números. O mais perturbador, porém, é o que havia *por baixo* da pintura do impostor. Fotos tiradas com reflexografia infravermelha e raios X levavam a crer que o falsificador, enquanto pintava o estudo de Da Vinci, modificara o desenho de forma um tanto suspeita... como se quisesse subverter a verdadeira intenção de Da Vinci. Fosse qual fosse a verdadeira natureza do desenho que servira de base à pintura, ainda estava para ser mostrada ao público. Mesmo assim, funcionários da Galeria Uffizi de Florença, constrangidos, imediatamente retiraram a pintura de exposição, guardando-a em um depósito do outro lado da rua. Visitantes da Sala Leonardo agora encontravam uma placa enganosa, pouco delicada, onde o *Adoração* antes estivera.

ESTA OBRA ESTÁ SENDO SUBMETIDA A TESTES DIAGNÓSTICOS EM PREPARAÇÃO PARA RESTAURAÇÃO.

No estranho submundo daqueles que ainda hoje estão à procura do Graal, Leonardo da Vinci continuou sendo o grande enigma. Suas obras de arte pareciam estar prestes a revelar um segredo e, no entanto, qualquer que fosse, este continuava oculto, talvez sob uma camada de tinta, talvez codificado bem à vista, talvez em lugar nenhum. Talvez a imensa quantidade de tentadoras pistas deixadas por Da Vinci não passasse de uma promessa vazia para frustrar os curiosos e fazer surgir um sorriso malicioso no rosto de sua astuta *Mona Lisa*.

– Acha possível – indagou Sophie, puxando Langdon para trás – que a chave que está segurando abra o esconderijo do Santo Graal?

O riso de Langdon soou forçado, até mesmo para ele.

– Realmente, não dá para saber. Além do mais, o Graal deve estar escondido em alguma parte do Reino Unido, não da França. – Ele fez para ela um resumo da história.

– Mas o Graal parece a única conclusão racional – insistiu Sophie. – Temos uma chave bem guardada, gravada com o sinete do Priorado de Sião, entregue a nós por um membro da fraternidade, a qual, como acabou de me dizer, é guardiã do Santo Graal.

Langdon sabia que a argumentação dela era lógica, e mesmo assim, intuitivamente, não conseguia aceitá-la. Corriam boatos de que o Priorado havia jurado trazer o Graal algum dia de volta à França, para um lugar onde permanecesse por toda a eternidade, mas certamente não havia indícios históricos de que isso ocorrera de fato. Mesmo que o Priorado tivesse conseguido trazer o Graal de volta à França, o endereço, Rue Haxo, 24, perto de um complexo de tênis, não parecia uma última morada adequada.

– Sophie, realmente não sei como esta chave pode ter alguma coisa a ver com o Graal.
– Porque supostamente o Graal está na Inglaterra?
– Não é só isso. O local onde está o Graal é um dos segredos mais bem-guardados da história. Os membros do Priorado passam décadas provando que são confiáveis antes de serem escolhidos para os mais altos escalões da fraternidade e saberem onde está o Graal. O segredo é protegido por um intrincado sistema de conhecimento compartimentalizado, e, embora a fraternidade do Priorado seja imensa, apenas *quatro* membros de cada vez sabem onde se encontra escondido o Graal – o Grão-Mestre e seus três *sénechaux*, ou guardiães. A probabilidade de seu avô ser uma dessas quatro pessoas é muito pequena.

Meu avô era uma delas, pensou Sophie, apertando o pedal do acelerador. Tinha uma imagem gravada na memória que confirmava o status de seu avô dentro da fraternidade, sem a menor dúvida.

– E, mesmo que seu avô fosse do escalão superior, ele jamais teria permissão de revelar nada a ninguém fora da fraternidade. É inconcebível que ele pudesse pensar em trazer você para dentro desse círculo fechado.

Eu já estive lá, pensou Sophie, lembrando-se do ritual no porão. Ela ponderou se aquele não seria o momento oportuno para contar a Langdon o que tinha testemunhado naquela noite no castelo da Normandia. Durante dez anos, a vergonha, pura e simplesmente, havia impedido que contasse o episódio a qualquer pessoa. Só de pensar, tinha arrepios. Sirenes soaram em alguma parte, à distância, e ela sentiu uma fadiga intensa tomar conta de seu corpo.

– Ali! – gritou Langdon, animado ao ver o imenso complexo do estádio de tênis de Roland Garros surgindo adiante.

Sophie abriu caminho pela rua entre os carros até o estádio. Depois de passarem por ele várias vezes, localizaram o cruzamento da Rue Haxo e dobraram nela, indo na direção dos números mais baixos. A rua se tornava mais comercial, cheia de prédios de escritórios.

Precisamos encontrar o n.º 24, disse Langdon consigo mesmo, percebendo que estava disfarçadamente procurando as torres de uma igreja. *Não seja ridículo. Uma igreja templária esquecida num bairro desses?*

– Lá está – exclamou Sophie, apontando.

Os olhos de Langdon seguiram na direção indicada, para o prédio em frente.

Mas que diabos...

O edifício era moderno. Uma fortaleza atarracada, com uma cruz gigantesca de braços iguais em néon, como um brasão acima da fachada. Sob a cruz, as palavras:

BANCO DE CUSTÓDIA DE ZURIQUE

Langdon deu graças por não ter dividido com Sophie suas esperanças de encontrar uma igreja templária. Um risco que os simbologistas corriam em sua carreira era a tendência para ver significados ocultos em situações em que estes não existiam. Neste caso, Langdon esquecera-se inteiramente de que a pacífica cruz de braços iguais havia sido adotada como o símbolo perfeito para a bandeira da Suíça, um país neutro.

Pelo menos, o mistério estava solucionado.

Sophie e Langdon tinham nas mãos a chave de um cofre de banco suíço.

CAPÍTULO 41

Do lado de fora de Castel Gandolfo, uma corrente ascendente de ar da montanha varreu o topo do penhasco e atravessou a escarpa íngreme, fazendo o bispo Aringarosa arrepiar-se quando saiu do Fiat. *Devia ter vestido mais alguma coisa além da batina*, pensou, lutando contra o tremor do frio. A última coisa que podia demonstrar naquela noite era fraqueza ou medo.

O castelo estava às escuras, exceto pelas janelas bem no alto do edifício, que brilhavam ameaçadoramente. *A biblioteca*, pensou Aringarosa. *Estão acordados, esperando.* Abaixou a cabeça para proteger-se um pouco da ventania e continuou sem nem mesmo lançar um olhar para as cúpulas do observatório.

O sacerdote que o recebeu à porta parecia sonolento. Era o mesmo que havia saudado Aringarosa na chegada cinco meses antes, embora naquela noite ele não estivesse muito disposto a ser hospitaleiro.

– Estávamos preocupados com o senhor, Reverendíssimo – disse o sacerdote, consultando o relógio e parecendo mais transtornado que preocupado.

– Desculpem-me. Ultimamente, as companhias aéreas andam muito pouco confiáveis.

O padre murmurou alguma coisa inaudível, depois disse:

– Estão aguardando o senhor lá em cima. Eu o acompanho.

A biblioteca era um salão enorme e quadrado, com madeira escura do assoalho ao teto. Em todos os lados, estantes altas repletas de volumes. O assoalho era de mármore âmbar com contornos em basalto negro, uma lembrança bonita de que o prédio havia sido antes um palácio.

– Bem-vindo, Reverendíssimo – disse uma voz masculina vinda do outro lado do salão.

Aringarosa tentou ver quem havia falado, mas as luzes estavam ridiculamente fracas – muito mais do que pareciam ter estado em sua primeira visita, quando tudo estava sob uma iluminação feérica. *A noite do despertar.* Esta noite, aqueles homens se encontravam nas trevas, como se de alguma forma se envergonhassem do que estava para acontecer.

Aringarosa entrou devagar, de modo quase solene. Pôde distinguir os contornos de três homens sentados a uma mesa comprida do outro lado do salão. Reconheceu na hora a silhueta do homem do meio – o obeso secretário de Estado do Vaticano, senhor de todos os assuntos jurídicos dentro da Cidade do Vaticano. Os outros dois eram cardeais italianos, detentores de altos cargos da Igreja.

Aringarosa atravessou a biblioteca na direção deles.

– Minhas humildes desculpas pelo atraso. Estamos em fusos horários diferentes. Os senhores devem estar exaustos.

– De forma alguma – disse o secretário, as mãos cruzadas sobre a barriga. – Somos gratos por ter vindo até tão longe. O mínimo que podemos fazer é estarmos acordados para recebê-lo. Podemos lhe oferecer uma xícara de café, ou alguma outra coisa para beber?

– Preferia que não fingíssemos que esta é uma visita social. Tenho de pegar outro avião. Podemos ir direto ao assunto?

– Claro – disse o secretário. – Agiu bem mais rápido do que nós imaginávamos.

– Ah, sim?

– Ainda tem um mês.

– Os senhores me comunicaram suas preocupações há cinco meses – disse Aringarosa. – Por que eu esperaria mais?

– Exato. Estamos muito satisfeitos com sua presteza.

Os olhos de Aringarosa percorreram toda a longa mesa até uma maleta preta bem grande.

– Isso é o que solicitei?

– É. – O secretário parecia inquieto. – Embora eu deva admitir que estamos preocupados com o pedido. Parece bastante...

– Perigoso – emendou um dos cardeais. – Tem certeza de que não podemos enviar por transferência eletrônica para algum lugar? A soma é exorbitante.

A liberdade é cara.

– Não me preocupo com minha própria segurança. Deus vai comigo.

Os homens pareceram duvidar.

– Está tudo exatamente como solicitei?

O secretário confirmou.

– Obrigações ao portador de alto valor do Banco do Vaticano. Negociáveis como dinheiro em qualquer lugar do mundo.

Aringarosa foi até a extremidade da mesa e abriu a maleta. Dentro dela encontravam-se dois maços grossos de obrigações, cada qual com o selo do Vaticano e o título PORTATORE, o que tornava possível a qualquer pessoa que estivesse de posse deles resgatá-las.

O secretário parecia tenso.

– Devo dizer, Reverendíssimo, que todos nos sentiríamos menos apreensivos se tivesse pedido *dinheiro vivo*.

Não seria capaz de carregar tanto dinheiro assim, pensou Aringarosa, fechando a maleta.

– As obrigações têm liquidez garantida, foi o senhor mesmo que disse.

Os cardeais trocaram olhares inquietos, e por fim um deles disse:

– Sim, mas pode-se comprovar que o emissor das obrigações é o Banco do Vaticano.

Aringarosa sorriu por dentro. Era exatamente por isso que o Mestre havia sugerido que pedisse o dinheiro em títulos do banco. Servia como seguro. *Estamos todos no mesmo barco agora.*

– É uma transação perfeitamente legal – defendeu-se Aringarosa. – O Opus Dei é uma prelazia pessoal da Cidade do Vaticano, e Sua Santidade pode conceder-lhe verba como quiser. Ninguém está contra a lei aqui.

– Verdade, e mesmo assim... – o secretário inclinou-se e sua cadeira rangeu sob o peso – ... não sabemos o que pretende fazer com essa verba e, se for ilegal, de alguma forma...

– Considerando-se o que estão me pedindo – replicou Aringarosa –, o que eu fizer com este dinheiro não é da conta de ninguém.

Fez-se um longo silêncio.

Eles sabem que estou certo, pensou Aringarosa.

– Agora, imagino que tenham alguma coisa para eu assinar?

Os outros todos se precipitaram, empurrando avidamente o papel em sua direção, como se desejassem que fosse logo embora.

Aringarosa deu uma rápida olhada no papel diante de si. O selo papal constava nele.

– É idêntico à cópia do documento que me enviou?

– Exato.

Aringarosa ficou surpreso com a ausência de emoção com que assinou o documento. Os três homens presentes, porém, pareceram suspirar de alívio.

– Obrigado, Reverendíssimo Bispo – disse o secretário. – Seu serviço à Igreja jamais será esquecido.

Aringarosa pegou a valise, sentindo promessa e autoridade em seu peso. Os quatro homens entreolharam-se um momento, como se houvesse mais alguma coisa a dizer, mas aparentemente não havia. Aringarosa virou-se e caminhou para a porta.

– Senhor bispo? – um dos cardeais chamou, quando Aringarosa chegou ao umbral.

Aringarosa parou, virando-se.

– Pois não?

– Para onde vai daqui?

Aringarosa sentiu que a pergunta era mais espiritual do que geográfica e, no entanto, não tinha intenção de debater moralidade naquele instante.

– Paris – disse, e retirou-se.

CAPÍTULO 42

O Banco de Custódia de Zurique funcionava 24 horas na guarda de valores em cofres, com toda a série moderna de produtos anônimos, conforme a tradição das contas numeradas suíças. Com filiais em Zurique, Kuala Lumpur, Nova York e Paris, o banco havia expandido seus serviços nos últimos anos de modo a oferecer serviços de custódia por código-fonte computadorizado e backup digitalizado anônimos.

O feijão com arroz de suas operações era, de longe, seu serviço mais antigo e simples: o de depósitos não identificados, conhecidos também como cofres anônimos. Os clientes que quisessem depositar qualquer coisa, desde cautelas de ações até pinturas valiosas, podiam fazê-lo anonimamente, através de uma série de barreiras de privacidade de alta tecnologia, retirando seus pertences a qualquer tempo, também em total anonimato.

Quando Sophie parou o táxi diante do prédio que estavam procurando, Langdon avaliou a arquitetura severa do edifício e achou que o Banco de Custódia de Zurique dava a impressão de ser uma empresa com pouco senso de humor. O edifício consistia em um retângulo sem janelas que parecia totalmente forjado em aço fosco. Lembrando um imenso tijolo de metal, era recuado, com uma cruz de braços iguais de uns quatro metros de altura brilhando acima da fachada.

A reputação suíça de guardar segredo das contas bancárias dos clientes havia se tornado um dos produtos de exportação mais lucrativos do país. A fama de instituições como essa tornara-se controvertida na comunidade artística porque elas representavam o lugar perfeito para os ladrões de arte esconderem objetos roubados, durante anos, se preciso, até todos se esquecerem do assalto. Como os depósitos eram protegidos da inspeção da polícia pelas leis de privacidade e relacionados a contas numeradas em vez de nomes de pessoas, os ladrões podiam ficar sossegados, sabendo que as obras roubadas estariam a salvo e que jamais poderiam ser associadas a eles.

Sophie parou o táxi diante do portão imponente que bloqueava a entrada do banco – uma rampa de cimento que descia até o interior do edifício. Uma câmera de vídeo encontrava-se diretamente voltada para eles, e Langdon teve a sensação de que essa câmera, ao contrário das do Louvre, era autêntica.

Abaixou o vidro da janela e examinou o painel eletrônico do lado do motorista. Uma tela de cristal líquido dava instruções em sete línguas. No alto, via-se uma frase em inglês.

INSIRA A CHAVE.

Ela tirou do bolso a chave de ouro trabalhada a laser e voltou a atenção para o painel. Abaixo da tela via-se uma abertura triangular.

– Algo me diz que ela cabe ali – disse Langdon.

Sophie alinhou a haste triangular da chave com o buraco e inseriu-a nele, fazendo-a deslizar até a haste inteira sumir. A chave aparentemente não precisava ser girada. No mesmo instante, o portão começou a abrir-se. Sophie tirou o pé do freio e desceu até um segundo portão e outro painel. Atrás dela, o primeiro portão se fechou, prendendo-os como se fossem um navio em uma eclusa.

Langdon não gostou da sensação de estar confinado. *Tomara que esse segundo portão também funcione.*

O segundo painel tinha a mesma instrução.

INSIRA A CHAVE.

Quando Sophie inseriu a chave, o segundo portão imediatamente se abriu. Momentos depois, eles desciam uma rampa curva e penetravam no ventre da estrutura.

O estacionamento particular era pequeno e escuro, com vagas para mais ou menos 12 carros. Langdon espiou a entrada principal do edifício, lá longe. Um tapete vermelho se estendia pelo piso de cimento, dando as boas-vindas aos visitantes e levando-os a uma imensa porta que parecia ser forjada em metal maciço.

Isso é que são mensagens contraditórias, pensou Langdon. *Seja bem-vindo e não entre.*

Sophie estacionou o táxi em uma vaga perto da entrada e desligou o motor.

– É melhor deixar a arma aqui.

Com todo o prazer, pensou Langdon, enfiando a pistola debaixo do banco.

Sophie e Langdon saíram e percorreram o tapete vermelho na direção da pesada porta de aço. Ela não tinha maçaneta, mas na parede a seu lado havia outro buraco triangular. Desta vez, sem instruções.

– Parece que quem tiver dificuldade de aprender fica do lado de fora mesmo – disse Langdon.

Sophie riu, meio nervosa.

– Vamos lá. – Enfiou a chave no buraco e a porta abriu para dentro com um leve zunido. Entreolhando-se, Sophie e Langdon avançaram. A porta se fechou com um baque atrás dos dois.

O saguão de entrada do Banco de Custódia de Zurique exibia uma decoração imponente como Langdon jamais vira. A maioria dos bancos contentava-se com o mármore e o granito polido de costume, mas esse havia escolhido metal e rebites em todas as paredes.

Quem será o decorador deles?, imaginou Langdon. *A Companhia Nacional do Aço?*

Sophie também pareceu igualmente intimidada quando seus olhos esquadrinharam o saguão.

O metal cinzento estava em toda parte – piso, paredes, balcões, portas, até mesmo as cadeiras pareciam feitas de ferro fundido. Contudo, o efeito era impressionante. A mensagem era clara: você está entrando em uma caixa-forte.

Um homem corpulento atrás do balcão ergueu o olhar quando os dois entraram. Desligou a pequena televisão a que estava assistindo e cumprimentou-os com um sorriso agradável. Apesar dos músculos superdesenvolvidos e da arma, visível no coldre do lado do corpo, sua dicção ressoou com a cortesia de um mensageiro de hotel suíço.

– Boa noite – disse, em francês. E depois em inglês: – O que posso fazer pelos senhores?

A saudação bilíngue era a mais nova estratégia de hospitalidade do anfitrião europeu. Não presumia nada e abria a porta para o hóspede responder no idioma que soubesse falar melhor.

Sophie não respondeu em nenhum deles. Simplesmente colocou a chave de ouro no balcão em frente ao homem.

Ele olhou de relance para a chave e imediatamente se endireitou, ficando mais empertigado.

– Mas é claro. Seu elevador fica no fim do corredor. Vou avisar alguém que estão a caminho.

Sophie concordou com um gesto e pegou a chave de volta.

– Qual é o andar?

O homem lhe lançou um olhar estranho.

– Sua chave informa ao elevador o andar.

Ela sorriu.

– Ah, sim.

O guarda ficou observando os dois recém-chegados enquanto se encaminhavam para os elevadores, inseriam a chave, entravam e desapareciam. Assim que a porta se fechou, ele pegou o telefone. Não ia avisar ninguém da chegada deles, não precisava. Um funcionário da caixa-forte já havia sido acionado automaticamente quando a chave do cliente fora inserida no portão da entrada.

Em vez disso, o vigilante estava na verdade ligando para o gerente noturno do banco. Quando o telefone tocou do outro lado da linha, o vigilante voltou a ligar a tevê e assistir ao programa. A notícia que vinha acompanhando estava justamente para terminar. Deu uma nova olhada nos dois rostos que apareceram na tevê.

O gerente atendeu.

– *Oui?*

– Temos um problema aqui embaixo.
– O que há? – indagou o gerente.
– A polícia francesa está atrás de dois fugitivos esta noite.
– E daí?
– Os dois acabaram de entrar no nosso banco.

Mentalmente, o gerente soltou uma imprecação.

– Bom, vou ligar para monsieur Vernet imediatamente.

O vigilante desligou e depois deu um segundo telefonema. Este foi para a Interpol.

◆ ◆ ◆

Langdon ficou surpreso ao sentir o elevador ir para baixo, em vez de subir. Não fazia ideia de quantos andares haviam descido no subsolo do Banco de Custódia de Zurique até a porta finalmente se abrir. Nem queria saber. Ficou aliviado ao sair do elevador.

Demonstrando uma presteza impressionante, um funcionário já se achava de pé diante do elevador esperando-os. Era um senhor de idade, simpático, com um terno de flanela muito bem-passado que o fazia parecer estranhamente fora de contexto naquele ambiente. Um banqueiro do Velho Mundo em um mundo de alta tecnologia.

– *Bonsoir* – cumprimentou-os. – Boa noite. Poderiam fazer o obséquio de me seguirem? – Sem aguardar a resposta, girou nos calcanhares e desceu rapidamente um estreito corredor de metal.

Langdon percorreu com Sophie diversos corredores, passou por várias salas grandes, cheias de computadores com luzes que piscavam.

– Pronto, chegamos – disse enfim o anfitrião, abrindo uma porta de aço para eles.

Langdon e Sophie penetraram em outro mundo. O pequeno aposento diante deles parecia uma sala de estar elegante de hotel de luxo. Nada de metal e rebites: ali se viam tapetes orientais, móveis escuros de carvalho e poltronas confortáveis. Em uma ampla escrivaninha no meio da sala havia dois copos de cristal junto de uma garrafa aberta de Perrier, as bolhinhas de gás ainda produzindo um chiado. Ao lado, um bule de café estranho deixava escapar uma leve fumaça.

Eficiência cronometrada, pensou Langdon. *Típica dos suíços.*

O homem sorriu, como quem percebesse.

— Entendo que esta é sua primeira visita ao banco, não?

Sophie hesitou e depois confirmou.

— Compreendo. As chaves costumam ser transferidas para os descendentes, quando algum cliente falece, e nossos usuários novos invariavelmente desconhecem o protocolo. — Ele indicou as bebidas. — Esta sala é sua durante o tempo que precisarem utilizá-la.

— Perdão, disse que as chaves às vezes são herdadas? — perguntou Sophie.

— Sem dúvida. Sua chave é a de uma conta numerada suíça que costuma passar por testamento de geração em geração. Em nossas contas-ouro, o período de aluguel mais curto de cofres de segurança é de cinquenta anos. Pagos à vista. Por isso, a rotatividade familiar é grande.

Langdon estava de queixo caído.

— O senhor disse *cinquenta anos?*

— No mínimo — respondeu o funcionário. — Naturalmente, podem alugar por muito mais tempo, mas sem determinados privilégios, ou seja, se a conta não for movimentada em cinquenta anos, o conteúdo do cofre-forte é automaticamente destruído. Os senhores desejam que eu lhes mostre como acessar seu cofre?

Sophie confirmou.

— Por favor.

O funcionário indicou com o braço a sala luxuosa.

— Esta é sua sala particular de exame. Depois que eu sair, poderão passar o tempo que precisarem aqui para ver e modificar o conteúdo de seu cofre, que chega... por ali. — Levou-os até a parede oposta, onde uma imensa esteira rolante entrava na sala descrevendo uma curva graciosa, fazendo lembrar vagamente uma esteira de bagagem de aeroporto. – Então, insiram a chave naquela abertura ali... – O homem apontou para um painel eletrônico enorme que ficava diante da esteira. O painel tinha um buraco triangular com formato conhecido. – Depois que o computador confirmar as marcas de sua chave, podem digitar o número de sua conta, e seu cofre será roboticamente retirado da caixa-forte abaixo para sua inspeção. Quando terminarem de examiná-lo, coloquem-no de volta na esteira, insiram outra vez a chave e o processo será revertido. Como é tudo automatizado, sua privacidade está garantida, até mesmo contra intervenções do pessoal do banco. Se precisarem de qualquer coisa, simplesmente apertem o botão na mesa no meio da sala para me chamarem.

Sophie ia perguntar algo mais quando tocou um telefone. O homem pareceu intrigado e embaraçado.

– Com licença, por favor.

Foi até o aparelho, que se encontrava na mesa ao lado do café e da Perrier.

– *Oui?* – atendeu.

Franziu o cenho enquanto escutava o interlocutor do outro lado da linha.

– *Oui, oui...* sem dúvida. – Desligou e dirigiu-lhes um sorriso constrangido. – Desculpem, preciso deixá-los agora. Fiquem à vontade. – Saiu rapidamente da sala.

– Com licença – disse Sophie. – Poderia, por favor, esclarecer mais uma coisa antes de sair? Mencionou um número *de conta?*

O homem parou à porta, pálido.

– Ah, claro. Como a maioria dos bancos suíços, nossos cofres estão associados a um *número*, não a um nome. A senhorita tem uma chave e um número de conta pessoal que só a senhorita sabe. Sua chave é apenas a metade de sua identificação. Seu número de conta pessoal é a outra metade. Senão, caso perdesse sua chave, qualquer pessoa poderia usá-la.

Sophie hesitou.

– E se meu benfeitor não houver me dado o número de conta?

O coração do funcionário bateu mais forte. *Então a senhorita certamente não tem o direito de estar aqui!* Sorriu com um ar tranquilo. – Vou pedir a alguém para ajudá-los. Chegará em breve.

Saindo, fechou a porta atrás de si e girou uma pesada tranca, prendendo-os na sala.

◆ ◆ ◆

Do outro lado da cidade, Collet estava de pé na plataforma da Gare du Nord quando seu telefone tocou.

Era Fache.

– A Interpol recebeu uma denúncia – disse ele. – Esqueça o trem. Langdon e Neveu acabaram de entrar na filial de Paris do Banco de Custódia de Zurique. Quero que seus homens vão para lá agora mesmo.

– Alguma pista sobre o que Saunière estaria tentando dizer à agente Neveu e a Robert Langdon?

O tom de Fache foi gélido.

– Se os prender, tenente Collet, posso interrogá-los pessoalmente.

Collet percebeu a insinuação.

– Rue Haxo, 24. Imediatamente, capitão. – Ele desligou e enviou uma mensagem pelo rádio a seus homens.

CAPÍTULO 43

André Vernet, o presidente da filial de Paris do Banco de Custódia de Zurique, morava em um apartamento luxuoso acima do banco. Apesar de suas acomodações confortáveis, sempre sonhara em ter um apartamento à beira do rio na Île Saint-Louis, onde poderia se relacionar com os verdadeiros conhecedores de arte, em vez de se isolar ali, onde apenas conhecia os podres de ricos.

Quando me aposentar, dizia Vernet consigo mesmo, *vou encher minha despensa de Bordeaux raros, enfeitar as paredes de meu salão com um Fragonard, talvez também um Boucher, e passar o tempo procurando móveis antigos e livros raros no Quartier Latin.*

Naquela noite, Vernet estava acordado havia apenas seis minutos e meio. Mesmo assim, percorrendo apressado o corredor subterrâneo do banco, parecia que seu alfaiate e seu cabeleireiro particulares haviam-no polido até fazê-lo reluzir. Com um terno de seda impecável, borrifou na boca um aromatizante de hálito e ajustou a gravata enquanto corria. Não era estranho ser acordado no meio da noite para atender a seus clientes internacionais que chegavam de diversas partes do mundo, com fusos horários diversos, de modo que Vernet imitava os hábitos de repouso dos guerreiros massais – uma tribo africana famosa por sua capacidade de acordar do mais profundo sono e colocar-se em estado de total prontidão para a batalha em apenas alguns segundos.

Pronto para a batalha, pensou Vernet, temendo que a comparação pudesse ser apropriada demais naquela noite. A chegada de um cliente que possuía uma chave de ouro *e perseguido* pela Polícia Judiciária era forçosamente um assunto delicado. O banco já travara batalhas suficientes com a polícia sobre os direitos privados de seus clientes sem provas de que alguns deles fossem criminosos ou não.

Cinco minutos, disse Vernet consigo mesmo. *Preciso tirar essas pessoas do meu banco antes de a polícia chegar.*

Se agisse com presteza, daria para evitar aquela desgraça iminente. Vernet poderia dizer à polícia que os fugitivos em questão haviam mesmo entrado em seu banco, mas, como não eram clientes e não tinham número de conta alguma, haviam sido convidados a se retirarem. Desejou que o maldito vigilante não tivesse chamado a Interpol. Era evidente que a palavra discrição não fazia parte do vocabulário de um vigia com salário de 15 euros por hora.

Parando na entrada, inspirou profundamente e entrou na sala com a suavidade de uma lufada de vento morno.

– Boa noite – cumprimentou, os olhos encontrando os clientes. – Sou André Vernet. O que posso fazer para ajudá... – O resto da frase ficou preso sob o pomo de adão do homem. A mulher que tinha diante de si era a última visitante que Vernet podia esperar.

– Desculpe, será que já nos conhecemos de algum lugar? – indagou Sophie. Ela não reconhecera o banqueiro, mas ele por um momento deu a impressão de ter visto um fantasma.

– Não... – respondeu o banqueiro, sem jeito. – Eu... acho que não. Nossos serviços são anônimos. – Esvaziou os pulmões e deu um sorriso calmo e estudado. – Meu assistente me informou que os senhores têm uma chave, mas estão sem o número da conta... Será que poderia lhes perguntar como essa chave chegou às suas mãos?

– Meu avô deu-a para mim – explicou Sophie, observando o homem com atenção. Ele agora parecia ainda mais inquieto.

– Ah, é? Seu avô lhe deu a chave, mas não lhe deu o número da conta?

– Acho que não teve tempo – disse Sophie. – Ele foi assassinado esta noite.

As palavras dela fizeram o homem recuar, horrorizado.

– Jacques Saunière morreu? – disse ele, os olhos cheios de pavor. – Mas... como?

Dessa vez foi Sophie que recuou, amortecida pelo choque.

– O senhor *conhecia* meu avô?

O banqueiro André Vernet parecia igualmente aturdido e precisou se apoiar em uma mesinha de canto.

– Jacques e eu éramos muito amigos. Quando foi que aconteceu isso?

– Esta noite mesmo, agora há pouco. Dentro do Louvre.

Vernet foi até uma cadeira de couro macia e afundou nela.

– Preciso perguntar uma coisa importantíssima a vocês dois. – Olhou de relance para Langdon e depois voltou a olhar para Sophie. – Algum dos dois teve alguma coisa a ver com esse crime?

– Não! – declarou Sophie. – Absolutamente nada.

O rosto de Vernet estava mortalmente sério, e ele fez uma pausa, refletindo.

– Suas fotos estão sendo divulgadas em toda parte pela Interpol. Foi assim que reconheci vocês. Vocês estão sendo procurados por assassinato.

Os ombros de Sophie arriaram. *Fache já avisou a Interpol?* Parecia que o capitão estava mais motivado do que Sophie previra. Rapidamente, contou a Vernet quem era Langdon e o que havia ocorrido no Louvre naquela noite.

Vernet estava pasmo.

– E, enquanto seu avô morria, deixou-lhe uma mensagem dizendo para procurar o Sr. Langdon?

– Isso. E essa chave também – disse Sophie, depositando a chave de ouro na mesa de centro diante de Vernet com o sinete do Priorado virado para baixo.

Vernet olhou a chave, mas não fez menção de tocá-la.

– Ele só lhe deixou a chave, nada além disso? Nenhum papel?

Sophie sabia que fizera tudo às pressas no Louvre, mas tinha certeza de que não tinha visto mais nada atrás da *Madona das Rochas*.

– Não, só a chave.

Vernet soltou um suspiro desanimado.

– Toda chave é eletronicamente combinada com um número de conta de dez dígitos, que funciona como senha. Sem esse número, sua chave não serve de nada.

Dez dígitos. Sophie, relutante, calculou as possibilidades criptográficas. *Dez bilhões de opções possíveis.* Mesmo que ela pudesse contar com os mais poderosos computadores de processamento paralelo da DCPJ, precisaria de semanas para decifrar o código.

– Decerto, monsieur, considerando-se as circunstâncias, o senhor pode nos ajudar.

– Sinto muito. Não posso mesmo fazer nada, eu lhe juro. Os clientes é que selecionam seus próprios códigos por terminal seguro, ou seja, os números de conta ficam entre o cliente e o computador. É a única forma de garantirmos o anonimato. E a segurança de nossos funcionários, claro.

Sophie entendeu. As lojas de conveniência faziam o mesmo. A CHAVE DO COFRE NÃO SE ENCONTRA EM PODER DOS FUNCIONÁRIOS. O banco evidentemente não queria correr o risco de entregar o conteúdo de algum cofre a uma pessoa que roubasse a chave e mantivesse um funcionário como refém para obter o número do cofre.

Sophie sentou-se ao lado de Langdon, olhou para a chave e depois para Vernet.

– Tem alguma ideia do que meu avô guardou em seu banco?

– Não faço a mínima ideia. Essa é a definição de um banco *Geldschrank*, ou seja, de depósito de valores anônimo.

– Monsieur Vernet – insistiu ela –, não temos muito tempo para nada esta noite. Vou ser bem objetiva, se me permite. – Estendeu o braço, pegou a chave de ouro e, virando-a, fitou o homem nos olhos enquanto lhe mostrava o sinete do Priorado de Sião. – O símbolo que se encontra nesta chave significa alguma coisa para o senhor?

Vernet deu uma rápida espiada na flor-de-lis e não reagiu.

– Não, mas muitos dos nossos clientes mandam gravar logotipos de empresas ou suas iniciais nas chaves.

Sophie suspirou, observando-o ainda com toda a atenção.

– Este sinete é o símbolo de uma sociedade secreta chamada Priorado de Sião.

Vernet mais uma vez não deu qualquer sinal de ter reconhecido o nome.

– Nunca ouvi falar dela. Seu avô era meu amigo, mas conversávamos principalmente sobre negócios. – O homem ajeitou a gravata, agora dando a impressão de estar nervoso.

– Monsieur Vernet – insistiu Sophie, em tom firme. – Meu avô me ligou esta noite e disse que nós dois estávamos correndo grave perigo. Disse que precisava me entregar algo. Tratava-se de uma chave deste banco. Agora ele está morto. Qualquer coisa que possa nos dizer será útil.

Vernet começou a suar frio.

– Precisamos sair do prédio. A polícia pode chegar a qualquer momento. Meu vigilante sentiu-se na obrigação de telefonar para a Interpol.

Era o que Sophie temera. Mas arriscou uma última cartada.

– Meu avô disse que precisava me contar a verdade sobre minha família. Isso significa alguma coisa para o senhor?

– Mademoiselle, sua família morreu em um acidente de carro quando a senhorita era jovem. Sinto muitíssimo. Sei que seu avô a amava demais. Ele mencionou esse fato a mim inúmeras vezes, dizendo o quanto sofria por vocês dois terem se afastado.

Sophie não soube como responder.

Langdon interveio:

– O conteúdo dessa conta tem alguma coisa a ver com o Sangreal?

Vernet lançou-lhe um olhar esquisito.

– Não faço a menor ideia do que seja isso. – Justamente naquele instante, o celular de Vernet tocou e ele o puxou apressado do cinto. – *Oui*? – escutou o interlocutor durante um instante, com uma expressão de surpresa e cada vez mais preocupada. – A polícia? Assim tão rápido? – Praguejou, deu umas instruções rápidas em francês e disse que subiria à recepção em um minuto.

Desligando, voltou-se para Sophie.

– A polícia agiu bem mais rápido do que o normal. Estão chegando neste exato momento.

Sophie não tinha intenção de sair dali com as mãos abanando.

– Diga-lhes que viemos e já fomos embora. Se eles quiserem dar uma busca no banco, exija um mandado. Assim vamos ganhar tempo.

– Escute – disse Vernet. – Jacques era um grande amigo, e meu banco não tolera esse tipo de pressão, portanto, por esses dois motivos, não tenho a menor intenção de deixar a polícia prender vocês dois aqui dentro. Deem-me um minuto que vou ver o que posso fazer para ajudá-los a sair sem que eles percebam. Além disso, não posso me envolver mais. – Levantou-se e correu para a porta. – Fiquem aqui. Vou tomar umas providências e já volto.

– Mas, e o cofre? – insistiu Sophie. – Não podemos simplesmente ir embora.

– Não posso fazer nada – disse Vernet, saindo apressado. – Sinto muito.

Sophie ficou olhando para a porta, refletindo se talvez o número não estaria enterrado entre as incontáveis cartas e pacotes que o avô lhe enviara ao longo dos anos e que ela guardara sem abrir.

Langdon levantou-se de repente, e Sophie percebeu um inesperado brilho de contentamento em seus olhos.

– Robert? Está sorrindo?

– Seu avô era um gênio.

– Como disse?

– Dez dígitos, não?

Sophie não fazia a menor ideia do que ele estava falando.

– O número da conta – disse ele, com um sorriso enviesado já familiar iluminando-lhe o rosto. – Agora entendi que ele nos deixou o número, afinal.

– Onde?

Langdon tirou do bolso o papel com a foto do crime e abriu-o na mesa. Sophie só precisou ler a primeira linha para saber que Langdon estava certo.

13-3-2-21-1-1-8-5
Ó, demônio draconiano!
Oh, santa falsa!
P.S. Encontre Robert Langdon

CAPÍTULO 44

– Dez dígitos – disse Sophie, seus instintos criptológicos aguçando-se enquanto analisava a folha de papel impressa.

13-3-2-21-1-1-8-5

Vovô escreveu o número da conta no assoalho do Louvre!
Ao ver pela primeira vez a sequência de Fibonacci toda misturada no piso de parquê, Sophie presumiu que o único objetivo do avô fora instigar a DCPJ a chamar os criptógrafos, assegurando assim a presença da neta dele. Mais tarde, entendeu que os números também eram uma pista para descobrir a forma de decifrar as outras linhas – *uma sequência fora de ordem... um anagrama numérico.* Agora, perplexa, via que os números tinham um significado ainda mais importante. Talvez fossem a chave que faltava para abrir o misterioso cofre do avô.

– Ele era o mestre dos duplos sentidos – disse Sophie, virando-se para Langdon. – Adorava qualquer coisa que tivesse a ver com múltiplas camadas de significados. Códigos dentro de códigos.

Langdon dirigiu-se ao painel eletrônico perto da esteira rolante. Sophie apanhou a folha e seguiu-o.

O painel tinha um teclado semelhante ao de um terminal bancário 24 horas. A tela mostrava o logotipo do banco, em formato de cruz. Ao lado do teclado, via-se um orifício triangular. Sophie inseriu de imediato a chave no buraco.

A tela mudou na hora.

```
NÚMERO DA CONTA
- - - - - - - - - -
```

O cursor piscava. Aguardando.
Dez dígitos. Sophie leu em voz alta os números que constavam do papel e Langdon os digitou.

```
NÚMERO DA CONTA
   1332211185
```

Depois que ele digitou o último número, a tela mudou outra vez. Uma mensagem em diversas línguas. O inglês vinha primeiro.

```
                    ATENÇÃO
Antes de pressionar a tecla ENTER, favor verificar
      se seu número de conta está correto.
  Para sua própria segurança, se o computador não
reconhecer seu número, este sistema se desligará
                  automaticamente.
```

– Função de autoproteção por desligamento do sistema – disse Sophie, franzindo o cenho. – Parece que só podemos tentar uma vez.

Os terminais bancários 24 horas permitiam que o cliente tentasse digitar a senha *três* vezes antes de reterem o cartão bancário. É claro que aquele não era um terminal qualquer.

– O número me parece correto – confirmou Langdon, comparando o papel cuidadosamente com o que haviam digitado. Indicou a tecla ENTER. – Vamos lá.

Sophie estendeu o dedo indicador para a tecla, mas hesitou, um pensamento súbito atravessando-lhe a cabeça.

– Vai em frente – incentivou Langdon. – Vernet voltará a qualquer momento.

– Não. – Ela afastou a mão do terminal. – Não é esse o número certo.

– Claro que é! Dez dígitos! O que mais poderia ser?

– Aleatório demais.

Aleatório demais? Langdon discordava totalmente. Todo banco recomendava que os clientes escolhessem senhas aleatórias para ninguém poder adivinhá-las. Os clientes *daquele banco*, mais do que de qualquer outro, deviam receber recomendações para escolher números aleatórios.

Sophie apagou tudo o que tinham acabado de digitar e ergueu os olhos para Langdon, segura.

– É coincidência demais esse tal número de conta supostamente *aleatório* poder ser reordenado de maneira a formar a sequência de Fibonacci.

Langdon foi obrigado a reconhecer que ela tinha razão. Antes, a própria Sophie já fizera a associação com a sequência de Fibonacci. Quais seriam as chances de outra pessoa também ser capaz de fazer isso?

Sophie voltou a digitar o número, como se o conhecesse de memória.

– Além do mais, meu avô adorava simbolismos e códigos, por isso algo me diz que teria escolhido um número de conta que significasse algo para ele, algo que pudesse recordar facilmente. – Sophie terminou de digitar o número, dando um sorriso malicioso. – Algo aparentemente aleatório... mas que, na verdade, *não era.*

Langdon olhou a tela:

```
NÚMERO DA CONTA:
1123581321
```

Levou apenas um instante, mas, ao vê-la assim escrita, Langdon percebeu que só podia ser isso.

A sequência de Fibonacci.
1-1-2-3-5-8-13-21

Quando a sequência de Fibonacci era misturada de maneira a formar um único número de dez dígitos, tornava-se praticamente irreconhecível. *Fácil de lembrar e, mesmo assim, dando a impressão de ser aleatória.* Um código de dez dígitos brilhante, que Saunière jamais esqueceria. Além do mais, explicava perfeitamente por que os números misturados escritos no assoalho do Louvre podiam ser reordenados para formar a famosa progressão.

Sophie apertou a tecla ENTER.

Nada aconteceu.

Pelo menos, nada que pudessem detectar.

◆ ◆ ◆

Naquele momento, abaixo deles, no profundo cofre-forte subterrâneo do banco, uma garra robótica começou a movimentar-se. Deslizando sobre um sistema de transporte de duplo eixo, preso ao teto, a garra se dirigiu para as coordenadas fornecidas. No piso de concreto abaixo dela, centenas de caixas plásticas encontravam-se alinhadas formando uma imensa matriz... como fileiras de pequenos caixões em uma cripta subterrânea.

Zunindo até parar acima do ponto correto, a garra caiu, um olho eletrônico confirmando o código de barras na caixa. Depois, com precisão milimétrica, a garra apanhou a alça pesada e ergueu a caixa verticalmente. Novas engrenagens encaixaram-se e a garra transportou a caixa para o outro lado do cofre-forte, parando acima de uma esteira rolante.

Depois, suavemente, o braço mecânico depositou a caixa na esteira e se retraiu.

Uma vez afastado o braço, a esteira começou a mover-se...

Lá em cima, Sophie e Langdon suspiraram aliviados ao ver a esteira se mover. De pé, ao lado dela, sentiram-se como viajantes cansados no setor de devolução de bagagens esperando uma mala misteriosa cujo conteúdo desconheciam.

A entrada da esteira ficava à direita deles, uma fenda estreita sob uma porta retrátil. A porta de metal deslizou para cima e uma enorme caixa plástica surgiu das profundezas na esteira rolante inclinada. Era negra, de plástico moldado resistente, e muito maior do que Sophie imaginara. Parecia uma dessas embalagens para transporte aéreo de animais, só que sem nenhuma abertura.

A caixa parou diante deles.

Langdon e Sophie ficaram ali calados, olhando fixamente o misterioso recipiente.

Como tudo o mais naquele banco, era uma caixa industrial – fechos metálicos, um código de barras no alto e uma alça moldada e resistente. Para Sophie, parecia uma gigantesca caixa de ferramentas.

Sem perder tempo, Sophie abriu as duas fivelas à sua frente. Depois, trocou um olhar com Langdon. Juntos, ergueram a pesada tampa e deixaram-na cair para trás, abrindo a caixa.

Aproximaram-se e olharam seu interior.

À primeira vista, Sophie achou que a caixa estivesse vazia. Depois viu alguma coisa bem no fundo. Um único objeto.

A caixa de madeira polida era mais ou menos do tamanho de uma caixa de sapatos e tinha dobradiças trabalhadas. A madeira era de um vermelho-escuro lustroso, com veios bem nítidos. *Pau-rosa*, identificou Sophie. A madeira preferida do avô. Na tampa, uma linda rosa em marchetaria. Ela e Langdon trocaram olhares intrigados. Sophie inclinou-se e apanhou a caixa, erguendo-a.

Deus do céu, como é pesada!

Levou-a com todo o cuidado até uma mesa grande e depositou-a sobre o tampo. Langdon veio colocar-se ao lado de Sophie, ambos de olhos fixos na pequena arca do tesouro que o avô dela aparentemente os mandara recuperar.

Langdon contemplava, fascinado, a figura entalhada à

mão na tampa – uma rosa de cinco pétalas. Já vira aquela rosa muitas vezes.

– A rosa de cinco pétalas – sussurrou – é um símbolo usado pelo Priorado para representar o Santo Graal.

Sophie virou-se para ele. Langdon podia perceber que os dois estavam pensando a mesma coisa. As dimensões da caixa, o peso evidente de seu conteúdo e um símbolo do Priorado que representava o Graal – tudo parecia indicar uma conclusão de um alcance incomensurável. *A Taça do Sangue de Cristo está nesta caixa de madeira.* Langdon voltou a dizer a si mesmo que era impossível.

– É do tamanho ideal – sussurrou Sophie – para conter... um cálice.

Não pode ser um cálice.

Sophie puxou a caixa para si, fazendo-a deslizar sobre a mesa, e preparou-se para abri-la. Quando puxou, porém, algo inesperado ocorreu. A caixa produziu um borbulhar esquisito.

Langdon piscou, surpreso, estranhando aquilo. *Será que tem algum líquido aí dentro?*

Sophie também estava tão confusa quanto ele.

– Você ouviu...

Langdon confirmou, perplexo.

– Líquido.

Estendendo a mão, Sophie vagarosamente abriu o fecho e ergueu a tampa.

O objeto no interior da caixa era diferente de tudo o que Langdon já vira. Mas uma coisa ambos logo perceberam. Decididamente, aquilo *não era* o Cálice de Cristo.

CAPÍTULO 45

– A polícia está bloqueando a rua – disse André Vernet, entrando na sala de espera. – Vai ser extremamente difícil tirá-los daqui. – Ao fechar a porta atrás de si, Vernet viu a caixa de plástico reforçado na esteira e parou. *Meu Deus! Eles acessaram a conta de Saunière?*

Sophie e Langdon estavam diante da mesa, debruçados sobre o que parecia ser uma grande caixa de joias. Sophie fechou imediatamente a tampa e voltou-se para Vernet.

– Descobrimos que tínhamos o número da conta – disse.

Vernet estava sem fala. Aquilo mudava tudo. Respeitosamente, desviou os olhos da caixa e procurou calcular o que fazer. *Preciso tirá-los do banco!* Entretanto, com a polícia já posicionada, bloqueando o prédio, Vernet só imaginava uma forma de fazer isso.

– Mademoiselle Neveu, se eu puder tirá-los do banco em segurança, vão levar o objeto consigo ou vão devolvê-lo ao cofre?

Sophie olhou para Langdon e depois para Vernet.

– Vamos precisar levar a caixa.

Vernet concordou.

– Muito bem. Então, sugiro que envolvam o objeto no paletó do cavalheiro enquanto caminhamos pelos corredores. Preferiria que ninguém o visse.

Enquanto Langdon retirava o paletó, Vernet corria até a esteira, fechava a caixa, agora vazia, e digitava uma série de comandos simples. A esteira voltou a se mover, levando a caixa plástica de volta ao cofre. Tirando a chave do terminal, ele a entregou a Sophie.

– Por aqui, por favor. Rápido.

Quando chegaram ao acesso de carga e descarga nos fundos do prédio, Vernet viu as luzes do carro da polícia refletindo pela garagem subterrânea adentro. Franziu o cenho.

Provavelmente haviam bloqueado a rampa. *Será que devo mesmo tentar essa estratégia?* Começou a suar.

Vernet encaminhou-se para um dos pequenos carros-fortes do banco. Transporte seguro era mais um serviço oferecido pelo Banco de Custódia de Zurique.

– Entrem no compartimento de carga – disse ele, abrindo a porta de trás blindada e indicando o compartimento de aço reluzente. – Volto logo.

Enquanto Sophie e Langdon entravam, Vernet atravessou correndo o terminal de carga e descarga até o escritório do encarregado, pegou as chaves do caminhão, encontrou o uniforme do motorista e seu quepe. Tirando o terno e a gravata, começou a vestir o paletó do motorista. Depois, reconsiderando a decisão, prendeu um coldre a tiracolo sob o uniforme. Ao sair, apanhou uma pistola da prateleira, meteu nela um pente de munição e colocou-a no coldre, abotoando o uniforme sobre a arma. Voltou ao caminhão, puxou o quepe sobre o rosto e espiou Sophie e Langdon, de pé dentro da caixa de metal vazia.

– É melhor acenderem a luz – disse ele, acionando a única lâmpada dentro do compartimento de carga. – E sentem-se, por favor, sem fazer nenhum ruído quando sairmos pelo portão.

Sophie e Langdon sentaram-se no piso de metal. Langdon aninhou nos braços a caixa envolta em seu paletó de tweed. Fechando as portas pesadas, Vernet trancou-os ali dentro. Depois, sentou-se diante do volante e ligou o veículo.

À medida que o carro-forte se dirigia lentamente para a rampa, Vernet sentia o suor aumentar sob o boné de motorista. Havia muito mais luzes da polícia diante do prédio do que imaginava. Quando o carro-forte subiu a rampa, o portão interno abriu-se para dentro para permitir sua passagem. Vernet avançou e esperou o portão fechar-se atrás dele antes de prosseguir e acionar o próximo sensor. O segundo portão abriu-se, a saída apareceu adiante.

A não ser pelo carro de polícia que estava bloqueando o alto da rampa.

Vernet enxugou a testa e avançou.

Um agente magricela saiu do carro e mandou-o parar a alguns metros do bloqueio. Quatro viaturas encontravam-se estacionadas diante do prédio.

Vernet parou. Puxando a pala do quepe ainda mais para a frente, fez a cara mais enfezada que sua educação refinada foi capaz de improvisar. Sem sair de trás do volante, abriu a porta e olhou firme para o policial, cujo rosto era severo e amarelo.

– O que está acontecendo? – indagou Vernet em francês.

– Sou Jérôme Collet – apresentou-se o agente, continuando também em francês. – Tenente da Polícia Judiciária. – Indicou o compartimento de bagagem. – O que tem aí dentro?

– Não tenho como saber – respondeu Vernet, num francês carregado. – Sou apenas um motorista.

Collet não se abalou.

– Estamos procurando dois criminosos.

Vernet riu.

– Então veio ao lugar certo. Alguns desses canalhas para os quais eu trabalho têm tanto dinheiro que só podem ser ladrões.

O agente ergueu uma foto de passaporte de Robert Langdon.

– Este homem esteve no seu banco esta noite?

Vernet deu de ombros.

– Não faço ideia. Sou do terminal de carga e descarga. Eles nem deixam a gente chegar perto dos clientes. É melhor ir perguntar ao recepcionista.

– Seu banco está exigindo um mandado de busca para podermos entrar.

Vernet fez cara de nojo.

– Esses gerentes... Nem me fale.

– Abra o compartimento de carga, por favor. – Collet indicou a traseira do carro-forte.

Vernet encarou o agente de um jeito desaprovador e improvisou uma gargalhada antipática.

– Abrir? Acha que eu tenho a chave? Acha que confiam em nós? Ganho muito pouco para isso, meu amigo.

A cabeça do policial inclinou-se para um lado, evidenciando seu ceticismo.

– Está me dizendo que não tem as chaves do seu próprio carro-forte?

Vernet sacudiu a cabeça.

– Não as do compartimento de carga. Só da ignição. Esses carros-fortes são lacrados pelos superintendentes do terminal. Aí o carro-forte fica parado na plataforma até alguém levar as chaves do compartimento para uma caixa com uma abertura, por onde as colocam. Quando recebemos a ligação dizendo que as chaves do compartimento já estão na caixa, aí sim podemos partir. Nem um segundo antes. Eu nunca sei o que estou levando.

– Quando foi que lacraram *esse* carro-forte?

– Deve ter sido há várias horas. Vou até St. Thurial esta noite. As chaves do compartimento já foram para lá.

O agente não respondeu, os olhos perscrutadores tentando ler a mente de Vernet.

Uma gota de suor estava prestes a deslizar pelo nariz do presidente do banco.

– Será que dava para me deixar passar? – disse, enxugando o nariz com a manga e indicando a viatura que lhe bloqueava o caminho. – Estou em cima da hora.

– Todos os motoristas da sua empresa usam Rolex? – indagou o agente, apontando para o pulso de Vernet.

Vernet lançou um olhar rápido ao pulso, para a pulseira do relógio absurdamente caro que aparecia sob a manga do blusão. *Merde*.

– Essa porcaria aqui? Comprei por 20 euros em um camelô tailandês em St. Germain-des-Près. Se quiser, lhe vendo por 40.

O agente finalmente desistiu e afastou-se para o lado.
– Não, obrigado. Faça uma boa viagem.
Vernet não voltou a respirar até o carro-forte estar a uns bons 50 metros rua abaixo. E agora ele tinha um outro problema. Sua carga. *Para onde vou levá-los?*

CAPÍTULO 46

Silas estava caído de bruços no tapete de lona de seu quarto, deixando que o sangue fresco nas feridas de chibata das suas costas coagulasse. A segunda sessão de Disciplina daquela noite deixara-o zonzo e fraco. Ainda precisava remover o cilício e estava sentindo o sangue escorrer pela parte interna da coxa. Mesmo assim, não tinha justificativa para remover o cilício.
Decepcionei a Igreja.
Pior ainda, decepcionei o bispo.
Aquela devia ser a noite de salvação do bispo Aringarosa. Cinco meses antes, ele havia voltado de uma reunião no Observatório do Vaticano, onde havia descoberto algo que o deixou profundamente mudado. Deprimido durante semanas, Aringarosa finalmente contara tudo a Silas.
– Mas isso é impossível! – exclamou Silas. – Não consigo aceitar!
– É verdade – disse Aringarosa. – Impensável, mas verdadeiro. Em apenas seis meses.
As palavras do bispo aterrorizaram Silas. Ele orava por uma saída e, até mesmo naquela época negra, sua confiança em Deus e no *Caminho* jamais havia sido abalada. Apenas um mês depois, as nuvens milagrosamente se abriram e a luz das possibilidades surgiu entre elas.
Intervenção divina, foi como Aringarosa chamou a solução.

O bispo parecia esperançoso pela primeira vez.

– Silas – murmurou –, Deus nos confiou uma oportunidade de proteger o *Caminho*. Nossa batalha, como todas as batalhas, irá exigir sacrifício. Você vai se comportar como um soldado de Cristo?

Silas caiu de joelhos diante do bispo Aringarosa – o homem que lhe dera uma nova vida – e disse:

– Sou um cordeiro do Senhor. Guie-me conforme os ditames de seu coração.

Quando Aringarosa vislumbrou a oportunidade que havia se apresentado, Silas viu que só podia ter vindo da mão de Deus. *Destino milagroso!* Aringarosa colocou Silas em contato com o homem que havia proposto o plano – um homem que chamava a si próprio de Mestre. Embora o Mestre e Silas jamais houvessem se encontrado pessoalmente, cada vez que conversavam pelo telefone, Silas ficava maravilhado diante da profundidade de sua fé e do alcance de seu poder. O Mestre parecia ser um homem que sabia de tudo, um homem com olhos e ouvidos em todos os lugares. Como o Mestre reunia essas informações, Silas não sabia, mas Aringarosa havia depositado uma confiança imensa no Mestre e dissera a Silas para fazer o mesmo.

– Faça o que o Mestre lhe recomenda – disse o bispo a Silas. – E seremos vitoriosos.

Vitoriosos. Silas agora olhava para o chão nu e temia que a vitória estivesse longe deles. O Mestre havia sido iludido. A pedra-chave era um beco sem saída, um chamariz para despistá-los. E, com esse engodo, todas as esperanças haviam se esvaído.

Silas desejou poder ligar para o bispo Aringarosa e avisá-lo, mas o Mestre havia cortado todas as linhas de comunicação direta entre eles naquela noite. *Para nossa segurança.*

Finalmente, superando um abalo emocional enorme, Silas arrastou-se pelo chão e encontrou o roupão, que estava caído no assoalho. Tirou o celular do bolso. Cabisbaixo de vergonha, ligou.

– Mestre – sussurrou –, tudo está perdido. – Silas contou ao homem como havia sido enganado.

– Você perde a fé rápido demais – respondeu o Mestre. – Acabei de receber notícias. As mais inesperadas e bem-vindas. O segredo está a salvo. Jacques Saunière transferiu informações antes de morrer. Volto a ligar para você em breve. Nosso trabalho desta noite ainda não terminou.

CAPÍTULO 47

Viajar dentro do compartimento de carga fracamente iluminado do carro-forte era como ser transportado dentro de uma cela de confinamento solitário. Langdon lutou contra a ansiedade que o assaltava em lugares fechados. *Vernet disse que nos levaria a uma distância segura longe da cidade. Aonde? A que distância?*

As pernas de Langdon estavam dormentes de tanto ficarem cruzadas no chão de metal, e assim ele procurou mudar de posição, estremecendo ao sentir o sangue voltar a circular na parte inferior do corpo. Nos braços ainda segurava a bizarra preciosidade que tinham conseguido retirar do banco.

– Acho que agora estamos numa estrada – sussurrou Sophie.

Langdon concordou. O carro-forte, depois de uma pausa enervante no alto da rampa do banco, prosseguira, ziguezagueando para a esquerda e a direita por um minuto ou dois, e agora estava acelerando até o que lhes parecia a velocidade máxima. Os pneus à prova de balas zuniam no asfalto liso. Forçando-se a concentrar a atenção na caixa de pau-rosa que carregava, Langdon colocou o precioso embrulho no chão, abriu o paletó e tirou de dentro dele a caixa, colocando-a perto de si. Sophie trocou de posição para poderem se sentar lado a lado. Langdon de repente teve a impressão de que ambos eram duas crianças debruçadas sobre um presente de Natal.

Em contraste com a cor intensa da madeira da caixa, a rosa havia sido confeccionada em madeira clara, provavelmente freixo, que brilhava luminosa à luz mortiça. *A Rosa*. Exércitos e religiões inteiras haviam se constituído inspirados nesse símbolo, assim como as sociedades secretas. *Os Rosa-Cruzes. Os Cavaleiros Rosa-Cruz.*

– Vamos, abra – disse Sophie.

Langdon suspirou fundo. Admirou mais uma vez o elaborado trabalho na madeira da tampa, abriu o fecho e levantou-a, revelando o objeto no interior.

Ele havia alimentado diversas fantasias acerca do que poderiam achar dentro daquela caixa, mas claramente não havia acertado nenhum palpite. Protegido pelo forro de seda carmesim que acolchoava a caixa, havia um objeto que Langdon não sabia nem por onde começar a compreender.

Feito de mármore branco polido, tratava-se de um cilindro de pedra aproximadamente com as mesmas dimensões de uma lata de bolas de tênis. Mais complexo do que uma única coluna de pedra, o cilindro parecia, porém, ter sido montado de várias peças. Cinco discos feitos de mármore do tamanho de uma rosquinha grande haviam sido empilhados e presos um ao outro dentro de uma delicada armação de metal. Parecia algum tipo de caleidoscópio cheio de rodas. Cada extremidade do cilindro estava fechada com uma tampa, também de mármore, tornando impossível ver o interior. Depois de ouvir o barulho de um líquido, Langdon presumiu que o cilindro fosse oco.

Por mais intrigante que pudesse ser a composição do cilindro, foram, porém, as gravações em volta do tubo que primeiro chamaram sua atenção. Em cada um dos cinco discos havia sido gravada a mesma série improvável de letras – o alfabeto inteiro. O cilindro com letras fez Langdon lembrar-se de um de seus brinquedos de infância – um bastão cheio de peças giratórias com letras para se formar palavras distintas.

– Espantoso, não? – murmurou Sophie.

Langdon respondeu.

– Sei lá. O que é isso aí, afinal?

Dessa vez, os olhos de Sophie brilhavam.

– Meu avô costumava fazer essas coisas como passatempo. Foram inventadas por Leonardo da Vinci.

Até mesmo sob aquela luz difusa, Sophie pôde constatar a surpresa de Langdon.

– Da Vinci? – murmurou ele, tornando a olhar o cartucho.

– É. Chama-se "críptex". Segundo meu avô, o desenho original se encontra em um dos diários secretos de Da Vinci.

– E para que serve?

Considerando-se os eventos daquela noite, Sophie sabia que a resposta talvez tivesse algumas implicações interessantes.

– Trata-se de um cofre – disse ela. – Para armazenar informações secretas.

Os olhos de Langdon se arregalaram mais ainda.

Sophie explicou que criar modelos das invenções de Da Vinci era um dos passatempos prediletos do avô. Um artesão talentoso que passava horas trabalhando na marcenaria e oficina de ferreiro, Jacques Saunière adorava imitar mestres do artesanato – Fabergé, artesãos variados que trabalhavam com *cloisonné* e o menos artístico, porém muito mais prático, Leonardo da Vinci.

Até mesmo um exame superficial dos diários de Da Vinci revelava por que o luminar era tão famoso por sua falta de continuidade quanto era por seu brilhantismo. Da Vinci havia desenhado projetos de centenas de invenções que jamais construíra. Um dos passatempos preferidos de Jacques Saunière era dar vida às mais obscuras elucubrações de Da Vinci – ampulhetas, bombas d'água, críptex e até um modelo inteiramente articulado de um cavaleiro medieval francês, que colocara, cheio de orgulho, em cima de sua escrivaninha no escritório. Projetado por Da Vinci em 1495, fruto de seus primeiros estudos de anatomia e cinesiologia, o mecanismo interno do cavaleiro-robô possuía articulações e tendões extremamente precisos e era projetado para sentar-se, balançar os braços e movimentar a cabeça com seu pescoço flexível enquanto abria e fechava uma mandíbula cuja anatomia era perfeita. Sophie sempre achara que o cavaleiro vestido de armadura era o mais belo objeto que seu avô havia construído... até ver o críptex naquela caixa de madeira.

– Ele fez um desses para mim quando eu era pequena – disse Sophie. – Mas nunca vi um assim, tão ornamentado e grande.

Os olhos de Langdon não se desviavam da caixa sequer um segundo.

– Jamais ouvi falar desses objetos.

Sophie não se surpreendeu. A maioria das invenções não confeccionadas de Da Vinci jamais fora estudada nem tinha nome. O termo "críptex" podia ter sido inclusive inventado por seu avô, um nome adequado para aquele dispositivo que empregava a *criptologia* para proteger informações no rolo, ou *códex*, no seu interior.

Da Vinci havia sido pioneiro da ciência da criptologia, segundo Sophie sabia, embora raramente recebesse crédito por isso. Os professores universitários de Sophie, quando apresentavam métodos de codificação por computador para proteger dados, elogiavam criptólogos modernos, como Zimmerman e Shneier, mas não mencionavam que tinha sido Leonardo quem inventara uma das formas mais rudimentares de criptografia séculos antes. O avô de Sophie, é claro, é que lhe contara isso.

À medida que o carro-forte percorria a estrada, Sophie ia explicando a Langdon que o críptex havia sido a solução encontrada por Da Vinci para o dilema de enviar mensagens protegidas através de longas distâncias. Em uma época em que não existiam telefones nem correio eletrônico, todos que queriam mandar informações confidenciais a alguém distante não tinham escolha senão escrevê-las e depois confiá-las a um mensageiro. No entanto, se um mensageiro desconfiasse que a carta pudesse conter informações valiosas, ganharia muito mais vendendo as informações aos adversários do que entregando a seu destinatário.

Muitos grandes homens da história haviam inventado soluções criptológicas para o desafio da proteção de informações: Júlio César inventou um tipo de codificação chamada "Caixa de César"; Maria Stuart criou um código de substituição e enviava mensagens secretas da prisão; e o brilhante cientista árabe Abu Yusuf Ismail Al-Kindi protegia seus segredos com criptogramas de substituição engenhosos, constituídos de letras de vários alfabetos.

Da Vinci, porém, deixou de lado a matemática e a criptologia e procurou uma solução *mecânica*. O críptex. Um recipiente portátil que pudesse proteger cartas, mapas, diagramas, qualquer coisa, enfim. Uma vez que as informações fossem lacradas dentro do críptex, apenas o indivíduo que tivesse a senha apropriada poderia acessá-las.

– Precisamos de uma senha – disse Sophie, apontando para os mostradores cobertos de letras. – Um críptex funciona como um cadeado de bicicleta com segredo programável. Se alinharmos os discos na posição correta, a tranca se abre. Esse críptex tem cinco discos com letras. Quando os girarmos de modo a formar a sequência adequada, os ferrolhos se alinham no seu interior e o cilindro se abre.

– E dentro dele?

– Uma vez aberto, consegue-se acessar um compartimento oco central, no qual pode haver um rolo de papel onde está a informação que queremos manter secreta.

Langdon pareceu incrédulo.

– Está dizendo que seu avô construía essas coisas quando você era criança?

– Uns menores, sim. Umas duas vezes, no meu aniversário, ele me deu um críptex e uma charada para resolver. A resposta para a charada era a senha do críptex, e, ao descobrir isso, eu o abri e encontrei meu cartão de aniversário.

– Um trabalho enorme só para ler um cartão!

– Não, os cartões sempre continham uma nova charada ou pista. Meu avô adorava inventar formas de me fazer caçar tesouros pela casa, uma série de pistas que acabavam levando a meu presente de verdade. Cada caça ao tesouro era um teste de persistência e merecimento, para garantir que eu fosse mesmo digna da recompensa. E os testes nunca eram simples.

Langdon tornou a examinar o dispositivo, ainda com uma expressão cética.

– Por que não simplesmente forçar o críptex ou parti-lo? O metal parece frágil, e o mármore é uma rocha friável.

Sophie sorriu.

– Porque Da Vinci era esperto demais e projetou o críptex de modo que, se alguém tentar forçá-lo, de qualquer forma, as informações se autodestroem. Veja. – Sophie meteu a mão na caixa e ergueu cuidadosamente o cilindro. – Qualquer informação a ser inserida é primeiro escrita num rolo de papiro.

– Não é pergaminho?

Sophie sacudiu a cabeça.

– Papiro. Sei que o pergaminho feito com pele de carneiro era mais durável e mais comum naquela época, mas precisava ser papiro. Quanto mais fino, melhor.

– Certo.

– Antes de o papiro ser inserido no compartimento do críptex, era enrolado em torno de uma delicada ampola de vidro. – Ela inclinou o críptex, e o líquido dentro dele borbulhou. – Uma ampola cheia de líquido.

– *Qual* líquido?

Sophie sorriu.

– Vinagre.

Langdon hesitou um momento, depois começou a concordar com a cabeça.

– Brilhante.

Vinagre e papiro, pensou Sophie. Se alguém tentasse abrir o críptex à força, a ampola se romperia e o vinagre rapidamente dissolveria o papiro. Se alguém conseguisse extrair a mensagem secreta, esta já seria uma massa de polpa sem informação alguma.

– Como pode ver – disse-lhe Sophie –, a única forma de acessar as informações aí dentro é saber a senha de cinco letras. E, com cinco discos, cada qual com 26 letras, são 26 à quinta potência. – Ela rapidamente estimou as permutações. – Mais ou menos uns 12 milhões de possibilidades.

– Se você está dizendo isso, eu acredito – disse Langdon, com cara de quem estava com aproximadamente 12 milhões de perguntas na cabeça. – Que informações acha que contém?

– Seja o que for, meu avô sem dúvida queria muito manter isso em sigilo. – Fez uma pausa, fechou a tampa da caixa e olhou a rosa de cinco pétalas marchetada nela. Algo a perturbava. – Disse que a Rosa é símbolo do Graal?

– Exato. No simbolismo do Priorado, a Rosa e o Graal são sinônimos.

Sophie franziu o cenho.

– Estranho, porque meu avô sempre me disse que a Rosa simbolizava *sigilo*. Ele costumava pendurar uma rosa na porta do seu escritório em casa quando estava ao telefone em alguma chamada confidencial e não queria que eu o interrompesse. E me incentivava a fazer o mesmo. *Minha querida, dizia meu avô, em vez de trancarmos nossas portas, podemos pendurar uma rosa – a flor dos segredos – do lado de fora quando precisarmos de privacidade. Dessa maneira, vamos aprender a nos respeitar mutuamente e a confiarmos um no outro. Pendurar uma rosa na porta é um antigo costume romano.*

– *Sub rosa* – disse Langdon. – Embaixo da rosa. Os romanos penduravam uma rosa sobre um grupo em reunião para indicar que o encontro era secreto. Os participantes entendiam que tudo que fosse dito sob a rosa – ou *sub rosa* – precisava permanecer confidencial.

Langdon explicou rapidamente que essa associação da Rosa ao sigilo não era o único motivo pelo qual o Priorado a usava para simbolizar o Graal. A *Rosa rugosa*, uma das mais antigas espécies de rosa, tinha cinco pétalas e simetria pentagonal, exatamente como a estrela-guia Vênus, o que dava à Rosa vínculos iconográficos fortes com a *feminilidade*. Além disso, a Rosa tinha vínculos bastante íntimos com a concepção de "verdadeira direção" e o estabelecimento de rotas. A rosa dos ventos da bússola ajudava os viajantes a navegar, assim como as linhas rosadas, as linhas longitudinais dos mapas. Por isso, era um símbolo que se referia ao Graal de muitas formas – sigilo, feminilidade e orientação –, o cálice feminino e a estrela-guia que levavam à verdade secreta.

Quando Langdon terminou a explicação, seu semblante pareceu contrair-se subitamente.

– Robert? Está se sentindo bem?

Os olhos dele estavam pregados na caixa. – Sub... rosa – disse, como que sufocado, uma perplexidade temerosa se espalhando pelo seu rosto. – Não pode ser.

– O que é?

Langdon ergueu o olhar.

– Sob o signo da Rosa – sussurrou ele. – Esse críptex... acho que sei o que contém.

CAPÍTULO 48

Langdon mal podia acreditar em sua própria suposição e, mesmo assim, considerando-se *a pessoa* que lhes entregara aquele cilindro de pedra, o modo como fora entregue a ambos e a rosa marchetada na caixa, só havia uma conclusão possível.

Estou com a pedra-chave do Priorado nas minhas mãos.

A lenda era específica.

A pedra-chave é uma pedra-chave codificada que se encontra sob o signo da Rosa.

— Robert? — chamou Sophie, observando-o atentamente. — O que está havendo?

Langdon precisou de um momento para organizar os pensamentos.

— Seu avô lhe falou de uma coisa chamada *clef de voûte?*

— A chave do cofre? — traduziu Sophie.

— Não, essa é uma tradução literal. *Clef de voûte* é um termo comum de arquitetura. *Voûte* se refere não a uma caixa-forte de banco, mas a uma abóbada arquitetônica. Como um teto abobadado.

— Mas os tetos abobadados não têm chaves.

— Têm, sim. Toda arcada precisa ter no alto uma pedra central em forma de cunha que mantém as outras peças bem unidas e sustenta todo o peso. Essa pedra, na arquitetura, é a chave da abóbada. Em inglês, é chamada *keystone*, ou pedra-chave. — Langdon fitou-a para ver se ela reconhecia o termo.

Sophie deu de ombros, voltando os olhos outra vez para o críptex.

— Mas isto evidentemente não é uma pedra-chave.

Langdon não sabia por onde começar. As pedras-chave, como técnica arquitetônica para construir arcadas de pedra, haviam sido um dos segredos mais bem-guardados da maçonaria, nos seus primórdios. *O Grau de Mestre Maçom do Real Arco. Arquitetura. Pedras-chave.* Tudo se interligava. O conhecimento secreto sobre como usar uma pedra em cunha para construir um arco de abóbada fazia parte do corpo de conhecimento que havia tornado os maçons artesãos tão ricos, e era um segredo que guardavam cuidadosamente. As pedras-

-chave sempre tiveram a tradição do sigilo. Ainda assim, o cilindro na caixa de pau-rosa era uma peça muito diferente. A pedra-chave do Priorado – se é que era aquilo mesmo que estavam segurando – não era nem de longe o que Langdon havia imaginado.

– A pedra-chave do Priorado não é minha especialidade – admitiu Langdon. – Meu interesse no Santo Graal é antes de mais nada simbológico, minha tendência é ignorar a imensa quantidade de conhecimento relacionada à maneira de encontrá-lo.

As sobrancelhas de Sophie se arquearam.

– *Encontrar* o Santo Graal?

Langdon confirmou, inquieto, pronunciando as palavras seguintes com cautela.

– Sophie, de acordo com a tradição do Priorado, a pedra--chave é um mapa codificado... um mapa que revela o esconderijo do Santo Graal.

O rosto de Sophie ficou inexpressivo.

– E você também acha que a pedra-chave é isso?

Langdon não sabia o que dizer. Até mesmo para ele aquilo parecia incrível, e, mesmo assim, a pedra-chave era a única conclusão lógica a que ele chegava. *Uma pedra codificada, escondida sob o signo da Rosa.*

A ideia de que o críptex havia sido projetado por Leonardo da Vinci – ex-Grão-Mestre da Ordem do Priorado de Sião – também era outro indício tentador de que aquela era a pedra do Priorado. *Um antigo desenho do Grão-Mestre... construído séculos depois por outro membro do Priorado.* O vínculo era palpável demais para se desprezar.

Durante o último século, os historiadores haviam procurado a pedra-chave nas catedrais francesas. Os que buscavam o Graal, conhecendo a história dos duplos sentidos codificados do Priorado, haviam concluído que a *clef de voûte* era uma pedra-chave mesmo – uma cunha arquitetônica –, uma pedra entalhada, codificada e inserida em uma arcada de igreja. *Sob o signo da Rosa*. Na arquitetura, não faltavam rosas. *Janelas em formato de rosa, rosetas em relevo*. E, claro, uma infinidade de *rosáceas de cinco cúspides* – as flores decorativas de cinco pétalas encontradas no alto das arcadas, diretamente sobre a pedra-chave. O esconderijo parecia diabolicamente simples. O mapa para se encontrar o Santo Graal estava integrado a um arco elevado de alguma igreja esquecida, zombando dos frequentadores que perambulavam sob ele sem nada perceber.

– Esse críptex *não pode ser* a pedra-chave – argumentou Sophie. – Não é antigo o suficiente. Tenho certeza de que foi meu avô quem o construiu. Não pode fazer parte de nenhuma lenda antiga do Graal.

– Muito pelo contrário – disse Langdon, sentindo um arrepio de emoção atravessar-lhe o corpo –, acredita-se que a pedra-chave foi criada pelo Priorado em algum momento das últimas duas décadas.

Os olhos de Sophie cintilaram, mostrando ceticismo.

– Mas, se esse críptex revela onde está o Santo Graal, por que meu avô o daria *a mim*? Não faço a menor ideia de como abri-lo ou do que fazer com ele. Nem mesmo sei *o que é* o Graal!

Langdon percebeu, para sua surpresa, que ela estava certa. Ainda não tivera oportunidade de explicar a Sophie a verdadeira natureza do Graal. Aquela história ia ter de esperar. No momento deviam se concentrar na pedra-chave.

Se isso for mesmo a pedra...

Apesar do ruído dos pneus à prova de bala sob eles, Langdon explicou com poucas palavras a Sophie o que sabia sobre a pedra-chave. Supostamente, durante séculos, o maior segredo do Priorado – a localização do Santo Graal – jamais havia sido escrito. Por questões de segurança, era verbalmente transferido para cada novo guardião que surgia em uma cerimônia clandestina. Porém, a certa altura do último século, começaram a surgir rumores de que as diretrizes do Priorado haviam mudado. Talvez fosse por causa das novas possibilidades de escuta eletrônica, mas o Priorado jurou nunca mais *proferir em voz alta* a localização do esconderijo sagrado.

– E como eles passavam o segredo adiante? – indagou Sophie.

– Aí é que entra a pedra-chave – explicou Langdon. – Quando morria um dos quatro membros do escalão superior, os outros escolhiam, entre os inferiores, o próximo candidato a ser promovido a guardião. Em vez de dizer em voz alta ao novo guardião onde estava escondido o Graal, eles o submetiam a um teste para ver se era digno da incumbência.

Sophie pareceu ficar perturbada com isso, e Langdon lembrou-se de que ela havia mencionado como o avô costumava preparar caças ao tesouro para ela – testes de merecimento. Sem dúvida, a pedra-chave era um conceito semelhante. Testes como esses também eram muito comuns em sociedades secretas. O mais conhecido era o teste dos maçons, no qual os membros ascendiam a graus superiores provando que eram capazes de guardar um segredo e realizando rituais e diversos testes de merecimento ao longo de vários anos. As tarefas tornavam-se progressivamente mais difíceis até culminarem na cerimônia de posse de um candidato bem--sucedido como maçom do trigésimo segundo grau.

– Então a pedra-chave é um teste de merecimento – disse Sophie. – Se um guardião do Priorado em ascensão puder abri-la, torna-se digno da informação que encerra.

Langdon confirmou.

– Esqueci que você já passou por isso antes.

– Não só com meu avô. Em criptologia, isso se chama "linguagem que se legitima". Ou seja, se você foi esperto o suficiente para conseguir ler o texto codificado, tem permissão para conhecer o que ele diz.

Langdon hesitou um instante.

– Sophie, você percebe que, caso se trate mesmo da pedra-chave, o fato de seu avô ter acesso a ela quer dizer que ele era excepcionalmente poderoso dentro do Priorado de Sião? Ele teria forçosamente de ser um dos quatro membros principais.

Sophie suspirou.

– Ele era poderoso em uma sociedade secreta. Tenho certeza disso. Só posso presumir que essa sociedade era o Priorado.

Langdon piscou.

– Você *sabia* que ele pertencia a uma sociedade secreta?

– Dez anos atrás vi umas coisas que não devia ter visto. Desde essa época, deixamos de nos falar. – Ela fez uma pausa. – Meu avô não era só um dos membros do alto escalão... acho que *era o mais importante*.

Langdon não podia crer no que ela estava dizendo.

– Grão-Mestre? Mas... não há como você saber disso!

– Preferia não tocar no assunto... – Sophie desviou o olhar, uma expressão ao mesmo tempo decidida e angustiada no rosto.

Langdon ficou mudo, estupefato. *Jacques Saunière? Grão-Mestre?* Apesar das repercussões incríveis, se fosse verdade, Langdon tinha a estranha sensação de que quase fazia perfeito sentido. Afinal, os Grão-Mestres anteriores do Priorado também haviam sido figuras públicas de destaque com espírito artístico. Prova disso era o fato que fora revelado anos antes, na Biblioteca Nacional de Paris, nos documentos que se tornaram conhecidos como *Os Dossiês Secretos*.

Todo historiador do Priorado e fã do Graal já havia lido os *Dossiês*. Catalogados sob o número 4º lm[1] 249, os documentos haviam sido autenticados por inúmeros especialistas, confirmando acima de toda e qualquer controvérsia uma coisa da qual os historiadores já desconfiavam havia muito: entre os Grão-Mestres do Priorado, ou do Monastério do Sinai, achavam-se Leonardo da Vinci, Botticelli, Sir Isaac Newton, Victor Hugo e, mais recentemente, Jean Cocteau, o famoso artista parisiense.

Por que não Jacques Saunière?

A incredulidade de Langdon se intensificou com a lembrança de que ele fora convidado para *um encontro* com Saunière naquela noite. *O Grão-Mestre do Priorado marcou um encontro comigo. Por quê?* Para falar de assuntos artísticos banais? Subitamente, aquilo lhe pareceu improvável. Afinal, se o instinto de Langdon estivesse correto, o Grão-Mestre do Priorado de Sião acabara de transferir a posse da lendária pedra-chave da fraternidade para sua neta, instruindo-a, simultaneamente, para que encontrasse Robert Langdon.

Inconcebível!

A imaginação de Langdon não conseguia reunir um conjunto de circunstâncias que explicassem o comportamento de Saunière. Mesmo se Saunière temesse ser morto, havia três guardiães que também possuíam o segredo e, portanto, garantiriam a segurança do Priorado. Por que Saunière havia corrido um risco tão grande para entregar a pedra a sua neta, principalmente quando os dois não mantinham mais nenhum relacionamento? E por que envolver Langdon... um estranho?

Está faltando uma peça nesse quebra-cabeça, pensou Langdon.

As respostas teriam de esperar. O som de um motor que ia se tornando mais lento fez os dois olharem para cima. Sob os pneus, ouviu-se som de cascalho. *Por que ele já está parando?*, Langdon perguntou-se. Vernet havia dito que iria levá-los para bem longe da cidade, por uma questão de segurança. O carro-forte desacelerou até quase se arrastar e inesperadamente dobrou em uma estrada de terra. Sophie lançou a Langdon um olhar preocupado, fechando depressa a caixa do críptex e trancando-a. Langdon voltou a escondê-la com o paletó.

Quando o carro-forte parou, o motor permaneceu ligado. As trancas das portas traseiras começaram a girar. Quando as portas se abriram, Langdon ficou surpreso ao ver que estavam estacionados em um bosque, bem distante da estrada. Vernet apareceu, o olhar angustiado. Na mão, uma pistola.

– Perdoem-me por isso – disse ele. – Não tenho outra opção.

CAPÍTULO 49

André Vernet parecia não saber bem o que fazer com a pistola, mas seus olhos brilhavam com uma determinação tal que Langdon percebeu que seria temerário desafiar.

– Infelizmente preciso insistir – disse ele, apontando a arma para os dois, dentro do compartimento de carga do carro-forte. – Deixem a caixa no chão.

Sophie segurou firmemente a caixa contra o peito.

– Você disse que era amigo de meu avô.

– Tenho o dever de proteger os pertences de seu avô – respondeu Vernet. – E é exatamente o que estou fazendo. Agora, ponha a caixa no chão.

– Meu avô me confiou a caixa! – disse ela.

– Obedeça – ordenou Vernet, erguendo a arma.

Sophie colocou a caixa a seus pés.

Langdon viu o cano da pistola voltar-se para ele.

– Sr. Langdon – disse Vernet. – O senhor trará a caixa até mim. E, veja bem, estou lhe pedindo isso porque *no senhor* eu não hesitaria em atirar.

Langdon olhou o banqueiro, atônito, sem entender nada.

– Por que está fazendo isso?

– Por que acha que estou? – retrucou Vernet, seu inglês carregado pelo sotaque francês agora áspero. – Para proteger os bens de meus clientes.

– Nós somos seus clientes agora – disse Sophie.

O rosto de Vernet ficou frio como gelo, uma transformação assustadora.

– Mademoiselle Neveu, não sei como conseguiu aquela chave e o número da conta, mas parece evidente que os dois estão envolvidos em algum crime. Se eu soubesse antes a extensão de seus delitos, jamais teria ajudado os dois a escaparem do banco.

– Eu lhe disse – explicou Sophie – que nada tínhamos a ver com a morte de meu avô!

Vernet voltou-se para Langdon.

– E mesmo assim o rádio diz que estão sendo procurados não só pelo assassinato de Jacques Saunière, mas pelo de *três outros homens* também?

– O quê? – exclamou Langdon, como que fulminado. *Três outros assassinatos?* O número coincidente o atingiu com mais força do que o fato de que ele era o suspeito número um. Parecia improvável demais que fosse coincidência. *Os três guardiães?* Os olhos de Langdon pousaram na caixa de pau-rosa. *Se os guardiães foram mortos, Saunière não tivera opções. Precisava transferir a pedra-chave para alguém.*

– A polícia poderá resolver tudo quando eu os entregar – disse Vernet. – Já envolvi meu banco demais nisso.

Sophie olhou para Vernet com vontade de esganá-lo.

– É claro que não tem intenção de nos entregar. Se tivesse, teria nos levado de volta para o banco. Em vez disso, nos traz aqui para o meio do mato e aponta uma arma para nós?

– Seu avô me contratou por um motivo – manter seus bens a salvo e em sigilo. Seja qual for o conteúdo dessa caixa, não tenho a intenção de deixá-la ir parar dentro de um saco plástico para documentar uma diligência policial. Sr. Langdon, traga a caixa, por obséquio.

Sophie sacudiu a cabeça.

– Não obedeça.

Um tiro ecoou e uma bala se enterrou na parede acima dele. A reverberação sacudiu a traseira do carro-forte quando o cartucho vazio bateu tilintando no chão do compartimento de carga.

Merda! Langdon gelou.

Vernet agora falava com mais confiança.

– Sr. Langdon, pegue a caixa.

Langdon ergueu a caixa.

– Agora traga-a para mim. – Vernet estava mirando para atirar à queima-roupa, de pé atrás do para-choque traseiro, o braço estendido, a pistola apontando para dentro do compartimento de carga.

Com a caixa na mão, Langdon atravessou o compartimento de carga na direção da porta aberta.

Preciso fazer alguma coisa!, pensou Langdon. *Estou prestes a entregar a pedra-chave do Priorado!* Ao se aproximar da porta, pensou depressa em tirar proveito do fato de estar no alto e Vernet, no chão. A arma de Vernet, embora erguida, estava na altura do joelho de Langdon. *Quem sabe um chute bem-colocado?* Infelizmente, quando Langdon chegou mais perto, Vernet pareceu perceber o perigo potencial e recuou vários passos, reposicionando-se a dois metros de distância. Bem fora de alcance.

Vernet ordenou-lhe:

– Ponha a caixa aí mesmo, perto da porta.

Sem opções, Langdon ajoelhou-se e colocou a caixa de pau-rosa na beirada do compartimento de carga, em frente às portas abertas.

– Agora levante-se.

Langdon começou a se levantar, mas parou, observando de soslaio a cápsula deflagrada no chão ao lado do batente perfeitamente chanfrado do carro-forte.

– Levante-se e afaste-se da caixa.

Langdon parou um instante mais, sem tirar o olho do batente de metal. Quando ficou de pé, empurrou discretamente a cápsula de munição vazia para a estreita borda no batente inferior do carro-forte. Agora totalmente ereto, Langdon recuou.

– Volte para o fundo e vire-se.

Langdon obedeceu.

Vernet ouvia seu próprio coração batendo com força. Mirando com a mão direita, estendeu o braço esquerdo para baixo, procurando a caixa. Descobriu que era pesada demais. *Preciso das duas mãos.* Voltou os olhos de novo para seus prisioneiros, calculando o risco. Ambos estavam a uns bons quatro metros de distância, no fundo do compartimento de carga, virados para o outro lado. Vernet decidiu-se. Rapidamente, deixou a pistola no para-choque, ergueu a caixa com ambas as mãos e colocou-a no chão, apanhando a arma outra vez e voltando a apontar para dentro do compartimento. Nenhum dos dois prisioneiros havia se movido.

Perfeito. Agora só precisava fechar a porta e trancá-la. Deixou a caixa no chão um instante e começou a empurrar a porta de metal, para fechá-la. Quando a porta passou por ele, Vernet estendeu o braço para pegar o único ferrolho que precisava ser encaixado no lugar. A porta fechou-se com estrondo e Vernet puxou o ferrolho para a esquerda. Este deslizou alguns centímetros e parou, emperrando inesperadamente, sem alinhar-se com o encaixe. *O que é que está havendo?* Vernet tornou a puxar o ferrolho, mas ele não trancava a porta. O mecanismo não estava alinhado. *A porta não está fechando!* Sentindo uma pontada de pânico, Vernet empurrou com o ombro a parte externa da porta, que nem se moveu. *Algo está bloqueando o ferrolho!* Vernet virou o corpo para empurrar com toda a força, mas dessa vez a porta abriu de supetão, atingindo Vernet no rosto e fazendo-o rolar na terra, o nariz espatifado. A arma voou quando Vernet levou a mão ao rosto e sentiu o sangue quente escorrer-lhe do nariz.

Robert Langdon aterrissou ali perto e Vernet tentou se erguer, mas não conseguia enxergar nada. Sua visão estava embaçada, e ele caiu para trás outra vez. Sophie Neveu gritava. Momentos depois, Vernet sentiu uma nuvem de poeira e fumaça de escapamento erguer-se acima de si. Ouviu os pneus contra o cascalho e sentou-se bem a tempo de ver o carro-forte fazer uma curva com dificuldade. Com um estalo, o para-choque dianteiro quebrou uma árvore. O motor roncou e a árvore caiu. Finalmente, foi o para-choque que cedeu, partindo-se ao meio. O carro-forte avançou, arrastando a parte quebrada do para-choque. Quando o veículo chegou à estrada asfaltada, uma chuva de fagulhas iluminou a noite, denunciando a posição do carro-forte enquanto ele se afastava.

Vernet voltou os olhos de novo para o chão, onde o carro-forte estivera estacionado antes. Mesmo à luz fraca do luar, pôde ver que não havia mais nada ali.

A caixa de madeira havia desaparecido.

CAPÍTULO 50

O sedã Fiat sem identificação que saiu de Castel Gandolfo ziguezagueou descendo os montes Albanos até o vale lá embaixo. No banco traseiro, o bispo Aringarosa sorria, sentindo o peso dos papéis na maleta que tinha no colo e perguntando-se quanto tempo demoraria para que ele e o Mestre pudessem trocá-los por dinheiro.

Vinte milhões de euros.

A soma iria comprar um poder muito mais valioso para Aringarosa do que essa quantia.

Com o carro seguindo para Roma, Aringarosa perguntou-se outra vez por que o Mestre ainda não havia entrado em contato com ele. Tirou o celular do bolso da batina e verificou o sinal da operadora. Fraco demais.

– O serviço de celular é intermitente aqui em cima – disse o motorista, espiando o sacerdote pelo espelho retrovisor. – Em mais ou menos uns cinco minutos vamos sair das montanhas e aí o serviço melhora.

– Obrigado. – Aringarosa sentiu uma súbita onda de preocupação. *O celular não funciona nas montanhas?* Talvez o Mestre estivesse tentando se comunicar com ele aquele tempo todo. Talvez alguma coisa tivesse dado errado.

Rápido, o bispo Aringarosa verificou o correio de voz do celular. Nada. Mas também, ponderou, o Mestre jamais deixaria uma mensagem gravada; era um homem extremamente cauteloso com suas comunicações. Ninguém entendia melhor que o Mestre os perigos de falar abertamente neste mundo moderno. A espionagem eletrônica havia desempenhado um papel fundamental no modo como reunira todo o impressionante conhecimento secreto que possuía.

Por esse motivo, ele toma todas as precauções.

Infelizmente, os protocolos de precaução do Mestre incluíam a recusa em dar a Aringarosa qualquer tipo de número telefônico. *Somente eu entrarei em contato com vocês*, informara o Mestre. *Portanto, mantenha o telefone por perto.* Ao perceber que seu telefone não funcionava direito nas montanhas, Aringarosa ficou preocupado com o que o Mestre poderia pensar se estivesse telefonando sem obter resposta.

Vai pensar que há algo errado.

Ou que não consegui os papéis.

O bispo começou a suar frio.

Ou pior... que fugi com o dinheiro!

CAPÍTULO 51

Mesmo a moderados 60 km por hora, o para-choque quebrado do carro-forte riscava o chão da estrada deserta, causando uma barulheira infernal e jogando centelhas sobre o capô.

Precisamos sair da estrada, pensou Langdon.

Nem sequer conseguia enxergar direito para onde estavam indo. O único farol que sobrara estava torto, lançando um facho de luz no bosque que havia à margem da estrada rural.

Aparentemente, esse carro-forte só era "forte" no compartimento de carga, não na parte da frente.

Sophie estava sentada no banco do passageiro com um ar inexpressivo, a caixa de pau-rosa no colo.

– Está se sentindo bem? – indagou Langdon.

Ela parecia abalada.

– Acredita naquele sujeito?

– A história dos outros três assassinatos? Sem dúvida. Responde a um bocado de perguntas – esse negócio de o seu avô estar desesperado para passar adiante a pedra-chave e também essa ânsia de Fache para me deter.

– Não, refiro-me a Vernet querer proteger o banco.

Langdon encarou-a por um momento.

– E acha que pode ser o quê?

– Roubar a pedra-chave.

Langdon nem mesmo considerara essa possibilidade.

– Como ele poderia saber o que há dentro da caixa?

– O banco é que estava guardando a pedra. Ele conhecia meu avô. Talvez soubesse de mais coisas. Talvez tivesse resolvido se apossar do Graal.

Langdon sacudiu a cabeça. Vernet não lhe parecia ser aquele tipo de pessoa.

– Pelo que sei, só há dois motivos para as pessoas procurarem o Graal. Ou são ingênuas e acham que estão procurando o Cálice de Cristo, perdido há séculos...

– Ou...

– Ou sabem a verdade e se sentem ameaçadas por ela. Muitos grupos através da história tentaram destruir o Graal.

O silêncio que caiu sobre eles acentuou o som do para-choque que raspava na estrada. Já haviam percorrido alguns quilômetros, e, olhando a cascata de faíscas produzida pelo atrito, Langdon refletiu se aquilo não seria perigoso. De qualquer maneira, caso passassem por outro carro, certamente chamaria a atenção. Resolveu tomar uma atitude.

– Vou ver se dá para colocar esse para-choque de volta no lugar.

Dirigiu-se ao acostamento e parou.

Silêncio, afinal.

Ao se dirigir para a frente do carro-forte, Langdon notou com surpresa como estava alerta. Encarar o cano de mais uma arma naquela noite lhe dera fôlego extra. Inspirou profundamente o ar noturno e tentou pôr a cabeça no lugar. Além de ser um homem perseguido pela polícia, o que já era terrível, estava começando a sentir o peso de uma responsabilidade aterradora, a perspectiva de que ele e Sophie talvez estivessem de posse de instruções codificadas para um dos mistérios mais bem-protegidos de todos os tempos.

Como se esse fardo não fosse suficiente, Langdon via que qualquer possibilidade de encontrar uma forma de devolver a pedra-chave ao Priorado acabara de evaporar-se. A notícia dos três outros assassinatos trazia implicações macabras. *Alguém havia se infiltrado no Priorado. Eles estão expostos ao perigo*. A fraternidade devia estar sendo vigiada, ou havia algum espião em seu meio. Isso parecia explicar por que Saunière quis passar a pedra-chave para Sophie e Langdon – pessoas que não pertenciam à fraternidade, gente que ele sabia que não faria concessões a ninguém. *Não podemos mais devolver a pedra-chave à fraternidade*. Mesmo que Langdon tivesse alguma ideia de como encontrar um membro do Priorado, havia o grande risco de aquele ser o próprio inimigo. Por enquanto, pelo menos, parecia que a pedra estava sob a guarda de Sophie e Langdon, quisessem eles ou não.

A frente do carro-forte estava pior do que Langdon imaginara. O farol esquerdo havia caído e o direito parecia um globo ocular pendendo da órbita vazia. Langdon colocou-o no lugar, mas o farol voltou a se soltar. A única coisa boa era que o para-choque dianteiro estava quase saindo. Langdon aplicou-lhe um bom chute e achou que talvez conseguisse arrancá-lo de vez.

Enquanto dava pontapés no metal retorcido, Langdon lembrou-se de sua conversa anterior com Sophie. *Meu avô me deixou uma mensagem telefônica*, contara-lhe Sophie. *Disse que precisava me contar a verdade sobre minha família.* Naquele momento, o fato não significou nada, mas agora, sabendo que o Priorado de Sião está envolvido, Langdon começava a entrever uma nova possibilidade.

O para-choque caiu de repente, com estardalhaço. Langdon parou para recuperar o fôlego. Pelo menos, o carro-forte não ia parecer mais um festival pirotécnico. Apanhou a peça e começou a arrastá-la para a floresta, enquanto pensava para onde iriam a seguir. Não sabiam como abrir o críptex nem por que motivos Saunière lhes dera a pedra. Infelizmente, pelo jeito, tudo indicava que sua sobrevivência naquela noite ia depender de encontrarem as respostas exatamente para essas perguntas.

Precisamos de ajuda, decidiu Langdon. *Ajuda profissional.*

No mundo do Santo Graal e do Priorado de Sião, só um homem poderia ajudar. O desafio, naturalmente, seria convencer Sophie.

◆ ◆ ◆

Dentro do carro-forte, enquanto aguardava Langdon, Sophie sentia com certa irritação o peso da caixa de pau-rosa no seu colo. *Por que meu avô fez isso comigo?* Não tinha a menor ideia do que fazer com aquela caixa.

Pense, Sophie! Use a cabeça. Vovô está tentando lhe dizer alguma coisa!

Abriu a caixa e examinou os discos. *Um teste de merecimento.* Dava para sentir a mão do avô naquilo tudo. *A pedra-chave é um mapa que só pode ser entendido por quem for digno.* Parecia mesmo coisa de seu avô.

Retirando o críptex da caixa, Sophie passou os dedos sobre os discos. *Cinco letras.* Girou os discos um a um. O mecanismo se moveu suavemente. Posicionou os discos de forma que as letras escolhidas se alinhassem entre as duas setas de latão em cada extremidade do críptex. Os discos agora mostravam uma palavra de cinco letras que Sophie sabia ser absurdamente óbvia.

G-R-A-A-L.

Com todo o cuidado, segurou as duas extremidades do cilindro e puxou-as, pressionando de leve. O críptex nem se mexeu. Ouviu o vinagre lá dentro borbulhar e parou de puxar. Depois tentou de novo.

V-I-N-C-I.

Outra vez, nada.

V-O-Û-T-E.

Nada. O críptex permaneceu absolutamente trancado.

Franzindo o cenho, recolocou-o na caixa de pau-rosa e fechou a tampa. Ao olhar para Langdon, lá fora, Sophie sentiu-se grata por ele estar ali naquela noite. *P.S. Encontre Robert Langdon*. O motivo de seu avô incluí-lo ficara claro agora. Sophie não estava preparada para entender as intenções do avô e por isso ele havia escolhido Robert Langdon para orientá-la. Um professor para supervisionar sua educação. Infelizmente, naquela noite, Langdon havia se transformado em mais do que um mero professor. Tornara-se alvo de Bezu Fache... e de alguma força invisível que decidira pôr as mãos no Santo Graal.

Seja lá o que for esse Graal.

Sophie refletiu se valeria a pena arriscar a vida para descobrir.

◆ ◆ ◆

Ao acelerar o carro-forte outra vez, Langdon gostou de ver como corria com muito mais suavidade.

– Sabe como chegar a Versailles?

Sophie olhou para ele.

– Está a fim de fazer turismo?

– Não, estou arquitetando um plano. Conheço um historiador religioso que mora perto de Versailles. Não consigo lembrar exatamente onde, mas podemos procurar em alguma lista telefônica. Já estive na casa dele algumas vezes. Chama-se Leigh Teabing. Foi historiador da Coroa britânica.

– E mora em Paris?

– A paixão da vida dele é o Graal. Há uns quinze anos, quando correram boatos de que a pedra do Priorado havia reaparecido, ele se mudou para a França para procurar nas igrejas, na esperança de encontrá-la. Vem escrevendo alguns livros sobre a pedra-chave e o Graal. Pode ser que consiga nos ajudar a entender como abrir o críptex e o que fazer com ele.

Sophie lançou-lhe um olhar cauteloso.

– Dá para confiar nele?

– Confiar, em que sentido? De não roubar a informação?

– E não nos entregar.

– Não pretendo contar a ele que a polícia está atrás de nós. Espero que nos hospede enquanto descobrimos o que significa tudo isso.

– Robert, será que você não percebeu que todas as televisões da França provavelmente estão se preparando para pôr nossas fotos no ar? Bezu Fache sempre usa os meios de comunicação a seu favor. Ele vai infernizar nossas vidas, impedindo-nos totalmente de circular sem sermos reconhecidos.

Magnífico, pensou Langdon. *Minha estreia na tevê francesa vai ser em "Os Mais Procurados de Paris".* Pelo menos Jonas Faukman iria gostar; cada vez que Langdon aparecia no noticiário as vendas de seus livros aumentavam incrivelmente.

– Ele é muito amigo seu? – indagou Sophie.

Langdon duvidava que Teabing fosse do tipo que assistia à televisão, sobretudo àquela hora, mas mesmo assim a possibilidade tinha de ser levantada. Por intuição, Langdon achava que Teabing era confiável. Um porto seguro ideal. Considerando-se as circunstâncias, Teabing provavelmente iria se virar para ajudá-los o quanto fosse possível. Não só devia a Langdon um favor como também era pesquisador do Graal, e Sophie garantia que seu avô era mesmo o *Grão-Mestre* do Priorado de Sião. Se Teabing ouvisse *isso*, ficaria entusiasmado só de pensar em ajudá-los.

– Teabing pode ser um aliado poderoso – disse Langdon. *Dependendo de quanto queira lhe contar.*

– Fache provavelmente vai oferecer uma recompensa exorbitante.

Langdon riu.

– Creia-me, dinheiro é a última coisa de que Teabing precisa. – Leigh Teabing tinha uma fortuna equivalente à de um pequeno país. Descendente do primeiro duque de Lancaster, da Grã-Bretanha, Teabing adquirira suas posses à moda antiga – herdando-as. Sua propriedade nos subúrbios de Paris era um palácio do século XVII com dois lagos particulares.

Langdon havia conhecido Teabing anos antes, através da British Broadcasting Corporation. Teabing havia apresentado à BBC uma proposta para um documentário histórico no qual ele exporia a impressionante história do Graal a um público televisivo médio. Os produtores da BBC adoraram a tese audaciosa de Teabing, sua pesquisa e suas credenciais, mas preocuparam-se com a possível repercussão do conceito, pois era tão difícil de assimilar que a rede de televisão, reconhecida por sua seriedade jornalística, poderia sair com a reputação bastante prejudicada. Por sugestão de Teabing, a BBC resolveu seus temores de credibilidade pedindo a três historiadores respeitados de várias partes do mundo que participassem do programa, corroborando a natureza perturbadora do segredo do Graal com suas próprias pesquisas.

Langdon foi um deles.

A BBC mandou buscá-lo e hospedou-o na residência de Teabing para as filmagens do documentário. Sentado diante das câmeras na suntuosa sala de visitas de Teabing, Langdon contou sua história aos telespectadores, admitindo seu ceticismo inicial ao ouvir falar na versão alternativa da lenda do Graal, depois descrevendo como anos de pesquisa o haviam persuadido de que era verdadeira. Por fim, ele mostrou parte de sua pesquisa – uma série de conexões simbológicas que fundamentava com segurança as alegações aparentemente controvertidas.

Quando o programa foi ao ar na Inglaterra, apesar do elenco de alta qualidade e das provas bem-documentadas, a premissa contrariou tanto a cultura popular cristã que instantaneamente gerou uma onda de incrível hostilidade. Jamais foi exibido nos Estados Unidos, mas as repercussões fizeram-se sentir do outro lado do Atlântico. Pouco depois, Langdon recebeu um cartão-postal de um velho amigo, o bispo católico da Filadélfia. O cartão dizia apenas: *Até tu, Robert?*

– Robert – indagou Sophie. – *Tem certeza absoluta* de que podemos confiar nesse homem?

– Absoluta. Somos colegas, ele não precisa de dinheiro, e sei que odeia as autoridades francesas. O governo francês cobra-lhe impostos exorbitantes porque ele comprou um palácio que é patrimônio histórico. Não vai estar disposto a colaborar com Fache.

Sophie fitou a rodovia escura, pensativa.

– Se formos nos encontrar com ele, até que ponto vamos nos abrir?

Langdon não aparentou preocupação.

– Creia-me, Leigh Teabing sabe mais sobre o Priorado de Sião e o Santo Graal do que qualquer pessoa no mundo.

Sophie olhou-o com ceticismo.

– Mais que meu avô?

– Quis dizer mais do que qualquer pessoa que *não pertença* ao Priorado.

– Como sabe que Teabing não é do Priorado?

– Ele passou a vida tentando divulgar a verdade sobre o Santo Graal. O Priorado jurou jamais revelar sua verdadeira natureza.

– Parece-me então que há um conflito de interesses em jogo.

Langdon entendeu as preocupações dela. Saunière dera

o críptex diretamente a Sophie, e, embora não soubesse o que continha nem o que devia fazer com ele, ela hesitava em envolver um estranho. Considerando-se as informações potencialmente contidas no críptex, a intuição dela devia ser levada em conta.

– Não precisamos dizer a Teabing que encontramos a pedra-chave, assim logo de início. Ou talvez nem precisemos tocar no assunto. A casa dele vai ser um bom refúgio para podermos nos esconder, pensar e, quem sabe, quando conversarmos com ele sobre o Santo Graal, você talvez comece a entender por que seu avô lhe deu isso.

– Deu isso a *nós* – corrigiu ela.

Langdon sentiu uma ponta de modesto orgulho e perguntou-se outra vez por que Saunière o teria incluído.

– Sabe mais ou menos onde mora o Sr. Teabing? – indagou Sophie.

– A propriedade dele chama-se Château Villette.

Sophie virou-se, incrédula.

– Château Villette, *o próprio*?

– Isso mesmo.

– Amigo chique, esse.

– Conhece o castelo?

– Já passei por ele. Fica no distrito dos castelos. A 20 minutos daqui.

Langdon franziu o cenho.

– Longe assim?

– Até lá, você vai ter bastante tempo para me contar o que *é realmente* o Santo Graal.

Langdon fez uma pausa.

– Vou contar-lhe isso na casa de Teabing. Ele e eu nos especializamos em áreas distintas da lenda. Portanto, se contarmos juntos, você vai conhecer toda a história. – Langdon sorriu. – Além do mais, ouvir a história do Santo Graal da boca de Leigh Teabing vai ser como ouvir a teoria da relatividade dos lábios do próprio Einstein.

– Vamos esperar que esse Leigh não se importe em receber visitas em plena madrugada.

– Só para seu governo, ele é Sir Leigh. – Langdon cometera esse erro apenas uma vez. – Teabing é um personagem e tanto. Foi sagrado cavaleiro pela rainha há vários anos, depois de escrever uma história detalhada da Casa de York.

Sophie olhou para ele.

– Está brincando, não? Vamos visitar um *cavaleiro*?

Langdon deu um sorriso sem jeito.

– Estamos procurando o Santo Graal, Sophie. Quem melhor para nos ajudar, senão um cavaleiro?

CAPÍTULO 52

O Château Villette, uma vasta propriedade de cerca de 750 mil metros quadrados, situava-se 25 minutos a sudoeste de Paris, nos arredores de Versailles. Projetado por François Mansard, em 1668, para o conde de Aufflay, era um dos mais importantes castelos históricos de Paris. Com dois lagos retangulares e jardins criados por Le Nôtre, o Château era mais um modesto castelo do que uma mansão. A propriedade ganhara o apelido afetuoso de Pequeno Versailles.

Langdon parou o carro-forte bruscamente no início da estrada de acesso de pouco mais de um quilômetro e meio que levava à mansão. Além do imponente portão de segurança, a residência de Sir Leigh Teabing se erguia em uma campina, à distância. A placa no portão dizia, em inglês: PROPRIEDADE PARTICULAR: NÃO ENTRE.

Como a proclamar que aquela área era, ela própria, uma verdadeira ilha britânica, a residência de Sir Teabing não só possuía placas em inglês como também o porteiro eletrônico era do lado *direito* do portão – o lado do passageiro em toda a Europa, menos na Inglaterra.

Sophie olhou enfezada para aquele porteiro eletrônico colocado do lado errado.

– E se alguém chegar sem passageiro?

– Nem me pergunte – Langdon já havia passado por aquilo com Teabing. – Ele prefere as coisas do jeito que são no país dele.

Sophie abaixou o vidro da janela.

– Robert, é melhor você nos anunciar.

Langdon mudou de posição, inclinando-se sobre Sophie para apertar o botão do porteiro eletrônico. Ao fazer isso, sentiu uma lufada tentadora do perfume de Sophie encher-lhe as narinas e notou como estavam próximos um do outro. Aguardou ali, naquela posição embaraçosa, enquanto ouvia um telefone começar a tocar pelo pequeno alto-falante.

Finalmente, o porteiro eletrônico emitiu um chiado e uma voz irritada disse, com sotaque francês:

– Château Villette. Quem fala?

– Aqui é Robert Langdon – gritou Langdon, esticado no colo de Sophie. – Sou amigo de Sir Leigh Teabing. Preciso da ajuda dele.

– Meu patrão está dormindo, assim como eu também estava, por sinal. O que deseja?

– Trata-se de assunto particular... de grande interesse para ele.

– Então tenho certeza de que ele terá prazer em recebê-lo pela manhã.

Langdon mudou de posição para se apoiar melhor.

– Mas é muito importante...

– Como o sono de Sir Leigh. Se o senhor é amigo dele, sabe que ele não anda bem de saúde.

Sir Leigh Teabing tivera poliomielite na infância e precisava usar aparelhos ortopédicos nas pernas e andar de muletas, mas Langdon o considerara um homem tão vivaz e animado na sua última visita que isso nem lhe parecia uma deficiência física.

– Por favor, então vá dizer-lhe que descobri novas informações sobre o Santo Graal. Informações que não podem esperar até amanhã.

Fez-se uma longa pausa.

Langdon e Sophie aguardavam, o motor do carro-forte funcionando, ruidoso.

Passou-se um minuto inteiro.

Finalmente, alguém falou.

– Meu caro, parece-me que ainda se orienta pelo fuso horário de Harvard. – A voz era firme e descontraída.

Langdon deu um largo sorriso, reconhecendo o sotaque britânico carregado.

– Leigh, perdoe-me por acordá-lo a essa hora horrível.

– Meu criado me disse que você não só está em Paris como veio me contar algo sobre o Graal.

– Achei que isso o tiraria da cama.

– E tirou.

– Alguma chance de que possa abrir o portão para um velho amigo?

– Aqueles que buscam a verdade são mais do que amigos. São irmãos.

Langdon revirou os olhos para Sophie, já acostumado com a predileção de Sir Teabing por discursos empolados.

– Abrirei o portão, sem dúvida – proclamou Teabing. – Mas primeiro preciso confirmar se seu coração é sincero. Pôr sua honestidade à prova. Vai responder a três perguntas.

Langdon soltou um gemido, cochichando para Sophie.

– Seja paciente... Como já lhe disse, ele é uma figura única.

– Sua primeira pergunta – declarou Teabing, em tom de personagem épico. – Devo lhe servir café ou chá?

Langdon sabia qual era a opinião de Teabing sobre o fenômeno americano do café.

– Chá – respondeu. – Earl Grey.

– Excelente. Sua segunda pergunta: leite ou açúcar?
Langdon hesitou.
– *Leite* – cochichou Sophie no ouvido dele. – Acho que os ingleses gostam mais de leite.
– Leite – disse Langdon.
Silêncio.
– Açúcar, então?
Teabing nada respondeu.
Espere! Langdon lembrou-se então da bebida ácida que tinha tomado na sua última visita e percebeu que a pergunta era capciosa.
– *Limão!* – declarou. – Earl Grey com *limão*.
– Isso mesmo. – Agora, pela voz, Teabing estava achando graça. – E, finalmente, devo formular a pergunta mais séria de todas. – Fez uma pausa e disse em tom solene: – Em que ano um remador de Harvard conseguiu ganhar de um de Oxford nas regatas de Henley?
Langdon não fazia a menor ideia, mas só podia imaginar um motivo para Teabing lhe dirigir uma pergunta assim.
– Certamente um absurdo desses jamais aconteceu.
O portão abriu-se, com um estalido.
– Seu coração é sincero, meu amigo. Pode entrar.

CAPÍTULO 53

– Monsieur Vernet! – O gerente noturno do Banco de Custódia de Zurique sentiu alívio ao ouvir a voz do presidente ao telefone. – Aonde o senhor foi? A polícia está aqui, todos estávamos esperando o senhor!
– Estou com um pequeno problema – disse o presidente do banco, aparentando tranquilidade. – Preciso da sua ajuda imediatamente.

O senhor está com muito mais do que um pequeno problema, pensou o gerente. A polícia havia cercado todo o banco e estava ameaçando enviar o próprio capitão da DCPJ com o mandado de busca que o banco havia exigido. – O que posso fazer pelo senhor, presidente?

– O carro-forte número três. Preciso encontrá-lo.

Intrigado, o gerente verificou seu horário de entregas.

– Está aqui, no banco, senhor. No setor de transporte de valores.

– Não está, não. O carro-forte foi roubado pelos dois criminosos que a polícia está procurando.

– Como disse? Como eles escaparam?

– Não posso lhe dar os detalhes por telefone, mas estamos com uma bomba nas mãos que pode acabar sendo altamente prejudicial à imagem do banco.

– O que precisa que eu faça, senhor?

– Por favor, ative o transponder de emergência do carro-forte.

Os olhos do gerente desviaram-se para a caixa de controle LoJack que estava do outro lado da sala. Como muitos carros blindados, cada um dos carros-fortes do banco havia sido equipado com um dispositivo de localização controlado por rádio que podia ser ativado por controle remoto de dentro do banco. O gerente só havia utilizado o sistema de emergência uma vez, depois de um sequestro, e ele havia funcionado perfeitamente – localizou o carro-forte e transmitiu as coordenadas para a polícia. Naquela noite, porém, o gerente tinha a impressão de que o presidente esperava um pouco mais de prudência.

– Senhor, sabe que, se eu ativar o LoJack, o transponder irá informar imediatamente à polícia que temos um problema.

Vernet permaneceu calado durante algum tempo.

– Sei disso. Ative assim mesmo. Carro-forte número três. Vou aguardar. Preciso da localização exata do carro-forte assim que a conseguir.

– Agora mesmo, senhor.

❖ ❖ ❖

Trinta segundos depois, a 40 km dali, escondido no chassi do carro-forte, um minúsculo transponder começou a piscar.

CAPÍTULO 54

Enquanto dirigiam o carro-forte pela estrada sinuosa, margeada de álamos, na direção da casa, Sophie sentia os músculos começarem a se descontrair. Era um alívio estar fora da estrada, e ela se lembrava de poucos lugares mais seguros para se esconderem do que essa propriedade particular, fechada e pertencente a um estrangeiro de bom coração.

Fizeram uma curva, entrando na pista circular de acesso, e o Château Villette surgiu à direita. Três andares, pelo menos 60 metros de comprimento, a fachada de pedra cinzenta iluminada por refletores externos. A fachada rústica fazia um enorme contraste com os jardins imaculados e o lago de águas imóveis.

As luzes do interior estavam sendo acesas naquele momento.

Em vez de parar diante da porta da frente, Langdon estacionou em uma área rodeada de coníferas.

– Não há motivo para corrermos o risco de sermos localizados da estrada – disse ele. – Nem para Leigh ficar cismado, imaginando por que chegamos em um carro-forte todo arrebentado.

Sophie concordou.

– O que fazemos com o críptex? Acho que não devemos deixá-lo aqui fora, mas, se Leigh o vir, na certa vai querer saber o que é.

– Não se preocupe – disse Langdon, tirando o paletó ao sair do carro. Embrulhou o críptex no paletó e segurou-o nos braços como se fosse um bebê.

Sophie fez cara de desaprovação.

– Não muito discreto – disse.

– Teabing jamais atende a porta ele mesmo, prefere entrar solenemente depois que as pessoas já estão na sala de visitas. Vou encontrar um lugar para esconder isso antes de ele vir falar conosco. – Langdon fez uma pausa. – Aliás, acho melhor avisar, antes de você o conhecer: Sir Leigh tem um senso de humor que as pessoas costumam achar... estranho.

Sophie duvidava que alguma outra coisa naquela noite fosse lhe parecer estranha.

O caminho até a entrada principal era feito de pedras arredondadas colocadas à mão, como as antigas ruas inglesas. Levava a uma porta trabalhada de carvalho e cerejeira, com uma pesada aldrava de bronze. Antes de Sophie conseguir segurar o batedor, alguém escancarou a porta do castelo diante deles.

Um mordomo empertigado e elegante surgiu, acabando de ajustar a gravata branca e ajeitar o smoking que havia decerto vestido poucos minutos antes. Aparentava ter mais ou menos 50 anos, com feições refinadas e uma expressão austera, mostrando claramente que não estava achando nem um pouco de graça na presença de Sophie e Langdon ali.

– Sir Leigh descerá dentro de alguns minutos – declarou ele, o sotaque francês bem forte. – Está se vestindo. Prefere não receber visitas com roupa de dormir. Posso guardar seu paletó? – indagou, o cenho franzido a indicar o paletó de tweed embolado nos braços de Langdon.

– Não, obrigado. Pode deixar.

– Pois não. Por aqui, por favor.

O mordomo conduziu-os através de um saguão de mármore luxuoso em direção a uma sala de visitas bem-decorada e iluminada indiretamente por abajures vitorianos enfeitados com borlas. O ar lá dentro tinha um perfume antediluviano, de certa forma régio, com resquícios de fumo de cachimbo, folhas de chá, xerez culinário e o aroma da construção de pedra. Na parede oposta, flanqueada por duas armaduras de cota de malhas de ferro, via-se uma lareira de pedra entalhada grande o bastante para nela se assar um boi. O mordomo foi até a lareira, ajoelhou-se e encostou um fósforo em uma pilha de achas de carvalho e cavacos previamente arrumada. O fogo logo se acendeu, crepitante.

O homem ergueu-se, ajeitando o smoking.

– Meu patrão pede que fiquem à vontade. – Depois disso, saiu, deixando Langdon e Sophie a sós.

Sophie perguntou-se em qual das antiguidades em torno da lareira podia se sentar: no divã de veludo renascentista, na cadeira de balanço rústica com garras de águia ou no par de bancos de pedra que pareciam ter sido subtraídos de algum templo bizantino.

Langdon abriu o paletó, desembrulhou o críptex, foi até o divã de veludo e enfiou a caixa de madeira embaixo dele, bem no fundo, fora do alcance da visão. Então, sacudindo o paletó, tornou a vesti-lo, alisou-lhe as lapelas e sorriu para Sophie, sentando diretamente em cima do tesouro escondido.

Tudo bem, vamos de divã, pensou Sophie, acomodando-se ao lado dele.

Enquanto observava as labaredas que aos poucos aumentavam, apreciando o calor, Sophie teve a impressão de que seu avô teria adorado aquela sala. Das paredes revestidas de madeira escura pendiam quadros dos grandes mestres, um dos quais Sophie reconheceu como sendo um Poussin, o segundo pintor favorito de seu avô. Sobre o consolo da lareira, um busto de alabastro de Ísis vigiava a sala.

Sob a deusa egípcia, dentro da lareira, duas gárgulas de pedra serviam de apoio para as achas de lenha, fazendo o papel de trasfogueiros, as bocas abertas revelando as gargantas ocas e ameaçadoras. As gárgulas sempre haviam aterrorizado Sophie na infância; isto é, até o avô curá-la desse medo, levando-a até o alto da Catedral de Notre-Dame durante uma tempestade. "Princesa, olhe essas criaturas ridículas", dissera-lhe, apontando para as calhas enfeitadas com gárgulas, as bocas jorrando água.

"Está escutando o som esquisito que vem da garganta delas?" Sophie confirmou com a cabeça, sendo obrigada a sorrir quando ouviu o som semelhante a um gargarejo da água que passava pela garganta das estátuas. "Elas estão gargarejando", disse-lhe o avô. "E foi daí que veio esse nome bobo que elas têm: gárgulas." Sophie nunca mais teve medo delas daquele dia em diante.

Aquela lembrança feliz provocou uma pontada de tristeza no coração de Sophie ao sentir outra vez o impacto da dura realidade do assassinato. *O vovô se foi.* Imaginou o críptex debaixo do divã e ponderou se Leigh Teabing teria alguma ideia de como abri-lo. *Ou se deveríamos pedir isso a ele.* As últimas palavras do avô de Sophie haviam sido para ela procurar Robert Langdon. Ele não a aconselhara a envolver nenhuma outra pessoa. *Precisávamos de um lugar para nos escondermos,* disse Sophie a si mesma, resolvendo confiar no julgamento de Robert.

– Sir Robert! – bradou uma voz, em algum ponto atrás deles. – Vejo que viaja em companhia de uma donzela.

Langdon ficou de pé. Sophie também se pôs de pé de um pulo. A voz viera de uma escadaria em caracol que subia até as sombras do segundo andar. No alto dela, um vulto se moveu no escuro, apenas a silhueta visível.

– Boa noite – disse Langdon, lá para cima. – Sir Leigh, gostaria de apresentar-lhe Sophie Neveu.

– É uma honra. – Teabing deixou-se ver, encaminhando-se para a luz.

– Obrigada por nos receber – disse Sophie, agora vendo que o homem usava aparelhos de metal nas pernas e muletas. Ele estava descendo um degrau de cada vez. – Sabemos que está meio tarde para visitas.

– Está tão tarde, minha querida, que chega a ser cedo – disse ele, rindo. – A senhorita não é americana? – indagou, em francês.

Sophie sacudiu a cabeça.

– Sou de Paris – respondeu ela, também em francês.

– Seu inglês é excelente.

– Obrigada. Estudei na Royal Holloway.

– Ah, isso explica tudo. – Teabing veio descendo, na penumbra, a coxear. – Talvez Robert tenha lhe dito que eu estudei ali pertinho, em Oxford. – Teabing fitou Robert com um sorriso malicioso. – Naturalmente, na ocasião, também enviei um pedido de matrícula a Harvard, só para me garantir.

O anfitrião chegou ao último degrau da escadaria, e então Sophie pôde ver que se parecia com um cavaleiro tanto quanto Sir Elton John. Corpulento, o rosto corado, Sir Leigh Teabing tinha cabelos ruivos cerrados e olhos cor de avelã, joviais, que pareciam cintilar enquanto ele falava. Usava calças preguedas e uma camisa de seda folgada sob um colete estampado ao estilo *paisley*. Apesar do aparelho de metal nas pernas, portava-se com uma dignidade flexível e aprumada que mais parecia consequência do fato de ter ancestrais nobres do que por qualquer tipo de esforço consciente.

Teabing estendeu a mão a Langdon.

– Robert, você perdeu peso.

Langdon sorriu, brincalhão.

– E você parece que achou.

Teabing riu com vontade, batendo na barriga rotunda.

– *Touché*. Meus únicos prazeres carnais ultimamente parecem ser os culinários. – Depois, virando-se para Sophie, pegou a mão dela com delicadeza, curvando a cabeça ligeiramente, e aproximou o rosto de seus dedos, desviando os olhos. – *M'lady*.

Sophie olhou para Langdon, sem saber bem se havia voltado no tempo ou entrado em algum hospício.

O mordomo que atendera a porta entrou trazendo um aparelho de chá, que colocou sobre uma mesa diante da lareira.

– Este é Rémy Legaludec – disse Teabing. – Meu criado.

O esguio mordomo cumprimentou-os com uma reverência rígida e desapareceu.

– Rémy é lionês – informou Teabing, aos cochichos, como se fosse uma doença mortal. – Mas faz uns molhos divinos.

Langdon fez cara de quem estava achando graça.

– Pensei que você preferisse importar criados da Inglaterra, mas vejo que me enganei!

– Nem pensar! Não desejaria um chefe de cozinha inglês nem para os fiscais tributários franceses. – Virou-se para Sophie. – Perdoe-me, mademoiselle Neveu. Por favor, fique descansada, porque minha aversão aos franceses se restringe à política e ao futebol. Seu governo tira todo o meu dinheiro e sua seleção recentemente nos fez passar vergonha.

Sophie dirigiu-lhe um sorriso sincero.

Teabing olhou-a um momento e depois para Langdon.

– Aconteceu alguma coisa. Vocês dois parecem abalados.

Langdon confirmou.

– Nossa noite vem sendo bem interessante, Leigh.

– Sem dúvida. Vocês batem à minha porta sem se anunciarem no meio da noite, falando do Graal. Digam-me, querem mesmo me falar sobre o Graal ou vocês simplesmente disseram isso porque sabem que é o único assunto que me faria levantar no meio da noite?

Um pouco de cada coisa, pensou Sophie, lembrando-se do críptex escondido debaixo do sofá.

– Leigh – começou Langdon. – Gostaríamos de conversar com você sobre o Priorado de Sião.

Teabing arqueou as sobrancelhas grossas, demonstrando interesse.

– Os guardiães. Então vieram mesmo falar sobre o Graal. Disse que me trouxe informações? Alguma novidade, Robert?

– Pode ser. Não temos certeza ainda. Talvez pudéssemos avaliar melhor se você nos desse, primeiro, umas informações.

Teabing balançou o dedo indicador para eles.

– Sempre ardiloso, como todos os americanos. Uma espécie de toma lá, dá cá. Muito bem. Estou às suas ordens. O que quer saber?

Langdon suspirou.

– Esperava que você tivesse a bondade de explicar à Srta. Neveu a verdadeira natureza do Santo Graal.

Teabing ficou pasmo.

– Ela *não sabe?*

Langdon sacudiu a cabeça.

O sorriso que surgiu no rosto de Teabing foi quase obsceno.

– Robert, você me trouxe uma *virgem?*

Langdon estremeceu, espiando Sophie de soslaio.

– *Virgem* é o termo que os entusiastas do Graal usam para designar alguém que jamais soube a verdadeira história do Graal.

Teabing virou-se para Sophie, com avidez.

– Até que ponto está informada, minha querida?

Sophie resumiu em poucas palavras o que Langdon havia lhe explicado antes – o Priorado, os Templários, os documentos Sangreal e o Santo Graal em si, que muitos alegavam ser não um cálice... mas algo bem mais poderoso.

– E parou *por aí?* – Teabing lançou a Langdon um olhar escandalizado. – Robert, pensei que você fosse um cavalheiro. Você a privou do clímax!

– Eu sei, é que achei que talvez você e eu juntos pudéssemos... – desculpou-se Langdon, decidindo que aquela metáfora inconveniente já fora longe demais.

Teabing já se voltara para Sophie, envolvendo-a com aquele seu olhar cintilante.

– Você é uma virgem em matéria de Graal, minha querida. E, creia-me, jamais vai esquecer sua primeira vez.

CAPÍTULO 55

Sentada no divã diante de Langdon, Sophie bebia seu chá, comendo um bolinho e sentindo os efeitos bem-vindos da cafeína e da comida. Sir Leigh Teabing sorria radiante enquanto dava passos desajeitados de um lado para outro diante da lareira, os aparelhos ortopédicos das pernas tilintando contra o piso de pedra diante do fogo.

– O Santo Graal – explicou Teabing, a voz de quem faz um sermão. – A maioria das pessoas me pergunta *onde* ele está. Receio que seja uma pergunta a que jamais possa responder. – Ele se virou e encarou Sophie. – Contudo... a pergunta bem mais relevante aqui seria: *O que é* o Santo Graal?

Sophie percebeu um clima crescente de expectativa acadêmica agora da parte de ambos os homens.

– Para entender bem o Santo Graal – continuou Teabing –, precisamos primeiro entender a Bíblia. Até que ponto você conhece o Novo Testamento?

Sophie deu de ombros.

– Não entendo nada, para dizer a verdade. Fui criada por um homem que reverenciava Leonardo da Vinci.

Teabing pareceu ao mesmo tempo sobressaltado e feliz.

– Uma alma iluminada. Fantástico! Então deve saber que Leonardo era um dos guardiães do segredo do Santo Graal. E escondia as pistas em sua arte.

– Robert contou-me isso, sim.

– E as opiniões de Da Vinci sobre o Novo Testamento?

– Não faço ideia.

Os olhos de Teabing ficaram risonhos ao atravessar a sala em direção à estante.

– Robert, poderia me ajudar? Na prateleira de baixo. *La Storia di Leonardo*.

Langdon atravessou a sala também, encontrou um grande livro de arte e o trouxe, colocando-o na mesa entre eles. Girando o livro para deixá-lo de frente para Sophie, Teabing abriu a pesada capa e apontou para uma série de citações no fim do livro.

– Do caderno de Da Vinci sobre polêmica e especulação – disse Teabing, indicando uma citação específica. – Acho que vai considerar isso importante para nossa conversa.

Sophie leu as palavras.

> *Muitos fizeram comércio de ilusões*
> *e falsos milagres, enganando os ignorantes.*
> LEONARDO DA VINCI

– Olhe mais uma aqui – disse Teabing, apontando para uma outra citação.

> *Cegante ignorância nos ilude.*
> *Ó miseráveis mortais, abri os olhos!*
> LEONARDO DA VINCI

Sophie sentiu um ligeiro arrepio.

– Os sentimentos de Leonardo sobre a Bíblia se relacionam diretamente com o Santo Graal. Aliás, Da Vinci pintou o verdadeiro Graal, que vou lhe mostrar daqui a pouco, mas primeiro vamos falar da Bíblia. – Teabing sorriu. – E tudo que você precisa saber sobre a Bíblia pode se resumir no que diz o grande doutor canônico Martyn Percy. – Teabing pigarreou e declarou: – A Bíblia não chegou por fax do céu.

– Como disse?

– A Bíblia é um produto do homem, minha querida. Não de Deus. A Bíblia não caiu magicamente das nuvens. O homem a criou como relato histórico de uma época conturbada, e ela se desenvolveu através de incontáveis traduções, acréscimos e revisões. A história jamais teve uma versão definitiva do livro.

– Oh, sim.

– Jesus Cristo foi uma figura histórica de uma influência incrível, talvez o mais enigmático e inspirador líder que o mundo jamais teve. Como o Messias profetizado, Jesus derrubou reis, inspirou multidões e fundou novas filosofias. Como descendente do rei Salomão e do rei Davi, Jesus teria direito de reclamar o trono de Rei dos Judeus. Não é de admirar que sua vida tenha sido registrada por milhares de seguidores em toda a região. – Teabing parou para tomar um gole de chá e depois colocou a xícara de volta sobre o consolo. – Mais de *80* evangelhos foram estudados para compor o Novo Testamento, e no entanto apenas alguns foram escolhidos – Mateus, Marcos, Lucas e João.

– E quem escolheu esses evangelhos? – indagou Sophie.

– Aí é que está! – exclamou Teabing, cheio de entusiasmo. – A ironia fundamental da cristandade! A Bíblia, conforme a conhecemos hoje, foi uma colagem composta pelo imperador romano Constantino, o Grande.

– Pensei que Constantino fosse cristão – disse Sophie.

– Que nada – zombou Teabing. – Foi pagão a vida inteira, batizado apenas na hora da morte, fraco demais para protestar. Na época de Constantino, a religião oficial de Roma era o culto de adoração ao Sol – o culto do *Sol Invictus*, ou do Sol Invencível –, e Constantino era o sumo sacerdote! Infelizmente para ele, Roma estava passando por uma revolução religiosa cada vez mais intensa. Três séculos depois da crucificação de Cristo, seus seguidores haviam se multiplicado exponencialmente. Os cristãos e pagãos começaram a lutar entre si, e o conflito chegou a proporções tais que ameaçou dividir Roma ao meio. Constantino viu que precisava tomar uma atitude. Em 325 d.C., ele resolveu unificar Roma sob uma única religião: o cristianismo.

Sophie surpreendeu-se.

– Mas por que um imperador pagão iria escolher o *cristianismo* como religião oficial?

Teabing soltou uma risadinha irônica.

– Constantino era um bom negociador. Enxergou a ascensão do cristianismo e simplesmente apostou no cavalo que estava vencendo. Os historiadores ainda se maravilham ante a eficiência demonstrada por Constantino ao converter os pagãos adoradores do Sol em cristãos. Fundindo símbolos, datas, rituais pagãos com a tradição cristã em ascensão, ele gerou uma espécie de religião híbrida aceitável para ambas as partes.

– Sincretismo – explicou Langdon. – Os vestígios da religião pagã na simbologia cristã são inegáveis. Os discos solares egípcios tornaram-se as auréolas dos santos católicos. Os pictogramas de Ísis dando o seio a seu filho Hórus milagrosamente concebido tornaram-se a base para nossas modernas imagens da Virgem Maria com o Menino Jesus no colo. E praticamente todos os elementos do ritual católico – a mitra, o altar, a doxologia e a comunhão, o ato de "comer Deus", por assim dizer – foram diretamente copiados de religiões pagãs místicas mais antigas.

Teabing resmungou.

– Nem existe um simbologista que seja especializado em símbolos cristãos. Nada é original no cristianismo. O deus pré-cristão Mitra – chamado o *Filho de Deus* e a *Luz do Mundo* – nasceu no dia 25 de dezembro, morreu, foi enterrado em um sepulcro de pedra e depois ressuscitou em três dias. Aliás, o dia 25 de dezembro é também o dia de celebrar o nascimento de Osíris, Adônis e Dioniso. O recém-nascido Krishna recebeu ouro, incenso e mirra. Até mesmo o dia santo semanal dos cristãos foi roubado dos pagãos.

– Como assim?

– Originalmente – prosseguiu Teabing –, a cristandade celebrava o sabá judeu no sábado, mas Constantino mudou isso de modo que a celebração coincidisse com o dia em que os pagãos veneram o Sol. – Ele se interrompeu, dando um largo sorriso. – Até hoje, a maioria dos fiéis vai à igreja na manhã de domingo, sem fazer a menor ideia de que estão ali para pagar tributo semanal ao deus-sol, e por isso em inglês o domingo é chamado de *Sun-day*, ou "dia do Sol".

A cabeça de Sophie estava dando voltas.

– E tudo isso diz respeito ao Graal?

– Exato – disse Teabing. – Preste atenção. Durante essa fusão de religiões, Constantino precisou reforçar a nova tradição cristã, e para isso promoveu uma famosa reunião ecumênica conhecida como o Concílio de Niceia.

Sophie havia ouvido falar nele, mas apenas como o lugar onde se originou o Credo de Niceia.

– Nesse concílio – disse Teabing –, muitos aspectos do cristianismo foram debatidos e receberam votação – a data da Páscoa, o papel dos bispos e a administração dos sacramentos, além, naturalmente, da *divindade* de Jesus.

– Não entendi. A divindade dele?

– Minha cara – declarou Teabing –, até *aquele* momento da história, Jesus era visto pelos seus discípulos como um mero profeta mortal... um grande e poderoso homem, mas que não passava de um *homem*. Um mortal.

– Não era o Filho de Deus?

– Isso – disse Teabing. – Jesus só passou a ser visto como "Filho de Deus" no Concílio de Niceia, depois que esse título foi proposto e aprovado por votação.

– Espere aí. Está dizendo que a divindade de Jesus foi resultado de *uma votação?*

– E um resultado meio apertado, por sinal – acrescentou Teabing. – Porém, declarar que Jesus tinha origem divina era fundamental para a posterior unificação do Império Romano e para lançar as bases do novo poderio do Vaticano. Confirmando oficialmente Jesus como o Filho de Deus, Constantino transformou Jesus em uma divindade que existia além do alcance do mundo humano, uma entidade cujo poder era incontestável. Isso não só evitava mais contestações pagãs à cristandade, como os seguidores de Cristo *só* poderiam se redimir através do canal sagrado estabelecido – a Igreja Católica Romana.

Sophie olhou para Langdon, e ele meneou a cabeça de leve, confirmando as palavras do amigo.

– Tudo não passou de uma disputa de poder – continuou Teabing. – Cristo, como o Messias, era fundamental para o funcionamento da Igreja e do Estado. Muitos estudiosos alegam que a Igreja Católica Romana literalmente *roubou* Jesus de seus seguidores originais, sufocando sua mensagem humana ao envolvê-la em um manto impenetrável de divindade e usando-a para expandir seu próprio poder. Já escrevi diversos livros sobre isso.

– Imagino que os cristãos devotos mandem mensagens de protesto para o Senhor todos os dias, não?

– Por que fariam isso? – contra-argumentou Teabing. – A vasta maioria de cristãos educados já conhece a história de sua fé. Jesus foi mesmo um homem grande e poderoso. As ardilosas manobras políticas de Constantino não diminuíram a majestade da vida de Cristo. Ninguém aqui está dizendo que Cristo foi uma fraude, nem negando que Ele tenha passado pela Terra e inspirado milhões de pessoas a levar vidas melhores. Só estamos afirmando que Constantino tirou vantagem da substancial influência e importância de Cristo. E, ao fazer isso, moldou a face da cristandade como a conhecemos hoje em dia.

Sophie olhou o livro de arte diante de si, ansiosa para prosseguir e ver a tal pintura que Da Vinci havia feito do Santo Graal.

– O problema é o seguinte – disse Teabing, agora falando mais depressa. – Como Constantino promoveu Jesus a divindade quase quatro séculos depois da sua morte, existem milhares de documentos contendo crônicas da vida Dele *como homem mortal*. Para reescrever os livros de história, Constantino sabia que ia precisar tomar uma iniciativa ousada. Surgia naquele momento o fato crucial para a história cristã. – Teabing parou, olhando para Sophie. – Constantino mandou fazer uma Bíblia novinha em folha, que omitia os evangelhos que falavam do aspecto *humano* de Cristo e enfatizava aqueles que o tratavam como divino. Os evangelhos anteriores foram considerados heréticos, reunidos e queimados.

– Uma observação interessante – acrescentou Langdon. – Qualquer pessoa que escolhesse os evangelhos proibidos em vez da versão de Constantino era considerada herege. A palavra *herege* vem desse momento histórico. A palavra latina *hereticus* significa "escolha". Aqueles que "escolheram" a história original de Cristo foram os primeiros *hereges* do mundo.

– Felizmente para os historiadores – disse Teabing –, conseguiram-se preservar alguns evangelhos que Constantino tentou erradicar. Os manuscritos do mar Morto foram encontrados na década de 50, escondidos em uma caverna perto de Qumran, no deserto da Judeia. E, naturalmente, haviam sido encontrados os manuscritos coptas, em 1945, em Nag Hammadi. Além de contarem a verdadeira história do Graal, esses documentos falam do ministério de Cristo em termos muito humanos. Naturalmente, o Vaticano, mantendo sua tradição de enganar os fiéis, tentou com todas as forças evitar que esses manuscritos fossem divulgados. E por quê? Acontece que os manuscritos apontam certas discrepâncias e invencionices históricas, confirmando claramente que a Bíblia moderna foi compilada e revisada por homens com um objetivo político – promover a divindade do homem Jesus Cristo e usar Sua influência para solidificar a própria base de poder desses mesmos homens.

– E mesmo assim – contra-argumentou Langdon – é importante lembrar que o desejo da Igreja moderna de suprimir esses documentos vem de uma crença sincera em sua visão estabelecida do Cristo. O Vaticano é composto de homens profundamente piedosos que de fato acreditam que esses documentos controvertidos só podem constituir um falso testemunho.

Teabing riu com desdém ao sentar em uma poltrona diante de Sophie.

– Como pode ver, nosso professor tem uma queda por Roma, ao contrário de mim. No entanto, ele tem razão quando diz que o clero de hoje acredita que esses documentos que contradizem a divindade de Cristo são um falso testemunho. É compreensível. A Bíblia de Constantino vem sendo considerada verdadeira por eles há milênios. Não há ninguém mais doutrinado do que o próprio doutrinador.

– O que ele está querendo dizer – completou Langdon – é que adoramos os deuses de nossos pais.

– O que estou querendo dizer – replicou Teabing – é que quase tudo o que nossos pais nos ensinaram sobre Jesus Cristo é *mentira*. Assim como as histórias sobre o Santo Graal.

Sophie tornou a olhar para a citação de Da Vinci diante de si. *Cegante ignorância nos ilude. Ó miseráveis mortais, abri os olhos!*

Teabing estendeu o braço para o livro e virou as páginas até chegar ao meio.

– Finalmente, antes de lhe mostrar as pinturas que Da Vinci fez do Santo Graal, gostaria que desse uma espiada rápida nisso aqui. – Abriu o livro em uma figura colorida que tomava as duas páginas. – Presumo que conheça esse afresco, não?

Ele deve estar brincando! Sophie olhou espantada o mais famoso afresco de todos os tempos – *A Última Ceia* –, a lendária pintura de Da Vinci, retirada da parede de Santa Maria delle Grazie, em Milão. O afresco, já meio descascado, mostrava Jesus e os discípulos no momento em que Jesus anuncia que um deles iria traí-lo.

– Conheço esse afresco, sim.

– Então talvez me permita fazer um joguinho com você? Feche os olhos, por favor.

Meio desconfiada, Sophie fechou os olhos.

– Onde Jesus está sentado? – indagou Teabing.

– No meio.

– Excelente. E o que Jesus e os discípulos estão partindo e comendo?

– Pão. *É claro*.

– Isso mesmo. E o que estão bebendo?

– Vinho. Bebiam vinho.

– Ótimo. Agora, só mais uma perguntinha. Quantos copos estão sobre a mesa?

Sophie fez uma pausa, percebendo que aquela era a pergunta capciosa.

E, depois da ceia, Jesus tomou o cálice e o deu a seus discípulos.

– Um só – respondeu. – O cálice. – *O Cálice de Cristo. O*

Santo Graal. – Jesus passou a todos um único cálice de vinho, assim como os cristãos fazem hoje em dia, na comunhão.

Teabing suspirou.

– Abra os olhos.

Ela abriu. Teabing sorria, presunçoso. Sophie olhou a pintura, vendo, para seu espanto, que todos na mesa tinham uma taça diante de si, inclusive Cristo. Treze taças. Ainda por cima, minúsculas, sem haste, e feitas de vidro. Não havia nenhum cálice na pintura. Nenhum Santo Graal.

Os olhos de Teabing faiscaram.

– Meio esquisito, não acha, considerando-se que tanto a Bíblia quanto a lenda padronizada do Graal celebram esse momento como o advento definitivo do Santo Graal. Estranhamente, Da Vinci parece ter se esquecido de pintar o Cálice de Cristo.

– Sem dúvida, os estudiosos de arte devem ter notado isso.

– Vai ficar chocada ao saber quantas anomalias Da Vinci incluiu aqui que a maioria dos estudiosos nem vê ou simplesmente resolve ignorar. Esse afresco, na verdade, é a chave para todo o mistério do Santo Graal. Da Vinci mostra tudo aqui mesmo, na *Última Ceia*.

Sophie examinou o afresco com avidez.

– Esse afresco nos diz *o que* o Graal realmente é?

– Não *o que* ele é – sussurrou Teabing –, mas *quem* ele é. O Santo Graal não é um objeto. Na verdade... trata-se de uma *pessoa*.

CAPÍTULO 56

Sophie ficou olhando para Teabing durante longos instantes e depois voltou-se para Langdon.

– O Graal é uma pessoa?

Langdon assentiu.

– Na verdade, uma mulher. – Pelo olhar inexpressivo no rosto de Sophie, Langdon viu que eles haviam conseguido deixá-la desorientada. Lembrou-se de sua reação semelhante na primeira vez em que ouviu essa afirmação. Apenas quando ele entendeu a *simbologia* por trás do Graal é que a conexão com uma mulher tornou-se clara para ele.

Teabing parecia ter compreendido a mesma coisa.

– Robert, será que não seria hora de um simbologista dar uma explicação? – Foi até uma mesa de canto próxima, encontrou uma folha de papel em branco e colocou-a diante de Langdon.

Langdon tirou uma caneta do bolso.

– Sophie, será que você conhece os ícones modernos para masculino e feminino? – Ele desenhou os símbolos conhecidos como masculino ♂ e feminino ♀.

– Claro – disse ela.

– Esses – disse ele, baixinho – não são os símbolos originais para expressar o masculino e o feminino. Muita gente presume, erroneamente, que o símbolo masculino deriva de um escudo e uma lança, ao passo que o símbolo feminino representa um espelho, que reflete a beleza. Na realidade, os símbolos se originaram como símbolos astronômicos do planeta Marte e do planeta-deusa Vênus. Os símbolos originais eram muito mais simples. – Langdon desenhou outro ícone no papel.

∧

– Esse é o símbolo original do masculino – disse ele a Sophie. – Um falo rudimentar.

– Bem adequado – disse Sophie.

– Digamos que sim – acrescentou Teabing.

Langdon prosseguiu.

– Esse ícone é formalmente conhecido como a *lâmina* e

representa agressão e masculinidade. Aliás, o símbolo exato do falo ainda é utilizado hoje em dia nas fardas militares para denotar a hierarquia.

– Mas sem dúvida nenhuma – comentou Teabing, sorrindo. – Quanto mais pênis se tem, mais elevado o posto na hierarquia. Homens são homens.

Langdon estremeceu.

– Bem, prosseguindo, o símbolo feminino, como você bem pode imaginar, é exatamente o oposto. – Desenhou outro símbolo na página. – Chamamos esse símbolo de *cálice*.

∨

Sophie demonstrou surpresa.

Langdon viu que ela havia conseguido estabelecer um vínculo entre as coisas.

– O cálice – disse ele – lembra um copo, ou receptáculo, e, o mais importante, lembra o formato de um útero feminino. Esse símbolo transmite a ideia de feminilidade, maturidade da mulher e fertilidade. – Langdon olhava firmemente nos olhos dela agora. – Sophie, a lenda nos diz que o Santo Graal é um cálice – uma taça. Mas a descrição do Graal como *cálice* na verdade é uma alegoria para proteger a sua verdadeira natureza. Ou seja, a lenda usa o cálice como *metáfora* para uma coisa muito mais importante.

– Uma mulher – disse Sophie.

– Exato. – Langdon sorriu. – O Graal é literalmente o símbolo antigo da feminilidade, e o *Santo* Graal representa o sagrado feminino e a deusa, o que, naturalmente, se perdeu nos dias de hoje, praticamente eliminado pela Igreja. O poder da mulher e sua capacidade de gerar vida já foi muito sagrado, mas ameaçava a ascensão da Igreja Católica predominantemente masculina, de forma que o sagrado feminino foi demonizado e considerado impuro. Foi o *homem*, não Deus, que criou o conceito de "pecado original", mediante o qual Eva provou da maçã e causou a queda da raça humana. A mulher, que antes era considerada sagrada, porque dava a vida, agora era o inimigo.

– Eu devia acrescentar – interveio Teabing – que esse conceito de mulher como aquela que dá a vida foi a base da religião antiga. O nascimento de uma criança era um evento místico e poderoso. Lamentavelmente, a filosofia cristã decidiu fraudar o poder criador da mulher, ignorando a verdade biológica e tornando o homem Criador. O Gênesis nos diz que Eva nasceu da costela de Adão. A mulher se tornou uma ramificação do homem. E, ainda por cima, pecaminosa. O Gênesis foi o início do fim para a deusa.

– O Graal – disse Langdon – simboliza a deusa perdida. Quando o cristianismo surgiu, as velhas religiões pagãs não morreram com facilidade. Lendas de buscas de cavaleiros pelo Graal perdido eram na verdade histórias sobre buscas proibidas do sagrado feminino. Cavaleiros que alegavam estar "procurando o cálice" estavam usando um código para se protegerem da Igreja, que havia subjugado as mulheres, banido a deusa, queimado os hereges e proibido a adoração ao sagrado feminino pelos pagãos.

Sophie sacudiu a cabeça.

– Desculpe, mas quando disse que o Santo Graal era uma pessoa, pensei que estava querendo dizer que era uma pessoa *de fato*.

– E é – disse Langdon.

– E não é *qualquer* pessoa – deixou escapar Teabing, pondo-se de pé de um pulo, entusiasmado. – Uma mulher que trazia consigo um segredo tão poderoso que, se revelado, ameaçava destruir os próprios alicerces do cristianismo.

Sophie estava desnorteada.

– E essa mulher é bem conhecida na história?

– Bastante. – Teabing pegou as muletas e dirigiu-se ao corredor. – Se vierem comigo ao meu gabinete, meus amigos, eu terei a honra de lhes mostrar o retrato que Da Vinci pintou dela.

Dois aposentos adiante, na cozinha, o criado Rémy Legaludec estava de pé, mudo, diante de um aparelho de televisão. O noticiário transmitia fotos de um homem e uma mulher... os mesmos dois indivíduos a quem havia acabado de servir chá.

CAPÍTULO 57

No bloqueio policial diante do Banco de Custódia de Zurique, o tenente Collet perguntava-se por que Fache estava demorando tanto para aparecer com o tal mandado. Os banqueiros certamente estavam escondendo algo. Alegavam que Langdon e Neveu haviam chegado antes e o banco os mandara embora porque não trouxeram identificação da conta.

– *Então, por que não nos deixam entrar para dar uma busca?*

Afinal, o celular de Collet tocou. Era o posto de comando no Louvre.

– Já temos mandado de busca? – indagou Collet.

– Esqueça o banco, tenente – disse-lhe o agente. – Acabamos de receber uma pista quente. Temos a localização exata de onde Langdon e Neveu estão escondidos.

Collet deixou-se sentar pesadamente no capô da viatura.

– Está brincando!

– Tenho um endereço nos subúrbios da cidade, em algum ponto perto de Versailles.

– O capitão Fache já sabe?

– Ainda não. Está ocupado, atendendo uma ligação muito importante.

– Já estou indo para lá. Peça para ele me ligar assim que terminar. – Collet anotou o endereço e entrou no carro. Assim que se afastou do banco, viu que se esquecera de perguntar *quem* havia informado a localização de Langdon. Não importava, recebera de bandeja uma oportunidade de se redimir de seu ceticismo e das falhas anteriores. Estava prestes a fazer a prisão mais comentada de toda a sua carreira.

Collet enviou uma mensagem às cinco viaturas que o acompanhavam.

– Nada de sirenes, pessoal. Langdon não pode ficar sabendo que estamos chegando.

◆ ◆ ◆

A 40 quilômetros dali, um Audi preto saiu de uma estrada rural e estacionou nas sombras da margem de um campo. Silas saiu e espiou entre as grades da cerca de ferro trabalhado da vasta propriedade à sua frente. Examinou demoradamente a comprida ladeira enluarada que levava ao castelo distante.

As luzes do andar de baixo estavam todas acesas. *Estranho, a essa hora*, pensou Silas, sorrindo. A informação que o Mestre lhe dera decerto era precisa. *Não vou sair dessa casa enquanto não puser as mãos na pedra-chave*, jurou consigo mesmo. *Não vou decepcionar o bispo e o Mestre.*

Verificou o pente de 13 balas da sua Heckler & Koch e passou-a entre as barras de ferro, deixando-a cair no chão coberto de musgo do outro lado. Depois, agarrando o alto da grade, deu um impulso para cima e pulou, caindo no chão do outro lado. Ignorando a pontada de dor do cilício, Silas apanhou a arma e começou a longa caminhada pela encosta relvada.

CAPÍTULO 58

O "gabinete" de Teabing não se parecia com nenhum outro que Sophie já tivesse visto. Seis ou sete vezes maior do que até mesmo o mais luxuoso dos escritórios, o *cabinet de travail* do cavaleiro lembrava uma mistura de laboratório científico, biblioteca de arquivos e mercado de pulgas. Iluminado por três lustres que pendiam do teto, o imenso piso de lajotas encontrava-se repleto de "ilhas" de mesas de trabalho enterradas sob livros, obras de arte, artefatos arqueológicos e uma quantidade surpreendente de equipamentos eletrônicos – computadores, projetores, microscópios, copiadoras e scanners.

– Transformei o salão de festas no meu gabinete – disse Teabing, meio ressabiado enquanto percorria a sala, arrastando os pés. – Não tenho tempo para dançar, sabem.

Para Sophie, era como se a noite inteira tivesse se convertido em uma espécie de momento sobrenatural, além da imaginação, onde nada era como ela esperava.

– Usa todo esse espaço para trabalhar?

– Descobrir a verdade tornou-se a paixão da minha vida – disse Teabing. – E o Sangreal é minha amante predileta.

O Santo Graal é uma mulher, pensou Sophie, a cabeça cheia de uma verdadeira colagem de ideias inter-relacionadas que pareciam não fazer sentido.

– Disse ter um *quadro* que mostra essa mulher que alega ser o Santo Graal.

– Sim, mas não sou eu quem *alega* que ela é o Santo Graal. O próprio Cristo disse isso.

– Qual delas é a pintura? – indagou Sophie, percorrendo as paredes com o olhar.

– Humm... – Teabing fingiu ter esquecido. – O Santo Graal. O Sangreal. O Cálice. – De repente, girou nos calcanhares e apontou para a parede oposta. Dela pendia uma gravura de dois metros e meio da *Última Ceia*, a mesmíssima imagem que Sophie acabara de ver. – Ali está ela!

Sophie achou que havia perdido alguma parte da explicação.

– Mas é a mesma que acabou de me mostrar!

Ele piscou para ela.

– Eu sei, mas assim, maior, fica mais excitante. Não acha?

Sophie voltou-se para Langdon para que ele a ajudasse.

– Não estou entendendo nada.

Langdon sorriu.

– Acontece que o Santo Graal realmente aparece na *Última Ceia*. Leonardo incluiu-o com destaque.

– Alto lá – objetou Sophie. – Disse que o Santo Graal é uma *mulher*. Na *Última Ceia* só aparecem 13 homens.

– Ah, é? – Teabing arqueou as sobrancelhas. – Olhe com cuidado.

Desconfiada, Sophie se aproximou do quadro, examinando com atenção as 13 figuras – Jesus Cristo no meio, seis discípulos à esquerda, seis à direita.

– São todos homens, sim – confirmou ela.

– Ah, sim? – insistiu Teabing. – E esse aí sentado no lugar de honra, à direita do Senhor?

Sophie examinou a figura logo à direita de Jesus, concentrando-se nela. Olhando o rosto e o corpo da pessoa com atenção, uma onda de espanto a percorreu. Aquela pessoa tinha longos cabelos ruivos ondulados, delicadas mãos entrelaçadas e o peito era levemente arredondado, sugerindo a presença de seios. Era sem dúvida... feminina.

– É uma mulher! – exclamou Sophie.

Teabing ria.

– Ora, mas vejam só, que surpresa! Porém, creia-me, não é impressão. Leonardo tinha uma habilidade incrível para retratar a diferença entre os sexos.

Sophie não conseguia tirar os olhos da mulher ao lado de Cristo. *A Última Ceia devia conter 13 homens. Quem é essa mulher?* Embora Sophie tivesse visto essa imagem clássica muitas vezes, jamais havia notado essa discrepância gritante.

– Todo mundo se engana – disse Teabing. – Nossas ideias preconcebidas dessa cena são tão fortes que a mente bloqueia a incongruência e cega nossos olhos.

– O cérebro às vezes faz isso diante de símbolos muito fortes – acrescentou Langdon.

– Um outro motivo para você ter deixado de ver a mulher – disse Teabing – é que muitas fotos de livros de arte foram tiradas antes de 1954, quando os detalhes ainda estavam ocultos sob camadas de sujeira e várias tentativas de restauração feitas por mãos impróprias no século XVIII. Agora, por fim, o afresco já foi reduzido à camada de tinta original de Da Vinci. – Fez um gesto para que ela chegasse mais perto da foto. – *Et voilà!*

Sophie aproximou-se da imagem. A mulher à direita de Jesus era jovem, tinha uma expressão piedosa, um rosto sério, lindos cabelos ruivos e mãos comportadamente entrelaçadas. *Essa é a mulher que sozinha poderia acabar com a Igreja?*

– Quem é ela? – indagou Sophie.

– Essa, minha cara – respondeu Teabing –, é Maria Madalena.

Sophie virou-se.

– A prostituta?

Teabing inspirou depressa, como se a palavra o tivesse ofendido pessoalmente.

– Madalena não era isso. Esse infeliz equívoco é o legado de uma campanha feita pela Igreja primitiva para sujar a imagem de Madalena. A Igreja precisou difamar Maria Madalena para encobrir o perigoso segredo dela – seu papel como Santo Graal.

– Seu *papel?*

– Como mencionei antes – esclareceu Teabing –, a Igreja primitiva precisou convencer o mundo de que o profeta mortal Jesus era um ser divino. Portanto, quaisquer evangelhos que descrevessem aspectos *terrenos* da vida de Jesus precisavam ser omitidos da Bíblia. Infelizmente, para os primeiros editores, um tema terreno particularmente perigoso vivia aparecendo nos evangelhos. Maria Madalena. – Ele fez uma pausa. – Mais especificamente, o casamento dela com Jesus Cristo.

– Como é que é? Repete. – Os olhos de Sophie passaram para Langdon, depois voltaram para Teabing.

– Trata-se de uma questão de registros históricos – disse Teabing. – E Da Vinci certamente sabia disso. A *Última Ceia* praticamente proclama àqueles que a contemplam que Jesus e Maria Madalena eram um casal.

Sophie voltou a olhar o afresco.

– Observe que Jesus e Madalena estão vestidos como se fossem imagens especulares um do outro. – Teabing apontou para os dois indivíduos no centro do afresco.

Sophie estava fascinada. Era aquilo mesmo, as roupas deles tinham cores invertidas. Jesus usava uma túnica vermelha com manto azul; Maria Madalena, um vestido azul e um manto vermelho. *Yin* e *yang*.

– Aventurando-se a notar algo ainda mais bizarro – disse Teabing –, observe que Jesus e Sua noiva parecem estar unidos pelo meio de seus corpos e se afastando um do outro como para criar um espaço negativo claramente delineado entre eles.

Mesmo antes de Teabing lhe mostrar a figura formada, Sophie a viu – o contorno incontestável do ∨ no ponto focal da pintura. Era o mesmo símbolo que Langdon traçara antes, representativo do Graal, do cálice e do útero feminino.

– Até que enfim – disse Teabing. – Se você consegue ver Jesus e Madalena como elementos composicionais em vez de pessoas, uma outra forma irá saltar aos seus olhos. – Fez uma pausa. – Uma *letra* do alfabeto.

Sophie a viu de imediato. Dizer que a letra saltou aos seus olhos era pouco. De repente, Sophie não conseguiu ver mais nada além daquela letra. Brilhando no centro da pintura estava o contorno incontestável de uma letra M enorme absolutamente perfeita.

– Um pouco perfeito demais para ser coincidência, não diria? – perguntou Teabing.

Sophie estava pasma.

– Por que essa letra está aí?

Teabing deu de ombros.

– Os teóricos da conspiração lhe dirão que ela representa

Matrimônio ou *Maria Madalena*. Para ser sincero, ninguém sabe ao certo. A única certeza é que o M escondido existe, não é engano. Incontáveis obras sobre o Graal contêm a letra M escondida nelas – seja como marcas-d'água, sob camadas de pintura, ou alusões composicionais. O M mais óbvio, é claro, se encontra num brasão no altar de Nossa Senhora de Paris, em Londres, que foi projetado por um ex-Grão-Mestre do Priorado de Sião, Jean Cocteau.

Sophie avaliou aquela informação.

– Admito que os Ms ocultos são intrigantes, embora presuma que ninguém está alegando que sejam prova do casamento de Jesus com Maria Madalena.

– Não, não – disse Teabing, indo até uma mesa próxima coberta de livros. – Como já lhe disse, o casamento de Jesus e Maria Madalena faz parte dos registros históricos. – Começou a revirar sua pilha de livros. – Além do mais, Jesus como homem casado faz muito mais sentido do que nossa versão bíblica de Jesus solteiro.

– Por quê? – perguntou Sophie.

– Porque Jesus era judeu – respondeu Langdon, enquanto Teabing procurava o livro –, e o decoro social daquela época praticamente proibia que um judeu fosse solteiro. De acordo com os costumes judaicos, o celibato era proibido, e a obrigação de um pai judeu era encontrar uma esposa adequada para seu filho. Se Jesus não fosse casado, pelo menos um dos evangelhos da Bíblia teria mencionado isso e dado alguma explicação para o fato de ele ter ficado solteiro.

Teabing localizou um livro grossíssimo e puxou-o para si através da mesa. A edição de capa de couro era do tamanho de um pôster, como um imenso atlas. A capa dizia: *Os Evangelhos Gnósticos*. Teabing abriu-o com esforço, e Langdon e Sophie vieram colocar-se um de cada lado dele, para ver o livro. Sophie viu que continha fotos do que pareciam trechos ampliados de velhos documentos – papiros esfrangalhados onde havia textos escritos à mão. Ela não reconheceu a língua antiga, mas as páginas diante deles continham textos em letras de fôrma com as traduções.

– São fotocópias dos manuscritos de Nag Hammadi e do mar Morto, que mencionei antes – disse Teabing. – Os mais antigos registros cristãos. Estranhamente, eles não coincidem com os evangelhos que temos na Bíblia. – Folheando a parte central do livro, Teabing apontou para um trecho. – O Evangelho de Filipe sempre é um bom ponto de partida.

Sophie leu o trecho:

> *E a companheira do Salvador é Maria Madalena. Cristo amava-a mais do que a todos os discípulos e costumava beijá-la com frequência na boca. O restante dos discípulos ofendia-se com isso e expressava sua desaprovação. Diziam a ele: "Por que tu a amas mais do que a nós todos?"*

As palavras surpreenderam Sophie, e mesmo assim não pareciam ser conclusivas, de forma alguma.

– Aqui não se fala em casamento.

– Ao contrário – sorriu Teabing, apontando para a primeira linha. – Como qualquer estudioso do aramaico poderá lhe explicar, a palavra *companheira*, naquela época, literalmente significava *esposa*.

Langdon concordou com um meneio de cabeça.

Sophie tornou a ler a primeira linha. *E a companheira do Salvador é Maria Madalena.*

Teabing folheou o livro e apontou diversas outras passagens que, para surpresa de Sophie, claramente sugeriam que Madalena e Jesus tinham um relacionamento romântico. Enquanto ela lia os trechos, Sophie recordou-se de um padre irado que certa vez havia batido à porta de seu avô quando ela era estudante.

"É aqui que mora Jacques Saunière?", indagou o padre, com maus modos, fuzilando Sophie com os olhos quando ela abriu a porta. "Quero ter uma conversa com ele sobre um editorial que ele escreveu." O padre mostrou-lhe um jornal.

Ela chamou o avô, e os dois se fecharam no gabinete dele. *Meu avô escreveu alguma coisa nesse jornal?* Sophie correu na mesma hora para a cozinha e folheou o jornal matinal. Encontrou o artigo do avô na segunda página. Leu o artigo. Não entendeu tudo que ele dizia, mas pelo jeito o governo francês, pressionado pelos padres, havia concordado em proibir um filme americano chamado *A Última Tentação de Cristo*, no qual se insinuava que Jesus tivera relações sexuais com uma mulher chamada Maria Madalena. O artigo do avô dizia que a Igreja era arrogante e que proibir o filme era errado.

Não admira que o padre esteja enfezado, pensou Sophie.

"É pornografia! Sacrilégio!", berrava o padre, saindo do gabinete do avô dela e dirigindo-se à porta, batendo os pés. "Como pode aprovar isso? O americano Martin Scorsese é um blasfemador, e a Igreja não vai permitir que ele defenda esse tipo de ideia na França!" O padre bateu com violência a porta ao sair.

Quando o avô de Sophie veio até a cozinha, viu a menina com o jornal e franziu o cenho.

– Você é rápida, hein?

Sophie disse:

– O senhor acha que Jesus Cristo tinha uma namorada?

– Não, querida, eu disse que a Igreja não devia ter permissão para nos dizer o que podemos ou não pensar.

– Jesus tinha uma namorada?

O avô ficou calado durante muito tempo.

– Seria assim tão ruim se ele tivesse?

Sophie pensou no assunto e deu de ombros.

– Eu não me importaria.

◆ ◆ ◆

Sir Leigh Teabing ainda estava falando.

– Não vou aborrecê-la narrando as inúmeras referências à união de Jesus e Madalena. Isso já foi mais do que explorado pelos historiadores modernos. Mas gostaria de lhe falar do seguinte. – Ele passou para outro trecho. – Este aqui é do Evangelho Segundo Maria Madalena.

Sophie não sabia da existência de um evangelho escrito por Madalena. Ela leu o texto:

> *E Pedro disse: "O Salvador realmente falou com uma mulher sem nosso conhecimento? Devemos nos voltar e escutar essa mulher? Ele a preferiu a nós?"*
>
> *E Levi respondeu: "Pedro, você sempre foi precipitado. Agora te vejo lutando contra a mulher como a um adversário. Se o Salvador a tornou digna, quem és tu para rejeitá-la? Certamente o Salvador a conhece muito bem. Foi por isso que a amou mais do que ama a nós."*

– A mulher da qual estão falando – explicou Teabing – é Maria Madalena. Pedro sente ciúmes dela.

– Porque Jesus preferiu Maria?

– Não só isso. O que estava em jogo era muito mais do que afeição. A essa altura dos evangelhos, Jesus já desconfia que vai ser logo preso e crucificado. Então dá a Maria Madalena instruções sobre como conduzir sua Igreja depois que Ele morrer. Em consequência disso, Pedro expressa seu descontentamento em ficar em segundo plano em relação a uma mulher. Até me arrisco a dizer que Pedro era um tanto machista.

Sophie estava procurando acompanhar o raciocínio de Teabing.

– Esse é *São* Pedro. A pedra sobre a qual Cristo edificou Sua Igreja.

– Esse mesmo, a não ser por um pequeno detalhe. De acordo com esses evangelhos originais e inalterados, *não foi a Pedro* que Cristo deu instruções para fundar a Igreja cristã. Foi a *Maria Madalena*.

Sophie olhou firme para ele.

– Está me dizendo que a Igreja cristã ia ser conduzida por uma *mulher?*

– Era esse o plano. Jesus foi o feminista original. Pretendia que o futuro de Sua Igreja ficasse nas mãos de Maria Madalena.

– E Pedro não aceitava isso – disse Langdon apontando para *A Última Ceia*. – Ali está Pedro. Dá para ver que Da Vinci sabia muito bem como Pedro se sentia em relação a Maria Madalena.

Outra vez Sophie ficou muda. Na pintura, Pedro inclinava-se ameaçadoramente na direção de Maria Madalena e passava a mão, como se empunhasse uma faca, diante do pescoço dela. O mesmo gesto ameaçador da *Madona das Rochas!*

– Aqui também – disse Langdon, apontando agora para o grupo de discípulos junto de Pedro. – Meio ameaçador, não é?

Sophie apertou os olhos e viu a mão surgindo do grupo de discípulos perto de Pedro.

– Essa mão está brandindo um *punhal?*

– Sim. O estranho é que, se contar os braços, vai ver que essa mão pertence... a ninguém. É desprovida de corpo. Anônima.

Sophie estava começando a sentir que aquilo tudo era demais para ela.

– Vão me perdoar, mas ainda não entendi como tudo isso faz de Maria Madalena o Santo Graal.

– Aí é que está! – exclamou Teabing. Virou-se para a mesa outra vez e tirou de baixo da pilha de livros um diagrama enorme, abrindo-o para ela. Era uma árvore genealógica bastante complexa. – Poucas pessoas sabem que Maria Madalena, além de ser o braço direito de Cristo, já era uma mulher poderosa antes.

Sophie agora conseguia enxergar o título da árvore genealógica.

A TRIBO DE BENJAMIM

– Maria Madalena está aqui – disse Teabing, apontando para um ponto próximo do topo da árvore.

Sophie ficou surpresa.

– Ela era da Casa de Benjamim?

– Era – confirmou Teabing. – Maria Madalena tinha sangue azul.

– Mas eu pensava que ela fosse pobre.

Teabing sacudiu a cabeça.

– Madalena foi reinventada como prostituta para apagar todos os indícios de que tinha vínculos familiares poderosos.

Sophie viu-se outra vez lançando olhares para Langdon, que voltou a confirmar. Ela se virou para Teabing.

– Mas por que a Igreja primitiva iria se importar com o fato de Maria Madalena ter sangue real?

O inglês sorriu.

– Minha querida, não era o sangue real de Maria Madalena que preocupava a Igreja, mas a união dela com Cristo, que *também* tinha sangue real. Como sabe, o Evangelho Segundo Mateus nos diz que Jesus era da Casa de Davi. Um descendente do rei Salomão – o Rei dos Judeus. Casando-se com alguém da poderosa Casa de Benjamim, Jesus fundiu duas linhagens reais, criando assim uma união política poderosa, com o potencial de reclamar legitimamente o direito ao trono e restaurar a linhagem de reis como era nos tempos de Salomão.

Sophie sentiu que ele finalmente estava chegando aonde pretendia.

Teabing agora demonstrava empolgação.

– A lenda do Santo Graal fala de sangue real. Quando ela toca no "cálice que continha o sangue de Cristo"... está de fato falando de Maria Madalena – o útero feminino que concebeu a linhagem real de Jesus.

As palavras pareceram ecoar pelo salão de festas, voltando antes de serem completamente registradas na mente de Sophie. *Maria Madalena concebeu a linhagem real de Cristo?* – Mas como Cristo podia ter uma linhagem se não...? – Ela fez uma pausa e olhou para Langdon.

Langdon sorriu de leve.

– Se não tinha um filho, não é?

Sophie ficou ali de pé, paralisada.

– Contemple – proclamou solenemente Teabing – o maior encobrimento da história da humanidade. Não só Jesus era casado, mas também era pai. Minha cara, Maria Madalena era o Vaso Sagrado. Era o cálice que concebeu a descendência do sangue real de Cristo. Ela foi o ventre que começou essa linhagem e a vinha de onde os frutos sagrados nasceram!

Sophie sentiu os pelos dos braços se arrepiarem.

– Mas como conseguiram calar um segredo *desses* por tanto tempo?

– Céus! – disse Teabing. – Fizeram tudo *menos se calar!* A linhagem real de Jesus Cristo é a fonte da lenda mais duradoura de todos os tempos – a do Santo Graal. A história de Madalena vem sendo proclamada do alto aos quatro ventos, em todos os tipos de metáforas e línguas. Está em toda parte, é só abrir os olhos e ver.

– E os documentos Sangreal? – disse Sophie. – Eles supostamente contêm a prova de que Jesus deixou descendentes nobres, não é?

– Contêm, sim.

– Então toda a lenda do Santo Graal gira em torno do sangue real Dele?

– Ao pé da letra – disse Teabing. – A palavra *Sangreal* deriva de *San Greal* – ou Santo Graal. Mas, em sua forma mais antiga, a palavra *Sangreal* foi dividida em um ponto diferente. – Teabing escreveu alguma coisa em um pedaço de papel e o entregou a Sophie.

Ela leu o que Teabing havia escrito.

Sang Real

Instantaneamente, ela reconheceu a tradução.

Sang Real significava, literalmente, *Sangue Real*.

CAPÍTULO 59

O recepcionista da sede do Opus Dei na Avenida Lexington, em Nova York, ficou surpreso ao ouvir a voz do bispo Aringarosa do outro lado da linha.

– Boa noite, senhor bispo.

– Alguma mensagem para mim? – indagou o bispo, parecendo extraordinariamente nervoso.

– Sim, senhor. Ainda bem que o senhor ligou. Não conseguia entrar em contato com o senhor no hotel. Há uma mensagem urgente que alguém deixou por telefone uma hora atrás.

– Ah, sim? – Ele pareceu ficar aliviado pela notícia. – A pessoa deixou o nome?

– Não, senhor, só um número. – O telefonista passou-lhe o número.

– Prefixo 33? Esse número é na França, não é?

– Sim, senhor. Paris. A pessoa que ligou disse que o senhor precisava entrar em contato imediatamente.

– Obrigado. Estava esperando essa ligação. – Aringarosa desligou.

Quando o recepcionista desligou, ficou se perguntando por que havia tanta interferência na linha. A agenda diária do bispo mostrava que ele estava em Nova York naquele fim de semana, mas ele parecia estar a mil quilômetros de distância dali. O recepcionista deu de ombros. O bispo Aringarosa andava se comportando de forma bem estranha nos últimos meses.

◆ ◆ ◆

Meu celular devia estar sem condições de receber mensagens, pensou Aringarosa enquanto o Fiat se aproximava da saída para o aeroporto de voos fretados Ciampino, em Roma. *O Mestre estava tentando entrar em contato comigo.* Apesar da preocupação de Aringarosa por ter perdido a ligação, sentiu-

-se revigorado porque o Mestre considerara ser seguro ligar direto para a sede do Opus Dei.

As coisas devem ter ido bem em Paris esta noite.

Enquanto Aringarosa discava o número, ficou animado por saber que logo estaria em Paris. *Vou estar aterrissando antes de o sol nascer.* Aringarosa tinha um jatinho fretado à sua espera para o curto voo até a França. Não dava para pegar voos comerciais àquela hora, principalmente diante do conteúdo de sua valise.

A linha começou a chamar.

Uma voz feminina atendeu.

– Diretoria Central, Polícia Judiciária.

Aringarosa relutou. Nunca esperaria que fosse aquilo.

– Ah, sim... Pediram-me que ligasse para esse número.

– Quem fala? – indagou a mulher.

Aringarosa ficou sem saber se revelava seu nome ou não. *A Polícia Judiciária francesa?*

– Bispo Manuel Aringarosa.

– Um momento – respondeu a voz feminina. Ouviu-se um estalido na linha.

Depois de esperar durante um longo tempo, uma voz masculina surgiu, num tom áspero e preocupado.

– Bispo, ainda bem que consegui encontrá-lo. O senhor e eu precisamos ter uma conversa séria.

CAPÍTULO 60

Sangreal... Sang Real... San Greal... Sangue Real... Santo Graal.
Tudo se entrelaçava.

O Santo Graal é Maria Madalena... A mãe da linhagem nobre de Jesus Cristo. Sophie sentiu uma nova onda de desorientação enquanto se encontrava de pé no silêncio do salão de festas olhando Robert Langdon. Quanto mais peças Langdon e Teabing colocavam na mesa naquela noite, mais imprevisível se tornava esse quebra-cabeça.

– Como pode ver, minha cara – disse Teabing, mancando até uma estante –, Leonardo não foi o único que andou tentando dizer ao mundo a verdade sobre o Santo Graal. A linhagem real de Jesus Cristo vem sendo alardeada em detalhes exaustivos por muitos historiadores. – Passou um dedo por uma fileira de diversas dezenas de livros.

Sophie inclinou a cabeça e examinou a lista:

A GRANDE HERESIA:
O Segredo da Identidade de Cristo

A MULHER DO VASO DE ALABASTRO:
Maria Madalena e o Santo Graal

A DEUSA NOS EVANGELHOS:
O Resgate do Sagrado Feminino

– Talvez este aqui seja o livro mais conhecido – disse Teabing, puxando de uma pilha um livro de capa dura meio despedaçado e entregando-o a Sophie.

A capa dizia:

O SANTO GRAAL E A LINHAGEM SAGRADA
O Best-Seller Aclamado Mundialmente.

Sophie olhou-o de relance.
– Um best-seller internacional? Jamais ouvi falar dele.
– Você era pequena ainda. Causou o maior rebuliço na década de 1980. Para o meu gosto, os autores foram um tanto entusiasmados demais na análise, mas a premissa fundamental é perfeita, e, para seu crédito, finalmente conseguiram divulgar a ideia da linhagem real de Cristo.

– Qual foi a reação da Igreja ao livro?

– Ficaram indignados, é claro. Mas isso já se esperava. Afinal, o Vaticano já tentava guardar esse segredo desde o século IV d.C. Constitui parte do objetivo das Cruzadas. Reunir e destruir informações. A ameaça que Maria Madalena representava para os homens da Igreja primitiva era potencialmente destruidora. Não só ela foi a mulher a quem Jesus confiou a tarefa de fundar a Igreja como também era a prova física de que a recém-proclamada *divindade* havia gerado uma linhagem mortal. A Igreja, para se defender contra o poder de Madalena, perpetuou sua imagem como prostituta e ocultou as provas do casamento de Cristo com ela, neutralizando assim quaisquer declarações potenciais que se viesse a fazer de que Cristo tinha descendentes e era um profeta mortal.

Sophie olhou Langdon de relance, e ele confirmou.

– Sophie, os indícios históricos que provam isso são substanciais.

– Admito – disse Teabing – que são afirmativas terríveis, mas precisa entender as motivações poderosas da Igreja para realizar um encobrimento assim. Eles jamais poderiam ter subsistido depois de o público saber que havia uma descendência. Um filho de Jesus iria solapar a ideia fundamental da divindade de Cristo e portanto destruiria a Igreja cristã, que se declarava o único meio através do qual a humanidade poderia ter acesso ao divino e entrar no reino dos céus.

– A rosa de cinco pétalas – disse Sophie, apontando de repente para a lombada de um dos livros de Teabing. *Exatamente o mesmo desenho feito em marchetaria na tampa da caixa de pau-rosa.*

Teabing olhou de soslaio para Langdon e deu um sorriso.

– Ela é esperta. – Virou-se para Sophie. – Este é o símbolo do Priorado que representa o Graal. Maria Madalena. Como seu nome foi proibido pela Igreja, Madalena se tornou secretamente conhecida por diversos pseudônimos – o Cálice, o Santo Graal e a Rosa. – Ele parou. – A Rosa tem vínculos com o pentagrama de cinco pontas de Vênus e a rosa dos ventos. Aliás, a palavra *rosa*, ou *rose*, é idêntica em inglês, francês, alemão e muitas outras línguas.

– *Rose* – acrescentou Langdon – também é um anagrama de Eros, o deus grego do amor sexual.

Sophie lançou-lhe um olhar surpreso enquanto Teabing prosseguia.

– A Rosa sempre foi o símbolo por excelência da sexualidade feminina. Nos cultos primitivos à deusa, as cinco pétalas representavam as cinco fases da vida feminina – nascimento, menstruação, maternidade, menopausa e morte. E, ultimamente, os vínculos da rosa florescente com a feminilidade são considerados mais visuais. – Ele lançou um olhar a Langdon. – Talvez o simbologista possa explicar melhor, não?

Robert hesitou. Um pouco demais.

– Ai, meu Deus! – indignou-se Teabing. – Vocês, americanos, são uns puritanos, mesmo. – Voltou-se de novo para Sophie. – Robert está engasgado porque não sabe como dizer que a imagem da flor se abrindo evoca a genitália feminina, a flor sublime através da qual toda a humanidade entra no mundo. E, se já viu alguma pintura de Georgia O'Keeffe, vai saber exatamente do que estou falando.

– O importante aqui – disse Langdon, voltando à estante – é que todos esses livros apoiam a mesma premissa histórica.

– Que Jesus foi pai – Sophie ainda estava meio insegura.

– É – disse Teabing. – E que Maria Madalena foi o ventre que transmitiu sua linhagem sagrada. O Priorado de Sião, até hoje, ainda venera Maria Madalena como a Deusa, o Santo Graal, a Rosa e a Divina Mãe.

Sophie voltou a visualizar rapidamente o ritual no porão.

– De acordo com o Priorado – continuou Teabing –, Maria Madalena estava grávida quando Jesus foi crucificado. Para segurança do filho ainda não nascido de Cristo, ela não teve escolha senão fugir da Terra Santa. Com a ajuda do tio em que Jesus tinha grande confiança, José de Arimateia, Maria

Madalena secretamente viajou para a França, que na época era conhecida como Gália. Ali encontrou refúgio seguro na comunidade judaica. Foi na França que deu à luz uma filha. O nome dela era Sara.

Sophie ergueu os olhos.

– Sabem até o nome da criança?

– Muito mais do que isso. As vidas de Madalena e Sara foram detalhadamente registradas por seus protetores judeus. Lembre-se de que a filha de Madalena pertencia à linhagem dos reis judeus – Davi e Salomão. Por tal motivo, os judeus franceses respeitavam a realeza sagrada de Madalena e a reverenciaram como progenitora da linhagem real dos reis. Incontáveis estudiosos daquela época escreveram a crônica da vida de Maria Madalena na França, inclusive o nascimento de Sara e a árvore genealógica que surgiu daí.

Sophie estava assombrada.

– Então Jesus Cristo tem até *árvore genealógica?*

– Tem, sim. E consta que é uma das pedras angulares dos documentos Sangreal. Uma genealogia completa dos primeiros descendentes de Cristo.

– Mas de que serve uma genealogia documentada da linhagem de Cristo? – indagou Sophie. – Não prova nada. Os historiadores não poderiam confirmar sua autenticidade.

Teabing riu de novo, satisfeito.

– Não mais do que podem confirmar a autenticidade da Bíblia.

– Deduzindo-se então que...

– Deduzindo-se que a história sempre é escrita pelos vencedores. Quando duas culturas entram em conflito, o perdedor é obliterado, e o vencedor escreve a história – livros que glorificam sua própria causa e menosprezam a do inimigo perdedor. Como Napoleão disse certa vez: "O que é história, senão uma fábula sobre a qual todos concordam?" – Ele sorriu. – Por sua própria natureza, a história sempre é um relato tendencioso.

Sophie jamais havia pensado naquilo daquela forma.

– Os documentos Sangreal simplesmente contam o *outro* lado da história de Cristo. No final, em que lado da história você vai acreditar fica a seu critério, é uma questão de fé e busca pessoal, mas pelo menos as informações foram preservadas. Os documentos Sangreal incluem dezenas de milhares de páginas de informações. As testemunhas oculares do tesouro de Sangreal afirmam que ele era transportado em quatro enormes arcas. Nessas arcas estão os *Documentos Puristas* – milhares de páginas de documentos da era pré--Constantino, inalterados, escritos pelos primeiros seguidores de Jesus, e que o reverenciavam como um mestre e profeta totalmente humano. Também se diz que parte do tesouro é o lendário *Documento "Q"* – um manuscrito que até mesmo o Vaticano admite crer que exista. Supostamente, trata-se de um livro contendo os ensinamentos de Jesus, talvez escrito por ele mesmo.

– Escrito pelo próprio Cristo?

– Mas claro – disse Teabing. – Por que Jesus não manteria um diário de seu ministério? A maioria das pessoas fazia isso naquela época. Um outro documento explosivo que se acredita constar do tesouro é um manuscrito chamado *Os Diários de Madalena* – o relato pessoal de Madalena sobre seu relacionamento com Cristo, sua crucificação e o tempo que passou na França.

Sophie guardou silêncio um instante.

– E essas quatro arcas de documentos eram o tesouro que os Templários encontraram sob o Templo de Salomão?

– Isso mesmo. Os documentos que tornaram os Templários tão poderosos. Os documentos que vêm sendo objeto de incontáveis buscas do Graal através da história.

– Mas você disse que o Santo Graal era *Maria Madalena*. Se as pessoas estão procurando documentos, por que chamaria isso de busca pelo Santo Graal?

Teabing fixou o olhar nela, a expressão suavizando-se.

– Porque no esconderijo do Santo Graal há um sarcófago.

Lá fora, o vento soprava forte nas árvores.

Teabing falou mais baixo agora.

– A busca do Santo Graal é literalmente a busca para ajoelhar-se diante dos ossos de Maria Madalena. Uma jornada para orar aos pés da proscrita, do sagrado feminino perdido.

Sophie sentiu uma sensação inesperada de fascínio.

– O esconderijo do Santo Graal na verdade é... *uma tumba?*

Os olhos cor de avelã de Teabing ficaram cheios de lágrimas.

– Uma tumba contendo o corpo de Maria Madalena e os documentos que narram a verdadeira história de sua vida. No fundo, a busca pelo Santo Graal sempre foi a busca por Madalena – a rainha deserdada, sepultada com provas do justo direito de sua descendência ao poder.

Sophie aguardou um momento enquanto Teabing se recompunha. Tanta coisa sobre seu avô ainda não fazia sentido para ela.

– Os membros do Priorado – disse, afinal – todos esses anos vêm aceitando o encargo de proteger os documentos Sangreal e o sepulcro de Maria Madalena?

– Sim, mas a fraternidade tinha um outro e ainda mais importante dever também – proteger *a própria linhagem*. A linhagem de Cristo vivia em perpétuo risco de vida. A Igreja primitiva temia que, se a linhagem crescesse, o segredo de Jesus e Madalena acabasse sendo revelado e fosse contestar a própria doutrina católica – a de um Messias divino que não se envolvia com mulheres nem jamais teve uma relação sexual. – Ele fez uma pausa. – No entanto, a linhagem de Jesus cresceu em silêncio, às escondidas, na França, até tomar uma iniciativa ousada no século V, quando os descendentes de Jesus começaram a se casar com pessoas de sangue real francês e geraram a dinastia que hoje se conhece como merovíngia.

Essa notícia surpreendeu Sophie. Merovíngio era um termo que todo estudante da França conhecia.

– Os merovíngios fundaram Paris.

– Sim. Um dos motivos pelos quais a lenda do Graal é tão rica na França. Muitas das buscas pelo Graal empreendidas pelo Vaticano aqui eram na verdade missões secretas para liquidar membros da dinastia. Já ouviu falar no rei Dagoberto?

Sophie lembrava-se vagamente do nome, por causa de uma história terrível ouvida nas aulas de História.

– Dagoberto foi um rei merovíngio, não foi? Apunhalado no olho enquanto dormia?

– Exato. Assassinado pelo Vaticano em conluio com Pepin d'Heristal. No final do século VII. Com o assassinato de Dagoberto, a linhagem dos merovíngios quase foi exterminada. Felizmente, o filho dele, Sigisberto, escapou do ataque em segredo e continuou a linhagem, que mais tarde incluiu Godofredo de Bouillon – fundador do Priorado de Sião.

– O mesmo homem – disse Langdon – que pediu aos Templários para recuperarem os documentos Sangreal sob o Templo de Salomão e assim proporcionou aos merovíngios prova de seus vínculos hereditários com Jesus Cristo.

Teabing confirmou, dando um profundo suspiro.

– O Priorado de Sião, hoje em dia, tem um dever bastante significativo. O fardo deles é triplo. A fraternidade precisa proteger os documentos Sangreal. Precisam proteger a tumba de Maria Madalena. E, naturalmente, precisam fomentar e proteger a linhagem de Cristo – os poucos membros da linhagem merovíngia real que sobreviveram nos tempos modernos.

As palavras ficaram suspensas naquele espaço imenso, e Sophie sentiu uma vibração estranha, como se seus ossos reverberassem diante de um novo tipo de verdade. *Descendentes de Jesus que sobreviveram nos tempos modernos.* A voz de seu avô voltou a cochichar-lhe ao ouvido. *Princesa, preciso lhe contar a verdade sobre sua família.*

Um arrepio percorreu-lhe o corpo.

Sangue Real.

Ela não podia imaginar o que fosse.

Princesa Sophie.

– Sir Leigh? – as palavras do criado chegaram chiando pelo intercomunicador da parede, e Sophie deu um pulo. – O senhor pode vir aqui até a cozinha, por favor?

Teabing franziu o cenho diante daquela interrupção fora de hora. Foi até o intercomunicador e apertou o botão.

– Rémy, como sabe, estou conversando com minhas visitas. Se precisarmos de mais alguma coisa da cozinha esta noite, nós nos serviremos. Obrigado e boa noite.

– Uma palavra com o senhor antes de eu me recolher, senhor. Se puder me fazer esse obséquio.

Teabing resmungou e apertou o botão.

– Então fale logo, Rémy.

– É um assunto doméstico, senhor, não é coisa para incomodar os hóspedes.

Teabing parecia incrédulo.

– E não pode esperar até amanhã?

– Não, senhor. Minha pergunta só vai tomar um minuto.

Teabing revirou os olhos e dirigiu-se a Langdon e Sophie.

– Às vezes me pergunto quem é criado de quem aqui dentro. – Apertou o botão outra vez. – Já estou indo, Rémy. Quer que eu leve alguma coisa para você?

– Só a liberdade, senhor.

– Rémy, será que você ainda não entendeu que seu *steak au poivre* é o único motivo pelo qual trabalha para mim?

– É o que o senhor diz, patrão. É o que o senhor diz.

CAPÍTULO 61

Princesa Sophie.

Sophie sentia-se oca enquanto ouvia o som das muletas de Teabing batendo no chão desaparecer corredor abaixo.

Entorpecida, voltou-se e encarou Langdon no salão de festas deserto. Ele já estava sacudindo a cabeça como se lesse seus pensamentos.

– Não, Sophie – sussurrou, os olhos acalmando-a. – O mesmo pensamento me passou pela cabeça quando soube que seu avô era do Priorado e você disse que ele queria lhe contar um segredo sobre sua família. Mas é impossível. – Langdon fez uma pausa. – Saunière não é um nome merovíngio.

Sophie não sabia se estava aliviada ou decepcionada. Antes, Langdon fizera uma pergunta casual sobre o nome de solteira da mãe de Sophie. Chauvel. A pergunta agora fazia sentido.

– E Chauvel? – indagou ela, nervosa.

Ele tornou a sacudir a cabeça.

– Sinto muito. Eu sei que isso teria respondido a algumas perguntas suas. Restaram apenas duas linhas diretas de merovíngios. Os sobrenomes são Plantard e Saint-Clair. Ambas as famílias vivem escondidas, provavelmente protegidas pelo Priorado.

Sophie repetiu os nomes mentalmente, sem nada dizer, e depois sacudiu a cabeça. Não havia ninguém em sua família que se chamasse Plantard ou Saint-Clair. Agora, ela sentia uma espécie de ressaca de tanto cansaço. Percebia que não estava mais perto do que antes, no Louvre, de entender que verdade seu avô queria lhe revelar. Sophie desejou que o avô jamais houvesse mencionado sua família naquela tarde. Ele havia reaberto feridas antigas que agora doíam tanto quanto na época em que aconteceram. *Eles estão mortos, Sophie. Não vão voltar*. Lembrou-se da mãe cantando para ela dormir à noite, do pai carregando-a nos ombros e da avó e do irmão caçula sorrindo para ela com seus olhos verdes intensos. Tudo lhe fora tirado. Só ficara o avô.

E agora ele também se foi. Estou sozinha.

Sophie voltou-se calmamente para *A Última Ceia* outra vez e fitou os longos cabelos ruivos de Maria Madalena, seus olhos tranquilos. Havia algo na expressão daquela mulher que lhe fazia lembrar a perda de um ser amado. Sophie também sentia aquilo.

– Robert? – indagou ela, baixinho.

Ele chegou mais perto.

– Sei que Leigh disse que a história do Graal está à nossa volta o tempo todo, mas esta noite é a primeira vez que ouvi falar nisso.

Langdon quase pousou a mão no ombro dela para consolá-la, mas se conteve.

– Já ouvi a história dela antes, Sophie. Todo mundo já ouviu. Só que não percebemos quando.

– Não entendi.

– A história do Graal está em toda parte, porém oculta. Quando a Igreja proibiu que se falasse de Maria Madalena, sua história e importância precisaram ser transmitidas por canais mais discretos... canais que sustentassem metáforas e simbolismo.

– Claro. As artes.

Langdon mostrou *A Última Ceia*.

– Um exemplo perfeito. Algumas das obras de arte, literatura e música mais duradouras de hoje contam secretamente a história de Madalena e Jesus.

Langdon rapidamente lhe falou de obras de Da Vinci, Botticelli, Poussin, Bernini, Mozart e Victor Hugo que falavam secretamente da busca da restauração do sagrado feminino proibido. Lendas antigas como a de Sir Gawain ou do Cavaleiro Verde, do rei Artur e da Bela Adormecida eram todas alegorias do Graal. *O Corcunda de Notre-Dame*, de Victor Hugo, e *A Flauta Mágica*, de Mozart, estavam repletas de simbolismo maçônico e segredos do Graal.

– Uma vez que você abra seus olhos para o Santo Graal – disse Langdon –, vai vê-lo em toda parte. Pinturas. Música. Livros. Até nos desenhos animados, parques temáticos e filmes populares.

Langdon ergueu seu relógio de Mickey Mouse e contou-lhe que Walt Disney havia dedicado sua vida inteira a transmitir a mensagem do Graal às futuras gerações. Durante toda a vida, Disney foi aclamado como "o Leonardo da Vinci moderno". Ambos os homens estavam gerações adiante de seu tempo, eram artistas de um talento fora do normal, membros de sociedades secretas e, acima de tudo, adoravam pregar uma peça. Como Leonardo, Walt Disney adorava infundir mensagens ocultas e simbolismo em sua arte. Para o simbologista treinado, ver um dos primeiros filmes de Disney era como ser bombardeado por uma avalanche de alusões e metáforas.

A maioria das mensagens ocultas de Disney dizia respeito à religião, aos mitos pagãos e às histórias da deusa subjugada. Não foi à toa que Disney recontou histórias como *Cinderela*, *A Bela Adormecida* e *Branca de Neve* – todas tratando do encarceramento do sagrado feminino. Nem foi necessário um pano de fundo de simbolismo para entender que Branca de Neve – uma princesa que foi rebaixada após comer uma maçã envenenada – era uma alusão clara à queda de Eva no jardim do Éden. Ou que a princesa Aurora da *Bela Adormecida* – cujo codinome era "Rosa" e que vivia escondida no seio da floresta, para ser protegida das garras da bruxa malvada – era a versão da história do Graal para as crianças.

Apesar da sua imagem corporativa, a empresa Disney ainda incentivava o lado lúdico e criativo de seus empregados, e seus artistas ainda se divertiam inserindo simbolismo oculto nos produtos Disney. Langdon jamais se esqueceria de que um de seus alunos lhe trouxera um DVD do *Rei Leão* e fez uma pausa no filme para revelar um quadro no qual a palavra SEX (sexo, em inglês) se encontrava claramente visível, formada por partículas de poeira flutuantes acima da cabeça de Simba. Embora Langdon suspeitasse de que essa fosse mais uma brincadeira boba de animador do que qualquer tipo de alusão mais refinada à sexualidade pagã humana, ele havia aprendido a não subestimar o uso que a Disney faz do simbolismo. *A Pequena Sereia* era um encantador mosaico composto por inúmeros símbolos espirituais, tão especificamente ligado à deusa que não podia ser mera coincidência.

Quando Langdon viu *A Pequena Sereia* pela primeira vez, soltou uma exclamação involuntária ao notar que a pintura da casa submarina de Ariel não era senão a do artista do século XVII Georges de la Tour, *A Madalena Penitente* – uma homenagem famosa à Maria Madalena proscrita –, e uma peça decorativa bastante adequada, considerando-se que o filme acabou sendo uma colagem descarada, com duração de 90 minutos, de mil referências simbólicas à santidade perdida de Ísis, Eva, Pisces, a deusa-peixe, e, repetidamente, Maria Madalena. O nome da pequena sereia, Ariel, possuía vínculos fortíssimos com o sagrado feminino, e no livro de Isaías é sinônimo de "a Cidade Santa cercada". E, claro, os cabelos ruivos esvoaçantes da pequena sereia certamente não eram uma casualidade.

Ouviram o barulho das muletas de Teabing se aproximando pelo corredor, excessivamente rápidas. Quando seu anfitrião entrou no gabinete de trabalho, tinha no rosto uma expressão austera.

– É melhor ir se explicando, Robert – disse ele, em tom frio. – Você não foi sincero comigo.

CAPÍTULO 62

– Estão querendo me acusar de uma coisa que não fiz, Leigh – disse Langdon, tentando se manter calmo. *Você me conhece, eu não mataria ninguém.*

O tom de Teabing não se amenizou.

– Robert, estão transmitindo sua foto pela televisão. Sabia que a polícia está atrás de você?

– Sim.

– Então abusou da minha confiança. Fico pasmo ao ver como você me colocou em risco assim, vindo aqui e me pedindo para falar do Graal para poder se esconder na minha casa.

– Não matei ninguém.

– Jacques Saunière está morto, e a polícia diz que foi você. – Teabing parecia triste. – Um homem que tanto contribuiu para o progresso das artes...

– Senhor? – o criado apareceu agora, de pé atrás de Teabing na porta do gabinete, os braços cruzados. – Devo levá-los até a porta?

– Permita-me. – Teabing mancou através do gabinete, destrancou um conjunto de grandes portas de vidro que davam para um imenso gramado lateral e abriu-as. – Queiram, por favor, ir até seu carro e sair da minha propriedade.

Sophie não se mexeu.

– Temos informações sobre a *clef de voûte*. A pedra-chave do Priorado.

Teabing ficou parado olhando para ela vários segundos e depois riu, incrédulo.

– Uma cartada desesperada. Robert sabe como eu venho procurando essa pedra.

– Ela está falando a verdade – disse Langdon. – Foi por isso que viemos aqui esta noite. Falar com você sobre a pedra-chave.

O criado interveio nesse momento.

– Saiam, senão ligarei para a polícia.

– Leigh – cochichou Langdon. – Sabemos onde ela está.

Teabing pareceu perder ligeiramente o equilíbrio.

Rémy atravessou a sala marchando decidido.

– Vão embora, já! Senão vou ser obrigado...

– Rémy! – Teabing girou nos calcanhares e gritou com o criado. – Dê-nos licença um momento.

O criado olhou incrédulo.

– Senhor? Devo protestar. Essas pessoas estão sendo...

– Deixe comigo. – Teabing apontou para o corredor.

Depois de um momento de silêncio, atônito, Rémy saiu com o rabo entre as pernas, como um cachorro enxotado.

No vento frio da noite que entrava pelas portas abertas, Teabing voltou-se para Sophie e Langdon, sua expressão ainda severa.

– É melhor estarem me dizendo a verdade. O que sabem sobre a pedra-chave?

❖ ❖ ❖

No mato espesso diante do gabinete de Teabing, Silas apertava a pistola e espiava através das portas de vidro. Apenas momentos antes havia contornado a casa e visto Langdon e a mulher conversando no gabinete enorme. Antes que pudesse entrar, um homem de muletas chegou, berrou com Langdon, abriu as portas e exigiu que seus hóspedes partissem. *Então a mulher mencionou a pedra-chave, e tudo mudou.* Os gritos se transformaram em sussurros. As pessoas se acalmaram. E as portas fecharam-se rapidamente.

Agora, escondido nas sombras, Silas espiava pelo vidro. *A pedra-chave está em algum lugar da casa.* Silas era capaz de sentir.

Ainda nas sombras, ele chegou mais perto do vidro, ávido por ouvir o que estavam dizendo lá dentro. Ia dar-lhes cinco minutos. Se não revelassem onde haviam colocado a pedra-chave, ia ter de entrar e persuadi-los à força.

❖ ❖ ❖

Dentro do gabinete, Langdon era capaz de sentir a perplexidade de seu anfitrião.

– Grão-Mestre? – exclamou Teabing, parecendo sufocado, olhando Sophie. – Jacques Saunière?

Sophie confirmou, vendo o choque nos olhos de Teabing.
– Mas não havia como você saber disso!
– Jacques Saunière era meu avô.

Teabing recuou, cambaleante, apoiando-se nas muletas e lançando a Langdon um olhar fulminante. Langdon confirmou. Teabing voltou a falar com Sophie.

– Srta. Neveu, não sei o que dizer. Se for verdade, dou-lhe meus mais profundos pêsames pela sua perda. Devo admitir que, para minha pesquisa, mantive listas de homens em Paris que achava serem bons candidatos a estarem envolvidos no Priorado. Jacques Saunière estava nessa lista, ao lado de muitos outros. Mas Grão-Mestre, você diz? É difícil avaliar.
– Teabing ficou mudo um instante, depois sacudiu a cabeça.
– Ainda não faz sentido. Mesmo que seu avô *fosse* mesmo o Grão-Mestre do Priorado e tivesse ele próprio criado a pedra-chave, *jamais* lhe diria como encontrá-la. A pedra revela o caminho para o tesouro escondido da fraternidade. Neta ou não, ele não poderia lhe transmitir esse conhecimento.

– O Sr. Saunière estava morrendo quando passou a informação – disse Langdon. – Não teve outra escolha.

– Ele *não precisava* escolher – argumentou Teabing. – Existem três guardiães que também conhecem o segredo. É aí que está a beleza desse sistema. Um irá ser promovido a Grão-Mestre, então eles irão promover um outro membro da ordem a guardião para que ele tome conhecimento do segredo da pedra-chave.

– Acho que não viu o noticiário todo – disse Sophie.
– Além do meu avô, *três* outros parisienses proeminentes foram assassinados hoje. Todos de forma semelhante. Todos pareciam ter sido interrogados.

O queixo de Teabing caiu.

– E acha que eles eram...
– Os guardiães – disse Langdon.
– Mas como? Um assassino não poderia conhecer as identidades de todos os quatro membros superiores do Priorado

de Sião! Eu, por exemplo, venho pesquisando quem são essas pessoas há décadas e não sou capaz de afirmar o nome sequer de *um* membro do Priorado. Parece inconcebível que todos os três guardiães e o Grão-Mestre possam ser descobertos e mortos em um só dia.

– Duvido que as informações tenham sido reunidas num só dia – disse Sophie. – Tudo indica que seja uma estratégia bem-montada de *decapitação*. É uma técnica que usamos para lutar contra sindicatos do crime organizados. Se a DCPJ quiser acabar com certo grupo, fica fazendo escuta e tocaia durante alguns meses, identifica todos os chefes e depois pega todos simultaneamente. Decapitação. Sem liderança, o grupo fica desorganizado e divulga novas informações. É possível que alguém tenha observado pacientemente o Priorado e depois atacado, na esperança de que os líderes revelassem a localização da pedra-chave.

Teabing não pareceu se convencer.

– Mas os irmãos não falariam. Eles fazem um juramento de manter segredo. Até mesmo se forem ameaçados de morte.

– Exato – disse Langdon. – Ou seja, se eles jamais divulgaram o segredo *e* foram mortos...

Teabing abriu a boca, assombrado.

– Então a localização da pedra-chave se perderia para sempre!

– E com ela – disse Langdon – o local onde se encontra o Santo Graal.

O corpo de Teabing pareceu oscilar diante do peso das palavras de Langdon. Então, como se estivesse cansado demais para ficar de pé mais um instante, ele se deixou cair em uma poltrona, o olhar parado fixo em algum ponto do outro lado da janela.

Sophie aproximou-se e falou com ele, baixinho.

– Considerando-se o que meu avô passou, parece possível que, no desespero em que se encontrava, tentasse passar o segredo para alguém que não pertencesse ao Priorado. Alguém em quem pudesse confiar. Alguém da família.

Teabing estava pálido.

– Mas alguém capaz de um ataque assim... de descobrir tanta coisa sobre a fraternidade... – Ele fez uma pausa, revelando um outro medo. – Só podia ter sido uma única força. Esse tipo de infiltração só pode ter partido do mais antigo inimigo do Priorado.

Langdon completou:

– A Igreja.

– Quem mais? Roma já anda atrás do Graal há séculos.

Sophie manifestou ceticismo.

– Acha que a Igreja matou meu avô?

Teabing respondeu:

– Não seria a primeira vez na história que a Igreja teria matado alguém para se proteger. Os documentos que acompanham o Santo Graal são explosivos, e a Igreja quer destruí-los há séculos.

Langdon não conseguiu aceitar logo essa ideia de Teabing, de que a Igreja matasse gente assim na maior tranquilidade para obter esses documentos. Tendo conhecido o Papa e a maioria dos cardeais, Langdon sabia que eram homens profundamente espiritualizados, que jamais iriam aprovar um assassinato. *Qualquer que fosse o risco.*

Sophie parecia estar pensando da mesma forma.

– Não seria possível que esses membros do Priorado tivessem sido assassinados por alguém *de fora* da Igreja? Alguém que não entenda o que o Graal é na realidade? O Cálice de Cristo, afinal, deve despertar muita cobiça, como artefato arqueológico. Certamente os caçadores de tesouros já mataram por menos.

– De acordo com minha experiência – disse Teabing –, os homens fazem muito mais para evitar o que temem do que para obter o que desejam. Esse ataque do Priorado está me cheirando a coisa de gente totalmente desesperada.

– Leigh – disse Langdon –, o argumento é paradoxal. Por que membros do clero da Igreja Católica iriam *assassinar* membros do Priorado para encontrar e destruir documentos que acham que são falso testemunho, afinal?

Teabing deu uma risadinha irônica.

– As torres de marfim de Harvard amoleceram seu coração, meu caro Robert. Sim, o clero de Roma é abençoado com uma fé profunda, e, por causa disso, suas crenças podem suportar qualquer tempestade, inclusive documentos que contradigam tudo que eles consideram mais santo neste mundo. Mas e o resto do mundo? E os que não são abençoados com uma certeza absoluta? Os que veem a crueldade no mundo e perguntam onde está Deus hoje em dia? Aqueles que veem os escândalos na Igreja e se perguntam se *são esses* os homens que alegam dizer a verdade sobre Cristo e, no entanto, mentem, encobrindo violências sexuais contra crianças, cometidas pelos seus próprios sacerdotes? – Teabing fez uma pausa. – O que acontece com *essas* pessoas, Robert, se surgirem indícios científicos persuasivos de que a versão da Igreja para a história de Cristo é imprecisa e que a maior história já contada é, de fato, a maior história já *cortada?*

Langdon não respondeu.

– Vou lhe dizer o que acontece se os documentos forem divulgados – disse Teabing. – O Vaticano vai enfrentar uma crise de fé sem precedentes em sua história de dois milênios.

Depois de um longo silêncio, Sophie disse:

– Mas e se for a Igreja a responsável por esse ataque, por que eles agiriam agora? Depois de todos esses anos? O Priorado mantém ocultos os documentos Sangreal. Eles não representam uma ameaça imediata para a Igreja.

Teabing soltou um suspiro pesaroso e olhou rapidamente para Langdon.

– Robert, presumo que saiba do plano de ataque final do Priorado, não?

Langdon sentiu que prendia a respiração ao pensar nisso.

— Sei, sim.

— Srta. Neveu — disse Teabing —, a Igreja e o Priorado têm um entendimento tácito há séculos. Ou seja, a Igreja não ataca o Priorado, e o Priorado mantém os documentos ocultos. — Ele fez uma pausa. — Só que parte da história do Priorado sempre incluiu um plano para revelar o segredo. Com a chegada de uma data específica da história, a fraternidade planeja romper o silêncio e revelar triunfante os documentos Sangreal ao mundo, divulgando aos quatro ventos a verdadeira história de Jesus Cristo.

Sophie ficou olhando Teabing, calada. Finalmente, sentou-se também. — E acha que essa data está chegando? E a Igreja sabe disso?

— Uma especulação — disse Teabing —, mas certamente isso daria à Igreja uma motivação para um ataque arrasador com o objetivo de encontrar os documentos antes que seja tarde demais.

Langdon teve a sensação incômoda de que Teabing estava certo.

— Acha que a Igreja seria mesmo capaz de descobrir provas concretas da data do Priorado?

— Por que não? Se estamos presumindo que a Igreja conseguiu descobrir as identidades dos membros do Priorado, certamente poderia ter descoberto o plano deles. E, mesmo que não saibam a data exata, seus membros podem estar paranoicos devido a suas superstições.

— Superstições? — indagou Sophie.

— Em termos proféticos — disse Teabing —, estamos em uma época de enormes mudanças. O milênio terminou recentemente e, com ele, a era astrológica de Peixes, de dois mil anos — o peixe, que também é o símbolo de Jesus. Como qualquer simbologista astrológico poderá lhe dizer, o ideal pisciano é que poderes mais altos *digam* ao homem o que fazer, pois ele é incapaz de pensar por si mesmo. Daí essa ter sido uma época em que a religião era fervorosa. Agora, porém, estamos entrando na era de Aquário, cujos ideais rezam que o homem irá conhecer a *verdade* e ser capaz de pensar por si mesmo. A mudança ideológica é enorme e está ocorrendo neste exato momento.

Langdon sentiu um arrepio. Jamais havia sentido muito interesse pelas profecias astrológicas nem lhes atribuído grande credibilidade, mas sabia que algumas pessoas na Igreja as acompanhavam bem de perto.

– A Igreja chama esse período de transição de "O Fim dos Tempos".

Sophie perguntou, incrédula:

– Como fim do mundo? Apocalipse?

– Não – respondeu Langdon. – Esse é um engano comum. Muitas religiões falam do Fim dos Tempos. Não é o fim do mundo, mas o final de nossa era atual – a era de Peixes, que começou na época do nascimento de Cristo, durou dois mil anos e terminou quando o milênio se encerrou. Agora que entramos na era de Aquário, chegou o Fim dos Tempos.

– Muitos estudiosos do Graal – acrescentou Teabing – acham que, *se* o Priorado estiver mesmo planejando revelar a verdade, *esse* ponto da história seria uma época simbolicamente propícia. A maioria dos estudiosos do Priorado, inclusive eu mesmo, previu que a fraternidade iria fazer a revelação exatamente na passagem do milênio. E não fez. É claro que o calendário de Roma não coincide com os marcadores astrológicos, de modo que há uma lacuna nessa previsão. Se a Igreja possui agora informações sobre uma data exata que se aproxima, ou se estão apenas ficando nervosos devido à profecia astrológica, não sei. De qualquer maneira, não importa. Qualquer dessas hipóteses explica como a Igreja poderia estar motivada a fazer um ataque preventivo contra o Priorado. – Teabing franziu o cenho. – E, creiam-me, se a Igreja puser as mãos no Santo Graal, vai destruí-lo. Os documentos e relíquias da abençoada Maria Madalena também. – Seus olhos ficaram pesarosos. – Então, minha cara, com os documentos

Sangreal destruídos, todas as provas se perderão. A Igreja terá vencido sua guerra de toda uma era para reescrever a história. O passado será apagado para sempre.

Vagarosamente, Sophie tirou a chave cruciforme do bolso do suéter e a entregou a Teabing.

Pegando a chave, Teabing a examinou.

– Céus. O selo do Priorado. Onde arranjou isso?

– Meu avô me deu essa chave esta noite, antes de morrer.

Teabing passou os dedos na chave.

– Uma chave de igreja?

Ela inspirou profundamente.

– Essa chave é o acesso para a pedra-chave.

Teabing ergueu a cabeça abruptamente, o rosto mostrando total incredulidade.

– Impossível! Que igreja eu pulei? Já procurei em todas as igrejas da França!

– Não é uma igreja – disse Sophie. – É um banco de custódia suíço.

A empolgação desapareceu do rosto de Teabing.

– A pedra-chave está num banco?

– Em um cofre-forte – explicou Langdon.

– Um cofre-forte *de banco?* – Teabing sacudiu violentamente a cabeça. – Impossível! A pedra-chave, segundo dizem, está escondida sob o signo da Rosa.

– E está – disse Langdon. – Guardada em uma caixa de pau-rosa onde se encontra marchetada uma rosa de cinco pétalas.

Teabing ficou paralisado, como que atingido por um raio.

– Vocês *viram* a pedra-chave?

Sophie confirmou.

– Nós fomos ao banco.

Teabing aproximou-se deles, os olhos cheios de medo.

– Meus amigos, precisamos fazer alguma coisa. A pedra-chave está em perigo! Temos o dever de protegê-la. E se existirem outras chaves? Talvez roubadas dos guardiães mortos? Se a Igreja puder ter acesso a esse banco, como vocês...

– Será tarde demais – disse Sophie. – Nós tiramos a pedra-chave de lá.

– Como é? Tiraram a pedra-chave do esconderijo?

– Não se preocupe – disse Langdon –, ela está bem escondida.

– *Muito* bem-escondida, espero!

– Na verdade – disse Langdon, incapaz de conter um largo sorriso –, isso depende da frequência com que você limpa o pó embaixo do seu sofá.

O vento fora do Château Villette havia aumentado, e a túnica de Silas dançava na brisa enquanto ele se encontrava agachado perto da janela. Embora não tivesse podido distinguir grande parte da conversa, a palavra *pedra-chave* havia chegado até ele através do vidro em inúmeras ocasiões.

Ela está lá dentro.

As palavras do Mestre reverberavam-lhe na mente.

Entre no Château Villette. Pegue a pedra-chave. Não machuque ninguém.

Agora, Langdon e os outros haviam subitamente se retirado para outro aposento, apagando as luzes do gabinete de trabalho ao saírem. Sentindo-se como uma pantera de tocaia para apanhar uma presa, Silas avançou até as portas de vidro. Vendo que não estavam trancadas, entrou sem fazer ruído e fechou-as com cuidado atrás de si. Ouviu vozes abafadas vindo da outra sala. Sacou a pistola do bolso, retirou a trava de segurança e foi percorrendo vagarosamente o corredor.

CAPÍTULO 63

O tenente Collet encontrava-se sozinho na entrada de carros da mansão de Teabing, contemplando a residência imensa. *Isolada. Escura. Excelente cobertura do terreno.* Collet observou a meia dúzia de agentes que trouxera consigo espalharem-se silenciosamente ao longo das grades. Podiam pulá-las e cercar a mansão em questão de minutos. Langdon não podia ter escolhido um lugar melhor para os homens de Collet fazerem um ataque-surpresa.

Collet estava a ponto de ligar para Fache quando seu telefone tocou.

Fache não parecia nem um pouco satisfeito com o que estava acontecendo, como Collet imaginava.

– Por que ninguém me falou que tínhamos uma pista de onde estava Langdon?

– O senhor estava ao telefone e...

– Onde você está exatamente, tenente Collet?

Collet lhe deu o endereço.

– Essa propriedade pertence a um inglês chamado Teabing. Langdon andou muito para chegar aqui, e o veículo está do outro lado do portão de segurança, que por sua vez não tem sinais de ter sido arrombado; portanto, há a possibilidade de que Langdon conheça o ocupante.

– Estou indo – disse Fache. – Não tome nenhuma iniciativa. Deixe que eu resolvo tudo quando chegar aí.

O queixo de Collet caiu.

– Mas, capitão, está a 20 minutos de distância! Devemos agir imediatamente. Já cerquei a casa. Tenho oito homens comigo. Quatro de nós com fuzis e os outros com pistolas.

– Esperem por mim.

– Capitão, e se Langdon estiver com um refém lá dentro? E se ele nos vir e resolver fugir a pé? Precisamos atacar *agora!* Meus homens estão em posição e prontos para agir.

– Tenente Collet, vai me esperar chegar antes de agir. Isso é uma ordem. – Fache desligou.

Atordoado, Collet desligou o telefone. *Por que Fache está me pedindo para esperar, droga?* Collet sabia a resposta. Fache, embora famoso pelos seus instintos, sofria de um orgulho doentio. *Ele quer levar a fama pela prisão.* Depois de transmitir a cara do americano para todos os lugares pela televisão, Fache queria ter certeza de que sua própria cara também iria aparecer durante tempo equivalente na telinha. O trabalho de Collet era só aguentar firme ali até o patrão aparecer para bancar o salvador da pátria.

Enquanto estava ali, Collet encontrou de repente uma segunda explicação possível para aquela demora. *Evitar maiores danos*. Na polícia, hesitar na prisão de um fugitivo só acontecia quando não se tinha certeza quanto à culpa do suspeito. *Será que Fache não tem certeza de que Langdon seja culpado?* Aquela ideia lhe pareceu assustadora. O capitão Fache havia saído para fazer uma diligência arriscada naquela noite com o objetivo de prender Robert Langdon – um interrogatório velado, Interpol e agora a televisão. Nem mesmo o grande Bezu Fache conseguiria sair ileso da derrocada política que seria exibir a foto de um cidadão americano famoso, que fosse inocente, como procurado por um crime, em todos os canais de televisão franceses. Se Fache estivesse caindo em si agora, percebido que estava cometendo um erro, faria sentido ele ter dito a Collet para não tomar iniciativa alguma. A última coisa de que Fache precisava era Collet invadir uma propriedade privada de um cidadão britânico inocente e prender Langdon, sob a mira de armas.

Além disso, percebeu Collet, se Langdon fosse mesmo inocente, aquilo explicaria um dos maiores paradoxos do caso: por que Sophie Neveu, a *neta* da vítima, teria ajudado o suposto assassino? A menos que Sophie soubesse que Langdon estava sendo acusado falsamente. Fache dera todos os tipos de explicação esta noite para o comportamento estranho de Sophie, inclusive que ela, como única herdeira de Saunière, teria persuadido seu amante secreto Robert Langdon a matar Saunière para poder receber a herança. Saunière, se tivesse suspeitado disso, poderia ter deixado para a polícia a mensagem *P.S. Procure Robert Langdon*. Collet tinha quase certeza de que havia mais alguma coisa por trás de tudo aquilo. Sophie Neveu parecia uma pessoa honesta demais para cometer um crime assim tão sórdido.

– Tenente? – chamou um dos agentes, que chegava correndo. – Encontramos um carro.

Collet seguiu o agente mais ou menos 50 metros depois da estrada de acesso. O agente apontou para um amplo acostamento do outro lado da estrada. Ali, estacionado no meio do mato, quase fora do alcance da visão, estava um Audi preto. Tinha placas de agência de aluguel de veículos. Collet pôs a mão no capô. Ainda estava morno. Quente, mesmo.

– Deve ter sido assim que Langdon chegou aqui – disse Collet. – Liguem para essa empresa e descubram se foi roubado.

– Sim, senhor.

Um outro agente acenou para Collet, chamando-o na direção da cerca.

– Tenente, olhe só isso aqui. – Entregou a Collet um par de binóculos de visão noturna. – Lá nas árvores, perto do alto da estrada de acesso.

Collet mirou o binóculo no alto do morro e girou os botões para melhorar a imagem. Vagarosamente, as formas esverdeadas tornaram-se mais nítidas. Localizou a curva da estrada e seguiu-a devagar, alcançando o bosque. E ficou, pasmo, observando. Ali, oculto no mato, estava um carro-forte. Um carro idêntico ao que Collet havia permitido que saísse do Banco de Custódia de Zurique mais cedo, naquela noite. Rezou para aquilo ser algum tipo de coincidência esquisita, mas sabia que não era.

– Está na cara – disse o agente – que foi nesse carro-forte que Langdon e Sophie Neveu escaparam do banco.

Collet estava mudo. Pensou no motorista do carro-forte que ele havia parado no bloqueio. O Rolex. Sua impaciência para partir. *Nem cheguei a verificar o compartimento de carga.*

Incrédulo, Collet entendeu que alguém do banco havia mentido à polícia sobre o paradeiro de Langdon e Sophie e depois ajudado os dois a escapar. *Mas quem? E por quê?* Collet pensou se talvez não seria esse o motivo pelo qual Fache havia lhe dito para não agir ainda. Talvez Fache estivesse achando que havia mais gente envolvida naquela noite do que apenas Langdon e Sophie. *E se Langdon e Neveu chegaram no carro-forte, quem havia chegado no Audi?*

◆ ◆ ◆

Centenas de quilômetros ao sul, um avião Beechcraft Baron 58 fretado voava para o norte sobre o mar Tirreno. Apesar do céu de brigadeiro, o bispo Aringarosa estava agarrado a um saco para enjoo, certo de que ia vomitar a qualquer momento. Sua conversa em Paris não tinha sido nada parecida com o que havia imaginado.

Sozinho na pequena cabine, Aringarosa girava o anel de ouro no dedo e tentava aliviar a sensação horrorosa de medo e desespero. *Tudo em Paris saiu desastrosamente errado.* Fechando os olhos, Aringarosa rezou para que Bezu Fache encontrasse um meio de consertar as coisas.

CAPÍTULO 64

Teabing sentou-se no divã com a caixa de pau-rosa aninhada em seu colo, admirando a intrincada rosa marchetada na tampa. *Esta noite foi a mais estranha e a mais mágica de minha vida.*

– Levante a tampa – sussurrou Sophie, diante dele, ao lado de Langdon.

Teabing sorriu. *Não me apresse.* Depois de passar mais de uma década procurando a pedra-chave, ele queria saborear cada milésimo de segundo desse momento. Passou a palma da mão sobre a tampa de madeira, sentindo a textura da flor marchetada.

– A Rosa – murmurou. *A Rosa é Madalena e o Santo Graal. A Rosa é a bússola que mostra o caminho.* Teabing sentiu-se meio ridículo. Durante anos tinha percorrido tantas catedrais e igrejas em toda a França, pagando por acesso especial, examinando centenas de arcadas sob janelas com rosas, procurando uma pedra criptografada. *A clef de voûte – uma pedra-chave sob o signo da Rosa.*

Teabing abriu lentamente o fecho da tampa e a ergueu.

Quando seus olhos finalmente contemplaram o conteúdo, soube num instante que só podia ser a pedra-chave. O que viu foi um cilindro de pedra, feito de discos interconectados contendo letras. O dispositivo pareceu-lhe surpreendentemente familiar.

– Foi montado com base nos diários de Da Vinci – disse Sophie. – Meu avô gostava de fazer esses cilindros.

Claro, percebeu Teabing. Já vira os esboços e projetos. *A chave para encontrar o Graal se acha dentro desta pedra.* Teabing ergueu o pesado críptex, tirando-o da caixa e segurando-o com delicadeza. Embora não fizesse ideia de como abri-lo, percebeu que seu próprio destino se encontrava ali dentro. Em momentos de fracasso, Teabing havia se perguntado se a busca de toda a sua vida seria um dia recompensada. Agora, aquelas dúvidas haviam desaparecido para sempre. Era capaz de ouvir as palavras antigas... Os alicerces da lenda do Graal:

Vós não buscais o Santo Graal, é o Santo Graal que vos busca.

E naquela noite, incrivelmente, a chave para encontrar o Santo Graal havia entrado pela porta da frente de sua casa.

Enquanto Sophie e Teabing se encontravam sentados ali com o críptex, falando sobre o vinagre, os discos e sobre qual seria a senha, Langdon atravessou a sala com a caixa de madeira até uma mesa bem-iluminada para dar uma olhada melhor nela. Alguma coisa que Teabing havia acabado de dizer agora estava passando por sua cabeça.

A chave do Graal está escondida sob o signo da Rosa.

Langdon ergueu a tampa da caixa para vê-la melhor sob

a luz mais intensa e examinou o símbolo da Rosa feito em marchetaria. Embora sua familiaridade com arte não incluísse trabalhos em madeira nem mobília marchetada, havia acabado de se lembrar do famoso teto azulejado do mosteiro espanhol nos subúrbios de Madri onde, três séculos após a construção, os azulejos começaram a cair, revelando textos sagrados escritos por monges na argamassa.

Langdon tornou a olhar a rosa.

Sob a Rosa.
Sub Rosa.
Segredo.

Um barulho no corredor atrás de Langdon o fez virar-se. Não viu nada, a não ser sombras. O criado de Teabing devia estar passando por ali. Langdon virou-se de novo para a caixa. Passou o dedo sobre a beirada lisa da superfície marchetada, imaginando se conseguiria remover a rosa com algum tipo de alavanca, mas o acabamento do trabalho era primoroso. Duvidava que até mesmo uma gilete pudesse ser inserida entre a rosa marchetada e a depressão cuidadosamente escavada na qual ela se encontrava encaixada.

Abrindo a caixa, examinou o interior da tampa. Era liso. Mas, quando a mudou de posição, a luz denunciou o que parecia ser um minúsculo orifício na parte inferior da tampa, exatamente no centro. Langdon fechou a tampa e examinou de cima o símbolo marchetado. Não havia buraco algum ali.

O buraco não passa através dela.

Colocando a caixa na mesa, olhou em torno de si e viu uma pilha de papéis com um clipe em cima. Pegando o clipe, voltou até a caixa, abriu-a e estudou o buraco de novo. Cuidadosamente, abriu o clipe e enfiou uma ponta no buraco. Empurrou-o com cuidado. Quase não precisou fazer força. Ouviu alguma coisa cair sobre a mesa, quase sem ruído. Langdon fechou a tampa para olhar. Era uma minúscula peça de madeira, semelhante à de um quebra-cabeça. A rosa de madeira havia saltado da tampa e caído na mesa.

Mudo de espanto, Langdon ficou olhando o ponto vazio da tampa onde antes estava a rosa. Ali, gravadas na madeira, em uma ortografia impecável, liam-se quatro linhas de texto em uma língua que ele jamais vira.

Os caracteres parecem semíticos, pensou Langdon consigo mesmo, *mas ainda assim não reconheço a língua!*

Um movimento súbito atrás de si chamou-lhe a atenção. Do nada, um golpe esmagador na cabeça fez Langdon cair de joelhos.

Quando caiu, ele pensou por um momento ter visto um fantasma esbranquiçado pairando sobre ele com uma arma na mão. Então tudo ficou preto.

CAPÍTULO 65

Sophie Neveu, apesar de trabalhar para a polícia, jamais havia se achado sob a mira de uma arma até aquela noite. Mal podia crer que a pistola para a qual ela agora olhava apavorada estava na mão branca de um enorme albino com longos cabelos da mesma cor. Seus olhos vermelhos irradiavam uma luz aterradora e fantasmagórica. Vestido com uma túnica de lã atada com um cordão, lembrava um clérigo medieval. Sophie não conseguia imaginar quem ele era, e mesmo assim já estava achando plausível aquela desconfiança de Teabing de que a Igreja estava por trás dos crimes.

– Vocês sabem por que estou aqui – disse o monge, a voz oca.

Sophie e Teabing estavam sentados no divã, os braços erguidos, como seu atacante lhes ordenara. Langdon jazia gemendo no chão. Os olhos do monge desceram imediatamente para a pedra-chave no colo de Teabing.

O tom de Teabing foi desafiador.

— Não vai conseguir abri-la.

— Meu Mestre é muito sábio — respondeu o monge, aproximando-se pouco a pouco, apontando a pistola ora para Teabing, ora para Sophie.

Sophie perguntou-se onde estaria o criado de Teabing. *Será que ele não ouviu Robert cair?*

— Quem é seu mestre? — indagou Teabing. — Talvez possamos fazer uma negociação.

— O Graal não tem preço. — Ele se aproximou mais ainda.

— Você está sangrando — observou Teabing com toda a calma, indicando com a cabeça o tornozelo direito do monge, onde agora o sangue escorria pela perna. — E mancando.

— Como você — replicou o monge, indicando as muletas de metal apoiadas dos lados de Teabing. — Agora me entregue a pedra-chave.

— Sabe o que é a pedra-chave? — indagou Teabing, demonstrando surpresa.

— Não se incomode com o que eu sei. Levante-se devagar e me entregue a pedra.

— Ficar de pé é difícil para mim.

— Por isso mesmo. Prefiro que ninguém aqui faça movimentos bruscos.

Teabing passou a mão direita através de uma das muletas e apanhou a pedra-chave com a outra mão. Impulsionando-se para ficar de pé, endireitou-se, com o pesado cilindro na palma da mão esquerda, e inclinou-se precariamente na muleta com a direita.

O monge aproximou-se até um metro de distância, mantendo a pistola apontada direto para a cabeça de Teabing. Sophie só observava, sentindo-se impotente enquanto o monge estendia o braço para pegar o cilindro.

— Você não vai conseguir — disse Teabing. — Apenas quem for digno conseguirá destravar essa pedra.

◆ ◆ ◆

Só Deus julga quem é digno, pensou Silas.

– É bem pesada – disse o homem de muletas, o braço agora instável. – Se não a pegar logo, posso deixá-la cair! – E balançou perigosamente.

Silas avançou rápido para pegar a pedra, e, quando fez isso, o homem de muletas perdeu o equilíbrio. A muleta deslizou e ele começou a inclinar-se para o lado direito. *Não!* Silas saltou para salvar a pedra, abaixando a arma ao fazer isso. Mas a pedra-chave agora estava se afastando dele. Quando Teabing caiu para a direita, a mão esquerda balançou para trás, fazendo o cilindro cair da palma sobre o sofá. No mesmo instante, a muleta de metal que estava deslizando pareceu acelerar-se, descrevendo um amplo arco no ar até a perna de Silas.

Agulhadas de dor dilaceraram o corpo de Silas quando a muleta fez contato perfeito com seu cilício, mergulhando as farpas na sua carne já ferida. Curvando-se, Silas caiu de joelhos, fazendo o cilício cravar-se mais profundamente ainda. A pistola disparou com um ruído ensurdecedor, a bala enterrando-se inofensivamente no assoalho quando Silas caiu. Antes que pudesse erguer a arma e atirar outra vez, o pé da mulher o atingiu bem embaixo da mandíbula.

◆ ◆ ◆

No início da estrada, Collet ouviu o tiro. O estalido abafado fez o pânico circular nas suas veias. Com Fache a caminho, Collet já havia renunciado a quaisquer esperanças de reivindicar a autoria pela captura de Langdon naquela noite. Mas Collet não ia deixar que o ego de Fache o levasse até uma comissão de inquérito por procedimento policial indevido.

Uma arma foi disparada dentro de uma residência particular! E você ficou esperando do lado de fora?

Collet sabia que já havia perdido a oportunidade de se aproximar sem ser notado há muito tempo. Também sabia que, se ficasse ali parado mais um segundo, na manhã seguinte sua carreira toda já teria ido por água abaixo. Avaliando o portão de ferro, tomou uma decisão.

– Joguem os cabos e derrubem o portão.

Nos recessos distantes de sua mente atordoada, Robert Langdon tinha ouvido o tiro. Também ouvira um grito de dor. O seu próprio? Uma britadeira estava abrindo um buraco na sua nuca. Alguém ali por perto, algumas pessoas estavam falando.

– Onde você se meteu, criatura? – berrava Teabing.

O criado entrou correndo.

– O que houve? Ah, meu Deus! Quem é esse? Vou chamar a polícia!

– Mas que inferno! Não vai chamar polícia coisa nenhuma. Veja se faz alguma coisa útil e arranje uma corda para amarrarmos esse monstro.

– E um pouco de gelo! – gritou Sophie, quando ele saiu.

Langdon voltou a apagar. Mais vozes. Movimentos. Agora estava sentado no divã. Sophie estava segurando uma bolsa de gelo contra sua cabeça. Seu crânio doía. Quando sua visão finalmente começou a clarear, ele se viu olhando fixamente para um corpo no chão. *Será que estou tendo alucinações?* O corpo musculoso de um monge albino encontrava-se amarrado e a boca amordaçada com fita adesiva. A pele do queixo estava rachada e a túnica sobre sua coxa direita empapada de sangue. Ele também parecia só estar acordando agora.

Langdon virou-se para Sophie.

– Quem é esse? O que... aconteceu?

Teabing aproximou-se, mancando.

– Você foi salvo por um cavaleiro brandindo uma Excalibur feita pela Acme Orthopedic.

Hã? Langdon tentou se sentar.

O toque de Sophie foi trêmulo, porém carinhoso.

– Fique só mais um minuto parado aí, Robert.

– Infelizmente – disse Teabing –, acabei de demonstrar

à sua dama a infeliz vantagem do meu estado. Parece que todos nos subestimam.

De onde estava, no divã, Langdon viu o monge e tentou imaginar o que havia acontecido.

– Ele estava usando um cilício – informou Teabing.

– Como disse?

Teabing apontou para uma tira de couro ensanguentada com farpas de metal que se encontrava jogada no chão.

– Uma cinta para exercer a Disciplina. Ele a usava na coxa. Eu mirei com todo o cuidado.

Langdon esfregou a nuca. Ele conhecia as tais cintas de cilício.

– Como foi que... você descobriu?

Teabing deu um largo sorriso.

– O cristianismo é meu campo de estudo, Robert, e há certas seitas que escancaram seu coração. – Ele apontou com a muleta o sangue que empapava o hábito do monge. – Por assim dizer.

– Opus Dei – sussurrou Langdon, lembrando-se de uma recente notícia divulgada pelos meios de comunicação sobre diversos empresários proeminentes de Boston que eram membros do Opus Dei. Colegas de trabalho apreensivos haviam acusado os homens publicamente de usarem cintas de cilício sob os ternos. Mas, na verdade, eles não usavam. Como muitos membros do Opus Dei, esses empresários estavam no estágio "supranumerário" e não praticavam qualquer tipo de mortificação corporal. Eram todos católicos devotos, pais muito dedicados aos filhos e membros extremamente ativos da comunidade. Não surpreende que a mídia tenha se concentrado em sua dedicação espiritual apenas de passagem, antes de tocar no assunto mais chocante que eram os membros mais fanáticos da seita, os "numerários"... membros como o monge que agora jazia no chão diante de Langdon.

Teabing estava olhando bem de perto a cinta de penitência.

– Mas por que o Opus Dei estaria tentando encontrar o Santo Graal?

Langdon estava zonzo demais para dar algum palpite.

– Robert – disse Sophie, indo até a caixa de madeira. – O que é isso? – Ela estava segurando a pequena rosa marchetada que ele havia removido da tampa.

– Ela cobria um texto gravado na caixa. Acho que esse texto talvez possa nos revelar como abrir a pedra-chave.

Antes de Sophie e Teabing poderem reagir, um mar de luzes azuis e sirenes policiais surgiu no sopé do morro e começou a subir a estrada de acesso de 800 metros de comprimento.

Teabing fechou a cara.

– Meus amigos, parece que precisamos tomar uma decisão. E é melhor resolvermos rápido.

CAPÍTULO 66

Collet e seus agentes irromperam pela porta da frente da residência de Sir Leigh Teabing com as armas em punho. Espalhando-se, eles começaram a dar busca em todos os aposentos do primeiro andar. Encontraram um buraco de bala no piso da sala de visitas, sinais de luta, um pouco de sangue, uma estranhíssima cinta cheia de farpas e um rolo meio usado de fita adesiva. Todo o andar parecia deserto.

Exatamente quando Collet estava para dividir os homens para revistarem o porão e os jardins atrás da casa, ouviu vozes no segundo andar.

– Estão lá em cima!

Subindo a escadaria ampla às pressas, Collet e seus homens examinaram aposento após aposento do casarão, montando guarda nos quartos de dormir escuros e nos corredores à medida que se aproximavam do som de vozes. O som parecia estar vindo do último quarto de um corredor excepcionalmente longo. Os agentes aproximaram-se pé ante pé pelo corredor, procurando fechar a passagem de saídas alternativas.

Quando se aproximaram do último quarto, Collet pôde ver que a porta estava escancarada. As vozes haviam parado de repente e sido substituídas por um estranho ronronar, como se uma máquina estivesse funcionando.

Com a arma em riste, Collet deu o sinal. Estendendo o braço, sem fazer ruído, encontrou o interruptor do outro lado e o acionou. Invadindo o quarto com os homens atrás de si, Collet berrou e apontou a arma para... nada.

Um quarto de hóspedes vazio. Imaculado.

Os sons abafados de um motor de automóvel saíam de um painel eletrônico negro na parede ao lado da cama. Collet já havia visto um desses em outro lugar da casa. Algum tipo de sistema de intercomunicação. Correu até o painel. Nele havia mais ou menos uma dúzia de botões com legendas:

GABINETE... COZINHA... LAVANDERIA... ADEGA...

Então, de onde vem essa droga desse barulho de motor de carro?

SUÍTE... SOLÁRIO... CELEIRO... BIBLIOTECA...

Celeiro! Collet desceu as escadas em segundos, correndo até a porta dos fundos, agarrando um dos agentes pelo caminho. Os homens atravessaram o gramado do quintal e chegaram sem fôlego diante de um celeiro cinzento e desgastado pelo tempo. Mesmo antes de entrarem, Collet ouviu os sons já distantes do motor de um carro. Sacou a arma, entrou correndo e acendeu as luzes.

O lado direito do celeiro era uma oficina rudimentar – cortadores de grama, ferramentas para automóveis e material de jardinagem. Um painel de intercomunicação já familiar pendia na parede próxima. Um de seus botões havia sido acionado, para transmissão.

QUARTO DE HÓSPEDES II.

Collet girou nos calcanhares, já à beira de um ataque de nervos. *Eles nos atraíram lá para cima com o* intercomunicador! Dando uma batida do outro lado do celeiro, encontrou uma longa fileira de baias. Mas não havia cavalos nelas. Pelo visto, o dono preferia um tipo de transporte mais potente. As baias haviam sido convertidas em uma impressionante garagem de automóveis. A coleção era incrível – uma Ferrari preta, um Rolls-Royce impecável, um cupê esportivo Aston Martin antigo, um Porsche 356.

A última baia estava vazia.

Collet correu até lá e viu manchas de óleo no piso da baia. *Eles não podem sair da propriedade.* A estrada de acesso e o portão estavam bloqueados com duas viaturas para evitar isso mesmo.

– Tenente? – o agente apontou para o fim da série de baias.

A porta de correr nos fundos da baia estava aberta e dava para uma encosta escura e lamacenta de campos de terreno acidentado, estendendo-se noite adentro, atrás do celeiro. Collet correu até a porta, tentando enxergar na escuridão. Só conseguiu distinguir a vaga sombra de uma floresta à distância. Nada de faróis. Esse vale recoberto de florestas era provavelmente entrecortado por dezenas de estradas de emergência e trilhas de caça que não constavam de mapas, mas o tenente Collet tinha certeza de que sua presa jamais alcançaria a floresta.

– Mande espalhar alguns homens ali embaixo. Eles devem estar atolados em algum lugar aqui perto. Esses carros esporte não conseguem andar num terreno desses.

– Hã... senhor? – o agente apontou para um cabide próximo onde se achavam vários molhos de chaves. As etiquetas acima delas tinham nomes familiares.

DAIMLER... ROLLS-ROYCE... ASTON MARTIN... PORSCHE...

O último gancho estava vazio.

Quando Collet leu a etiqueta acima do gancho, viu que estava perdido.

CAPÍTULO 67

O Range Rover era um Java Black Pearl, tração nas quatro rodas, transmissão padrão, com lâmpadas de polipropileno de alta intensidade nos faróis, grades de proteção nas lanternas traseiras e volante à direita.

Langdon estava adorando não precisar dirigi-lo.

O criado de Teabing, Rémy, a mando de seu senhor, estava conseguindo manobrar o veículo de forma impressionante através dos campos enluarados atrás do Château Villette. Sem faróis acesos, ele havia atravessado um outeiro desprovido de vegetação e agora descia uma longa ladeira, afastando-se mais ainda da propriedade. Parecia estar se dirigindo para a silhueta irregular dos bosques ao longe.

Langdon, com a pedra-chave nos braços, virou-se no banco do passageiro e olhou Teabing e Sophie no banco de trás.

– Como está sua cabeça, Robert? – indagou Sophie, parecendo preocupada.

Langdon obrigou-se a dar um sorriso.

– Melhor, obrigado. – Na verdade, a cabeça estava doendo horrivelmente.

Ao lado dela, Teabing espiou sobre o ombro o monge amordaçado e amarrado que jazia no apertado compartimento de bagagem atrás do banco traseiro. Teabing estava com a pistola do monge no colo e parecia um personagem de foto antiga de explorador britânico posando com o pé em cima da caça.

– Estou feliz por você ter aparecido aqui esta noite, Robert – disse Teabing, sorrindo de orelha a orelha como se estivesse se divertindo pela primeira vez em muitos anos.

– Sinto muito envolver você em tudo isso, Leigh.

– Ah, pelo amor de Deus, esperei a vida inteira para me envolver nisso. – Teabing olhou, pelo para-brisa atrás de Langdon, para a sombra de uma cerca viva comprida. Bateu no ombro de Rémy. – Lembre-se, nada de luzes de freio. Use o freio de mão se preciso. Quero penetrar na floresta um pouco. Não há motivo para correr o risco de sermos vistos da casa.

Rémy reduziu a velocidade até praticamente se arrastar e passou com o Range Rover através de uma abertura da cerca viva. Quando o veículo deu uma guinada, subindo em uma estrada coberta de mato, quase imediatamente as árvores lá em cima bloquearam a luz do luar.

Não consigo ver nada, pensou Langdon, esforçando-se para distinguir alguma forma diante deles. Estava escuro como breu. Galhos roçavam contra o lado esquerdo do veículo, e Rémy corrigiu a rota, girando o volante para o lado contrário. Mantendo os pneus mais ou menos em linha reta agora, ele avançou, vagarosamente, cerca de 30 metros.

– Está indo muito bem, Rémy – elogiou Teabing. – Já está bom aqui. Robert, se puder me fazer esse obséquio, queira apertar aquele botãozinho azul logo abaixo da saída de ar. Está vendo?

Langdon encontrou o botão e o apertou.

Uma luz amarela mortiça iluminou o caminho diante deles, revelando uma vegetação rasteira espessa de ambos os lados da estrada. *Faróis de neblina*, percebeu Langdon. Forneciam luz suficiente apenas para enxergarem o caminho, e, agora que tinham se aprofundado o suficiente na floresta, isso os protegeria, impedindo que os faróis os denunciassem.

– Muito bem, Rémy – vibrou Teabing, satisfeito. – Os faróis estão acesos. Nossas vidas estão em suas mãos.

– E para onde vamos? – indagou Sophie.

– Esta trilha continua mais ou menos três quilômetros floresta adentro – disse Teabing. – Atravessa a propriedade e depois se curva para o norte. Se não dermos com alguma cachoeira nem com árvores caídas, devemos sair ilesos no acostamento da Rodovia 5.

Ilesos. A cabeça doída de Langdon pediu licença para discordar. Ele voltou os olhos para seu próprio colo, onde a pedra-chave se encontrava em segurança na caixa de madeira. A rosa marchetada na tampa estava de volta ao seu lugar, e, embora sentisse a cabeça enevoada, Langdon estava louco para tirar a rosa outra vez e examinar o texto gravado embaixo dela com mais calma. Abriu o trinco da tampa e ia começar a erguer a rosa quando Teabing pousou uma das mãos em seu ombro.

– Paciência, Robert – disse ele. – A estrada é ruim, e está escuro. Deus nos ajude se alguma coisa quebrar. Se não reconheceu a língua quando tinha luz, não vai reconhecê-la no escuro. Vamos nos concentrar em alguma forma de sairmos inteiros dessa, certo? Logo vai haver tempo para sua análise.

Langdon sabia que Teabing tinha razão. Com um aceno de cabeça, tornou a fechar a caixa.

O monge lá atrás estava gemendo, tentando se livrar das cordas que o prendiam. De repente, começou a dar pontapés violentos.

Teabing virou-se e mirou a pistola nele acima do encosto do banco.

– Não consigo imaginar por que está reclamando, rapaz. Invadiu minha casa e deu uma coronhada bem feia na nuca de um grande amigo. Eu tinha todo o direito de lhe dar um tiro agora mesmo e deixá-lo apodrecendo aqui na floresta.

O monge ficou quieto.

– Tem certeza de que fizemos bem em trazer esse sujeito? – indagou Langdon.

– Mas toda a certeza! – exclamou Teabing. – Vocês estão sendo procurados por assassinato, Robert. Esse safado é o passaporte para a liberdade. Pelo jeito, a polícia quer pôr as mãos em vocês de qualquer maneira, para ter vindo até minha casa procurá-los.

– Culpa minha – acusou-se Sophie. – O carro-forte provavelmente tinha um transmissor.

– Isso não vem ao caso agora – disse Teabing. – Não me surpreendo que a polícia tenha encontrado vocês, e sim por esse sujeito do Opus Dei ter conseguido. Pelo que me disse, não dá para imaginar como esse homem seguiu vocês até minha casa, a não ser que ele tenha algum contato direto dentro da Polícia Judiciária ou dentro do Banco de Custódia de Zurique.

Langdon ponderou a questão. Bezu Fache dava a impressão de estar se dedicando de corpo e alma a encontrar um bode expiatório para os assassinatos daquela noite. E Vernet havia se voltado contra eles de forma repentina, muito embora, sendo Langdon acusado de quatro assassinatos, a mudança de comportamento do banqueiro parecesse mais do que compreensível.

– Esse monge não está agindo sozinho, Robert – disse Teabing –, e, até você saber *quem* está por trás disso tudo, vocês dois correm perigo. Por outro lado, meu amigo, vocês agora estão em posição vantajosa. Esse monstro aí atrás pode lhes dar essa informação, e o chefe dele deve estar uma pilha de nervos.

Rémy ganhou velocidade, sentindo-se mais à vontade na trilha. Eles passaram em algumas poças d'água, subiram uma pequena encosta e começaram a descer outra vez.

– Robert, será que poderia fazer o favor de me passar aquele telefone? – Teabing apontou para o telefone do carro, no painel. Langdon o entregou, e Teabing discou um número. Esperou muito tempo antes de alguém atender. – Richard? Acordei você? Claro que sim. Pergunta idiota. Sinto muito, meu caro. Tenho um probleminha. Não estou muito bem no momento. Preciso dar um pulo na terra natal para dar continuidade ao meu tratamento de saúde. Rémy vai comigo. Bem, agora mesmo, para lhe dizer a verdade. Desculpe não ter avisado com antecedência. Será que pode aprontar o Elizabeth em mais ou menos uns 20 minutos? Eu sei, faça o que puder. Até logo. – Desligou.

– Elizabeth? – indagou Langdon.

– Meu avião. Custou-me uma fortuna.

Langdon virou-se completamente para encará-lo, surpreso.

– O que foi? – perguntou Teabing. – Não podem querer ficar na França com a Polícia Judiciária inteira atrás de vocês. Londres vai ser muito mais segura.

Sophie também virara-se para Teabing.

– Acha que devemos sair do país?

– Meus amigos, sou muito mais influente no mundo civilizado do que aqui na França. Além disso, o Graal deve estar na Grã-Bretanha, segundo dizem, e, se conseguirmos decifrar a pedra-chave, tenho certeza de que descobriremos um mapa indicando que seguimos a direção certa.

– Está correndo um risco enorme – disse Sophie – nos ajudando assim. Não pense que a polícia francesa vai facilitar a sua vida.

Teabing fez um gesto de desprezo.

– Chega de morar na França. Eu me mudei para cá para encontrar a pedra-chave. Já a encontrei. Não vou me importar se nunca mais vir o Château Villette.

Sophie mostrava-se hesitante.

– Como vamos passar pela segurança do aeroporto?

Teabing soltou uma risadinha.

– Eu decolo do Le Bourget – um campo de pouso executivo que não fica longe daqui. Os médicos franceses me deixam nervoso; então, a cada quinzena, vou fazer meus tratamentos na Inglaterra. Pago por certos privilégios especiais em ambos os terminais. Uma vez que tenhamos decolado, pode decidir se quer que alguém da embaixada americana venha ao nosso encontro ou não.

Langdon de repente não sentiu mais vontade de entrar em contato com a embaixada. Só pensava na pedra-chave, na inscrição e se tudo aquilo os levaria ao Graal. Perguntou-se se Teabing estaria certo sobre a Grã-Bretanha. Realmente, segundo algumas lendas mais modernas, o Graal estaria em algum ponto do Reino Unido. Agora se acreditava que até mesmo a mítica ilha de Avalon, rica em lendas do rei Artur, não seria outra senão Glastonbury, na Inglaterra. Onde quer que o Graal estivesse, Langdon jamais imaginara que iria se envolver em uma busca por ele. *Os documentos Sangreal. A verdadeira história de Jesus Cristo. O sepulcro de Maria Madalena.* De repente, era como se estivesse vivendo em alguma espécie de limbo naquela noite... Uma bolha, onde o mundo real não podia atingi-lo.

– Senhor? – indagou Rémy. – Está mesmo pensando em voltar a morar na Inglaterra para sempre?

– Rémy, não se preocupe – garantiu Teabing. – Só porque vou voltar para o reino não quer dizer que pretenda submeter meu paladar a refeições de linguiça com purê pelo resto da vida. Espero que venha trabalhar comigo lá para sempre. Estou planejando comprar uma esplêndida mansão em Devonshire e mandar levar todas as suas coisas para lá imediatamente. Uma aventura, Rémy, eu lhe afirmo: uma aventura.

Langdon não pôde conter um sorriso. Enquanto Teabing devaneava sobre seus planos para uma volta triunfante à Inglaterra, Langdon sentiu-se contagiar pelo entusiasmo do homem.

Olhando distraído pela janela, Langdon via as árvores passarem, pálidas como fantasmas à luz amarelada dos faróis de neblina. O espelho lateral estava voltado para dentro, empurrado pelos galhos que o atingiam, e Langdon viu o reflexo de Sophie, calada, no banco de trás. Ele a contemplou durante muito tempo, com uma inesperada sensação de satisfação. Apesar de seus problemas naquela noite, Langdon estava feliz por ter lhe cabido tão boa companhia.

Depois de vários minutos, como se subitamente sentisse os olhos dele sobre ela, Sophie inclinou-se para a frente e pousou as mãos nos ombros de Langdon, dando-lhe uma massagem rápida.

– Está se sentindo bem?

– Estou – disse ele. – Por incrível que pareça, estou.

Sophie voltou a recostar-se no banco, e Langdon viu um sorriso tranquilo surgir nos lábios dela. E percebeu que agora também estava sorrindo.

◆ ◆ ◆

Apertado na traseira do Range Rover, Silas mal podia respirar. Seus braços estavam torcidos para trás e atados aos seus tornozelos com metros e mais metros de barbante e fita adesiva. Com o balanço provocado pelas irregularidades da estrada, sentia pontadas de dor percorrerem seu corpo. Pelo menos, seus captores haviam removido o cilício. Incapaz de inspirar através da fita adesiva sobre a boca, ele só conseguia algum ar pelas narinas, que estavam pouco a pouco se entupindo, devido à poeira do compartimento de carga no qual o haviam socado. Começou a tossir.

– Acho que ele está sufocando – disse o motorista francês, parecendo preocupado.

O inglês que havia atingido Silas com a muleta virou-se e espiou-o sobre o encosto do banco, com uma expressão zangada.

– Por sorte sua, nós britânicos julgamos a civilidade de alguém não por sua compaixão para com seus amigos, mas por sua compaixão pelos inimigos. – O inglês abaixou-se e segurou uma ponta da fita adesiva da boca de Silas. Em um movimento rápido, arrancou-a.

Silas sentiu-se como se seus lábios tivessem acabado de pegar fogo, mas o ar que penetrou em seus pulmões foi um alívio.

– Para quem você trabalha? – interrogou o homem.

– Faço a obra de Deus – respondeu Silas, sentindo a dor do queixo ferido pela mulher.

– Você é do Opus Dei – disse o homem. Não foi uma pergunta.

– Você nada sabe sobre quem eu sou.

– Por que o Opus Dei quer a pedra-chave?

Silas não tinha a menor intenção de responder. A pedra-chave era o elo para o Santo Graal, e o Santo Graal, a chave para proteger a fé.

Faço a Obra de Deus. O Caminho está correndo perigo.

Agora, no Range Rover, outra vez procurando se libertar das cordas que o prendiam, Silas temia ter decepcionado o Mestre e o bispo para sempre. Não tinha nem como entrar em contato com eles para lhes contar como havia fracassado. *Meus captores estão com a pedra-chave! Vão encontrar o Graal antes de nós!* Naquela escuridão sufocante, Silas rezou. Deixou a dor de seu corpo alimentar suas súplicas.

Um milagre, Senhor. Preciso de um milagre. Silas não tinha como saber que, algumas horas depois, um milagre lhe seria concedido.

◆ ◆ ◆

– Robert? – O rosto de Sophie estava diante dele. – Você acabou de fazer uma cara estranha.

Langdon sentiu que sua mandíbula estava bastante contraída e o coração batia depressa. Uma ideia incrível havia acabado de lhe ocorrer. *Será que a explicação é assim tão simples?*

– Preciso usar seu celular, Sophie.

– Agora?

– Acho que acabei de entender uma coisa.

– O quê?

– Vou lhe contar num minuto. Preciso do seu telefone.

Sophie demonstrou apreensão.

– Duvido que Fache esteja tentando localizar o aparelho, mas, só por via das dúvidas, tente falar menos de um minuto. – Entregou-lhe o aparelho.

– Como eu disco para os Estados Unidos?

– Vai ter de ligar a cobrar. Meu serviço não cobre chamadas internacionais.

Langdon discou zero, sabendo que os próximos 60 segundos talvez respondessem a uma pergunta que o vinha atormentando a noite inteira.

CAPÍTULO 68

O editor de Nova York, Jonas Faukman, havia acabado de se deitar para dormir quando o telefone tocou. *Um pouco tarde para alguém ligar*, resmungou, pegando o fone.

Uma voz de telefonista perguntou:

– O senhor aceita uma chamada a cobrar de Robert Langdon?

Intrigado, Jonas acendeu a luz.

– Hã... Claro, tudo bem.

A linha emitiu um estalido.

– Jonas?

– Robert? Você me acorda *e ainda por cima* me cobra a chamada?

– Jonas, perdoe-me – disse Langdon. – Vou tentar falar o menos possível. Preciso saber uma coisa. O original que eu lhe dei. Você por acaso...

– Robert, desculpe, sei que disse que ia lhe enviar as provas para você examinar esta semana, mas estou ocupadíssimo. Segunda-feira que vem. Eu lhe prometo.

– Não estou preocupado com as provas. Preciso saber se enviou alguma cópia para resenha sem me avisar. Enviou?

Faukman hesitou. O mais recente original de Langdon –

uma retrospectiva da história da adoração à deusa – incluía diversos capítulos sobre Maria Madalena que iam deixar certas pessoas de boca aberta. Embora o material fosse bem-documentado e já tivesse sido abordado por outros autores, Faukman não tinha a intenção de imprimir exemplares para leitura prévia do livro de Langdon sem pelo menos a garantia de alguns endossos de historiadores de renome e luminares das artes. Jonas havia escolhido dez nomes famosos no mundo artístico e enviado a eles todos os capítulos do original com uma carta muito bem-educada, perguntando-lhes se estariam dispostos a escrever um curto comentário para ser impresso na capa. De acordo com a experiência de Faukman, a maioria das pessoas se motivava diante da oportunidade de ver seu nome impresso em um livro.

– Jonas? – pressionou Langdon. – Você enviou meu original para algumas pessoas lerem, não foi?

Faukman franziu o cenho, percebendo que Langdon não tinha gostado disso.

– O original ainda estava sem correções, Robert, e eu queria surpreender você com algumas resenhas sensacionais.

Pausa.

– Por acaso enviou algum para o curador do Louvre, aqui em Paris?

– Tem alguma dúvida? Seu original menciona várias vezes a coleção do Louvre organizada por ele, os livros dele estão na sua bibliografia e o nome dele influencia um bocado as vendas no exterior. Saunière era ponto pacífico, nem se discute.

O silêncio do outro lado da linha durou um longo tempo.

– Quando foi que enviou o original para ele?

– Há mais ou menos um mês. Também mencionei que você estaria em Paris em breve e sugeri que conversassem. Ele ligou para você para marcar algum encontro? – Faukman esperou, esfregando os olhos. – Ei, espere aí, você não estaria em Paris esta semana?

– E *estou*.

Faukman sentou-se na cama.

– Você me ligou a cobrar *de Paris?*

– Mande a conta quando eu receber os direitos autorais, Jonas. Saunière fez algum comentário? Gostou do original?

– Não sei. Não tive notícias dele ainda.

– Bem, não faz mal, não se preocupe. Eu preciso desligar, mas isso explica muita coisa. Obrigado.

– Robert...

Mas ele já não estava mais na linha.

Faukman desligou o aparelho, sacudindo a cabeça. *Esses autores,* pensou. *Até os lúcidos são meio birutas.*

◆ ◆ ◆

Dentro do Range Rover, Leigh Teabing deixou escapar uma gargalhada irreprimível.

– Robert, você está dizendo que escreveu um livro que investiga a fundo uma sociedade secreta e que seu editor *enviou* uma cópia para a tal sociedade?

Langdon curvou os ombros.

– Estou.

– Uma cruel coincidência, meu amigo.

Coincidência é que não foi, sabia Langdon. Pedir a Jacques Saunière para assinar embaixo de um trabalho que falava sobre adoração à deusa era tão previsível quanto pedir a um grande maestro que assinasse uma resenha de um livro sobre música. Além do mais, era praticamente certo que qualquer livro sobre adoração à deusa precisasse mencionar o Priorado de Sião.

– E aqui vai a pergunta decisiva, valendo um milhão – disse Teabing, ainda rindo. – Sua posição era favorável ao Priorado ou não?

Langdon sabia muito bem o que Teabing queria realmente dizer. Muitos historiadores questionavam o motivo pelo qual o Priorado ainda estava mantendo ocultos os documentos Sangreal. Alguns achavam que as informações já deviam ter sido reveladas ao mundo há muito tempo.

– Não assumi nenhuma posição sobre as ações do Priorado – informou Langdon.

– Está querendo dizer sobre a falta de ação dele.

Langdon deu de ombros. Teabing, pelo visto, era a favor da divulgação dos documentos.

– Eu simplesmente apresentei a história da fraternidade e os descrevi como uma sociedade de adoração à deusa moderna, os guardiães do Graal e de antigos documentos secretos.

Sophie olhou para ele.

– Mencionou a pedra-chave?

Langdon estremeceu. Mencionara, sim. Várias vezes.

– Falei da suposta pedra-chave como exemplo do ponto a que o Priorado iria para proteger os documentos Sangreal.

Sophie fez cara de assombro.

– Acho que isso explica o *P.S. Procure Robert Langdon*.

Langdon sabia que havia mesmo algo a mais no original que havia despertado interesse em Saunière, mas esse tópico ele iria debater com Sophie quando estivessem a sós.

– Então – disse Sophie – o senhor mentiu ao capitão Fache.

– Como disse? – replicou Langdon.

– Disse-lhe que jamais havia se correspondido com meu avô.

– E não me correspondi mesmo! Meu editor enviou-lhe um original.

– Pense bem, Robert. Se o capitão Fache não encontrou o envelope em que seu editor enviou o original, deve ter concluído que foi *você* que o enviou. – Ela fez uma pausa. – Ou pior, que o entregou em mãos e mentiu sobre o assunto.

❖ ❖ ❖

Quando o Range Rover chegou ao campo de pouso Le Bourget, Rémy levou o carro até o pequeno hangar no final da pista de decolagem. Ao se aproximarem, um homem de cabelos desgrenhados e calças de brim amassadas saiu correndo de dentro do hangar, acenou e abriu a enorme porta de correr de metal corrugado, revelando um esguio jatinho no interior.

Langdon examinou a fuselagem cintilante com espanto.

– *Isso* é o Elizabeth?

Teabing abriu um sorriso rasgado.

– Melhor que ter de passar por aquele túnel horrível sob o canal da Mancha.

O homem de calças de brim correu na direção deles, os olhos semicerrados por causa dos faróis.

– Está quase pronto, senhor – gritou ele com sotaque britânico. – Minhas desculpas pela demora, mas me pegou de surpresa e... – Parou de repente depois que o grupo saiu do carro. Viu primeiro Sophie e Langdon, depois Teabing.

Teabing disse:

– Meus amigos e eu precisamos resolver assuntos urgentes em Londres. Não temos tempo a perder. Por favor, prepare o avião para decolar imediatamente. – Enquanto falava, Teabing tirou a pistola do carro e entregou-a a Langdon.

O piloto arregalou os olhos ao ver a arma. Aproximou-se de Teabing e murmurou:

– Senhor, peço-lhe mil desculpas, mas minha licença diplomática de voo só inclui o senhor e seu criado. Não posso levar seus amigos.

– Richard – disse Teabing, dando um sorriso benevolente. – Duas mil libras esterlinas, esta pistola carregada e você *pode* levar meus amigos, sim. – Ele indicou o Range Rover. – E mais aquele infeliz que está ali atrás.

CAPÍTULO 69

Os motores idênticos Garrett TFE-731 do Hawker 731 trovejaram, impulsionando o jatinho para o céu com uma força de embrulhar o estômago. Do lado de fora das janelas, o campo de Le Bourget diminuiu com uma velocidade impressionante.

Estou fugindo do país, pensou Sophie, o corpo empurrado contra a poltrona de couro. Até aquele momento, achava que seu jogo de gato e rato com Fache de alguma forma seria justificável diante do Ministério da Defesa. *Eu estava tentando proteger um homem inocente. Estava tentando cumprir a última vontade de meu avô.* Sophie viu que aquela oportunidade, para ela, já estava perdida. Estava saindo do país, sem documentos, acompanhando um homem perseguido pela justiça e transportando um refém amarrado. Se é que já existiu um "limite da razão", ela havia acabado de atravessá-lo. *E quase à velocidade do som.*

Sophie estava sentada ao lado de Langdon e Teabing, quase à frente da cabine – tipo *Design Elite para Jato Executivo*, de acordo com o medalhão dourado na porta. Suas cadeiras giratórias macias estavam presas a trilhos no chão e podiam ser reposicionadas e travadas em torno de uma mesa de madeira de lei retangular. Uma minissala de reuniões. Entretanto, aquele ambiente elegante não ajudava a camuflar a situação nada elegante na parte de trás do avião, em uma área de poltronas perto do banheiro, onde o criado Rémy encontrava-se sentado com a pistola na mão, relutantemente cumprindo as ordens de Teabing para montar guarda ao lado do monge ensanguentado, imobilizado a seus pés como um saco de lixo.

– Antes que voltemos nossa atenção para a pedra-chave – disse Teabing –, estava imaginando se me permitiriam algumas palavras. – Ele parecia apreensivo, como um pai que estivesse para apresentar aos filhos uma palestra de introdução à reprodução humana. – Meus amigos, percebo que sou mais do que um simples convidado nessa jornada e sinto-me honrado como tal. E, mesmo assim, como alguém que passou a vida em busca do Graal, sinto que é meu dever alertá-los de que estão para trilhar um caminho do qual não há volta, independentemente dos perigos envolvidos. – Dirigiu-se a Sophie. – Srta. Neveu, seu avô deu-lhe esse críptex na esperança de que conservasse vivo o segredo do Santo Graal.

– Sim, é verdade.

– Compreensivelmente, sente-se compelida a seguir o caminho, para onde quer que ele a leve.

Sophie concordou, embora sentisse uma segunda motivação ainda ardendo dentro de si. *A verdade sobre minha família.* Apesar de Langdon haver lhe garantido que a pedra-chave não tinha nada a ver com seu passado, Sophie, intuitivamente, ainda achava que havia algo de muito pessoal emaranhado naquele mistério, como se aquele críptex, forjado pelas próprias mãos de seu avô, estivesse tentando falar com ela e dar-lhe algum tipo de solução para o vazio que a perseguira todos aqueles anos.

– Seu avô e três outras pessoas morreram esta noite – continuou Teabing – para manter esta pedra afastada da Igreja. O Opus Dei por muito pouco não pôs as mãos nela. Entende, espero, que isso a coloca em uma posição de excepcional responsabilidade. Entregaram-lhe uma tocha. Uma chama de 2 mil anos que não pode se apagar. Essa tocha não pode cair nas mãos erradas. – Ele fez uma pausa, espiando a caixa de pau-rosa. – Entendo que não teve escolha, Srta. Neveu, mas, considerando o que temos em jogo aqui, precisa assumir essa responsabilidade completamente... senão, deve passá-la para outra pessoa.

– Meu avô me deu o críptex. Tenho certeza de que ele achava que eu seria capaz de assumir a responsabilidade.

Teabing pareceu animar-se. Porém, ainda não estava inteiramente convencido.

– Ótimo. É necessário ter uma força de vontade tremenda. E, mesmo assim, estou curioso para saber se a senhorita compreende que conseguir destrancar a pedra-chave irá trazer consigo um fardo ainda maior.

– Como assim?

– Minha cara, imagine-se de repente segurando o mapa que revela o lugar onde está o Santo Graal. Nesse momento, vai possuir uma verdade capaz de alterar o curso da história para sempre. Será a guardiã de uma verdade que o homem procura há séculos. Vai se ver diante da responsabilidade de revelar essa verdade ao mundo. O indivíduo que o fizer será reverenciado por muitos e desprezado por muitos outros. A questão é se vai ter a força necessária para empreender essa tarefa.

Sophie aguardou um momento, depois disse:

– Não sei se sou eu quem deve decidir isso.

As sobrancelhas de Teabing arquearam-se.

– Não? Se não for o possuidor da pedra-chave, quem será, então?

– A fraternidade, que conseguiu proteger o segredo durante tanto tempo.

– O Priorado? – Teabing fez cara de cético. – Mas como? O Priorado foi destruído esta noite. *Decapitado*, como descreveu tão bem. Se algum tipo de espião ou escuta se infiltrou nas fileiras deles, jamais saberemos, mas resta o fato de que alguém conseguiu descobrir a identidade de seus quatro líderes. No momento, eu não confiaria em ninguém da fraternidade.

– E o que sugere, então? – perguntou Langdon.

– Robert, sabe tão bem quanto eu que o Priorado não protegeu a verdade todos esses anos para que ela ficasse acumulando poeira por toda a eternidade. Eles andam esperando o momento histórico certo para divulgarem seu segredo. Um momento em que o mundo esteja pronto para entender a verdade.

– E acha que esse momento chegou? – indagou Langdon.

– Com toda a certeza. Não poderia estar mais evidente. Todos os sinais históricos estão presentes, e, se o Priorado não pretendia divulgar o segredo muito em breve, por que a Igreja resolveu atacar?

Sophie argumentou:

– O monge não nos disse ainda a que veio.

– O monge veio cumprir ordens da Igreja – respondeu Teabing – para destruir os documentos que revelam a grande mentira. A Igreja esta noite chegou mais perto disso do que nunca, e o Priorado depositou toda a confiança na senhorita, Srta. Neveu. A tarefa de salvar o Santo Graal claramente inclui realizar o último desejo do Priorado, o de divulgar a verdade ao mundo.

Langdon interveio.

– Leigh, pedir a Sophie que tome essa decisão é um fardo e tanto para se colocar nos ombros de alguém que apenas há uma hora descobriu que existem os documentos Sangreal.

Teabing suspirou.

– Desculpe-me se a pressiono, Srta. Neveu. Claramente, sempre acreditei que esses documentos deveriam ser revelados, mas a decisão final é sua, é claro. Eu só acho que é importante a senhorita começar a pensar no que vai acontecer se conseguirmos abrir a pedra-chave.

– Cavalheiros – disse Sophie, com voz firme –, repetindo suas palavras, "Não sois vós que encontrais o Graal, é ele que vos encontra". Vou partir do princípio de que o Graal me encontrou por algum motivo e, quando chegar a hora, vou saber o que fazer.

Ambos ficaram surpresos.

– Portanto – disse ela, indicando a caixa de pau-rosa –, vamos em frente.

CAPÍTULO 70

Na sala de visitas do Château Villette, o tenente Collet olhava pensativo e desanimado o fogo que se extinguia. O capitão Fache chegara momentos antes e agora estava na sala ao lado, gritando ao telefone, tentando coordenar a tentativa frustrada de localizar o Range Rover desaparecido.

A essa altura, pode estar em qualquer parte, pensou Collet.

Depois de desobedecer às ordens diretas de Fache e perder Langdon uma segunda vez, Collet estava aliviado porque os peritos haviam localizado um buraco de bala no chão, o que pelo menos corroborava as alegações de Collet de que haviam disparado um tiro. Mesmo assim, Fache estava furioso, e Collet desconfiava de que as repercussões seriam péssimas quando a poeira assentasse.

Infelizmente, as pistas que estavam encontrando ali pareciam não explicar nada do que estava ocorrendo, muito menos quem estava envolvido. O Audi preto no jardim havia sido alugado sob um nome falso com um cartão de crédito falsificado, e as impressões digitais no carro não combinavam com nada que a Interpol possuía em seu banco de dados.

Um outro agente entrou correndo na sala de visitas, com cara de quem tem algo urgente a dizer.

– Onde está o capitão Fache?

Collet mal desviou os olhos das brasas da lareira.

– Está ao telefone.

– Já desliguei – informou Fache, ríspido, entrando na sala. – O que tem a me dizer?

O segundo agente respondeu:

– Senhor, a Central acabou de ter notícias de André Vernet, do Banco de Custódia de Zurique. Ele quer lhe falar em particular. Resolveu mudar seu depoimento.

– Ah, é? – disse Fache.

Collet ergueu os olhos.

– Vernet está admitindo que Langdon e Neveu estiveram em seu banco esta noite.

– Nós bem que desconfiávamos – disse Fache. – Por que Vernet mentiu?

– Disse que só falaria com o senhor, mas resolveu dar sua total colaboração.

– Em troca de quê?

– Em troca da proteção da imagem de seu banco junto à imprensa e também em troca da recuperação de um objeto roubado. Parece que Langdon e Neveu roubaram alguma coisa da conta de Saunière.

– O quê? – Collet não se conteve. – Como?

Fache nem piscava, os olhos cravados no segundo policial.

– O que roubaram?

– Vernet não explicou bem, mas parece que está disposto a fazer qualquer coisa para conseguir o tal objeto de volta.

Collet tentou imaginar como isso podia ter acontecido. Talvez Langdon e Sophie Neveu tivessem mantido um dos funcionários do banco como refém? Quem sabe forçaram Vernet a abrir a conta de Saunière e facilitar a fuga deles no carro-forte? Por mais que lhe confirmassem, Collet não podia acreditar que Sophie fosse se envolver numa coisa daquelas.

Da cozinha, outro agente gritou para Fache.

– Capitão? Estava verificando os números gravados aqui nas teclas para discagem rápida do Sr. Teabing e achei o número do campo de aviação Le Bourget. Infelizmente, tenho más notícias.

♦ ♦ ♦

Trinta segundos depois, Fache já se preparava para sair do Château Villette. Havia acabado de descobrir que Teabing tinha um jatinho particular ali perto, no campo de Le Bourget, e que o avião havia decolado uma meia hora antes.

O representante do Le Bourget ao telefone havia garantido que não sabia quem estava no avião nem para onde ia. A decolagem não havia sido programada e nenhum plano de voo fora registrado. Altamente ilegal, mesmo para um campo de aviação pequeno. Fache tinha certeza de que pressionando da maneira certa ia acabar conseguindo as respostas que procurava.

– Tenente Collet – chamou Fache asperamente, ao se dirigir à porta. – Não tenho escolha a não ser deixá-lo comandar a investigação da perícia por aqui. E tente trabalhar direito, para variar.

CAPÍTULO 71

Enquanto o Hawker se estabilizava, com o nariz virado para a Inglaterra, Langdon ergueu com cuidado a caixa de pau-rosa do colo, onde a estivera protegendo durante a decolagem. Quando colocava a caixa sobre a mesa, viu que Sophie e Teabing se inclinavam para a frente, cheios de expectativa.

Ao abrir o fecho da tampa e levantá-la, Langdon voltou sua atenção não para os discos repletos de letras do críptex, mas para o minúsculo orifício no lado inferior da tampa. Usando a ponta de uma caneta, removeu com delicadeza a rosa marchetada, revelando o texto por baixo dela. *Sub Rosa*, brincou ele, esperando que, ao olhar outra vez, conseguisse entender a mensagem. Concentrando todas as suas energias, Langdon estudou as estranhas palavras.

Vários segundos depois, começou a sentir a frustração inicial ressurgir.

– Leigh, não consigo identificar essa língua.

◆ ◆ ◆

De onde estava sentada, do outro lado da mesa, Sophie não podia ver ainda o texto, mas a incapacidade de Langdon para identificar de imediato a língua a surpreendeu. *Meu avô falava uma língua tão obscura que nem mesmo um simbologista pode identificá-la?* Logo se deu conta de que não era tão surpreendente assim. Não seria a primeira vez que Jacques Saunière havia escondido um segredo de sua neta.

Sentado diante de Sophie, Leigh Teabing estava a ponto de explodir. Ávido por ver o texto, tremia de excitação, debruçando-se e tentando enxergá-lo por cima do braço de Langdon, que ainda estava curvado sobre a caixa.

– Sei lá – murmurou Langdon, concentrado. – Meu primeiro palpite era de que se tratava de uma língua semítica, mas agora não tenho tanta certeza. A maioria das línguas semíticas primárias inclui algum *nekkudot*. E aqui não há nenhum.

– Provavelmente é antiga.

– *Nekkudot?* – indagou Sophie.

Teabing estava fascinado pela caixa.

– A maioria dos alfabetos semíticos modernos não tem vogais e usa os *nekkudot* – minúsculos pontos e traços debaixo ou dentro das consoantes – para indicarem que vogal as acompanha. Historicamente, os *nekkudot* são um acréscimo relativamente moderno à língua.

Langdon ainda insistia em examinar a mensagem.

– Uma transliteração sefardita, talvez...?

Teabing não se conteve mais.

– Quem sabe se eu... – Estendendo o braço, afastou a caixa de Langdon e puxou-a para si. Sem dúvida, Langdon tinha uma imensa familiaridade com as línguas antigas clássicas, o grego, o latim, as línguas românicas, mas, pelo que viu, Teabing achou que devia ser mais peculiar, possivelmente uma escrita *rashi*, ou STA"M com coroas.

Com um profundo suspiro, Teabing regalou-se examinando o texto gravado na tampa da caixa. Passou muito tempo sem nada dizer. A cada segundo que passava, sua autoconfiança se esvaía.

– Estou perplexo – disse. – Essa língua não se parece com nada que eu já tenha visto!

Langdon deixou os ombros caírem, desanimado.

– Posso ver? – pediu Sophie.

Teabing fingiu não ter ouvido a moça.

– Robert, se não me engano, você disse antes que achava já ter visto coisa parecida.

Langdon estava contrariado.

– Achei que sim. Não sei bem. Essa escrita de alguma forma me parece familiar.

– Leigh? – repetiu Sophie, claramente chateada por não a incluírem na discussão. – Será que me permite dar uma olhada na caixa que meu avô fez?

– Claro que sim, minha cara – disse Teabing, empurrando-a para ela. Não queria parecer menosprezá-la, mas aquilo estava a mil anos-luz de distância do ofício de Sophie Neveu. Se nem mesmo um historiador da Coroa britânica e um simbologista de Harvard conseguiam identificar que língua era aquela...

– Ah – disse Sophie, segundos depois de examinar a caixa. – Eu devia ter adivinhado.

Teabing e Langdon disseram em uníssono, voltando-se para ela:

– Adivinhado *o quê*?

Sophie deu de ombros.

– Adivinhado que devia ser *essa* a língua usada pelo meu avô.

– Está dizendo que consegue ler esse texto? – reagiu Teabing.

– Com a maior facilidade – gabou-se Sophie, visivelmente se divertindo agora. – Meu avô me ensinou essa língua quando eu tinha apenas 6 anos. Sou fluente nela. – Inclinou-se sobre a mesa e olhou séria para Teabing de um jeito recriminador. – E, francamente, senhor cavaleiro, considerando sua lealdade à Coroa, estou admirada por não a reconhecer.

Langdon então entendeu tudo num instante.

Não admira que a escrita lhe parecesse tão familiar!

Muitos anos antes, Langdon havia comparecido a um evento no Fogg Museum de Harvard. Bill Gates, egresso de Harvard, havia voltado à sua ex-universidade para emprestar ao museu uma de suas aquisições inestimáveis – 18 páginas de papel que adquirira recentemente em um leilão do Espólio Armand Hammer.

O lance vencedor: nada menos que 30,8 milhões de dólares.

O autor das páginas: Leonardo da Vinci.

As páginas, agora conhecidas como o Códex Leicester de Leonardo, batizado com o nome de seu famoso possuidor, o conde de Leicester, eram tudo o que restava de um dos cadernos mais fascinantes de Leonardo – ensaios e desenhos que esboçavam suas teorias progressivas sobre astronomia, geologia, arqueologia e hidrologia.

Langdon jamais esqueceria sua reação depois de aguardar na fila e finalmente contemplar o pergaminho inestimável. Uma total decepção. As páginas eram ininteligíveis. Apesar de lindamente preservadas e escritas em uma caligrafia impecável e perfeita – tinta carmesim sobre papel cor de creme –, o códex parecia uma verdadeira algaravia. A princípio, Langdon achou que não conseguiria ler porque Da Vinci escrevera seus livros em italiano arcaico. Depois de examinar bem de perto as folhas, porém, entendeu que não era capaz de identificar uma única palavra do italiano, nem mesmo uma letra.

– Tente com isso, senhor – murmurou a professora que se

encontrava ajudando as pessoas diante da vitrine. Ela indicou um espelho de mão, preso à vitrine por uma corrente. Langdon pegou-o e examinou o texto na superfície do espelho.

Instantaneamente, tudo ficou claro.

Langdon estava tão ávido para examinar algumas das ideias do grande pensador que esquecera de que um dos seus inúmeros talentos artísticos era a capacidade de escrever de forma especular, praticamente ilegível para qualquer pessoa, menos para ele mesmo. Os historiadores ainda discutiam se Da Vinci escrevia assim só para se divertir ou para evitar que as pessoas espiassem por cima do seu ombro para ler o que ele estava escrevendo e roubassem suas ideias, mas isso era discutível. Da Vinci fazia o que queria.

❖ ❖ ❖

Sophie sorriu por dentro ao ver que Robert compreendera o que ela queria dizer.

– Consigo ler as primeiras palavras – disse ela. – É inglês.

Teabing ainda estava perdido.

– O que está havendo?

– O texto está escrito ao contrário – explicou Langdon. – Precisamos de um espelho.

– Não precisamos, não – disse Sophie. – Aposto que essa madeira é fina o bastante para vermos o texto contra a luz. – Ela ergueu a caixa de pau-rosa de encontro a uma luminária da parede e começou a examinar o verso da tampa. O avô não era capaz de escrever de trás para a frente de verdade, então sempre escrevia de forma *normal* e depois virava o papel ao contrário, cobrindo a sombra das letras do outro lado. Segundo Sophie, ele teria gravado o texto normalmente em um bloco de madeira e depois lixado as costas do bloco até a madeira ficar da espessura de uma folha de papel e a gravação poder ser vista *através* dela. Então simplesmente virou a peça e montou-a na caixa.

Quando Sophie aproximou a tampa da luz, viu que estava certa. O facho luminoso passou através da fina lâmina de madeira e viu-se o texto ao contrário, na parte de baixo da tampa.

Instantaneamente legível.

– Inglês – disse Teabing, em voz baixa e áspera, cabisbaixo e envergonhado. – Minha própria língua natal.

◆ ◆ ◆

No fundo do avião, Rémy Legaludec esforçava-se para escutar alguma coisa, apesar do ruído dos motores, mas a conversa lá na frente era inaudível. Rémy não gostava da maneira como aquela noite estava se desenrolando. Não estava gostando nada. Olhou para o monge amarrado aos seus pés. O homem agora estava perfeitamente imóvel, como que num transe de aceitação ou talvez fazendo uma prece silenciosa para que o libertassem.

CAPÍTULO 72

A quase cinco mil metros de altitude, Robert Langdon sentiu o mundo físico desaparecendo quando todos os seus pensamentos convergiram para a imagem invertida do poema de Saunière no espelho, iluminada através da tampa da caixa.

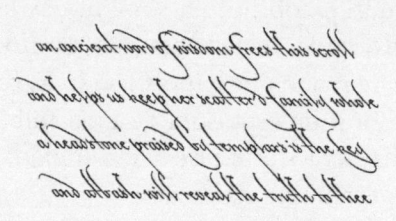

An ancient word of wisdom frees this scroll
and helps us keep her scatter'd family whole
a headstone praised by templars is the key
and atbash will reveal the truth to thee

Sophie tratou logo de encontrar uma folha de papel e copiar o texto. Depois que terminou, os três se revezaram, lendo o texto. Parecia uma espécie de jogo de palavras cruzadas arqueológicas... Uma adivinhação que prometia revelar como abrir o críptex. Langdon leu os versos devagar.

An ancient word of wisdom frees this scroll... and helps us keep her scatter'd family whole... a headstone praised by templars is the key... and Atbash will reveal the thruth to thee.

(Palavra antiga e sábia este precioso rolo descerra... com o poder de unir sua família dispersa na Terra... a chave é a pétrea cabeça pelos Templários louvada... e Atbash enfim te revelará a verdade guardada.)

◆ ◆ ◆

Antes que pudesse sequer ponderar que antiga senha a quadrinha estaria tentando revelar, algo muito mais fundamental ressoou dentro dele – a métrica do poema. *Pentâmetro iâmbico.*

Langdon já havia se deparado com essa métrica muitas vezes ao longo dos anos enquanto pesquisava sociedades secretas da Europa, inclusive no ano anterior, nos Arquivos Secretos do Vaticano. Durante séculos, o pentâmetro iâmbico havia sido a métrica preferida dos literatos arrojados em todo o mundo, desde o antigo autor grego Arquiloco até Shakespeare, Milton, Chaucer e Voltaire – almas ousadas que resolveram escrever seus comentários sociais em uma métrica que muitos na época consideravam ter propriedades místicas. As raízes do pentâmetro iâmbico eram profundamente pagãs.

Iambos. Duas sílabas com ênfase oposta. Tônica e átona. Yin, yang. Um par equilibrado. Organizadas em séries de cinco. Pentâmetro. Cinco, como o pentagrama de Vênus e o sagrado feminino.

– São pentâmetros! – exclamou Teabing, virando-se para Langdon. – E o verso está em inglês! *La lingua pura!*

Langdon confirmou. O Priorado, como muitas sociedades secretas da Europa em desavença com a Igreja, considerou o inglês a única língua pura europeia durante séculos. Ao contrário do francês, do espanhol e do italiano, que tinham raízes no latim – *a língua do Vaticano* –, o inglês era linguisticamente afastado da máquina de propaganda de Roma, e portanto tornou-se uma língua sagrada e secreta para as fraternidades instruídas o suficiente para aprendê-la.

– Esse poema – exclamou Teabing, arrebatado – faz referências não só ao Graal, mas aos Templários e também à família de Maria Madalena! O que mais poderíamos querer?

– A senha – disse Sophie, tornando a ler o poema. – Parece que precisamos de alguma palavra antiga e sábia, não?

– Abracadabra? – arriscou Teabing, os olhos cintilantes.

Uma palavra de cinco letras, pensou Langdon, ponderando sobre o número incrível de palavras antigas de cinco letras que podiam ser consideradas *palavras sábias* – trechos de cânticos místicos, de profecias astrológicas, de ritos iniciáticos de sociedades secretas, feitiços da religião Wicca, antigos encantamentos egípcios, mantras pagãos – a lista era interminável.

– A senha – repetiu Sophie – parece ter algo a ver com os Templários. – Ela leu o texto em voz alta. – *A chave é a pétrea cabeça pelos Templários louvada*.

– Leigh – disse Langdon –, o especialista em Templários aqui é você. Alguma ideia?

Teabing ficou calado durante uns segundos, depois suspirou.

– Bom, essa pétrea cabeça pode ser uma lápide de sepulcro. É possível que o poema se refira a uma pedra tumular que os Templários reverenciavam na sepultura de Madalena, mas isso não ajuda muito porque não fazemos ideia de onde fica a sepultura dela.

– O último verso – continuou Sophie – diz que Atbash vai revelar uma verdade. Já ouvi essa palavra antes. Atbash.

– Não me admira nada – retorquiu Langdon. – Na certa a ouviu no primeiro ano da Faculdade de Criptologia. O criptograma Atbash é um dos códigos mais antigos conhecidos pelo homem.

Claro!, pensou Sophie. *O famoso sistema hebraico de criptografia.*

O criptograma Atbash havia de fato constado do curso de criptologia de Sophie. Datava de 500 a.C. e era utilizado em sala de aula como exemplo de um esquema básico de substituição rotativa. Uma forma comum de criptograma judaico, consistia em um código de substituição simples baseado no alfabeto judaico de 22 letras. No código Atbash, substituía-se a primeira letra pela última, a segunda pela antepenúltima e daí por diante.

– O Atbash é de uma adequação sublime – disse Teabing. – Encontram-se textos criptografados em Atbash na Cabala, nos pergaminhos do mar Morto e até no Velho Testamento. Os estudiosos e místicos judeus ainda encontram significados ocultos usando o Atbash. O criptograma Atbash decerto fazia parte dos ensinamentos do Priorado.

– O único problema – disse Langdon – é que não temos nada em que aplicar o sistema.

Teabing suspirou.

– Deve haver alguma palavra criptografada na lápide. Precisamos encontrar a tal lápide venerada pelos Templários.

Sophie entendeu, pela cara fechada de Langdon, que encontrar a tal lápide dos Templários não iria ser fácil.

Atbash é a chave, pensou Sophie. *Mas não temos a porta.*

Três minutos depois, Teabing deu um suspiro frustrado e sacudiu a cabeça.

– Meus amigos, estou emperrado. Vamos refletir sobre isso enquanto apanho algo para beliscarmos e vejo como vão Rémy e nosso hóspede. – Levantou-se e se dirigiu para a parte traseira do avião.

O cansaço tomou conta de Sophie vendo-o afastar-se.

Do outro lado da janela, a escuridão da madrugada era total. Sophie sentia-se como se estivesse sendo lançada espaço afora sem noção de onde ia cair. Crescera decifrando as charadas do avô e tinha agora a estranha sensação de que o poema diante deles possuía informações que ainda não tinham detectado.

Há mais coisas aí, pensou Sophie. *Engenhosamente ocultas... Mas presentes.*

Também não lhe saía da cabeça o temor de que o conteúdo que viessem a encontrar naquele críptex não fosse um simples "mapa para o Santo Graal". Apesar de Langdon e Teabing afirmarem com certeza que a verdade estava ali dentro do cilindro de mármore, Sophie havia participado de um bocado de caçadas ao tesouro organizadas pelo avô para saber que Jacques Saunière não revelava seus segredos com facilidade.

CAPÍTULO 73

O controlador de tráfego aéreo do turno da noite no campo de aviação de Le Bourget já estava cochilando havia algum tempo diante de uma tela de radar sem indicação de movimento quando o capitão da Polícia Judiciária praticamente arrombou sua porta.

– O jatinho de Teabing – gritou Bezu Fache, entrando com passo marcial na pequena torre de controle. – Para onde foi?

A reação do controlador, a princípio, foi uma tentativa gaguejante e pouco convincente de tentar proteger a privacidade de seu cliente britânico – um dos mais respeitados clientes do campo de aviação. Mas não adiantou nada.

– Chega – disse Fache. – Vou prendê-lo por permitir que um avião particular decole sem primeiro registrar o plano de voo. – Fache chamou outro agente, que se aproximou com um par de algemas, e o controlador de voo sentiu uma onda de terror dominá-lo. Pensou nos artigos de jornal discutindo se o capitão da polícia nacional era um herói ou uma ameaça. Aquela pergunta acabara de ser respondida.

– Espere! – disse o controlador, choramingando sem querer ao ver as algemas. – Posso explicar. Sir Leigh Teabing faz viagens frequentes a Londres para tratamento médico. Tem um hangar no aeroporto executivo de Biggin Hill, em Kent. Nas proximidades de Londres.

Fache dispensou com um gesto o homem que havia trazido as algemas.

– Ele foi para Biggin Hill esta noite?

– Não sei lhe dizer – respondeu o controlador de voo, com toda a franqueza. – O avião tomou o curso de sempre e, pelo último contato no radar, me pareceu que ia para o Reino Unido. Acho bastante provável que tenham ido para Biggin Hill.

– Há mais alguém a bordo além dele?

– Juro, senhor, não tenho como saber isso. Nossos clientes podem levar o carro até seus próprios hangares e carregar os aviões como quiserem. Quem está a bordo é responsabilidade dos fiscais da alfândega no aeroporto de destino.

Fache consultou o relógio de pulso e olhou os inúmeros jatos espalhados na pista, diante do terminal.

– Se estiverem indo para Biggin Hill, quanto tempo acha que levam para aterrissar lá?

O controlador remexeu seus papéis.

– É um voo curto. O avião pode estar no solo mais ou menos às... seis e meia. Daqui a 15 minutos.

Fache franziu o cenho e virou-se para um de seus homens.

– Providencie um meio de me fazer chegar lá. Vou para Londres. E ligue para a polícia local de Kent. Não para a MI5 britânica. Não quero alarde. A polícia *local* de Kent, veja bem. Diga-lhes que quero que permitam que o avião de Teabing aterrisse. Depois quero que o cerquem ainda na pista. Ninguém desembarca até eu chegar.

CAPÍTULO 74

– Você está tão calada – disse Langdon, observando Sophie do outro lado da cabine do Hawker.

– Só cansada – respondeu ela. – E pensando no poema. Sei lá.

Langdon sentia-se como ela. O zumbido nos motores e o leve balanço do avião eram hipnóticos, e a cabeça dele ainda estava latejando devido à coronhada que levara do monge. Teabing se encontrava na cauda do avião, e Langdon havia resolvido aproveitar o momento a sós com Sophie para lhe dizer algo que não lhe saía da cabeça.

– Acho que sei mais ou menos o motivo pelo qual seu avô conspirou para que nós dois nos encontrássemos. Acho que ele queria que eu lhe explicasse uma coisa.

– A história do Santo Graal e de Maria Madalena não basta?

Langdon ficou sem saber se prosseguia ou não.

– Esse rompimento entre vocês. O motivo pelo qual você passou dez anos sem falar com ele. Acho que ele esperava que eu de alguma forma conseguisse reparar o mal, explicando o que os separou.

Sophie remexeu-se na cadeira.

– Eu não lhe contei o que nos separou.

Langdon continuou, cauteloso.

– Você testemunhou um rito sexual. Não foi?

Sophie recuou, sobressaltada.

– Como adivinhou?

– Sophie, você me contou que viu alguma coisa que a convenceu de que seu avô fazia parte de uma sociedade secreta. E o que viu a transtornou a ponto de cortar relações com ele. Sei de muita coisa sobre as sociedades secretas. Não é preciso ser um gênio como Da Vinci para adivinhar o que você testemunhou.

Sophie ficou calada.

– Foi na primavera? – indagou Langdon. – Mais ou menos por volta do equinócio? Meados de março?

Sophie desviou os olhos para a janela.

– Eram as férias de primavera da universidade. Voltei para casa alguns dias antes da data prevista.

– Quer me contar o que houve?

– Prefiro não tocar no assunto. – Subitamente, ela se virou para Langdon outra vez, os olhos enchendo-se de lágrimas. – Não sei o que vi.

– Viu vários homens e mulheres?

Depois de uma fração de segundo, ela confirmou com a cabeça.

– Vestidos de branco e preto?

Ela enxugou os olhos e depois confirmou de novo, parecendo abrir-se um pouquinho.

– As mulheres usavam vestidos de gaze branca... com sapatos dourados. Seguravam globos dourados. Os homens usavam túnicas pretas e sapatos pretos.

Langdon fez força para esconder sua emoção, e mesmo assim não conseguia acreditar no que estava escutando. Sophie Neveu havia, sem saber, presenciado uma cerimônia sagrada de 2 mil anos de idade. – Usavam máscaras? – perguntou ele, tentando manter a voz calma. – Máscaras andróginas?

– Usavam. Todos. Máscaras idênticas. As das mulheres eram brancas. Dos homens, pretas.

Langdon lera descrições dessa cerimônia e compreendia suas raízes místicas.

– Chama-se Hieros Gamos – disse ele, em voz baixa. – Data de mais de 2 mil anos. Sacerdotes e sacerdotisas egípcios a realizavam regularmente para comemorar o poder reprodutor feminino. – Fez uma pausa, inclinando-se para ela. – E, se você testemunhou o Hieros Gamos sem estar adequadamente preparada para entender seu significado, imagino que deva ter sido um choque tremendo.

Sophie nada disse.

– Hieros Gamos é uma expressão grega – continuou Langdon – que significa "casamento sagrado".

– O ritual que eu vi não era um casamento.

– Casamento no sentido de *união*, Sophie.

– Está querendo dizer sexo, não é?

– Não.

– Não? – disse ela, os olhos cor de oliva a contestá-lo.

Langdon fez um recuo estratégico.

– Ora... bem, sim, de certa forma, mas não como entendemos o sexo hoje em dia. – Explicou que, embora o que ela tivesse visto provavelmente se parecesse com um ato sexual, o Hieros Gamos nada tinha a ver com erotismo. Era um ato espiritual. Historicamente, as relações sexuais eram o ato através do qual o homem e a mulher experimentavam o divino. Os antigos acreditavam que o masculino era espiritualmente incompleto antes de ter conhecimento carnal do sagrado feminino. A união física com a mulher era o único meio pelo qual o homem podia se tornar espiritualmente completo e chegar a atingir a gnose – o conhecimento do divino. Desde a época de Ísis, os ritos sexuais vinham sendo considerados a única ponte entre a terra e o céu para o homem. – Em comunhão com uma mulher – disse Langdon – o homem podia atingir um instante de êxtase no qual sua mente ficava totalmente vazia e ele era capaz de ver Deus.

Sophie fez uma cara cética.

– O orgasmo como oração?

Langdon deu de ombros, evasivo, embora Sophie, no fundo, estivesse certa. Fisiologicamente falando, o clímax masculino era acompanhado por uma fração de segundo em que os pensamentos ficavam de todo ausentes. Um breve vácuo mental. Um momento de limpidez durante o qual se podia vislumbrar Deus. Os gurus que praticavam a meditação atingiam estados semelhantes sem sexo e costumavam descrever o Nirvana como um orgasmo espiritual eterno.

– Sophie – prosseguiu Langdon, baixinho –, é importantíssimo lembrar que o modo como os antigos encaravam o sexo era totalmente oposto ao modo como o encaramos hoje em dia. O sexo possibilitava a criação de novas vidas – o milagre dos milagres –, e só um deus podia realizar milagres. A capacidade da mulher de produzir vida com seu útero tornava-a sagrada. Uma deusa. A relação sexual era a união respeitosa entre as duas metades do espírito humano – a masculina e a feminina –, por meio da qual o macho podia encontrar integridade espiritual e comunhão com Deus. O que você viu não foi uma orgia sexual, mas uma manifestação da espiritualidade humana. O ritual do Hieros Gamos não é uma perversão. É uma cerimônia profundamente sacrossanta.

As palavras dele pareceram surtir efeito. Sophie passara o tempo todo se contendo de forma admirável, mas agora, pela primeira vez, Langdon via aquela aura de compostura começar a se desfazer. Surgiram lágrimas nos olhos dela de novo, e ela as enxugou.

Ele aguardou um momento. O conceito de sexo como caminho para Deus era mesmo um tanto espantoso, a princípio. Os alunos judeus de Langdon sempre ficavam estupefatos quando ele lhes contava que a tradição judaica primitiva envolvia o sexo ritualístico. *Dentro do Templo*, nada menos que isso. Os primeiros judeus acreditavam que o Santo dos Santos do Templo de Salomão abrigava não só Deus como também sua poderosa consorte feminina, Shekinah. Os homens que buscavam integridade espiritual vinham ao Templo visitar sacerdotisas – ou *hierodulas* –, com as quais faziam amor e experimentavam o divino através da união física. O tetragrama judaico YHWH – o nome sagrado de Deus – na verdade deriva de Jeová, uma união física andrógina entre o masculino, *Jah*, e o nome feminino pré-hebraico de Eva, *Havah*.

– Para a Igreja dos primeiros tempos – explicou Langdon, em voz suave –, o uso do sexo pela humanidade para comungar diretamente com Deus representava uma séria ameaça à base de poder católica. Aquilo deixava a Igreja de fora, debilitando o status que ela mesma se atribuíra de *único* caminho para Deus. Por motivos óbvios, a Igreja fez de tudo para demonizar o sexo e reinterpretá-lo como um ato pecaminoso e repulsivo. Outras religiões importantes fizeram o mesmo.

Sophie continuava calada, mas Langdon percebeu que ela começava a entender melhor o avô. Ironicamente, Langdon havia explicado a mesma coisa em uma aula ainda naquele semestre. "É surpreendente que nos sintamos divididos com relação ao sexo?", indagou ele aos alunos. "Nossa herança milenar e nossa própria fisiologia nos dizem que o sexo é natural – um caminho muito seguro para a gratificação espiritual –, mas, mesmo assim, a religião moderna deprecia o sexo, considerando-o vergonhoso, ensinando-nos a temer os nossos desejos sexuais como se fossem inspirações demoníacas."

Langdon resolveu não escandalizar os alunos acrescentando que mais de uma dúzia de sociedades secretas ao redor do mundo – muitas bastante influentes – ainda praticavam ritos sexuais e mantinham as tradições vivas. O personagem de Tom Cruise no filme *De olhos bem fechados* descobriu isso do pior jeito possível quando se infiltrou em uma reunião particular de membros da nata da elite de Manhattan e ali se viu presenciando o Hieros Gamos. Infelizmente, os produtores do filme distorceram a maior parte dos detalhes, mas o principal estava presente – uma sociedade secreta comungando para comemorar a magia da união sexual.

"Professor Langdon?", um aluno ergueu a mão no fundo da sala, em tom esperançoso. "Está dizendo que em vez de irmos à igreja devíamos fazer mais sexo?"

Langdon não pôde conter uma risada discreta, nem um pouco disposto a morder aquela isca. Pelo que tinha escutado sobre as festinhas de Harvard, aquela rapaziada estava transando até demais. "Meus caros", disse, sabendo que pisava em terreno minado, "talvez deva lhes sugerir uma coisa. Sem ousar defender o sexo antes do casamento, e sem ser tão ingênuo a ponto de achar que todos vocês aqui são uns anjos de candura, vou lhes dar um pequeno conselho sobre suas vidas sexuais."

Todos os rapazes inclinaram-se para a frente, ouvindo com toda a atenção.

"Da próxima vez em que se encontrarem a sós com uma mulher, sondem seu próprio coração e vejam se conseguem pensar no sexo como um ato espiritual e místico. Façam um esforço para encontrarem aquela centelha de divindade que o homem só pode obter através da união com o sagrado feminino."

As mulheres sorriram, cheias de si, concordando.

Os homens trocaram risadinhas maliciosas e piadinhas sem graça.

Langdon deu um suspiro. Os universitários não passavam de garotos.

◆ ◆ ◆

A testa de Sophie lhe pareceu fria quando ela a comprimiu contra a janela do avião e olhou vagamente o vazio lá fora, tentando processar o que Langdon havia acabado de lhe dizer. Sentiu crescer dentro de si um novo arrependimento. *Dez anos.* Lembrou-se das pilhas de cartas e pacotes que o avô lhe mandara e que ela não havia aberto. *Vou contar tudo a Robert.* Sem se virar para ele, ainda olhando pela janela, Sophie começou a falar. Em voz baixa. Temerosa.

Narrando o que havia ocorrido naquela noite, era como se estivesse sendo arrastada ao passado... para os bosques ao redor do castelo do avô na Normandia... revistando a casa deserta, confusa... ouvindo as vozes abaixo dela... e depois encontrando a porta oculta. Descera a escadaria de pedra pouco a pouco, um degrau de cada vez, e penetrara na gruta do subsolo. Dava para sentir na boca o ar com gosto de terra. Frio e leve. Era março. Das sombras de seu esconderijo na escadaria, observava os estranhos balançarem o corpo e entoarem um cântico à luz bruxuleante de velas alaranjadas.

Estou sonhando, disse Sophie a si mesma. *Isso é um sonho. O que mais poderia ser?*

As mulheres e os homens alternavam-se, em zigue-zague, preto, branco, preto, branco. Os belíssimos vestidos de gaze das mulheres ondulavam quando elas levantavam as esferas douradas na mão direita e cantavam em uníssono: *"Eu estava contigo no início, na aurora de tudo o que é santo, eu te gerei no ventre antes do raiar do dia."*

As mulheres abaixaram as esferas e todos balançaram para a frente e para trás, como que em transe. Estavam reverenciando alguma coisa no centro do círculo.

O que estão olhando?

As vozes se aceleraram. Mais altas. Mais rápidas.

"A mulher que contemplas é o amor!", exclamaram as mulheres, erguendo outra vez as esferas douradas.

Os homens responderam:

"Ela habita na eternidade!"

O cântico tornou-se estável outra vez. Acelerado. Estrondoso. Mais ligeiro. Os participantes deram um passo para o interior do círculo e se ajoelharam.

Naquele instante, Sophie pôde finalmente ver o que todos contemplavam.

Em um altar baixo e ornamentado no meio do círculo havia um homem deitado. Estava nu, de barriga para cima, e tinha no rosto uma máscara preta. Sophie reconheceu na mesma hora o corpo dele e a marca de nascença no seu ombro. Quase deixou escapar um grito. *Vovô!* Apenas essa imagem teria bastado para chocar Sophie além de qualquer limite, mas ainda havia mais.

De cócoras sobre seu avô havia uma mulher despida, com uma máscara branca, os fartos cabelos prateados caindo-lhe pelas costas. Seu corpo era rechonchudo, longe de ser perfeito, e ela rebolava ritmicamente ao som do cântico – fazendo amor com o avô de Sophie.

Sophie quis virar-se e correr, mas não pôde. As paredes de pedra da gruta a aprisionavam enquanto o cântico se elevava a uma altura febril. O círculo de participantes parecia estar quase cantando agora, o ruído num crescendo, delirante. Com um rugido súbito, toda a sala pareceu irromper num clímax. Sophie não conseguia respirar. De repente percebeu que estava soluçando baixinho. Virou-se e subiu a escada, muda e cambaleante, saiu da casa, entrou no carro e voltou trêmula para Paris.

CAPÍTULO 75

O avião turboélice fretado estava acabando de passar sobre as luzes cintilantes de Mônaco quando Aringarosa desligou o telefone depois da segunda ligação de Fache. Pegou o saco de enjoo de novo, mas sentia-se abalado demais até para vomitar.

Tomara que isso tudo termine logo de uma vez!

A última notícia de Fache parecia-lhe inconcebível e, mesmo assim, nada mais naquela noite fazia sentido. *O que está se passando?* Tudo havia saído completamente de controle. *Em que situação eu meti o Silas? Em que fui me meter!*

Com as pernas bambas, Aringarosa dirigiu-se à cabine do piloto.

– Preciso mudar de destino.

O piloto lançou-lhe um olhar sobre o ombro e riu.

– Está brincando, não é?

– Não. Preciso ir a Londres imediatamente.

– Padre, este é um voo fretado, não um táxi.

– Eu lhe pago uma quantia extra por isso, claro. Quanto quer? Londres fica apenas uma hora mais ao norte, e não vamos mudar de direção tanto assim, portanto...

– Não é uma questão de dinheiro, padre, existem outras coisas além disso.

– Dez mil euros. Agora, neste momento.

O piloto se virou, os olhos arregalados de espanto.

– Quanto disse? Que tipo de padre carrega tanto dinheiro assim?

Aringarosa pegou sua valise preta, abriu-a e tirou dela uma das obrigações ao portador. Entregou-a ao piloto.

– O que é isso? – indagou ele.

– Uma obrigação ao portador do Banco do Vaticano.

O piloto fez cara de dúvida.

– É o mesmo que dinheiro vivo.

– Só dinheiro vivo é dinheiro vivo – disse o piloto, devolvendo o papel.

Aringarosa sentiu-se fraco quando se apoiou na porta da cabine.

– É uma questão de vida ou morte. Precisa me ajudar. Preciso ir a Londres.

O piloto examinou o anel do bispo.

– São brilhantes de verdade?

Aringarosa olhou para o anel.

– Isso não posso lhe dar.

O piloto deu de ombros, virando-se e voltando a olhar através do para-brisa.

Uma tristeza profunda tomou conta de Aringarosa. Olhou mais uma vez para o anel. Tudo o que ele representava estava para se perder, de qualquer forma. Depois de um longo momento, tirou o anel do dedo e o colocou, com delicadeza, sobre o painel de instrumentos.

Aringarosa esgueirou-se da cabine e sentou-se outra vez no seu banco. Quinze segundos depois, sentiu o piloto inclinar o aparelho mais alguns graus para o norte.

Mesmo assim, o momento de glória de Aringarosa havia se perdido.

Tudo começara como uma causa santa. Um plano brilhantemente arquitetado. E agora, como um castelo de cartas, tudo estava desmoronando... e ainda não se podia prever como terminaria.

CAPÍTULO 76

Langdon percebia que Sophie ainda estava abalada por ter contado sua experiência com o Hieros Gamos. De sua parte, Langdon ficou estupefato ao ouvir a história. Sophie não só havia testemunhado o ritual completo como seu próprio avô havia sido o celebrante... o Grão-Mestre do Priorado de Sião. Estava muito bem-acompanhado. *Da Vinci, Botticelli, Isaac Newton, Victor Hugo, Jean Cocteau... Jacques Saunière.*

– Não sei o que mais lhe dizer – disse Langdon, suavemente.

Os olhos dela agora estavam de um verde bem escuro, lacrimosos.

– Ele me criou como sua própria filha.

Langdon agora reconhecia a emoção que crescera aos poucos nos olhos dela enquanto os dois conversavam. Era remorso. Distante e profundo. Sophie Neveu havia rejeitado seu avô e agora o estava vendo sob uma luz inteiramente diferente.

Lá fora, o sol nascia depressa, sua aura carmesim aumentando a boreste. A terra ainda estava negra lá embaixo.

– Víveres, meus queridos? – Teabing voltou a sentar-se junto deles com um floreio, apresentando-lhes diversas latas de Coca-Cola e uma caixa de bolachas velhas. Pediu desculpas pelo lanche modesto enquanto distribuía a comida e a bebida. – Nosso amigo, o monge, não quer falar ainda – comentou –, mas vamos lhe dar algum tempo. – Mordeu uma bolacha e espiou o poema. – Então, minha linda, alguma ideia? – Olhou para Sophie. – O que seu avô está tentando nos dizer aqui? Onde está essa cabeça pétrea, afinal? A pedra louvada pelos Templários?

Sophie sacudiu a cabeça e continuou calada.

Enquanto Teabing voltava a examinar os versos, Langdon abriu uma lata de Coca-Cola e virou-se para a janela, seus pensamentos repletos de imagens de rituais secretos e códigos ainda não desvendados. *A chave é a pétrea cabeça pelos Templários louvada.* Ele tomou um gole demorado. *A pétrea cabeça pelos Templários louvada.* A bebida estava quente.

O véu da noite que ia se dissolvendo parecia evaporar rápido, e, enquanto apreciava aquela transformação, Langdon viu o brilho difuso do mar lá embaixo. *O canal da Mancha.* Agora não ia demorar muito.

Langdon desejou que a luminosidade do dia trouxesse consigo um segundo tipo de luz. Quanto mais clara ficava a manhã lá fora, mais ele tateava, buscando a verdade. Ouvia os ritmos do pentâmetro iâmbico e os cânticos, o Hieros Gamos e os ritos sagrados ressoando junto com os motores do avião.

Pétrea cabeça pelos Templários louvada.

O avião sobrevoava a terra outra vez quando um súbito lampejo de compreensão o atingiu. Langdon bateu com a lata vazia no chão.

– Não vão acreditar – disse ele, dirigindo-se aos outros. – Acho que entendi o que é a pétrea cabeça dos Templários.

Os olhos de Teabing arregalaram-se.

– *Sabe* onde encontrar a tal pedra?

Langdon sorriu.

– *Onde* ela está, não sei. Mas *o que é*, eu acho que sim.

Sophie inclinou-se para escutar.

– Acho que essa expressão se refere literalmente a uma *cabeça de pedra* – explicou Langdon, saboreando a empolgação habitual que acompanha as descobertas acadêmicas. – Não a uma lápide de túmulo.

– Uma cabeça de pedra? – indagou Teabing.

Sophie parecia igualmente confusa.

– Leigh – disse Langdon, virando-se –, durante a Inquisição, a Igreja acusou os Templários de todos os tipos de heresias, não foi?

– Correto. Inventaram todos os tipos de acusações. Sodomia, urinar na cruz, adoração ao demônio, uma lista e tanto.

– E nessa lista estava incluída a adoração de *falsos ídolos*, certo? Especificamente, a Igreja acusou os Templários de realizar rituais secretos em que rezavam para uma cabeça entalhada na pedra... o deus pagão...

– Baphomet! – exclamou Teabing. – Deus do céu, Robert, você tem razão! Uma cabeça de pedra louvada pelos Templários!

Langdon explicou por alto a Sophie que Baphomet era um deus pagão da fertilidade associado à força criadora da reprodução. A cabeça de Baphomet era representada como a de um carneiro ou bode, símbolo comum de procriação e fecundidade. Os Templários veneravam Baphomet formando um círculo ao redor de uma réplica de pedra de sua cabeça e entoando cânticos.

– Baphomet – disse Teabing, com uma risadinha nervosa. – A cerimônia homenageava a magia criadora da união sexual, mas o Papa Clemente convenceu a todos que a cabeça de Baphomet era na verdade uma imagem do demônio. O Papa usou a cabeça de Baphomet como base das acusações contra os Templários.

Langdon concordou. A crença moderna em um demônio

chifrudo conhecido como Satã originou-se com Baphomet e as tentativas da Igreja para transformar o deus de chifres da fertilidade em um símbolo do mal. A Igreja havia sem dúvida conseguido o que queria, embora não por completo. As tradicionais mesas de ação de graças americanas ainda conservavam símbolos de fertilidade com chifres. A cornucópia, ou "chifre da abundância", era um tributo à fertilidade de Baphomet e datava da época em que Zeus foi amamentado por uma cabra cujo chifre se partiu e se encheu magicamente de frutas. Baphomet também aparecia em fotos em grupo, quando algum engraçadinho colocava chifres com os dedos em V atrás da cabeça de um colega. Poucos gozadores sabiam que a brincadeira é na verdade uma indicação da forte contagem de espermatozoides de sua vítima.

– Sim, sim – Teabing estava dizendo, todo animado. – Esse poema *só pode* estar se referindo a Baphomet. Uma cabeça de pedra ritual dos Templários.

– Muito bem – disse Sophie. – Mas, se Baphomet é a cabeça de pedra ritual dos Templários, então ficamos com outro dilema. – Ela apontou para os discos do críptex. – Baphomet tem oito letras. Só temos espaço para cinco.

Teabing sorriu de orelha a orelha.

– Mas, minha cara, é aí que entra o criptograma Atbash.

CAPÍTULO 77

Langdon ficou impressionado. Teabing havia acabado de escrever todas as 22 letras do alfabeto hebraico – *alef-beit* – de memória. É verdade que havia usado equivalentes romanos em vez de caracteres hebraicos, mas, mesmo assim, agora estava lendo-os com uma pronúncia impecável.

A B G D H V Z Ch T Y K L M N S O P Tz Q R Sh Th

– *Alef, Beit, Gimel, Dalet, Hei, Vav, Zayin, Chet, Tet, Yud, Kaf, Lamed, Mem, Nun, Samech, Ayin, Pei, Tzadik, Kuf, Reish, Shin* e *Tav.*

Teabing enxugou a testa de modo teatral e continuou.

– Em ortografia hebraica formal, não se escrevem as vogais. Portanto, quando escrevemos a palavra *Baphomet* usando o alfabeto hebraico, ela perde suas três vogais na tradução, deixando apenas...

– Cinco letras – interrompeu Sophie.

Teabing concordou e recomeçou a escrever.

– Muito bem, aqui está a forma correta de escrever Baphomet com caracteres hebraicos. Vou colocar as vogais que faltam em tamanho menor entre elas para que fique mais claro:

<u>B</u> a <u>P</u> V o <u>M</u> e <u>Th</u>

– Lembrem-se, é claro – acrescentou ele –, que o hebraico normalmente se escreve de trás para a frente, mas podemos também usar o Atbash dessa maneira. Assim, só precisamos criar uma matriz de substituição reescrevendo o alfabeto inteiro em ordem inversa diante do alfabeto original.

– Há uma forma mais rápida – disse Sophie, tirando a caneta de Teabing. – Funciona para todas as cifras de substituição reversíveis, inclusive o Atbash. Um pequeno truque que eu aprendi em Royal Holloway. – Sophie escreveu a primeira metade do alfabeto da esquerda para a direita e depois, debaixo dela, escreveu a segunda metade, da direita para a esquerda. – Os criptoanalistas chamam isso de *fold-over* ou dobragem. Reduz a complicação à metade. E é duas vezes mais claro.

A	B	G	D	H	V	Z	Ch	T	Y	K
Th	Sh	R	Q	Tz	P	O	S	N	M	L

Teabing examinou o trabalho dela e riu, satisfeito.

– Corretíssimo. É bom ver que o pessoal de Holloway sabe o que faz.

Olhando a matriz de substituição de Sophie, Langdon sentiu uma emoção que imaginou que rivalizasse com a dos primeiros estudiosos que começaram a usar o Atbash para decifrar o agora famoso *Mistério de Sheshach*. Durante anos, eruditos religiosos viveram intrigados com referências bíblicas a uma cidade chamada *Sheshach*. A cidade não aparecia em nenhum mapa nem em outros documentos, mas era mencionada repetidamente no Livro de Jeremias – o rei de Sheshach, a cidade de Sheshach, o povo de Sheshach. Finalmente, um dos estudiosos resolveu aplicar o código Atbash à palavra e os resultados foram espantosos. A decodificação revelou que *Sheshach* na verdade era uma palavra codificada para designar uma outra cidade bem conhecida. O processo de decodificação foi simples:

Sheshach, em hebraico, se escrevia assim: Sh-Sh-K.

Sh-Sh-K, quando colocado na matriz de substituição, tornava-se B-B-L.

B-B-L, em hebraico, pronunciava-se *Babel*.

A misteriosa cidade de Sheshach revelou ser a cidade de Babel, e, a partir daí, os estudiosos passaram a examinar com entusiasmo redobrado o texto bíblico. Em semanas, várias outras palavras criptografadas em Atbash foram descobertas no Velho Testamento, desvendando milhares de significados ocultos que os estudiosos não faziam ideia que elas continham.

– Estamos quase lá – murmurou Langdon, incapaz de controlar o entusiasmo.

– Pertinho, pertinho, Robert – disse Teabing, sorrindo para Sophie. – Está pronta?

Ela fez um gesto positivo com a cabeça.

– Muito bem, Baphomet em hebraico sem as vogais se lê: B-P-V-M-Th. Agora, simplesmente aplicamos sua matriz de substituição Atbash para transformar essas letras em nossa senha de cinco letras.

O coração de Langdon batia com força. *B-P-V-M-Th*. Os raios quentes do sol entravam pelas janelas. Examinou a matriz de substituição de Sophie e vagarosamente começou a fazer a conversão. *B é Sh... P é V...*

Teabing sorria, radiante como um menino no Natal.

– E o sistema Atbash de codificação revela... – Parou de súbito. – Deus do céu! – seu rosto empalideceu.

Langdon ergueu a cabeça de repente.

– O que foi? Qual foi o problema? – indagou Sophie.

– Não vão acreditar. – Teabing olhou para Sophie. – Principalmente você.

– Como assim? – perguntou ela.

– Mas é... muito engenhoso – sussurrou. – Extremamente engenhoso! – Teabing voltou a escrever no papel. – Rufar de tambores, por favor. Eis sua senha. Mostrou-lhes o que havia escrito.

Sh-V-P-Y-A

Sophie torceu o nariz.

– O que é?

Langdon também não reconheceu a palavra.

A voz de Teabing parecia tremer de reverência.

– Isso, minha cara, é que é de fato uma antiga palavra sábia.

Langdon tornou a ler as letras. *Palavra antiga e sábia este precioso rolo descerra.* Um instante depois, ele entendeu. Não havia pensado naquilo.

– Uma antiga palavra sábia!

Teabing estava rindo.

– Literalmente!

Sophie olhou a palavra e depois os discos. Imediatamente percebeu que Langdon e Teabing haviam deixado de enxergar um obstáculo sério.

– Esperem aí! A senha não pode ser essa! – contestou. – O críptex não tem Sh. Usa um alfabeto romano tradicional.

– *Leia* a palavra – pediu Langdon. – E tenha em mente duas coisas. Em hebraico, o símbolo do som Sh também pode se pronunciar como S, dependendo da tônica. Exatamente como o P pode se pronunciar como F.

SVFYA?, pensou ela, intrigada.

– Genial! – acrescentou Teabing. – A letra Vav costuma substituir o som da vogal O!

Sophie voltou a olhar as letras, tentando pronunciá-las.

– *S...o...f...y...a*.

Ouviu o som de sua própria voz e não pôde acreditar no que havia acabado de dizer.

– Sophia? A palavra que se forma é Sophia?

Langdon assentiu, entusiasmado.

– É! *Sophia*, que literalmente significa "sabedoria", em grego. A origem do seu nome, Sophie, é literalmente uma "palavra sábia".

Sophie de repente sentiu uma enorme saudade do avô. *Ele codificou a pedra-chave do Priorado com meu nome.* Veio-lhe um nó na garganta. Tudo parecia de uma perfeição incrível. Mas, quando ela voltou o olhar para os cinco discos com letras no críptex, entendeu que havia ainda mais um problema.

– Esperem... a palavra Sophia tem *seis* letras.

O sorriso de Teabing nem chegou a desaparecer.

– Veja de novo o poema. Seu avô escreveu "uma *antiga* palavra sábia".

– E daí?

Teabing piscou para ela.

– E daí que, em grego antigo, sabedoria se soletrava S-O--F-I-A.

CAPÍTULO 78

Sophie sentiu uma louca agitação interior quando, com o críptex aninhado nos braços, começou a alinhar as letras. *Palavra antiga e sábia este precioso rolo descerra...* Langdon e Teabing pareciam ter parado de respirar enquanto assistiam à operação.

S...O...F...

– Cuidado – pediu Teabing. – Tenha muito cuidado.

...I...A.

Sophie alinhou o disco final.

– Muito bem – sussurrou, levantando os olhos para os outros. – Vou abrir.

– Não se esqueça do vinagre – murmurou Langdon, apreensivo e exultante. – Cuidado.

Sophie sabia que, se aquele críptex fosse como os que ela havia aberto na infância, só precisaria pegar ambas as extremidades do cilindro, logo depois dos discos, e puxá-las, aplicando uma pressão leve e constante em direções opostas. Se os discos estivessem alinhados da maneira adequada com a senha, então uma das extremidades deslizaria, soltando-se, exatamente como uma tampa de lente, e ela poderia pôr a mão no interior do cilindro e remover o documento em forma de papiro enrolado que estaria em torno do frasco de vinagre. Entretanto, se a senha estivesse *incorreta*, a força exercida por Sophie nas extremidades seria transferida para uma alavanca articulada no interior do cilindro, que iria girar para baixo, penetrando na cavidade e pressionando a ampola de vinagre até estourá-la, se Sophie puxasse muito.

Puxe de leve, disse a si mesma.

Teabing e Langdon inclinaram-se para a frente quando Sophie envolveu as extremidades do cilindro com as palmas das mãos. Na euforia de decifrar a palavra codificada, Sophie quase se esquecera do que esperavam encontrar lá dentro. *Esta é a pedra-chave do Priorado.* De acordo com Teabing, continha um mapa para se encontrar o Santo Graal, desvendando o segredo da localização da tumba de Maria Madalena e do tesouro Sangreal... o mais procurado tesouro perdido, a verdade secreta das verdades secretas.

Com o tubo de pedra entre as mãos, Sophie voltou a verificar se todas as letras estavam adequadamente alinhadas com o indicador. Então, lentamente, puxou. Nada aconteceu. Aplicou um pouco mais de força. De repente, a tampa deslizou, como se o tubo fosse um telescópio bem-montado. A pesada ponta soltou-se, ficando em sua mão. Langdon e Teabing quase pularam, tamanho foi o sobressalto. O coração de Sophie disparou quando colocou a tampa na mesa e inclinou o cilindro para ver o interior.

Um rolo!

Examinando a parte oca no centro do documento, Sophie viu que este havia sido enrolado em torno de um objeto cilíndrico – o frasco de vinagre, presumiu. Estranhamente, porém, o documento enrolado em torno do vinagre não era o delicado papiro que esperava encontrar, mas pergaminho. *Esquisito*, pensou ela, *o vinagre não dissolveria um velino de pele de carneiro*. Tornou a olhar para o centro do rolo e percebeu que o objeto no meio dele não era uma ampola de vinagre, afinal de contas. Era outra coisa muito diferente.

– Qual é o problema? – indagou Teabing. – Tire o rolo daí de dentro.

Com a testa franzida, Sophie apanhou o pergaminho enrolado e o objeto em torno do qual ele estava, puxando-os para fora do recipiente.

– Isso não é papiro – disse Teabing. – É pesado demais.

– Eu sei. É uma espécie de camada protetora.

– De quê? Do frasco de vinagre?

– Não – Sophie desenrolou o pergaminho e revelou o que estava dentro dele. – *Disto.*

Quando Langdon viu o objeto dentro da folha de pergaminho, ficou desanimado.

– Deus me perdoe – disse Teabing, abatido. – Esse seu avô era mesmo um artífice sem piedade.

Langdon estava perplexo. *Saunière não tinha a menor intenção de facilitar as coisas.*

Sobre a mesa havia um segundo críptex. Menor. De ônix preto. Fora colocado dentro do primeiro. A paixão de Saunière pelo dualismo. *Dois críptex.* Tudo em pares. *Duplos sentidos. Masculino-feminino. O negro dentro do branco.* Langdon imaginava a teia de simbolismo estendendo-se indefinidamente. *O branco dá origem ao negro.*

Todo homem nasce de uma mulher.
Branco é o feminino.
Preto é o masculino.

Langdon estendeu a mão e pegou o críptex menor. Parecia idêntico ao anterior, mas era da metade do tamanho e negro. Ouviu o gorgolejar já conhecido. Pelo visto, o frasco de vinagre cujo ruído tinham ouvido antes encontrava-se dentro do críptex menor.

– Ora, muito bem, Robert – disse Teabing, passando a página de pergaminho para ele. – Vai gostar de saber que pelo menos estamos voando na direção certa.

Langdon examinou a folha de espesso pergaminho. Escrita em caligrafia rebuscada, via-se outra estrofe de quatro versos. Novamente em pentâmetros iâmbicos. Era um verso criptografado, mas Langdon só precisou ler a primeira linha para entender que o plano de Teabing de ir à Inglaterra valeria a pena:

IN LONDON LIES A KNIGHT A POPE INTERRED.
Cavaleiro em Londres um Papa enterrou.

O restante do poema fazia crer que a senha para abrir o segundo críptex poderia ser encontrada visitando-se a tumba desse tal cavaleiro em algum ponto da cidade.

Langdon virou-se para Teabing, agitado.
– Sabe a qual cavaleiro esse poema está se referindo?
Teabing deu um largo sorriso amarelo.
– Nem de longe. Mas sei exatamente qual a cripta que devemos examinar.

◆ ◆ ◆

Naquele momento, 24 quilômetros adiante deles, seis viaturas da polícia de Kent percorriam as ruas encharcadas pela chuva rumo ao aeroporto executivo de Biggin Hill.

CAPÍTULO 79

O tenente Collet serviu-se de uma garrafa de Perrier tirada da geladeira de Teabing e voltou a largas passadas para a sala de visitas. Em vez de acompanhar Fache até Londres, onde tudo estava acontecendo, ficara preso ali, tomando conta da equipe de peritos da polícia técnica que haviam se espalhado pelo Château Villette.

Até aquele momento, as provas encontradas eram inúteis: uma única bala cravada no assoalho; um papel com vários símbolos rabiscados, junto com as palavras *lâmina* e *cálice*; e uma cinta cheia de espinhos e toda suja de sangue que a polícia técnica dissera a Collet estar associada ao grupo conservador cristão Opus Dei, que havia causado escândalo na imprensa recentemente quando um programa de notícias expôs suas técnicas agressivas de recrutamento em Paris.

Collet deu um suspiro. *Vou precisar de muita sorte para entender essa bagunça.*

Depois de passar por um corredor suntuoso, Collet entrou no imenso gabinete de trabalho improvisado no salão de baile, onde o perito-chefe da polícia técnica estava ocupado, tentando encontrar impressões digitais com um pincel. Era um homem corpulento, que usava calças com suspensórios.

– Achou alguma coisa? – indagou Collet, ao entrar.

O perito sacudiu a cabeça.

– Nada de novo. Conjuntos múltiplos combinando com os do resto da casa.

– E as impressões na tal cinta de cilício?

– A Interpol ainda está tentando identificá-las. Mandei para eles tudo o que encontramos.

Collet apontou para dois sacos plásticos contendo provas sobre a mesa.

– E estes aqui?

O homem deu de ombros.

– Força do hábito. Guardo tudo que for peculiar.

Collet aproximou-se.

– Peculiar?

– Esse inglês tem um parafuso a menos – disse o perito. – Dá só uma olhada nisso.

Procurou entre os sacos de provas e separou um, entregando-o a Collet.

A foto mostrava a entrada principal de uma catedral gótica – a arcada tradicional, recuada, estreitando-se em camadas múltiplas e caneladas até uma pequena porta.

Collet analisou a foto e perguntou.

– Isso é peculiar?

– Olha o verso.

No verso da foto, Collet encontrou anotações escritas à mão em inglês, descrevendo a longa e oca nave de uma catedral como um tributo pagão secreto ao útero feminino. Coisa estranha. A anotação que descrevia a porta da igreja, porém, foi a que o deixou espantado.

– Espera aí! Ele acha que a entrada da catedral representa uma...

O perito concordou.

— Com os lábios afastados e um lindo clitóris em formato de rosácea pentagonal acima da entrada. — Ele suspirou. — Até faz a gente sentir vontade de voltar a frequentar a igreja.

Collet pegou o segundo saco de provas. Através do plástico, enxergou uma grande foto do que lhe pareceu um velho documento. O cabeçalho dizia:

Os Dossiês Secretos – Número 4º Lm¹ 249

— O que é isso?
— Não faço ideia. Há cópias disso aí por toda parte, então coloquei no saco.

Collet examinou o documento.

PRIORADO DE SIÃO – GRÃO-MESTRES

JEAN DE GISORS	1188-1220	FERDINAND DE GONZAQUE	1527-1575
MARIE DE SAINT-CLAIR	1220-1266	LOUIS DE NEVERS	1575-1595
GUILLAUME DE GISORS	1266-1307	ROBERT FLUDD	1595-1637
EDOUARD DE BAR	1307-1336	J. VALENTIN ANDREA	1637-1654
JEANNE DE BAR	1336-1351	ROBERT BOYLE	1654-1691
JEAN DE SAINT-CLAIR	1351-1366	ISAAC NEWTON	1691-1727
BLANCE D'EVREUX	1366-1398	CHARLES RADCLIFFE	1727-1746
NICOLAS FLAMEL	1398-1418	CHARLES DE LORRAINE	1746-1780
RENE D'ANJOU	1418-1480	MAXIMILIAN DE LORRAINE	1780-1801
IOLANDE DE BAR	1480-1483	CHARLES NODIER	1801-1844
SANDRO BOTTICELLI	1483-1510	VICTOR HUGO	1844-1885
LEONARDO DA VINCI	1510-1519	CLAUDE DEBUSSY	1885-1918
CONNETABLE DE BOURBON	1519-1527	JEAN COCTEAU	1918-1963

Priorado de Sião?, perguntou-se Collet.
— Tenente, o senhor está aí? — a cabeça de um outro agente

apareceu na porta. – A mesa telefônica recebeu uma ligação urgente para o capitão Fache, mas não conseguem encontrá-lo. Pode atender?

Collet voltou à cozinha e atendeu o telefone.

Era André Vernet.

O refinado sotaque do banqueiro pouco ajudou a mascarar a tensão em sua voz.

– Achei que o capitão Fache havia dito que ia telefonar para mim, mas até agora não recebi notícia dele.

– O capitão está bastante ocupado – respondeu Collet. – Posso ajudá-lo?

– Garantiram-me que eu seria informado dos acontecimentos desta noite.

Por um momento, Collet pensou haver reconhecido o timbre da voz do homem, mas não conseguiu se lembrar de onde. – Monsieur Vernet, estou no momento encarregado da investigação em Paris. Sou o tenente Collet.

Fez-se uma longa pausa na linha.

– Tenente, estou recebendo uma outra ligação aqui. Com licença, por favor. Ligo para o senhor mais tarde. – E desligou.

Durante vários segundos, Collet ficou segurando o telefone. Depois é que se deu conta. *Sabia que tinha reconhecido essa voz!* A descoberta o deixou de boca aberta.

O motorista do carro-forte.

O do Rolex falso.

Collet agora entendia por que o banqueiro havia desligado tão de repente. Vernet lembrara o nome do tenente Collet – o policial a quem havia contado uma mentira deslavada naquela mesma noite.

Collet ponderou as implicações desse acontecimento estranho. *Vernet está envolvido.* Instintivamente, sabia que devia ligar para Fache. Emocionalmente, sabia que essa revelação inesperada iria lhe proporcionar uma chance de se destacar.

Ligou no mesmo instante para a Interpol e solicitou que lhe passassem toda e qualquer informação sobre o Banco de Custódia de Zurique e sobre seu presidente, André Vernet.

CAPÍTULO 80

– Afivelem os cintos de segurança, por favor – pediu o piloto de Teabing pelo alto-falante quando o Hawker 731 começou a descer sob uma tristonha garoa matinal. – Vamos aterrissar em cinco minutos.

Teabing sentiu a maravilhosa sensação de estar voltando para casa ao ver as colinas de Kent se estendendo sob o avião que pousava. A Inglaterra ficava a menos de uma hora de Paris e, no entanto, a um mundo inteiro de distância. Esta manhã, o verde úmido e primaveril de sua terra natal pareceu-lhe especialmente convidativo. *Minha temporada na França terminou. Volto à Inglaterra vitorioso. A pedra-chave foi encontrada.* Ainda restava, é claro, saber aonde a pedra-chave levaria, no final. *A algum ponto do Reino Unido.* Onde, exatamente, Teabing não fazia ideia, mas já estava saboreando o gostinho da vitória.

Enquanto Langdon e Sophie olhavam pela janela, Teabing ergueu-se e foi até a extremidade oposta da cabine; abriu uma porta de correr, revelando um cofre discretamente embutido na parede. Discou a combinação, abriu-o e tirou dele dois passaportes.

– Documentação para mim e para Rémy.

Depois, retirou do cofre um grosso maço de notas de 50 libras.

– E a documentação de vocês.

Sophie ficou desconfiada.

– Suborno?

– Diplomacia criativa. Os campos de aviação executivos fazem certas concessões. Um fiscal da alfândega britânica vai nos receber no meu hangar e pedir para entrar no avião. Em vez de permitir que ele entre, vou dizer que trouxe comigo uma celebridade francesa que prefere que ninguém saiba que ela se encontra na Inglaterra – quer evitar a imprensa, sabe –, e aí ofereço ao fiscal essa gorjeta generosa como agradecimento por sua discrição.

Langdon espantou-se.

– E acha que o fiscal vai *aceitar*?

– Não aceitaria de *qualquer um*, mas todos eles me conhecem. Não sou traficante de armas, pelo amor de Deus. Fui sagrado Cavaleiro pela Coroa. – Teabing sorriu. – Fazer parte desse seleto grupo tem lá seus privilégios.

Rémy aproximou-se pelo corredor, a pistola Heckler & Koch na mão.

– Suas ordens, quais são, senhor?

Teabing lançou um olhar para o criado.

– Vou precisar que fique a bordo com nosso hóspede até voltarmos. Não dá para arrastarmos o homem conosco por toda a Londres.

Sophie mostrou-se preocupada.

– Leigh, eu estava falando sério sobre a polícia francesa achar seu avião antes de voltarmos.

Teabing riu.

– Sim, imagine a surpresa deles se entrarem aqui e encontrarem Rémy.

Sophie surpreendeu-se com o pouco-caso dele.

– Leigh, você está transportando um refém amarrado de um país para outro. Isso é muito sério.

– Meus advogados também são. – Olhou carrancudo para o monge na traseira do avião. – Aquele animal invadiu minha casa e quase me matou. Isso é um fato, e Rémy vai testemunhar contra ele.

– Mas você o amarrou e trouxe para Londres – disse Langdon.

Teabing ergueu a mão direita e fingiu estar fazendo um juramento em um tribunal.

– Meritíssimo, perdoe a um velho cavaleiro excêntrico sua tola parcialidade pela justiça britânica. Compreendo que deveria ter chamado a polícia francesa, mas sou um esnobe e não confio que os franceses, do jeito que são negligentes, julguem esse infeliz como ele merece. Esse homem quase me matou. Sim, tomei a decisão ousada de obrigar meu criado a me ajudar a trazê-lo para a Inglaterra, mas eu estava sob grande tensão. *Mea culpa. Mea culpa.*

Langdon mal podia acreditar em tanto cinismo.

– Vindo de você, Leigh, pode até funcionar.

– Senhor? – chamou o piloto. – Acabei de receber uma mensagem da torre. Eles estão com algum problema de manutenção em seu hangar e pediram para levar o avião direto para o terminal.

Já fazia uma década que Teabing voava para Biggin Hill e nunca havia ouvido aquela história.

– Disseram qual era o problema?

– O controlador foi meio vago, falou de um vazamento de gasolina na estação de bombeamento. Pediram-me que parasse na frente do terminal e não permitisse que ninguém desembarcasse, até recebermos autorização da administração do aeroporto. Precauções de segurança.

Teabing não acreditou. *Deve ser um vazamento monstruoso.* A estação de bombeamento ficava a uns 800 metros do hangar.

Rémy também estava preocupado.

– Senhor, isso está me parecendo bastante fora do comum.

Teabing voltou-se para Sophie e Langdon.

– Meus amigos, tenho a incômoda impressão de que estamos para ser acolhidos por um comitê de recepção.

Langdon suspirou desolado.

– Acho que Fache continua pensando que eu sou o criminoso.

— Ou então – disse Sophie – ele acha que já se comprometeu demais para admitir seu erro.

Teabing não estava prestando atenção. Independentemente do que Fache pretendia, precisavam tomar providências urgentes. *Não perca de vista o objetivo final. O Graal. Estamos quase lá.* Abaixo deles, o trem de pouso desceu com um solavanco.

— Leigh – disse Langdon, a voz carregada de profundo remorso –, acho que vou me entregar e resolver tudo na justiça. Evitar que vocês se envolvam nisso.

— Não, Robert, de jeito nenhum! – Teabing fez um gesto de quem elimina a hipótese. – Acha mesmo que, se agir assim, eles vão nos deixar em paz? Acabei de tirar você do país clandestinamente. A Srta. Neveu ajudou você a escapar do Louvre e trouxemos um homem amarrado na cauda do avião. Francamente! Estamos nesse barco juntos.

— Quem sabe se formos para outro aeroporto?

Teabing sacudiu a cabeça.

— Se arremetermos agora, quando conseguirmos permissão para pousar em qualquer outro lugar, nosso comitê de recepção vai incluir tanques militares.

Sophie retraiu-se, fatigada.

Teabing percebeu que, para conseguirem adiar o confronto com as autoridades britânicas durante tempo suficiente para encontrar o Graal, precisariam ser ousados.

— Aguardem-me um minuto – disse ele, mancando até a cabine.

— O que vai fazer? – perguntou Langdon.

— Reunião de negócios – disse Teabing, perguntando-se quanto custaria persuadir o piloto a realizar uma manobra altamente irregular.

CAPÍTULO 81

O Hawker está em aproximação final.

Simon Edwards – diretor de Serviços Executivos do aeroporto de Biggin Hill – andava de um lado para outro na torre de comando, olhando a pista molhada com os olhos semicerrados. Jamais gostara de ser acordado cedo em uma manhã de sábado, porém mais desagradável ainda era ter de vir supervisionar a prisão de um dos seus mais lucrativos clientes. Sir Leigh Teabing pagava a Biggin Hill não só um hangar particular, mas uma "taxa de aterrissagem" por suas frequentes chegadas e partidas. Em geral, o campo de aviação sabia com antecedência a programação dele e podia seguir um protocolo rígido para sua chegada. Teabing gostava das coisas todas muito certinhas. A limusine Jaguar feita sob encomenda que ele mantinha no hangar devia estar abastecida, polida, com o *London Times* do dia sobre o banco de trás. Um fiscal da alfândega devia aguardar o avião no hangar para cuidar da documentação obrigatória e verificar a bagagem. Ocasionalmente, os fiscais aceitavam gordas gorjetas de Teabing em troca da permissão para transportar produtos orgânicos inofensivos – na maioria comidas requintadas –, escargots franceses, um Roquefort especialmente maduro, não processado, certas frutas. Muitas leis alfandegárias eram absurdas mesmo, e, se Biggin Hill não deixasse os clientes contornarem as proibições, certamente os campos concorrentes deixariam. Teabing recebia o tratamento que queria ali em Biggin Hill, e os funcionários colhiam os frutos.

Os nervos de Edward já estavam em frangalhos enquanto ele observava a aproximação do aparelho. Imaginou se a tendência de Teabing para ser generoso não o teria metido em alguma encrenca; a polícia francesa parecia muito interessada em detê-lo. Edwards ainda não sabia quais eram as acusações, mas, sem dúvida, eram graves. A pedido das autoridades francesas, a polícia de Kent havia solicitado ao controlador de tráfego aéreo de Biggin Hill para transmitir uma mensagem ao piloto e ordenar-lhe que se dirigisse direto para o terminal, em vez de ir para o hangar do cliente. O piloto havia concordado, pelo visto acreditando na história absurda de que estava havendo um vazamento de gasolina.

Embora geralmente a polícia britânica não portasse armas, a gravidade da situação exigia a presença de uma equipe de homens armados. Naquele momento, oito policiais armados com pistolas encontravam-se na entrada do edifício do terminal, aguardando o momento em que as turbinas do avião fossem desligadas. No instante em que isso ocorresse, um funcionário de pista iria colocar cunhas de segurança sob os pneus do avião para ele não poder mais se deslocar. Então, a polícia inglesa apareceria e renderia os ocupantes do jatinho até a polícia francesa chegar para resolver tudo.

O Hawker agora estava voando bem baixo, roçando as copas das árvores à direita dele. Simon Edwards desceu para assistir à aterrissagem na pista. A polícia de Kent estava posicionada, porém fora do alcance da visão dos ocupantes do avião, e os homens da manutenção aguardavam com as cunhas. Na pista, lá fora, o nariz do Hawker elevou-se e os pneus tocaram o solo, produzindo uma nuvem de fumaça. O avião começou a reduzir a velocidade, deslocando-se da direita para a esquerda diante do terminal, sua fuselagem branca reluzindo na chuva. Entretanto, em vez de frear e dobrar na direção do terminal, o jato passou calmamente pela pista de acesso e seguiu para o hangar de Teabing, mais distante.

Todos os policiais viraram-se e olharam incrédulos para Edwards.

– Pensamos que o piloto havia concordado em vir para o terminal!

Edwards não sabia o que dizer.

– Mas ele *concordou!*

Segundos depois, Edwards viu-se apertado em uma viatura policial lotada que atravessava a pista até o distante hangar. O comboio de viaturas ainda estava a uns bons 500 metros quando o Hawker de Teabing taxiou calmamente e entrou no hangar privativo, desaparecendo de vista. Os carros finalmente chegaram e pararam, cantando pneus, diante da porta escancarada do hangar, e despejaram todos os policiais já com as armas em punho.

Edwards também saiu apressado da viatura.

O barulho era ensurdecedor.

As turbinas do Hawker estavam ainda funcionando enquanto o jato finalizava sua rotação dentro do hangar, posicionando-se com o nariz virado para a saída, já em preparação para a decolagem seguinte. Quando o avião completou a volta de 180 graus e avançou para a porta do hangar, Edwards viu o rosto do piloto, que compreensivelmente parecia surpreso e temeroso por ver o bloqueio de viaturas policiais.

O piloto estacionou o avião e desligou as turbinas. A polícia invadiu o hangar, assumindo posições em torno do avião. Edwards reuniu-se ao inspetor-chefe de polícia de Kent, que se aproximou com cautela. Depois de vários segundos, a porta da fuselagem se abriu.

Leigh Teabing surgiu na porta quando as escadas eletrônicas do avião abriram-se suavemente até chegarem ao chão. Ao contemplar aquele mar de armas apontadas para ele, apoiou-se nas muletas e coçou a cabeça.

– Simon, será que eu ganhei a loteria policial enquanto estive fora? – Parecia mais intrigado do que preocupado.

Simon Edwards avançou um passo, engolindo o sapo que sentia atravessado na garganta.

– Bom dia, senhor. Perdoe-me pela confusão. Tivemos um vazamento de gasolina, e seu piloto disse que iria parar no terminal.

– Sim, sim, ora, muito bem, fui eu quem disse a ele para vir para cá. Estou atrasado para uma consulta médica. Pago o aluguel desse hangar, e essa besteira de vazamento de gasolina me pareceu excesso de cautela.

– Infelizmente, sua chegada nos pegou um pouco desprevenidos, senhor.

– Eu sei. Estou totalmente fora da minha programação. Cá entre nós, o remédio novo que estou tomando me dá palpitações. Achei melhor vir fazer um checkup.

Os policiais todos se entreolharam. Edwards encolheu-se.

– Muito bem, senhor.

– Senhor – disse o chefe de polícia de Kent, avançando um passo. – Preciso pedir-lhe para permanecer a bordo por mais ou menos uma meia hora.

Teabing desceu a escada coxeando, com cara de poucos amigos.

– Lamento, é impossível, tenho uma consulta médica. – Chegou ao solo. – Não posso faltar.

O inspetor-chefe reposicionou-se de modo a bloquear a passagem de Teabing, evitando que se afastasse do avião.

– Vim a pedido da Polícia Judiciária francesa. Eles o acusam de transportar fugitivos da lei em seu avião.

Teabing encarou fixamente o inspetor-chefe durante algum tempo, depois desatou a rir.

– Isso é alguma piada? Essa é muito boa!

O inspetor-chefe nem piscou.

– Não, é para valer, senhor. A polícia francesa alega que o senhor também tem um refém a bordo.

O criado de Teabing, Rémy, surgiu no alto da escada.

– *Eu* é que me *sinto* um refém, trabalhando para Sir Leigh, mas ele me garante que posso pedir demissão quando quiser. – Rémy consultou o relógio. – Senhor, estamos mesmo ficando atrasados. – Indicou com a cabeça a limusine Jaguar no canto oposto do hangar. O imenso veículo era negro como ébano, com vidros fumê e pneus de banda branca. – Vou buscar o carro. – Rémy começou a descer a escada.

– Sinto muito, mas não podemos deixar que o senhor se retire – disse o inspetor-chefe. – Por favor, voltem à aeronave, os dois. Representantes da polícia francesa vão aterrissar em breve.

Teabing olhou para Simon Edwards.

– Simon, pelo amor de Deus, isso é ridículo! Não há mais ninguém a bordo desse avião. Só os de costume – Rémy, eu e o piloto. Talvez você possa funcionar como intermediário nesse impasse, quem sabe? Entre no avião, por favor, e veja se está mesmo vazio.

Edwards sabia que estava sem saída.

– Sim, senhor. Posso dar uma olhada.

– De jeito nenhum! – declarou o inspetor-chefe de Kent, que visivelmente conhecia bem os campos de aviação particulares e desconfiava de que Simon Edwards podia mentir a respeito dos ocupantes do avião na tentativa de conservar o contrato de Teabing em Biggin Hill. – Deixem que eu mesmo olho.

Teabing sacudiu a cabeça.

– Não vai, não, inspetor. Isto aqui é propriedade particular e, até me trazer um mandado de busca, o senhor vai ficar fora do meu avião. Estou lhe oferecendo uma opção razoável. O Sr. Edwards pode fazer a inspeção.

– Nada feito.

Teabing abespinhou-se.

– Inspetor, infelizmente não tenho tempo para essa brincadeira. Estou atrasado e vou embora. Se for importante para o senhor me deter, vai ter de atirar em mim. – Teabing e Rémy contornaram o inspetor-chefe e encaminharam-se para o outro lado do hangar, na direção da limusine ali estacionada.

◆ ◆ ◆

O inspetor-chefe de Kent sentiu apenas aversão por Leigh Teabing quando o homem lhe desobedeceu e passou por ele mancando. Os privilegiados sempre achavam que estavam acima do bem e do mal.

Mas não estão. O inspetor-chefe mirou as costas de Teabing.

– Pare aí mesmo! Ou eu atiro!

– Pois atire – provocou Teabing, sem parar nem olhar para trás. – Meus advogados vão comer seus testículos fritos no café da manhã. E, se ousar entrar no meu avião sem mandado, eles também vão comer seu fígado.

Já acostumado àqueles jogos de poder, o inspetor-chefe não se deixou impressionar. Tecnicamente, Teabing estava correto, e a polícia precisava mesmo de um mandado para revistar o avião. Contudo, como o voo viera da França e o poderoso Bezu Fache dera-lhe autoridade para tanto, o inspetor-chefe de Kent achava que sua carreira se beneficiaria muito mais se descobrisse o que havia dentro daquele avião que Teabing parecia tão interessado em ocultar.

– Detenham-nos – ordenou o inspetor. – Vou dar uma busca no avião.

Os homens correram atrás de Teabing e seu criado, apontando-lhes as armas, e colocaram-se entre eles e a limusine, bloqueando-lhes a passagem.

Teabing então virou-se.

– Inspetor, é o último aviso. Nem pense em entrar nesse avião. O senhor vai se arrepender.

Ignorando a ameaça, o inspetor-chefe agarrou a arma e subiu a escada do avião. Chegando à porta, espiou o interior do aparelho. Depois de um momento, entrou na cabine. *Mas que diabos...?*

Com exceção do piloto apavorado na cabine de controle, o avião estava vazio. Não havia vivalma lá dentro. Verificando rapidamente o banheiro, as poltronas e os compartimentos de bagagem, o inspetor não encontrou vestígios de ninguém... muito menos de vários indivíduos.

Mas que diabos Bezu Fache estava pensando? Aparentemente, Leigh Teabing dissera a verdade.

O inspetor-chefe de Kent viu-se sozinho na cabine deserta e engoliu em seco. *Merda*. Com o rosto corado, voltou à escada, procurando com o olhar Leigh Teabing e o criado, que se encontravam sob a mira de armas perto da limusine.

– Deixem-nos ir – ordenou o inspetor. – Recebemos um alarme falso.

O olhar de Teabing pareceu-lhe ameaçador, mesmo ele estando do outro lado do hangar.

– Aguarde um chamado dos meus advogados. E, só para seu governo, não dá para confiar na polícia francesa.

Em seguida, o criado de Teabing abriu a porta traseira da limusine e ajudou o seu patrão a sentar-se no banco de trás. Depois, percorreu todo o comprimento do carro, sentou-se ao volante e ligou o motor. Os policiais espalharam-se quando o Jaguar deixou o hangar a toda.

❖ ❖ ❖

– Muito bem, meu bom rapaz, excelente interpretação – cantarolou Teabing, do banco traseiro, para Rémy, enquanto a limusine saía acelerada do aeroporto. Voltou os olhos depois para os recessos fracamente iluminados do espaçoso interior à sua frente. – Todos estão confortáveis?

Langdon confirmou, com um leve gesto de cabeça. Ele e Sophie ainda estavam agachados no chão ao lado do albino amarrado e amordaçado.

Momentos antes, quando o Hawker taxiara e entrara no hangar deserto, Rémy abrira a porta e fizera o avião parar no meio da manobra. Enquanto a polícia se aproximava depressa, Langdon e Sophie arrastaram o monge pela escada até o chão e o esconderam na parte de trás da limusine. Então, as turbinas voltaram a rugir, o avião girou e completou a volta no momento em que as viaturas entraram, derrapando, dentro do hangar.

Enquanto a limusine corria na direção de Kent, Langdon e Sophie dirigiram-se com dificuldade para a traseira do comprido veículo, deixando o monge amarrado no chão. Sentaram-se num banco largo de frente para Teabing. O inglês deu aos dois um sorriso maroto e abriu o armário do bar da limusine.

– Será que posso lhes oferecer um drinque? Uns salgadinhos, talvez? Batata frita? Nozes? Água com gás?

Sophie e Langdon recusaram com um gesto de cabeça.

Teabing deu um largo sorriso e fechou o bar.

– Pois então, quanto à tumba do tal cavaleiro...

CAPÍTULO 82

– Fleet Street? – indagou Langdon, olhando intrigado para Teabing na traseira da limusine. *Tem uma cripta em Fleet Street?* Até ali, Leigh estava bancando o brincalhão, procurando fazer mistério sobre o possível local onde podiam encontrar a "tumba do cavaleiro", que, segundo o poema, lhes forneceria a senha para abrir o críptex pequeno.

Teabing sorriu e virou-se para Sophie.

– Srta. Neveu, poderia por obséquio mostrar o poema mais uma vez ao nosso acadêmico de Harvard?

Sophie procurou no bolso e tirou o críptex preto, que se encontrava envolto no pergaminho. Haviam resolvido de comum acordo deixar a caixa de madeira e o críptex maior no cofre do avião, trazendo consigo apenas aquilo de que precisavam, o críptex negro, muito mais portátil e discreto. Sophie desembrulhou-o e entregou o pergaminho a Langdon.

Embora Langdon tivesse lido o poema diversas vezes a bordo do avião, não havia conseguido extrair dele nenhuma noção de um lugar específico. Ao ler as palavras outra vez, processou-as vagarosa e cuidadosamente, na esperança de que os ritmos pentamétricos revelassem um significado mais nítido agora que ele estava em terra firme.

In London lies a knight a Pope interred.
His labor's fruit a Holy wrath incurred.
You seek the orb that ought be on his tomb.
It speaks of Rosy flesh and seeded womb.

Cavaleiro em Londres um Papa enterrou.
Qu'ira santa o fruto de sua obra gerou.
Busca o orbe da sua tumba ausente.
Fala de Rósea carne e semeado ventre.

A linguagem parecia bem simples. Um cavaleiro estava enterrado em Londres. Um cavaleiro cujo trabalho enfurecera a Igreja. Um cavaleiro em cuja tumba faltava um orbe que deveria estar lá. A referência final do poema – *Rósea carne e semeado ventre* – era uma alusão clara a Maria Madalena, a Rosa que gerou a semente de Jesus.

Apesar da clareza do poema, Langdon ainda não fazia ideia de *quem seria* esse cavaleiro nem de onde estaria enterrado. Além do mais, uma vez localizada a tumba, aparentemente eles precisariam procurar mais alguma coisa que estava ausente. *Busca o orbe da sua tumba ausente.*

– Nenhuma ideia? – Teabing provocou, meio decepcionado, embora Langdon sentisse que o historiador da Coroa estava gostando da situação. – Srta. Neveu?

Ela balançou a cabeça.

– O que seria de vocês dois sem mim? – disse Teabing. – Muito bem, vou lhes mostrar tudo passo a passo. É muito simples, aliás. A primeira linha é a chave. Queiram lê-la, por favor?

Langdon leu em voz alta.

– *In London lies a knight a Pope interred.*

– Exato. Um cavaleiro que um Papa enterrou. – Olhou para Langdon. – O que isso lhe diz?

Langdon deu de ombros.

– Um cavaleiro enterrado por um Papa? Um cavaleiro cujo enterro foi presidido por um Papa?

Teabing riu às gargalhadas.

– Ah, mas essa é muito boa. Sempre otimista, Robert. Repare só no segundo verso. Esse cavaleiro obviamente fez alguma coisa que enfureceu a Igreja. Pense bem. Considere a dinâmica entre a Igreja e os Templários. Um cavaleiro que um Papa enterrou?

– Um cavaleiro *morto* por um Papa? – indagou Sophie.

Teabing sorriu e deu-lhe tapinhas no joelho.

– Muito bem, minha cara. Um cavaleiro *sepultado* por um Papa. Ou seja, *morto*.

Langdon pensou no famigerado ataque aos Templários em 1307 – na azarada sexta-feira 13 – quando o Papa Clemente matou e enterrou centenas de Cavaleiros Templários.

– Só que deve haver uma infinidade de tumbas de cavaleiros mortos por Papas.

– Aha, nem tanto, nem tanto! – disse Teabing. – Muitos deles foram queimados na fogueira e jogados sem a menor cerimônia no rio Tibre. Mas esse poema se refere a uma *tumba*. Uma tumba em Londres. E há poucos cavaleiros enterrados em Londres. – Ele fez uma pausa, olhando para Langdon insistentemente, como se esperasse um lampejo de compreensão. Por fim, cansou-se. – Robert, pelo amor de Deus! A igreja construída em Londres pelo braço militar do Priorado – os próprios Cavaleiros Templários!

– A Temple Church? – Langdon inspirou, sobressaltado. – Ela possui uma cripta?

– Com dez das tumbas mais assustadoras que você possa imaginar.

Langdon jamais visitara a Temple Church, embora tivesse encontrado inúmeras referências a ela na sua pesquisa sobre o Priorado. Antes o epicentro de todas as atividades dos Templários e do Priorado no Reino Unido, a Temple Church havia recebido esse nome em homenagem ao Templo de Salomão, do qual os Templários haviam extraído seu próprio título, bem como os documentos Sangreal, que lhes davam toda a sua influência em Roma. Corriam inúmeras histórias sobre os estranhos e secretos rituais realizados pelos Templários dentro do santuário incomum da Temple Church.

– A Temple Church fica na Fleet Street?

– Na verdade, o acesso se faz por uma transversal da Fleet Street – Teabing respondeu com um ar travesso. – Queria que você sofresse um pouco mais antes de lhe contar.

– Obrigado.

– Nenhum de vocês dois já esteve lá?

Sophie e Langdon confirmaram.

– Não me surpreende – disse Teabing. – A igreja está oculta agora por trás de edifícios bem maiores do que ela. Poucas pessoas sabem que existe. Um lugar antigo e lúgubre. A arquitetura é pagã até a medula.

Sophie espantou-se.

– Pagã?

– Panteonicamente pagã! – exclamou Teabing. – A igreja é *redonda*. Os Templários ignoraram a planta cruciforme tradicional e construíram uma igreja perfeitamente circular em honra ao Sol. – Suas sobrancelhas arquearam-se diabolicamente. – Uma provocação nada discreta dirigida ao pessoal de Roma. Melhor que isso, só reconstruindo Stonehenge no centro de Londres.

Sophie ficou olhando Teabing, assombrada.

– E o resto do poema?

O ar de riso desapareceu do rosto do historiador.

– Não sei bem. É intrigante. Vamos precisar examinar

cada uma das dez tumbas com todo o cuidado. Com sorte, a ausência de um orbe será evidente em uma delas.

Langdon deu-se conta de como estavam mesmo perto de uma solução. Se o tal orbe desaparecido revelasse a senha, conseguiriam abrir o segundo críptex. Quebrou a cabeça tentando imaginar o que poderiam achar dentro dele.

Tornou a ler o poema demoradamente. Era como uma espécie de jogo de palavras cruzadas rudimentar. *Uma palavra de cinco letras que fala do Graal?* No avião, já haviam tentado todas as senhas óbvias – GRAAL, GREAL, VÊNUS, MARIA, JESUS, SARAH –, mas o cilindro nem se mexera. *Óbvias demais.* Aparentemente existiam outras palavras de cinco letras que faziam referência ao ventre fecundo da Rosa. Para Langdon, o fato de a palavra não estar ocorrendo a um especialista como Leigh Teabing significava que não era uma referência costumeira ao Graal.

– Sir Leigh? – Rémy chamou, por cima do ombro do historiador. Ele estava observando os três pelo retrovisor, através da divisória aberta. – Disse Fleet Street perto da ponte Blackfriars?

– Sim, pegue o Victoria Embankment.

– Desculpe, não sei bem onde fica. Vamos sempre só ao hospital.

Teabing revirou os olhos para Langdon e Sophie e resmungou:

– Juro, às vezes tenho a impressão de que eu estou tomando conta de um bebê. Esperem um momento, sim? Sirvam-se de uma bebida e de alguma dessas gulodices. – Deixou os dois e dirigiu-se, desajeitado, para a divisória aberta para falar com Rémy.

Sophie virou-se então para Langdon, a voz baixa.

– Robert, ninguém sabe que você e eu estamos na Inglaterra.

Langdon percebeu que ela tinha razão. A polícia de Kent diria a Fache que o avião estava vazio, e Fache seria obrigado a presumir que eles ainda estavam na França. *Estamos invisíveis*. O pequeno estratagema de Leigh havia acabado de lhes dar uma tremenda vantagem quanto ao tempo.

– Fache não vai desistir com essa facilidade – disse Sophie. – Já investiu demais nessa prisão.

Langdon vinha fazendo o possível para não se lembrar de Fache. Sophie havia prometido que faria tudo a seu alcance para isentar Langdon de qualquer culpa depois que tudo terminasse, mas Langdon começava a temer que talvez isso não adiantasse. *Fache podia muito bem fazer parte daquela trama*. Muito embora Langdon não pudesse imaginar a Polícia Judiciária envolvida na busca do Santo Graal, achava coincidência demais para não considerar Fache como possível cúmplice. *Fache é religioso e está doido para me atribuir esses assassinatos*. Além disso, Sophie havia argumentado que Fache podia talvez estar apenas sendo excessivamente consciencioso quanto à captura. Afinal de contas, havia provas substanciais contra Langdon. Além de o nome de Langdon estar escrito no assoalho do Louvre e na agenda de Saunière, agora parecia que ele mentira sobre o original de seu livro e depois fugira. *Por sugestão de Sophie*.

– Robert, sinto muito você ter se envolvido tanto em tudo isso – disse Sophie, pousando a mão no joelho dele. – Mas ainda bem que está aqui.

O comentário pareceu mais pragmático do que romântico, e mesmo assim Langdon sentiu uma inesperada centelha de atração entre ambos. Deu-lhe um sorriso cansado.

– Sou bem mais interessante depois de uma boa noite de sono.

Sophie permaneceu calada durante vários segundos.

– Meu avô me pediu para confiar em você. Ainda bem que eu o atendi, pelo menos dessa vez.

– Seu avô nem me conhecia.

– Seja como for, não posso deixar de achar que você fez tudo que ele teria desejado. Ajudou-me a encontrar a pedra-

-chave, explicou a história do Sangreal, falou sobre o ritual no subsolo. – Fez uma pausa. – De alguma forma, me sinto mais próxima do meu avô esta noite do que jamais estive em anos. Sei que ele teria gostado de tudo isso.

À distância, agora, a silhueta da cidade de Londres começava a materializar-se através da garoa matinal. Antes dominado pelo Big Ben e pela Ponte de Londres, o horizonte agora curvava-se ao London Millenium – uma roda-gigante colossal, ultramoderna, que subia a 150 metros de altura, proporcionando vistas deslumbrantes da cidade. Langdon havia tentado andar nela uma vez, mas as "cápsulas turísticas" o faziam lembrar-se de sarcófagos lacrados, e ele preferiu manter os pés no chão e apreciar a vista das margens arejadas do Tâmisa.

Langdon sentiu alguém lhe apertar o joelho, trazendo-o de volta, e os olhos de Sophie fixaram-se nele. Deu-se conta de que ela estivera falando com ele.

– O que *você* acha que devemos fazer com os documentos Sangreal se algum dia os encontrarmos? – murmurou.

– Minha opinião pouco importa – disse Langdon. – Seu avô deu o críptex a você e deve fazer com ele o que sua intuição lhe disser que ele teria desejado.

– Estou pedindo sua opinião. Você deve ter escrito alguma coisa em seu original que fez meu avô confiar no seu raciocínio. Ele marcou uma reunião particular com você. Isso era raro.

– Talvez quisesse me dizer que entendi tudo errado.

– Por que ele me mandaria procurar você se não gostasse de suas ideias? Em seu original, você defendeu a ideia de que os documentos Sangreal deveriam ser revelados ou permanecer ocultos?

– Nenhuma das duas coisas. Não me manifestei nem num sentido nem no outro. O original trata da simbologia do sagrado feminino, procurando resgatar a sua iconografia através da história. É claro que não teria a presunção de dizer que sabia onde está escondido o Graal nem se algum dia deveria ser revelado.

– E no entanto está escrevendo um livro sobre ele; sendo assim, acha que as informações deveriam ser compartilhadas.

– Há uma imensa diferença entre debater hipoteticamente uma história alternativa de Cristo e... – fez uma pausa.

– E o quê?

– E apresentar ao mundo milhares de documentos antigos como prova científica de que o Novo Testamento é um falso testemunho.

– Mas me disse que o Novo Testamento se baseou em um monte de invencionices.

Langdon sorriu.

– Sophie, toda fé do mundo se baseia em invencionices. É essa a definição de fé – aceitação daquilo que imaginamos ser verdade, que não podemos provar. Todas as religiões descrevem Deus por meio de metáforas, alegorias e hipérboles, desde os primeiros egípcios até o catecismo moderno. As metáforas são uma forma de ajudar nossa mente a processar o improcessável. Os problemas surgem quando começamos a levar nossas metáforas ao pé da letra.

– Então, você acha que se deve ocultar para sempre os documentos Sangreal?

– Sou historiador. Sou contra a destruição de documentos e adoraria ver os estudiosos de religião terem mais informações referentes à excepcional vida de Jesus Cristo sobre as quais ponderar.

– Está questionando ambos os lados da minha pergunta.

– Estou? A Bíblia representa uma referência fundamental para milhões de pessoas no planeta, assim como o Corão, a Torá, o Cânon Pali para pessoas de outras religiões. Se você e eu pudéssemos descobrir documentos que contradizem as histórias sagradas da fé islâmica, da fé judaica, da fé budista, da fé pagã, será que faríamos isso? Será que devemos levantar uma bandeira e dizer aos budistas que temos prova de que o

Buda não nasceu de uma flor de lótus? Ou de que Jesus não nasceu de uma virgem no sentido *literal* da palavra? Aqueles que realmente entendem suas religiões compreendem que essas histórias são metafóricas.

Sophie não pareceu muito convencida.

– Meus amigos que são cristãos fervorosos acham que Cristo *literalmente* caminhou sobre as águas, *literalmente* transformou água em vinho e que *realmente* nasceu de uma virgem.

– É exatamente o que estou lhe dizendo – respondeu Langdon. – A alegoria religiosa tornou-se parte do tecido da realidade. E viver nessa realidade ajuda milhões de pessoas a enfrentarem os desafios da vida e a serem melhores.

– Só que a realidade na qual acreditam é falsa.

Langdon deixou escapar uma risadinha.

– Não é mais falsa do que a de uma criptógrafa matemática que acredita no número imaginário *i* porque este a ajuda a decifrar códigos.

Sophie franziu o cenho.

– Golpe baixo, o seu.

Passou-se um instante.

– Qual foi mesmo sua pergunta? – indagou Langdon.

– Não consigo me lembrar.

Ele sorriu.

– Isso nunca falha.

CAPÍTULO 83

Já eram quase sete e meia no relógio de pulso de Mickey Mouse de Langdon quando ele desceu da limusine Jaguar na Inner Temple Lane, com Sophie e Teabing. O trio enveredou por um labirinto de prédios até um pequeno pátio diante da Temple Church. A chuva brilhava na pedra áspera das paredes da igreja e ouvia-se o arrulhar de pombos vindo de algum ponto do alto do prédio.

A antiga Temple Church, em Londres, foi construída inteiramente de pedra calcária, de Caen. Um edifício circular com fachada intimidadora, torre central e uma nave saliente em um dos lados, a igreja parecia-se mais com uma fortaleza militar do que com um lugar de culto. Consagrada no dia 10 de fevereiro de 1185 por Heráclio, patriarca de Jerusalém, a Temple Church sobreviveu a oito séculos de conturbações políticas, ao grande incêndio de Londres e à Primeira Guerra Mundial, porém acabou sendo seriamente danificada pelas bombas incendiárias da aviação alemã em 1940. Depois da Segunda Guerra, foi restaurada e recuperou sua austera grandiosidade original.

A simplicidade do círculo, pensou Langdon, admirando o edifício pela primeira vez. A arquitetura era tosca e simples, fazendo lembrar mais o severo Castelo Sant'Angelo de Roma do que o refinado Pantheon. O anexo quadrado que se projetava de um dos lados, à direita, era bem feio, embora mal conseguisse ocultar o formato pagão da estrutura original.

– É sábado e cedo ainda – disse Teabing, mancando até a entrada. – Portanto, presumo que não vamos precisar aguardar o término de nenhuma cerimônia.

A entrada da igreja era um nicho de pedra recuado dentro do qual se encontrava uma enorme porta de madeira. À esquerda, parecendo inteiramente deslocado, um quadro de avisos coberto de horários de apresentações de corais e anúncios de cultos religiosos.

Teabing franziu o cenho ao ler o quadro.

– A igreja só abre para visitação daqui a pelo menos duas horas. – Foi até a porta e experimentou abri-la. Ela nem se mexeu. Encostando o ouvido à madeira, prestou atenção, para ver se ouvia algo. Passado um momento, recuou, com uma expressão de quem estava planejando algo, a apontar para o quadro de avisos.

– Robert, dê uma olhada no horário dos ritos, por favor, sim? Quem é o celebrante da semana?

◆ ◆ ◆

Dentro da igreja, um coroinha estava quase terminando de passar o aspirador nos genuflexórios eucarísticos quando ouviu uma batida à porta do santuário. Fingiu não ter escutado. O reverendo Harvey Knowles tinha suas próprias chaves e não devia aparecer senão dali a duas horas. Tratava-se provavelmente de um turista curioso ou um indigente. O coroinha continuou passando o aspirador de pó, mas as batidas prosseguiram. *Será que essa pessoa não sabe ler?* A placa ao lado da porta claramente dizia que a igreja só abria às nove e meia aos sábados. O coroinha continuou trabalhando.

De repente, as batidas se transformaram em uma série de estrondos violentos, como se alguém estivesse batendo na porta com um vergalhão. O rapaz desligou o aspirador e marchou irritado até a porta. Abriu a tranca e escancarou-a. Três pessoas encontravam-se na soleira. *Turistas*, resmungou.

– A igreja só abre às nove e meia.

O homem troncudo, aparentemente o líder, avançou apoiado em muletas metálicas.

– Sou Sir Leigh Teabing – anunciou, o sotaque britânico afetado, de intelectual. – Como sem dúvida sabe, estou acompanhando o Sr. e a Sra. Christopher Wren IV. – Afastou-se para o lado e, com um floreio, mostrou o atraente casal atrás de si. A mulher tinha feições suaves, cabelos espessos, de um ruivo escuro. O homem era alto, moreno, e parecia vagamente familiar.

O coroinha não sabia como reagir. Sir Christopher Wren era o mais famoso benfeitor da Temple Church. Tornara possíveis todas as restaurações depois dos danos causados pelo grande incêndio. E estava morto desde o início do século XVIII.

– Hã... É uma honra conhecer os senhores.

O homem de muletas resmungou, mal-humorado:

– É ótimo o senhor não ser vendedor, rapazinho, porque não é muito convincente. Onde está o reverendo Knowles?

– Hoje é sábado. Ele só chega mais tarde.

O homem aleijado fechou ainda mais a cara.

– Existe uma coisa chamada gratidão. Ele garantiu que estaria aqui hoje, quando viéssemos, mas parece que vamos ter que nos virar sem ele. Não vamos demorar.

O coroinha ficou na frente da porta, bloqueando a passagem.

– Sinto muito, *o que é* que não vai demorar?

Os olhos do visitante semicerraram-se e ele se inclinou para a frente sussurrando, como para evitar constrangimentos.

– Meu jovem, pelo visto, você é novo por aqui. Todo ano, os descendentes de Sir Christopher Wren trazem uma pitada das cinzas do seu antepassado para espalhar no santuário do templo. Faz parte de sua última vontade e testamento. Ninguém gosta muito de vir até aqui para isso, mas o que podemos fazer?

O coroinha estava ali já fazia uns dois anos, mas jamais ouvira falar daquele costume.

– Seria melhor os senhores esperarem até nove e meia. A igreja ainda está fechada e nem terminei de passar o aspirador de pó.

O homem de muletas fulminou-o com o olhar.

– Meu jovem, o único motivo pelo qual ainda resta alguma coisa deste edifício para você limpar é o cavalheiro que se encontra ali no bolso daquela mulher.

– Como disse?

– Sra. Wren – disse o homem de muletas –, poderia, por favor, mostrar a esse jovem impertinente o relicário de cinzas?

A mulher hesitou um instante e depois, como se acordasse de um transe, meteu a mão no bolso do suéter e tirou dele um pequeno cilindro envolto em um tecido protetor.

– Pronto, está vendo? – disse o velho de muletas, com maus modos. – Agora, pode conceder ao homem o desejo que manifestou no leito de morte e nos deixar espalhar as cinzas no santuário, ou vou dizer ao reverendo Knowles como fomos tratados.

O coroinha hesitou, sabendo bem como o reverendo Knowles observava todos os detalhes da tradição da igreja... e, o mais importante, como seu mau gênio se manifestava quando alguma coisa punha em risco a imagem de seu santuário consagrado pelo tempo. Talvez o reverendo Knowles tivesse simplesmente esquecido que esses parentes do Sr. Wren viriam naquele dia. Se fosse esse o caso, então haveria muito mais risco em recusar-lhes a entrada do que em deixá-los entrar. *Afinal de contas, eles disseram que não demorariam mais de um minuto. Que mal pode haver nisso?*

Quando o coroinha se afastou da porta para deixar as três pessoas passarem, poderia ter jurado que o Sr. e a Sra. Wren pareciam tão transtornados com tudo aquilo quanto ele. Sem muita certeza, o rapaz voltou à faxina, observando-os com o rabo do olho.

❖ ❖ ❖

Langdon não pôde evitar um sorriso quando o trio entrou na igreja.

– Leigh – sussurrou ele. – Você mente bem demais.

Os olhos de Teabing piscaram.

– Clube de Teatro de Oxford. Até hoje falam do meu Júlio César. Tenho certeza de que ninguém jamais interpretou a cena I do Terceiro Ato com mais dedicação.

Langdon lançou-lhe um rápido olhar.

– Pensei que Júlio César estivesse *morto* nessa cena.

Teabing deu um sorriso cínico.

— Sim, mas a minha toga se rasgou quando eu caí e precisei ficar deitado no palco meia hora com o pinto de fora. Mesmo assim, não movi sequer um músculo. Fui brilhante, acredite.

Langdon encolheu-se. *Uma pena eu ter perdido essa.*

Quando o grupo atravessou o anexo retangular em direção ao arco que levava à parte principal da igreja, Langdon ficou surpreso com sua aridez e austeridade. Embora o altar lembrasse o de uma igreja cristã linear, os móveis eram severos e frios, não se vendo nenhuma ornamentação tradicional.

— Que sobriedade — comentou, em um cochicho.

Teabing deu uma risadinha contida.

— É a Igreja da Inglaterra. Os anglicanos bebem sua religião sem gelo. Nada para distraí-los de seu sofrimento.

Sophie indicou a imensa abertura que dava para a parte circular da igreja.

— Aquilo ali lembra uma fortaleza — sussurrou.

Langdon concordou. Mesmo daquele ponto, as paredes pareciam incomumente robustas.

— Os Cavaleiros Templários eram guerreiros — lembrou Teabing, o som de suas muletas de alumínio ecoando no espaço reverberante. — Uma sociedade religiosa militar. Suas igrejas eram suas fortalezas e seus bancos.

— Bancos? — indagou Sophie.

— Mas claro. Os Templários *inventaram* o conceito do sistema bancário moderno. Para os nobres europeus, era perigoso viajar com ouro, então os Templários permitiam que os nobres depositassem ouro na igreja do Templo mais próxima e depois o sacassem em qualquer outra igreja do Templo do outro lado da Europa. Só precisavam dos documentos apropriados. — Deu uma piscadela. — E de uma pequena comissão. Eles eram os bancos 24 horas daquele tempo. — Teabing apontou para um vitral onde os raios do sol nascente refratavam-se através de um cavaleiro vestido de branco montado em um corcel rosado. – Alanus Marcel – disse Teabing. – Mestre do Templo no início do século XII. Ele e seus sucessores ocuparam a cadeira parlamentar de Primus Baro Angliae.

Langdon espantou-se.

– O Primeiro Barão do Reino?

Teabing confirmou.

– O Mestre do Templo, segundo dizem alguns, tinha mais influência do que o próprio rei. – Quando chegaram perto da câmara circular, Teabing lançou um olhar para trás, para o coroinha, que estava passando o aspirador lá no fundo. – Sabe – cochichou Teabing a Sophie –, dizem que o Santo Graal certa vez passou a noite nesta igreja quando os Templários estavam transferindo-o de um esconderijo para outro. Imagine só, as quatro arcas contendo os documentos Sangreal depositadas bem aqui com o sarcófago de Maria Madalena... Isso me dá arrepios.

Langdon também ficou arrepiado quando entraram na câmara circular. Seus olhos acompanharam o traçado da curvatura do perímetro de pedra clara da câmara, reparando nas gárgulas, nos demônios, nos monstros e nos angustiados rostos humanos entalhados na pedra, todos voltados para o centro do círculo. Sob as esculturas, um único banco de pedra circundava toda a câmara.

– Um teatro de arena – murmurou Langdon.

Teabing ergueu uma muleta, apontando para a extremidade esquerda da sala e depois para a direita. Langdon já os vira.

Dez cavaleiros de pedra.

Cinco à esquerda. Cinco à direita.

Deitadas de costas no chão, as figuras em tamanho natural, entalhadas em pedra, repousavam em posições pacíficas. Os cavaleiros haviam sido representados com armadura completa, escudos e espadas, e as tumbas deram a Langdon a sensação incômoda de que alguém havia entrado ali escondido e jogado gesso em cima dos corpos dos cavaleiros enquanto eles dormiam. Todas as esculturas estavam muito desgastadas e, mesmo assim, cada uma delas se distinguia das demais por características muito específicas – diferentes armas, posições dos braços e pernas, fisionomias distintas e brasões variados nos escudos.

Cavaleiro em Londres um Papa enterrou.

Langdon tremia à medida que penetrava na sala redonda. Só podia ser aquele o lugar.

CAPÍTULO 84

Em um beco cheio de lixo espalhado pelo chão, bem próximo da Temple Church, Rémy Legaludec parou a limusine atrás de uma fileira de latas de lixo industriais. Desligou o motor e examinou o local. Deserto. Saiu do carro, foi até a traseira e entrou de novo na cabine principal da limusine onde o monge estava.

Percebendo a presença de Rémy, o monge emergiu de um transe semelhante a um estado de prece, seus olhos vermelhos demonstrando mais curiosidade do que temor. Durante toda a noite, Rémy se impressionara com a capacidade daquele homem imobilizado de permanecer tranquilo. Depois de lutar um pouco no Range Rover, o monge parecia ter aceitado seu destino e se entregado nas mãos de uma força maior.

Afrouxando o nó da gravata, Rémy desabotoou a gola engomada e alta de pontas viradas e sentiu que podia respirar pela primeira vez em vários anos. Foi ao bar da limusine e se serviu de uma vodca Smirnoff. Bebeu-a de um só gole e tomou uma segunda dose depois.

Logo serei um homem sem preocupações nesta vida.

Revirando o bar, Rémy encontrou um abridor tradicional de garrafas de vinho e puxou a lâmina afiada. Esta em geral era empregada para cortar a folha de chumbo das rolhas das garrafas de vinho fino, mas agora iria servir para um objetivo bem mais dramático. Rémy virou-se e encarou Silas, erguendo a lâmina reluzente.

Um lampejo de medo passou pelos olhos vermelhos do outro.

Rémy sorriu e deslocou-se para a parte de trás da limusine. O monge recuou, lutando para se libertar.

– Fique quieto – cochichou Rémy, erguendo a faca.

Silas não podia acreditar que Deus o houvesse abandonado. Até mesmo a dor física de estar atado ele havia transformado em exercício espiritual, pedindo que o latejar dos músculos sem sangue o lembrasse da dor que Cristo suportou. *Venho rezando a noite inteira pela libertação.* No momento em que a faca desceu, Silas fechou os olhos com toda a força.

Uma pontada de dor atingiu-lhe as omoplatas. Ele gritou, incapaz de acreditar que ia morrer ali naquela limusine, incapaz de se defender. *Eu estava fazendo a obra de Deus. O Mestre disse que me protegeria.*

Silas sentiu o calor ardente espalhando-se pelas costas e pelos ombros e imaginou seu próprio sangue derramando-se sobre a carne. Uma dor lancinante atingia agora suas coxas e ele sentiu o princípio daquela sensação familiar de desorientação – o mecanismo de defesa do organismo contra a dor.

À medida que o calor violento tomava conta de seus músculos, Silas apertava ainda mais os olhos, querendo evitar a todo custo que a imagem final de sua vida fosse a de seu próprio assassino. Em vez disso, imaginou o jovem bispo Aringarosa, de pé diante da igrejinha na Espanha... a igreja que ele e Silas haviam construído com as próprias mãos. *O início da minha vida.*

Era como se seu corpo estivesse pegando fogo.

– Tome um trago – cochichou o homem de smoking, com sotaque francês. – Vai ajudá-lo a recuperar a circulação.

Os olhos de Silas abriram-se, tamanha foi sua surpresa. Uma imagem imprecisa inclinava-se sobre ele, oferecendo-lhe um copo com líquido. Uma bola de fita adesiva amassada encontrava-se no chão ao lado da faca limpa.

– Beba isso – repetiu ele. – A dor que está sentindo é o sangue que está voltando a irrigar seus músculos.

Aquele latejar ardente transformou-se em pontadas agudas. A vodca desceu muito mal, mas ele a bebeu mesmo assim, sentindo-se grato. O destino reservara-lhe uma boa dose de falta de sorte naquela noite, mas Deus solucionara tudo com uma só reviravolta milagrosa.

Deus não me abandonou.

Silas sabia como o bispo Aringarosa definiria aquilo.

Intervenção divina.

– Eu queria soltar você antes – desculpou-se o criado –, mas foi impossível. A polícia estava chegando no Château Villette e depois no aeroporto de Biggin Hill, de modo que essa foi a primeira oportunidade que tive. Você entende, não, Silas?

Silas recuou, assustado.

– Sabe o meu nome?

O criado sorriu.

Silas sentou-se, esfregando os músculos doloridos, suas emoções uma torrente de incredulidade, gratidão e confusão.

– Você... é o Mestre?

Rémy sacudiu a cabeça, rindo daquela dedução.

– Gostaria muito de ter esse tipo de poder. Não sou o Mestre, não. Como você, estou a serviço dele. Mas o Mestre fala muito bem de você. Meu nome é Rémy.

Silas estava pasmo.

– Não entendo. Se trabalha para o Mestre, por que Langdon levou a pedra-chave para sua casa?

– Minha casa, não. A casa do mais proeminente historiador do Graal, Sir Leigh Teabing.

– Mas você mora nela. As chances...

Rémy sorriu, parecendo não estar preocupado com a aparente coincidência de Langdon ter escolhido refúgio na mansão de Teabing. – Tudo era extremamente previsível. Robert Langdon estava com a pedra-chave e precisava de ajuda. Que outro lugar seria mais apropriado do que a casa de Leigh Teabing? O fato de eu estar trabalhando lá é o motivo pelo qual o Mestre me escolheu, aliás. – Fez uma pausa. – Como acha que o Mestre sabe tanto sobre o Graal?

Agora, que tudo se encaixava, Silas estava atônito. O Mestre havia recrutado um criado que tinha acesso a todo o material de pesquisa de Sir Leigh Teabing. Uma ideia simplesmente fenomenal.

– Tenho muitas coisas a lhe dizer – disse Rémy, entregando a Silas a pistola Heckler & Koch carregada. Depois, meteu o braço pela divisória entre a cabine de trás e a do volante e tirou do porta-luvas um revólver minúsculo, que cabia na palma da mão. – Só que, antes, você e eu temos uma missão a cumprir.

❖ ❖ ❖

O capitão Fache desceu do seu transporte em Biggin Hill e escutou, boquiaberto, o relato do chefe de polícia de Kent sobre o que havia ocorrido no hangar de Teabing.

– Eu mesmo revistei o avião – insistiu o inspetor. – E não havia ninguém lá dentro. – Seu tom tornou-se arrogante. – E devo acrescentar que, se Sir Leigh Teabing me processar, eu vou...

– Interrogou o piloto?

– Claro que não. Ele é francês, e nossa jurisdição requer...

– Leve-me ao avião.

Chegando ao hangar, Fache só precisou de 60 segundos

para localizar uma estranha mancha de sangue na calçada perto do local onde a limusine estivera estacionada. Aproximou-se do avião e bateu com força na fuselagem.

– Aqui é o capitão da Polícia Judiciária francesa. Abra a porta!

Apavorado, o piloto abriu a porta e abaixou as escadas.

Fache subiu. Três minutos depois, com a ajuda de sua arma, obteve uma confissão completa, inclusive uma descrição do monge albino imobilizado. E ainda por cima soube que o piloto tinha visto Langdon e Sophie deixarem alguma coisa no cofre de Teabing, uma espécie de caixa de madeira. Embora ele negasse saber o que continha a caixa, admitiu que ela havia sido o foco de toda a atenção de Langdon durante o voo para Londres.

– Abra o cofre – exigiu Fache.

O piloto ficou apavorado.

– Não sei a combinação!

– Que pena. Se soubesse, talvez eu até deixasse de apreender seu brevê.

O piloto torceu as mãos, aflito.

– Conheço umas pessoas da manutenção do aeroporto. Talvez possam abrir o cofre com uma furadeira, quem sabe?

– Dou-lhe meia hora.

O piloto apressou-se em falar com alguém pelo rádio.

Fache foi até a parte traseira do avião e serviu-se de uma bebida. Era cedo ainda, mas ele não pregara o olho, portanto aquilo não poderia ser considerado consumo de bebida alcoólica antes do meio-dia. Sentado em uma poltrona confortável, fechou os olhos, tentando juntar as peças do quebra-cabeça. *Essa bobeada da polícia de Kent pode me custar bem caro.* Todos agora estavam procurando uma limusine Jaguar preta.

O telefone de Fache tocou e ele desejou um momento de sossego.

– *Alô?* – respondeu.

– Estou a caminho de Londres – era o bispo Aringarosa. – Vou chegar em uma hora.

Fache endireitou-se na poltrona.

– Pensei que estivesse indo para Paris.

– Estou profundamente preocupado. Mudei de planos.

– Pois não devia.

– Conseguiu achar Silas?

– Não. Os raptores dele enganaram a polícia local antes de eu aterrissar.

A raiva de Aringarosa ressoou de forma estridente.

– O senhor me garantiu que iria interceptar o avião!

Fache abaixou o tom de voz.

– Bispo, considerando sua situação, recomendo-lhe que não abuse da minha paciência hoje. Vou encontrar Silas e os outros assim que for possível. Onde vai aterrissar?

– Um momento. – Aringarosa cobriu o bocal do receptor e depois voltou a falar. – O piloto está tentando obter permissão para pousar em Heathrow. Sou seu único passageiro, mas nossa mudança de rota não foi programada.

– Mande-o vir ao aeroporto executivo de Biggin Hill, em Kent. Eu lhe consigo permissão para pousar. Se eu não estiver aqui quando o seu avião aterrissar, vou deixar um carro aguardando o senhor.

– Muito grato.

– Como já deixei claro na primeira vez em que conversamos, senhor bispo, seria bom lembrar que não é o único homem prestes a perder tudo.

CAPÍTULO 85

Busca o orbe da sua tumba ausente.

Todas as estátuas de cavaleiros dentro da Temple Church estavam deitadas de costas, com a cabeça repousando sobre um travesseiro de pedra retangular. Sophie sentiu um calafrio. A referência do poema a um "orbe" trazia de volta imagens da noite em que ela estivera no subsolo do castelo do avô.

Hieros Gamos. Os orbes.

Ocorreu a Sophie se teriam realizado aquele mesmo ritual nesse santuário. A sala circular parecia construída sob medida para um rito pagão assim. Um banco de pedra circular envolvia uma área vazia no meio. Um *teatro de arena*, como Robert o chamara. Ela imaginou aquela mesma câmara à noite, cheia de pessoas mascaradas, entoando cânticos à luz de tochas, todas testemunhando uma "comunhão sagrada" no centro do aposento.

Afastando a imagem da cabeça, avançou com Langdon e Teabing na direção do primeiro grupo de cavaleiros. Apesar da insistência de Teabing em realizar uma investigação meticulosa, Sophie, impaciente, foi na frente, andando rapidamente entre os cinco cavaleiros da esquerda.

Ao examinar com cuidado as primeiras tumbas, Sophie observou as semelhanças e diferenças entre elas. Todos os cavaleiros estavam deitados de costas, mas três deles tinham as pernas esticadas e paralelas, enquanto dois estavam com as pernas cruzadas. Essa peculiaridade não parecia ter ligação com o orbe que faltava. Analisando suas roupas, Sophie notou que dois dos cavaleiros usavam túnicas sobre a armadura, ao passo que os outros três usavam mantos até os tornozelos. Uma vez mais, aquilo não ajudava. Sophie voltou a atenção para a única outra diferença visível – as posições das mãos. Dois cavaleiros seguravam espadas nas mãos, dois estavam de mãos postas, rezando, e as armas do último se encontravam estendidas ao longo do corpo. Depois de passar um bom tempo olhando as mãos deles, Sophie deu de ombros, sem conseguir encontrar qualquer sinal evidente de que um orbe estivesse faltando em nenhuma das estátuas.

Sentindo o peso do críptex no bolso do suéter, ela olhou para trás, para Langdon e Teabing. Os dois deslocavam-se devagar, ainda examinando o terceiro cavaleiro, e aparentemente sem encontrarem nada, também. Sem paciência para esperar, ela se dirigiu ao outro grupo de cavaleiros. Ao atravessar o espaço aberto, recitou baixinho o poema, lido tantas vezes que já tinha decorado:

>Cavaleiro em Londres um Papa enterrou
>Qu'ira santa o fruto de sua obra gerou.
>Busca o orbe da sua tumba ausente.
>Fala de Rósea carne e semeado ventre.

Quando Sophie chegou ao segundo grupo de cavaleiros, descobriu que era semelhante ao primeiro. Todas as tumbas exibiam estátuas em poses variadas, com armaduras e espadas.

Todas, exceto a última e final.

Sophie correu até lá e ficou olhando fixamente para a tumba.

Sem travesseiro. Sem armadura. Sem túnica. Sem espada.

– Robert? Leigh? – chamou ela, a voz ecoando pela câmara. – Alguma coisa está faltando aqui.

Ambos ergueram os olhos e imediatamente atravessaram a câmara na direção dela.

– Um orbe? – disse Teabing, empolgado. Suas muletas produziram um som de *staccato* acelerado quando ele cruzou a sala. – Tem algum orbe faltando?

– Não exatamente – disse Sophie, indicando a tumba com a testa franzida. – Parece que falta um cavaleiro inteiro aqui.

Ao lado dela, ambos olharam confusos para a décima tumba. Em vez de haver um cavaleiro deitado ao ar livre, como nas outras, essa sepultura era um caixão de pedra fechado. O caixão era trapezoidal, afunilando-se na parte inferior e mais largo na cabeceira, com uma tampa pontuda.

– Por que não se pode ver esse cavaleiro? – indagou Langdon.

– Fascinante – disse Teabing, alisando o queixo. – Eu havia me esquecido dessa peculiaridade. Já faz anos que estive aqui.

– Esse caixão – disse Sophie – parece ter sido esculpido na mesma época dos outros e pelo mesmo escultor das outras nove tumbas. Por que esse cavaleiro está num caixão fechado em vez de estar à mostra?

Teabing balançou a cabeça.

– Um dos mistérios desta igreja. Que eu saiba, ninguém jamais encontrou uma explicação para isso.

– Com licença? – disse o coroinha, aproximando-se com uma expressão perturbada no rosto. – Perdoem-me se parece grosseria minha, mas disseram que queriam espalhar cinzas e, pelo visto, estão visitando a igreja.

Teabing fechou a cara para o rapaz e virou-se para Langdon.

– Sr. Wren, pelo visto a filantropia da sua família não lhe garante mais o tempo de que costumava dispor, então talvez seja melhor começarmos a espalhar as cinzas. – Teabing voltou-se para Sophie. – Sra. Wren?

Sophie desempenhou seu papel, tirando o críptex envolto em pergaminho do bolso.

– Muito bem – disse Teabing ao rapaz –, poderia nos conceder um pouco de privacidade, por favor?

O rapaz nem se mexeu. Examinava Langdon bem de perto, com todo o cuidado.

– Acho que conheço o senhor.

Teabing teve um acesso de raiva.

– Talvez seja porque o Sr. Wren vem aqui todos os anos!

Ou talvez, preocupou-se Sophie, *porque viu Langdon no Vaticano na televisão, no ano passado.*

– Nunca encontrei o Sr. Wren – declarou o coroinha.

– Está enganado – disse Langdon com delicadeza. – Acho que nos encontramos de passagem no último ano. O reverendo Knowles não nos apresentou formalmente, mas reconheci seu rosto quando entramos. Eu admito que estamos sendo inconvenientes, mas agradeço se nos der mais alguns minutos, eu vim de muito longe para espalhar as cinzas em torno dessas tumbas. – Langdon recitou sua fala de maneira tão convincente quanto Teabing.

O coroinha ficou ainda mais cético.

– Mas essas *não são tumbas*.

– Como disse? – perguntou Langdon.

– Claro que são – declarou Teabing. – Do que está falando?

O coroinha negou com a cabeça.

– Tumbas contêm cadáveres. Essas são efígies. Tributos em pedra a homens que realmente existiram. Não há corpos sob essas estátuas.

– Isto aqui é uma cripta! – insistiu Teabing.

– Só em livros de história ultrapassados. Achavam que fosse uma cripta, mas acabaram descobrindo que não era durante a reforma de 1950. – Virou-se para Langdon. – E imagino que o Sr. Wren deveria saber. Considerando-se que foi a família dele que descobriu o fato.

Fez-se um silêncio desconfortável, quebrado pelo som de uma porta batendo no anexo.

– Deve ser o reverendo Knowles – disse Teabing. – Talvez possa ir ver se é ele mesmo?

O coroinha hesitou, mas voltou para o anexo, pisando duro e deixando Langdon, Sophie e Teabing a se entreolharem, decepcionados.

– Leigh – sussurrou Langdon –, não há corpos aqui? Do que ele está falando?

Teabing parecia desorientado.

– Sei lá. Sempre pensei... com certeza, só pode ser este o lugar. Duvido que ele saiba o que diz. Não faz sentido!

– Posso ver o poema outra vez? – pediu Langdon.

Sophie tirou o críptex do bolso e entregou-o a Langdon com todo o cuidado.

Langdon abriu o pergaminho, segurando o críptex enquanto examinava o poema.

– Sim, o poema decididamente faz referência a uma *tumba*. Não a uma efígie.

– Será que o poema está errado? – indagou Teabing. – Será que Jacques Saunière cometeu o mesmo erro que acabei de cometer?

Langdon refletiu sobre o assunto e sacudiu a cabeça.

– Leigh, foi você mesmo quem disse. Esta igreja foi construída pelos Templários, o braço armado do Priorado. Alguma coisa me diz que o Grão-Mestre do Priorado devia saber perfeitamente se havia mesmo cavaleiros enterrados aqui.

Teabing estava perplexo.

– Mas este lugar é perfeito. – Girando nos calcanhares, voltou aos cavaleiros. – Devemos ter deixado passar alguma coisa.

❖❖❖

Entrando no anexo, o coroinha ficou surpreso ao encontrá-lo deserto.

– Reverendo Knowles? – *Tenho certeza de que ouvi a porta bater*, pensou, avançando até poder enxergar a entrada.

Um homem magro, de smoking, encontrava-se próximo à porta, coçando a cabeça, com cara de quem estava perdido. O coroinha resmungou, irritado, vendo que se esquecera de trancar a porta quando deixara os outros entrarem. Agora, um sujeito estava dentro da igreja e, pela roupa dele, provavelmente queria alguma informação sobre o local de algum casamento.

– Sinto muito, senhor – disse, ainda de longe, passando por um grande pilar –, a igreja está fechada.

Ouviu o farfalhar de uma roupa atrás de si e, antes de poder se virar, o coroinha sentiu sua cabeça sendo puxada para trás, alguém às suas costas cobrindo-lhe a boca com força, abafando-lhe o grito. A mão sobre sua boca era branca como a neve, e o dono dela recendia a álcool.

O homem elegante de smoking exibiu com toda a calma um revólver minúsculo, mirando diretamente a testa do coroinha.

O rapaz sentiu um calor na virilha e percebeu que havia urinado nas calças.

– Preste bem atenção – sussurrou o homem de smoking. – Vai sair desta igreja de boca calada e correr. Não pare. Entendeu?

O rapaz confirmou com um gesto da cabeça, o melhor que pôde, com aquela mão lhe tapando a boca.

– Se chamar a polícia – o homem de smoking apertou-lhe o revólver contra a pele –, eu acho você.

Quando o rapazinho se deu conta, já estava atravessando o pátio da igreja a toda a velocidade, sem planos de parar antes de suas pernas ficarem bambas.

CAPÍTULO 86

Como um fantasma, Silas deslizou por trás de seu alvo. Sophie Neveu percebeu sua presença tarde demais. Antes de ela poder se virar, Silas apertou o cano da arma contra as suas costas e envolveu o tronco da moça com um de seus braços musculosos, puxando-a de encontro a seu corpo gigantesco.

Ela gritou de surpresa. Teabing e Langdon viraram-se, assustados e temerosos.

– Que foi?... – exclamou Teabing, engasgado. – O que você fez com Rémy?

– Sua única preocupação – disse Silas com toda a calma – é que eu saia daqui levando a pedra-chave. – Essa missão de recuperação, como Rémy a descrevera, devia ser rápida e simples: *Entre na igreja, pegue a pedra e saia; não mate ninguém, não se meta em briga.*

Segurando Sophie com firmeza, Silas escorregou a mão que a prendia até a cintura e revistou os bolsos fundos do suéter dela. Sentia a fragrância suave dos cabelos dela através de seu próprio bafo alcoolizado. – Onde está? – sussurrou. *A pedra-chave estava no bolso do suéter dela. E agora, onde está?*

– Aqui – a voz grossa de Langdon ressoou do outro lado da sala.

Silas voltou-se e viu Langdon segurando o críptex preto diante de si, sacudindo-o para trás e para a frente, como um toureiro incitando um animal estúpido.

– Ponha-o no chão – ordenou Silas.

– Deixe Sophie e Leigh saírem – respondeu Langdon. – Nós dois podemos resolver isso sozinhos.

Silas empurrou Sophie para longe de si e apontou a arma para Langdon, aproximando-se dele.

– Não dê nem mais um passo – disse Langdon. – Até eles saírem.

– Não está em condições de fazer exigências.

– Discordo. – Langdon ergueu o críptex bem acima de sua cabeça. – Posso muito bem jogar isso no chão e o frasco de vinagre vai se partir.

Embora Silas desse um sorriso cético diante da ameaça, sentiu uma pontada de medo. Aquilo era inesperado. Mirou a cabeça de Langdon e manteve a voz tão firme quanto sua mão.

— Jamais quebraria a pedra-chave. Quer encontrar o Graal tanto quanto eu.

— Está enganado. Você o quer muito mais do que eu. Já provou que é capaz de matar por ele.

❖ ❖ ❖

A 12 metros de distância, espreitando dos bancos do anexo perto da arcada, Rémy Legaludec ia ficando cada vez mais alarmado. A manobra não funcionara conforme haviam planejado e, mesmo de onde estava, ele conseguia ver que Silas não sabia bem como resolver aquele impasse. Seguindo as ordens do Mestre, Rémy havia proibido Silas de disparar a arma.

— Deixe-os sair — exigiu Langdon outra vez, segurando o críptex bem acima da cabeça e olhando firme para a arma de Silas.

Os olhos vermelhos do monge encheram-se de raiva e frustração, e Rémy contraiu-se, temendo que Silas desse mesmo um tiro em Langdon enquanto ele segurava o críptex. *O críptex não pode cair!*

O críptex deveria ser o passaporte de Rémy para a liberdade e a riqueza. Pouco mais de um ano antes, ele era apenas um criado de 55 anos no Château Villette, satisfazendo as extravagâncias daquele aleijado insuportável, Sir Leigh Teabing. Depois havia recebido uma proposta extraordinária. A associação de Rémy com Sir Leigh Teabing — o maior historiador do Graal do planeta — proporcionaria a Rémy tudo o que ele jamais sonhara na vida. Desde então, todo momento que passara dentro do Château Villette conduzira-o para aquele exato instante.

Estou quase chegando lá, disse Rémy a si mesmo, contemplando o santuário da Temple Church e a pedra-chave na mão de Robert Langdon. Se Langdon a soltasse, tudo estaria perdido.

Será que estou disposto a revelar minha identidade? Era uma coisa que o Mestre o havia proibido terminantemente de fazer. Rémy era o único que conhecia a identidade do Mestre.

– Tem certeza mesmo de que deseja que *Silas* faça isso? – indagara Rémy ao Mestre menos de meia hora atrás, ao receber ordens de roubar a pedra-chave. – Acho que eu mesmo posso cumprir essa missão.

O Mestre foi irredutível.

– Silas serviu-nos fielmente ao enfrentar os quatro membros do Priorado. Vai recuperar a pedra. *Você* é que precisa permanecer anônimo. Se os outros o virem, terão de ser eliminados, e já morreu gente demais. Não mostre seu rosto.

Meu rosto vai mudar, pensou Rémy. *Com o que o senhor prometeu me pagar, vou me tornar um homem inteiramente novo.* A cirurgia plástica podia até modificar suas impressões digitais, segundo o que lhe dissera o Mestre. Logo estaria livre, um outro rosto, irreconhecível e belo, sob o sol à beira-mar. – Entendido – dissera Rémy. – Vou ajudar Silas sem sair das sombras.

– Para seu governo, Rémy – dissera-lhe o Mestre –, a tumba em questão não está na Temple Church. Portanto, não tema. Eles estão procurando no lugar errado.

Rémy ficou espantado.

– E sabe onde está a tumba?

– Claro. Depois eu lhe direi. Por enquanto precisa agir rápido. Se os outros descobrirem onde a tumba realmente está e saírem da igreja antes de você pegar o críptex, podemos perder o Graal para sempre.

Rémy não dava a mínima para o Graal, a não ser pelo fato de que o Mestre só lhe daria o pagamento quando o encontrasse. Rémy tinha vertigens toda vez que pensava no dinheiro que em breve possuiria. *Seis milhões de euros. O bastante para desaparecer para sempre.* Rémy imaginava as cidades litorâneas da Côte d'Azur, onde planejava passar os dias se bronzeando ao sol e sendo servido por outros, para variar.

Agora, porém, ali, na Temple Church, vendo Langdon fazer a ameaça de quebrar a pedra-chave, Rémy percebia que seu futuro corria o risco de não se concretizar. Incapaz de suportar a ideia de chegar assim tão perto e perder tudo, ele tomou a decisão de se arriscar. A arma que trazia consigo era um Medusa chassi J de pequeno calibre, que cabia na palma da mão mas era letal à queima-roupa.

Saindo das sombras, Rémy marchou até a câmara circular e mirou a cabeça de Teabing.

– Há muito tempo venho esperando para fazer isto, meu caro.

◆ ◆ ◆

O coração de Sir Leigh Teabing praticamente parou ao ver Rémy apontando uma arma para ele. *O que está fazendo?* Teabing reconheceu o seu minúsculo Medusa, a arma que mantinha trancada no porta-luvas da limusine por questões de segurança.

– Rémy? – exclamou Teabing, chocado. – O que está havendo?

Langdon e Sophie pareciam igualmente admirados.

Rémy passou por trás de Teabing e meteu-lhe o cano do revólver nas costas, em cima, à esquerda, diretamente atrás do coração.

Teabing sentiu os músculos se contraírem de terror.

– Rémy, eu não...

– O negócio é muito simples – retrucou Rémy, de olho em Langdon por cima do ombro de Teabing. – Deixe a pedra-chave aí no chão ou eu puxo o gatilho.

Langdon pareceu ficar momentaneamente paralisado.

– A pedra-chave nada vale para você – gaguejou. – Não tem como abri-la.

– Tolos arrogantes – zombou Rémy. – Não notaram que andei escutando vocês debaterem os poemas a noite inteira? Tudo o que ouvi passei para outros. Outros que sabem mais que vocês. Nem estão procurando no lugar certo. A tumba que procuram fica em um lugar totalmente diferente!

Teabing apavorou-se. *O que ele está dizendo?*

– Por que quer o Graal? – interrogou Langdon. – Para destruí-lo? Antes do fim do mundo?

Rémy chamou o monge.

– Silas, tire a pedra-chave das mãos do Sr. Langdon.

Quando o monge avançou, Langdon recuou, erguendo a pedra-chave e parecendo de fato pronto para arremessá-la ao chão.

– Prefiro quebrá-la – disse Langdon – a vê-la em mãos erradas.

Teabing foi então acometido por uma onda de horror. Viu o trabalho de toda a sua vida evaporar-se diante de seus olhos. Todos os seus sonhos estavam a ponto de se esfacelar.

– Robert, não! – exclamou. – Não faça isso! O que você está segurando é o Graal! Rémy *jamais* atiraria em mim. Nós já nos conhecemos há dez...

Rémy apontou a arma para o teto e disparou-a. O ruído da explosão foi imenso para uma arma tão pequena. O tiro ecoou como trovão dentro da câmara de pedra.

Todos ficaram petrificados.

– Não estou brincando – disse Rémy. – O próximo vai ser nas costas dele. Entregue a pedra-chave a Silas.

Langdon ergueu o críptex, relutante. Silas avançou e pegou-o, os olhos vermelhos brilhando por ter conseguido vingar-se. Guardando a pedra-chave no bolso do hábito, Silas recuou, ainda apontando a arma para Langdon e Sophie.

Teabing sentiu Rémy passar o braço firmemente em torno de seu pescoço quando o criado começou a recuar para sair da igreja, arrastando Teabing consigo, o cano da arma ainda contra suas costas.

— Solte-o — exigiu Langdon.

— Estamos levando o Sr. Teabing para dar um passeio — disse Rémy, ainda recuando. — Se chamarem a polícia, ele morre. Se tentarem interferir de alguma maneira, ele morre. Entendido?

— Leve-me no lugar dele — ordenou Langdon, voz embargada de emoção. — Solte Leigh.

Rémy riu.

— Nem pensar. Ele e eu temos uma boa história de convivência. Além disso, ainda pode nos ser útil.

Silas recuava, ainda apontando a arma para Langdon e Sophie enquanto Rémy puxava Leigh para a saída, as muletas do lorde se arrastando atrás dele.

A voz de Sophie saiu firme.

— Para quem você trabalha?

A pergunta fez surgir um sorriso presunçoso no rosto de Rémy.

— Ficaria surpresa se soubesse, mademoiselle Neveu.

CAPÍTULO 87

A lareira da sala de visitas do Château Villette estava fria, mas o tenente Collet andava de um lado para outro diante dela assim mesmo, lendo os faxes da Interpol.

Não era de modo algum o que esperava.

André Vernet, de acordo com os registros oficiais, era um cidadão-modelo. Nenhum registro na polícia, nem mesmo multa por estacionamento em lugar proibido. Educado em internato e na Sorbonne, formara-se *cum laude* em finanças internacionais. A Interpol havia informado que o nome de Vernet volta e meia surgia no jornal, mas sempre citado de forma positiva. Pelo que se sabia, o homem havia ajudado a projetar os parâmetros que mantinham o Banco de Custódia de Zurique na liderança do mundo ultramoderno da segurança eletrônica. Os extratos do cartão de crédito de Vernet mostravam uma queda por livros de arte, vinhos caros e CDs clássicos – a maioria de Brahms –, que ele ouvia em um aparelho de som de altíssima qualidade que havia comprado vários anos antes.

Nada, absolutamente nada, suspirou Collet.

O único registro criminal encontrado pela Interpol naquela noite havia sido um conjunto de impressões digitais que aparentemente eram do criado de Teabing. O chefe da perícia estava lendo o relatório em uma poltrona confortável do outro lado da sala.

Collet perguntou-lhe:

– Achou alguma coisa?

O perito deu de ombros.

– As impressões digitais são de Rémy Legaludec. Procurado por crimes de pouca monta. Nada grave. Parece que o expulsaram da universidade por fazer ligação direta do telefone para deixar de pagar a conta... Depois, cometeu uns furtos. Invadiu a casa de alguém na ausência da pessoa. Certa vez, fugiu do hospital para não pagar a conta de uma traqueostomia de emergência. – Olhou para Collet rindo malicioso. – Alergia a amendoim.

Collet fez um sinal com a cabeça de que entendia, lembrando-se de uma diligência em certo restaurante que havia deixado de incluir no cardápio um aviso de que a receita de molho apimentado continha óleo de amendoim. Um cliente, sem saber de nada, morreu de choque anafilático ali na mesa mesmo, depois de apenas uma garfada.

– Legaludec provavelmente se escondia aqui para que não o prendessem. – O perito parecia achar graça naquilo. – Esta foi a noite de sorte dele.

Collet suspirou.

– Muito bem, é melhor repassar essas informações para o capitão Fache.

O perito saiu exatamente na hora em que o agente da polícia técnica entrou como um furacão na sala de visitas.

– Tenente! Encontramos algo no celeiro!

Pela cara de aflição do agente, Collet ficou imaginando o que seria.

– Um corpo?

– Não, senhor. Uma coisa mais... – Hesitou. – Inesperada.

Esfregando os olhos, Collet seguiu o agente até o celeiro. Quando entraram naquele lugar fundo e cheirando a mofo, o agente indicou o centro da construção, onde uma escada de madeira subia até as vigas que sustentavam o telhado, encostada contra a beirada de um palheiro a uma boa altura acima deles.

– Essa escada não estava aí antes – disse Collet.

– Não, senhor. Fui eu quem a colocou aí. Estávamos passando o pincel em busca de digitais perto do Rolls quando vi a escada no chão. Não teria voltado a pensar nela se os degraus não estivessem bem gastos e enlameados. Essa escada é usada regularmente. A altura do palheiro combinava com o comprimento da escada, portanto eu a ergui e subi ao palheiro para ver o que havia lá.

Os olhos de Collet subiram pela escada íngreme até o palheiro distante. *Alguém sobe ali regularmente?* De baixo, o palheiro parecia uma plataforma deserta, e, mesmo assim, podia-se ver que a maior parte dele era invisível daquele ponto.

Um perito veterano da polícia técnica apareceu no alto da escada, olhando para baixo.

– Com certeza, vai querer ver isso, tenente – disse ele, acenando com a mão protegida por uma luva de látex para que Collet subisse.

Concordando, apesar do cansaço, Collet foi até o pé da velha escada e agarrou os degraus de baixo. A escada era das antigas, que se estreitava à medida que Collet subia. Quando chegou perto do topo, Collet quase perdeu o apoio em um degrau estreito. O celeiro abaixo dele girou. Alerta, então, ele prosseguiu, conseguindo afinal chegar ao topo. O agente acima dele estendeu a mão, oferecendo-lhe o pulso para que Collet se apoiasse. Collet agarrou o braço do outro e fez a transferência difícil da escada para a plataforma.

– Está lá – disse o agente da polícia técnica, apontando para algum lugar distante do palheiro imaculadamente limpo. – Só há um conjunto de digitais ali. Vamos receber a identificação logo, logo.

Collet espiou a parede oposta, semicerrando os olhos devido à luz fraca. *O que era aquilo?* Aninhada contra a parede oposta havia uma estação de trabalho – duas unidades centrais de processamento verticais, um monitor de vídeo de tela plana com alto-falantes, uma infinidade de unidades de disco rígido e um console de áudio multicanal que parecia ter sua própria fonte de alimentação com filtro.

Por que alguém iria subir aqui para trabalhar? Collet foi até o computador.

– Já examinaram o sistema?
– É um posto de escuta.

Collet girou nos calcanhares.

– Espionagem?

O agente confirmou.

– E extremamente avançada. – Indicou uma mesa de projeto comprida com pequenas peças, manuais, ferramentas, fios, ferros de solda e outros componentes eletrônicos. – Alguém claramente sabe o que está fazendo. Uma grande parte desse material aqui é tão sofisticada quanto nossos equipamentos da polícia. Microfones miniaturizados, células fotoelétricas de recarga, chip de memória volátil de alta capacidade. Ele até tem uns desses nanodrives.

Collet estava impressionado.

– É um sistema completo – disse o agente, entregando a Collet um conjunto não muito maior do que uma calculadora de bolso. Pendente do aparelho encontrava-se um fio de 30 centímetros com um pedaço de folha de metal do tamanho de um selo e fina como uma hóstia preso na extremidade. – A base é um sistema de gravação de áudio com disco rígido de alta capacidade e bateria recarregável. Essa tira metálica aí na ponta do fio é um microfone com célula fotoelétrica para recarga.

Collet conhecia muito bem aquilo. Aqueles microfones com fotocélulas semelhantes a tiras metálicas haviam sido uma descoberta fabulosa alguns anos atrás. Agora, podia-se prender um gravador de disco rígido atrás de uma luminária, por exemplo, calcando-se o microfone metálico ao redor da base, tingido da mesma cor. Enquanto o microfone estivesse posicionado de forma a receber algumas horas de sol por dia, as células fotoelétricas continuariam a recarregar o sistema. Escutas como essa funcionavam indefinidamente.

– O método de recepção, qual é? – indagou Collet.

O agente indicou com um gesto um fio isolado que saía de trás do computador, subia pela parede e passava por um buraco no telhado do celeiro.

– Ondas de rádio, pura e simplesmente. Tem uma anteninha no telhado.

Collet sabia que em geral se usavam em escritórios esses sistemas de gravação, ativados por voz, para economizar espaço em disco, gravando trechos de conversas durante o dia e transmitindo arquivos comprimidos de rádio durante a noite para evitar detecção. Depois da transmissão, o disco rígido se apagava e preparava-se para repetir o processo durante o dia seguinte.

O olhar do tenente Collet deslocou-se então para uma prateleira sobre a qual se achavam empilhadas centenas de fitas de áudio, todas rotuladas com datas e números. *Alguém andou muito ocupado por aqui.* Ele se voltou para o agente.

– Tem alguma ideia de quem estavam espionando?
– Bom, tenente – disse o policial, indo até o computador e inicializando um aplicativo. – Trata-se da coisa mais esquisita...

CAPÍTULO 88

Langdon sentia-se literalmente esgotado enquanto ele e Sophie saltavam uma roleta na estação de metrô Temple e saíam em disparada pelo labirinto encardido de túneis e plataformas. Um profundo sentimento de culpa torturava-o.

Envolvi Leigh nessa história e agora ele está correndo um perigo tremendo.

O envolvimento de Rémy tinha sido um choque, mas fazia sentido. Quem quer que estivesse atrás do Graal teria certamente recrutado alguém por dentro das coisas. *Eles procuraram Teabing pelo mesmo motivo que eu.* Durante todo o desenrolar da história, os que possuíam conhecimentos sobre o Graal sempre haviam atraído ladrões e estudiosos. O fato de Teabing ser um alvo o tempo todo devia ter feito Langdon sentir menos culpa por tê-lo envolvido. Mas não fez. *Precisamos encontrar Leigh e ajudá-lo. Imediatamente.*

Langdon seguiu Sophie até a plataforma District e Circle Line, direção oeste, onde ela correu até um telefone público para chamar a polícia, apesar da advertência de Rémy para não envolver as autoridades. Langdon sentou-se em um banco encardido ali por perto, sentindo remorsos.

– A melhor forma de ajudar Leigh – reiterou Sophie, enquanto discava – é envolver a polícia de Londres imediatamente. Pode acreditar.

Langdon de início não concordara com a ideia. Ao formularem seu plano, porém, a lógica de Sophie começou a fazer sentido. Teabing estava seguro naquele momento. Mesmo que Rémy e os outros soubessem onde ficava a tumba do cavaleiro, talvez ainda precisassem da ajuda de Teabing para decifrar a referência ao orbe. O que preocupava Langdon era o que aconteceria depois que o mapa do Graal fosse encontrado. *Leigh vai se tornar um risco enorme para eles.*

Se Langdon ainda tinha alguma chance de ajudar Leigh ou mesmo de ver a pedra-chave outra vez, era fundamental que encontrasse a tumba primeiro. *Infelizmente, Rémy abriu uma grande vantagem sobre nós.*

Atrasar Rémy tornara-se a missão de Sophie.

Encontrar a tumba certa era a missão de Langdon.

Sophie ia transformar Rémy e Silas em fugitivos da polícia de Londres, obrigando-os a se esconderem ou, melhor ainda, a irem parar nos braços dos policiais. O plano de Langdon era menos claro – tomar o metrô para o King's College, que ficava perto e era famoso pela sua base de dados teológica. *A ferramenta de pesquisa mais avançada do mundo*, Langdon ouvira acerca do banco de dados. *Respostas instantâneas para qualquer pergunta de história religiosa.* Perguntou-se o que o banco de dados teria a dizer sobre um "cavaleiro que um Papa enterrou".

Ficou de pé e andou de um lado para o outro, desejando que o trem viesse logo.

◆ ◆ ◆

Ao telefone, a chamada de Sophie finalmente se completou, conectando-a à polícia londrina.

– Divisão de Snow Hill – disse o responsável pela central.
– Para onde devo passar sua chamada?

– Desejo denunciar um sequestro. – Sophie sabia que devia ser concisa.

– Nome, por favor?

Sophie deteve-se.

– Agente Sophie Neveu, Polícia Judiciária francesa.

O título surtiu o efeito desejado.

– Imediatamente, madame. Aguarde na linha enquanto a transfiro para um detetive.

Enquanto transferiam a ligação, Sophie ponderou se a polícia iria acreditar na sua descrição dos sequestradores de Teabing. Um homem de smoking. Que suspeito seria mais fácil de se identificar do que esse? E, mesmo que Rémy mudasse de roupa, estava em companhia de um monge albino. *Impossível deixar de notar um sujeito desses*. Além do mais, tinham um refém consigo e não podiam tomar transportes públicos. Perguntou-se quantas limusines Jaguar existiriam em Londres.

Estava levando um tempo enorme para passarem a ligação para o tal detetive. *Vamos lá, pessoal!* Ela ouvia os estalidos e zumbidos na linha, como se alguém estivesse transferindo a ligação.

Passaram-se 15 segundos.

Finalmente, um homem atendeu.

– Agente Neveu?

Estupefata, Sophie reconheceu de imediato aquele tom de voz áspero.

– Agente Neveu – ordenou Bezu Fache. – Onde a senhorita se meteu?

Sophie ficou muda. O capitão Fache, pelo jeito, havia solicitado que a central de Londres o alertasse se Sophie ligasse para lá.

– Escute – disse Fache, falando um francês conciso. – Cometi um erro terrível ontem à noite. Robert Langdon é inocente. Todas as acusações contra ele foram suspensas. Mesmo assim, vocês dois correm perigo. Precisa vir até aqui.

O queixo de Sophie caiu. Ela não fazia ideia de como reagir. Fache não era homem de pedir desculpas por nada deste mundo.

– Não me contou – continuou Fache – que Jacques Saunière era seu avô. Pretendo fazer de conta que sua insubordinação de ontem à noite não ocorreu, por causa do estresse emocional pelo qual deve estar passando. No momento, porém, a senhorita e Langdon precisam se dirigir à delegacia de Londres mais próxima para se protegerem.

Ele sabe que estou em Londres? O que mais Fache sabe? Sophie ouviu ao fundo o que parecia um som de perfuração ou de máquinas trabalhando. Ouviu também um estranho estalido na linha.

– Está tentando localizar a chamada, capitão?

A voz de Fache soou firme em seguida.

– A senhorita e eu precisamos colaborar um com o outro, agente Neveu. Temos ambos muito a perder. Estou tentando corrigir um erro. Enganei-me ontem ao julgar culpada uma pessoa, e, se esses erros resultarem nas mortes de um professor americano e uma criptóloga da DCPJ, minha carreira estará acabada. Venho tentando ver se consigo trazê-los para algum lugar seguro há algumas horas.

Um vento cálido agora soprava através da estação, uma vez que um trem se aproximava com um ruído surdo. Sophie tinha a firme intenção de viajar nele. Langdon, pelo visto, planejava fazer o mesmo; estava se levantando e se aproximando dela.

– O homem que precisa pegar é Rémy Legaludec – disse Sophie. – O criado de Teabing. Ele acabou de sequestrar Teabing dentro da Temple Church e...

– Agente Neveu! – bradou Fache quando o trem entrou na estação com grande estardalhaço. – Não podemos falar desse assunto numa ligação assim, de um telefone público. A senhorita e o Sr. Langdon precisam vir para cá agora mesmo. Para sua própria segurança! Esta é uma ordem categórica!

Sophie desligou e correu com Langdon para dentro do trem.

CAPÍTULO 89

A cabine imaculada do Hawker de Teabing estava coberta de lascas de metal e cheirava a ar comprimido e propano. Bezu Fache havia mandado todos embora e estava sentado ali sozinho com seu drinque e a pesada caixa de madeira encontrada no cofre de Teabing.

Passando o dedo na rosa marchetada, ergueu a tampa da caixa. Dentro, encontrou um cilindro de pedra com discos guarnecidos de letras. Os cinco discos estavam alinhados de maneira a formar a palavra SOFIA. Fache ficou olhando aquela palavra durante muito tempo; depois, tirou o cilindro de seu recipiente acolchoado e examinou cada centímetro dele. Em seguida, puxando lentamente as extremidades, retirou uma das tampas. O cilindro estava vazio.

Fache recolocou o cilindro na caixa e contemplou pensativo o hangar pela janela do jato, ponderando sobre sua breve conversa com Sophie e sobre as informações que recebera da polícia técnica do Château Villette. O som de seu telefone acordou-o do devaneio.

Era a mesa telefônica do DCPJ. O responsável pediu mil desculpas. O presidente do Banco de Custódia de Zurique já havia telefonado diversas vezes e, apesar de lhe terem dito que o capitão estava em Londres, a trabalho, ele não desistia. A contragosto, Fache disse à telefonista para passar-lhe a chamada.

– Monsieur Vernet – disse Fache, antes mesmo que o homem começasse a falar. – Sinto muito não ter ligado para o senhor antes. Como prometi, o nome de seu banco não apareceu na imprensa. Portanto, qual é exatamente sua preocupação?

A voz de Vernet soou tensa quando ele disse a Fache que Langdon e Sophie haviam tirado uma caixinha de madeira do banco e depois o convencido a ajudá-los a fugir.

– Então, quando ouvi pelo rádio que eles eram criminosos

– disse Vernet –, parei e ordenei que me devolvessem a caixa, mas eles me atacaram e roubaram o carro-forte.

– Está preocupado com uma caixa de madeira – disse Fache, observando com atenção a rosa marchetada na tampa e voltando a abrir a tampa de leve para revelar o cilindro branco. – Pode me dizer o que está na caixa?

– O conteúdo não interessa – redarguiu Vernet. – Estou preocupado com a reputação do meu banco. Nós nunca sofremos nenhum roubo. Nunca. Se não conseguirmos recuperar esse patrimônio de um cliente meu, o banco estará arruinado.

– Disse que a agente Neveu e Robert Langdon tinham uma senha e uma chave. O que o faz pensar que eles roubaram a caixa?

– Eles *assassinaram* pessoas esta noite. Inclusive o avô de Sophie Neveu. A chave e a senha foram obviamente obtidas à força.

– Sr. Vernet, meus homens andaram verificando seu passado e seus interesses. É um homem de grande cultura e refinamento. E também imagino que seja um homem honesto. Como eu. Isto posto, dou-lhe minha palavra de comandante da Polícia Judiciária que tanto sua caixa quanto a reputação de seu banco estão ambos em boas mãos.

CAPÍTULO 90

No palheiro, no Château Villette, Collet olhava fixamente o monitor do computador, atônito.

– O sistema está escutando clandestinamente em todos esses lugares?

– Está – confirmou o agente. – Parece que já andam recolhendo dados há mais de um ano.

Collet voltou a ler a lista, mudo.

COLBERT SOSTAQUE – Presidente do Conselho Constitucional
JEAN CHAFFÉE – Curador do Museu de Jeu de Paume
EDOUARD DESROCHERS – Arquivista-chefe da Biblioteca Mitterrand
JACQUES SAUNIÈRE – Curador do Museu do Louvre
MICHEL BRETON – Chefe do Departamento de Informações francês

O agente apontou para a tela.
– O quarto é especialmente interessante.
Collet concordou, sem nada dizer. Notara aquilo de imediato. *Jacques Saunière estava sendo vítima de uma escuta clandestina.* Olhou outra vez o resto da lista. *Como alguém conseguiria instalar microfones nas salas de todas essas pessoas proeminentes?*
– Já ouviu algum dos arquivos de som?
– Alguns. Este é um dos mais recentes. – O agente digitou alguma coisa. Os alto-falantes deram um estalido ao começarem a funcionar. – *Capitão, chegou uma pessoa do Departamento de Criptografia.*
Collet não pôde acreditar nos seus ouvidos.
– Sou eu! É a minha voz! – Lembrou-se de sentar à escrivaninha de Saunière e enviar uma mensagem de rádio a Fache na Grande Galeria para alertá-lo da chegada de Sophie Neveu.
O agente confirmou.
– Grande parte de nossa diligência no Louvre esta noite teria sido audível se alguém estivesse interessado nela.
– Já mandou procurar o microfone?
– Não é preciso. Sei exatamente onde está. – O agente foi até uma pilha de velhas anotações e desenhos técnicos sobre a mesa de trabalho. Procurou uma folha e entregou-a a Collet. – Já viu isto?
Collet ficou perplexo. Estava segurando uma fotocópia de um diagrama esquemático antiquíssimo que mostrava uma

máquina rudimentar. Foi incapaz de ler as etiquetas em italiano, mas, mesmo assim, sabia o que era aquilo. Um modelo de um cavaleiro medieval francês totalmente articulado.

O cavaleiro que estava sobre a escrivaninha de Saunière!

Os olhos de Collet deslocaram-se para as margens, onde alguém havia feito anotações na fotocópia com um marcador de ponta de feltro vermelho. As observações estavam em francês e pareciam ideias sobre qual seria a melhor forma de inserir um microfone no cavaleiro.

CAPÍTULO 91

Silas estava sentado no banco do passageiro da limusine Jaguar estacionada perto da Temple Church, as mãos úmidas sobre a pedra-chave, enquanto esperava que Rémy terminasse de amarrar e amordaçar Teabing na parte de trás do carro com a corda que havia encontrado no porta-malas.

Finalmente, Rémy contornou a limusine e sentou-se no banco do motorista, ao lado de Silas.

– Ele está bem amarrado? – indagou Silas.

Rémy assentiu, sacudindo-se para se livrar da água acumulada pela chuva e espiando Leigh Teabing, pela divisória entreaberta, jogado de qualquer jeito no chão, cuja silhueta mal se via na cabine escura lá atrás.

– Não vai fugir.

Silas ouvia os gritos abafados de Teabing e percebeu que Rémy havia usado um pouco da fita adesiva velha para amordaçá-lo.

– Fecha o bico! – berrou Rémy, virando a cabeça para Teabing. Estendendo o braço, apertou um botão no sofisticado painel do carro. Uma divisória opaca subiu entre eles, vedando a parte de trás. Teabing desapareceu, sua voz sumiu.

Rémy disse para Silas: – Já faz tempo demais que eu ouço esse desgraçado se lamuriando.

♦ ♦ ♦

Minutos depois, quando a limusine Jaguar percorria as ruas a toda a velocidade, o telefone de Silas tocou. *O Mestre*. Ele respondeu cheio de entusiasmo.

– Alô?

– Silas – era o sotaque francês familiar do Mestre. – Estou aliviado por ouvir sua voz. Isso significa que está são e salvo.

Silas também se sentia aliviado por ouvir a voz do Mestre. Algumas horas já se haviam passado e a operação saíra inteiramente dos trilhos. Agora, por fim, parecia que havia voltado a correr na direção certa.

– Estou com a pedra-chave.

– Excelente – disse-lhe o Mestre. – Rémy está aí com você?

Silas ficou surpreso por ouvir o Mestre pronunciar o nome de Rémy.

– Sim, Rémy me libertou.

– Como mandei que fizesse. Só lamento que tenha precisado aguentar esse cativeiro durante tanto tempo.

– O desconforto físico não tem significado. O importante é que a pedra é nossa.

– Sim. Preciso que seja entregue a mim imediatamente. O tempo é fundamental.

Silas estava louco para encontrar o Mestre, afinal.

– Sim, senhor, será uma honra para mim.

– Silas, eu gostaria que *Rémy* me trouxesse a pedra.

Rémy? Silas ficou desconcertado. Depois de tudo que fizera pelo Mestre, achava que seria o escolhido para lhe entregar o prêmio. *O Mestre prefere Rémy?*

– Estou vendo que está decepcionado – disse o Mestre –, o que me mostra que não entendeu o que quis dizer. – Abaixou o tom de voz até cochichar. – Precisa acreditar que eu preferiria receber a pedra-chave de *você* – um homem de Deus, em vez de um criminoso –, mas preciso dar uma lição em Rémy. Ele desobedeceu minhas ordens e cometeu um erro grave que colocou toda a nossa missão em risco.

Silas sentiu um arrepio e olhou para Rémy. Raptar Teabing não fazia parte do plano, e decidir o que fazer com ele havia gerado um problema a mais.

– Você e eu somos homens de Deus – sussurrou o Mestre. – Não podemos nos afastar de nossa meta. – Houve uma pausa sinistra do outro lado da linha. – Só por esse motivo, vou pedir a Rémy para me trazer a pedra-chave. Entendeu?

Silas sentiu o rancor na voz do Mestre e ficou surpreso, achando que o homem poderia ser mais compreensivo. *Ele não podia deixar de mostrar a cara*, pensou Silas. *Rémy fez o que precisava fazer. Salvou a pedra-chave.*

– Entendi – disse, por fim.

– Ótimo. Para sua própria segurança, precisa sair das ruas imediatamente. A polícia deve estar procurando a limusine e não quero que o peguem. O Opus Dei tem uma residência em Londres, não tem?

– Claro.

– E você é bem-vindo lá?

– Como irmão.

– Então vá para lá e permaneça longe dos olhos curiosos. Vou ligar para você no momento em que estiver com a pedra e tiver resolvido meu problema atual.

– O senhor está em Londres?

– Faça como eu digo e tudo correrá bem.

– Sim, senhor.

O Mestre deixou escapar um profundo suspiro, como se o que tivesse a fazer em seguida fosse profundamente lastimável.

– É hora de falar com Rémy.

Silas entregou o telefone a Rémy, achando que aquela talvez fosse a última ligação que Rémy Legaludec atenderia.

♦ ♦ ♦

Quando Rémy pegou o telefone, percebeu que aquele pobre monge desequilibrado não tinha noção do destino que o aguardava agora que já havia desempenhado seu papel.

O Mestre o usou, Silas.

E seu bispo é mais um peão no tabuleiro.

Rémy ainda estava fascinado com os poderes de persuasão do Mestre. O bispo Aringarosa havia acreditado em tudo. Seu próprio desespero o cegara. *Aringarosa estava ávido demais para acreditar.* Embora Rémy não gostasse particularmente do Mestre, sentia orgulho de ter conquistado a sua confiança e dado uma ajuda tão substancial a ele. *Já ganhei o dia.*

– Ouça com todo o cuidado – disse o Mestre. – Leve Silas para a residência do Opus Dei e deixe-o a algumas ruas de distância de lá. Depois, vá para o Parque Saint James. Fica ao lado do Parlamento e do Big Ben. Pode estacionar a limusine na Horse Guards Parade. Vamos conversar lá.

E desligou.

CAPÍTULO 92

O Departamento de Teologia e Estudos Religiosos do King's College, fundado pelo rei George IV em 1829, fica ao lado do Parlamento, em um terreno cedido pela Coroa. O Departamento de Religião do King's College gaba-se não só de ter 150 anos de experiência em ensino e pesquisa como também da fundação do Instituto de Pesquisas de Teologia Sistemática, em 1982, que possui uma das bibliotecas de pesquisas religiosas mais completas e eletronicamente mais avançadas do mundo.

Langdon ainda tremia quando ele e Sophie entraram na biblioteca, saindo da chuva. A sala principal de pesquisas era como Teabing a descrevera – uma câmara octogonal impressionante, dominada por uma imensa mesa redonda, em torno da qual o rei Artur e seus cavaleiros talvez ficassem à vontade, se não fosse pela presença de 12 estações de trabalho com monitores de tela plana. Do outro lado da sala, uma bibliotecária estava acabando de se servir de um bule de chá e sentava para começar o expediente.

– Que linda manhã – disse ela, com um sotaque tipicamente britânico, deixando o chá e aproximando-se dos dois. – Posso ajudá-los?

– Pode, sim, obrigado – respondeu Langdon. – Meu nome é...

– Robert Langdon. – Ela deu um sorriso simpático. – Sei quem o senhor é.

Por um instante, ele teve medo de que Fache tivesse divulgado sua foto na televisão inglesa também, mas o sorriso da bibliotecária insinuava outra coisa. Langdon ainda não havia se acostumado a esses momentos de fama inesperada. No entanto, se existia alguém na face da Terra que fosse capaz de reconhecer seu rosto, essa pessoa seria uma bibliotecária da área de Estudos Religiosos.

– Pamela Gettum – disse a bibliotecária, estendendo-lhe a mão. Tinha um rosto afável, de aparência erudita, e uma voz agradavelmente fluida. Os óculos com armação de chifre pendurados no pescoço.

– Prazer em conhecê-la – disse Langdon. – Esta é minha amiga, Sophie Neveu.

As duas mulheres cumprimentaram-se, e Gettum voltou imediatamente a falar com Langdon.

– Não sabia que o senhor viria.

– Nem nós sabíamos. Se não for muito incômodo, creio que poderia nos ajudar a encontrar umas informações muito importantes.

Gettum hesitou, dando a impressão de estar indecisa.

– Normalmente, prestamos serviços apenas mediante solicitação prévia e marcação de entrevista, a menos, é claro, que seja convidado de alguém da faculdade. Seria esse o caso?

Langdon sacudiu a cabeça.

– Infelizmente, ninguém nos convidou. Um amigo meu fala muito bem da senhora. Sir Leigh Teabing, lembra-se dele? – Langdon sentiu uma pontada de tristeza ao dizer esse nome. – O historiador da Coroa britânica.

O rosto de Gettum se iluminou e ela riu.

– Meu Deus do céu, claro que sim. Que figura! Fanático! Toda vez que chega aqui, é sempre a mesma coisa. Graal. Graal. Graal. Tenho certeza de que aquele homem não vai desistir dessa busca até morrer. – Ela piscou um olho. – Tempo e dinheiro permitem tais luxos adoráveis, não é? Um perfeito Dom Quixote, aquele homem.

– Haveria alguma chance de a senhora nos ajudar? – indagou Sophie. – É muito importante.

Gettum olhou em torno, para a biblioteca deserta, e depois piscou um olho para ambos.

– Bom, não posso mesmo dizer que esteja tão ocupada assim neste momento, posso? Contanto que se registrem, não creio que alguém vá se incomodar. O que desejam saber?

– Estamos tentando encontrar certa tumba em Londres.

Gettum fez cara de dúvida.

– Temos umas 20 mil delas. Poderiam especificar melhor?

– É a tumba de um *cavaleiro*. Não temos o nome.

– Um cavaleiro. Isso reduz substancialmente as possibilidades. Muito menos comum.

– Não temos muitas informações sobre o tal cavaleiro que estamos procurando – disse Sophie –, mas é isso que sabemos. – Ela mostrou um papelzinho no qual havia escrito apenas as primeiras duas linhas do poema.

Hesitando em mostrar o poema inteiro para uma estranha, Langdon e Sophie haviam decidido revelar apenas as duas primeiras linhas da estrofe, as que identificavam o cavaleiro. *Criptografia compartimentalizada*, era como Sophie havia chamado esse procedimento. Quando um agente secreto interceptava um código contendo dados sensíveis, os criptógrafos trabalhavam cada qual em uma parte diferente do código. Dessa maneira, quando o decifrassem, nenhum criptógrafo possuiria a mensagem decifrada inteira.

Nesse caso, a precaução provavelmente era excessiva. Mesmo se essa bibliotecária visse todo o poema, identificasse a tumba do cavaleiro e soubesse qual o orbe que estava faltando, a informação seria inútil sem o críptex.

◆ ◆ ◆

Gettum reparou que havia urgência nos olhos do famoso acadêmico americano, como se encontrar aquela tumba rapidamente fosse uma questão de importância fundamental. A mulher de olhos verdes que o acompanhava também parecia angustiada.

Intrigada, Gettum colocou os óculos e examinou o papel que tinham acabado de lhe entregar.

> Cavaleiro em Londres um Papa enterrou
> Qu'ira santa o fruto de sua obra gerou.

Levantou os olhos para os visitantes.
– O que é isso? Garimpo para alguma tese de Harvard?
O riso de Langdon saiu forçado.
– É, mais ou menos.
Gettum fez uma pausa, sentindo que não estavam lhe contando a história inteira. Ainda assim, ficou curiosa e viu-se analisando os versos.
– De acordo com esses versos, um cavaleiro fez alguma

coisa que causou grande desaprovação divina, e mesmo assim um Papa fez o obséquio de enterrá-lo aqui em Londres.

Langdon concordou.

– Isso lhe faz lembrar alguma coisa?

Gettum foi até uma das estações de trabalho.

– Assim, de momento, não, mas vamos ver o que encontramos no banco de dados.

Durante as últimas duas décadas, o Instituto de Pesquisas sobre Teologia Sistemática do King's College vinha utilizando um software de reconhecimento óptico de caracteres em conjunto com sistemas de tradução linguística para digitalizar e catalogar um imenso acervo de textos – enciclopédias de religião, biografias religiosas, escrituras sagradas em dezenas de línguas, relatos históricos, cartas do Vaticano, diários de clérigos, qualquer coisa que se qualificasse como um texto sobre espiritualidade humana. Como o gigantesco acervo agora se encontrava sob a forma de bits e bytes, em vez de estar em páginas físicas, os dados haviam se tornado infinitamente mais acessíveis.

Instalando-se diante de um dos terminais, Gettum estudou o papelzinho e começou a digitar.

– Para começar, vamos fazer uma pesquisa booliana direta com algumas palavras-chave óbvias e ver o que acontece.

– Obrigado.

Gettum digitou algumas palavras em inglês.

LONDON, KNIGHT, POPE

Quando ela apertou a tecla SEARCH, sentiu o zunido do monstruoso processador de grande porte no subsolo escaneando dados a uma velocidade de 500 MB por segundo.

– Pedi ao sistema para nos mostrar alguns documentos cujo texto completo contenha todas as três palavras-chave. Vamos obter mais resultados do que queremos, mas é uma boa forma de começar.

A tela já estava mostrando os primeiros resultados agora.

Painting the Pope. The Collected Portraits of Sir Joshua Reynolds. London University Press.
Pinturas do Papa. Coleção de retratos de Sir Joshua Reynolds. London University Press.

Gettum balançou a cabeça.
– Evidentemente, não é o que estão procurando.
Rolou a tela mais para baixo para ver o resultado seguinte.

The London Writings of Alexander Pope de G. Wilson Knight.
Escritos de Londres de Alexander Pope, por G. Wilson Knight.

Tornou a balançar a cabeça.
À medida que o sistema ia processando os dados, os resultados iam aparecendo mais depressa. Surgiram dezenas de textos, muitos deles fazendo referência ao escritor do século XVIII Alexander Pope, cuja poesia antirreligiosa parodiando o estilo épico, pelo visto, continha inúmeras referências a cavaleiros em Londres.

Gettum lançou um rápido olhar ao campo numérico no rodapé da tela. Aquele computador, calculando o número atual de resultados e multiplicando-o pela percentagem do banco de dados que faltava pesquisar, fornecia uma previsão aproximada de quantos dados seriam encontrados. Aquela busca específica parecia que ia gerar uma quantidade descomunal de resultados.

Número estimado de resultados: 2.692

– Precisamos refinar mais os parâmetros – explicou Gettum, interrompendo a busca. – São apenas essas as informações que vocês têm sobre a tumba? Mais nada em que possamos nos basear?
Langdon lançou a Sophie Neveu um olhar oblíquo, indeciso.

Eles não estão garimpando a esmo, pensou Gettum. Ouvira boatos sobre a experiência de Robert Langdon em Roma no ano anterior. Aquele americano tinha acesso garantido à mais segura biblioteca do planeta – os Arquivos Secretos do Vaticano. Perguntou-se que segredos Langdon poderia ter aprendido lá dentro e se aquela procura desesperada por um cavaleiro misterioso em uma tumba de Londres poderia ter relação com informações que ele obtivera dentro do Vaticano. Gettum já era bibliotecária havia tempo suficiente para saber o motivo mais comum pelo qual as pessoas vinham procurar cavaleiros em Londres. *O Graal.*

Gettum sorriu e ajeitou os óculos.

– Vocês são amigos de Leigh Teabing, estão na Inglaterra e procuram um cavaleiro. – Ela cruzou os dedos. – Só posso presumir que estejam procurando o Santo Graal.

Langdon e Sophie entreolharam-se espantados.

Gettum deu uma risada.

– Meus amigos, esta biblioteca é uma base dos buscadores do Graal. Leigh Teabing entre eles. Desejaria ganhar um xelim para cada vez que eu faço buscas com palavras como Rosa, Maria Madalena, Sangreal, Merovíngio, Priorado de Sião, etc., etc. Todo mundo adora uma conspiração. – Ela tirou os óculos e examinou os dois detidamente. – Preciso de mais dados.

Pelo silêncio, Gettum deduziu que o desejo dos visitantes de serem discretos estava rapidamente sendo substituído pela pressa que tinham em obter resultados.

– Está bem – disse Sophie, sem se conter. – Isto aqui é tudo o que temos. – Pediu uma caneta emprestada a Langdon, escreveu dois versos no papelzinho e entregou-o a Gettum.

Busca o orbe da sua tumba ausente.
Fala de Rósea carne e semeado ventre.

Gettum sorriu por dentro. *É mesmo o Graal*, pensou, notando as referências à Rosa e à sua semente maternal.

– Posso ajudá-los – disse ela, erguendo os olhos do papelzinho. – Será que podem me dizer de onde vieram esses versos? E por que buscam um orbe?

– Talvez – disse Langdon, com um sorriso amável –, mas a história é longa e temos pouco tempo.

– Parece uma maneira educada de dizer "cuide da sua vida".

– Ficaremos eternamente gratos a você, Pamela – disse Langdon –, se puder descobrir quem é esse cavaleiro e onde está enterrado.

– Muito bem – disse Gettum, voltando a digitar. – Vou dançar conforme a música. Se for alguma coisa relacionada com o Graal, é melhor fazermos uma referência cruzada com palavras relacionadas ao Graal. Vou acrescentar um parâmetro de proximidade e tirar o peso do título. Isso vai limitar nossos resultados apenas aos casos em que as palavras-chave ocorrem dentro de um texto e perto de uma palavra relativa ao Graal.

Digitou as palavras em inglês referentes a:

CAVALEIRO, LONDRES, PAPA, TUMBA

a uma proximidade de até 100 palavras de:

GRAAL, ROSA, SANGREAL, CÁLICE

– Quanto tempo vai levar? – indagou Sophie.

– Algumas centenas de terabytes com campos múltiplos de referência cruzada? – Os olhos de Gettum cintilaram quando ela apertou o botão SEARCH. – Só uns 15 minutos.

Langdon e Sophie nada disseram, mas Gettum percebeu que lhes pareceu uma eternidade.

– Aceitam uma xícara de chá? – ofereceu a bibliotecária, ficando de pé e indo até o bule que tinha preparado antes de eles chegarem. – Leigh sempre aprecia muito o meu chá.

CAPÍTULO 93

O Centro do Opus Dei em Londres é um modesto edifício de tijolos no número 5 da Orme Court, que dá para a North Walk, em Kensington Gardens. Silas jamais estivera ali antes, mas sentiu cada vez mais a sensação de estar protegido e abrigado à medida que se aproximava do edifício. Apesar da chuva, Rémy deixara-o a uma curta distância, para evitar que a limusine tivesse de entrar em ruas de maior movimento. Silas não se importou em caminhar. A chuva estava diminuindo.

Por sugestão de Rémy, Silas havia limpado sua arma, jogando-a por entre as grades de um ralo de esgoto. Ficou feliz por se livrar dela. Sentiu-se mais leve. Suas pernas ainda doíam por ter estado amarrado todo aquele tempo, mas já havia suportado dores muito piores. Contudo, perguntou-se como estaria Teabing, que Rémy havia deixado amarrado na traseira da limusine. O inglês certamente devia estar sentindo aquela mesma dor agora.

– O que vai fazer com ele? – Silas perguntara a Rémy enquanto se dirigiam ao Opus Dei.

Rémy deu de ombros.

– O Mestre é quem vai resolver. – Dava para sentir uma lúgubre ponta de determinação em sua voz.

Agora, ao se aproximar do edifício do Opus Dei, a chuva começava a cair mais forte, ensopando-lhe o pesado hábito, fazendo arder as chagas do dia anterior. Estava pronto para deixar para trás os pecados das últimas 24 horas e purificar sua alma. Sua missão fora cumprida.

Passando por um pequeno pátio e indo até a porta da frente, Silas não se surpreendeu ao encontrá-la destrancada. Abriu-a e entrou no vestíbulo minimalista. Uma campainha eletrônica baixa soou em cima quando Silas pisou no tapete. A campainha era um dispositivo comum naquelas casas, onde os residentes passavam a maior parte do dia em prece, nos seus quartos. Silas ouviu movimento lá em cima, nos assoalhos de madeira que rangiam.

Um homem de hábito desceu as escadas.

– Posso ajudá-lo? – Tinha olhos mansos, que pareceram não registrar a aparência física atroz de Silas.

– Obrigado. Meu nome é Silas. Sou numerário do Opus Dei.

– Americano?

Silas confirmou.

– Estou apenas passando o dia na cidade. Posso descansar aqui?

– Nem é preciso pedir. Há dois quartos vazios no terceiro andar. Posso lhe trazer uma xícara de chá e uns pães?

– Sim, obrigado. – Silas estava esfomeado.

Silas subiu e foi até um quarto modesto com uma janela, onde tirou o hábito molhado e ajoelhou-se para orar, de roupas de baixo. Ouviu o seu anfitrião chegar e colocar uma bandeja diante de sua porta. Silas terminou as preces, comeu e deitou-se para dormir.

◆ ◆ ◆

Três andares abaixo dele, um telefone tocava. O numerário do Opus Dei que havia recebido Silas atendeu-o.

– Aqui é a polícia de Londres – disse o homem. – Estamos tentando encontrar um monge albino. Recebemos informações de que ele pode estar aí. Por acaso o viu?

O numerário ficou espantado.

– Sim, está aqui. Alguma coisa errada?

– Ele está aí *agora*?

– Está sim, lá em cima, rezando. O que houve?

– Deixe-o exatamente onde está – ordenou o policial. – Não diga nada a ninguém. Vou enviar uns policiais até aí agora mesmo.

CAPÍTULO 94

O Saint James é um mar de verde no meio de Londres, um parque público que margeia os palácios de Westminster, Buckingham e St. James. Fechado antigamente pelo rei Henrique VIII e repleto de veados destinados à caça, o Parque Saint James hoje é aberto ao público. Nas tardes ensolaradas, os londrinos fazem piqueniques sob os salgueiros e dão comida aos pelicanos que moram no lago, cujos ancestrais foram presenteados ao rei Charles II pelo embaixador da Rússia.

O Mestre não via nenhum pelicano. O tempo chuvoso, em vez disso, trouxera gaivotas do oceano. Os gramados estavam cobertos delas – centenas de corpos brancos todos virados para a mesma direção, pacientemente aproveitando o vento úmido. Apesar da neblina matinal, o parque permitia vistas esplêndidas das câmaras do Parlamento e do Big Ben. Do outro lado das encostas relvadas, depois do lago dos patos e das delicadas silhuetas dos chorões, o Mestre divisava as pontas das torres do edifício que abrigava a tumba do cavaleiro – o motivo pelo qual ele dissera a Rémy para vir até ali.

Quando o Mestre se aproximou da porta do passageiro da limusine estacionada, Rémy esticou-se e abriu a porta. O Mestre parou do lado de fora, tomando um gole do frasco de conhaque que trazia consigo. Depois, enxugando a boca, entrou no carro, sentou-se ao lado de Rémy e fechou a porta.

Rémy entregou-lhe a pedra-chave como um troféu.

– Quase a perdemos.

– Parabéns a você – disse o Mestre.

– Parabéns a nós – disse Rémy, depositando a pedra-chave nas mãos ávidas do Mestre.

O Mestre admirou-a durante um longo momento, a sorrir.

– E a arma? Limpou as digitais?

– Está no porta-luvas onde a encontrei.

– Excelente. – O Mestre tomou mais um gole de conhaque e entregou a garrafa a Rémy. – Vamos brindar ao nosso êxito. O fim está próximo.

♦ ♦ ♦

Rémy aceitou a garrafa com gratidão. O conhaque estava meio salgado, mas Rémy não se importou. Ele e o Mestre agora eram realmente sócios. Via-se ascendendo a um nível mais alto na vida. *Jamais voltarei a ser um criado.* Com o olhar perdido fixo na elevação artificial que era a barragem do lago dos patos, lá embaixo, Rémy teve a impressão de que o Château Villette estava a quilômetros de distância.

Tomou mais um gole do frasco e sentiu o conhaque aquecer-lhe o sangue. O calor na sua garganta, porém, logo se transformou em uma ardência incômoda. Afrouxando a gravata, Rémy sentiu na boca uma espécie de areia estranha e devolveu a garrafa ao Mestre.

– Acho que já bebi demais – esforçou-se para dizer, em voz fraca.

Pegando o frasco, o Mestre disse:

– Rémy, como você bem sabe, é o único que viu meu rosto. Depositei imensa confiança em você.

– Sim – respondeu Rémy, sentindo-se febril enquanto afrouxava ainda mais a gravata. – E levarei sua identidade comigo para o túmulo.

O Mestre continuou calado mais um instante.

– Acredito em você. – Metendo o frasco no bolso, junto com a pedra-chave, o Mestre abriu o porta-luvas e tirou o minúsculo Medusa. Por um momento, Rémy sentiu uma onda de medo, mas o Mestre apenas o colocou no bolso das calças.

O que ele vai fazer? Rémy começou a suar repentinamente.

– Sei que lhe prometi a liberdade – disse o Mestre, com a voz pesarosa –, mas, levando-se em conta suas condições, isso foi o melhor que pude fazer.

O inchaço na garganta de Rémy chegou como um terremoto, e ele se jogou contra a coluna da direção, as mãos crispadas no pescoço, sentindo gosto de vômito em sua traqueia cada vez mais estreita. Soltou um grasnido abafado ao tentar gritar, um som tão baixo que não seria ouvido fora do carro. Só agora entendia a razão do gosto salgado do conhaque.

Estou sendo assassinado!

Incrédulo, Rémy virou-se e viu o Mestre calmamente sentado ao seu lado, olhando para a frente, através do para-brisa. A visão de Rémy ficou embaralhada e ele se esforçou para respirar. *Tornei tudo possível para ele! Como pôde fazer isso!* Se o Mestre pretendia matá-lo desde o início ou se havia sido a iniciativa de Rémy na Temple Church que o fizera perder a confiança, Rémy jamais saberia. Terror e fúria invadiam-no agora. Rémy tentou atacar o Mestre, mas seu corpo enrijecido mal podia se mover. *Eu lhe confiei tudo!*

Rémy esforçou-se para erguer os punhos cerrados e apertar a buzina, mas em vez disso escorregou e rolou para o banco ao lado do Mestre, apertando a garganta. A chuva caía com mais força. Rémy não via mais nada, mas sentia seu cérebro, privado de oxigênio, lutando para se agarrar às últimas centelhas de lucidez. À medida que o mundo vagarosamente escurecia, Rémy Legaludec podia jurar que ouvia o som das ondas quebrando nas praias da Riviera.

◆ ◆ ◆

O Mestre saiu da limusine, satisfeito por ver que ninguém olhava para o seu lado. *Não tive escolha*, pensou ele, surpreso com o pouco remorso que sentira pelo que havia acabado de fazer. *Rémy selou seu próprio destino.* O Mestre receara o tempo inteiro que Rémy talvez precisasse ser eliminado quando a missão terminasse, mas, ao mostrar o rosto, descaradamente, na Temple Church, Rémy acelerara muito essa necessidade. A visita inesperada de Robert Langdon ao Château Villette havia representado para o Mestre ao mesmo tempo um golpe de sorte inesperado e um dilema complexo. Langdon trouxera a pedra-chave direto ao centro da operação, o que fora uma agradável surpresa, mas também trouxera a polícia no seu encalço. Rémy havia deixado impressões digitais em todo o Château Villette, bem como no posto de escuta do celeiro, onde realizava a espionagem. O Mestre deu graças por tomar tantas precauções para evitar vincular de qualquer forma as atividades de Rémy com as suas. Ninguém podia encontrar qualquer ligação entre ele e o Mestre, a menos que Rémy abrisse a boca, e isso não iria mais acontecer.

Agora só resta mais uma ponta solta para amarrar aqui, pensou o Mestre, dirigindo-se para a porta de trás da limusine. *A polícia não vai ter noção do que aconteceu... e também não vai encontrar ninguém vivo para contar*. Dando uma rápida olhada ao redor de si para ter certeza de que ninguém estava vendo, abriu a porta e entrou no espaçoso compartimento traseiro do carro.

◆ ◆ ◆

Minutos depois, o Mestre já estava atravessando o Parque Saint James. *Restam apenas mais duas pessoas. Langdon e Neveu*. Seria mais complicado livrar-se deles. Mas dava para resolver. No momento, porém, o Mestre precisava cuidar do críptex.

Olhando triunfante para o outro lado do parque, avistou seu destino. *Cavaleiro em Londres um Papa enterrou*. Assim que o Mestre ouviu o poema, soube a resposta. Mesmo assim, não admirava que os outros não tivessem descoberto a solução. *Levo uma vantagem injusta*. Ouvindo as conversas de Saunière durante meses, o Mestre escutara o Grão-Mestre mencionar de vez em quando esse famoso cavaleiro, expressando uma estima quase igual à que sentia por Da Vinci.

A referência do poema ao cavaleiro era muito simples, uma vez percebida – um tributo à inteligência de Saunière –, e, mesmo assim, o modo como essa tumba iria revelar a senha final ainda era um mistério.

Busca o orbe da sua tumba ausente.

O Mestre recordava-se vagamente de fotos da famosa tumba e, em especial, de sua característica mais marcante. *Um magnífico orbe.* A imensa esfera fixa acima da tumba era quase tão grande quanto o próprio túmulo. A presença do orbe parecia ao mesmo tempo estimulante e problemática para o Mestre. Por um lado, parecia uma placa de sinalização, e todavia, segundo o poema, a peça que estava faltando no quebra-cabeça era um orbe ausente... não o que se encontrava ali. Ele estava contando com a oportunidade de examinar a tumba de perto para desvendar a resposta.

A chuva ficara mais intensa e ele empurrou o críptex mais para o fundo do seu bolso direito para protegê-lo da umidade. Manteve no bolso da esquerda seu minúsculo revólver Medusa fora do alcance da vista. Dentro de minutos, entrava no silencioso santuário do mais grandioso edifício de 900 anos de idade existente em Londres.

◆ ◆ ◆

Exatamente na hora em que o Mestre saía da chuva, o bispo Aringarosa entrava nela. Na pista molhada do aeroporto executivo de Biggin Hill, Aringarosa emergiu do seu aviãozinho apertado, puxando a batina e segurando-a diante do corpo para que não se molhasse. Esperava ser recebido pelo capitão Fache. Em vez disso, um jovem policial da polícia britânica aproximou-se com um guarda-chuva.

– Bispo Aringarosa? O capitão Fache precisou se ausentar. Pediu-me que cuidasse do senhor. Sugeriu que o levasse para a Scotland Yard. Acha mais seguro assim.

Mais seguro? Aringarosa olhou para a pesada maleta contendo obrigações ao portador do Banco do Vaticano, cuja alça apertava firmemente. Quase havia se esquecido.

– Sim, muito obrigado.

Aringarosa entrou na viatura policial, imaginando onde Silas poderia estar. Minutos depois, o rádio da polícia estalou, dando-lhe a resposta.

Número 5, Orme Court.

Aringarosa reconheceu o endereço no mesmo instante.

O Centro do Opus Dei em Londres.

Mais do que depressa, virou-se para o motorista.

– Leve-me para lá agora mesmo!

CAPÍTULO 95

Os olhos de Langdon ainda não haviam se desviado da tela do computador desde que a busca se iniciara.

Cinco minutos. Só mais dois resultados. Ambos irrelevantes.

Começava a ficar preocupado.

Pamela Gettum estava na sala ao lado preparando duas bebidas quentes. Langdon e Sophie haviam perguntado a Gettum, embora imprudentemente, se ela não teria um *café*, além do chá que oferecera, e, pelo som dos bipes do micro-ondas na sala ao lado, Langdon suspeitava que seu pedido ia ser atendido com café instantâneo.

Por fim, o computador assobiou, triunfante.

– Parece que chegou mais um resultado – disse Gettum, da outra sala. – Qual o título?

Langdon examinou a tela com atenção.

```
Alegoria do Graal na Literatura Medieval:
Tratado sobre Sir Gawain e o Cavaleiro Verde.
```

– Alegoria do Cavaleiro Verde – informou ele.

– Não serve – disse Gettum. – Meio difícil achar cavaleiros verdes e mitológicos enterrados em Londres.

Langdon e Sophie continuaram pacientemente sentados diante da tela, aguardando mais duas respostas dúbias. Quando o computador assobiou outra vez, porém, o resultado, em alemão, foi inesperado.

DIE OPERN VON RICHARD WAGNER

– As óperas de Wagner? – indagou Sophie.

Gettum espiou-os da porta, segurando um pacote de café instantâneo.

– Parece-me um resultado estranho. Wagner era cavaleiro?

– Não – disse Langdon, sentindo uma súbita curiosidade. – Mas todos sabiam que ele era maçom. *Assim como Mozart, Beethoven, Shakespeare, Gershwin, Houdini e Disney*. Centenas de volumes haviam sido escritos sobre os vínculos entre os maçons e os Cavaleiros Templários, o Priorado de Sião e o Santo Graal. – Quero dar uma olhada nesse. Como vejo o texto inteiro?

– Não vai precisar do texto inteiro – gritou Gettum da outra sala. – Clique no link do hipertexto. O computador vai exibir suas palavras-chave com mono pré-logs e pós-logs triplos para dar contexto.

Langdon não fazia a menor ideia do que ela havia acabado de dizer, mas obedeceu mesmo assim.

Abriu-se uma nova janela.

```
...mitológico cavaleiro chamado Parsifal que...
...busca do Graal metafórica que possivelmente...
...em Londres, a Orquestra Filarmônica, em 1855...
...Rebecca Pope, antologia operística, Diva's...
 ...A tumba de Wagner em Bayreuth, Alemanha...
```

– Isso não é papa, é uma pessoa com o sobrenome Pope – disse Langdon, decepcionado. Mesmo assim, estava impressionado com a facilidade de uso do sistema. As palavras-chave com o contexto eram suficientes para fazê--lo se lembrar de que a ópera *Parsifal*, de Wagner, era um tributo a Maria Madalena e à descendência de Cristo, contado através da história de um jovem cavaleiro em busca da verdade.

– Tenha só mais um pouco de paciência – recomendou Gettum. – É um jogo numérico. Deixe a máquina funcionar.

Durante os poucos minutos seguintes, o computador forneceu várias outras referências ao Graal, inclusive um texto sobre *troubadours* – os trovadores –, os mais famosos menestréis ambulantes da França. Langdon sabia que não era coincidência as palavras *menestrel* e *ministro* terem a mesma raiz etimológica. Os trovadores eram os servos ambulantes ou "ministros" da Igreja de Maria Madalena, usando a música para disseminar a história do sagrado feminino entre a plebe. Até hoje os trovadores cantam músicas que exaltam as virtudes de "Nossa Senhora" – uma mulher misteriosa e bela a quem juravam dedicação eterna.

Ansioso, ele verificou o hipertexto, mas nada encontrou.

O computador voltou a assobiar.

CAVALEIROS, VILÕES, PAPAS E PENTAGRAMAS:
A HISTÓRIA DO SANTO GRAAL ATRAVÉS DO TARÔ.

– Não é novidade – disse Langdon a Sophie. – Algumas de nossas palavras-chave têm os mesmos nomes que as cartas do tarô. – Procurou o mouse para clicar em um link. – Não sei bem se seu avô alguma vez mencionou enquanto vocês dois jogavam tarô, Sophie, mas esse jogo é "um catecismo através de cartas" da história da Noiva Perdida e de sua sujeição à igreja maléfica.

Sophie espantou-se.

– Não fazia ideia.

– Pois aí é que está. Ensinando através de um jogo metafórico, os seguidores do Graal disfarçaram sua mensagem, ocultando-a dos olhos vigilantes da Igreja. – Langdon costumava se perguntar quantos jogadores de cartas modernas saberiam que os quatro naipes – espadas, copas, paus e ouros – eram símbolos relacionados ao Graal que vinham diretamente dos quatro naipes do tarô – facas, taças, cetros e pentagramas.

Espadas eram facas – a lâmina, o masculino.
Copas eram taças – o cálice, o feminino.
Paus eram cetros – a linhagem real, o bastão florescente.
Ouros eram pentagramas – a deusa, o sagrado feminino.

◆ ◆ ◆

Quatro minutos depois, quando Langdon começava a recear que eles não encontrariam o que tinham ido procurar ali, o computador produziu um novo resultado.

```
A Gravidade do Gênio:
Biografia de um Cavaleiro Moderno.
```

– *Gravidade do Gênio?* – Langdon gritou para Gettum. – Biografia de um cavaleiro moderno?

A cabeça de Gettum apareceu na porta.

– Quão moderno? Não me diga que é o seu Sir Rudy Giuliani. Pessoalmente, acho que ele não é lá grande coisa.

Langdon também tinha lá suas objeções contra o recentemente sagrado cavaleiro Sir Mick Jagger, mas aquele não parecia o momento adequado para debater a política da moderna fidalguia britânica.

– Vamos dar uma olhada nesse – disse Langdon, clicando nas palavras sublinhadas do hipertexto.

```
...ilustre cavaleiro, Sir Isaac Newton...
     ...em Londres, em 1727, e...
...sua tumba na Abadia de Westminster...
   ...Alexander Pope, amigo e colega...
```

– Acho que "moderno" é um termo relativo – disse Sophie a Gettum. – Trata-se de um livro antigo. Sobre Sir Isaac Newton.

Gettum apareceu na porta.

– Não serve. Newton foi enterrado na Abadia de Westminster, sede do protestantismo inglês. Jamais um Papa católico presidiria uma cerimônia lá. Creme e açúcar?

Sophie concordou.

Gettum aguardou.

– Robert?

O coração de Langdon estava batendo acelerado. Ele afastou os olhos da tela a custo e ficou de pé.

– Sir Isaac Newton é o cavaleiro que procuramos.

Sophie continuou sentada.

– Como assim?

– Newton foi sepultado em Londres – disse Langdon. – Suas obras geraram ciências novas que provocaram a ira da Igreja. E ele era Grão-Mestre do Priorado de Sião. O que mais podemos querer?

– O que mais? – Sophie apontou para o poema. – E quanto a ele ter sido enterrado por um Papa? Ouviu o que a Sra. Gettum disse. Newton não foi enterrado por um Papa católico.

Langdon pegou o mouse.

– Quem foi que falou em Papa católico? – Clicou na palavra "Pope" e apareceu na tela a frase completa.

```
O enterro de Sir Isaac Newton, ao qual compareceram
  reis e nobres, foi presidido por Alexander Pope,
amigo e colega, que fez um discurso comovente antes
     de jogar um punhado de terra na tumba.
```

Langdon voltou-se para Sophie.

– Já havíamos encontrado o que procurávamos no segundo resultado. Alexander. – Fez uma pausa. – Pope.

In London lies a knight a Pope[1] interred.

Sophie ficou de pé, assombrada.

Jacques Saunière, mestre do duplo sentido, havia se revelado mais uma vez um homem incrivelmente esperto.

CAPÍTULO 96

Silas acordou com um sobressalto.

Não imaginava o que o havia despertado nem quanto tempo havia dormido. *Será que eu estava sonhando?* Sentado no colchão de palha, ouvia a respiração tranquila da residência do Opus Dei, a quietude apenas quebrada pelos suaves murmúrios de alguém orando em voz alta em um quarto abaixo do dele. Esses sons lhe eram familiares e deveriam tê-lo reconfortado.

Ainda assim, ele sentia uma repentina e inesperada apreensão.

Vestido apenas com as roupas de baixo, Silas foi até a janela. *Será que me seguiram?* O pátio estava deserto, exatamente como ele o vira ao entrar. Prestou atenção para ver se captava algum ruído. Silêncio. *Então, por que estou apreensivo?* Há muito tempo Silas havia aprendido a confiar em sua intuição. A intuição o mantivera vivo quando criança nas ruas de Marselha, muito antes de ser preso... muito antes de renascer

---

1 N. do E.: Em inglês há um jogo de palavras porque *Pope*, que quer dizer "Papa", é o sobrenome do poeta Alexander Pope.

pelas mãos do bispo Aringarosa. Espiando pela janela, via agora a vaga silhueta de um carro através da sebe. No teto do carro, uma sirene de polícia. Uma tábua do assoalho rangeu no corredor. A tranca de uma porta moveu-se.

Silas reagiu por instinto, precipitando-se através do quarto e deslizando para trás da porta antes que ela se escancarasse com estardalhaço. O primeiro policial entrou como um tufão, apontando a arma para a esquerda e a direita, para o que lhe pareceu um quarto vazio. Antes que percebesse a presença de Silas, este já havia empurrado a porta com o ombro, esmagando um segundo policial que entrava. Quando o primeiro girou nos calcanhares para atirar, Silas mergulhou e agarrou-lhe ambas as pernas. A arma disparou, a bala saiu voando por cima da cabeça de Silas exatamente quando ele tocou nas canelas do policial, empurrando-as e fazendo o homem perder o equilíbrio, a cabeça dele batendo no assoalho. O segundo policial levantou cambaleante na porta, Silas aplicou-lhe uma joelhada na virilha e, pisando no corpo que se contorcia, foi para o corredor.

Seminu, Silas impeliu seu corpo branco escadaria abaixo. Sabia que alguém o havia traído, mas quem? Quando chegou ao vestíbulo, mais policiais estavam passando pela porta da frente. Silas mudou de direção e enveredou pelos corredores da residência. *A entrada das mulheres. Toda residência do Opus Dei tinha uma.* Descendo em espiral por corredores estreitos, Silas ziguezagueou por uma cozinha, cruzando com funcionários aterrorizados, que saíam da frente para evitar o albino seminu enquanto ele derrubava tigelas e prataria, por fim encontrando um corredor escuro perto da sala da caldeira. Chegara à porta que procurava, uma placa luminosa indicando a saída no final.

Passou a toda a velocidade pela porta para a chuva e pulou do lance baixo de escadas, só vendo o policial que vinha na direção oposta quando já era tarde demais. Os dois homens chocaram-se, o ombro nu e enorme de Silas penetrando no esterno do outro com uma força esmagadora. Ele empurrou o policial para trás, fazendo-o cair na calçada e aterrissando com todo o seu peso em cima dele. A arma do policial caiu e deslizou para longe, o metal retinindo. Silas ouvia homens vindo pelo corredor aos gritos. Rolou no chão e pegou o revólver no momento em que os policiais surgiram. Um tiro ecoou, vindo das escadas, e Silas sentiu uma dor dilacerante abaixo das costelas. Enfurecido, abriu fogo contra os três policiais, ferindo-os.

Uma sombra escura assomou por trás dele, saindo do nada. As mãos zangadas que agarraram seus ombros nus pareciam impregnadas com o poder do próprio demônio. O homem bradou no seu ouvido: – SILAS, NÃO!

Silas virou-se e disparou. Os olhos de ambos se encontraram. Silas começou a gritar horrorizado antes mesmo de o bispo Aringarosa cair.

CAPÍTULO 97

Mais de três mil pessoas estão sepultadas ou colocadas em relicários dentro da Abadia de Westminster. Em seu colossal interior de pedra abundam os restos de reis, estadistas, cientistas, poetas e músicos. Suas tumbas, que preenchem todo e qualquer nicho e recanto, vão, em termos de grandiosidade, do mais régio mausoléu – o da rainha Elizabeth I, cujo sarcófago coberto por um dossel possui sua própria capela particular em uma abside – até as mais modestas lajotas gravadas do piso, cujas inscrições se desgastaram sob os pés dos visitantes ao longo dos séculos de peregrinações, deixando para a imaginação quais as relíquias que podem estar sob as pedras da cripta.

Projetada no estilo das grandes catedrais de Amiens, Chartres e Cantuária, a Abadia de Westminster não é considerada catedral nem igreja paroquial. Ela tem a classificação de *royal peculiar*, ou seja, isenta de jurisdição do bispo da diocese em que se encontra e sujeita apenas ao soberano do país. Desde que foi o palco da coroação de Guilherme, o Conquistador, no dia de Natal de 1066, esse santuário deslumbrante vem testemunhando uma procissão interminável de cerimônias reais e eventos políticos – desde a canonização de Eduardo, o Confessor até o casamento do príncipe Andrew com Sarah Ferguson, os funerais de Henrique V, da rainha Elizabeth I e da princesa Diana.

Mesmo assim, Robert Langdon não sentia mais nenhum interesse na história antiga da abadia, exceto por um evento – o sepultamento do cavaleiro britânico Sir Isaac Newton.

Cavaleiro em Londres um Papa enterrou.

Entrando apressados pelo grandioso pórtico no transepto norte, Langdon e Sophie foram recebidos por guardas que educadamente os guiaram através da mais nova aquisição da abadia – um detetor de metais como aqueles dos aeroportos –, agora presente na maioria dos edifícios históricos de Londres. Ambos passaram sem disparar o alarme e continuaram até a entrada da abadia.

Ao entrar na Abadia de Westminster, Langdon sentiu que o mundo exterior se evaporava com um silenciar súbito. Nenhum barulho, nenhum ruído de tráfego. Nenhum murmúrio de chuva. Apenas um silêncio ensurdecedor, que parecia reverberar como se o edifício estivesse sussurrando para si mesmo.

Os olhos de Langdon e Sophie, como os de quase todos os visitantes, voltaram-se imediatamente para o alto, onde o grande abismo da abadia parecia explodir. Colunas cinzentas de pedra elevavam-se como sequoias nas sombras, arqueando-se graciosas em vazios estonteantes, depois descendo vertiginosamente até o piso de pedra. Diante deles, o amplo corredor do transepto norte estendia-se como um profundo cânion, flanqueado por íngremes penhascos de vitrais. Em dias ensolarados, o chão da abadia era uma colcha de retalhos feita de luz. Hoje, a chuva e as trevas emprestavam àquela monstruosa caverna uma aura fantasmagórica... mais de acordo com a cripta que realmente era.

– Está praticamente vazia – cochichou Sophie.

Langdon ficou decepcionado. Esperava que houvesse mais gente ali. *Um lugar mais público.* Não desejava repetir a experiência anterior na Temple Church deserta. Previra uma certa sensação de segurança naquele ponto turístico popular, mas a lembrança das multidões de pessoas movimentando-se em uma abadia bem-iluminada havia se formado durante o auge da temporada turística do verão. Aquele dia era uma manhã chuvosa de abril. Em vez de multidões e vitrais resplandecentes, Langdon só via o imenso chão ermo e recantos escuros e vazios.

– Passamos pelos detetores de metal – lembrou Sophie, notando a apreensão de Langdon. – Se houver alguém aqui, não pode estar armado.

Langdon concordou, mas mesmo assim continuou cauteloso. Queria ter vindo com a polícia de Londres, mas os temores de Sophie sobre quem pudesse estar envolvido o impediam de entrar em contato com as autoridades. *Precisamos recuperar o críptex*, insistira Sophie. *É a chave de tudo.*

Naturalmente, ela estava certa.

A chave para recuperar Leigh vivo.

A chave para achar o Santo Graal.

A chave para descobrir quem está por trás de tudo isso.

Infelizmente, a única oportunidade que tinham de recuperar a pedra parecia estar aqui e agora... na tumba de Isaac Newton. Quem estivesse com o críptex seria obrigado a visitar a tumba para decifrar a pista final, e, se já não tivesse vindo e ido embora, Sophie e Langdon pretendiam interceptá-lo.

Andando decididos até a parede à esquerda para sair do meio da nave, deslocaram-se para uma sombria nave lateral atrás de uma fileira de pilastras. Langdon não tirava da cabeça a imagem de Leigh Teabing sendo sequestrado, talvez amarrado na traseira de sua própria limusine. Quem ordenara a morte dos principais membros do Priorado não hesitaria em eliminar outros que se interpusessem em seu caminho. Parecia uma ironia cruel que Teabing – um cavaleiro britânico moderno – se tornasse refém durante a busca da tumba de seu próprio compatriota, Sir Isaac Newton.

– Para que lado fica? – indagou Sophie, olhando em torno.

A tumba. Langdon não tinha a menor noção.

– É melhor achar um guia e perguntar.

Langdon não achou prudente caminhar a esmo ali dentro. Westminster era um labirinto complexo de mausoléus, câmaras ao longo do perímetro da construção e nichos funerários recuados. Como a Grande Galeria do Louvre, tinha uma única entrada – a porta através da qual haviam acabado de passar. Era fácil encontrar o caminho para dentro, mas impossível encontrar a saída. *Uma literal armadilha para turistas*, como a chamou um dos colegas de Langdon, meio zonzo. Respeitando a tradição arquitetônica, a abadia tinha a forma de um crucifixo gigantesco. Ao contrário de muitas igrejas, porém, possuía uma entrada *lateral*, em vez de posterior, como era comum, através do nártex do final da nave. Além disso, tinha uma série de imensos claustros anexos. Um passo em falso através da arcada errada e o visitante se perdia em um labirinto de galerias externas cercadas por altos muros.

– Os guias usam túnicas carmesins – disse Langdon, aproximando-se do centro da igreja. Espiando obliquamente de um lado do imenso altar folheado a ouro para o extremo oposto do transepto sul, Langdon viu várias pessoas se arrastando de joelhos pelo chão. Essa peregrinação assim de joelhos era uma ocorrência comum no Recanto dos Poetas, embora fosse bem menos piedosa do que parecia. *Turistas fazendo decalques com carvão dos relevos das tumbas em folhas de papel.*

– Não estou vendo guia algum – disse Sophie. – Talvez possamos encontrar a tumba sozinhos, o que acha?

Sem dizer nada, Langdon deu mais alguns passos até o centro da abadia e apontou para a direita.

Sophie prendeu a respiração, espantada ao contemplar a nave interminável que se estendia diante dela, toda a magnitude do edifício agora visível.

– Ah! – disse ela. – É melhor procurarmos um guia.

◆ ◆ ◆

Naquele momento, a quase 100 metros de distância deles, fora do alcance da visão, atrás da grade do coro, a solene tumba de Isaac Newton tinha um único visitante. O Mestre andara examinando minuciosamente o monumento durante os últimos dez minutos.

A tumba de Newton consistia em um sarcófago imenso de mármore negro sobre o qual se encontrava a escultura de Sir Isaac Newton, reclinado, usando túnica clássica, orgulhosamente apoiado em uma pilha de seus próprios livros – *Divindade, Cronologia, Óptica* e *Princípios Matemáticos da Filosofia Natural*. Aos pés de Newton, dois meninos alados seguravam um rolo de pergaminho. Atrás do corpo reclinado elevava-se uma austera pirâmide. Embora a pirâmide em si parecesse destoar ali, foi o orbe gigantesco que se encontrava engastado na sua metade superior que mais intrigou o Mestre.

Um orbe.

O Mestre ponderou sobre a charada enganosa de Saunière. *Busca o orbe da sua tumba ausente.* O imenso orbe que se destacava na face da pirâmide era esculpido em baixo-relevo e retratava todos os tipos de corpos celestes – constelações, signos do zodíaco, cometas, estrelas e planetas.

Acima dele, a imagem da Deusa da Astronomia sob um campo estrelado.

Incontáveis orbes.

O Mestre convencera-se de que, uma vez encontrando a tumba, distinguir o orbe que faltava seria fácil. Agora, não tinha tanta certeza. Estava diante de um complicado mapa celeste. Haveria algum planeta ausente? Teria um orbe astronômico sido omitido em alguma constelação? Não sabia. De qualquer forma, o Mestre não podia deixar de imaginar que a solução seria engenhosamente clara e simples. *Que orbe estou procurando?* Decerto, um conhecimento avançado de astrofísica não seria pré-requisito para encontrar o Santo Graal, ou seria?

Fala de Rósea carne e semeado ventre.

A concentração do Mestre foi quebrada por diversos turistas que se aproximavam. Tornou a guardar o críptex no bolso e observou, cauteloso, enquanto os visitantes se encaminhavam a uma mesa vizinha, deixavam um donativo no copo e se reabasteciam de suprimentos para fazer decalques de tumbas, oferecidos pela abadia. Armados de novos lápis de carvão e grandes folhas de papel encorpado, seguiram para a frente da abadia, provavelmente para o popular Recanto dos Poetas, para homenagear Chaucer, Tennyson e Dickens friccionando furiosamente o lápis sobre o papel em cima das suas tumbas.

Outra vez sozinho, aproximou-se da tumba, examinando-a de baixo a cima. Começou com os pés guarnecidos de garras sob o sarcófago, passou pela estátua de Newton, por seus livros científicos, pelos dois meninos e o pergaminho matemático, pela face da pirâmide e pelo gigantesco orbe repleto de constelações, chegando por fim ao dossel estrelado do nicho.

Que orbe deveria estar ali... mas foi omitido? Ele tocou o críptex no bolso como se de alguma forma pudesse adivinhar a resposta esfregando o mármore de Saunière. *Só cinco letras me separam do Graal.*

Andando devagar junto ao canto da grade do coro, ele respirou fundo e correu os olhos rapidamente pela longa nave na direção do altar principal, à distância. Seu olhar desceu pelo altar folheado a ouro até a túnica carmesim de um guia da abadia para o qual duas pessoas muito familiares estavam acenando.

Langdon e Neveu.

Imperturbável, o Mestre recuou dois passos para trás da grade do coro. *Que rapidez, a deles.* Previra que Langdon e Sophie acabariam decifrando o significado do poema e vindo para a tumba de Newton, mas eles o haviam conseguido mais cedo do que imaginara. Suspirando, o Mestre pensou nas opções que tinha. Já havia se acostumado a enfrentar surpresas.

Quem está com o críptex sou eu.

Levando a mão ao bolso, tocou o segundo objeto que lhe dava autoconfiança: o revólver Medusa. Como esperado, os detetores da abadia haviam dado alarme quando o Mestre passara com a arma escondida. Também conforme o esperado, os guardas haviam-no deixado entrar na hora em que o Mestre lhes lançou um olhar indignado e mostrou suas credenciais. Altos postos na hierarquia sempre inspiravam o respeito apropriado.

Embora inicialmente o Mestre estivesse tentando resolver o enigma do críptex sozinho e evitar quaisquer complicações futuras, agora percebia que a chegada de Langdon e Neveu era na verdade uma circunstância bastante favorável. Considerando-se seu fracasso em decifrar a referência ao "orbe", ele talvez pudesse tirar partido da perícia deles. Afinal, se Langdon decifrara o poema para encontrar a tumba, havia uma boa possibilidade de também saber alguma coisa sobre o orbe. E, se Langdon descobrisse a senha, então seria apenas uma questão de aplicar a pressão certa.

Não aqui, é claro.
Em algum lugar discreto.

O Mestre lembrou-se de uma placa que vira no caminho para a abadia. Era o lugar perfeito para onde atraí-los.

O único problema era... o que usar como isca.

CAPÍTULO 98

Langdon e Sophie deslocaram-se devagar pelo corredor norte, mantendo-se nas sombras atrás dos amplos pilares que os separavam da nave aberta. Apesar de terem percorrido mais de metade da nave, ainda não conseguiam ver com clareza a tumba de Newton. O sarcófago era recuado, dentro de um nicho, e daquele ângulo oblíquo não conseguiam vê-lo.

– Pelo menos, não há ninguém perto dele – sussurrou Sophie.

Langdon concordou, aliviado. Toda a parte da nave próxima à tumba de Newton estava deserta.

– Vou na frente – sussurrou ele. – É melhor você ficar escondida, só no caso de alguém...

Sophie já saíra do lado escuro e cruzava a nave.

– ... estar nos vigiando – suspirou Langdon, correndo para perto dela.

Atravessando a imensa nave em diagonal, Langdon e Sophie permaneceram em silêncio à medida que o elaborado sepulcro se revelou aos pouquinhos... um sarcófago de mármore negro... uma estátua de Newton reclinado... dois meninos alados... uma imensa pirâmide... e... *um imenso orbe*.

– Sabia disso? – indagou Sophie, admirada.

Langdon sacudiu a cabeça, também surpreso.

– Parecem constelações, gravadas nele – observou Sophie.

Quando se aproximaram do nicho, Langdon sentiu uma vagarosa sensação de desânimo invadi-lo. A tumba de Newton estava *coberta* de orbes – estrelas, cometas, planetas.

Busca o orbe da sua tumba ausente? Aquilo era como tentar encontrar uma folha de grama faltando em um campo de golfe.

– Corpos astronômicos – disse Sophie, preocupada. – E um bocado deles.

Langdon franziu a testa. O único vínculo entre os planetas e o Graal que podia imaginar era o pentagrama de Vênus, e ele já havia tentado a senha "Vênus" a caminho da Temple Church.

Sophie foi direto para o sarcófago, mas Langdon permaneceu um ou dois metros atrás dela, de olho na abadia em torno de ambos.

– *Divindade* – disse Sophie inclinando a cabeça e lendo os títulos dos livros nos quais Newton se apoiava. – *Cronologia. Óptica. Princípios Matemáticos da Filosofia Natural?* – Virou-se para ele. – Sugere alguma coisa a você?

Langdon chegou mais perto, refletindo.

– *Princípios Matemáticos*, que eu me lembre, tem a ver com a atração gravitacional dos planetas... que realmente são orbes, mas a associação é um pouco forçada.

– Que tal os signos do zodíaco? – indagou Sophie, apontando para as constelações do orbe. – Você falou antes sobre Peixes e Aquário, não?

O fim dos tempos, pensou Langdon.

– O final da era de Peixes e início da era de Aquário era supostamente o marco histórico da ocasião em que o Priorado pretendia revelar os documentos Sangreal para o mundo. *Mas o milênio veio e se foi sem novidades, deixando os historiadores incertos quanto à data em que a verdade seria revelada.*

– Parece possível – disse Sophie – que os planos do Priorado de revelar a verdade tenham relação com o último verso da estrofe.

Fala de Rósea carne e semeado ventre. Langdon sentiu um calafrio, percebendo a potencialidade. Não havia pensado em interpretar aquele verso assim antes.

– Você me falou – disse ela – que a data em que o Priorado pretendia revelar a verdade sobre "a Rosa" e o seu ventre fértil estava diretamente ligada à posição dos planetas – orbes.

Langdon concordou, sentindo os primeiros sinais longínquos de possibilidade se materializarem. Mesmo assim, sua intuição lhe dizia que a Astronomia nada tinha a ver com aquilo. Todas as soluções anteriores do Grão-Mestre possuíam uma importância simbólica eloquente – a *Mona Lisa*, *A Madona das Rochas*, SOFIA. Essa eloquência decididamente faltava no conceito de orbes planetários e do zodíaco. Até ali, Jacques Saunière havia se revelado um meticuloso escritor de códigos, e Langdon precisava acreditar que sua senha final – aquelas cinco letras que revelavam o mais importante segredo do Priorado – se mostraria não só simbolicamente adequada como também clara como água. Se essa solução fosse semelhante às anteriores, seria incrivelmente óbvia, uma vez que dessem com ela.

– Veja! – disse Sophie, boquiaberta, interrompendo os pensamentos do amigo ao agarrar-lhe o braço. O medo que percebeu no toque da mão dela fez Langdon achar que alguém se aproximava, mas, quando se virou, viu que ela olhava horrorizada para a parte de cima do sarcófago de mármore preto. – Alguém esteve aqui – murmurou Sophie, indicando um ponto no sarcófago perto do pé direito estendido de Newton.

Langdon não entendeu o motivo de tanta preocupação. Um turista descuidado deixara um lápis de carvão para decalcar relevos de tumbas sobre a tampa do sarcófago perto do pé de Newton. *Não tem importância.* Langdon estendeu a mão para pegá-lo. Quando se debruçou sobre o sarcófago, porém, a luz incidiu num ângulo diferente sobre a lustrosa laje de mármore negro e Langdon ficou paralisado. De repente, viu por que Sophie estava com medo.

Na tampa do sarcófago, aos pés de Newton, destacava-se uma mensagem escrita a carvão que mal se podia ver:

Estou com Teabing.
Atravessem a Chapter House,
sigam pela saída sul e vão até o jardim público.

Langdon leu as palavras duas vezes, o coração batendo descompassado.

Sophie virou-se e esquadrinhou a nave.

Apesar do seu nervosismo ao ler aquelas palavras, Langdon disse a si mesmo que era uma boa notícia. *Leigh ainda está vivo.* Mas também havia uma outra implicação na mensagem.

– Eles ainda não sabem a senha – sussurrou ele.

Sophie concordou. Senão, por que denunciariam sua presença?

– Pode ser que estejam querendo trocar Leigh pela senha.

– Ou que seja uma armadilha.

Langdon balançou a cabeça.

– Acho que não. O jardim fica fora dos muros da abadia. Um lugar público. – Langdon havia visitado uma vez o famoso College Garden da abadia, um pequeno pomar e um canteiro de ervas remanescentes do tempo em que os monges plantavam medicamentos naturais ali. Gabando-se de ter as mais antigas árvores frutíferas da Grã-Bretanha, o College Garden era um local conhecido que os turistas podiam visitar sem precisarem entrar na abadia. – Acho que fazer-nos sair é uma demonstração de confiança. Para nos sentirmos seguros.

Sophie estava ressabiada.

– Está querendo dizer, lá fora, onde não há detetores de metal?

Langdon fechou a cara. Nisso, ela estava certa.

Voltando a contemplar a tumba repleta de orbes, Langdon desejou ter alguma ideia de qual seria a senha do críptex... alguma coisa com a qual negociar. *Envolvi Leigh nisso e vou fazer o que for necessário se houver alguma chance de salvá-lo.*

– A mensagem diz para passarmos pela Chapter House e ir para a saída sul – disse Sophie. – Talvez dê para ver o jardim dessa saída, o que acha? Assim podemos avaliar a situação antes de nos expormos a algum perigo.

A ideia era boa. Langdon lembrava-se vagamente da Chapter House, um salão octogonal onde o Parlamento britânico costumava se reunir antes que o moderno edifício de sua sede fosse construído. Já haviam se passado anos desde a última vez em que estivera ali, mas recordava-se de que ficava em algum ponto além do claustro. Recuando vários passos, afastou-se da tumba e espiou o que havia do outro lado da grade do coro para a sua direita, através da nave, o lado oposto àquele pelo qual tinham vindo.

Havia ali perto um imenso corredor abobadado e uma grande placa.

PASSAGEM PARA:
Claustros
Residência do Decano
Colégio
Museu
Câmara do Cibório
Capela de Santa Fé
Chapter House

Langdon e Sophie corriam ao passarem sob a placa, rápido demais para notarem o pequeno aviso pedindo desculpas por certas áreas estarem fechadas para reformas.

Saíram imediatamente em um pátio de muros altos e a céu aberto, onde caía a chuva matinal. Acima deles, o vento uivava com um ruído baixo ao passar pela abertura, como alguém soprando na boca de uma garrafa. Entrando nas passagens estreitas e de teto baixo que circundavam o pátio, Langdon sentiu o habitual desconforto que os espaços fechados lhe causavam. Aquelas passarelas chamavam-se *claustros*, e Langdon notou com inquietação que esses *claustros*, especificamente, faziam jus às origens latinas da palavra *claustrofobia*.

Concentrando-se em ir sempre em frente na direção do final do túnel, Langdon seguiu as placas que indicavam a Chapter House. A chuva agora caía aos jorros, e o corredor estava frio e úmido devido às rajadas que passavam, impelidas pelo vento, através das aberturas da parede com pilares, a única fonte de luz do claustro. Um outro casal passou correndo por eles vindo da direção oposta, com pressa de se proteger do tempo cada vez pior. Os claustros pareciam desertos, e eram a parte menos atraente da abadia para se visitar quando ventava e chovia.

Tendo percorrido 40 metros do claustro leste, encontraram uma arcada à esquerda que se abria para outra galeria. Embora essa fosse a entrada que estavam procurando, a porta estava fechada, e diante dela se via um cordão de isolamento e uma placa de aparência oficial.

FECHADAS PARA REFORMAS
Câmara do Cibório
Capela de Santa Fé
Chapter House

O corredor longo e deserto atrás do cordão estava repleto de andaimes e panos de proteção contra respingos de tinta. Além do cordão, Langdon divisou as entradas da Câmara do Cibório e da Capela de Santa Fé, à direita e à esquerda. A entrada para a Chapter House, porém, ficava bem mais distante, no final da longa galeria. Mesmo dali, Langdon pôde ver que sua pesada porta de madeira estava escancarada, e o espaço do interior octogonal encontrava-se banhado em uma luz cinzenta natural, vinda das enormes janelas da sala que davam para o College Garden. *Atravessem a Chapter House, sigam pela saída sul e vão até o jardim público.*

– Acabamos de sair do claustro leste – disse Langdon –, portanto a saída sul para o jardim deve ser por ali e à direita.

Enquanto eles seguiam em disparada pelo corredor escuro, os sons do vento e da chuva vindos do claustro aberto iam desaparecendo às suas costas. A Chapter House era uma espécie de estrutura satélite – um anexo independente no fim do comprido corredor para assegurar a privacidade das sessões do Parlamento ali realizadas.

– É imensa – sussurrou Sophie, quando se aproximaram.

Langdon esquecera-se de como aquela sala era grande. Ainda do lado de fora, antes de entrar, podia-se olhar através da vasta extensão do assoalho até as deslumbrantes janelas do lado oposto do octógono, que se elevavam cinco andares até um teto abobadado. Com certeza, teriam uma visão bem clara do jardim dali de dentro.

Ao atravessar a soleira, Langdon e Sophie precisaram semicerrar os olhos. Depois dos claustros escuros, a Chapter House parecia um solário. Já haviam avançado uns bons três metros dentro da sala à procura da parede sul quando perceberam que a porta que esperavam encontrar não existia.

Estavam num imenso beco sem saída.

O rangido de uma pesada porta atrás deles os fez se virarem, exatamente quando a porta se fechou com um baque e a lingueta se encaixou no lugar. O homem solitário que estivera atrás da porta parecia calmo enquanto apontava um pequeno revólver para os dois. Imponente, apoiava-se em um par de muletas de alumínio.

Por um momento, Langdon pensou que estava sonhando.

Era Leigh Teabing.

CAPÍTULO 99

Sir Leigh Teabing fitava pesaroso Robert Langdon e Sophie Neveu por cima do cano do seu revólver Medusa.

– Meus amigos – disse –, desde o momento em que foram à minha casa ontem à noite, tenho feito tudo que posso para mantê-los fora do meu caminho. Mas sua persistência agora me colocou numa situação difícil.

Podia ver as expressões de choque e decepção nos rostos de Sophie e Langdon, mas mesmo assim ele tinha certeza de que logo entenderiam a sequência de eventos que havia levado os três até aquela encruzilhada improvável.

Há tanta coisa que preciso dizer aos dois... tanta coisa que ainda não entendem.

– Por favor, acreditem – disse Teabing. – Jamais tive a intenção de envolvê-los. Vocês vieram a minha casa. *Vocês* é que *me* procuraram.

– Leigh? – conseguiu finalmente dizer Langdon. – Mas o que é que você está fazendo? Pensamos que estivesse correndo perigo de vida. Viemos aqui para ajudá-lo!

– Eu tinha certeza de que viriam – disse ele. – Precisamos ter uma longa conversa.

Langdon e Sophie não conseguiam desviar os olhares estupefatos do revólver que Leigh apontava para ambos.

– A arma serve simplesmente para garantir sua total atenção – disse Teabing. – Se eu quisesse fazer mal a vocês, já estariam mortos agora. Quando entraram em minha casa ontem à noite, arrisquei tudo para poupar suas vidas. Sou um homem honrado e jurei com toda a minha consciência apenas sacrificar aqueles que haviam traído o Sangreal.

– Do que está falando? – indagou Langdon. – Traído o Sangreal?

– Descobri uma verdade terrível – disse Teabing, suspirando. – Descobri por que os documentos Sangreal jamais foram revelados ao mundo. Descobri que o Priorado havia decidido jamais revelar a verdade, afinal de contas. Foi por isso que o milênio passou sem nenhuma revelação, por isso nada aconteceu ao entrarmos no Fim dos Tempos.

Langdon inspirou, preparando-se para protestar.

– O Priorado – continuou Teabing – recebeu a missão sagrada de revelar a verdade. Revelar os documentos Sangreal quando chegasse o Fim dos Tempos. Durante séculos, homens como Da Vinci, Botticelli e Newton arriscaram tudo para proteger os documentos e cumprirem essa missão. E agora, no último momento da verdade, Jacques Saunière mudou de ideia. O homem que recebeu a honra de ter a maior responsabilidade da história cristã faltou com sua palavra. Resolveu que não era o momento certo. – Teabing voltou-se para Sophie. – Ele traiu o Graal. Traiu o Priorado. E traiu a memória de todas as gerações que haviam trabalhado para tornar esse momento possível.

– Você? – exclamou Sophie, fuzilando Teabing com os olhos verdes cheios de fúria ao compreender tudo. – Você foi o responsável pela morte do meu avô?

Teabing soltou uma risada escarninha.

– Seu avô e seus guardiães eram traidores do Graal.

Sophie sentiu a fúria subindo dentro de si. *Ele está mentindo!*

A voz de Teabing era implacável.

– Seu avô vendeu-se à Igreja. É evidente que o pressionaram para manter a verdade oculta.

Sophie negou com um gesto de cabeça.

– A Igreja não exercia qualquer influência sobre o meu avô!

Teabing riu com frieza.

– Minha cara, a Igreja tem dois mil anos de experiência em pressionar os que ameaçam revelar suas mentiras. Desde a época de Constantino, a Igreja vem conseguindo esconder a verdade sobre Maria Madalena e Jesus. Não deveríamos nos surpreender se agora, uma vez mais, eles encontraram uma forma de manter o mundo mergulhado nas trevas da ignorância. A Igreja pode não empregar mais os cruzados para assassinar os infiéis, mas nem por isso sua influência deixa de ser persuasiva. Menos insidiosa. – Parou, como que para fazer suspense antes do próximo assunto. – Srta. Neveu, já faz algum tempo que seu avô vem querendo lhe contar a verdade sobre sua família.

◆ ◆ ◆

Sophie estava atordoada.

– Como seria possível você saber disso?

– Meus métodos não vêm ao caso. O que é importante que entenda agora é o seguinte. – Tomou fôlego. – As mortes de sua mãe, pai, avó e irmão *não foram* acidentais.

As palavras geraram um turbilhão de emoções dentro de Sophie. Ela abriu a boca para falar, mas não conseguiu.

Langdon abanou a cabeça.

– O que foi que disse?

– Robert, isso explica tudo. Todas as peças se encaixam. A história se repete. A Igreja tem precedentes de assassinar pessoas quando se trata de silenciar aqueles que detêm os segredos do Sangreal. Com a aproximação do Fim dos Tempos, matar os entes queridos do Grão-Mestre constitui um recado bem claro. Fique de boca fechada, senão você e Sophie serão os próximos.

– Foi um desastre de automóvel! – gaguejou Sophie, sentindo o sofrimento de sua infância ressurgir dentro de si. – Um *acidente!*

– Histórias inventadas para proteger sua inocência – disse Teabing. – Se pensar bem, verá que apenas dois membros da família ficaram incólumes: o Grão-Mestre do Priorado e sua única neta, o par perfeito para que a Igreja pudesse manter seu controle sobre a fraternidade. Posso imaginar muito bem o terror que a Igreja inspirava em seu avô durante todos esses anos, ameaçando matar *você* se ele ousasse revelar o segredo do Sangreal, ou terminar o serviço que haviam começado a menos que Saunière influenciasse o Priorado a reconsiderar seu antigo voto.

– Leigh – argumentou Langdon, visivelmente irritado –, decerto não tem provas de que a Igreja tem alguma coisa a ver com essas mortes nem que influenciou a decisão do Priorado de guardar sigilo.

– Provas? – redarguiu Teabing. – Quer provas de que o Priorado foi influenciado? O novo milênio chegou e, no entanto, o mundo continua ignorante! Não é prova suficiente?

Nos ecos das palavras de Teabing, Sophie distinguiu uma outra voz. *Sophie, preciso lhe contar a verdade sobre sua família*. Percebeu que estava tremendo. Não seria *essa* a verdade que seu avô quisera contar a ela? Que sua família havia sido *assassinada*? O que sabia de fato sobre o desastre que matara sua família? Apenas detalhes vagos. Até as matérias publicadas no jornal haviam sido vagas. Um acidente? Tudo mentira? Sophie de repente se lembrou de como o avô sempre havia sido superprotetor, como jamais gostara de a deixar sozinha quando era pequena. Mesmo quando Sophie cresceu e foi para a universidade, tinha a sensação de que o avô a vigiava. Perguntou-se se não teria havido membros do Priorado nas sombras, vigiando-a durante toda a sua vida, cuidando dela.

– Você desconfiou de que ele estava sendo manipulado – disse Langdon, fuzilando Teabing com os olhos, sem poder crer. – E aí você o *matou*?

– Não fui eu quem puxou o gatilho – disse Teabing. – Saunière já estava morto há anos quando a Igreja tirou sua família. Ele estava vendido. Agora está livre do sofrimento, livre da vergonha causada por sua incapacidade de desempenhar sua sagrada missão. Pense nas alternativas. Alguém precisava fazer alguma coisa. Será que o mundo vai ficar condenado à ignorância eterna? A Igreja terá permissão para inculcar suas mentiras através de nossos livros de história para todo o sempre? Íamos deixar a Igreja exercer influência indefinida com assassinatos e extorsões? Não, era preciso fazer alguma coisa! E agora estamos em condições de levar adiante o legado de Saunière e consertar um erro terrível. – Ele fez uma pausa. – Nós três. Juntos.

Sophie sentia apenas incredulidade.

– Como é que *pode* acreditar que vamos ajudá-lo?

– Porque, minha cara, *você* é o motivo pelo qual o Priorado deixou de divulgar os documentos. O amor de seu avô por você evitou que ele enfrentasse a Igreja. Seu medo de represálias contra o único membro da família ainda vivo o paralisou. Ele jamais teve oportunidade de lhe explicar a verdade porque você o rejeitou, deixou-o de mãos atadas, fazendo-o esperar. Agora deve ao mundo a verdade. Deve isso à memória de seu avô.

◆ ◆ ◆

Robert Langdon havia desistido de tentar se orientar. Apesar da torrente de perguntas que lhe passavam pela cabeça, sabia que agora só importava uma coisa – tirar Sophie viva dali. Toda a culpa que Langdon havia equivocadamente sentido antes por envolver Teabing agora havia se transferido para Sophie.

Eu a levei para o Château Villette. Sou o responsável.

Langdon jamais podia ter imaginado que Leigh Teabing seria capaz de matá-los a sangue-frio ali na Chapter House, e contudo Teabing certamente se envolvera no assassinato de outras pessoas durante sua busca desvairada. Langdon tinha a sensação incômoda de que ninguém ouviria tiros disparados naquela câmara distante e de paredes grossas, principalmente com aquela chuva. *E Leigh tinha acabado de admitir que era culpado.*

Langdon lançou um olhar rápido a Sophie, que estava muito abalada. *A Igreja assassinou a família de Sophie para silenciar o Priorado?* Langdon tinha certeza de que a Igreja moderna não assassinava ninguém. A explicação devia ser inteiramente outra.

– Deixe Sophie ir embora – pediu Langdon, olhando firme para Leigh. – Você e eu podemos resolver essa questão sozinhos.

Teabing deu uma gargalhada perversa.

– Infelizmente, essa é uma demonstração de confiança que não posso me dar ao luxo de permitir. Mas posso lhe oferecer *isto*. – Apoiou-se inteiramente nas muletas, mantendo o revólver apontado para Sophie, e tirou a pedra-chave do bolso. Oscilou um pouco enquanto a estendia para Langdon. – Uma prova de confiança, Robert.

Ressabiado, Robert não se moveu. *Leigh vai nos devolver o críptex?*

– Pegue-o – disse Teabing, oferecendo-o desajeitadamente a Langdon.

Langdon só podia imaginar um motivo para Teabing devolvê-lo.

– Você já o abriu. Tirou o mapa.

Teabing abanou a cabeça.

– Robert, se eu tivesse resolvido o enigma da pedra-chave, teria sumido para encontrar o Graal sozinho e não envolveria vocês. Não, não sei qual é a solução. E posso admitir isso abertamente. Um verdadeiro cavaleiro aprende a ser humilde diante do Graal. Aprende a obedecer aos sinais diante de si. Quando vi vocês entrarem na abadia, compreendi tudo. Estavam aqui por um motivo determinado. Para ajudar. Não estou procurando glória pessoal. Sirvo a um mestre que está muito acima do meu próprio orgulho. A Verdade. A humanidade merece conhecer essa verdade. O Graal encontrou todos nós, e agora está pedindo para a verdade ser revelada. Precisamos trabalhar juntos.

Apesar da insistência de Teabing em que colaborassem e tivessem confiança, sua arma manteve-se apontada para Sophie enquanto Langdon avançava e recebia o frio cilindro de mármore. Os discos estavam ainda dispostos aleatoriamente, e o críptex permanecia trancado.

Langdon olhou Teabing com atenção.

– Como sabe que não vou espatifar este cilindro agora mesmo?

Teabing deu uma risada sinistra.

– Eu devia ter percebido que sua ameaça de quebrar o críptex na Temple Church era um blefe. Robert Langdon jamais quebraria a pedra-chave. Você é historiador, Robert. Está segurando a chave de dois mil anos de história – a chave perdida do Sangreal. É capaz de sentir as almas de todos os cavaleiros queimados na fogueira para protegê-la. Deixará que suas mortes tenham sido em vão? Não, vai vingá-las. Vai se unir às fileiras dos grandes homens que admira – Da Vinci, Botticelli, Newton –, cada um dos quais teria ficado honrado de estar no seu lugar neste momento. O conteúdo da pedra-chave está pedindo para que o descubramos. Ansiando por ser libertado. Chegou a hora. O destino nos trouxe a este momento.

– Não posso ajudá-lo, Leigh. Não sei como abrir isso. Só vi a tumba de Newton de passagem. E, mesmo que soubesse a senha... – Langdon interrompeu-se, percebendo que falara demais.

– Não me diria? – suspirou Teabing. – Estou decepcionado e surpreso, Robert, por não ser capaz de entender até que ponto você está em dívida para comigo. Minha tarefa seria bem mais simples se Rémy e eu houvéssemos eliminado vocês dois quando entraram no Château Villette. Em vez disso, arrisquei tudo para trilhar a senda mais nobre.

– Isso é *nobre*? – retrucou Langdon, olhando revoltado para o revólver.

– Culpa de Saunière – disse Teabing. – Ele e seus guardiães

mentiram para Silas. Senão, eu teria obtido a pedra-chave sem complicações. Como imaginar que o Grão-Mestre iria até esse ponto para me enganar e legaria a pedra-chave a uma neta com quem estava brigado? – Teabing olhou para Sophie com desdém. – Tão desqualificada para reter tal conhecimento que precisou de uma babá simbologista. – Teabing voltou a encarar Langdon. – Felizmente, Robert, seu envolvimento acabou sendo a minha salvação. Em vez de a pedra ficar trancada no banco de custódia para sempre, você a retirou de lá e levou-a até minha casa.

Para que outro lugar eu iria?, pensou Langdon. *A comunidade de historiadores do Graal é pequena, e Teabing e eu já havíamos trabalhado juntos.*

Teabing agora assumia uma atitude presunçosa.

– Quando soube que Saunière lhe havia deixado uma mensagem antes de morrer, desconfiei que você tivesse em suas mãos informações valiosas do Priorado. Se era a pedra-chave em si, ou informações sobre onde encontrá-la, eu não sabia. Mas, com a polícia em seu encalço, tive a ligeira desconfiança de que talvez você fosse bater lá em casa.

Langdon voltou a olhá-lo com rancor.

– E se não tivesse ido para lá?

– Eu já estava planejando oferecer-lhe ajuda. De uma forma ou de outra, a pedra-chave iria para o Château Villette. O fato de a ter entregue a mim de mão beijada só serve de prova que minha causa é justa.

– Como disse? – Langdon estava pasmo.

– Silas foi instruído para invadir a casa e roubar a pedra-chave no Château Villette – tirando você de campo sem feri-lo e isentando-me de qualquer suspeita de cumplicidade. Mas, quando vi como eram complexos os códigos de Saunière, resolvi incluir os dois na minha busca durante um pouco mais de tempo. Eu podia mandar Silas roubar a pedra-chave depois, quando já soubesse o bastante para me virar sozinho.

– A Temple Church – disse Sophie, em um tom de voz desalentado, ao perceber a traição.

◆ ◆ ◆

Afinal, eles estão começando a ver a luz, pensou Teabing. A Temple Church era o lugar perfeito para se roubar a pedra-chave de Robert e Sophie, e sua aparente ligação com o poema tornava-a um chamariz plausível. As ordens que Rémy recebera haviam sido claras – mantenha-se escondido enquanto Silas recupera a pedra-chave. Lamentavelmente, a ameaça de Langdon de espatifar a pedra-chave no chão da capela havia feito Rémy se descontrolar. *Se ao menos Rémy não tivesse revelado quem era*, pensou Teabing, aborrecido, lembrando-se de seu sequestro simulado. *Rémy era o único vínculo que levava a mim e mostrou a cara!*

Felizmente, Silas continuou sem saber qual a verdadeira identidade de Teabing e deixou-se enganar com facilidade, levando-o para fora da igreja e depois observando ingenuamente enquanto Rémy fingia amarrar o suposto refém dos dois na traseira da limusine. Com a divisória à prova de som erguida, Teabing pôde ligar para Silas, no banco da frente, usando o sotaque francês do Mestre, e mandá-lo ir direto para o Opus Dei. Uma única denúncia anônima para a polícia foi tudo de que precisou para tirar Silas de cena.

Mais uma ponta solta fora amarrada.

A outra ponta solta era mais difícil. *Rémy.*

Teabing hesitara muito até tomar aquela decisão, mas no final Rémy acabara se mostrando uma desvantagem para ele. *Toda busca do Graal exige sacrifício.* A solução mais simples estava diante de Teabing o tempo todo, no bar da limusine – um frasco, um pouco de conhaque, uma lata de amendoins.

O pozinho no fundo da lata seria mais do que suficiente para desencadear a alergia mortal de Rémy. Quando ele estacionou a limusine na Horse Guards Parade, Teabing saiu da traseira, foi até a porta do passageiro e sentou-se na frente, ao seu lado. Minutos depois, Teabing saiu do carro, tornou a entrar na traseira, limpou todas as provas e finalmente saiu para executar a fase final de sua missão.

A Abadia de Westminster ficava a uma curta distância a pé, e, apesar de o aparelho ortopédico em suas pernas, as muletas e o revólver terem disparado o detetor de metais, os guardas da firma de segurança contratada não souberam como reagir. *Pedimos a ele que tire as muletas e entre rastejando? Passamos em revista esse corpo deformado?* Teabing apresentou aos guardas confusos uma solução muito mais fácil – um cartão gravado em relevo, identificando-o como Cavaleiro da Coroa. Os pobres coitados quase tropeçaram uns nos outros para ajudá-lo a entrar.

Agora, fitando Langdon e Sophie Neveu transtornados, Teabing resistia à vontade de revelar como ele havia brilhantemente envolvido o Opus Dei na trama que em breve causaria a extinção de toda a Igreja. Isto ia ter que esperar. Naquele momento, tinham uma importante missão a cumprir.

– Meus amigos – declarou Teabing –, não buscais o Santo Graal, o Santo Graal é que vos busca. – Ele sorriu. – Nossos caminhos juntos não poderiam estar mais claros. O Graal nos encontrou.

Silêncio.

Ele começou a falar aos sussurros.

– Escutem. Conseguem ouvir? O Graal está falando conosco através dos séculos. Está suplicando para ser salvo da loucura do Priorado. Imploro que ambos reconheçam essa oportunidade. Não podem existir três pessoas mais capazes reunidas neste momento para decifrar o último código e abrir o críptex. – Teabing fez uma pausa, os olhos brilhando, febris. – Precisamos fazer um juramento. Um juramento de confiar uns nos outros. Um juramento de fidelidade de cavaleiros, de descobrir a verdade e divulgá-la.

Sophie, olhando firme nos olhos de Teabing, falou com voz fria como aço.

– Jamais farei um juramento com o assassino de meu avô. A não ser que seja o de mandá-lo para trás das grades.

O coração de Teabing ficou apertado, depois resoluto.

– É uma pena que pense assim, mademoiselle. – Virou-se e apontou o revólver para Langdon. – E você, Robert? Está comigo ou contra mim?

CAPÍTULO 100

O corpo do bispo Manuel Aringarosa havia suportado muitos tipos de dor, e ainda assim o calor dilacerante da ferida de bala em seu peito pareceu-lhe muito estranho. Profundo e grave. Não tanto um ferimento na carne... mas uma ferida na alma.

Abriu os olhos, tentando ver, mas a chuva em seu rosto embaçou-lhe a visão. *Onde estou?* Sentia braços fortes erguendo-o, carregando seu corpo inerte como o de uma boneca de trapos, sua batina negra ondulando.

Levantando um dos braços com cautela, ele enxugou os olhos e viu que o homem que o carregava era Silas. O enorme albino caminhava com dificuldade por uma calçada coberta de neblina, perguntando em altos brados onde ficava o hospital mais próximo, sua voz um lamento de agonia, de cortar o coração. Seus olhos vermelhos concentravam-se em um ponto à sua frente, as lágrimas escorrendo pelo rosto pálido, todo respingado de sangue.

– Meu filho – cochichou Aringarosa –, você está ferido.

Silas olhou rapidamente para baixo, o rosto contorcido de angústia.

– Perdoe-me, por favor, padre. – Ele parecia estar sofrendo demais até para falar.

– Não, Silas – respondeu Aringarosa. – Sou eu que lhe peço perdão. Tudo isso foi culpa minha. *O Mestre me prometeu que não haveria mortes, e eu lhe disse para obedecê-lo à risca.*
– Agi com muita sofreguidão. Deixei-me atemorizar demais. Você e eu fomos enganados. *O Mestre jamais iria nos entregar o Santo Graal.*

Aninhado nos braços do homem que ele havia acolhido tantos anos atrás, o bispo Aringarosa sentiu-se voltar no tempo. Para a Espanha. Para seu início modesto, construindo uma capelinha católica em Oviedo com Silas. E depois, para Nova York, onde havia proclamado a glória de Deus com a gigantesca torre da sede do Opus Dei na Avenida Lexington.

Cinco meses antes, Aringarosa havia recebido uma notícia arrasadora. O trabalho de toda a sua vida corria um grande risco. Lembrou-se, com os mínimos detalhes, da reunião em Castel Gandolfo que mudara sua vida... a notícia que dera motivo a toda aquela calamidade.

Aringarosa havia entrado na Biblioteca Astronômica de Gandolfo com a cabeça erguida, esperando ser aclamado por mãos acolhedoras, todas ávidas por bater em suas costas, dando-lhe parabéns pelo seu trabalho de primeira qualidade como representante do catolicismo nos Estados Unidos.

Mas só havia três pessoas presentes.

O secretário-geral do Vaticano. Obeso. Sombrio.

Dois cardeais italianos de alta hierarquia. Santarrões. Presunçosos.

– Secretário? – disse Aringarosa, intrigado.

O rotundo supervisor dos assuntos jurídicos apertou a mão de Aringarosa e indicou a cadeira diante de si.

– Por favor, fique à vontade.

Aringarosa sentou-se, pressentindo que havia alguma coisa errada.

– Não tenho jeito para conversa fiada, bispo – disse o secretário –, portanto permita-me ser direto sobre o motivo de sua visita.

– Por favor, pode falar com toda a franqueza. – Aringarosa lançou um rápido olhar aos dois cardeais, que o examinavam cheios de farisaica expectativa.

– Como bem sabe – disse o secretário –, Sua Santidade e outros em Roma vêm se preocupando ultimamente com a repercussão política das práticas mais controvertidas do Opus Dei.

Aringarosa sentiu uma irritação instantânea. Já havia passado por aquilo em diversas ocasiões com o novo Sumo Pontífice, que, para grande consternação de Aringarosa, revelara-se uma voz perturbadoramente fervorosa em favor das mudanças liberais na Igreja.

– Desejo garantir-lhe – acrescentou o secretário, mais que depressa – que Sua Santidade não deseja mudar nada na forma como o senhor administra seu ministério.

Espero que não!

– Então, por que estou aqui?

O homem obeso suspirou.

– Bispo, não sei bem como dizer isso com delicadeza, então vou ser direto. Dois dias atrás, a Cúria votou unanimemente a favor de revogar a sanção concedida pelo Vaticano ao Opus Dei.

Aringarosa tinha certeza de que não havia escutado direito.

– Como disse?

– Resumindo, daqui a seis meses, o Opus Dei não vai mais ser considerado uma prelazia do Vaticano. Será uma igreja à parte. A Santa Sé vai se dissociar de vocês. Sua Santidade concorda, e já estamos tratando do processo jurídico.

– Mas... isso é impossível!

– Pelo contrário, é muito possível. E necessário. Sua Santidade vem se inquietando com seus métodos agressivos de recrutamento e suas práticas de mortificação corporal. – Fez uma pausa. – Além disso, também há suas diretrizes quanto às mulheres. Francamente, o Opus Dei tornou-se um fardo difícil de carregar, e um constrangimento.

O bispo Aringarosa ficou estupefato.

– Um *constrangimento?*

– Não devia estar surpreso de as coisas chegarem a esse ponto.

– O Opus Dei é a única organização católica que está crescendo! Agora temos mais de 11 mil padres!

– É verdade. Uma questão perturbadora para todos nós.

Aringarosa ficou de pé, num pulo.

– Pergunte a Sua Santidade se o Opus Dei era um constrangimento em 1982, quando ajudamos o Banco do Vaticano!

– O Vaticano lhes será sempre grato por isso – disse o secretário, o tom mais ameno –, e, mesmo assim, há aqueles que ainda creem que sua munificência financeira em 1982 foi o único motivo pelo qual receberam essa prelazia, antes de qualquer outra coisa.

– Mas isso não é verdade! – A insinuação ofendeu profundamente Aringarosa.

– Seja qual for o caso, planejamos agir com lisura. Estamos formulando termos de separação que irão incluir um reembolso dessas quantias. Será pago em cinco prestações.

– Estão querendo me comprar? – irritou-se Aringarosa. – Pagando para que eu saia sem reclamar? Quando o Opus Dei é a única voz da razão que resta?

Um dos cardeais ergueu os olhos para ele.

– Com licença, disse *razão?*

Aringarosa debruçou-se sobre a mesa, o tom de voz mais incisivo.

– Por acaso o senhor já parou para refletir por que os

católicos estão se afastando da Igreja? Olhe ao seu redor, cardeal. As pessoas perderam o respeito. Os rigores da fé desapareceram. A doutrina se tornou uma fila de bufê. Abstinência, confissão, comunhão, batismo, missa – escolha o que quiser, depois faça qualquer combinação que lhe agrade e ignore o resto! Que tipo de orientação espiritual a Igreja está oferecendo?

– Leis do século III d.C. – disse o segundo cardeal – não podem se aplicar aos seguidores atuais de Cristo. As regras não funcionam na sociedade moderna.

– Ora, parecem funcionar para o Opus Dei!

– Bispo Aringarosa – disse o secretário, voz conclusiva. – Em respeito ao relacionamento de sua organização com o Papa anterior, Sua Santidade dará ao Opus Dei seis meses para romper *voluntariamente* com o Vaticano. Sugiro que apresente suas diferenças de opinião à Santa Sé e funde sua própria organização cristã.

– Recuso-me a fazer uma coisa dessas! – declarou Aringarosa. – E vou dizer isso em pessoa a Sua Santidade!

– Lamento, mas acho que Sua Santidade não tem mais intenção de recebê-lo.

Aringarosa ficou de pé.

– Ele não ousaria abolir uma prelazia pessoal fundada por um Papa anterior!

– Sinto muito. – O secretário nem se abalou. – O Senhor dá e o Senhor tira.

Aringarosa havia saído cambaleante daquela reunião, completamente transtornado e apavorado. Voltando a Nova York, contemplou desiludido a silhueta dos prédios pela janela durante dias a fio, acabrunhado pela tristeza que sentia ao pensar no futuro da cristandade.

Várias semanas depois, recebeu um telefonema que mudou tudo. O homem parecia francês e se identificou como *O Mestre* – título comum na prelazia. Disse que sabia dos planos do Vaticano para retirar o apoio ao Opus Dei.

Como poderia saber disso?, perguntou-se Aringarosa. Pensava que apenas um grupo de traficantes de influência do Vaticano soubesse da iminente separação do Opus Dei. Pelo visto, a informação havia vazado. Quando se tratava de evitar o alastramento de boatos, nenhum muro do mundo era mais poroso do que os que cercavam a Cidade do Vaticano.

– Tenho escutas em toda parte, bispo – sussurrou o Mestre –, e com elas obtive certo conhecimento. Com sua ajuda, posso descobrir o esconderijo de uma relíquia sagrada que lhe trará imenso poder... poder suficiente para fazer o Vaticano curvar-se diante do senhor. Poder suficiente para salvar a Fé. – Fez uma pausa. – Não só para o Opus Dei. Mas para todos nós.

O Senhor tira... e o Senhor dá. Aringarosa sentiu refulgir dentro de si um glorioso raio de esperança.

– Diga-me qual é o seu plano.

◆ ◆ ◆

O bispo Aringarosa jazia inconsciente quando as portas do Hospital St. Mary abriram-se com leve ruído. Silas irrompeu pelo vestíbulo, delirante de esgotamento. Caindo de joelhos no piso azulejado, gritou pedindo ajuda. Todos na recepção assistiram boquiabertos ao albino seminu chegar com aquele padre ensanguentado nos braços.

O médico que acudiu Silas ergueu o bispo desfalecente e o colocou em uma maca com rodas, fazendo uma cara desanimada ao tomar-lhe o pulso.

– Ele perdeu muito sangue. Não posso garantir nada.

As pálpebras de Aringarosa estremeceram e ele recobrou a lucidez um momento, o olhar vidrado pousando em Silas.

– Meu filho...

Na alma de Silas havia uma tempestade de remorso e fúria.

— Padre, posso levar a vida inteira, mas vou encontrar o miserável que nos enganou e vou matá-lo.

Aringarosa abanou a cabeça, entristecido, enquanto se preparavam para levá-lo para o interior do hospital.

— Silas... Se não aprendeu nada comigo, por favor... aprenda isso. — Ele pegou a mão de Silas e apertou-a com firmeza. — O perdão é o maior dom de Deus.

— Mas, padre...

Aringarosa fechou os olhos.

— Silas, você precisa rezar.

CAPÍTULO 101

De pé sob a grandiosa cúpula da Chapter House deserta, Robert Langdon olhava fixamente o cano do revólver de Teabing.

Robert, você está comigo ou contra mim? As palavras do historiador da Coroa ecoaram no silêncio da mente de Langdon.

Não havia resposta viável, Langdon sabia disso. Se respondesse sim, estaria traindo Sophie. Se respondesse não, Teabing teria de matar os dois.

Os anos de Langdon nas salas de aula não o haviam dotado de nenhuma habilidade relevante para enfrentar confrontos sob a mira de uma arma, mas, em compensação, *os seus alunos* o haviam dotado de certa perícia para responder a perguntas paradoxais. *Quando não existe resposta correta para uma pergunta, só há uma resposta honesta.*

A área cinzenta entre o sim e o não.

O silêncio.

Com o críptex em suas mãos, Langdon resolveu simplesmente ir embora.

Sem nem mesmo erguer os olhos, andou para trás, avançando ainda mais pela erma vastidão da sala. *Terreno neutro*. Ele esperava que sua concentração no críptex desse a entender a Teabing que ele estava pensando em colaborar e que seu silêncio comunicasse a Sophie que ele não a havia abandonado.

O tempo todo ganhando tempo para pensar.

Pensar, suspeitava Langdon, era exatamente o que Teabing queria que ele fizesse. *Foi por isso que ele me entregou o críptex. Para que eu sentisse o peso da minha decisão*. O historiador britânico esperava que tocar no críptex do Grande Mestre fizesse Langdon compreender totalmente a magnitude de seu conteúdo, atiçando sua curiosidade acadêmica de modo a fazê-la superar tudo o mais, obrigando-o a perceber que, se não conseguisse abrir a pedra-chave, a própria história estaria perdida.

Com Sophie sob a mira do revólver do outro lado da sala, Langdon temia que descobrir a ardilosa senha do críptex fosse a única esperança que lhe restava de negociar a libertação dela. *Se eu conseguir tirar o mapa lá de dentro, Teabing irá negociar*. Obrigando sua mente a cumprir essa tarefa crítica, Langdon andou lentamente para as janelas opostas... deixando sua cabeça se encher das numerosas imagens astronômicas na tumba de Newton.

Busca o orbe da sua tumba ausente.
Fala de Rósea carne e semeado ventre.

Dando as costas para os outros, encaminhou-se para as janelas altíssimas, procurando alguma inspiração em seus vitrais de mosaicos. Não viu nenhuma.

Tente pensar como Saunière, procurava ele se sugestionar, olhando agora para o College Garden. *O que ele consideraria o orbe desaparecido na tumba de Newton?* Imagens de estrelas, cometas e planetas cintilavam na chuva torrencial, mas Langdon as ignorou. Saunière não era um cientista. Era um homem de humanidades, de arte, de história. *O sagrado feminino... o cálice... a Rosa... Maria Madalena exilada... O declínio da deusa... o Santo Graal.*

A lenda sempre representava o Graal como uma amante cruel, dançando nas sombras quase fora do alcance da visão, sussurrando aos ouvidos, atraindo a pessoa mais um passo adiante e depois se evaporando nas brumas.

Ainda fitando firmemente as árvores farfalhantes do College Garden, Langdon sentia a presença brincalhona dela. Os sinais estavam em toda parte. Como uma silhueta zombeteira, emergindo da neblina, os ramos da mais antiga macieira da Grã-Bretanha acenavam, repletos de flores de cinco pétalas, todas resplandecentes como Vênus. A deusa estava no jardim agora. Estava dançando na chuva, cantando canções ancestrais, espreitando-o por trás dos galhos carregados de botões, como para lembrar a Langdon que o fruto do conhecimento estava crescendo ali perto, além de seu alcance.

❖ ❖ ❖

Do outro lado da sala, Sir Leigh Teabing observava confiante Langdon contemplando o jardim pela janela, como que enfeitiçado.

Exatamente como eu esperava, pensou Teabing. *Ele vai mudar de ideia.*

Já havia algum tempo que Teabing suspeitava de que Langdon talvez tivesse a chave para o Santo Graal. Não era coincidência Teabing ter posto em ação seu plano na mesma noite em que Langdon tinha uma entrevista marcada com Jacques Saunière. Através da escuta no gabinete do diretor do Louvre, Teabing teve certeza de que a ansiedade do homem para se encontrar em particular com Langdon só podia significar uma coisa. *O misterioso original de Langdon incluía alguma coisa que o Priorado temia que fosse publicada. Langdon topara sem querer com uma verdade, e Saunière ficou com medo de que ela fosse revelada.* Teabing tinha certeza de que o Grão-Mestre convidara Langdon para silenciá-lo.

A Verdade já fora silenciada por tempo demais!

Teabing sabia que precisava agir depressa. O ataque de Silas iria matar dois coelhos com uma só cajadada. Evitaria que Saunière persuadisse Langdon a se calar e garantiria que, uma vez que a pedra-chave chegasse às mãos de Teabing, Langdon estivesse em Paris para ser convocado se Teabing precisasse dele.

Tinha sido facílimo conseguir um encontro fatal entre Saunière e Silas. *Eu tinha informações privilegiadas sobre os mais profundos medos de Saunière.* Na tarde anterior, Silas havia telefonado para o curador e se feito passar por um padre angustiado: "Monsieur Saunière, perdoe-me, mas preciso lhe falar urgentemente. Jamais traí segredos de confessionário, mas, neste caso, sinto que preciso fazê-lo. Acabei de ouvir em confissão um homem que diz ter assassinado membros da sua família."

A reação de Saunière foi de susto, porém não destituído de cautela: "Minha família morreu em um acidente. O relatório da polícia foi conclusivo."

"Sim, um desastre de carro", disse Silas, preparando o terreno para jogar a isca. "O homem com quem eu falei disse que bateu deliberadamente no carro deles, fazendo-o perder a direção e cair num rio."

Saunière ficou mudo.

"Monsieur Saunière, jamais teria lhe telefonado diretamente se esse homem não tivesse feito um comentário que me faz temer pela sua segurança." E fez uma pausa. "O homem também mencionou sua neta, Sophie."

A menção do nome de Sophie havia catalisado a reação. O curador começou logo a tomar suas precauções. Mandou Silas vir vê-lo imediatamente no local mais seguro que Saunière conhecia: seu gabinete do Louvre. Depois, ligou para

Sophie para alertá-la de que ela podia estar correndo risco de vida. Esqueceu-se na mesma hora do encontro para tomar drinques com Robert Langdon.

Agora, com Langdon afastado de Sophie, do outro lado da sala, Teabing achava que tinha conseguido separar os dois companheiros. Sophie Neveu continuava renitente, mas Langdon sem dúvida enxergava mais longe. Estava tentando descobrir a senha. *Ele entende a importância de encontrar o Graal e libertá-lo da servidão.*

– Ele não vai abri-lo para você – disse Sophie, em voz fria. – Mesmo se puder.

Teabing volta e meia olhava para Langdon, enquanto mantinha a arma assestada para Sophie. Agora, estava mais ou menos certo de que iria precisar usar a arma. Embora a ideia o perturbasse, sabia que não hesitaria se as circunstâncias o exigissem. *Dei a ela todas as oportunidades de agir corretamente. O Graal é maior do que qualquer um de nós.*

Então, Langdon tirou os olhos da janela e se virou.

– A tumba... – disse de repente, encarando-os com um ligeiro brilho de esperança nos olhos. – Sei onde procurar na tumba de Newton. Sim, acho que consigo encontrar a senha!

Teabing ficou fora de si de tão contente.

– Onde, Robert? Diga-me!

Sophie falou, horrorizada:

– Robert, não! Não vai ajudá-lo, *vai*?

Langdon aproximou-se com passos resolutos, segurando o críptex.

– Não – disse ele, o rosto severo quando encarou Teabing. – Só depois que a soltar.

O otimismo de Teabing sumiu.

– Estamos quase lá, Robert. Não se atreva a querer me fazer de bobo!

– Nada disso – disse Langdon. – Solte-a. Depois eu o levo à tumba de Isaac Newton. Vamos abrir o críptex juntos.

– Não vou a parte alguma – declarou Sophie, seus olhos

estreitando-se de ódio. – Foi meu avô quem me deu o críptex, não é de vocês, não têm o direito de abri-lo.

Langdon voltou-se, uma expressão de medo no rosto.

– Sophie, por favor! Está correndo perigo. Estou tentando ajudar você!

– Como? Revelando o segredo que meu avô morreu para defender? Ele confiou em você, Robert. *Eu* confiei em você!

Os olhos azuis de Robert demonstravam pânico agora, e Teabing não pôde deixar de sorrir ao ver os dois se desentendendo. As tentativas de Langdon de ser galante eram mais ridículas do que tudo. *Está a ponto de desvendar um dos maiores segredos da história e se preocupa com uma mulher que se revelou indigna da busca.*

– Sophie... – suplicou Langdon. – Por favor... precisa sair daqui.

Ela abanou a cabeça.

– Não, só se me entregar o críptex ou espatifá-lo no chão.

– Quê? – exclamou Langdon, boquiaberto.

– Robert, meu avô ia preferir que seu segredo se perdesse para sempre a vê-lo nas mãos de seu assassino. – Os olhos de Sophie pareciam estar prestes a se encher de lágrimas, mas isso não aconteceu. Ela se virou para Teabing outra vez. – Atire em mim, se quiser. Não vou deixar o legado do meu avô nas suas mãos.

Muito bem. Teabing apontou a arma para a moça.

– Não! – exclamou Langdon, erguendo o braço e suspendendo o críptex precariamente acima do piso de pedra duríssimo. – Leigh, se chegar a pensar em disparar essa arma, eu deixo isto cair.

Teabing riu.

– Esse seu blefe funcionou com Rémy. Comigo, não. Eu conheço você, não vai fazer isso.

– Conhece, Leigh?

Conheço, sim. Precisa melhorar sua cara de mentiroso, meu amigo. Levei vários segundos, mas posso ver agora que está men-

tindo. Não faz ideia de onde encontrar a resposta na tumba de Newton.

– Não diga, é, Robert? Sabe onde procurar a resposta na tumba?

– Sei.

A hesitação nos olhos de Langdon foi fugaz, mas Leigh a captou. Havia uma mentira ali. Uma manobra patética e desesperada para salvar Sophie. Teabing sentiu-se profundamente decepcionado com relação a Robert Langdon.

Sou um cavaleiro solitário, cercado de almas indignas. E vou precisar decifrar a pedra-chave sozinho.

Langdon e Neveu não passavam, naquele momento, de uma ameaça para Teabing... e para o Graal. Por mais dolorosa que fosse a solução, Teabing sabia que cumpriria sua missão com a consciência limpa. O único desafio seria persuadir Langdon a deixar a pedra-chave no chão para ele poder decifrar com segurança aquela charada.

– Uma demonstração de confiança – disse Teabing, deixando de apontar a arma para Sophie. – Deixe a pedra-chave aí no chão e vamos conversar.

❖ ❖ ❖

Langdon viu que sua mentira não havia sido convincente.

Enxergou a decisão assassina no rosto de Teabing e soube que havia chegado a hora. *Quando eu puser isto no chão, ele vai nos matar.* Mesmo sem olhar para Sophie, pôde ouvir o coração dela suplicando-lhe em mudo desespero. *Robert, esse homem não merece o Graal. Por favor, não ponha o críptex nas mãos dele. Não importa o que isso custe.*

Langdon já havia tomado sua decisão vários minutos antes, enquanto estava só, diante da janela que dava para o College Garden.

Proteja Sophie.

Proteja o Graal.

Langdon quase havia gritado de desespero. *Mas não consigo imaginar como!*

Os duros momentos de decepção haviam trazido consigo uma lucidez diferente de tudo o que jamais sentira. *A Verdade está bem diante de seus olhos, Robert.* Ele não soube de onde veio a revelação. *O Graal não está zombando de você, está fazendo um apelo a uma alma digna.*

Então, curvando-se como um súdito diante de Leigh Teabing, Langdon abaixou o críptex até alguns centímetros de distância do piso de pedra.

– Isso, Robert – sussurrou Teabing, apontando a arma para ele. – Ponha-o no chão.

Os olhos de Langdon ergueram-se para o céu, para a vazia imensidão da cúpula da Chapter House. Agachando-se ainda mais, Langdon abaixou o olhar para a arma de Teabing, diretamente apontada para ele.

– Desculpe, Leigh.

Em um movimento ágil, Langdon pulou, impulsionando o braço para o alto, lançando o críptex para o domo acima deles.

◆ ◆ ◆

Leigh Teabing não sentiu o seu dedo puxar o gatilho, mas o Medusa disparou com estardalhaço. A forma agachada de Langdon estava agora vertical, quase suspensa no ar, e a bala explodiu no chão perto dos pés dele. Metade do cérebro de Teabing tentou ajustar a mira e disparar outra vez, em fúria, mas a metade mais forte arrastou seus olhos para cima, para a cúpula.

A pedra-chave!

O tempo pareceu parar, transformando-se em um sonho em câmera lenta enquanto todo o mundo de Teabing passava a ser aquela pedra-chave solta no espaço. Ele a viu subir até o ápice de sua trajetória... pairar um momento no vazio...

depois cair vertiginosamente, girando, aproximando-se do piso de pedra.

Todas as esperanças e sonhos de Teabing estavam despencando em direção ao solo. *Ela não pode atingir o chão! Eu posso pegá-la!* O corpo de Teabing reagiu por instinto. Ele soltou a arma e lançou o corpo para adiante, deixando também caírem as muletas ao estender as mãos macias e bem-tratadas. Com os braços e dedos esticados, ele apanhou a pedra-chave no ar.

Ao tombar para a frente, com o críptex vitoriosamente preso na mão, Teabing reparou que estava caindo rápido demais. Sem nada para aparar-lhe a queda, seus braços estendidos bateram primeiro no chão, e o críptex colidiu com força contra o piso.

Ouviu-se um ruído pavoroso de vidro esmagando-se dentro do cilindro.

Durante um segundo, Teabing não respirou. Deitado ali, esticado no chão frio, olhando para a ponta dos braços estendidos, o cilindro de mármore em suas mãos nuas, implorou que o frasco de vidro dentro dele aguentasse o impacto. Depois, o cheiro penetrante de vinagre cortou o ar e Teabing sentiu o líquido frio escorrendo por entre os discos e molhando-lhe a palma das mãos.

Um pânico desordenado tomou conta dele. *NÃO!* O vinagre pingava, e Teabing imaginava o papiro se dissolvendo dentro do críptex. *Robert, seu imbecil! O segredo está perdido!*

Teabing soluçava incontrolavelmente. *O Graal está perdido. Tudo destruído.* Estremecendo, sem poder acreditar no que Langdon havia feito, Teabing tentou abrir o cilindro à força, na esperança de ainda poder ver uma pontinha de história antes que ela se dissolvesse para sempre. Para seu horror, quando puxou as extremidades da pedra-chave, o cilindro separou-se em dois.

Boquiaberto, examinou o interior. Estava vazio, exceto pelos cacos de vidro molhado. Nenhum papiro se desmanchando lá dentro. Teabing rolou sobre si mesmo e olhou para Langdon, que estava de pé. Ao lado dele, Sophie apontava a arma para Teabing.

Transtornado, Teabing voltou a olhar para a pedra-chave e então entendeu. Os discos não estavam mais alinhados aleatoriamente. Soletravam uma palavra de cinco letras: F-R-U-T-O.

❖ ❖ ❖

– O orbe que Eva compartilhou – disse Langdon friamente –, incorrendo na santa ira divina. O pecado original. O símbolo da queda do sagrado feminino.

Teabing sentiu a verdade se abater sobre ele com uma austeridade excruciante. O orbe que estava faltando na tumba de Newton só podia ser a maçã rosada que caiu do céu, bateu na cabeça de Newton e inspirou o trabalho de toda a sua vida. *O fruto de sua obra! A carne Rósea com ventre semeado!*

– Robert – gaguejou Teabing, aturdido. – Você o abriu. Onde... está o mapa?

Sem sequer piscar, Langdon meteu a mão no bolso do peito de seu paletó de tweed e dele extraiu com todo o cuidado um delicado rolo de papiro. A apenas alguns metros de onde Teabing se encontrava caído, Langdon desenrolou o papiro e o leu. Depois de um longo momento, um sorriso de compreensão apareceu no rosto de Langdon.

Ele sabe! O coração de Teabing cobiçou desesperadamente aquele conhecimento. O sonho de sua vida estava diante dele.

– Conte-me! – exigiu Teabing. – Por favor! Ó, meu Deus, por favor! Não é tarde demais!

Enquanto o som de passos pesados ressoava pelo corredor que levava à Chapter House, Langdon, sem nada dizer, enrolou o papiro e o colocou de volta no bolso.

– Não! – berrou Teabing, tentando em vão ficar de pé.

Quando as portas se escancararam, abertas com violência, Bezu Fache entrou como um touro em uma arena, os olhos selvagens varrendo a sala, encontrando seu alvo – Leigh Teabing – ali, inerte no chão. Com um suspiro de alívio, Fache colocou no coldre o revólver Manurhin e virou-se para Sophie.

– Agente Neveu, estou aliviado por ver a senhorita e o Sr. Langdon a salvo. Deviam ter vindo quando eu pedi.

A polícia britânica entrou logo depois de Fache, agarrando o prisioneiro angustiado e algemando-o.

Sophie estava admirada por ver Fache.

– Como nos encontrou?

Fache apontou para Teabing.

– Ele cometeu o erro de mostrar a identidade ao entrar na abadia. Os guardas ouviram em um noticiário policial que estávamos atrás dele.

– Está no bolso de Langdon! – Teabing berrava como um desvairado. – O mapa para o Santo Graal!

Quando ergueram Teabing e o arrastaram para fora, ele jogou a cabeça para trás e urrou:

– Robert! Diga-me onde ele está escondido!

Quando Teabing passou, Langdon disse:

– Apenas os dignos encontram o Graal, Leigh. Foi você quem me ensinou isso.

CAPÍTULO 102

A bruma espalhara-se por Kensington Gardens. Silas mancou até um canto silencioso fora do alcance dos olhos curiosos. Ajoelhando-se na grama molhada, sentiu uma torrente morna de sangue fluindo da ferida de bala abaixo de suas costelas. Mesmo assim, olhava direto para a frente.

A neblina tornava aquele lugar parecido com o paraíso.

Erguendo as mãos ensanguentadas para orar, viu as gotas de chuva acariciarem-lhe os dedos, tornando-os brancos outra vez. À medida que as gotículas iam batendo com mais força nas suas costas e em seus ombros, ele pôde sentir seu corpo desaparecendo pouco a pouco na neblina.

Eu sou um fantasma.

Uma brisa passou por ele, farfalhante, trazendo consigo o perfume de terra úmida de vida nova. Com cada célula viva de seu corpo ferido, Silas rezou. Orou por perdão. Orou por misericórdia. E, acima de tudo, orou pelo seu mentor... o bispo Aringarosa... que o Senhor não o levasse antes do tempo. *Ele tem muito trabalho a fazer ainda.*

A neblina rodopiava em torno dele agora, e Silas sentia-se tão leve que tinha certeza de que as nuvens de vapor o levariam consigo. Fechando os olhos, fez uma última prece.

De algum ponto da bruma, a voz de Manuel Aringarosa sussurrou para ele: *Nosso Senhor é um Deus bom e misericordioso.*

A dor de Silas por fim começou a desaparecer e ele viu que o bispo estava certo.

CAPÍTULO 103

Já era fim de tarde quando o sol londrino rompeu as nuvens e a cidade começou a secar. Bezu Fache sentia-se esgotado ao sair da sala de interrogatório e chamar um táxi. Sir Leigh Teabing havia literalmente vociferado que era inocente e, mesmo assim, com todo aquele seu palavreado bombástico e incoerente sobre o Santo Graal, documentos secretos e misteriosas fraternidades, Fache suspeitou que o astuto historiador estava preparando o terreno para seus advogados entrarem com uma defesa baseada na alegação de insanidade mental.

Pois sim, pensou Fache. *Insanidade*. Teabing havia demonstrado uma precisão engenhosa ao formular um plano que protegia sua inocência em todos os sentidos. Havia explorado o Vaticano e o Opus Dei, dois grupos que se revelaram inteiramente inocentes. Seu trabalho sujo fora realizado por um monge fanático e um bispo desesperado sem conhecimento de causa. Mais espertamente ainda, Teabing havia colocado seu posto de escuta no *único* lugar que um homem com poliomielite não poderia de modo algum alcançar. A vigilância em si havia sido feita por seu criado, Rémy – a única pessoa que conhecia a identidade de Teabing –, que agora havia convenientemente morrido de reação alérgica.

E isso não é trabalho de alguém que esteja com as faculdades mentais abaladas, pensou Fache.

As informações vindas de Collet, no Château Villette, insinuavam que a astúcia de Teabing era tanta que Fache até iria aprender com ele. Para esconder alguns microfones em alguns dos mais poderosos gabinetes de Paris, o historiador britânico havia recorrido aos gregos. *Cavalos de Troia*. Alguns dos alvos de Teabing receberam obras de arte maravilhosas de presente, outros, sem saber, adquiriram em leilões conjuntos de objetos entre os quais Teabing havia colocado lotes específicos. No caso de Saunière, o diretor recebera um convite para jantar no Château Villette para discutir a possibilidade de Teabing fundar uma nova Ala Da Vinci no Louvre. O convite continha um pós-escrito inocente expressando fascinação por um cavaleiro robótico que se dizia que Saunière havia construído. *Traga-o para o nosso jantar*, sugeriu Teabing. Saunière, pelo visto, havia feito exatamente isso, e deixou o cavaleiro sozinho durante tempo suficiente para que Rémy Legaludec lhe acrescentasse um detalhe despercebido.

Sentado no banco de trás do táxi, Fache fechou os olhos. *Só me resta mais uma coisa a fazer antes de voltar para Paris.*

✦ ✦ ✦

A sala de recuperação do Hospital St. Mary estava ensolarada.
– O senhor nos deixou todos impressionados – disse a enfermeira, sorrindo para o bispo, que se achava deitado na cama. – Só pode ter sido milagre.
O bispo Aringarosa deu um sorriso fraco.
– Sempre contei com as bênçãos divinas.
A enfermeira terminou seus afazeres, deixando o bispo sozinho. A morna luz solar era bem-vinda em seu rosto. A noite anterior havia sido a mais sombria de sua vida.
Desesperado, pensou em Silas, cujo corpo havia sido encontrado no parque.
Por favor, perdoe-me, meu filho.
Aringarosa desejara que Silas fizesse parte de seu glorioso plano. Na noite anterior, porém, Aringarosa recebera uma ligação de Bezu Fache, interrogando o bispo sobre sua aparente conexão com uma freira que havia sido assassinada em Saint-Sulpice. Aringarosa viu que a noite havia terminado de forma horrível. A notícia dos quatro outros assassinatos transformou esse horror em angústia. *Silas, o que você fez!* Sem conseguir falar com o Mestre, o bispo sabia que havia sido posto de lado. *Usado.* A única forma de deter a horrível cadeia de eventos que havia ajudado a pôr em movimento era confessar tudo a Fache, e, daquele momento em diante, Aringarosa e Fache passaram a disputar uma corrida com Silas antes que o Mestre o persuadisse a matar outra vez.

Sentindo-se exausto até os ossos, Aringarosa fechou os olhos e prestou atenção na cobertura pela televisão da prisão de um proeminente cavaleiro inglês, Sir Leigh Teabing. *O Mestre se revelou para todos.* Teabing havia ouvido falar dos planos do Vaticano para se dissociar do Opus Dei e escolheu Aringarosa como o títere perfeito para levar avante o seu plano. *Afinal, quem mais indicado para sair cegamente atrás do Santo Graal do que um homem como eu, com tudo a perder? O Graal teria trazido imenso poder para qualquer um que o possuísse.*

Leigh Teabing havia protegido sua identidade de forma extremamente astuta, fingindo um sotaque francês e um coração piedoso e exigindo como pagamento a única coisa de que não precisava: dinheiro. Aringarosa estava impaciente demais para desconfiar de alguma coisa. O preço de 20 milhões de euros era uma ninharia se comparado ao preço de se obter o Graal, e, com a indenização do Vaticano pela separação do Opus Dei, a parte financeira estava garantida. *Os cegos veem o que querem ver.* A pior insolência de Teabing, é claro, havia sido exigir o pagamento em obrigações do Banco do Vaticano, para que, se acontecesse alguma coisa errada, a investigação fosse bater às portas da Santa Sé de Roma.

– Estou feliz por ver que está bem, senhor.

Aringarosa reconheceu a voz áspera à porta, mas o rosto era inesperado – feições austeras e másculas, cabelos alisados para trás com gomalina e um pescoço grosso que lhe esticava o paletó preto.

– Capitão Fache? – indagou Aringarosa. A compaixão e preocupação que o policial havia demonstrado com a situação aflitiva do bispo na noite anterior haviam conjurado imagens de um físico bem mais delicado.

O capitão aproximou-se da cama e ergueu com esforço uma conhecida valise preta e pesada, colocando-a sobre uma cadeira.

– Acho que isto pertence ao senhor.

Aringarosa olhou a valise cheia de obrigações ao portador e imediatamente desviou o rosto, sentindo apenas vergonha.

– Sim... obrigado. – Fez uma pausa, enquanto passava os dedos sobre a costura do lençol, depois continuou. – Capitão, andei pensando muito e preciso lhe pedir um favor.

– Mas é claro.

– As famílias das pessoas em Paris que Silas... – Ele fez uma pausa, engolindo em seco, por causa da emoção. – Entendo que não é soma que possa servir como indenização suficiente, mas, assim mesmo, se puder fazer a gentileza de dividir o conteúdo dessa valise entre elas... as famílias dos que morreram.

Os olhos escuros de Fache o estudaram durante muito tempo.

– Um gesto louvável, senhor. Vou providenciar para que se cumpra esse seu desejo.

Um silêncio pesado caiu entre os dois.

Na televisão, um esguio policial francês estava dando uma entrevista coletiva diante de uma mansão imensa. Fache viu quem era e voltou sua atenção para a tela.

– Tenente Collet – disse um repórter da BBC, o tom de voz acusador. – Ontem à noite, seu capitão acusou publicamente duas pessoas inocentes de assassinato. Robert Langdon e Sophie Neveu vão querer satisfações do seu departamento? Isso vai custar ao capitão Fache o seu posto?

O sorriso do tenente Collet veio cansado, mas tranquilo.

– Pelo que sei, o capitão Bezu Fache raramente se engana. Ainda não conversei com ele sobre esse assunto, mas, sabendo como ele opera, suspeito que essa caçada pública à agente Neveu e ao Sr. Langdon tenha sido parte de uma manobra para atrair o verdadeiro assassino.

Os repórteres trocaram olhares espantados.

Collet continuou.

– Se o Sr. Langdon e a agente Neveu participaram ou não da operação de captura por sua própria vontade, eu não sei. O capitão Fache tende a guardar seus métodos mais criativos para si mesmo. Só posso confirmar, a esta altura, que o capitão conseguiu prender o homem responsável e que o Sr. Langdon e a Srta. Neveu são ambos inocentes e estão a salvo.

Fache tinha um ligeiro sorriso nos lábios quando se voltou outra vez para Aringarosa.

– Homem bom, esse Collet.

Vários momentos se passaram. Por fim, Fache passou a mão sobre a testa, alisando o cabelo para trás, enquanto olhava Aringarosa atentamente.

– Senhor bispo, antes de eu voltar para Paris, há um último assunto que gostaria de discutir com o senhor – seu voo sem aviso para Londres. O senhor subornou o piloto para mudar de curso. Ao fazer isso, desrespeitou inúmeras regras internacionais.

Aringarosa curvou os ombros.

– Eu estava desesperado.

– Sim. Como o piloto, quando meus homens o interrogaram. – Fache meteu a mão no bolso e tirou um anel de ametista com uma gravação de uma mitra eclesiástica.

Aringarosa sentiu as lágrimas lhe inundarem os olhos ao aceitar o anel e recolocá-lo no dedo.

– Quanta bondade. – Ergueu a mão e apertou a de Fache. – Obrigado.

Fache desvencilhou-se, foi até a janela e contemplou a cidade, seus pensamentos muito distantes dali. Quando voltou, havia nele uma incerteza.

– Senhor bispo, para onde vai daqui?

Já haviam feito essa mesma pergunta a Aringarosa quando ele saíra de Castel Gandolfo, na noite anterior.

– Desconfio que meu caminho é tão incerto quanto o seu.

– É – confirmou Fache, fazendo uma pausa. – Desconfio que vou me aposentar em breve.

Aringarosa sorriu.

– Um pouco de fé opera maravilhas, capitão. Um pouco de fé.

CAPÍTULO 104

A Capela Rosslyn – costumeiramente chamada de Catedral dos Códigos – eleva-se 11 quilômetros ao sul de Edimburgo, Escócia, no local de um antigo templo de culto ao deus Mitra. Construída pelos Cavaleiros Templários em 1446, a capela possui gravada em suas paredes uma quantidade impressionante de símbolos judeus, cristãos, egípcios, maçônicos e originários das tradições pagãs.

As coordenadas geográficas da capela coincidem precisamente com o meridiano norte-sul que passa por Glastonbury. Essa Linha Rosa longitudinal é o marco tradicional da ilha de Avalon, do rei Artur, e é considerada o pilar central da geometria sagrada da Grã-Bretanha. Foi dessa Linha Rosa sagrada que Rosslyn – que originalmente se escrevia Roslin – tirou seu nome.

As robustas torres de Rosslyn projetavam longas sombras vespertinas quando Robert Langdon e Sophie Neveu pararam o carro alugado no estacionamento gramado do sopé do penhasco no alto do qual ficava a capela. Seu curto voo de Londres a Edimburgo fora repousante, embora nenhum deles tivesse dormido devido à expectativa que sentiam quanto ao que os aguardava. Contemplando o edifício austero emoldurado por um céu varrido pelas nuvens, Langdon sentiu-se como Alice caindo de cabeça no buraco do coelho. *Isso só pode ser um sonho.* Entretanto, sabia que o texto da mensagem final de Saunière não podia ser mais específico.

Abaixo da antiga Roslin 'stá o Graal.

Langdon tecera fantasias de que o "mapa do Graal" de Saunière fosse um diagrama – um desenho, com X assinalando onde estava o tesouro –, e, no entanto, o segredo final do Priorado fora revelado da mesma maneira que Saunière falara com eles desde o início. *Um simples poema.* Quatro versos explícitos que indicavam sem sombra de dúvida aquele exato lugar. Além de identificar Rosslyn pelo nome, o verso fazia referência a diversas características arquitetônicas da renomada capela.

Apesar da clareza da revelação final de Saunière, Langdon acabara se sentindo mais perdido do que esclarecido. Para ele, a Capela Rosslyn pareceu um lugar óbvio demais. Durante séculos ressoaram nessa capela de pedra os ecos da presença do Santo Graal. Os sussurros haviam se tornado brados quando, nas décadas recentes, estudos com radares de penetração no solo revelaram a presença de uma estrutura assombrosa *sob* a capela – uma câmara subterrânea monstruosa. Não só essa cripta profunda era muito maior do que a capela como parecia não ter entrada nem saída. Os arqueólogos solicitaram licença para começarem a perfurar a rocha de modo a atingir a câmara misteriosa, mas o Rosslyn Trust, instituição curadora da capela, proibiu expressamente qualquer escavação naquele santuário. Naturalmente, isso só fez alimentar a fogueira das especulações. O que o Rosslyn Trust estaria tentando esconder?

Rosslyn agora havia se tornado um local de peregrinação para aqueles que buscavam os mistérios. Alguns alegavam ter sido atraídos até ali pelo poderoso campo magnético que emanava inexplicavelmente daquelas coordenadas, e outros diziam ter vindo buscar na encosta do morro uma entrada secreta para a cripta, mas a maioria admitia que tinha vindo apenas para perambular pelo lugar e absorver a sabedoria do Santo Graal.

Embora Langdon jamais tivesse estado em Rosslyn antes, sempre achava graça ao ouvir a capela descrita como o local onde se encontrava atualmente o Santo Graal. Rosslyn talvez houvesse abrigado o Santo Graal *muito tempo atrás*... mas na certa não o abrigava mais. Nas últimas décadas, Rosslyn andava atraindo atenção demais, e mais cedo ou mais tarde alguém encontraria uma forma de penetrar na cripta.

Os verdadeiros estudiosos do Graal concordavam que Rosslyn era um chamariz – um dos becos sem saída que o Priorado arquitetara de forma muito convincente para desviar a atenção do mundo. Naquela noite, porém, com a pedra do Priorado tendo revelado um poema que apontava diretamente para esse lugar, Langdon não se sentia mais tão seguro. Uma pergunta intrigante passara por sua cabeça o dia inteiro.

Por que Saunière faria todo esse esforço para nos mandar para um lugar tão óbvio?

Só parecia haver uma resposta lógica.

Há alguma coisa aqui em Rosslyn que ainda precisamos entender.

– Robert? – Sophie estava de pé diante do carro, olhando para ele. – Você vem?

Ela segurava a caixa de pau-rosa que o capitão Fache lhes devolvera. Dentro, ambos os críptex estavam remontados e guardados conforme haviam sido encontrados. O poema escrito no papiro estava trancado em segurança dentro dos dois críptex – sem o frasco estilhaçado de vinagre.

Subindo devagar o longo caminho de cascalho, Langdon e Sophie passaram pela famosa parede oeste da capela. Os visitantes desavisados presumiam que aquela parede estranhamente protuberante fosse uma parte da capela que havia ficado inacabada. A verdade, segundo Langdon se recordava, era muito mais curiosa.

A parede oeste do Templo de Salomão.

Os Cavaleiros Templários haviam projetado a Capela Rosslyn seguindo exatamente a planta do Templo de Salomão em Jerusalém – também com uma parede oeste, um estreito santuário retangular e uma cripta subterrânea como o Santo dos Santos, no qual os nove cavaleiros originais haviam encontrado seu tesouro inestimável. Langdon era obrigado a admitir que existia uma interessante simetria na ideia de os Templários construírem um repositório moderno para o Graal reproduzindo o local onde ele originalmente estava.

A entrada da Capela Rosslyn era mais modesta do que Langdon esperava. A portinha de madeira possuía duas dobradiças de ferro e uma placa de carvalho simples.

ROSLIN

Essa grafia antiga, segundo Langdon explicou a Sophie, derivava do meridiano da Linha Rosa, sobre o qual a capela se encontrava; ou, como os acadêmicos do Graal preferiam crer, da "Linha da Rosa" – a linhagem ancestral de Maria Madalena.

A capela iria fechar logo, de modo que, quando Langdon abriu a porta, uma baforada de ar morno escapou de dentro, como se o edifício antigo estivesse deixando um suspiro de alívio ao final de um longo dia. As arcadas da entrada da capela eram repletas de rosáceas de cinco cúspides em relevo.

Rosas. O ventre da deusa.

Ao entrar com Sophie, Langdon notou que seus olhos tentavam abranger todo o espaço do famoso santuário e assimilar tudo. Embora ele houvesse lido relatos sobre as obras de cantaria de uma complexidade impressionante existentes em Rosslyn, ver aquilo pessoalmente era uma experiência assombrosa.

O paraíso da simbologia, segundo um dos colegas de Langdon.

Todas as superfícies da capela exibiam símbolos entalhados: crucifixos cristãos, estrelas judaicas, sinetes maçônicos, cruzes templárias, cornucópias, pirâmides, signos astrológicos, plantas, vegetais, pentagramas e rosas. Os Cavaleiros Templários eram pedreiros magistrais, erigindo igrejas templárias em toda a Europa, mas Rosslyn foi considerada sua obra mais sublime de amor e veneração. Os Mestres Maçons não haviam deixado uma única pedra sem escultura. A

Capela Rosslyn era um altar de todas as religiões... todas as tradições... e, acima de tudo, à natureza e à deusa.

O santuário estava vazio, a não ser pelo grupo de visitantes que ouvia um rapaz terminando a última visita do dia. Ele os guiava em uma única fila ao longo de um caminho bem conhecido no chão – uma trilha invisível que ligava seis pontos arquitetônicos fundamentais dentro do santuário. Gerações de visitantes haviam caminhado por aquelas linhas retas, conectando os pontos, e seus incontáveis passos haviam gravado um imenso símbolo no chão.

✡

A estrela de Davi, pensou Langdon. *Nenhuma coincidência nisso.* Também conhecido como selo de Salomão, esse hexagrama havia sido o símbolo secreto dos sacerdotes que contemplavam as estrelas e foi mais tarde adotado pelos reis israelitas – Davi e Salomão.

O guia tinha visto Langdon e Sophie entrarem e, embora já fosse hora de fechar a capela, dirigiu-lhes um sorriso agradável e fez sinal para que ficassem à vontade.

Langdon fez um gesto com a cabeça, agradecendo, e começou a penetrar mais no santuário. Sophie, porém, ficou parada na entrada, paralisada, com um ar confuso.

– O que foi? – indagou Langdon.

Sophie olhava a capela fixamente.

– Eu acho... que já estive aqui.

Langdon ficou surpreso.

– Mas disse que nunca tinha sequer *ouvido* falar de Rosslyn.

– Não tinha, não... – Ela correu os olhos pelo santuário, hesitante. – Meu avô deve ter me trazido aqui quando eu era muito pequena. Não sei. Parece-me familiar. – Enquanto examinava a capela, ela passou a afirmar com mais certeza, confirmando com a cabeça. – Sim. – Apontou para a frente da capela. – Aquelas duas colunas ali... eu já as vi antes.

Langdon olhou para o par de colunas minuciosamente esculpidas na outra ponta do santuário. Adornadas com entalhes que simulavam uma renda branca, pareciam arder lentamente, com um brilho rubro, sob os últimos raios da luz diurna que jorrava pela janela oeste. As colunas – posicionadas onde o altar normalmente estaria – eram diferentes uma da outra. A da esquerda era entalhada com linhas verticais simples, ao passo que a da direita era adornada com uma espiral florida toda ornamentada.

Sophie encaminhou-se para ela. Langdon correu atrás, e, quando chegaram às colunas, Sophie confirmou, incrédula.

– Tenho certeza absoluta de que já vi essas colunas antes!

– Não duvido que as tenha visto – disse Langdon –, mas não foi necessariamente *aqui*.

Ela se virou.

– Como assim?

– Essas duas colunas são os elementos arquitetônicos mais reproduzidos da história. Existem réplicas delas em todo o mundo.

– Réplicas de Rosslyn? – Ela parecia cética.

– Não. Das colunas. Lembra-se de que antes eu mencionei que *a própria* Rosslyn é uma cópia do Templo de Salomão? Essas duas colunas são réplicas exatas das que ficavam no altar do Templo de Salomão.

Langdon apontou para a coluna da esquerda.

– Essa é o *Boaz* – ou Coluna do Maçom. A outra é *Jaquim* – ou Coluna do Aprendiz. – Fez uma pausa. – Aliás, todo templo maçônico do mundo tem duas colunas iguais a essas.

Langdon já havia explicado a ela os fortes vínculos históricos dos Templários com as modernas sociedades maçônicas, cujos graus fundamentais ou simbólicos – Francomaçom Aprendiz, Francomaçom Companheiro e Mestre Maçom – referiam-se ao passado dos Templários. O último verso do avô de Sophie fazia referência direta aos Mestres Maçons que adornaram Rosslyn com suas ofertas artísticas de esculturas. Também falava do teto central da capela, coberto de estrelas e planetas.

– Jamais estive em um templo maçônico – disse Sophie, ainda olhando as colunas, curiosa. – Tenho quase certeza de que vi essas colunas *aqui mesmo*. – Ela virou-se para a capela, como que procurando alguma outra coisa que lhe reavivasse ainda mais a memória.

O resto dos visitantes estava saindo, e o guia atravessou a capela até eles, com um sorriso acolhedor. Era um rapaz bonito, de seus 20 e tantos anos, com sotaque escocês e cabelos louro-avermelhados.

– Está quase terminando o horário de visitas de hoje. Posso ajudá-los a encontrar alguma coisa?

Que tal o Santo Graal?, quis dizer Langdon.

– O código – disse Sophie, de repente, numa revelação súbita. – Há um código aqui!

O guia pareceu ficar satisfeito com o entusiasmo dela.

– É verdade, moça.

– No teto – disse ela, virando-se para a parede da direita. – Em algum lugar por aqui... ali!

Ele sorriu.

– Não é a primeira vez que vem a Rosslyn, pelo que vejo.

O código, pensou Langdon. Ele se esquecera daquela pequena lenda popular. Entre os inúmeros mistérios de Rosslyn havia uma arcada abobadada da qual saltavam centenas de blocos salientes, formando uma superfície multifacetada bizarra. Cada qual tinha um símbolo gravado, aparentemente aleatório, criando um código de proporções inimagináveis. Algumas pessoas achavam que o código revelava a entrada da cripta sob a capela. Outras achavam que contava a verdadeira lenda do Santo Graal. Mas isso não importava – criptógrafos vinham tentando decifrar o seu significado havia séculos. Até aquele dia, o Rosslyn Trust oferecia uma generosa recompensa para qualquer pessoa que desvendasse o significado secreto, mas o código continuava um mistério.

– Teria grande prazer em lhes mostrar...

♦ ♦ ♦

A voz do guia foi ficando mais fraca até sumir.

Meu primeiro código, pensou Sophie, andando sozinha, em transe, na direção da arcada codificada. Depois de entregar a caixa de pau-rosa a Langdon, sentia-se momentaneamente esquecida de toda aquela história do Santo Graal, do Priorado de Sião e de todos os mistérios do dia anterior. Quando chegou debaixo do teto criptografado e viu os símbolos acima de si, as lembranças voltaram com uma força incrível. Ela estava se recordando da primeira visita àquele lugar e, estranhamente, as lembranças causaram uma tristeza inesperada.

Era bem pequena... um ano mais ou menos depois da morte de sua família. O avô a trouxera à Escócia para uma curta temporada de férias. Eles tinham vindo visitar a Capela Rosslyn antes de voltarem a Paris. Já era fim de tarde e a capela estava fechada. Mas eles ainda estavam lá dentro.

– Podemos voltar para casa, vovô? – implorou Sophie, sentindo-se cansada.

– Muito em breve, minha querida, muito em breve. – A voz dele saiu melancólica. – Eu ainda preciso fazer só mais uma coisa aqui. Que tal se esperasse no carro?

– Vai fazer mais uma coisa de gente grande?

Ele confirmou.

– Não vou demorar. Eu juro.

– Posso decifrar o código daquela arcada de novo? Foi divertido.

– Não sei. Preciso ir lá fora. Não vai ter medo de ficar aqui sozinha?

– Claro que não! – disse ela, emburrada. – Nem está escuro ainda!

Ele sorriu.

– Muito bem, então. – Ele a levou para a complexa arcada que havia lhe mostrado antes.

Sophie logo se deitou de barriga para cima no piso de pedra e ficou olhando fixamente para a colagem de peças de quebra-cabeças no teto.

– Vou decifrar esse código antes de você voltar!

– Está bem, então é uma disputa para ver quem é mais rápido. – Ele se curvou, beijou-lhe a testa e foi caminhando até a porta lateral próxima. – Vou estar ali fora. E deixar a porta aberta. Se precisar de mim, é só chamar. – E saiu à luz suave do anoitecer.

Sophie ficou ali, deitada no chão, olhando atentamente o código. Seus olhos foram ficando pesados. Depois de mais alguns minutos, os símbolos se embaralharam. E desapareceram.

Quando Sophie acordou, o chão lhe pareceu gelado.

– Vovô?

Não houve resposta. De pé, ela limpou o pó da roupa. A porta lateral ainda estava aberta. A tarde estava ainda mais escura. Ela saiu e avistou o avô de pé na varanda de uma casa atrás da igreja. O avô estava falando baixinho com uma pessoa que mal se podia ver, do outro lado da porta de tela.

– Vovô? – chamou ela.

O avô se virou e acenou, fazendo sinal para que ela aguardasse só um momento. Depois, vagarosamente, disse algumas palavras finais à pessoa dentro da casa e soprou um beijo para a porta de tela. Veio até ela com os olhos úmidos.

– Por que está chorando, vovô?

Ele a pegou no colo e a abraçou com força.

– Ah, Sophie, você e eu nos despedimos de muita gente este ano. É duro.

Sophie pensou no acidente, em dizer adeus à sua mãe e ao seu pai, à sua avó e ao seu irmão pequeno.

– Estava se despedindo de *mais uma* pessoa?
– De uma amiga querida que amo profundamente – respondeu ele, a voz carregada de emoção. – E temo que não vá poder vê-la outra vez durante muito tempo.

♦ ♦ ♦

De pé ao lado do guia, Langdon estivera examinando as paredes da capela e cada vez mais desconfiava que estavam chegando a um beco sem saída. Sophie afastara-se deles e fora examinar o código, deixando Langdon com a caixa de pau-rosa, cujo mapa do Graal parecia não os ajudar em nada. Embora o poema de Saunière claramente indicasse Rosslyn, Langdon não sabia o que fazer, agora que haviam chegado. O poema fazia referência a "uma lâmina e um cálice" que Langdon não estava encontrando em parte alguma.

  Abaixo da antiga Roslin 'stá o Graal,
  Lâm'na e cálice guardam-lhe o portal.

Mais uma vez, Langdon pressentia que ainda havia alguma faceta desse mistério por se revelar.
– Detesto ser intrometido – disse o guia, de olho na caixa de pau-rosa nas mãos de Langdon. – Mas essa caixa... posso perguntar onde a conseguiram?
Langdon deu uma risada cansada.
– Essa é uma história extraordinariamente longa.
O jovem hesitou, os olhos voltando para a caixa.
– Que coisa mais esquisita... Minha avó tem uma caixa *exatamente* igual a essa – uma caixa de joias. Madeira de pau-rosa envernizada, mesma rosa marchetada, até as dobradiças parecem iguais.
Langdon estava certo de que o rapaz devia estar enganado. Se havia alguma caixa que fosse única era *aquela* – a caixa feita de propósito para a pedra-chave do Priorado.

– As duas podem ser semelhantes, mas...

A porta lateral fechou-se com estrondo, atraindo a atenção de ambos. Sophie havia saído sem uma palavra e agora estava seguindo penhasco abaixo em direção a uma casa próxima de pedra rústica. Langdon acompanhou-a com os olhos. *Aonde ela está indo?* Ela vinha agindo de modo estranho desde que haviam entrado na capela. Ele se virou para o guia.

– Sabe que casa é aquela?

Ele confirmou que sim, também parecendo intrigado por Sophie estar indo para lá.

– É a casa paroquial da capela. A pessoa que cuida da capela mora ali e também chefia o Rosslyn Trust. – Fez uma pausa. – E é minha avó.

– Sua avó é presidente do Rosslyn Trust?

O rapaz assentiu.

– Moro com ela na casa paroquial e ajudo a fazer a manutenção da capela, além de levar os visitantes para conhecê-la. – Deu de ombros. – Sempre morei aqui. Minha avó me criou naquela casa.

Preocupado com Sophie, Langdon atravessou a capela na direção da porta para chamá-la. Estava na metade do caminho quando parou de repente. Alguma coisa que o rapaz havia dito provocou a associação de ideias.

Minha avó me criou.

Langdon olhou para Sophie lá fora, no penhasco, depois para a caixa de pau-rosa em sua mão. *Impossível.* Devagar, Langdon virou-se para o jovem.

– Disse que sua avó tem uma caixa igual a esta?

– Quase idêntica.

– E de onde veio essa caixa?

– Meu avô a fez para ela. Morreu quando eu era bebê, mas minha avó ainda fala dele. Diz que ele era um gênio com as mãos. Fazia todo tipo de coisas.

Langdon vislumbrou uma rede inimaginável de conexões surgindo.

— Disse que sua avó o criou. Importa-se se eu lhe perguntar o que houve com seus pais?

O rapaz pareceu surpreender-se.

— Morreram quando eu era pequeno. — Fez uma pausa. — No mesmo dia em que o meu avô.

O coração de Langdon acelerou-se.

— Em um acidente de automóvel?

O guia recuou, um olhar de espanto em seus olhos verde--oliva.

— Sim, num acidente de carro. Minha família inteira morreu naquele dia. Perdi meu avô, meus pais e... — hesitou, abaixando a cabeça.

— E a sua irmã — completou Langdon.

◆ ◆ ◆

Lá fora, no despenhadeiro, a casa de pedra rústica era exatamente como Sophie se lembrava. A noite estava caindo e a casa tinha uma aura cálida e convidativa. Um aroma de pão saía pela tela da porta aberta e uma luz dourada brilhava nas janelas. Quando Sophie se aproximou, conseguiu escutar os sons baixos de soluços dentro da casa.

Através da tela da porta, Sophie viu uma senhora idosa no corredor. Estava de costas, mas Sophie podia ver que estava chorando. A mulher tinha cabelos prateados longos e fartos, que evocaram um fragmento inesperado de lembrança gravado na sua memória. Estava agarrada a um retrato emoldurado de um homem, as pontas dos dedos tocando o rosto dele com amorosa tristeza.

Era um rosto que Sophie conhecia muito bem.

Vovô.

A mulher decerto ouvira a notícia triste de sua morte na noite anterior.

Uma tábua rangeu sob os pés de Sophie e a mulher virou-se devagar, seus olhos tristes encontrando os de

Sophie. Sophie quis correr, mas ficou ali paralisada. O olhar intenso da mulher não vacilou quando ela deixou a foto de lado e se aproximou da tela. Uma eternidade pareceu transcorrer enquanto as duas se entreolhavam através daquela malha fina. Então, como a crista de uma onda vagarosamente se formando no oceano, o semblante da mulher se transformou, passando de uma expressão de incerteza... para a de descrença... de esperança... e, finalmente, de alegria extrema.

Escancarando a porta, ela saiu, estendendo as duas mãos macias para aninhar nelas o rosto atordoado de Sophie.

– Ah, minha querida... como você está linda!

Embora Sophie não a reconhecesse, sabia quem era essa mulher. Ela tentou falar, mas descobriu que nem respirar conseguia.

– Sophie – soluçou a mulher, beijando a testa da moça.

As palavras de Sophie saíram sob a forma de um sussurro sufocado.

– Mas... o vovô me disse que a senhora...

– Eu sei. – A mulher colocou as mãos ternas sobre os ombros de Sophie e olhou-a com olhos familiares. – Seu avô e eu fomos obrigados a dizer tantas coisas... Fizemos o que achamos certo. Sinto muitíssimo. Foi para sua própria segurança, princesa.

Sophie ouviu essa última palavra e, de imediato, se lembrou do avô que a chamara de princesa durante tantos anos. O som de sua voz parecia ecoar agora nas antigas pedras de Rosslyn, penetrando na terra e reverberando nas cavernas desconhecidas lá embaixo.

A mulher envolveu Sophie com os braços, as lágrimas escorrendo mais rápido.

– Seu avô queria tanto lhe contar tudo... mas as coisas ficaram difíceis entre vocês dois. Ele se esforçou tanto. Há tanta coisa para explicar. Tanta coisa, mesmo, para explicar. – Ela beijou a testa de Sophie uma vez mais, depois cochichou em seu ouvido. – Nada mais de segredos, princesa. Está na hora de você saber a verdade sobre nossa família.

❖ ❖ ❖

Sophie e sua avó estavam sentadas na escada da varanda, abraçadas e chorosas, quando o jovem guia atravessou o gramado em disparada, seus olhos faiscando de esperança e dúvida.

– Sophie?

Através das lágrimas, Sophie confirmou e ficou de pé. Ela não reconheceu o rosto do rapaz, mas, enquanto se abraçavam, pôde sentir a força do sangue que lhe corria nas veias... o sangue que ela agora compreendia que compartilhavam.

❖ ❖ ❖

Quando Langdon atravessou o gramado para unir-se ao grupo, Sophie mal podia crer que apenas um dia antes ela havia se sentido tão só no mundo. E agora, de alguma maneira, naquele país estrangeiro, na companhia de três pessoas que mal conhecia, por fim sentia que estava em casa.

CAPÍTULO 105

A noite havia caído sobre Rosslyn.

Robert Langdon estava sozinho na varanda da casa de pedra rústica apreciando os sons dos risos e do reencontro familiar que vinham da porta de tela atrás dele. A caneca de forte café brasileiro em sua mão dera-lhe um ligeiro alívio temporário de sua exaustão cada vez maior, e mesmo assim ele sentia que esse alívio seria fugaz. A fadiga em seu corpo ia até o fundo.

– Você saiu sem falar nada – disse uma voz atrás dele.

Ele se virou. A avó de Sophie surgiu, os cabelos prateados brilhando na noite. Seu nome, nos últimos vinte e oito anos, pelo menos, era Marie Chauvel.

Langdon deu-lhe um sorriso cansado.

– Achei que era melhor eu me retirar para sua família poder compensar o tempo perdido. – Através da janela, viu Sophie conversando com o irmão.

Marie aproximou-se e ficou ao lado dele.

– Sr. Langdon, quando ouvi falar do assassinato de Jacques, fiquei apavorada, preocupada com a segurança de Sophie. Vê-la aqui à minha porta, esta noite, foi o maior alívio de minha vida. Não tenho palavras para lhe agradecer.

Langdon não sabia o que fazer. Embora houvesse sugerido ir embora para que Sophie e a avó conversassem em particular, Marie pedira-lhe para ficar e escutar.

– Meu marido evidentemente confiava no senhor; portanto, eu também confio.

E Langdon ficara ao lado de Sophie, ouvindo calado e perplexo Marie contar a história dos pais de Sophie. Incrivelmente, ambos eram de famílias merovíngias – descendentes diretos de Maria Madalena e Jesus Cristo. Os pais de Sophie e seus ancestrais, como proteção, haviam mudado seus sobrenomes, Plantard e Saint-Clair. Seus filhos representavam a linhagem real sobrevivente mais direta, e por isso eram cuidadosamente resguardados pelo Priorado. Quando os pais de Sophie foram mortos em um desastre de automóvel cuja causa não se pôde determinar, o Priorado receou que a identidade da linhagem real tivesse sido descoberta.

– Seu avô e eu – Marie explicou, a voz embargada pelo sofrimento – tivemos que tomar uma decisão no mesmo instante em que recebemos o telefonema. O carro de seus pais havia acabado de ser encontrado no rio. – Ela enxugou as lágrimas dos olhos. – Nós seis – inclusive vocês dois, os netos – iríamos viajar naquele carro naquela mesma noite. Felizmente, mudamos de planos no último momento e seus pais estavam sós. Ouvindo falar do acidente, Jacques e eu não tínhamos como verificar o que realmente acontecera... nem se fora mesmo um acidente. – Marie olhou para Sophie. – Sabíamos que precisávamos proteger nossos netos e fizemos o que achamos melhor. Jacques contou à polícia que seu irmão e eu estávamos no carro... nossos dois corpos aparentemente teriam sido levados pela correnteza. Então, seu irmão e eu saímos de circulação, ajudados pelo Priorado. Jacques, sendo homem proeminente, não podia se dar ao luxo de fazer o mesmo. Mas fazia sentido que Sophie, sendo a mais velha, ficasse em Paris para ser educada e criada por Jacques, perto do coração e sob a proteção do Priorado. – Sua voz abaixou até se tornar um sussurro. – Separar a família foi a coisa mais difícil que tivemos que fazer. Jacques e eu nos víamos só de vez em quando, e sempre nos ambientes mais secretos... sob a proteção do Priorado. Há certas cerimônias às quais a fraternidade sempre permaneceu fiel.

Langdon havia percebido que a história era bem mais longa, mas também achava que não tinha o direito de escutar. Então, resolvera deixá-los a sós. Agora, contemplando as torres de Rosslyn, ele não podia deixar de remoer em sua cabeça o mistério não resolvido. *Será que o Graal está mesmo aqui, em Rosslyn? E, se estiver, onde estão a lâmina e o cálice que Saunière mencionou em seu poema?*

– Eu fico com isso – disse Marie, apontando para a mão de Langdon.

– Ah, obrigado – Langdon estendeu-lhe a caneca vazia.

Ela o encarou.

– Eu estava me referindo à *outra* mão, Sr. Langdon.

Langdon olhou para baixo e percebeu que estava segurando o papiro de Saunière. Ele o retirara do críptex uma vez mais na esperança de ver algo que houvesse lhe escapado antes. – Claro, perdoe-me.

Marie achou graça ao pegar o papel.

– Conheço um homem de um banco de Paris que provavelmente está louco para ver essa caixa de pau-rosa voltar para lá. André Vernet era muito amigo de Jacques, e Jacques confiava nele inteiramente. André faria qualquer coisa para atender os pedidos de Jacques e tomar conta dessa caixa.

Inclusive atirar em mim, lembrou-se Langdon, decidindo não mencionar que provavelmente havia quebrado o nariz do coitado. Pensando em Paris, Langdon lembrou-se dos três guardiães mortos na noite anterior.

– E o Priorado? O que vai acontecer agora?

– Tudo já está sendo providenciado, Sr. Langdon. A fraternidade tem resistido há séculos e vai resistir a mais isso. Sempre há aqueles que esperam subir de posto e reconstituí-la.

Todo o tempo, Langdon suspeitara que a avó de Sophie estava intimamente ligada às operações do Priorado. Afinal, o Priorado sempre tivera membros do sexo feminino. Haviam existido quatro Grã-Mestras. Os guardiães, tradicionalmente, eram homens, e mesmo assim as mulheres gozavam de um status muito mais honroso dentro do Priorado, podendo ascender ao mais alto posto de praticamente qualquer cargo.

Langdon pensou em Leigh Teabing e na Abadia de Westminster. Parecia que tudo aquilo acontecera havia uma eternidade.

– A Igreja estava pressionando seu marido para não revelar os documentos Sangreal no Fim dos Tempos?

– Claro que não. O Fim dos Tempos é uma lenda de gente paranoica. Não há nada na doutrina do Priorado que identifique uma data na qual o Graal deva ser revelado. Aliás, o Priorado sempre defendeu a ideia de que o Graal jamais deveria ser revelado.

– Nunca? – Langdon estava assombrado.

– É o mistério e a maravilha que alimentam as nossas almas, e não o Graal em si. A beleza do Graal reside em sua natureza etérea. – Marie Chauvel agora contemplava Rosslyn. – Para alguns, o Graal é um cálice que lhes trará vida eterna. Para outros, é a busca de documentos perdidos e de uma história secreta. E, para a maioria, acho que o Santo Graal não passa de uma ideia grandiosa... Um tesouro glorioso inatingível que, de alguma forma, mesmo no caos do mundo de hoje, nos inspira.

– Mas, se os documentos Sangreal continuarem escondidos, a história de Maria Madalena estará perdida para sempre – disse Langdon.

– Será? Olhe ao seu redor. A história dela está sendo contada na arte, na música e nos livros. Cada vez mais a cada dia. O pêndulo está oscilando. Estamos começando a perceber os perigos de nossa história... e de nossos caminhos destrutivos. Estamos começando a sentir a necessidade de restaurar o sagrado feminino. – Ela fez uma pausa. – Mencionou que está escrevendo um livro sobre os símbolos do sagrado feminino, não é?

– Estou.

Ela sorriu.

– Termine-o, Sr. Langdon. Cante a canção dela. O mundo precisa de trovadores modernos.

Langdon ficou calado, sentindo sobre si o peso da mensagem da mulher. Através dos espaços abertos, uma lua cheia erguia-se acima das copas das árvores. Dirigindo os olhos para Rosslyn, Langdon sentiu uma ânsia infantil de conhecer os segredos do lugar. *Não pergunte*, disse consigo mesmo. *Este não é o momento*. Olhou de relance para o papiro na mão de Marie, depois voltou a olhar para Rosslyn.

– Pode me fazer sua pergunta, Sr. Langdon – disse Marie, parecendo achar graça. – Conquistou esse direito.

Langdon sentiu-se corar.

– Quer saber se o Graal está aqui em Rosslyn.

– Pode me dizer?

Ela suspirou, fingindo exasperar-se.

– Por que é que os homens simplesmente *não conseguem* deixar o Graal em paz? – Ela riu, visivelmente se divertindo. – Por que pensa que está aqui?

Langdon indicou o papiro na mão de Marie.

– O poema do seu marido fala especificamente de Rosslyn, mas também menciona uma lâmina e um cálice que vigiam o Graal. Não vi nenhum símbolo de lâmina ou cálice lá em cima.

– A lâmina e o cálice? – indagou Marie. – Com o que eles se parecem, exatamente?

Langdon viu que ela estava brincando, mas resolveu entrar no jogo, descrevendo por alto os símbolos.

Uma expressão de vaga lembrança surgiu no rosto dela.

– Ah, sim, claro. A lâmina representa tudo que é masculino. Acho que se desenha assim, não? – Usando o indicador, traçou uma forma geométrica na palma da mão.

△

– Isso – disse Langdon. Marie havia desenhado a forma "fechada" menos comum da lâmina, embora Langdon já houvesse visto o símbolo desenhado de ambas as formas.

– E o inverso – disse ela, desenhando outra vez na palma da mão – é o cálice, que representa o feminino.

▽

– Correto – disse Langdon.

– E você está me dizendo que, entre todas as centenas de símbolos que temos aqui na Capela Rosslyn, essas duas formas não aparecem em parte alguma?

– Eu não as vi.

– Se eu as mostrar para você, vai conseguir dormir?

Antes de Langdon poder responder, Marie Chauvel havia descido da varanda e já estava se encaminhando para a capela. Langdon correu atrás dela. Entrando no antigo edifício, Marie acendeu as luzes e apontou para o centro do piso do santuário.

— Ali estão, Sr. Langdon. A lâmina e o cálice.

Langdon ficou olhando confuso para o chão desgastado. Não havia nele nenhum desenho.

— Mas não há nada aí...

Marie suspirou e começou a percorrer o famoso caminho aberto no chão da capela, o mesmo caminho que Langdon vira os visitantes percorrendo antes naquela noite. Quando seus olhos conseguiram acomodar-se e ver o símbolo gigantesco, ele continuou perdido.

— Mas é a estrela de Dav...

Langdon parou de repente, mudo de espanto, compreendendo afinal.

✡

A lâmina e o cálice.
Fundidos em um só.
A estrela de Davi... A união perfeita entre masculino e feminino... O selo de Salomão... marcando o Santo dos Santos, em que se acreditava que as deidades masculina e feminina – Yahweh e Shekinah – residiam.

Langdon precisou de um minuto para encontrar palavras.

— O verso realmente indica este lugar, Rosslyn. Completamente. Perfeitamente.

Marie sorriu.

— Visivelmente.

As implicações deixaram-no gelado.

— Então o Santo Graal está mesmo na cripta abaixo de nós?

Ela riu.

— Apenas em espírito. Uma das missões mais antigas do Priorado era um dia devolver o Graal à sua pátria, a França, onde poderia descansar por toda a eternidade. Durante séculos, foi arrastado de um lado para outro pelo interior do país para sua segurança. Uma indignidade. A missão de Jacques, quando ele se tornou Grão-Mestre, foi restaurar sua honra, devolvendo-o à França e construindo para ele um mausoléu digno de uma rainha.

— E ele conseguiu?

Ela ficou séria.

— Sr. Langdon, considerando-se o que fez por mim esta noite, e como curadora do Rosslyn Trust, posso lhe dizer com certeza que o Graal já não está mais aqui.

Langdon resolveu ir mais fundo.

— Mas a pedra-chave supostamente revela o local onde o Santo Graal se encontra escondido *agora*. Por que fala em Rosslyn?

— Talvez não esteja interpretando corretamente seu significado. Lembre-se de que o Graal pode ser ardiloso. Como meu finado marido.

— Não vejo como poderia ser mais claro — disse Langdon. — Estamos sobre uma cripta subterrânea marcada pela lâmina e o cálice, debaixo de um teto estrelado, cercado pela arte de Mestres Maçons. Tudo isso aponta para Rosslyn.

— Muito bem, então me deixe ler esse poema misterioso. — Desenrolando o papiro, ela leu o poema em voz alta, com uma ênfase deliberada.

> Abaixo da antiga Roslin 'stá o Graal.
> Lâm'na e cálice guardam-lhe o portal.
> Pela arte dos grandes mestres velada jaz.
> Sob estrelado céu descansa em paz.

Quando terminou, ficou calada vários segundos, até um sorriso de compreensão surgir-lhe nos lábios.

– Ah, Jacques.

Langdon era só expectativa.

– A senhora entendeu o que significa?

– Como já comprovou no piso da capela, Sr. Langdon, há muitas formas de se ver coisas simples.

Langdon fez força para compreender. Tudo o que cercava Jacques Saunière parecia ter sentidos duplos, e, todavia, Langdon não era capaz de enxergar mais longe.

Marie bocejou, cansada.

– Sr. Langdon, vou confessar-lhe uma coisa. Eu jamais soube oficialmente qual é o lugar onde agora está escondido o Graal. Mas *era* casada com uma pessoa de imensa influência... e minha intuição feminina é forte. – Langdon começou a falar, mas Marie prosseguiu. – Uma pena que, depois de todo o seu esforço, esteja saindo de Rosslyn sem nenhuma resposta concreta. E, entretanto, algo me diz que vai acabar encontrando o que procura. Um dia vai descobrir. – Ela sorriu. – E, quando descobrir, tenho certeza de que o senhor, mais do que qualquer outra pessoa, vai saber guardar o segredo.

Ouviu-se alguém chegando à porta.

– Vocês dois sumiram – disse Sophie, entrando.

– Eu estava de saída – disse a avó, caminhando para a porta ao encontro de Sophie. – Boa noite, princesa. – Ela beijou-lhe a testa. – Não deixe o Sr. Langdon acordado até tarde.

Langdon e Sophie ficaram vendo a avó voltar para a casa de pedra. Quando Sophie se virou para ele, seus olhos estavam repletos de uma profunda emoção.

– Não era exatamente o final que eu esperava.

Então somos dois, pensou ele. Langdon notou que ela estava sobrecarregada pelos acontecimentos. O que descobrira naquela noite havia mudado sua vida por completo.

– Está se sentindo bem? É muita coisa para assimilar assim, de uma hora para outra.

Ela sorriu.

– Tenho uma família. É por aí que vou começar. Quem somos e de onde viemos ainda vai demorar algum tempo.

Langdon continuou calado.

– Além desta noite, vai ficar conosco? – indagou Sophie. – Ao menos uns dias?

Langdon suspirou, não querendo nada mais do que isso.

– Precisa de algum tempo aqui com sua família, Sophie. Vou voltar para Paris de manhã.

Ela pareceu decepcionada, mas sabendo que era o que devia ser feito. Nenhum dos dois falou nada durante muito tempo. Finalmente, Sophie pegou a mão dele e o levou para fora da capela. Caminharam até uma pequena elevação no despenhadeiro. Dali, o campo escocês estendia-se diante deles, iluminado por um pálido luar filtrado através das nuvens que se afastavam. Ficaram ali em silêncio, de mãos dadas, ambos lutando contra a exaustão que os envolvia pouco a pouco.

Só agora as estrelas estavam aparecendo, mas, a oeste, um único ponto de luz brilhava mais forte que todos os outros. Langdon sorriu quando o viu. Era Vênus. A antiga deusa sorrindo com sua luz estável e paciente.

A noite ia ficando mais fria, uma brisa gelada subindo da planície. Depois de algum tempo, Langdon voltou-se para Sophie. Os olhos da moça estavam fechados, seus lábios entreabertos em um sorriso feliz. Langdon podia sentir seus próprios olhos ficando pesados. Relutante, ele apertou-lhe a mão.

– Sophie?

Vagarosamente, ela abriu os olhos e virou-se para ele. O rosto de Sophie estava lindo ao luar. Ela lhe dirigiu um sorriso sonolento.

– Sim.

Langdon foi invadido por uma tristeza inesperada ao perceber que ia voltar a Paris no dia seguinte sem ela.

– Quando você acordar, provavelmente já terei partido. – Fez uma pausa, um nó crescendo na garganta. – Sinto muito, não sou muito bom para...

Sophie estendeu a mão macia e tocou a face dele. Depois, inclinando-se para a frente, beijou-o ternamente na face.

– Quando vamos nos rever?

Langdon vacilou momentaneamente, perdido no olhar dela.

– Quando? – Esperou, curioso para saber se ela imaginava quanto ele andara se perguntando a mesma coisa. – Ora, para lhe dizer a verdade, no mês que vem tenho uma conferência em Florença. Vou ficar lá uma semana sem ter muito o que fazer.

– É um convite?

– Vamos viver como reis. Vão me hospedar no Brunelleschi.

Sophie sorriu, divertida.

– Mas como o senhor é convencido, não, Sr. Langdon?

Ele recuou, com medo de ter parecido atrevido demais.

– O que eu quis dizer foi...

– Não há nada no mundo que eu queira mais do que ir encontrar com você em Florença, Robert. Mas só com *uma* condição. – Seu tom se tornou sério. – Nada de museus, nada de igrejas, nada de arte, nada de relíquias.

– Em Florença? Uma semana inteira? Não há mais nada para se fazer por lá.

Sophie chegou bem perto dele e tornou a beijá-lo, agora nos lábios. Seus corpos colaram-se um no outro, a princípio de leve, depois completamente. Quando ela se afastou, seus olhos estavam repletos de promessas.

– Então, está bem – Langdon conseguiu dizer, por fim. – Vamos só namorar.

EPÍLOGO

Robert Langdon despertou sobressaltado. Tivera um sonho. No roupão de banho ao lado de sua cama estava bordado o monograma HOTEL RITZ PARIS. Viu uma luz mortiça filtrando-se através das venezianas. *Será o anoitecer ou o amanhecer?*, perguntou-se.

O corpo de Langdon estava profundamente satisfeito. Ele havia dormido a maior parte dos últimos dois dias. Sentando-se devagar na cama, agora entendia o que o despertara... o pensamento mais estranho possível. Durante dias, ele tentara processar uma incrível quantidade de informações, mas agora se sentia concentrado em algo no qual não havia pensado antes.

Seria possível?

Continuou imóvel durante um longo momento.

Saindo da cama, foi até o boxe de mármore. Ao entrar, deixou os potentes jatos de água massagearem-lhe os ombros. Mesmo assim, o pensamento ainda o fascinava.

Impossível.

Vinte minutos depois, Langdon saiu do Hotel Ritz para a Place Vendôme. Caía a noite. Os dias de sono o haviam deixado desorientado... no entanto, sentia-se estranhamente lúcido. Prometera a si mesmo que pararia no restaurante do hotel e tomaria um café com leite para clarear as ideias, mas em vez disso suas pernas o levaram direto pela porta da frente até a noite de Paris que se avizinhava.

Caminhando para o leste na Rue des Petits Champs, Langdon sentiu uma animação cada vez maior. Dobrou para o sul, na Rue Richelieu, onde o ar ficara adocicado devido ao aroma de flores de jasmim dos imponentes jardins do Palais Royal.

Continuou rumo ao sul até avistar o que procurava: a famosa arcada real, um espaço reluzente de lustroso mármore negro. Subindo nela, Langdon examinou a superfície sob seus pés. Em segundos, encontrou o que sabia que estava lá: vários medalhões de bronze engastados no chão, em uma linha perfeitamente reta. Cada disco tinha cerca de 13 centímetros de diâmetro e as letras N e S gravadas.

Norte. Sul.

Virou para o sul, deixando os olhos traçarem a extensão da linha formada pelos medalhões. Começou a andar outra vez, seguindo a trilha, observando a calçada enquanto se deslocava. Quando atravessou a esquina da Comédie-Française, mais um medalhão passou sob seus pés. *Maravilha!*

As ruas de Paris, como Langdon descobrira anos antes, eram adornadas por 135 desses marcadores de bronze, engastados nas calçadas, pátios e ruas, formando um eixo norte-sul através da cidade. Uma vez, ele seguira a linha de Sacré-Coeur para o norte através do Sena, até chegar ao Observatório de Paris. Ali, descobriu a importância do caminho sagrado que a linha demarcava.

O primeiro meridiano original da Terra.
A primeira longitude zero do mundo.
A antiga Linha Rosa de Paris.

Agora, Langdon, atravessando apressado a Rue de Rivoli, sabia que seu destino estava próximo. A menos de um quarteirão de distância.

Abaixo da antiga Roslin 'stá o Graal.

As revelações agora chegavam em ondas. A grafia antiga de Roslin... a lâmina e o cálice... a tumba enfeitada com a arte dos grandes mestres.

Seria por isso que Saunière queria falar comigo? Será que eu, sem querer, descobri a verdade?

Começou a correr, sentindo a Linha Rosa sob seus pés guiando-o, puxando-o para seu destino. Quando entrou no longo túnel da Passage Richelieu, os cabelos de sua nuca começaram a arrepiar-se de ansiedade. Sabia que no fim daquele túnel ficava o mais misterioso dos monumentos de Paris – concebido e encomendado na década de 1980 pela própria Esfinge, François Mitterrand, um homem que, segundo se dizia, frequentava sociedades secretas, um homem cujo legado final a Paris foi o local que Langdon visitara apenas alguns dias antes.

Uma outra vida.

Com um último assomo de energia, Langdon passou do túnel para o pátio conhecido e parou. Sem fôlego, ergueu o olhar, lentamente, incrédulo, para a estrutura reluzente que tinha diante de si.

A Pirâmide do Louvre.

Cintilando na escuridão.

Admirou-a apenas um momento. Estava mais interessado no que se encontrava à sua direita. Nessa direção, sentiu seus pés voltarem a trilhar o caminho invisível da antiga Linha Rosa, que o levava através do pátio até o Carrousel du Louvre – o enorme círculo de grama cercado por uma moldura de sebes muito bem-podadas – e que antes havia sido o local dos festivais primitivos de Paris em louvor da natureza... ritos entusiásticos para comemorar a fertilidade e a deusa.

Langdon sentiu-se como se estivesse entrando em outro mundo quando passou sobre os arbustos e pisou na grama do interior do círculo. Esse chão sagrado agora se encontrava marcado por um dos monumentos mais originais da cidade. Ali no centro, mergulhando na terra como um abismo de cristal, abria-se a gigantesca pirâmide invertida de vidro que ele havia visto algumas noites antes ao entrar no mezanino subterrâneo do Louvre.

A Pirâmide Invertida.

Trêmulo, Langdon caminhou até a borda do abismo de vidro e espiou lá embaixo o complexo subterrâneo do Louvre, inundado por uma luz amarelo-âmbar. Seus olhos examinaram não só a gigantesca pirâmide invertida, mas o que ficava imediatamente abaixo dela. Ali, no piso da câmara inferior, havia uma minúscula estrutura... uma estrutura que Langdon mencionara em seu livro.

Langdon estava inteiramente desperto agora, tomado por calafrios diante da impensável possibilidade. Erguendo seus olhos outra vez para o Louvre, sentiu que as imensas asas do museu o envolviam... corredores repletos das mais belas obras de arte do mundo.

Da Vinci... Botticelli...

Pela arte dos grandes mestres velada jaz.

Maravilhado, tornou a examinar o subsolo através do vidro, concentrando-se na minúscula estrutura lá dentro.

Preciso descer lá!

Saindo do círculo, atravessou correndo o pátio rumo à entrada da pirâmide gigantesca do Louvre. Os últimos visitantes do dia estavam saindo pouco a pouco do museu.

Passando pela porta giratória, Langdon desceu a escadaria curva, penetrando na pirâmide. Sentiu o ar ficar mais frio. Quando chegou ao fundo, entrou no longo túnel que se estendia sob o pátio do Louvre, voltando até a Pirâmide Invertida.

Ao fim do túnel, saiu em uma câmara maior. Diretamente diante dele, pendente, cintilava a pirâmide invertida – um deslumbrante V moldado em vidro.

O Cálice.

Os olhos de Langdon acompanharam os lados do V até o ápice da pirâmide, suspenso a apenas um metro e oitenta acima do assoalho. Ali, diretamente abaixo dela, encontrava-se a minúscula estrutura.

Uma pirâmide em miniatura. Com apenas 90 centímetros de altura. A única estrutura naquele complexo colossal que havia sido construída em pequena escala.

O livro de Langdon, enquanto debatia o complexo acervo

do Louvre que tinha como tema a deusa, havia feito uma observação de passagem sobre essa modesta pirâmide. *"A minúscula estrutura brota do assoalho como se fosse a ponta de um iceberg – o ápice de uma cripta imensa, piramidal, submersa sob ela como uma câmara oculta."*

Iluminadas pelas suaves luzes do mezanino deserto, as duas pirâmides apontavam uma para a outra, seus corpos perfeitamente alinhados, seus ápices quase se tocando.

O Cálice acima. A Lâmina embaixo.

Lâm'na e cálice guardam-lhe o portal.

Langdon ouviu as palavras de Marie Chauvel. *Um dia você vai descobrir.*

Ele estava de pé sob a antiga Linha Rosa, cercado pelas obras de mestres. *Que lugar seria melhor para Saunière vigiá-lo?* Agora, por fim, entendia o verdadeiro significado do poema do Grão-Mestre. Erguendo os olhos para o alto, contemplou, através do vidro, um céu noturno glorioso, todo estrelado.

Sob estrelado céu descansa em paz.

Como os murmúrios de espíritos na escuridão, palavras esquecidas ecoaram. *A busca pelo Santo Graal é a busca para se ajoelhar diante dos ossos de Maria Madalena. Uma jornada para orar aos pés da exilada.*

Com um súbito transbordamento de reverência, Robert Langdon caiu de joelhos.

Por um momento, pensou ter ouvido uma voz feminina... a sabedoria milenar... sussurrando, vindo lá do seio da terra.

Agradecimentos

Antes de mais nada, agradeço a meu amigo e editor, Jason Kaufman, por sua enorme dedicação a este projeto, e por entender verdadeiramente o que este livro significa. E à incomparável Heide Lange – incansável defensora de *O Código Da Vinci*, extraordinária agente literária e minha amiga do peito.

Não tenho como expressar minha gratidão para com o excepcional corpo de funcionários da Doubleday, por sua generosidade, fé e orientação espetaculares. Agradeço especialmente a Bill Thomas e Steve Rubin, que acreditaram neste livro desde o início. Meus agradecimentos também ao núcleo inicial de torcedores de primeira hora da editora, liderado por Michael Palgon, Suzanne Herz, Janelle Moburg, Jackie Everly e Adrienne Sparks, bem como aos talentosos funcionários do departamento de vendas da Doubleday, e a Michael Windsor, pela capa sensacional.

Por sua ajuda generosa na pesquisa para o livro, gostaria de agradecer ao Museu do Louvre, ao Ministério da Cultura da França, ao Projeto Gutenberg, à Biblioteca Nacional de Paris, à Biblioteca da Sociedade Gnóstica, ao Serviço de Estudos e Documentação de Pinturas do Louvre, à *Catholic World News*, ao Observatório Real de Greenwich, à London Record Society, ao Acervo de Escrituras e Contratos da Abadia de Westminster, a John Pike e à Federação de Cientistas Americanos, e aos cinco componentes do Opus Dei (três ativos, dois inativos) que me relataram suas histórias, tanto positivas quanto negativas, com relação a suas experiências nessa organização.

Minha gratidão também à livraria Water Street por encontrar tantos livros para minhas pesquisas; a meu pai, Richard Brown – professor de Matemática e escritor –, por sua ajuda com a Divina Proporção e a sequência Fibonacci; a

Stan Planton, Sylvie Baudeloque, Peter McGuigan, Francis McInerney, Margie Wachtel, Andre Vernet, Ken Kelleher, da Anchorball Web Media; Cara Sottak, Karyn Popham, Esther Sung, Miriam Abramowitz, William Tunstall-Pedoe e Griffin Wooden Brown.

E, por fim, eu seria um relapso se não mencionasse as duas mulheres extraordinárias que transformaram minha vida nos agradecimentos de um romance que trata tão profundamente do sagrado feminino. Em primeiro lugar, minha mãe, Connie Brown – companheira de ofício, nutriz, musicista e exemplo de vida. E minha esposa, Blythe – historiadora de arte, pintora, editora de primeira linha e, sem dúvida, a mulher mais incrivelmente talentosa que conheci.

Para saber mais sobre os títulos e autores da Editora Arqueiro,
visite o nosso site e siga as nossas redes sociais.
Além de informações sobre os próximos lançamentos,
você terá acesso a conteúdos exclusivos
e poderá participar de promoções e sorteios.

editoraarqueiro.com.br